U0612087

绿林

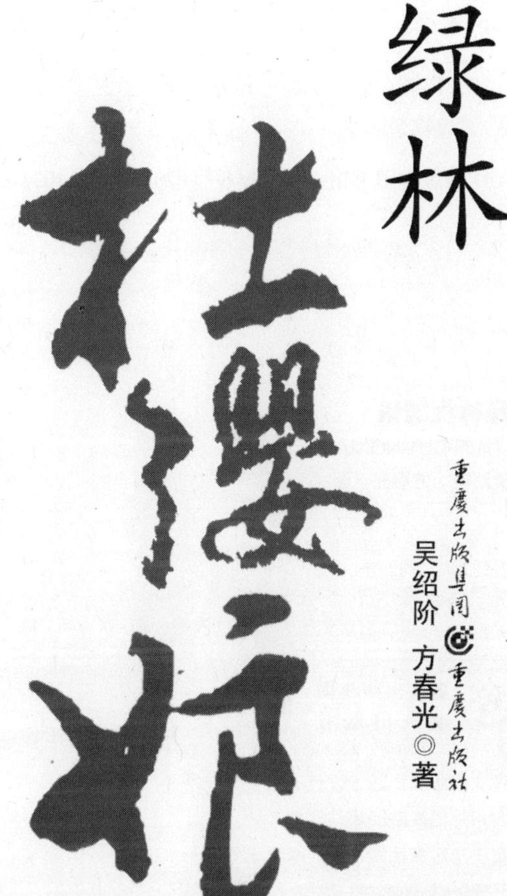

吴绍阶　方春光◎著

重慶出版集团
重慶出版社

图书在版编目(CIP)数据

绿林杜缨娘 / 吴绍阶，方春光著. — 重庆：重庆出版社，2011.7
ISBN 978-7-229-04151-9

Ⅰ.①绿… Ⅱ.①吴… ②方… Ⅲ.①侠义小说—中国—当代 Ⅳ.①I247.5

中国版本图书馆 CIP 数据核字(2011)第 114037 号

绿林杜缨娘
LULIN DUYINGNIANG
吴绍阶　方春光　著

出 版 人:罗小卫
责任编辑:周显军
责任校对:郑小石
装帧设计:重庆出版集团艺术设计有限公司·刘　尚　陈　琛

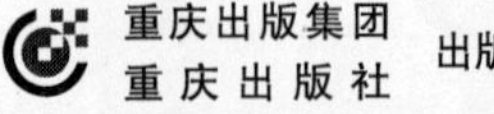

出版

重庆长江二路 205 号　邮政编码:400016　http://www.cqph.com
重庆出版集团艺术设计有限公司制版
四川外语学院印刷厂印刷
重庆出版集团图书发行有限公司发行
E-MAIL:fxchu@cqph.com　邮购电话:023-68809452
全国新华书店经销

开本:787mm×1 092mm　1/16　印张:24.5　字数:330 千
2011 年 7 月第 1 版　2011 年 7 月第 1 次印刷
ISBN 978-7-229-04151-9
定价:32.00 元

如有印装质量问题，请向本集团图书发行有限公司调换:023-68706683

目录/contents

绿林

第一章

阳城抢夫　白马双枪柳叶镖

1940 年 10 月的鄂西北，没有太阳，没有树蒿。灰蒙蒙的人间，只有燃烧的战火，弥漫的硝烟，狰狞的鬼子，晃动的钢盔和膏药旗。

沦陷不久的阳城，鬼子据点像病毒附身的脓疱疮，一个一个地冒起来，迅速蔓延开去。这块遭到日军战火涂炭的土地，已经丧失了原本的文明和生机。

阳城外的这个据点是鬼子特勤大队的战俘营，关押着抵抗他们侵华铁蹄的中国军民。

鬼子的据点，裹着一层又一层的迷雾，碉楼上的哨兵无精打采，挪动着罗圈腿，机械地踱着懒洋洋的八字步，像黑夜中的幽灵兜着圈子。

几道光柱划过，露出横七竖八的探照灯。静得出奇的鬼窟像座冥府，阴森恐怖。

嗖！碉楼上的哨兵"哼"出半个音符，栽倒下去。还没有落地，便被两个黑影稳稳地接住，拔去封喉的利箭，脱下鬼子的军装，小心地将尸体扔到壕沟里。

几条黑影壁虎般地攀上碉楼，操起挂着膏药旗的三八大盖，替鬼子站起了岗。

据点正门有两个持枪哨兵，一左一右立着两条眼泛绿光的狼狗。

"喂狗日的糖葫芦，灭招子！"黑影一挥手，四道流星闪出，哨兵和狼狗几乎同时倒地，蹬了蹬腿，悄无声息地毙命。

几条黑影旋即扑上去，抢了鬼子手里的枪。

突然，正门后面伸出一个头来，他发现了异动。“八——”“嘎”字还没喊出口，藏在屏风后面的暗哨，就被暗器封住了喉，手里的枪栓刚拉到一半，便一命呜呼。

一场袭杀在瞬间完成，黑影很快没入黑夜。鬼子的据点仍然死一般的沉寂。

几个鬼子军官大摇大摆出现在据点正门。一个斜挎军刀的少佐走到哨兵面前，“啪！”地站定。他左手握紧刀鞘，右手抓住刀柄，欲拔不拔的样子很滑稽，压低嗓门吐出两个字：“哟西——”

哨兵咧开大嘴，使足全身气力，一蹬腿，一挺腹，一扬头，一举手，叉开五指行了个军礼。“嗨！”猛地低下头，压低了嗓子：“大大的——长官，大大的——好！”

“八嘎！”少佐松开手里的刀柄，顺势扇了哨兵一个耳光：“好好的——站岗！你的——不许的——偷懒！”说完，头也不回，向身后招了招手，带领两名少尉和四名士兵进了据点。

少佐带着随从长驱直入，径直向据点后院的羁押室走去。

羁押室的铁门外站着两名持枪的守卫，远远地看到有几位军官和士兵向他们走来。

灯光太暗看不大清楚，其中一名军曹向前走了两步，警惕地盯着他们。

“站住！”军曹端枪喝令他们止步，身后的守卫随即端枪上膛，示意他们出示证件。

“哟西——”佩刀少佐一边竖起大拇指赞扬，一边从上衣袋里摸证件。紧接着，将竖起大拇指的手滑向身后，暗示身后的随从，左一右二，三个暗哨。

少佐把证件递给军曹，顺便用手拍着他的肩向羁押室走去。曹长只觉肩井穴一麻，脸上的笑容随即定格，身不由己地随少佐向羁押室走去。

守在门口的士兵见军曹一脸笑容地随少佐向他们走来，当即放下枪立正待命。少佐拥着军曹向他走来，同样伸手拍拍他的肩，示意他打开羁押室。

守卫士兵拿出钥匙去开羁押室，少佐身后的少尉和士兵不动声色，左腋下的短弓和右袖中的短箭稳稳地落在手里。

突然，他们猛地转身，搭箭，拉弓，一气呵成。一名暗哨心喊“不好!”，可是已经晚了，箭影疾飞，直取面门。这名暗哨一口气噎在喉咙里冲不出去，扼住脖子上的箭梢倒了下去。

开门的守卫完全没有觉察到身后的异动，他刚拉开铁门，只觉背后一丝凉意钻心透肺。他哼都没有哼一声，扶着铁门瘫倒下去。

佩刀少佐一只手提一具尸体闪进了羁押室，顺手将他们扔在了门口。

羁押室里，两个猜拳的鬼子慌张地站起来。佩刀少佐看也不看，一抬手，两支袖箭要了他们的命。

“总架杆？总架杆!”他一边喊一边往里冲。“总架杆！我是老三——老三接爷来了!”屋里灯光灰暗，烟雾袅袅，他左盯右盯找不着目标，“总架杆！总架——”

噗！一坨软腻腻的东西钻进了他的嘴，接着一团黑糊糊的东西直冲面门飞来。他急忙一个板桥后仰，接着一个鹞子转身，将飞来的东西捏在了手里。定眼看时，是一个鸡头，嘴里吐出一块鸡屁股。

“妈疤子！早不来晚不来，专跟我抢风头!”角落里响起怪怪的声音：“哈哈哈！赏你个鸡屁股，往后长点记性，莫在我享口福的时候开差（抢劫)!”

关在羁押室里的还有不少衣破鞋烂的江湖人，目睹佩刀少佐空手抓鸡头的功夫，既惊又奇，有人禁不住喝彩：“好功夫!”

佩刀少佐不是别人，正是名震江湖、拥有五百人枪的绿林武装四方寨“三架杆”、人称“武诸葛”的武子峰。他要从鬼子据点里“接”回山寨去的“总架杆”，正是人称“八臂神镖”的时三眺。

武子峰循声找去，在羁押室的单间里找到了时三眺。他正坐在地上，左手举酒瓶，右手抓鸡腿，一副快活逍遥的模样。

时三眺戴着铁镣，一根铁链将他绑在水桶粗的木柱上。他的双脚因鬼子“挠痒痒”的酷刑，已开始红肿。

时三眺仰起脖子倒尽瓶子里最后一滴酒：“妈疤子，狗日的小日本黑毛子（猪）晓得老子今天要蹬架子（回山），也不给老子孝敬点黄汤（酒)，要不是进来掖（藏）了半壶在胯弯子（裤裆）里，现在拿啥子填肚子!”

他不等武子峰上来解镣松链，嘴里骂骂咧咧的时候，已经变戏法似的除去了铁镣锁链。

“行啊，老三!”时三眺一脚踹在武子峰的屁股上，“晓得给我留点粉壳壳（面子），要是扮个大佐来，非逼得我跟龟儿子吉本贞一争位子!”时三眺一挥手“你让兄弟快走，我要红了小日本的窑子（烧房子)!”

武子峰急忙背起时三眺，说：“总架杆改天来顺筒子（出气），再不走，恐怕……”

“老子不信他这个鸟!”时三眺横竖不依，命令手下弟兄打开所有羁押室的门，大大咧咧地说：“都放了！老子要红窑子——”

武子峰太了解时三眺的脾气，知道拦他不住，索性搬了些桌子凳子堆在一起，吩咐守在门外的几个弟兄：“去找些汽油来，帮总架杆红窑子!”

时三眺在据点里放火烧房子，守在据点门外等待接应的四方寨“神炮头”宴大彪遇到了意外。

一阵引擎声由远及近，不一会儿，几束灯光由暗及亮向据点射过来。不好！是鬼子的摩托车。宴大彪心里嘀咕：“深更半夜的，鬼子要搞么事?”

“风紧！弟兄们稽查（警戒）起!”宴大彪赶紧把两根手指塞进嘴里，发出了警戒哨，蹲在壕沟里的弟兄立即趴下，紧贴着摩托车灯光照射不到的地方。

两辆摩托车停在据点正门口，从前面一辆摩托车上滚下一个鬼子军官来。他落到地上没有马上爬起来，索性仰面躺出个大字，嘴里哼着日本最流行的“新大陆”小调。

后面那辆摩托车也爬出个鬼子军官来，跌跌撞撞走上前去，双膝跪在地上，跟着哼起了小调。

两个驾摩托车的士兵一动不动地骑在车上，似乎在等两个少佐的指令。他们全然没有注意到门口双腿直发抖的哨兵。

壕沟里的宴大彪离据点正门有一百多米，要杀了他们，已经超出弓箭能及的距离。他只好猫着腰紧盯他们的动静。“狗日的，叽出的腔板儿就像鬼嚎。”宴大彪很反感他们哼这个调子。

跪在地上的军官突然站起身来，嘴里的小调戛然而止，摇摇晃晃地走到前面的摩托车跟前，突然从摩托车斗的后架上扯下一团东西。

昏暗的灯光下隐约可见一个五花大绑的人。从呻吟声判断，那是一个被堵了嘴的女子。

据点门口，哨兵的双腿不再哆嗦。他索性转过头来，看着眼前这个鬼子究竟想搞么子？

鬼子军官哼哼叽叽地解开五花大绑的女子，门口的哨兵定眼一看，差点叫出声来，“天哪，女子裸着身子！”

仰躺在地上的军官仍然躺着个大字，嘴里断断续续地重复着“新大陆”小调。

鬼子军官抓住女子的一条腿，发出嘶哑的淫笑，径直拖到躺在地上的军官跟前。

地上的军官似乎嗅到了女人的气味，嘴里的调子突然提高八度，疯狂地翻过身来，狠命地将自己压在女子的身上。

站着的鬼子军官发出歇斯底里的狂笑。

“八嘎！八嘎——”骑在摩托车上的士兵，突然发现门口的哨兵取下三八大盖上的刺刀，冲着地上的军官扑过来。

这个哨兵扑过来的姿势不像日本兵，他果断地开了枪。同时，跳下摩托车，企图冲上前去拦住扑过来的哨兵。

砰！摩托车上的士兵开枪打中了哨兵。

站着狂笑的军官听到枪响，戛然止笑。拔出王八盒子，朝两个晃动的黑影扣动了扳机，打中了拦截哨兵的士兵。

地下的禽兽军官突然被枪声惊醒，慌乱中抓到后腰的枪套，迅速拔出枪来。枪响了，站着的鬼子军官倒地毙命。他的枪走了火，吓得他赶紧从地上爬起来。

“给我生冲子（开枪）！”伏在壕沟的宴大彪一看这情形，想不接火已经不行了，抬手就是一枪，将刚爬起来的军官送上西天。

他跳出壕沟狂呼：“兄弟们，准备冲围子（冲门翻墙）挂溜子（交火）！毛（杀）进窑子把总架杆抢出来！”

“呜呜——呜呜——”警报声骤然划破夜空，发出悠长的号叫。东一盏西一盏、南几盏北几盏的探照灯骤然开启，阴沉的据点顿时亮堂如昼。

鬼子据点乱成一锅粥。

猫在壕沟里的百十号弟兄像放出笼的豺狼，撅起屁股冲进据点大门。刚从睡梦中惊醒的日军终是慢了半拍，未能将他们堵在据点门外，只能在前营的最后一道防线组织火力，拼死堵住这一群往里冲的狼。

据点里的枪声如豆炸响，前营中队长趴在临时工事里不敢冒头，不停地催促两边机枪手向冲进来的敌人扫射。

他命令士兵去给据点外的碉堡打电话，让重机枪在敌人的背后加大火力。

但没想到，碉堡上的重机枪临阵倒戈了，几道发疯的火舌，把他身边的机枪压得成了哑巴，推上去的机枪手纷纷中弹倒地。

趴在工事里的中队长瞅准了一个死角，爬出来直奔大队部向宫胁侃藏中佐报告敌情。

陆军特勤大队宫胁侃藏中佐听到枪响，腾地从床上跃起，来不及更衣着装，抓过指挥刀冲出门外。

营房里的士兵如蝗虫一样地涌出来。他叉开双腿，杵着军刀，威风凛凛地立在指挥室门前的操场上，等待部下报告情况。

“报告长官，据点遭到不明敌人的偷袭！”一名鬼子中队长气喘吁吁地跑来向他报告：“前营碉楼上的机枪位已经被他们控制，冲进了很多人，但被我们阻击在据点前营！”

“八嘎！放他们进中营，全部的消灭！你的在敌人背后的堵不住，就死啦死啦的！”宫胁侃藏抬手做了个干净利落的杀头手势。

“嗨！”中队长领命，转身狂奔而去。

“宫胁中佐阁下，应该在前营将敌人就地消灭！”住在中营的特勤大队特高科机关长早就站在一旁，他见前营中队长一副慌慌张张的狼狈样，有点不屑地说：“大日本皇军集中营根本不容许支那人踏进半步，应该随时作好战斗准备，敌人胆敢靠近，我们就一个不留地把他消灭！”

宫胁侃藏最不喜欢这个自命不凡的家伙，他跟自己一样佩带中佐军衔。前些日子，自己在华北战场第8旅团搜索大队任队长，被八路军的两个营打得只剩下几十号人，是他带领一支特种兵小分队，冲进包围圈将自己救出来。他在吉本贞一少将面前说，宫胁君之所以冲不出八路军的包围，是因为他没有大日本武士战死沙场的勇气！

“八嘎！你的不消灭进来的敌人，也死啦死啦的！”宫胁侃藏没有做出杀头手势，而是抬起军刀在自己的腰部做了一个剖腹自杀的姿势。

“嗨!”机关长明白宫胁侃藏话中有话，绷着一张冷漠而坚毅的脸，转身离去。

宫胁侃藏望着他离去的背影，鼻子下面浓黑的一点式胡子愤怒地抽搐了几下。

宴大彪很快将队伍向前推进了百多米，前营的日军渐渐抵挡不住，枪声密度明显稀疏下来。

宴大彪正杀得兴起，索性跳上日军的掩体对弟兄们说：“弟兄们，杀进狗日的鬼子队部，多砍几个军官的脑壳，哪个砍得多，老子赏他老铁块(银元)!”

“拿梁子！赏老铁——”队伍跟着宴大彪吼叫起来，兴奋得向天鸣枪，一窝蜂地往里冲。

日军节节败退，那名中队长高举军刀，声嘶力竭地吆喝：“撤！全部的往后撤!”

冲到前面的弟兄已经杀进日军队伍里，为了要“拿梁子”，干脆收起枪，拔出肩背上的大刀，专找鬼子的项颈砍去。

“二狗！你砍了几个?”满面血红的小石头单手抡刀，一招横扫千军荡开一名日军士兵的正面直刺，脚下使出“挪转乾坤”，轻松避开另一名士兵的侧面下挑，凌空跳出几米，稳稳地落在一名少尉背后，反手摘下他的肩章，顺手扔给正一通乱砍的二狗。“看到了吗？拿他的梁子才算——”只见他横刀在手，猛地一个金刚翻身，扑哧！少尉的头带着帽子飞了起来，被他纵身抓住并顺势揣进怀中。

二狗接住他扔过来的肩章，一脸难色地抱怨：“狗日的，当官的脑壳太少……”说着，赶紧抡起大刀片，穿梭在刀枪飞舞的鬼子堆里，搜寻带星的肩章。

也许鬼子掉了脑袋都不明白，这究竟是一股什么样的敌人，抡起大刀片专拣他们项上要人头。

面对这样一群砍头不眨眼的亡命徒，鬼子兵吓得心惊胆战。不少鬼子兵抱着脑袋向两边逃窜。

轰！一声爆响炸在混战阵地。炸点在探照灯的辉映下，立刻腾起一团鲜红的蘑菇云。

宴大彪正飞舞大刀疯狂破杀，突然被一声炸响惊醒，发现前面横着一片的鬼子，地上趴着十几挺机关枪。

“情况不好!”宴大彪心口一紧，急忙就地十八滚，趴在掩体后面大叫:“敌人进攻了！弟兄们快趴下——”

“通通地——杀!”一名日军指挥官站在一门小钢炮旁边，舞着指挥刀号叫:“通通地——死啦死啦的!”

十几挺机枪立即吐出十几条火舌，子弹在空中乱飞。

所幸宴大彪的弟兄经历过不少火拼场面，有的就地驴打滚，躲到了掩体后面，找不到掩体的就地抓住尸体作掩体。但还是有不少的弟兄死在日军的机枪扫射下。

机枪喷着火舌整整扫射了十多分钟才停下来。一名日军官站起身来观察对面的敌人，见没有还击，便命令部队搜索前进，清理战场。

宴大彪屏住呼吸死死盯住搜索前进的日军，当他肯定压过来的鬼子完全挡住了机枪的射效时，悄悄地伸出腿去，勾起一支三八大盖，猛地闪出掩体。

砰！一枪命中日军指挥官的眉心。日军官没有立即倒地，而是站在士兵中间恋恋不舍地瘫倒下去。其实，他死得不冤，也是倒在名震湘鄂川豫四省绿林武装第一枪、四方寨“神炮头”、人称“滚地雷”的宴大彪枪下。

宴大彪一枪撂倒日军官，搜索前进的士兵顿时傻了眼，赶紧趴在地上。

“弟兄们吆舵子!”宴大彪趁着鬼子隐蔽之机，命令队伍赶紧撤退。

他带着几个弟兄掩护射击，拼命地吸引鬼子。顿时，稠密的枪声和穿梭的流光又搅得鬼子据点炸开了锅。

“神炮头，外面好多鬼子，我们遭鬼子包饺子了!”冲出去的弟兄又折身回来。

“拼死也要冲围子!”宴大彪下了死命令。

宴大彪折过身来，组织退回来的弟兄继续往据点外面冲，但眼前的阵势让他傻了眼，前面的中营门口，日军已经摆起了人叠人枪捱枪的卧蛇阵，就等他们往枪口上撞。

宴大彪赶紧招呼兄弟们就地趴下。他也不敢抬头，只能轻轻地侧过脸去察看周围的地形，企图寻找突围的缺口。但四周的出口都被鬼子的枪口罩住，根本没有空子可钻。

据点里静得要命，头上的汗珠砸在地上，蹦跳着摔成几瓣。宴大彪仿佛看到身后的鬼子在笑，笑里分明藏着鄙视，日军指挥官开始用戴着白手套的鬼爪子擦拭着出鞘的军刀。

咚！咚！咚！心跳声越来越疾，仿佛敲得连地皮都在颤动。“妈疤子！老子鼻涕打横拉就在片子上喝血虎、火堆里滚地雷，今天怕了不成?!”他抬起手臂使劲擦了一下染血的鼻子，猛地平举双枪，准备拼个同归于尽。

突然，据点里响起马蹄声，一团白影钻出来，旋即腾空飞起，径直越过枪炮林立的卧蛇阵，“咚！嗒！”两声，落地的位置正是鬼子的右前方。

“老子是不是花眼了?”宴大彪定眼看时，一匹大白马掉过头来横在阵前，只见它前腿凌空，后腿直立，空中九十度向左转，前蹄没有落地，后蹄跟着发力，一团白影从右向左疾驰而过。

趴在后面押阵的日军机枪手个个呆若木鸡，枪把紧抵肩胛，双臂夹紧枪身，像中了邪一样，一动不动。

瞬间，那团白影变幻成一团红影，随即从左向右拉出一道红光，并伴随着“呲呲”声响。趴在前面的鬼子只觉得眼前幻出一幕血红，钻心透肺的刺痛立刻由眼及脑。鬼哭狼嚎中，鬼子双手捧面，就地打滚。

日军指挥官终于看清楚了，剽悍的大白马驮着一位红衣女子。她单腿吊环，一脚勾鞍，整个身体凌空悬挂在马背一侧。白马奔驰，红袖飞舞，星星点点的流光从她的双袖倾泻而出，直扑鬼子的面门。

“八嘎！支那神针！卧倒——”日军指挥官惊呼，红衣女子大把大把发射的暗器，正是专打人体上三路穴位的芙蓉金针。

鬼子还没有反应过来，红衣女子已经跃上马背，双脚勾住马鞍，仰面平躺在马背上，双手伸进马鞍两侧的行囊袋，抽出两支崭新的驳壳枪，顺势扬过头顶，噼里啪啦一阵点射，掩体最后面的小钢炮手一个接一个地倒下。

马狂奔，枪怒射，鬼子倒下。这一切都是眨眼工夫，让宴大彪吃惊不已。“弟兄们，抄后面给我毛!”宴大彪命令队伍转过头来，对没回过神来的鬼子一阵狂射。

宴大彪这回不会上当了，他抢占到有利地形，藏在鬼子的掩体后面，向涌过来的鬼子从容还击。

红衣姑娘仰躺马背上，在日军长蛇阵上来回急驰，就像过年的孩童荡秋千。卧蛇阵中的鬼子举着枪，身体转圈却捕捉不到射击目标，眼看大白马奔驰过来了，还没来得及扣动枪机，已经中弹。

红衣姑娘一直仰躺在马背上没有停止过射击，看不清她从哪里腾出一只手，向卧蛇阵中掷进几颗手雷，“轰隆”几声巨响，鬼子又倒下一片。

“就地散开！冲上去……”趴在地上的日军指挥官发出命令。可他刚一露头，就被红衣姑娘的一枚铁蒺藜点中眉心，周围一群鬼子也跟着他吃了铁藜子。

紧接着，红衣姑娘又是一阵红袖狂舞，奔流如注的星光“唰啦唰啦”地射向散开的鬼子。远的近的鬼子，不是中了铁藜子，就是中了形如飞刀还会发声的柳叶镖……

几分钟的工夫，红衣女子已经使上了两种武器三种暗器。那个被鬼子糟蹋的女子一直躲在暗处，把眼前的一幕幕看得清清楚楚。

时三眺缥窑子得手，看着羁押室燃起的熊熊大火，心里有种雪耻的快感。

武子峰背着他从另一条事先侦察好的路线突围。

他们刚出羁押室，外面就响起了枪声。顿时，探照灯陡增几盏，像睡醒了的狼眼贼溜溜地寻觅猎物。

他们暴露在探照灯下，碉楼上的哨兵开了枪。

武子峰背着时三眺，脚下施展时三眺传授的“巫山老祖覆云步”轻功，上蹿下跳，左避右躲，专找探照灯没照到的阴暗处歇脚垫步，搅得碉堡上的探照灯左摆右晃，一时捕捉不到目标。

时三眺虽然伏在武子峰的背上，手里也没闲着，他拔出武子峰的枪，左右开弓，灭了好几盏探照灯。

鬼子看不清目标，就用机枪胡乱扫射，吐着长长的火舌。

时三眺顺手从武子峰身上牵出“搭云手”（铁抓手），抛向鬼子的架空线，猛吸一口气，双掌拍肩，凌空腾起，借力荡落在十几米远的屋脊上，照着鬼子设在碉楼上的机枪位点射。顿时，鬼子的机枪哑了口。

武子峰看准关键部位，沿着围墙时而飞椽，时而走壁，又打瞎了几盏探照灯……

宫胁侃藏从部署完关门打狗的战术后，就一直静坐在作战室的大条桌上等待捷报。

身后的膏药旗和“武运长久”几个大字，映衬出他具有许多侵华日军特有的共性：矮小，冷酷，坚毅。但放在大条桌上的指挥刀，又显出他与众不同：军刀出鞘，刀柄向外，刀尖对心。

他曾经对吉本贞一少将作过这样的解释，作为大日本帝国天皇陛下的忠诚勇士，军刀代表天皇的旨意，尖刃体现武士的精神，他的每一次战斗都会拥刀自问，是否践行了天皇的旨意，是否做到了迎刃前进。

宫胁侃藏正在拥刀自问，机关长派部下前来向他报告，后营羁押室起火，营区发现正在逃跑的新四军战士，怀疑有人救走了“神偷”时三眺。宫胁侃藏脸上的横肉直跳，“噌”地从椅子上跳起来，抓起军刀，“砰”地一声，齐刷刷地砍掉大条桌一角，愤怒地狂叫：“杀！杀！通通地杀掉——”

宫胁侃藏领着一队日本兵直奔据点后营。他要亲自砍掉那些救走时三眺和放走新四军战士的支那人的头！

他带领的特别行动小分队不是一般的日本兵，虽然只有二十多人，却个个都是挑选出来的大日本武士精英，个个都是受过德国特种部队科目训练的嗜战勇士。

武子峰趁时三眺戏弄鬼子之机，带着几名弟兄想从鬼子的大队部侧面撤退出去接应时三眺。他们身着日军军服，碉楼上的鬼子误认为是自己人，没有向他们开枪阻击。他们大摇大摆地从大队部侧面走出来，恰好与宫胁侃藏带领的小分队撞了个正着。

虽然灯光昏暗，宫胁侃藏一眼就认出他们是冒牌皇军。

“哟西——”宫胁侃藏还没有发指令，特别行动小分队的士兵已经扣动德国造 K3 式狙击冲锋枪，朝着各自的狙击目标点射，武子峰的几个弟兄立即倒地毙命。

“遇到特种兵了！隐蔽！”时三眺身在高处，一眼看出这群枪法和身法都不凡的鬼子不好惹。

他抓紧“搭云手”，荡秋千似地离开了屋脊。就在此时，一梭子弹把屋脊打得渣飞土溅。

时三眺不是省油的灯，就在他下落时，一枪击中向他开枪的日本兵的眉心。

宫胁侃藏吓出一身冷汗，赶紧示意队员不可冒进。

武子峰趁小分队寻找掩体的空隙，施展“连环穿云”步法，想接走悬在空中荡秋千的时三眺，却被鬼子的火力在半空截住，他只得一个“流星赶云”回到隐蔽的地方，以静制动，寻找突围机会。

时三眺也被迫荡回原处，藏在屋脊后面。

武子峰施展轻功救走时三眺的身手，让宫胁侃藏判断出，今天大闹据点劫狱救人的不是军人，而是一群武林高手。

他不敢轻举妄动。他清楚，中国武术的最高境界是以静制动，无招胜有招。敌不动我动，会把自己的破绽暴露给对方，让对手捕捉到一招致命的机会。

你欲静，我更静。宫胁侃藏决定采取以大静制小静的战术，在定力上取胜对手。

鬼子不动手，时三眺有些等不及了，用黑话对武子峰喊道：“窝在鬼子的围子里，草溜子（兔子）怎么拖得起拦路子（老虎）?”

武子峰也想到这一点。如果相持太久，等外面的鬼子进来，那就更难脱身。他想了想，捡起个石子丢在鬼子可能藏身的地方，鬼子没有上当。

“有了，用鸳鸯笑请总架杆打配合!”武子峰一扬手，一支穿云镖和一枚八角镖直冲上天。两镖虽然同时上天，但各走一路，无声无息，冲到一定高度便互相纠缠在一起，发出轻微的笑声，一般人听不见，长期使用这两种镖的人，能在几里之外听到细微的笑声。

宫胁侃藏的一点式小胡子紧蹙得像胡豆一样大。十分钟过去了，对方除了扔出个小石子，再也没有动静。

突然，营房转角处钻出几条黑影。时三眺属猫子的，一眼就认出是刚刚逃出来的新四军战士。他们已经抢到了武器，正猫着腰寻找出口。

时三眺试图吸引鬼子的注意力，掩护被俘的新四军突围，他扔出了一块瓦片。

鬼子终于耐不住了，雨点般的子弹向瓦片落地的地方打去。被俘的新四军乘机沿着墙根撤离。

不料，鬼子发现了新四军，几股火力迅速压了过去，一名新四军中弹牺牲。鬼子趁机散开队形，向新四军交替推进。

新四军打惯了运动战。他们快速抢占有利地形，在运动中歼灭了几个鬼子。

宫胁侃藏遇到了真正的对手，心中掠过一丝兴奋。他从队员手中抢过一支冲锋枪，以德国纳粹特种部队皮特勒尔少将亲自教授的训练动作，漂亮利索地运动到前沿，黏住了对手的火力。

时三眺听到“鸳鸯笑”的笑声，明白了武子峰的意图。他使出“搭云手”，像只嬉戏的猴子在空中荡秋千，舞着驳壳枪向鬼子一阵点射。一个荡回，又干掉了三四个鬼子。

宫胁侃藏绝对没有想到，对手会在这么短的时间，这么窄的空间里对他形成夹击之势。他掉转枪头对着空中的那个幽灵一个长射，但时三眺已经无影无踪。

掉过头来的宫胁侃藏找不到时三眺的影子，却陡然看到一团白影从后营大门蹿出来。

“难道是那个骑白马的支那女人?”

宫胁侃藏心中一惊。先前，他在作战部接到报告，一位穿红衣的中国女人骑着一匹大白马，把前营畈源小队困在那里动弹不得。

“混蛋!”宫胁侃藏没有听完报告，重重地扇了参谋一个耳光，“战争没有神话!”

宫胁侃藏不相信，一个单枪匹马的女人，怎么可能把他的精锐部队困住。他不能容忍这样的神话扩散，动摇大日本皇军的军心，一枪毙了作战参谋。

宫胁侃藏的特别小分队，完全暴露在红衣女子的视线下，他们已经陷入新四军、武子峰和红衣女子的三角形包围中。

噼里啪啦！枪声没有泯灭宫胁侃藏的自信。他坚信自己一定能从单枪匹马的女人那里打开缺口……

他太相信自己了。就在他冲向红衣女子的时候，红衣女子发出了柳叶镖，不偏不倚，正中他的眉心。宫胁侃藏没有立即倒下去，他努力看清了：高大的白马上骑着一位漂亮极了的支那女人。他这才明白，选择她这里作突破口，是一个极大的错误。

“你是……大日本……皇军……最扎手……的……角……”宫胁侃藏倔

罪地不让自己倒下去，但还是倒了下去。

枪声停下来的时候，东方已经露白。

新四军断后，时三眺、武子峰和红衣女人，如离弦之箭，冲出了鬼子据点。

第二章 临阵诈降 借毒制敌解重围

时三眺带着队伍冲出鬼子据点约七八里，武子峰向他报告人马状况，死伤弟兄三十多人，加上四方寨弟兄还有一百多人枪。

武子峰有点喜形于色，“只要能把总架杆接出来，弟兄们死了也值，况且我们还灭了鬼子一个据点，算是赚了。”

时三眺却不高兴，声音沉重地说：“十个小鬼子也别想换我一个兄弟的命，是我害了兄弟们……”他提醒武子峰，不能原路回四方寨，向西绕过沦陷区，从国统区插过去。

武子峰正指挥着队伍向西撤，宴大彪策马狂奔过来。

“女菩萨！总架杆……”马未停稳，他人已跳下来，径直奔到红衣女子的马前，单膝跪地，行了个大礼。“没有女菩萨和神疯子，我滚地雷和几十个弟兄恐怕早已完蛋了，今后用得着滚地雷，不管是上刀山下火海，就是光着脚板我也踩上去!”

宴大彪谢完红衣女子，这才过来向马车里的时三眺问安。话毕，他悄悄地问时三眺：“总架杆，这位救我性命的观音菩萨是……”

时三眺哈哈大笑，伸出两个指头弹了弹宴大彪的额头：“老子的堂客，还不过去讨份见面喜?”

“嫂子？她就是总架杆捂在被窝里不准我们见的嫂子?!”宴大彪又惊又喜，转过身去扑腾下地。“原来是我最亲最敬的嫂子大人啊！嫂子——兄弟滚地雷这条命就为你活着了!”

杜缨娘被宴大彪这一招弄得手足无措，脸上泛起红晕，完全与刚才那个英勇善战的女煞星判若两人。

宴大彪见嫂子尴尬，识趣地站起来，嘿嘿地傻笑，说："嫂子一身暗器功夫简直就像千手观音下凡，兄弟佩服得五体投地!"

"观音姐姐用枪打死了二十六个鬼子!"一个女子大声纠正道，宴大彪这才注意到杜缨娘的背后还坐着个姑娘。她正是据点门口被鬼子糟蹋的那位女子。

"哈哈哈！好个救苦救难的活观音，既然他们都这样叫你，也是众望所归"。时三眺在马车里接过话茬说："缨娘，从今天起，你在江湖上的报号就是千手观音!"

"对！报号千手观音，蜀中唐门的千手如来也不过如此。"武子峰在一旁附和。

杜缨娘面色微变，连声纠正道："小女子哪敢跟蜀中唐门比，不敢辱没千手如来老前辈……"

"比得、比得!"小石头笑嘻嘻地跑上来，一本正经地说："我是听师父说过，千手如来能够同时发出唐门七种暗器，没有亲眼见过，可嫂子眨眼工夫打了二十四门暗器，门门都要了小鬼子的命……师娘莫学渡口的老汉，牵着胡子过河，谦虚过度!"

"休得无礼!"时三眺打断小石头的话，佯装生气地责道："有你这样夸师娘的吗？你这不是老鼠为猫梳胡子，溜须不看看是谁?"

小石头吓得吐吐舌头，一溜烟地钻进人群中。众人忍俊不禁，哈哈大笑。

"千手观音！千手观音……"围在杜缨娘身边的弟兄，把崇拜和感激化作欢呼，一齐释放出来。

杜缨娘跟好多弟兄都没有照过面。

当初她跟时三眺私奔出来后，时三眺就一直不让她掺和拉杆子的事。她仍然过着平静的生活，做着力所能及的慈善，即使跟棚子里的武林志士见过一两次面，也只是谈武论剑，切磋一下武艺。

"老三，趁红光子（太阳）没出来，二话（闲话）少说，赶紧上线（走路），多滑（走）鸡毛店（农村），你们往小凤走，在老鹰岩登架子（上山），我跟缨娘等老光子坠了（天黑了），进孔都围子（县城）就没事了！”时三眺作了安排，便在车上运功疗伤。

队伍在鄂西北浅丘的村路上行进。一路遇到的村民很少，家家关门闭户，田间地头看不见种田的农民。

鄂西北流行这样一句话：不怕土匪来烧香，就怕官兵来派饷。自古以来，这里就是战略要塞，经历过数次战乱。

土匪虽然不少，但多数本地土匪只找地主商贾派粮要饷，不向穷人伸手。老百姓知道，绝大部分土匪，都是被乡绅恶霸或官府逼得走投无路的穷人。

这样的土匪一般都订有三条规矩：不扰民，不奸淫，不抢穷人。现在老百姓关门插户，主要是阳城、杏城、孔都城相继沦陷，鬼子隔三差五的清乡扫荡，烧杀奸掳所至。

老百姓又说了，宁愿阎王来勾簿，不愿鬼子来清乡。

嗖！一支响箭飞来，带领队伍在前的武子峰一侧身，顺势抓住。这是他放的眼线报的信。

武子峰示意队伍停止前进，掉转马头向时三眺报告：“总架杆，眼线放笼子（报信）说，前面三四里地发现大股日本鬼子，驾着铁马儿（汽车）向这边开来！”

“狗日的撵得好快啊！”时三眺心里纳闷儿，这一线没有鬼子据点，再往前走一两个钟头，就到了国军33团赵应柱的防区，鬼子又是从哪儿冒出来的呢？

他命令武子峰：“后队变前队，往回一二里，那里鬼子少，从右侧穿鬼子的观察哨，只要过了河，鬼子就拿我们没办法了！”

这支部队是鬼子派驻白水河执行清乡任务的第8旅团西大条胖大队。

今天早上，旅团长宫本贞一少将亲自给西大条胖中佐打电话，说：有一支不明身份的支那武装偷袭了特勤大队战俘营，救走了一名叫时三眺的支那神偷，此人异常狡猾凶狠，可能经过万寿村向国民党防区逃窜，命令他务必在那里堵截。宫本贞一少将特别指令：一定要将时三眺活捉，由他亲自送交师团总部！

西大条胖从宫本贞一的话语中感到时三眺的分量。怎么会让他只留下

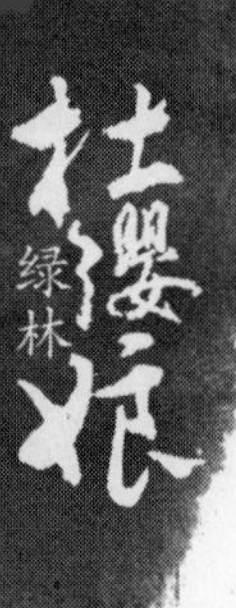

一个小队兵力驻守白水河，命令他亲率作战大队和皇协军保安团直扑万寿村。

为了扩大堵截面，他把部队分成三个方队，成梯形排开，搜索前进。

鬼子的先头部队开着汽车奔驰而来，并且已经发现他们。时三眺想避开鬼子已经来不及了。

汽车在距时三眺不到两百米远的地方停下，鬼子迅速摆开了阵势，前列机枪，后列小钢炮。这样的阵势告诉时三眺：你往前冲，我用机枪扫你，你转身撤退，我用钢炮炸你。

时三眺从来没有在浅丘地带打过阵地战。四面开阔，一片空旷，对于钻惯了山洞，爬惯了树梢的兄弟们来说，这样的作战环境，实在凶险。

“武诸葛，快动脑子想招啊！”只要有武子峰在场，宴大彪一遇险情就急，一急就催武子峰想招。

眨眼工夫，西大条胖的部队全部到位，作战大队在左，皇协军保安团在右，对时三眺形成了半包围。

武子峰骑在枣红马上，两只眼睛紧盯着黑压压的鬼子部队，琢磨着如何摆脱险情。

西大条胖钻出汽车，从容地走到阵前。他解下腰中的指挥刀，双手搭在刀柄上，笔挺地站在那里。

一名日军官和皇协军保安团长跑步过来，一左一右站在西大条胖的身后。

西大条胖向保安团长示意，让他喊话。

“有请时三眺时英雄出来会话！皇军西大条胖中佐在此恭候……”保安团长说话中气十足，一听就是内功深厚的江湖中人。

西大条胖抬手止住了保安团长，说：“你的，说话的不对！”

“嗨！”保安团长凑到西大条胖耳边说：“看他们的样子，是一群江湖中人，江湖人讲义气，我们不知道谁是时三眺，如果硬来，会有几个甚至几十个时三眺站出来。但江湖人活的是面子，死的也是面子，只要你把时三眺的面子给足了，按江湖规矩，其他人就不好站出来抢风头，不怕时三眺不现身。”

“哟西！”西大条胖翘起拇指，对保安团长的江湖阅历以示表扬。

保安团长又向时三眺喊话：“条胖中佐说了，他虽然是受上峰之命请时英雄回去，听说时英雄武功了得，条胖中佐临时改变了主意，他是大日本第一武士，不想错过跟时英雄切磋中国武术的机会……”

保安团长的话一说完，西大条胖“嗖”地拔出指挥刀，身未动，眼不转，手中的军刀向右疾飞出去，“噗”地一声直中十多米外一名伪军的前胸。

西大条胖趁伪军没有倒下去，接过保安团长递过来的剑，单手挽出一团剑花，左手接住剑柄，右手脱去剑鞘，顺势飞出去的剑鞘正好打在刀柄上，军刀受力，从伪军的后背透出。

西大条胖左手执剑，缓缓舒展左臂，剑尖向下，做出一个玉树临风托剑接招的架势。

他这一手飞刀掷鞘的功夫，让时三眺的弟兄看傻了眼。

“龟儿子小鬼子——要比划直接找老子!”时三眺怒火顿起，双掌击在马车上，一声怒骂：“卖弄把式，杀害无辜，拿中国人当靶子，老子今天灭了你!”

武子峰赶紧上前拦住时三眺，在他耳边小声嘀咕了一句：“总架杆只可智取，不可硬来!”

“比武?”杜缨娘好像受到了启发，向武子峰递了一个眼神。

“临阵诈降?”武子峰好像从杜缨娘的眼神里找到了救命险招：“对，临阵拉票子（绑票)!”

“弟兄们听好了——”时三眺没有完全消气，说话仍然怒气冲冲：“老子现在要跟这个啥——条胖子过几招，我输了我跟他走!”

队伍一阵骚动，一个个咬牙切齿。

“总架杆失手了，我们陪你去阴曹地府拉杆子!”

武子峰摆了一下手，说：“总架杆自有总架杆的秤，称得出斤两，一切全听总架杆的!”众人听他这么一说，平静下来。

武子峰策马向前，对着鬼子喊话：“中佐阁下，我们总架杆对你刚才的身手十分钦佩。没想到大日本皇军中，还有如此精通中国剑术的高手，今天有幸向阁下讨教剑术。但我们总架杆也说了，打赌先亮底，输赢都有个条件，既然是江湖比武，就得有江湖规矩，总不能赢了也还要吃枪子。当然，如果阁下的剑术只是戏台子上要花枪的把式，我们也可以不比，直接跟你去见冈村长官！请中佐阁下慎重考虑我们总架杆的建议。”

武子峰不愧是在鲁西喝过墨水才拉杆子上山的武诸葛，这一番话匪气无存，软硬有度。

保安团长在西大条胖耳边一阵耳语，他很担心其中有诈。

西大条胖听了，头摇得像拨浪鼓似的，阴冷地问皇协军团长：“亦寿君，是你的害怕？还是我的害怕！”

保安团长一怔，赶紧附和笑脸，立正行礼：“嗨！我的不害怕，中佐的更不怕！”

老实说，他没把这一群土匪放在眼里，他相信那个叫时三眺的小偷不是西大条胖的对手。理由很简单，他太了解自己的主子。

西大条胖六岁随父亲来到中国天津，即投入河北沧州武林一霸“游老虎”游乾坤门下习武。游老虎祖传“游龙剑术”名震北方武林已有上百年。二十四招“游龙走四方”，到了游乾坤的父亲游尚朝手里，被他发展成三十六招“游龙定乾坤”，因此成为清末大内十大高手之一。

游乾坤继承了父亲爱武艺更爱女人的风骨，为了一名宫女与人争风吃醋，被逐出皇宫回到天津。他自恃武艺高强，多行欺男霸女之事，被人称为“游老虎”。

西大条胖的父亲在天津开商行，为了得到黑道势力的保护，将一名带到中国的日本女子送给游乾坤作了六姨太。

游老虎对异域女人偏爱有余，还想纳日本女人做七姨太八大姨，西大条胖的父亲自然遂其所愿，游老虎以示感激，将西大条胖收为门下。

西大条胖随“游老虎”学艺十年，深得“游龙剑术”的心法。回到日本后，又拜本土忍术大师冈田雄资为师，将“游龙剑术”与“东瀛刀法”相糅，独创“游洋刀剑术”，刀剑合璧，自成一家。

二十出头的西大条胖随关东军入侵满洲里，几年时间就成了侵华日军中最年轻、最勇武的中佐。

被西大条胖称为“亦寿君”的皇协军保安团长，原名叫刘亦寿，因其恶迹，人称“刘野兽”；因其狡猾，又叫他“刘一手”。

刘亦寿原是蜀中唐门的看家护院，因偷窥唐家功夫被逐出唐家大院，为躲避唐家流窜到东北，仗着一手暗器功夫和擅长下毒的绝活，在黑河开了一家武馆，聚集了当地一帮地痞流氓和武林败类，成为当地一霸。

关东军侵占东三省后，西大条胖决定笼络当地一批地头蛇为其所用，亲自去武馆找刘亦寿比武，将其制服，并施以财色引诱，刘亦寿成了西大条胖死心塌地的汉奸。

他不仅收服了十多股匪伙，还协助西大条胖消灭了几股较大规模的抗日绿林武装。日军侵略华中时，刘亦寿追随西大条胖到了阳城。他杀了阳城团防司令马振东，顺理成章地当上了皇协军保安团长。

“闲话少说!”刘亦寿一副不屑的神态，解下枪械，脱下军装，走到阵前叫喊：“有种就上来几个，本团长先陪他玩玩!”

杜缨娘推着马车上的时三眺，与武子峰一起来到鬼子阵前。

时三眺哈哈一声朗笑，把红肿的双脚伸出车辕外。对着丈余开外的西大条胖说：“中佐阁下，虽然我的腿脚多有不便，却是恭恭敬敬上来向阁下讨教功夫的。阁下难道忍心推出一个三流角色来搪塞我？若是存心给我难看，在下不如随它一起下场!”

话音刚落，只见他一式旱地拔葱，人已凌空腾起，身形仍然保持坐姿，在离马车两丈有余的空中突然翻身，头下脚上疾坠下来，向马头撞去，“咚”地一声闷响，他被马头撞得再次弹起丈余，马倒地，脑浆迸裂，四腿一伸断了气。

在场的人根本没有看到时三眺是怎么坐回马车上的。

“你的，腿脚不行!”西大条胖神情泰然，转过头向刘亦寿嘀咕了几声。

刘亦寿听完，对时三眺说：“条胖中佐说了，你脚伤行动不便，不占你便宜，让你换两个人来跟他比。如果你们赢了，皇军给你们让道!”

“感谢中佐阁下体谅!”时三眺向西大条胖一抱拳：“我有个提议，以示对中佐阁下的尊重。让我的两个人先跟中佐的两个人过过招，如果我的两个人输了，他们就没有资格向阁下讨教，如果侥幸赢得一招半式，代表我向阁下拆招。”

时三眺这番话有礼有节。他也是在鲁西喝过墨水的绿林好汉，行走在阳城，根本没有人会想到他竟是四方寨的总架杆。

时三眺心里明白，西大条胖不是不想占他的便宜，而是在设套，让他一步步地往里钻。

果然被时三眺猜中，西大条胖邀请时三眺到他身边来，一起观赏这一

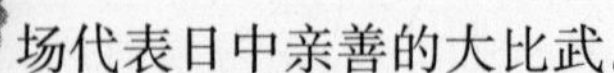

场代表日中亲善的大比武。

时三眺朗声答道：“阁下与我意气相投，为了表示诚意让阁下放心，我非常乐意跟你一起享受比武的快乐。”时三眺说完，解下双枪丢在地上。

刘亦寿跑上前来，把时三眺推到了日军阵营里，特别安排副官，“好好照顾时大当家的！”

武子峰心中窃喜，鬼子正在一步一步按“总架杆”的意思合作。

刘亦寿从队伍中叫出了参谋长何喜子。

何喜子是清朝末代皇宫里的太监，满清失去江山后，他逃回天津投奔“游老虎”，仗着与西大条胖是师兄弟关系，又与刘亦寿臭味相投，便做了保安团的参谋长。

武子峰依次从二人脸上扫过，说道：“二位是一起上呢？还是哪一位先上？”

何喜子大喝一声：“不知天高地厚，宰鸡岂用牛刀！”虽是一口娘娘腔，却是话到拳到，冲过来对准武子峰的面门就是一拳。

武子峰不闪不让，待拳到面门数寸，突然发招，左拳直切何喜子右拳脉门，逼得他连退三步。何喜子定了定神，施展五禽拳，又吼又叫地猛攻过来。

西大条胖与鬼子的大队长都立在一旁观战。何喜子邀功心切，拳招全取攻式，一招“金蛇缠身”刚出，次招“黑虎掏心”即到。

武子峰以柔克刚，从容将其化解。转眼间两人已拆了十多招。以何喜子的武功，怎能与他拆到十招以上，武子峰此时不胜他，是想麻痹西大条胖。

何喜子急了，突然收起拳式，从背后取出一对吴钩剑，刷刷刷！勾、拉、锁连攻三招。

武子峰连闪带跳，左躲右避。虽然没有中招，却被逼得拔出剑来。

何喜子以为自己占了便宜，攻势更加凌厉。一对吴钩剑分上下两路，左奔咽喉，右刺前阴，狠下杀手锏。

武子峰见他双钩一出，当即展开长剑，挡中有挑，隔中有刺，守中有攻，让何喜子一阵手忙脚乱。他瞅准对方一个破绽，身形一矮，左手突然出掌，正中何喜子左肋。打得何喜子跌跌撞撞，向后疾退。

西大条胖在一旁看得清楚，这是武子峰掌下留情，最多只用了三成力。

若用五成力，何喜子定会肋断脾碎。

刘亦寿一把扶住后退欲倒的何喜子，嘴里说道："我来会一会好汉！"

说时迟，那时快，他手中暗扣的五枚毒蒺藜疾射出去，直奔武子峰的五处要害。

眼看武子峰要被击中，突然，飞来一串暗器将毒蒺藜打落在武子峰脚下。西条大胖从尘烟判断，对方使用的只是些硬土块类暗器。足见此人功夫了得。

西条大胖忍不住瞟了一眼扣在队伍里的人质，时三眺正躺在那里睡大觉。

"中佐阁下光明磊落跟我们比武，刘团长何必急着使阴招呢？"一个女子的声音打破阵前的沉寂，"小女子接几招！"

西条大胖轻蔑地瞟了她一眼，冷冷地说道："你的女人的不行！他的胜之不武——"

瞧她站在阵前被风吹得飘飘欲飞的样子，西大条胖有理由相信，刚才打落毒蒺藜的人不是她！

"中佐阁下，让我家堂客跟团长讨教几招吧，也让她长点见识！"时三眺在边上为媳妇求情。

西大条胖开始有点喜欢上时三眺的豪爽，对他的请求没有反对。

杜缨娘不紧不慢地出场，大大方方地走到刘亦寿跟前，风吹辫子，让她更加显得单薄。

刘亦寿眼里添神，瞳孔放大，一双手在面前搓来搓去。上下打量一番后，一双贼眼停留在她的那双大脚上。柔声细语道："大当家的小娘子看得起在下，愿意挺身赐教，本团长求之不得，嘻嘻……"

杜缨娘对他的轻薄不予理睬，"人前不教孽子，阵上不杀畜生，请团长移个步，这里离皇军太近，只怕你的毒蒺藜伤了自家人。"

杜缨娘的话虽然让刘亦寿听了怪不好受，可她的提议正是他心想的。他不是怕暗器伤到自家人，而是想离众人远点，找个机会对眼前这个美人儿施点手脚，以解身上那点正在蠕动的春潮。

"嘻嘻！刀剑无眼，别伤了自家人的好，也不要伤了小娘子更好……"

刘亦寿迫不及待地在前面走，杜缨娘跟在他后面，一直走到离鬼子的阵营几十丈远。

西大条胖知道刘亦寿心中的那点心思，大声叫说："你们的，就在那里的比！"

双方在相距十余丈的地方站定。刘亦寿双手抱拳行江湖礼，一脸轻浮地说道："请小娘子亮招。"

杜缨娘根本不理会他的轻佻。左手一扬打出三支柳叶镖，右手一挥，三支袖箭紧随其后。她根本不管刘亦寿如何接招拆招，只顾发暗器，像是在完成一项任务。

但凡暗器高手最忌讳这种不管三七二十一的打法，暗器心法讲究"敌心动，我器动"，这样打暗器，跟小娘子撒娇无异。

刘亦寿正在得意，杜缨娘已经弯下腰去，后背跟着射出一支背弩。

"哈哈！小娘的绣花针是要为我补裤裆?"刘亦寿嘴里说着话，身法毫不懈怠，几种暗器都被他从容避过。但他哪里看到，杜缨娘直起身来时，顺手从地上抓起一把泥土，照着他色迷迷的面门撒去。

刘亦寿躲过了暗器，却再也躲不过这把泥土，伸手去护眼睛时，泥土已进入嘴里。

刘亦寿这才觉得对手不可小觑，她在一瞬间能同时打出七件暗器。地上的泥土如果换成任何一件暗器，小命已经不保，吓得他抹了一把额头上的冷汗。

他不敢再有半点轻视，顺手将扣在手里的暗器向她打去。

杜缨娘根据破空声判断，知道暗器是毒蒺藜。他侧身一躲，迎面使出"铁板桥"，三枚毒蒺藜擦着鼻尖飞去。她刚要站起来，又有三枚毒蒺藜向她下盘打来。

刘亦寿先前存有挑逗之心，这么受缨娘一辱，有点恼羞成怒，使出"连环三击"杀手锏，接连发出三件暗器。

杜缨娘人未仰起，右手一挥，发出两粒飞蝗石，分别将两枚毒蒺藜打落，待中间一枚飞到，伸手接住放在怀中。跟着左手一扬，三支柳叶镖分打他的上盘"神庭穴"，乳下"天池穴"，下盘"血海穴"。

刘亦寿见她扬手，慌忙跳起向左飞扑出去。杜缨娘看准落点，双手齐发，菩提子、铁莲子、柳叶镖等三四种暗器同时飞出，无论刘亦寿怎么翻滚，眉尖、肋下、足踝都被打中。他身子一软，瘫倒在地。

杜缨娘一个"虎步"飞身上前，将刘亦寿提起就往阵前跑。西大条胖看着眼前的一幕，心中大惊。“嗷嗷”两声怪叫，一个“龙腾虎步”，人在半空挽出五朵剑花。

“子峰看好!”杜缨娘将刘亦寿抛给了武子峰。一招“别姬分金”，化解了西大条胖凌空劈下的剑势。杜缨娘迅即剑锋划圆，恰好占了西大条胖的落脚处。

突然，西大条胖一改单手扬剑为双手握刀，身子向后一缩，硬是将刺出去的剑抽回来，猛地扬剑前劈，死死地将杜缨娘的剑压住。剑尖落地左荡右荡，使杜缨娘的剑身像被磁石吸住了一样，怎么也抽不回来。

这一招“荡地回天”，杜缨娘也是闻所未闻。两剑纠缠中，西大条胖借助剑尖着地之力，停留在半空中，两腿绷成一条直线，突然以剑尖为轴心，凌空旋转，两条绷直的腿横扫杜缨娘的杨柳细腰。杜缨娘也不避不让，趁势抽回剑身，反手递到自己背后，用剑身撑住自己的身体，一个“郑板桥”向后仰去。西大条胖的右腿贴着杜缨娘的腰身扫过来，“扑哧”一声，他的裤腿被缨娘腰间的铁件划出一道口子。

西大条胖没去管它，身体继续旋转，左腿又横扫过来。这招特狠，要是杜缨娘此时起身，定会伤到五脏六腑；要是杜缨娘还不起身，他的左腿扫过之后，定会后臀中剑。这招剑式是西大条胖综合忍术自创的怪招“送佛上天”。

杜缨娘早已将剑从右手换到左手，一招“指天发誓”，扬剑直削疾扫过来的左腿；身体向左一侧，手托后脑，肘尖撑地，俨然一尊刚刚醒来的睡佛；回眸一笑，口中一支柳叶镖疾飞出来。

西大条胖大惊，急忙蜷曲左腿，撤回剑势，就地滚出丈余。

杜缨娘右手一拍地，侧躺的身体直立起来，收剑而立。滚出丈余的西大条胖本想顺势跃起身来，但只起来一半，又扑通一声跪倒下地。杜缨娘赶紧提醒他：“中佐阁下，你已经中了蒺藜毒，千万不要运功动弹!”

缨娘一跃上前，伸手点了西大条胖的“天突”和“云门”两处大穴，一把将他拽在手中。

虽是两军对阵，众人早已被眼前两大剑术高手的比拼，弄得眼花缭乱。杜缨娘的举动表明，西大条胖输了。

观战的日军官拔出王八盒子枪，直指杜缨娘，阵地上的鬼子“哗”地拉开了枪栓。

时三眺一直在用农妇的拔针夹子拔嘴上的胡子，突然不动自飞，打掉了日军官手中的王八盒子。

“八嘎！不许的开枪！”西大条胖大声喝止，鬼子不敢乱动。

他这才明白，眼前这个女人为何将刘亦寿打伤，抛给他们的人看管。他们也跟自己一样，手里拽了个人质。只是，这个人质不是刘亦寿，而是他——决定这场战斗打与不打的皇军最高长官。

“中佐阁下，请刘团长陪我们走一个时辰，我们让刘团长先给你半粒解药，蒺藜毒不会在两个时辰内发作！”时三眺像是睡醒了，一边向武子峰招手，一边讲出这番话来。

西大条胖非常窝火，眼下这局势，分明就是早已算计好的结局，自己设下的圈套，自己钻了进去。

武子峰已经过去将时三眺推出了日军阵营，时三眺不管西大条胖同不同意，顺手将他插在地上的指挥刀拿在手里，有几分打趣地说：“为了刘团长乖乖的听话，暂借你们天皇小儿赏给你的尚方宝剑一用，我时三眺向你保证，一个时辰后放他回来，给你另一半解药。”

西大条胖咬牙切齿，按捺住心中的怒火，示意部队让开一条道。

杜缨娘松开西大条胖，宝剑入鞘，飞身上马，扬尘而去……

第三章 鬼子兽行　娥眉成剑刀出鞘

队伍沿着山路向西急行，一个时辰赶了两个时辰的路程，西大条胖即或反悔，也追赶不上了。

时三眺决定放刘亦寿回去。众人不愿，都说没有必要跟鬼子讲信用，刘亦寿是西大条胖的铁杆汉奸，早已死有余辜，干脆将他杀了，世上就少了一个祸害。

时三眺看了武子峰一眼，想听听他的意见。

“不杀刘亦寿，放虎归山，必有后患”，武子峰说：“不放他回去，西大条胖就得不到刘亦寿的独门解药，肯定命不保夕。总架杆答应放他回去的，现在言而无信，今后在江湖上说话就没有分量了。不过，兄弟们说的也有道理，跟鬼子讲义气只怕会留下后患。”

“老三，你也成了刀上两边滚的鱿鱼？尽说些前不着村后不着店、狗屁不值的废话！”时三眺很不满意武子峰说这种模棱两可的话。

时三眺在马车上调整好姿势，面对兄弟们讲：“兄弟们想想，西大条胖要不是一个精通剑术的日本人，我们哪有机会跟他比武定生死？如果鬼子不按江湖规矩办，我们的计谋又怎会得手？鬼子都讲信用了，我们为什么不讲信用？如果鬼子当初反悔，一定追得上我们，这几百号弟兄哪一个不被子弹打成筛子眼？刘亦寿不回去，他也不一定就是死路一条！都是会家子，谁敢担保他在两个时辰内解不了毒？”

众人都陷入了沉默，一时找不到更好的理由反驳时三眺。

“这里的江湖是中国的江湖，鬼子是小日本的鬼子，根本就是井水不犯河水的事，他们没有资格跟咱们讲江湖规矩！但是，刘亦寿必须放，西大条胖暂时不能死。”杜缨娘突然说出这番话来，着实让周围的弟兄大吃一惊。

“缨娘，你说出个必须放的理由让弟兄们掂一掂。”时三眺对杜缨娘今天的表现深感意外。

她捋了一下额头飘飞的头发，说：“我这一路看得很清楚，今天小鬼子堵住我们过招，不是跟我们了结江湖恩怨，也不是要抢我们四方寨的地盘，他们是有狼子野心，要把中国的老百姓赶尽杀绝，到处都挂上他们的膏药旗！”杜缨娘骑在马背上义愤填膺。

“今天小鬼子逼着我们跟他动手，你不结这个冤家，他也得跟你结，往后你不动手打他，他就要动手打你，想躲都躲不过。这些遭天杀的小鬼子，逼得你只有一条路可走：你不杀人，可不能不杀小鬼子！逼得老百姓只认一个死理：不杀小鬼子没有道理！也逼得我们宁跟江湖恶人讲信义，也不能跟小鬼子讲信义！”杜说到激动处，两道温顺的蛾眉也颤抖起来。

杜缨娘的话让在场的兄弟频频点头。

“既然往后有的是打，今天必须放了狗汉奸。”杜缨娘控制了一下自己的情绪，接着往下说：“弟兄们想想，今天没得这个西大条胖了，明天会有那个中佐来，是冤家就有再碰面的时候，咱们给他留点秋风在，不怕没有夜雨收。往后路窄照了面，我们至少还熟悉对手的脾气，晓得如何对付，现在他死了，鬼子马上就会追上来报复，我们现在这个样子，跑得出这山，逃得过那沟吗？这个刘亦寿也算不上什么大患，要他的小命，随时都可以去阳城提回来。”

时三眺陷入了沉思。杜缨娘今天说话掷地有声，句句如敲钟，跟以前那个内秀矜持的杜缨娘大相径庭。他要重新认识自己的女人。

武子峰更对杜缨娘刮目相看，想不到整天跟着教父念咒诵经的嫂子，居然把问题想得这样透彻。

“放人！”时三眺终于下了决心，飞刀割断马车上捆绑刘亦寿的绳子。小石头提着西大条胖的指挥刀欺身上前，要剁下刘亦寿的一只耳朵，对他死心塌地跟西大条胖当汉奸以示警告。

时三眺止住小石头，“算了，此人天生一副软骨头，即使把他的头剁下来，还是个汉奸身子，暂且寄在他项上，总有一天会把他五马分尸!”

刘亦寿飞也似地逃走后，时三眺宣布，队伍就地化整为零，分散行动，他与武子峰、杜缨娘带上十几名弟兄，一起去孔都城，等办完事再去神头岭会合。

弟兄们散去，躺在马车上的时三眺这才顾得过来，认真审视自己别离了一年零三个月的女人。曲线分明的身材还是那么曲线分明，晶莹透水的眼睛还是晶莹透水，清秀文静的面容越发地清秀文静。只是，似乎多了一分成熟起来的忧郁。

时三眺忍不住把缨娘的手抓过来捧在手心里。

武子峰面色尴尬地转过头去，喊上弟兄在前面探路，让时三眺与杜缨娘好好叙一叙别离之情。

杜缨娘说，“子峰差人来说，你被鬼子抓进大牢了，他正带人去阳城救你，我一听急了，现在到处都是鬼子，劫牢救人不是简单的事，就赶紧来了……”

时三眺抓住缨娘的手，含情脉脉地说：“我这辈子没白来世上走，一生遇到两个最好的人!”

杜缨娘挑眉反问：“这两个人是谁呀?”

时三眺脱口而出：“当然是你和师傅!”

但他随后有些感伤，“我原来是想，不管这个世道如何乱下去，我都不会让你做个土匪婆，沾上武林恩怨，卷入江湖仇杀，过刀口上舔血的日子。我只想让你清清静静、平平安安过一生，可是我没有做到……”

“这个乱世哪里有清静的地方让我们容身呢? 就是有，鬼子也不让啊!”仰望西去的日头，杜缨娘也有些感伤。

“是啊! 我时三眺没有做到当初的承诺，没有办法让你过上不再东漂西泊的日子，反而拖累了你，让你为我担惊受怕!”

时三眺把杜缨娘的两只手都攒在自己的手心里，说，“我为了跟新四军合棚子打鬼子，想送个见面礼，就到鬼子那里去摸点东西，结果把自己套进去了不说，还让你为我牵肠挂肚，冒这么大的风险。”

“你们该不该参加新四军，我不清楚，可日本人到这里来又烧又杀，把中国人当牲口一样要剐便剐，是个中国人都该打鬼子!”

说起鬼子的兽行，杜缨娘的蚕眉绷成一把剑，恨得眼生幻影。她“唰！”地一剑，将面前一垛稻草人当成鬼子斩成了两段。

时三眺一惊，默默将她手中的剑接过来，小心翼翼地问她：“缨娘，为啥对鬼子如此刻骨铭心的仇恨？”

杜缨娘突然感觉到自己失态，理了理蓬散下来的刘海，为时三眺讲起昨天来阳城的路上看到的一幕幕。

接近黄昏，杜缨娘与带路的弟兄一路急赶，到了大垭村口，迎面来的几个农民边跑边喊：“鬼子来了，闺女千万不要进村去，赶紧逃命吧！”

杜缨娘想问个究竟，可那几个农民眨眼逃得无踪无影。

带路的兄弟说，“走这个村子，是去阳城最近的路，若是从别的村子绕过去，得多出两个时辰。”

杜缨娘心急如焚，时三眺的安危揪着她的心，他的安危比自己的生命重过不知多少倍。

她说：“就是个老虎窝，也要从那里闯过去！”

杜缨娘的倔犟脾气一上来，九牛也拉不回。她狠抽一鞭马屁股，冲进村子。

刚进村口，一股浓浓的血腥味和焦炭味夹杂在一起，扑面而来。村子的断墙残垣上飘散着袅袅烟雾，无力地向四周弥漫。但这里已经没有了鬼子，也没有村民。

杜缨娘小心地靠近去，眼前的情景让她傻了眼：横尸一片，凝血盖地！“妈呀——”杜缨娘只觉得眼前一黑，腹中急涌，差点栽下马去……

一个血淋淋的中年人，点点滴滴的鲜血从捂着腹部的手指间渗出来。

这个中年人刚从死人堆里爬出来的，虽然身中六刀，好在都没有伤及要害，给他用了些刀伤药，性命已无大碍。向他们讲述起鬼子疯狂屠杀村民的经过。

中年人是双沟村的牛贩子王汉先，昨天从公滩村买了几头牛，准备贩卖到杏城去。第二天半晌午，他牵着牛经过大垭村，在农民王善德家讨水喝，顺便搭讪了几句家常，王善德见他人好又与自己同姓，颇为投缘，便留他吃了晌午饭再走，王汉先欣然答应。

王善德端了一条木板凳让王汉先在院坝里落座，王汉先拿出旱烟袋刚掏了点烟末按进烟锅里，“哐啷哐啷”的铜锣声便响了起来。接着传来一声紧似一声的嘶叫：“胡麻子来了，鬼子进村了！胡麻子来了……”

伪保长胡麻子在这里就是鬼子的化身。自阳城沦陷，“胡麻子”在这方圆几十里的农村名声大震。“不怕鬼子进村，就怕麻子现身”成了这里妇孺皆传的顺口溜。

王汉先手里的烟锅啪地落在地上，站起身来牵起牛就想走。王善德从屋里背出八十多岁的老娘，一只手牵着十几岁的孩子，冲王汉先喊：“他大伯快跟我们上山，逃命要紧！”王汉先是个明事理的人，来不及解下拴在树干上的耕牛，跟着王善德一家八口人没命地逃上后山躲起来。

果然是胡麻子带路，领着盘踞在金牛镇的日本兵，杀气腾腾地蹿到了大垭村季公桥桥头。

胡麻子站在桥上向村里一阵张望，他判断，这里的村民肯定上山躲起来了。他在鬼子的一名小队长耳边嘀咕了几句，神气地站在小队长身后。

鬼子小队长敞开胸襟，取下头上的麦草帽向前方一挥：“哟西！通通地向山上开炮——”。

鬼子架起小钢炮，向半山腰莲花庵乱射一通，炸得山动地摇。

鬼子在山下打完炮，便大张旗鼓地撤走了。

又过了半个时辰，躲在雷公岩的村民探出头来张望，见鬼子不再打炮，也不见日军的影子，都以为日军走了，不少人打算下山回家。

三根祠有三个在山上砍柴的农民，提出挑着柴火下山探望虚实，并与山上的村民约定，如果路过大垭村口没有看到鬼子，就在家中燃起几堆烟火报平安。

三村民走后不久，山上的村民便看到三根祠方向冒起了三股烟雾，村民得知他们已经平安回家，也就放心地钻出山林陆续下山。

谁料想鬼子是故意先放 3 个农民作诱饵，诱使所有农民下山，他们仍埋伏在村子里。

王汉先等 75 个村民被鬼子捉到了王善德家，鬼子用白布条将他们的眼睛蒙上，让村民分成七排站在院子里。

王汉先站在最后一排，他仰起头，虚着鼻梁间的缝隙里隐约看到眼前的情景。

一名长着小胡子的鬼子，迈着罗圈腿走出队伍，像一头猎食归来的恶狼，审视着面前的村民。

他在王善德面前站定，突然大叫一声："你的——出来！"吓得王善德两腿发抖，身不由己地向后排退缩。

"哟西！死啦死啦的，哈哈哈——"鬼子狞笑着扔掉手中的枪，上前将王善德拽住，将他拖到十几米外的石磨边，按在磨柄上。

这时，胡麻子将手里的铡刀递给一个面带稚气的小鬼子。

小鬼子看看铡刀，又看看按在石磨柄上的王善德，吓得直往后缩。

一名鬼子军官见状，冲着小鬼子就是两耳光，歇斯底里地号叫："八嘎！你是天照大神的子孙，如此的胆小，去！拿出大日本武士的勇气消灭他。"

小鬼子捡起被鬼子军官打落的钢盔，接过胡麻子手中的铡刀，战战兢兢地向石磨走去。

按住王善德的鬼子兵，冲着过来的小鬼子大叫："快快的过来！砍头的痛快！"

小鬼子靠近了王善德，额头上的汗珠不由自主地往外冒。刚举起屠刀，突然，当啷一声！铡刀脱了手。他吓懵了。

刀掉在地上的响声，惊动蒙面的村民，引起一阵骚动，鬼子赶紧用刺刀抵住村民的胸口。

"哟西！"鬼子军官大怒，咆哮着冲上去："死啦死啦的！"举起手中的军刀，对着王善德的脖子劈下来。

军刀砍下去的一刹那，刀光如泻，拉成一帘锃亮的瀑布。血柱"噗哧"一声，将揪住王善德头颅的鬼子冲到一丈开外。

王汉先只觉眼前红光飞溅，吓得闭上眼睛。

杀人现场顿时嚎叫声起。

瑟瑟之中的王汉先已经感觉不到自己生命存在，似乎已经身首异处，自己的头好像就是落在地上的那颗头，被穷凶恶极的魔鬼当做南瓜一样丢弃在那里。

鬼子接下来的恶行，更是花样百出，在王汉先的眼里形成了一幅幅剪影。

村东的舒金刚夫妇被两名鬼子抓到了王善德掉脑袋的地方，用两根绳子将夫妇二个背靠背地捆绑在一起。

王汉先不知道小鬼子将对舒金刚夫妻施以怎样的酷刑，但他深信，这对恩爱的鸳鸯鸟将在这一刻死去，人世间双宿双飞的缘分已尽。

他与王汉先有多年的交情。王汉先从他门前经过，常在门口停一停，然后喊一嗓子："金十枪——"。

舒金刚只要在家，听到这一嗓子，便会从屋子里出来，王汉先歪起脑袋往里探一探头，神秘兮兮地问："整了几枪？打过江没。"

每到这时，舒金刚的妻子夏三桂准会跟着从屋里跳出来，拿起东西追打王汉先。嘴里骂道："死汉子，赶快回家去，你家婆娘正在和野汉子闹腾呢！"

王汉先脑子里浮现出自己跟舒金刚夫妇穷作乐的往事，嘴角露出一丝笑。

就在他笑得有点离谱的时候，一名鬼子找来两床棉絮，将舒金刚夫妇包裹起来，又用绳子将他们捆紧。

"什么的干活？"鬼子军官也不知道鬼子兵要做什么，但他明白，鬼子兵如此费劲地折腾，一定是在创新杀人手段，翘起大拇指，"哟西！你的消灭他们，办法要大大的好！"

"嗨！"鬼子兵行了一个军礼，"报告长官，我的用支那猪为您做一份三明治，保证您的喜欢！"

鬼子兵从摩托车后备箱里取出一只军用铁桶，从油箱里接满汽油，向舒金刚夫妇走过去。

他"扑通"一声跪在地上，目视远方。过了片刻，所有的鬼子兵哼起了叽里哇啦的曲调。

鬼子军官跟着鬼子兵的音调哼起来。

在场的鬼子兵都跟着哼了起来。

十多名鬼子兵围着跪在地上的鬼子兵手舞足蹈，哼哼叽叽转圈。

鬼子们像中了邪似地又唱又舞。胡麻子不解，小心翼翼地问身边的鬼子军曹："皇军在唱啥子哟？"

"混蛋！大日本武士拜谒天照大神，你的不许出声！"

胡麻子不敢再出声。

鬼子的歌声终于在哭不是哭、嚎不是嚎中停了下来。

跪在地上的鬼子兵“噌”地站起来，提起地上的汽油桶，浇花一样地把舒金刚夫妇身上淋了个透。

一个鬼子跑上前去，划燃了火柴，丢在舒金刚夫妇身上。

顿时，火球翻滚，撕心裂肺的叫疼声，随着烟火的升腾很快消失……

“乡亲们，不能等死啊！跟狗日的鬼子拼啦……”一位青年刚喊出声，鬼子的刺刀就刺进了他的后背。

骚动的村民在鬼子的一阵乱刺中倒下。

王汉先觉得有一丝凉意从腰上钻了进来。他腿一软倒了下去，不知人事。

杜缨娘听王汉先讲完这一幕，浑身的血液直往上涌，眼前一摊一摊的血迹变成了一团一团的火焰。她再也按捺不住心中的怒火，飞身上马，向村子奔去。

鬼子正在郑二先家的院子里，郑二先被鬼子绑在风谷车上，旁边躺着被鬼子打死的老父亲。

杜缨娘策马飞奔，一股股血腥味扑面而来。

院子里正发生着惨剧。

鬼子小队长当着数十名鬼子兵强奸完郑二先的小妹郑雨姝，让几个鬼子抬着来到郑二先面前。

鬼子小队长向身旁一只吐着红舌的狼狗打了个手势，指挥它向郑雨姝扑去，一声惨叫，让人撕心裂肺。

郑二先挣红了脸，脖子上的青筋直冒。他突然大吼一声，倒地而亡。原来他的肺炸了。

就在这时，一个小鬼子戛然止声，硬邦邦地倒在地上。

鬼子小队长正想看个究竟，“嗖——嗖——”闪过两道白光，击中了他的命根子。

鬼子小队长应声倒地，裤裆里冒出带把的红缨。

狼狗跟着倒地，前腿伸伸，后腿蹬蹬，不动了。

鬼子一阵骚动，辟里啪拉地拉枪栓，举起三八大盖四周搜寻。

一团红影从歪脖子树后钻出来，直奔郑二先的院坝。

起风了。秋风摇着院落几棵稀疏的柳树。树上仅有的几片叶子飘然而去，七零八落地在空中乱窜。

几片树叶正好打在小鬼子的脸上，就像薄薄的冰片，冷飕飕的烦人。

一名小鬼子腾出手来，去抓扑面而来的树叶。

这是一片愤怒了的树叶。小鬼子怎么抓得住，手刚伸出去，树叶已经扎进眉心。

这一瞬间的变故，旁边的一个小鬼子看得很清楚。他正惊奇，树叶怎么会有如此大的威力。还未回过神来，一片同样的树叶向他飞来。他下意识地躲闪，但他扭过来的脑袋正好接住了那片树叶。

那不是树叶，是杜缨娘的柳叶镖，她在几十米外的马背上，撒出了几十片形如柳叶的飞镖。

在场的鬼子来不及扣动扳机，瞬间倒下好几个。剩下的三名小鬼子，身上也都中了镖，八成也是没魂了。

杜缨娘飞身下马，冲进院子。

几名小鬼子清醒过来，大约看到面前有团红影，似是一个貌美如花的仙女，嘴里不由自主地叫道："花、花姑娘……"突然又觉得不对，赶紧改口："女、女……英雄的干活？"

杜缨娘听到"花姑娘"几个字，气血直冲脑门，恶狠狠地骂了一句"找死！"，硬生生地将手心一枚柳叶镖拍进小鬼子的眉心，吓得两名小鬼子扑通扑通跪地求饶……

随后赶来的弟兄与王汉先一起将死去的乡亲掩埋。杜缨娘将两名小鬼子提到郑二先家的祠堂里，找来几张土布床单，命令他们咬破自己的手指，写下他们刚才屠杀中国百姓的罪恶。

杜缨娘听王汉先念着小鬼子的供状，手里攒着的两枚铁蒺藜已经刺破了她的手心，渗出的鲜血巴嗒巴嗒淌落下地，溅起一颗一颗的泥珠。

"小鬼子——"杜缨娘突然狂吼一声，顺手挥起鬼子的军刀，"咔嚓"一声，两颗小鬼子的头颅飞了出去，滴溜溜地滚落在祠堂的几十块灵牌下。

鬼子的兽行，让这个下江女子乱世无温柔。她一脚将鬼子的头颅踢到供桌边，恶狠狠吐出几个字："朗朗乾坤岂容恶鬼闹腾？是鬼就该下地狱！"

第四章

孔都求证　苦难身世手足情

时三晀领着杜缨娘一行，绕开鬼子的几处据点，次日傍晚赶到孔都城外的小岗村。

孔都城在国军的控制下，驻扎着国民党 A 师。师长谭庆洪擅长山地运动战，五年前随 A 师 29 团来此清剿江南红军游击队，因“剿共”有功，从营副一步步升任到今天的师长。

武汉沦陷后，长江以北的 A 师就地后靠，退守孔都城。这里地理位置特殊，城前是平原，两翼是起伏不断的丘陵，身后百余公里就是山高林深的神农架，部队防守布局也十分灵活机动，守可在孔都城两翼设置伏兵包抄来犯的敌人，退可以没入苍茫的神农架原始森林。

时三晀刚刚逃出鬼子的牢笼，不惜带伤涉险赶到上百里外的孔都城，有他自己的理由。

武子峰安排好弟兄们住下，来到时三晀的房间，杜缨娘正在给时三晀擦洗脚踝，心疼地说：“还疼吗？幸好只是皮外伤，我爹的洗脓汤起作用了，肿消淤散了。”

时三晀抓着杜缨娘的手，嬉皮笑脸地说：“当初受小鬼子折磨时我就想好了，有神医老岳父的嫡传弟子做我老婆，才不怕小鬼子挠痒痒呢，再脓再烂都难不倒我老婆的圣手！”

“油嘴滑舌的！”杜缨娘使劲地把手抽了回来，嗔道：“我再能治，痛是真的啊！”

武子峰从外面进来，撞见小两口打情骂俏，十分尴尬，径直过去将时三眺挂在墙上的两把匣子枪取下来，卸枪擦拭。

时三眺不笑了，清了清嗓子，对杜缨娘说："我跟子峰出去一会儿，你照顾好兄弟们，在这里等我们回来。"

杜缨娘不解地问："啥子事情那么重要，等脚上的伤好些了，明天再去不行吗？"

"不行，这事早就约好的，今天不会面，事情就要搞砸了！"时三眺非常凝重地说："一刻也不能耽误，子峰，我们赶紧走！"

杜缨娘没再追问，她知道时三眺这么急着办的事，一定是大事。

武子峰迅速装好枪，替他拿上暗器袋，对杜缨娘说："嫂子放心，我保证总架杆完好无损地回来！"说完从后院出门，消失在夜色中。

二人一身夜行衣，从孔都城西的后城墙攀爬进了城，守城的国军士兵没有丝毫察觉。他们绕过几道哨卡，避开夜巡士兵，闪进了一条胡同。

这是一条死胡同。胡同的尽头是千佛寺，寺院无僧。

传说这座寺院只容真佛，不纳凡僧。曾经有过几位云游到此的僧人，意图入寺住持，但只住下几天，都卷起袈裟走了。

后来有一位高僧在这里住了一晚，第二天找到当地军政长官，道出真言："此乃历朝历代高僧圆寂后得道成佛的诵经之寺，不容凡僧修身，信徒添香，主政者珍视此寺，定保孔都长久。"

故千佛寺经历几百年，大凡在孔都城拥兵主政者，入城后的第一件事定会修缮千佛寺，派兵守护，严禁僧人和百姓入内打扰。

武子峰先进入寺院，将寺内仔细观察一番，确认无伏，才摸进大殿，从如来座下取出两根香来，出了寺院。

"总架杆，看来对方已经来过两次了，我们是不是进去等？"武子峰请时三眺敲定。

"好！你留下观察，我先进去。"时三眺说完闪进了寺院。

时三眺刚进大殿，一条黑影在如来身后闪了闪。时三眺下意识地把手伸向腰间。

有人轻轻说话："日出三寸目先兆！"

时三眺赶紧回答："山下单人木挑公！"

"时兄真是个守信之人！"来人现身，是个壮实精明的青年。

时三眺抱拳还礼，说道："时某差点失约，让崔兄久等了！"

"时兄休要客气，战俘营那边的事崔某听说了！"

时三眺口中的"崔兄"叫崔松，他也抱拳还礼。

时三眺一愣，"崔兄的消息好快啊，才一天多时间，你在百里之外都知道了？"

"时兄大闹战俘营，杀了那么多鬼子，那是大快人心的事！"崔松兴奋地说："不光是我知道，延安和重庆方面都知道了。"

时三眺说："小鬼子一天不滚回去，我就跟他们死缠烂打干到底！"

崔松握紧了时三眺的手，"好！我们进里屋细说。"

时三眺随崔松进了大殿的侧房。

大殿侧房是一间诵经室，神台上供着救苦救难的观世音菩萨。

"施主来得早，不如来得巧！"时三眺循声望去，一位身披袈裟的和尚端坐在供桌旁，手捻佛珠，念念有词。奇怪的是，他所敲打的木鱼是一本厚厚的书。

时三眺从来没有见过这样诵经念佛的和尚，心中生疑。

"时兄切莫多心，看看这位大师是谁？"崔松故作神秘，"我给时兄请来了做梦都想见的人！"

时三眺不明白，反问道："我做梦都想见的人？崔兄也清楚？"

他双手合于胸前，行了佛家见面礼，朗朗说道："在下时三眺，敢问圣僧？"

"阿弥陀佛——"和尚停下空敲木鱼的架势，起身还礼，抬眼注视着时三眺。

"啊！"时三眺一声惊呼："老师？你是董老师?!"

"不是在做梦吧？"时三眺揉了揉眼睛，又拎了拎自己的耳朵，确信自己不是在做梦。和尚的眼神，分明就是他梦里见过多少次的眼神。他直通通地跪了下去，委屈地大哭起来，"土匪时三眺，对不起您啊——"

时三眺趴在地上，哭得十分伤心。

和尚没有去扶时三眺，只顾手捻佛珠，任时三眺痛哭。

时三眺哭了一会儿，喃喃自语："老师，我做了土匪，还成了土匪……"

和尚看着眼前的时三眺，慈目涌动春潮。

时三眺的身世和他在江湖中闯出的名号，是崔松几天前才告诉他的。

时三眺是白龙山悍匪田成的义子。有一次眼线来报，有一批军火要从白陵运往下江，苦心经营几年山头的田成，此时只有大刀长矛和几杆火药枪。在有枪才有势的江湖上，这是个绝对不能放过的机会。他率领三十多号弟兄，长途奔袭几百里，赶到长江边上的西沱劫官船。

田成从西沱上游开始放排，他与四五个兄弟在筏上掌舵拿艄，其余的人口衔麦梗藏在木筏下。木筏很快追上官船，失控撞上了船尾。田成趁乱上船，控制了押运货物的兵头。

田成将官兵赶下官船，放他们逃生。然后，将纤绳向岸上扔去，准备将船牵引到西沱下方的岸边卸载。

就在这时，一艘大渔船急驶下来。

田成没有在意，不料，突然从船舱里冒出十几支快枪，对着他们就是一阵乱射。

岸上拉纤的土匪被打死。船如断线的风筝，在盘旋的江水里打转转。

顿时，船上的兄弟乱成一团，纷纷跳江逃命。跳下江的土匪不是被乱枪打死，就是被巨大的旋涡吞噬。

田成左避右避，情急之下掰开船舱护底板，发现下面还有个黑洞洞的舱，来不及多想就钻了进去。

长江上的官船都有护底舱，就像财主家的夹墙，专门用于躲避江上大盗。

田成钻了进去，还没有来得及拉木板，就自动盖上了。

田成屏住呼吸趴在底板上听上面的动静。忽然，上面一阵乱响，响声越来越近，像是就在他的头顶上。田成攥紧手中的匕首，准备最后一搏，死也要拉上几个垫背的。

“别动！不是官兵！”一个女人的声音，吓了田成一大跳。他本能地挥动匕首朝说话的方向划过去，却被人扣住了合谷穴，匕首不听使唤地脱了手。

“不要怕，我们是一路的！”女人的声音轻若蚊蝇，却如一道死命令，让田成不敢有半点妄动。

头顶上的响声渐渐远去，舱里死一般的寂静。田成感到船在江上剧烈晃动，顿感头昏目眩，胸闷气短。

“等等！他们还没有走远！”女人以命令的口气说道。

田成好不容易拗过了一支烟的工夫，直到那女人掀他出去看看。

他迫不及待地换了几口气。乘着光线，田成想看看这位会把式的女人究竟是个什么样的人。不看不知道，一看吓一跳，一个大肚子女人斜躺在船舱里。

“转过去……”女人双手捂住下身，喃喃地告诉他。“我要生……生了……”

田成是过来人，一听这话就急起来，顾不了那么多，一把扯过女人，出了夹舱。

船继续在江水中摇摇晃晃地打转转，田成找了一张遮盖军火的油布铺在船板上，帮助女人生产。

孩子生下来了，女人也昏了过去。田成用匕首割断孩子的脐带，从死去兄弟的身上脱下衣服把孩子包好，这才想办法让船靠岸。

田成拿起船橹，几次试图冲出回水沱，但都失败了。生下来一直没有哭叫的孩子突然大叫起来，田成赶紧扔下船橹来抱孩子。此时，一种从来没有的绝望袭上心头。

“孩子……我的孩子！”女人醒来，试图起身来要孩子，但她又倒下去了。

田成把孩子放到她身边，女人侧过头来端详着孩子，对田成投来感激的眼光。

“你刚才救了我……我才帮你接生……”田成说道。

女人缓了口气，轻轻地说：“不打紧，孩子也没爹了，往后壮士就是他亲爹，这是缘分……”

女人说完从上衣里取出一个小布包交给田成，继续说：“他爹在世就给他取好了名字，叫时三眺吧。”

田成问女人是哪里人，怎么在官兵的军火船上，孩子的父亲是什么人。

女人摇摇头，说：“我跟壮士一样是来劫军火的，壮士不必多问了，孩子他爹死了，请壮士一定为孩子找个好人家抚养成人！”

“你是我的救命恩人，我田成虽然是个扎棚子的土匪，却知道有恩必报。只怕现在……”田成说话的时候，下意识地看了看船舱。

船里已经积了半舱水，翻滚的浊浪不时灌进舱里。他越发的绝望起来。

“壮士不必惊慌，我来想办法。”女人说这话的时候，竟然精神大振，麻利地直起身来，站在船板上，抱拳说：“我的孩子就拜托给壮士了！”

田成对女人的话没有寄多少希望，身处这样的绝境，连他都束手无策，何况还是个刚刚产婴的女人。

最可怜的是这个才出娘胎的孩子，还没来得及看一看青山蓝天，就要随他们一起奔上黄泉路。

女人从后腰取出一只像人手一样的铁器，田成认得那是梁上君子常用的铁抓手。

这只铁抓手比惯用的铁抓手小了一半，五根铁指能够像人的五指一样活动，后缀的绳子也非常细，比筷子粗不了多少。女人捋了捋铁抓手的线索，瞅瞅几米开外的峭壁，壁上生着一棵树，离江面最少也有十几米远。

“壮士快将我儿护好！等我扔出铁抓手抓住那棵树，你赶紧将船拴住。”声音刚落，女人的铁抓手已抓住了树枝。就在田成拴船的同时，女人再也站立不稳，一头栽进江水里，转眼不见了踪影。

几天后，田成带着时三眺回到白龙山。

田成苦心经营的山寨本来就很小，这次倾巢出动劫军火，结果全军覆灭，是一个产婴的女人帮他死里逃生，捡回来一条命，他万分感激地带着婴儿回到山寨。

山上没有了压寨夫人，只好将时三眺寄存在山下的小寡妇那里暂时看管，给孩子取名“小跳蚤”。

寡妇的男人是田成的“二当家”，在一次火拼中丧生。她没有孩子，也没有伺弄婴儿的经验，开始几天靠玉米汤延续婴儿的生命。

天不绝人，寡妇家的大黑狗恰巧在这个时候生了崽，她试着挤了一点狗奶给奄奄一息的婴儿喂下。只有几个时辰，时三眺毛茸茸的小脸蛋竟然奇迹般地焕发出红晕。

寡妇像找到了大救星，把攒在家里的十几个鸡蛋拿来喂狗催奶，鸡蛋没有了，索性宰了生蛋的老母鸡，熬鸡汤喂狗。

田成中途来看孩子，听寡妇说起这一招，连夜赶回山寨，命令几个老弱病残的土匪钻山入林抓野鸡，亲自送下山去喂狗。就这样将大黑狗的奶龄整整延长了三个月。

当年的匪伙都靠“人众枪多”生存。田成为报杀父之仇，手刃当地大财主周清江后拉杆子上山，从十几把刀枪发展到有四五十个兄弟。

田成是穷苦人出身，本质憨厚仁义。他的棚子只有三条规矩，不得奸淫妇女，不得抢劫乡民，不得勾结官府。

这次劫军火，田成赔进了老本，寨子只剩下几个老弱病残的土匪，对无枪又无人的山寨来说，没有半点安全感。

那天一觉醒来，田成成了光杆大王。他预感不妙，当即直奔下山。

但还是晚了一步，时三眺已被手下土匪金狗儿掳走。寡妇哭得死去活来，这个让她拉扯了半年的孩子已经成为她生活的全部寄托。

寡妇向他诉说了当晚的情形。那晚刚睡下，便听见有人在敲窗户，随即有人说："嫂子快开门，我是山上的金狗儿，田老大想小跳蚤了，让我把他接上山去！"

寡妇没有多想，便起床开门。不料刚把门打开，头上就挨了重重一击。接着，便什么也不知道了。

寡妇拍了拍头，突然想起了什么，大了声音说："对！我迷迷糊糊听到金狗儿说，好像是要把小跳蚤献给龙头！"

"龙头？"气愤至极的田成狠狠地吐出几个字："狗杂种，他是跟龙宗啸搭上线了！"

龙宗啸盘踞在青龙山，手下有二百多号弟兄，是青龙山第一大匪帮。青龙山有十二座峰，每座峰上都有匪伙扎棚子，龙宗啸的这座主峰在川湘鄂三省交界线上，有一条三省商贾必经之路，沿途有十多家驿站。

龙宗啸靠着这条财路起家，凡有商贾经过都必须拜山头，留下买路钱。因此，他的棚子最有油水。

前些年，其他山头的小股匪伙眼热，常到他的地盘来揩油，让龙宗啸损失了许多香火。

龙宗啸曾是湘军中一名兵勇，当年因为违犯军规被逐出湘军，便带领几十个兵痞来到青龙山落草。睡榻之旁岂容他人酣睡，他用威逼利诱的方法，先后降服了八个山头。

当龙宗啸派人来收编田成合棚时，田成称他的兄弟多是穷苦人，不奸不抢老百姓。而龙宗啸手下的弟兄大多是兵痞惯匪或江湖败类，黑白两道通吃的歹徒，与他走的不是一条道，拒绝合棚子。

龙宗啸没有想到田成如此不识时务，于是调遣田成附近的山匪进行骚扰，双方多次发生火拼，田成的老婆和“二当家”陈小武就在一次火拼中丧生。龙宗啸与田成从此成了不共戴天的两股势力。

田成急匆匆地赶往百里之外的白龙山，企图中途截住金狗儿，救回时三眺。

金狗儿与马蹶子一起带着时三眺，风风火火直奔白龙山。他们料到田成发现时三眺被掳，一定会走捷径前来搭救。于是，走了一条以为田成估计他俩不敢走的大道。

金狗儿原来是将时三眺抱着走的，现在索性将时三眺挟在手里，甩开腿脚在后面追。几个月大的时三眺被马蹶子一折腾，醒过来哇哇大叫。

金狗儿感到很烦，便把孩子直往马蹶子怀里塞。

噗！马蹶子一跤跌倒，手里的小孩随之甩了出去。

金狗儿还沉浸在见到寡妇的幻觉中，对身后的变故全然不觉。

一支箭飞来，直插金狗儿的后心。

突然，树丛里钻出个人影，拾起孩子没入树丛之中。

田成一直追到龙宗啸的山寨门口，没有发现金狗儿的踪影，他心急如焚。时三眺要是落入龙宗啸之手，小命肯定难保。他把心一横，闯进了龙宗啸的匪窝。

龙宗啸得到匪兵来报，说白龙山的田成闯棚子，甚为诧异，当即吩咐手下匪徒在聚义堂门外摆出阵势，等待田成进来，看他脸色行事。

田成进了大堂，堂中搭了三道桥，一号桥一棵树，二号桥两棵树，三号桥三棵树。

按青龙山的规矩，拜山头的人如果是来闯棚子挑战的，就走独木桥，把战书丢在桥头的树藤筐子里；借道的商客则走二号桥的左边，把拜帖丢进桥头的筐子里；走三号连筋桥的自然是江湖朋友，拜客走过桥去，龙宗啸会站在桥头，双手奉上一坛酒。

如果是交生死朋友，拜客接过酒坛，在酒坛的缺口上划破自己的手指，将鲜血滴入坛中，双手将坛举过头顶，从左向右摇九圈，以示血酒盟誓，天长地久；如果是想入伙结棚子，就会拿起桥头的两把小刀，插入自己的大腿，让鲜血流入酒坛，以示两肋插刀，举坛盟誓，荣辱与共。

田成选择了三号桥。他一只脚踏上了三号桥，龙宗啸脸色刹那间一沉，但很快恢复平静，心里暗暗惊讶，“这田成唱的是哪出戏?”

龙宗啸脸上的笑容定格在阴阳之间。他盯着田成的脚，一步一步走过连筋桥，直到他从桥上落地，龙宗啸还没有反应过来要为田成捧上一坛血酒。

砰！砰！聚义堂外突然响起了两声枪响，龙宗啸一惊，从桌上抓起火铳，顺势掩身聚义堂的大木柱后面，嘴里直呼：“哪里扯火!”

“有人踢棚子!”二当家“神炮头”水娃子在堂外直嚷嚷：“快追！别让那个贼娃子跑了，里头的弟兄摁住田成!”

田成被十几个土匪按在地上动弹不得。

水娃子黑起满是疙瘩的脸，认定田成施苦肉计带人上山踢棚子。

田成心里明白，这是龙宗啸使的阴谋诡计，拒绝与他言和。

为了时三眺，田成只能忍气吞声，苦苦辩解自己前来入伙的诚意，只求龙宗啸放弃前嫌，收留自己，把义子时三眺归还给他。

龙宗啸阴阳怪气地说，“我相信大当家的不会一个人上来踢我龙宗啸的棚子，只是，你的义子的确不在我手里!”

龙宗啸一招手：“二当家的，带上田大当家的去棚子里找!”

这是龙宗啸卖关子，说是让他去找，实际是在给田成下战书，“量你田成也不敢在我这里撒野搜人!”

“感谢龙大当家的大人大量!”龙宗啸没有料到田成竟敢顺着树杆往上爬，可自己已经把话亮出来了，也不好意思将话收回，一挥手，让“神炮头”水娃子领着田成先从聚义堂找起。

这么大的青龙山，哪里都可以藏下时三眺。田成竖起耳朵在山寨里寻找了一个多时辰，没有听见孩子的任何声响。

田成突然想起最后一次去看小跳蚤时，曾见小寡妇学大黑狗的叫声，逗得小跳蚤直乐。他当即双手捧嘴，对着大山“汪汪”吠叫。

青龙山的山势突兀，站在这山可以箭射那山的野羊，但要捡回打到的猎物，最快也得要大半天的时间。

田成几声狗叫，山谷中立即回响起连绵不断的狗叫声。他这样一路寻一路装狗叫的举动，让水娃子一帮匪徒莫明其妙，在背后嘲笑他是一只“疯狗”。

田成寻至青龙山最险峻的奶子坳，自己的“汪！汪！汪”声中，隐约传来“哇——”地一声啼哭，又戛然而止。他赶紧打住脚，对着脚下的谷底一阵狂吠，然后侧耳聆听。

水娃子也隐约听到了那一声啼哭，“好险！原来他装狗叫是在逗引娃儿哭！”水娃子眉头一蹙，计上心来，紧赶几步向田成靠拢。

田成正在精心聆听谷下的动静，对轻手轻脚向他靠拢的水娃子全然不觉。

水娃子屏息凝气，靠近了田成，突然猛地一推。田成来不及尖叫，立刻飞了出去，像一片树叶坠落下谷。

水娃子探头向深不见底的峡谷瞅了两眼，嘻嘻两声奸笑，转身回去向龙宗啸复命。

时三眺果然在青龙山。“神炮头”水娃子抱着小跳蚤来向龙宗啸请命，说：“田成已经除去了，这个小崽崽怎么处置?”

龙宗啸看着水娃子手里的时三眺，满脸杀气地走过去，不想几个月大的婴儿竟然睁大一双小眼睛盯着他，突然咧开小嘴“咯咯咯”地笑出声来，手舞足蹬，甚是可爱。

龙宗啸伸出去的手突然停了下来，一挥手说道：“送到四娘那里，招呼她好好的给我养着!”

龙宗啸欲施杀手的那一刻突发善心，没要时三眺的命，反而令自己的四姨太好好养着。这里面还有一个原因，龙宗啸娶了四房姨太太，都没有为他生下崽来。

一年前，他深夜将自己的传令兵叫到三姨太的卧室，命他与自己比酒量，奶奶的传令兵太没出息，三碗酒下去就趴在桌子上，他乘着酒兴出去查营，回来见传令兵赤裸裸地仰躺在三姨太的床上。

龙宗啸没有声张，抽出快刀在他脖子上一抹，叫来两个匪徒，发着酒疯说：“奶奶的，喝不了多少猫尿，还敢跟老子赌命!”命令两匪徒将传令兵扔下了田成丧生的峡谷。

二姨太三年前生下来的女儿，也是如法炮制出来的。

时三眺从此在土匪窝里成了龙宗啸的掌上明珠，还给他取了个名字：龙儿。

龙儿长到五岁的时候，有一位外地来的武师上山入伙，那百步穿杨的飞刀和变幻莫测的暗器，简直让龙宗啸和他的手下目瞪口呆。龙宗啸拜他

做了山上的武术教头，坐第三把交椅，还让龙儿拜他为干爹，教他习武。同时跟着“神炮头”水娃子学打枪。

龙儿十岁的时候，已是山上的武林高手了，寨子周围的飞鸟野鸡都逃不过他的飞镖。

就在这一年，青龙山发生了变故。一股流匪蹿到他的地盘抢财路，龙宗啸命“神炮头”水娃子带着百号弟兄将这股流匪团团围住，打算用老办法，软硬兼施，要么强拉入伙，不行就围而除之。

这股流匪被困四个多时辰，不得不放下大刀长矛，随水娃子上山，在聚义堂举行加盟仪式。流匪的匪首走下龙宗啸的连筋桥，在伸手去接龙宗啸递过来的血酒时，袖口突然飞出一把刀来，直插龙宗啸的心窝。

坐在第二把交椅上的水娃子警惕性很高，那刀刚刚冒出袖口，他手里的枪已举了起来。

突然，几支袖箭从武术教头那里飞了出来，一支没入水娃子的咽喉，另外四支同时命中把门的匪徒。

在座的八大金刚被瞬息之变惊得呆若木鸡，愣在那里不敢动弹。

杀死龙宗啸的匪首不是别人，正是死里逃生的田成，五年前上山做内应的武师是他的结义兄弟张正海。

这一场阴谋整整准备了十年。

田成坐上了青龙山的头把交椅。在座的八大金刚，除了三人被田成留下，其余五人被他劝诫下山。有一些兵痞也被他陆续清除，只留下百十号弟兄。

龙儿这才恢复了时三眺的本名。

田成火拼得胜，救出时三眺，但他身上已染上青龙山的匪气。田成经过深思熟虑，决定将时三眺送往“二当家”张正海的老家，寄养在他的师兄武蜀寅那里。

武蜀寅有个比时三眺小一岁的儿子武子峰，便请了私塾先生教他们文化。

时三眺 14 岁那年，武蜀寅将他和武子峰送到武汉一所中学读书，老师就是这位做了和尚的董亦初。

董亦初很快喜欢上了时三眺，并成为莫逆之交，亦师亦友，胜过父子。

只读了两年，时三眺的人生便开始发生逆转性的变化。

“五四”运动爆发，时三眺与武子峰成为追逐新思想、新文化的热血青年，频频发表过激言论。军阀政府最高长官亲自签发命令，逮捕时三眺和武子峰等人，他俩凭借一身功夫侥幸逃脱。

时三眺和武子峰遭到军阀政府的通缉。二人不敢回家见武蜀寅，于是各自寻找藏匿之地。

时三眺决定投奔队伍，经一位刚结交的江湖兄弟引荐进了宏威军，在敢死队当了一名小兵。

时三眺在队伍里从不掩饰自己的武功，他算计着，必须尽快让长官认识他，重用他。

一次，宏威军司令赵杰现场观摩敢死队的精武演练，他像蛇一样蠕动爬行，在营房上飞檐走壁如履平地；奔马使双枪，枪枪命中草靶眉心。正当现场官兵惊呼叫好之际，他又腾出手来，单臂飞镖，眨眼间，三个草人身上中了二十四只镖。

赵杰惊喜若狂，不等时三眺下马，跑下观武台，嘴里直呼：“这样的武林高手，怎么没有人向我报告!”

赵杰捏了捏时三眺肩膀上的肌肉，招呼他的三名贴身侍卫过来，“你们跟小兄弟过过招!”

时三眺有些为难，担心拳脚无眼。赵杰一摆手，“只管拿出你的本事，死伤我都为你担着！你也小心了，他们不是吃素的。”

赵杰的话没说完，时三眺脚下已使出师傅的独创轻功“巫山老祖履云步”的第一式“老祖戏神女”。

但见他，两臂半垂，脚下穿云，就地打转，三名围过来的卫兵还没有摆出架势，腰里的短枪已经被时三眺握在手中。一圈转回来，正好在赵杰跟前立定。

时三眺有些腼腆地说：“司令，这样算数吗？免得动枪行刀伤了和气。”

赵杰张开大嘴乐得好一阵才合拢，激动地宣布：“从今天起，你就是我宏威军的特务排长了!”

时三眺也被宏威军官兵称为“八臂神镖”。

时三眺 18 岁当上特务排排长，两年后又从排长升为连长。正当他盘算着如何建功立业时，赵杰与吴佩孚的手下为争夺地盘干上了，委任时三眺为敢死队队长。

这场战斗整整打了三天，最终以赵杰战败收场。赵杰的宏威军被吴佩孚遣散。

如此一击，将时三眺轰轰烈烈大干一场的梦想击破，愤懑之中纠集特务连和敢死队的散兵，拉起杆子，上四方岭安营扎寨。

时三眺在四方岭聚集了近百名散兵游勇，组成一个战斗连。有人建议他按营的建制组织这支队伍，自封为营长。然后招兵买马，等势力强大起来，重新扯起宏威军的大旗，下山与对手决一高下。

时三眺没有这么干，他认为时下军阀混战，个个都是为了一己私利。饱受战火之苦的不是别人，而是那些没有枪没有炮的老百姓。

时三眺决定暂时屈尊四方岭拉杆子。凭着对青龙山的记忆，搭建起四方寨，设置了寨门、拜台和聚义堂。时三眺规定，所有的弟兄必须早上出操，白天练把式，晚上学匪语。

四方寨首先面临的是生活给养困难。

山寨的第一条寨规是不得拦路抢劫，奸淫妇女，向百姓派粮。

他思忖着，就近打劫富豪不妥，杆子刚刚拉起，根基不稳，若向周边的地主富豪下手，必定招来众怒。那些地主富豪就会花钱请当地的正规军或保安团上山清剿。生产自救也来不及，近百号人待到自己开荒种地的收成，恐怕早已人去寨空了。

他想出了三条生存之道，一部分身强力壮的弟兄边开展生产自救，边到当地农户家帮种抢收，以劳动换粮食。在队伍中精选出十多个头脑灵活的弟兄，分别到杏城和孔都城的集市开店做生意，挣钱买粮食。剩下几十号行伍出身的弟兄，由他带着奔袭周边山头，攻打那些欺压当地老百姓的小股土匪，一来从他们那里抢粮，二来壮大四方寨的势力。

时三眺的“救命三招”不仅很快解决了弟兄们的吃饭问题，还在当地老百姓中获得“仁义匪”的口碑。

有的老百姓主动送点粮食救济四方寨，还有一些活不下去的穷苦农民，索性携家带口搬到四方寨来开荒种地。就连一些疾匪如仇的地主富豪，也认为四方寨不是他们的冤家对头，竟然捎上粮食土布上山送拜帖，以求和睦相处。

四方寨在不到两年的时间里，迅速壮大到近二百号人枪，加上通过武力火拼被迫与四方寨合棚结盟的几个山寨，四方寨形成了三寨六铺的格局。

这六铺就是四方寨秘密设置在阳城、杏城、孔都城、易城的商铺，有的商铺已经发展成为当地很有实力的大商号。

四方寨周边十几股匪伙的山寨已被时三眺悉数收服，合并成三寨做了四方寨的属寨。

四方寨有吃有喝，来了许多穷苦农民上山入伙。时三眺明白，这些农民只是为了寻求保护，形成不了多大的战斗力。

正当时三眺为山寨前景苦思冥想的时候，当年在敢死队当排长的宴大彪获得消息，距四方寨二百多里外的小凤山有个"谢家寨"。寨子规模同四方寨不相上下，但实力却要大得多。"总架杆"谢峰也是行伍出身，拥有一百多号弟兄，悍将多是江湖武林高手。

时三眺听到这个消息，表面上没有什么声响，但心里已有主意，决定去小凤山会一会这个总架杆谢峰。

一月之后，时三眺向宴大彪等人声称要去阳城、杏城、孔都、易城走一圈，巡视在当地的商铺。实际上，时三眺出了山寨，半途折身去了小凤山。

时三眺借着月色，轻松潜入了谢家寨。

他在大宅院掳来一名把门的小土匪，小声地询问："谢总架杆住在哪里?"

小土匪吓得浑身发抖，不敢出声，只是用手往里指了指。时三眺明白，总架杆谢峰就住在此院。

潜入前厅的时三眺感觉这里根本不像是总架杆谢峰的处所，确切地说，根本就不是一个土匪窝。

前厅没有惯见的聚义厅，没有总架杆高高在上的头把交椅和结义兄弟依次排序的座椅，倒是像个作战室。

一张椭圆形的大班桌，摆着一圈大靠椅，主位背后的墙壁，被两幅深绿色绒布帘遮得严严实实，就像赵杰的军事会议室。

进入中庭的时三眺被眼前的摆设搞懵了。按常规，中庭设有祭拜台，要摆上历代总架杆的牌位。而这里好像是他当年与武子峰在武汉读书时，乘着酒兴去达官贵人家显身手时见过的摆设，室内摆放着沙发，茶几，衣帽架，酒吧柜，完全就是达官贵人的会客厅。

他怀疑这里不是一个总架杆的处所，倒像是一位政府要员的行营。

时三眺更加好奇，决定把这里翻个遍，看个透。

时三眺一招壁虎上墙，悄无声息地上了屋顶。

他在梁上借着月光往下看，很是奇怪。下面只有一张单人床，床上的人已经入睡。

床边有一张书桌，桌上摆着一本白皮封面的书，时三眺倒挂金钩仔细一看，天哪！这不是他八年前送给武子峰的手抄本《石头记》吗？

“子峰！”时三眺一声猛喝，倒挂梁上的脚也随之松开，整个人垂直向下坠落。

这一声大喊，惊醒了床上人。

刹那间，被盖从床上飞起。被盖下闪出几点星光，夹杂着嗞嗞声向他射来，均被时三眺一一躲过。

“我是三眺！”时三眺在空翻中接住了两支铁镖。他一抖手，两支铁镖掉头飞向了床上跃起的人影。

“三眺？”床上那人从铁镖飞回来的手法判定，真是他日思夜想的兄弟时三眺。

两人的喊声，惊动了在外警戒的人。

顷刻间灯火如昼，人影攒动，屋里涌进了捉刀端枪的土匪……

武子峰与时三眺在小凤山谢家寨的红松岭，各抱一坛酒，四目相视，一言不发。

松林里钻出来的红松鼠，静静地看着他们举起酒坛，一饮而尽。

武子峰一口烈酒一声兄弟，那种豪情恰似放舟长江，一口浪子一声号子的水手。

他讲起自己当年与他分手后如何上山入匪，成为谢家寨总架杆谢万荣的师爷；如何改名谢峰，在二十岁时坐上总架杆的交椅；如何按军队编制把有几十年历史的土匪窝改造成绿林武装。

时三眺听得惊心动魄，激动万分，对武子峰很是佩服。但他也听明白了，武子峰的基本点，就是不想在这里做一辈子山大王。

时三眺在小凤山一住就是半月，这里转转，那里走走，时不时跟武子峰手下的兄弟推推手，切磋一招两式。

谢家寨真是个卧龙藏虎的地方，懂得十八般武艺的人真不少，跟他们比划必须全力应对，不敢有半点疏忽。

时三眺自己心里明白，几次与他们拆招，赢在自己年轻，有气力上蹿下跳，胜在暗器和轻功上。

到了黄昏，武子峰手提两坛酒，去谢家寨右侧的点将台，把酒对弈，回忆在家的父母和师兄弟，在武汉读书的同学，追忆声援北京的新青年运动，倾吐与时三眺别后的担心和思念。

时三眺对武子峰打理的谢家寨，一口一个羡慕。

眺望远方的夕阳，他突发感慨，"子峰，如果有一天我们合纵连横，强强联手来打理你我的山寨，一定会干出一番大事来！"

武子峰没有接他的话，捧起酒坛说："干了！"

这天，时三眺向武子峰提出辞行。武子峰没有反对，请他再小住几日，等他作些准备，让手下兄弟弄些猪羊，隆隆重重为时三眺饯行。

饯行仪式在议事大厅举行，在座的有"神剑书生"吴红金等威震鄂中的绿林人物。他们都是义薄云天的好汉，个个精神抖擞，目光炯炯。

这种场面让时三眺热血沸腾。

武子峰拉着时三眺站到了主席台，举目扫过兄弟们的脸。他盯着时三眺说道："三眺兄，今天我代表谢家寨的弟兄，请求与四方寨的弟兄合棚，从今以后，我们就是四方寨的弟兄，你就是我们的总架杆！"

武子峰此言一出，时三眺大吃一惊，连连摆手，"使不得，使不得！"

他双手抱拳，推辞道："诸位兄弟，各位英雄，我时三眺绝对没有这个意思，我跟子峰是骨头断了筋连筋的兄弟，我怎么会来抢自家兄弟和各位英雄的山头呢……"

神剑书生吴红金从座位上站起来，向时三眺抱拳，说："昨晚武总架杆跟我们讲了，时总架杆少年英雄，文武双全，我们也领教过时总架杆的盖世武功，跟您合棚，我们心甘情愿！"

"时兄不要推辞，你带过兵，精通行军打仗，四方寨也打理得红红火火。日本人出兵满洲几年了，正窥视我中原，说不定哪天就要打过来，如若与四方寨合棚，我们才有把握一致对付小日本！"吴红金曾在张作霖的东北军混过几年，合棚理由掷地有声。

"谢家寨的多数兄弟世世代代为匪，不是遭官兵清剿，就是遭官府打压，睡觉都枕在刀口上。时总架杆只是暂时困在四方寨的龙，定有翻手为云，覆手为雨的那一天。谢家寨的弟兄和英雄好汉也不想埋没一身武功在这里当土匪！请时总架杆领这个头，将来把兄弟们带到阳城体体面面做人……”谢家寨的师爷也是一脸诚意。

大家都站起身来，恳请时三眺接受武子峰的建议，与四方寨合棚。

“三眺，请理解弟兄们的心意，我和他们都希望有你这样的总架杆领头，干出一番轰轰烈烈的大事来！”武子峰眼里装满了真诚。

时三眺见大家的请求甚为强烈，抱着拳头忽左忽右地向各位兄弟还礼。

他朗声说话了：“承蒙各位英雄器重时三眺，冲着弟兄们的这一份盛情，不入地狱也得入了，那我就表个态，合棚不合寨，总架杆我当着，寨子还是谢家寨，原来是哪个山头的歌，往后还唱那个棚子的调。打理寨子，还是要仰仗子峰和各位当家英雄，不然，我万难从命！”

“时总架杆尽管放心，我们绝不会有半点假意！”众人纷纷表态。

时三眺与武子峰合棚之后要办的第一件大事，就是实施“连横合纵”计划。

四方寨与谢家寨二百里一线，盘踞着大大小小的匪伙十多股。如若四方寨采取从西向东，谢家寨从东向西，两股力量同时动手，一个一个地收服这一线匪寨，最后在铁匣子岭会合，就会形成“东西连横”之势。

如果“连横”顺利，再分成两股力量，从铁匣子岭分别向南向北伸展二百里，即形成“南北合纵”之势。如此一来，四方寨就会将十几里地的地盘迅速扩到方圆几百里。

时三眺与武子峰的“连横合纵”战略，经过三个月的准备，定在次年春荒之际实施。

饱汉打饿汉，一打就赢。

时三眺从西出四方岭，经宝丰、鲁山、栾川、卢氏，向西直指铁匣子岭，所经之地外方山、熊耳山、崤山的匪伙、刀客竞相加入他的队伍。仅两个月时间，时三眺的人枪大增。威名扬于鄂西、川东大小悍匪之中，尊时三眺为“总架杆”。

武子峰先以谢家寨的一百人枪破陡岗城，遂挥师入铁匣子岭，张德胜、任应岐、姜明玉、范龙章等几股悍匪望风来投，队伍增至二百多人。

不到三年时间，人枪增至五六百，比他的义父田成整整多出一倍。

时三眺雄心勃勃地开始了他的复梦大业。他将收服的匪伙分散在四方寨与谢家寨之间的三寨六铺十八堂统一供给钱粮刀枪。

时三眺把山寨交给武子峰打理，就在孝感办起了讲武堂。他想通过讲武堂接触一些政界、军界和武林中的人物，网罗江湖好汉，将这支绿林队伍打造成真正的军队，有朝一日与吴佩孚旧部一决雌雄。

卢沟桥事变，完全暴露了日本侵略者的狼子野心，抗日战争全面爆发。冈村宁次率领日本兵侵略到了中原。

鬼子打到了大凤山，新四军的一支小分队碰到了遭遇战。就在日军穷追不舍的时候，突然，一支背挎大刀，手握双枪的民间武装从崇山峻岭中赶来，直插日军背后。不到一个时辰，全歼了这股追击新四军的鬼子兵。

偷袭鬼子的人，不是别人。正是时三眺在大凤山秘密训练的绿林武装，他们第一次出手打鬼子，兵将无损，消灭了一百多个鬼子。

冈村宁次严令特高科，务必用最短的时间，查清这支队伍的来历。

延安和重庆方面几乎同时下达了同样的命令。

延安向大凤山新四军首长发出三条指令：一、必须摸清这支民间队伍的基本情况。二、弄清这支队伍领头人家庭和社会背景。三、争取收编这支队伍。

重庆方面直接向国民党A师少将师长谭庆洪下令，限期一个月摸清这支武装的全部情况和行踪。

于是，一场明争暗取，争取收编时三眺队伍的较量随之展开。

新四军首长把三条指令交到特勤大队长崔松手里，他当即表态："请首长放心，完不成任务就提着脑袋来见你！"

崔松第一次潜入大凤山的好汉堂，就被几个扎手的角儿发现并缠住。同样出自武林世家的崔松，曾在红军队伍里担任警卫排长，参加过大大小小的比武，很少遇到过真正的对手。及时赶来的武子峰见来人硬扎，不露声色地加入了打斗，又是暗器又是游龙八卦剑，眨眼间连发十余狠招，崔松渐渐有些手忙脚乱。

"慢！你他娘的不要脸，有种跟老子单打独斗！"崔松终于发了火，怒气中夹着脏话。

"好！"武子峰示意兄弟们住手，扔了剑，使出少林功夫大力金刚掌攻了上去，嘴里不屑地说着话："还怕跟你单挑么？"

崔松嘴里说，"来得好！"，手里使出咏春拳迎了上来。刚猛对刚烈，拳脚相接，发出噼啪声响。

武子峰接了几招，两臂有些疼痛。他心里开始急了，看来遇到了硬角儿，但是自己夸下了不惧单挑的海口，这时邀兄弟们上，不仅不符合江湖规矩，也让一旁的弟兄看笑话。

"去吧——"崔松突然一声猛喝，避过武子峰直取面门的一掌，双拳变掌，一招"力推千钧"，将扑空的武子峰推飞出去。

崔松顺势收招，想看看对手怎么认输。武子峰踉踉跄跄后退，眼看即将倒地的一刹那，一个人影立在那里，伸手扶住了武子峰。崔松一惊，自己出招之前根本没发现旁人，现在怎么多出一个人来。

"好一招力推千钧！"来人一半是夸奖，一半是不服，"阁下好功夫，在下讨教几招！"

崔松定眼一看，此人方脸小眼，下身长，上身短，正是他要找的时三眺。

"你可是时大当家的？在下崔松专程来拜会时英雄！"崔松报出名号，又说明来意。

"哦？阁下是——"时三眺脑子快速转动，江湖上没有听说过崔松这号人。

"请大当家的借一步说话！"

时三眺略一迟疑，把崔松让进了好汉堂。

崔松一进好汉堂，便向时三眺行抱拳礼，朗声说道："时大当家，今天我崔松来到好汉堂，一不是来砸堂子，二不是来下战书，我是要拜会抗击倭寇的抗日大侠和众位好汉，新四军愿意与时大侠和众好汉携起手来，共同抗击日本侵略者……"

"慢、慢、慢"！时三眺打住崔松的话，"崔兄先不要给我戴高帽子，好汉堂打鬼子是作为中国人良心上的事，还没想过要跟你们共产党还是国民党扯上什么亲戚，不就砍了百把个鬼子的脑袋嘛，不敢称英雄……"

崔松听出时三眺话里有潜台词。当下国共两军正在收编地方武装和绿林武装，时三眺是在暗示，他不会接受收编。

"时大侠说得好！打鬼子是每个中国人良心上的事，不管他是谁，只要他拿起枪打鬼子，就是维护民族大义的英雄。”

崔松越说越激动，“我们与国民党抛弃前嫌，搁下纷争，共同抗日，难道说是共产党想攀上这个剿了我们多年的亲戚吗？要说攀，共产党人只攀一个理，那就是国家危难，匹夫有责！攀的只是一个共同的目标——打鬼子！把小日本赶出中国去！”

崔松的话让时三眺沉默不语。他的思绪又回到当年的武汉，仿佛看到了他的董老师，回到了那慷慨激昂的“新青年”爱国行动。

时三眺看了一眼崔松说：“现在小日本欺负到我们家里了，我就打鬼子。只要是打鬼子，好汉堂可以不分彼此，该出手时就出手！”

“好！”崔松激动不已，“要的就是时大侠的爽快！”

时三眺又举手止住崔松的话，提高了嗓门：“先说断后不乱，凡事得立个规矩。”

崔松不知道时三眺要提什么条件，请他往下说。

“合力不合棚！”时三眺一字一字地说：“说打就打，你吹你的号；打完就完，我上我的坡！”

崔松明白时三眺的意思，他在强调：不受新四军指挥，更不会接受新四军的改编。崔松表面平静无异，心里却在骂：“格老子，你娃比我还倔驴子！”但转念一想，自己这一趟没有白费，总算抢在国民党之前与时三眺接触了，还达成了部分一致，眼下想要拉上他跟新四军走，恐怕不现实。

崔松当即表态，会把时三眺的要求及时汇报给新四军首长，相信可以接受这个条件。没想到时三眺还有一个要求，要找一位他信得过又能在新四军说得起话的人作见证。

崔松与时三眺约定了见证时间，并提醒时三眺留意鬼子的一个重要机关——阳城外的战俘营，盯牢了这里就等于卡住了鬼子的七寸，有的是仗打。

崔松下山找见证人，着实让他伤透了脑筋，与新四军关系密切的人怎么会与时三眺扯上关系呢？崔松苦思冥想也想不出个头绪来。回到大凤新四军驻地，他将好汉堂会时三眺的情况向新四军首长做了汇报。新四军首长支招，让崔松从摸清时三眺家世和社会背景入手，一定能够找到他信得过而且又能在新四军担保有效的人。

董亦初浮出水面。此时，他在寺院正与新四军首长对弈围棋。他在日本留学时就是六段高手。正杀得难解难分时，被另一位新四军首长叫了出来，请他为时三眺和新四军之间作个见证。

“三眺，你不要自责了，你是个有骨气的好孩子，崔队长跟我说了你的作为，老师为有你这样的学生感到骄傲……”

时三眺想问老师为什么当了和尚，却欲言又止。

董弈初猜出了他的想法。

“说来话长，老师皈依佛门也是事出有因，往后慢慢给你讲。”董亦初似乎有难言之隐。“我这次为你与新四军合力打鬼子作见证。我佛说，每个人心里都有一盏明灯，但要坚持这盏明灯。大路靠你自己走，主意由你自己拿，决心还要自己下。”

“老师过去对我的教诲，三眺一刻也不敢懈怠，闯荡江湖这么久了，许多事情总让人身不由己，好些念头由不得自己的初衷，总会有阴差阳错。”时三眺没有平常那一套玩世不恭的匪气，十分认真地说道：“请老师为我作这个见证，也是为我几百号绿林兄弟的生死前途担保!”

时三眺这一番话，让董亦初感叹不已，“有因必有果，善恶一念间，好自为之吧!”

这时，武子峰发镖报警，崔松与董亦初起身让时三眺先走。

时三眺紧紧抓住董亦初的手，眼泪在眼眶里波动，不舍离去。

“阿弥陀佛!”董亦初转过身去，轻声言道：“人间正道是沧桑，凡事有因果，先种善因，方得正果，你去吧……”

时三眺回过身来向崔松抱拳作别，似乎还有话想说，嘴唇动了动，又没有说出来，猛地转身离去。

第五章 性情男人 恩怨善恶总关情

时三眺与武子峰出了千佛寺，从城南出去，不到一个时辰，回到城外的村子。

杜缨娘没有睡，她放心不下时三眺的伤，虽然消了肿，但伤口还没有愈合，她在等他回来换药。

时三眺心生感慨，这个从此让鬼子闻风丧胆的女人，水灵，温柔，贤淑，身上具备了川东女子所有的优点。他一下将她揽进怀里，恨不得把她揉扁搓碎。

云雨过后，杜缨娘枕着时三眺的手臂甜蜜地睡去。

时三眺闭上眼睛，嗅着杜缨娘身上的体香，似梦非梦。他已习惯了这种状态，习惯了这样去数落。每当如此，他都希望自己不要从美妙的状态中醒来，永远醉在梦的怀抱里……

时三眺实施复梦大业的第一年，在鄂中、鄂西北大大小小的州县设置了三十六家商铺，并按天罡三十六星的排序为这些商铺命名，一星一铺，意在天佑旺铺。

阳城的“勇”字铺的掌柜张泥鳅传书给他，当地头号大商铺岳掌柜与驻防的中央军关系不一般，有走私军火的迹象。

时三眺正愁着四方寨人多枪少，听到这条利好消息，欣喜若狂，“这下好了，外婆生儿——有舅（救）了！我要亲自走一趟，抓住这条大鱼。”

时三眺带领十几号弟兄进了阳城，自己在三襄堂大商号对门的客栈租了一间客房住下来，只身去跟“勇”字铺的掌柜张泥鳅晤面。

时三眺对三十六家商铺立下规矩，所有的商铺只受他一个人绝对领导，山里的弟兄和各商铺之间不许有任何来往接触，以确保这些秘密商铺安全。

他也有办法约束这些驻外土匪，别以为身在山外就可以胆大妄为。前不久，“寿”字铺的掌柜李泽定吃花酒，做了十两银子的假账，就被时三眺派去的执刑使拧了脑袋回来。

张泥鳅将三襄商号的情况向时三眺作了汇报。

三襄商行的老板岳如飞果真了得，这桩军火生意是与国民党A师师长谭庆洪直接做买卖。

这天，时三眺跟踪岳如飞进了谭庆洪驻地，打算摸清他们的交货地点和办法。

岳如飞进了谭庆洪的师部，既不去他的师部会客厅，也不去他的家属院，而是直奔谭庆洪设在师部的私人厨房。原来，谭庆洪早已在那里摆了一桌酒，静等岳如飞光临。

谭庆洪真是个老兵油子，在你来我往的祝酒中，就把这桩买卖的红利敲定下来。

岳如飞更精，不仅做成了军火买卖，还搭载做了一笔古玩生意。

岳如飞端起酒杯，起身庆贺生意成交，说：“师座不必担心，到了时间我自会来向你讨要。”只字不提交货细节，此人行事真稳。

几筐蔬菜被人送了来。勤务兵扒去面上的蔬菜，露出坛坛罐罐。时三眺翻然大悟，岳如飞玩的是古玩换军火。

岳如飞不言提货时间，难道是他还没有找到需要军火的下家，这不可能，凡做这种高风险生意，都不会囤积居奇，因为弄不好会玩掉头上的两斤半。

连续几天，时三眺死死盯住岳如飞。可他自从与谭庆洪定下这笔生意后，就猫在商铺里做自己的买卖，哪儿也不去应酬，甚至连阳城军政府特派员的宴请都婉拒了。

时三眺掏空了脑子也没有弄明白，岳如飞提取军火的棋路究竟怎么走，会在什么时候走。

又过了半月，岳如飞还是悠哉闲哉地做着他的生意，似乎忘记了提取军火的事。

他到底在玩什么花招？时三眺决定改变战术，盯紧谭庆洪才是关键。

一个多月来，时三眺没少忙活。先是谭庆洪驱车去城外守备团巡视，时三眺立即派出几个兄弟，半途制造一出黄牛撞车的事故。结果，探清车上的确空空。接着又听说谭庆洪要为岳母的老娘出殡，时三眺又安排手下弟兄扮作抬棺材的民工，从发殡到下葬都盯得紧紧实实，然后埋伏在墓地附近守候多日，没有发现可疑人员接近坟地，趁着黑夜刨墓开棺，也没有军火。

时三眺显得无可奈何。他亲耳听到岳如飞与谭庆洪敲定军火生意，而岳如飞却迟迟不动，完全没有提货的迹象，谭庆洪也没有供货的行动，这种情形简直有悖军火买卖的常规。

时三眺陷入了极度的焦躁中，欲罢不能。他太需要这批军火了。

时三眺决定亲自去一趟岳如飞的三襄堂，试图找到有用的线索。

时三眺有做梁上君子的天赋。在学校的时候，武子峰与他一起夜探财政局长家，见识过他的“巫山老祖履云步”轻功。那么高的殿堂，只需要筷子粗细的线索助力，就可以腾空而起。

武子峰还跟他开玩笑说：“去求证一下你的祖先是不是《水浒传》里的鼓上蚤。你的身材与所使用的轻功，无不与书里的时迁吻合。”武子峰越说越认真，越认真越靠谱，就跟真的似的。

时三眺矢口否认，这是不可能的事。他无法求证自己的家族史。义父田成曾经对他说过，这套轻功秘笈是母亲拼死传给他的，当年要不是这根绳索和铁抓手，义父和他都葬身长江了。

岳如飞正靠在逍遥椅上闭目养神。账房先生进来把当天的账目报给他。

账房先生离去后，他正想起身睡觉，又响起了敲门声。

岳如飞转过身来问：“谁？”

“掌柜的，谭师长来了！”

岳如飞吃力地撑起身来出了卧室。看来他不会武功，没有发现时三眺在梁上的动静。

岳如飞让人把谭师长请进客厅就座，自己换了件衣服，随后出了卧室。

时三眺等了一刻，见无异动，随后也去了岳如飞的客厅。

谭庆洪与岳如飞逢面说着客套话。谭庆洪的朗朗笑声装满一屋。

岳如飞应和着，挥手让下人出去，自己便跟谭师长说正事。

“岳老板都如数收到了吧？”谭庆洪微倾身子问道。

“师座真是守信，小弟一万个不敢跟您踩假水，软银我都备好了”。岳如飞起身，把茶几上的一个木匣子往谭庆洪的面前一推。

时三眺趴在梁上听得真切，看得更真切。心里纳闷，他们的军火买卖是不是成交了？

时三眺想，我们几十号兄弟盯得死死的，眼睛都没眨一下，他们怎么可能成交呢？

“兄弟我接到上峰的指令就如数点兵遣将了！”谭庆洪打开木匣子，拿出两根金条看了看，放回去扣上了匣子。

谭庆洪继续拖长了声音说：“只可惜真仗还得假打，弃枪保人，让我那些阵亡的兄弟露宿野外十天半月，换了名字才能回到队伍来。我自带兵打仗起，哪有这样窝囊，现在连对方是哪个山头的土匪都搞不清楚，老弟现在可以告诉我了吧？”

“师座治军有方，仗打输了，却打出了精神，又这么快完成了队伍的增员，也算是一捷啊，管他哪个山头的，师座何必弄得明明白白，反而牵心挂肠呢！”岳如飞真是进退自如，一下把谭庆洪的话挡了回去。

谭庆洪连声应和：“不去挂肠，不去挂肠！”

岳如飞的这番话让梁上的时三眺七窍生烟，肺都要气炸了。毫无疑问，他们的军火生意早在半月前就已经成交。

二人的谈话已经道出玄机。岳如飞通过军部的一层关系，向谭庆洪下达了剿匪命令。谭庆洪按岳如飞的约定真仗假打，关键时候丢枪保人。

真是一箭三雕。谭庆洪在这一仗之后，不仅立了战功，保住了人，而且还达成了军火交易。

时三眺的肠子都悔青了，真想扇自己的耳光，喉头的怒火简直就要飙出来。

“下来吧——”岳如飞突然一抬手，身如惊鸿，一跃而起。暴喝声中还夹带着暗器的破空声，疾飞的暗器分上中下三路袭来。

正在愤怒中的时三眺，没料到貌似软弱无力的岳如飞会来这一手，惊恐之中用力一推梁架，让自己头下脚上掉落下去。中路的暗器擦着肚皮飞过，但下路的那一枚铁蒺藜终是无法避开，只觉一丝清凉钻入踝关穴。倒挂金钩不成，身子不由自主地从梁上滚落下来。

时三眺行走江湖十几年，不曾吃过暗器的亏，今天是他事先判断岳如飞不会武功，加之刚才二人的对话，让他放松了警惕，这才中了岳如飞的招。

生死攸关的那一刻，人的潜能往往会超常发挥。他在下坠的时候，迅疾使出铁抓手，抓住了屋梁上的横梁。绳索的一端缠住了那条没有受伤的腿，腾出来的双手同时撒出了两把暗器，一路打向腾空跃起的岳如飞，一路直取正在拔枪的谭庆洪。

“不好!”岳如飞使出千斤坠，将自己正在腾空的身体硬生生地压下来，一是为了躲过上中两路的暗器，二是想营救不会武功的谭庆洪。

人称时三眺为“八臂神镖”，打暗器的功夫自有独到之处。尤其是在生死关头，打出的暗器定有绝招。

岳如飞也不是等闲之辈，他一边避躲暗器，一边飞起左脚将屏风踢向桌边，挡住了打向谭庆洪的暗器。他单脚落地，试图再打出两枚暗器。突然，肩进穴一麻，捏着暗器的手，再也不听使唤。

岳如飞怎么也没想到，从上而下的暗器会直接打中肩井穴。暗器力头之大，认穴之准，让瘫倒在地的岳如飞惊出一身冷汗。

时三眺收起铁抓手，无心恋战。丢下一句话：“你们都欠我一条命!”说完，消失得无影无踪。

时三眺刚走。管账师爷跟着进来。眼前的情景让他傻了眼，岳如飞和谭师长都瘫倒在地。他忙将二人移到长椅上，立即运功将岳如飞肩井穴上的暗器逼了出来。

“好在人家手下留情，不然……”岳如飞一脸沮丧。

管账师爷听岳如飞讲完经过，甚为惊叹。他是岳如飞父亲的老管家，人称“玉面师爷”。他打得一手好算盘，表面上性温谦和，寡言少语。但行事沉稳，深藏不露。那把打了几十年的算盘，从来没有离过手。算盘上一百一十九颗珠子和十七根桥子，能在眨眼之间分别直取对方的大小穴位，这是他混迹江湖几十年的杀手锏。

岳如飞的父亲本是江南武林一大怪，因厌烦了江湖纷争，才从江南迁至易城，弃武经商。只有大管家携妻跟随，做了岳如飞家在易城商铺的管

账师爷。

岳如飞代其父在阳城经营三襄商行，大管家又随之来到阳城做岳如飞的管账师爷。说是帮岳如飞打理商铺，倒不如说是确保岳如飞的安全。他也是教岳如飞打暗器的师傅。

“此人暗器功夫一定在我之上，他的暗器本就可以直取掌柜和师座的性命!”

管账师爷看了现场分析说，蒙面人撒出的两把暗器暗藏着四路玄机，其中二路直取二人，另外两路飞向屋顶，相撞后折身刺向地面。此等手法玄就玄在发暗器的人，两手各捏一把，瞬间撒出来，其中一把暗器途中两次发力，江湖上有这等功力并且运发自如的人，自己闻所未闻。更玄的是发暗器的人不仅认穴准，关键是对岳如飞落地的位置估计得分毫不差，这等绝技难以想象。

“他为何又不取我们的性命呢?”惊魂未定的谭庆洪不解地问。

“是啊，他一不劫财，二不取命，究竟又是为何而来呢?”管账师爷也是一头雾水。

“你的枪呢?”岳如飞惊问。

谭庆洪下意识地去摸枪套，果然是空的。“我当时是想掏枪来着，可是肩头一麻，好像又没掏出来。”

管账师爷将会客厅搜了个遍，也没有找到谭庆洪的佩枪。

岳如飞脑子很乱，没有理出个头绪。

时三眺逃出三襄堂的宅院，左脚麻麻的感觉像有无数的虫子往上爬，“狗日的，暗器上喂了毒!”

他不敢运气，想走远点再作处理。突然，感觉眼前全是飞舞的萤火虫。糟了，毒性发作，他想喊已经来不及了，“咚”地一声栽倒下去。

岳如飞突然想起，自己用的暗器喂了毒，此人中了暗器一定跑不了多远，腾地站起来招呼管账师爷：“快！你叫——”

“掌柜的是叫我送师座回去吗?”管账师爷抢着问。

岳如飞一愣，连忙说：“对！对！快送师座回去养伤，免得夫人牵挂。”

管账师爷安排人送走了谭庆洪，立即折身回来，“掌柜的暗器喂了毒，估计那人逃不出多远，我马上安排人去找!”

“一定要找到!”岳如飞明白管账师爷刚才抢过话头的意思，人家放了自己一马，现在理应还人家一命，只是谭庆洪不一定会买这种江湖规矩。叮嘱管账师爷说：“找到了就把解药给他，放他走，我明白他来这里要什么。”

时三眺醒来的时候，正躺在一间破旧的废弃棚里。好在天已微亮，能够看到隐隐约约的田野。时三眺用了用劲，任督二脉畅通无碍，可以运功了。他试了试，可以站起来，踝关穴明显疼痛，毒已解除。

是谁救了自己？为什么又丢下我离去？时三眺拍了拍身上的灰土，猛然碰到口袋里有硬物。掏出来一看，是个红色的小荷包，内包一个小瓷瓶，一张纸条上写着：“浸毒很深，日服二次，分三天服完，毒尽无碍。然踝关穴骨损，需静养。”

时三眺回到客栈，招呼弟兄们撤回，自己还在阳城待几天。

其实，他留下来养伤只是个借口，找到救命恩人才是最主要的。时三眺就是这么个性子，有恩必报。

弟兄们一走，时三眺便开始筹划怎么去找救命恩人。他一步一步往回推。从装药的荷包看，救自己的人多半是女性；自己醒来时，虽然是在废弃棚里，但伤口作过很专业的包扎处理；最关键的一点，自己中毒昏倒的地点是在三襄堂，救自己的人一定是在三襄堂发现自己的，怎么又到了废弃棚呢？

时三眺思来想去，描出了救命恩人的轮廓。此人可能是女性，并且懂医，不是三襄堂的人，就是三襄堂的仇人。但他还是弄不明白，如果是三襄堂的人，为什么要救我？如果是女性，她又怎么把我弄到废弃棚？除非她也会武功……想到这一点，时三眺心里倏然明朗了一些，江湖上治疗跌打损伤、止血解毒的药多为粉剂或水液，一般都采用这种小瓷瓶包装，方便随身携带。如果是三襄堂的仇人，那么此人定是向岳如飞寻仇的，从岳如飞使出来的武功路数，可以断定他出自武林世家，岳如飞深藏不露，想必是其家族在江湖上结怨甚多，为避仇家寻仇，才弃武从商。

时三眺决定先放弃三襄堂内部，从寻访岳如飞仇家寻仇人手，找到这个救命恩人。

连续一周，时三眺白天以粮商的身份在阳城寻访，晚上则潜入三襄堂的院内守候，等待岳如飞的仇家来寻仇。但是，时三眺没有半点收获，三襄堂异常平静。

时三眺甚为失望，便把寻访的任务交给张泥鳅，自己先回四方寨。他只说要注意三襄堂的动态，如果有人寻仇，特别是女的，一定要弄清人家的来路与去向，没有说明这人与自己有什么关系。他受伤回来压根没有提过自己被人救治这件事。

时三眺收拾好行李到柜台结了账，刚离开客栈，一眼瞅见岳如飞从三襄堂出来。看那身行装，西装革履，戴着白手套，似乎是要去参加应酬。

时三眺突然心生疑虑，岳如飞弃武从商做军火生意，风险那么大，没有过硬的背景，比做土匪都危险，这与他隐蔽自己低调处事的性格极不相符。他到底在干什么，有什么样的背景？时三眺这么一想，决定再跟一跟这个神秘人物，摸清他的底细。没准会有意外发现。

岳如飞叫上一辆黄包车，径直向西行。穿过闹市区，就到了城防司令部。岳如飞下了车，但没有进去，而是向对面一座两楼一底的红房子走去。

红房子门口拥了很多人，还有唢呐班子站在门口吹吹打打。岳如飞走近红房子，一个穿着单薄的红衣少女迎上来，双手挽着他的手臂，高高兴兴地进了门。

看这架势，时三眺估计这里在办喜事。但猜不出是什么喜事，那位牵着岳如飞进去的少女又是谁。

他在对门的茶馆里坐下，叫了一壶茶，边喝茶边监视红房子的动静。

“这个岳老板，生意越做越霸道了，开了粮行，又开钱庄，现在又做起药材生意来了！”

“你要小心点，过不了多久，怕是连你的商号也要吞并了！”

“他敢！他有白道撑腰，我有黑道壮胆，哪个怕哪个！”

茶馆里一对商人模样的中年男人在说闲话。

时三眺从两人的对话中弄明白了，对门正在举行药铺的开张庆典。这家药铺也是岳如飞的产业，坐堂医生是他从易城老家请来的名老中医，掌柜的则是个年龄不大的黄毛丫头。

听说是个丫头，时三眺条件反射地看了一下自己的踝关穴，手也摸到了那个小瓷瓶。

时三眺又改主意了，先放下岳如飞，去摸清这个丫头掌柜的底。

下午，时三眺把长衫换成了西装，让黄包车直接拉到了红房子。房子门口竖着“三襄药铺”的招牌。进了药铺，老者正给排队诊脉的人开药方，柜台外有个中年人站在那里迎客，柜台里有个姑娘正在配药。

时三眺没有搭理中年人的招呼，自己找了一个角落坐下，等老中医把脉。

时三眺用余光扫视姑娘，黑亮黑亮的小辫子，白净白净的瓜子脸，水灵水灵的大眼睛，圆溜圆溜的樱桃嘴，典型的江边妹子。看她配药的麻利劲，流露出一些与外貌不相称的野性。他想，怎样才能与姑娘搭上话。

等待老中医诊脉的人还有很多。时三眺起身走到柜台前，“妹子，我有急事，请你帮我看看脚上的伤?”

姑娘抬起头来，看看他，又看看老中医，没有停下手中的活，没表情也没笑容地撅起嘴往老中医那边一指，说：“我不会开方子，在那等吧!”说完，又忙着为客人配药去了。

“我是小外伤，不用劳驾老先生，你给我拿点药就行。”时三眺抬起左脚，微提裤腿，想亮出踝关穴的伤让姑娘看，他想借机捕捉姑娘的表情变化。

“么子药?”姑娘还是面无表情，没有停下手中的活。

“擦的水水，涂的粉粉，都行。”时三眺睁大眼睛观察她的表情。

“等等。”姑娘低垂着眼皮为客人捆扎好两服中药，拨拨算盘，收了钱。这才咧开小嘴，露出两排玉洁的牙齿，泛起甜甜的笑，“您请好走!”

“请……”时三眺还想请姑娘看看伤口，可姑娘已经从药柜上取下一个小纸包，往他面前一放，说：“用酒水调了敷在伤口上!”再也没有看他一眼，又忙着为别人配药了。

时三眺还想说两句话，但看情形，姑娘是没有打算跟他多说话。他拿上药，上牙咬着下嘴唇，出了药铺。

一路回来，时三眺在脑子里过滤每一个细节，捕捉她脸上每一丝细微变化，又拿出了兜里的小药包……

时三眺陷入了沉思。

她的表现很不正常，按理说只有掌柜站在柜前招呼客人的，而她却在柜台里面打下手，岳如飞不会不教她怎么做掌柜。

自己坐在那里排队，她没有拿眼睛扫过堂里的场面，这也不是做掌柜的表现。

自己上前请姑娘看伤拿药，她连眼皮都没有抬一下，就把自己推给了老中医，这也不符合做掌柜的规矩。

当自己说只是小外伤，她没有问伤在什么地方，是什么时候的外伤，就拿了一包具有化脓消肿功效的粉剂，为什么不拿止血镇痛的药?

最重要的是，别人离铺她还说“好走”，自己离店时，她吭都没有吭一声，似乎与他有深仇大恨。

“八成是她”！时三眺决定留下来，一定要把她救治自己的真相磨出来。

时三眺在离三襄药铺不远的客栈住下。为掩人耳目，临时租了一辆板车，扮作卖梨的小商贩，就摆在三襄药铺去三襄商行的必经之路。

第二天傍晚，时三眺见姑娘从三襄药铺出来，径直向这边走来。他赶紧用篮子盛了几个梨在那里候着。

姑娘急匆匆的，只管走她的路。时三眺看她走近，突然一下子蹿出来，“妹子，我的枪伤好多了，你的药真管用，”说着把一篮子香梨往姑娘怀里塞，“这是我的一点心意，你收下吧!”

大胆的时三眺，竟敢在大街上把自己的伤说成是枪伤。要让对面警备司令部的人听到了，他会吃不了兜着走。好在只有他一个人在这里卖梨，没有人听得见。

时三眺故意用枪伤来刺激姑娘的反应。但姑娘的脸色没有出现惊骇，也没有说话。稍一侧身，避开了时三眺塞给她的梨。

“你得把药用完!”姑娘边说边加快了步伐，走出去了老远。

一计成功，时三眺心满意足地看着她离去的背影。

这一招让他的估计又提高了一成。她转身避开篮子的身法，可以骗不懂轻功的人或者二三流的会家子，但绝对骗不了具备绝顶轻功的时三眺，她刚才的步法与“巫山老祖履云步”中的“云绕云涌当自闲”有异曲同工之妙。足以证明她身藏上乘轻功，可能比岳如飞还要胜一筹。但也让他吃惊，姑娘的轻功路数似乎与自己有什么渊源。

第三天，姑娘没有从时三眺的梨摊前经过，时三眺想好的第二计未能实施。他又等了两天，姑娘还是没有出现。他不能这样傻等下去。

时三眺又换成一身西装模样，进了三襄药铺，直接向柜台前的姑娘走去。姑娘精神焕发，眼睛发亮，笑着迎上来。

时三眺颇感意外，难道她突然醒豁了，愿意承认救了他？时三眺心里这么想，赶紧回敬一脸笑容，一瘸一拐迎上去。

可姑娘避开一步，笑着与他擦肩而过。

他回过头去，姑娘正迎上突然进来的岳如飞。莫名的恼怒一下蹿了上来，羞得他把手伸进了西装。他压住了冲动。

岳如飞跟姑娘寒暄了两句，要到老中医那里去。

时三眺在这边闷声闷气地喊了一声："掌柜的，卖的啥子狗皮膏药？让我的毒散开了！"

姑娘听他一叫，脸上一惊，看了岳如飞一眼，忙朝他走过来。

姑娘的惊慌没有逃过时三眺的眼睛，心里有了十成的把握。

岳如飞听到叫喊，心头一怔，也跟了过来，"什么毒？"

姑娘的脸一下子泛白，一副紧促的眼神盯着时三眺。

岳如飞还在追问，好像知道他伤在哪里，已向他的左腿弯下腰去，"怎么伤的？我看看！"

时三眺一扭身，大声说道："狗咬的，在这儿！你看吗？"他撅起屁股对着弯下身去的岳如飞，一副泼皮无赖的样子。惹得一旁的姑娘抿嘴一笑，但又很快恢复了镇定。

时三眺心满意足地离开了三襄药铺。一路上，姑娘抿嘴一笑的神情始终在他眼前晃悠。他找到了自己的救命恩人。

时三眺推着板车在原地等姑娘。漫长的一天总算捱过去了，可就是不见姑娘出来。

时三眺急了，"这妹子，明明是你救了我，你的表情都承认了，怎么还要掖着藏着呢？难道非要我上门三拜九叩，向你谢恩才认数吗？"

时三眺心里这样想，脚下却身不由己地推着板车朝红房子走去。

"喂！卖梨的小子——"隐约的叫声让时三眺愣过神来，他循声看去，是警备司令部的哨兵在向他招手叫喊。

"叫你呢，过来！"他迟疑了一下，还是推着板车走了过去。

哨兵拿起梨子瞧瞧，在衣襟上擦了擦，啃了一口，"行，还甜！"便向时三眺下令："快！给爷们儿送过去。"

哨兵自称"爷们儿"，时三眺何时受过这等气。出道这么多年，从来只有别人唤他爷，还没有谁敢要他叫爷的。

时三眺怒发冲冠，转身推起板车就想走。心里骂道："要不是这事，爷爷现在就宰了你！"

"站住!"哨兵拉起了枪栓,"给爷送进去,不然老子开枪了!"

警备司令部门口一共有六个哨位,哨兵在这边叫唤,哨位上又冲下三个哨兵来,都拉起枪栓对准了他。时三眺嘴角露出一丝冷笑。心想凭你几个脓包,老子一抬手就能送你们上西天。

"他妈的!不服气是不是?老子就地枪毙你信不信?!"啃梨子的哨兵见他一副不屑的神情,把枪口抵在他的胸脯上,大声叫嚷:"你小子意图不轨,假装小贩袭击司令部,凭这一条,老子就可以要了你的命,还能立功!"

"算了,老三,把他弄进去蹲几天,给他一点苦头吃就行了。"一个年龄稍大的哨兵在一边劝着。

老兵的话倒是提醒了时三眺,何不进去蹲着,引出姑娘搭救。她已救过自己一次,肯定会救第二次。

既然想蹲大牢,得把动静整大点才行。

他猛一转身,施展"履云步",人影在四个哨兵之间穿梭,帮他们扣动了枪机。

枪声惊动了警备司令部里里外外。

门口的哨兵循声朝这边看时,时三眺正揪着那个啃梨子的哨兵大声嚷嚷:"赔我梨子!赔我梨子!"而在场的其他哨兵听到枪响,都吓得扔下枪,蹲在地上直叫"好汉饶命!好汉饶命!"

司令部里冲出一队拿枪的士兵,时三眺还一副不依不饶的样子,抓扯着哨兵赔他的梨子,直到这些士兵举着枪把他围在中间,这才松手。

哨兵见自己人围住了卖梨的小贩,这才扬起头来。那个吃梨的哨兵想冲上去扇时三眺的耳光,又把手缩了回去。他们不知道枪是怎样扣响的,也不敢肯定卖梨的人是动了还是没有动,但他敢肯定,这个梨贩有点邪。

时三眺如愿以偿地蹲进了大牢。

提他过堂的军官,把他当成共产党审问。时三眺一口咬定自己是从四川逃荒到这里卖梨的,军官拿出一叠照片让他认。时三眺瞅了几眼,嘀咕道:"我不记得,反正他们没有买过我的梨!"

时三眺一副死猪不怕开水烫的样子,惹得提审军官气急败坏,当下指令用刑。时三眺见时机成熟,冲提审官一阵嚷嚷:"我就是个卖梨的,不信去问三襄药铺的掌柜,她是我表妹,三襄商行岳老板的人。"

时三眺见提审军官有点惊异，又扯大了嗓门，说："你不会不认得岳老板吧？他跟谭师长是拜了把子的兄弟，我那一板车梨就是给表妹送去的……"

时三眺一番盛气凌人的胡诌，真把提审军官镇住了。他叫来一个当兵的，耳语了一阵。当兵的急忙出去了。

时三眺猜他是去找姑娘来认人，忙招呼："你说那个卖梨的四川表哥她就知道了！"

提审军官坐在那里无事，双脚跷在案桌上，一口一口地吐着烟圈。

他心里在盘算，这小子要真是岳老板的什么亲戚，自己可就跟岳大老板搭上线了。跟岳老板沾上边，要官有官升，要财有财发。看来得对他好点，给自己留点后路。

他赶紧起身，亲自端了一杯水给时三眺，"放心，真是岳老板的亲戚，我给你担保不是共匪。"

当兵的回来了，凑在提审军官耳边嘀咕了几句。军官面色由晴变阴，突然从时三眺手里抢过水杯，狠狠地砸在地上。"龟儿子，敢拿岳老板涮坛子，给我上重刑！"

时三眺虽然带着镣铐，凭几个当兵的，还拿不住他。但虎落平阳遭犬欺，何况是自己送上门让人家绑着。真在这里动起拳脚来，自己被铐住了手脚，人家使的是枪，也占不了便宜。好汉不吃眼前亏，得想法子尽快从这里脱身。

既然姑娘不愿认我做表哥，那就只有搬岳如飞的大驾了。

"老总别发火，我表妹还在生我的气，你让人去通报岳掌柜一声，他要不来，再收拾我也不迟。"时三眺变戏法似的掏出十块大洋，送给提审军官。

军官迟疑了一下，又安排一名当兵的出去了。

时三眺心里有些急了。如果岳如飞也不来，自己必有一场恶战了，得趁这时候想法把镣铐打开，以防万一。

"老总，岳老板快到了吧？"

军官没理他，只管用火柴棍掏耳朵。

"他到了，是不是该把铁链子打开？"

军官还是没理他，换了一只耳朵继续掏。

"我是为老总好呢!"时三眺干脆躺在老虎凳上,"让岳老板看到我这个样儿,我想说老总对我好都没法说。"

军官把火柴棍从耳朵里拔出来,盯着时三眺想了好一阵,向门口的士兵招了招手:"去,多叫几个兄弟在门口迎接岳老板!"

说完,拿着钥匙到时三眺身边,为他打开了镣铐。

"报告长官,岳老板到了,请他进来吗?"门外哨兵报告说。

军官从椅子上一跃而起,快步奔向门外。

时三眺吐了一口气,双手弹弹胸襟,坐到军官事先为他准备好的凳子上,又是一副泼皮无赖的样子。

穿着长袍的岳如飞出现在门口,看着一副玩世不恭模样的时三眺,蹙紧了眉头。

"我不认得你,你是什么人?"

"我是四川人,药铺女掌柜的穷亲戚,你当然不认得!"

"我没听缨娘说她在四川还有表哥",岳如飞满脸狐疑,"杜师叔也没提起他在四川有外甥!"

岳如飞的问话,让时三眺知道了姑娘姓杜,小名缨娘。

"是吗?他们真的没跟岳老板提过我?"

"没有,打在四川奉节见到杜师叔都没有听他提到过!"

看着岳如飞的傻样,时三眺直想笑,嘴里又吵又闹:"好!既然他们都不认我,我就死在这里算了,妈呀——你老人家啷个有这么一个六亲不认的兄弟?"

时三眺的这一番举动反倒把岳如飞搞懵了。赶紧向时三眺走近问道:"你真是缨娘的表哥?"

"我不就是小时候偷了她的首饰嘛,用得着记恨我一辈子吗?"时三眺闭着眼睛哭了起来:"舅舅你太狠心了,我人小不懂事,犯了错就不准我改么?"

岳如飞见这情形,一时手足无措,又走到军官面前,说:"老总,我先把他带回去让我师叔认一认,是的就留下,不是的再给你们送回来,行吗?"

"岳老板说了,没问题,没问题!"军官当即赔着一脸笑。非常小心地说:"我们听说是岳老板的亲戚,没有对他不客气。"

“这位老总对我真好，很买你的面子！”时三眺补了一句。

军官对时三眺在岳老板面前说他的好，送去感激的一眼。“这位老弟可能真是您家的亲戚，你回去给杜老先生说说，莫记年轻人的仇。”

岳如飞塞给军官一把钞票，接走了时三眺。

军官派了两个士兵随岳如飞把时三眺领出了警备司令部，去对面的三襄药铺。

这正是时三眺想要达到的效果。可他心里陡然怦怦乱跳。自己前几天在三襄药铺见过岳如飞，他会不会发现自己易过容。事情进展到这一步，也没有退路可走，只有硬着头皮去了。

岳如飞带着时三眺出现在三襄药铺，被称作缨娘的姑娘大吃一惊，她怎么也没有想到岳如飞会把这个人带到药铺来，一时愣在那里不知所措。

“如飞哥，你怎么把他带来了？”杜缨娘脱口直问岳如飞。

“我从警备司令部领回来的，他说是你表哥！”岳如飞看看周围有病人，就把缨娘叫到一旁问，“真是你表哥吗？”

杜缨娘听了，又气又好笑，真想跑过去骂时三眺两句。这人怎么这样难缠，都闹到警备司令部去冒充我表哥了，简直就是个无赖。

“表妹，我是时三眺啊，你和舅舅是不是都不认我了？”时三眺看到缨娘一脸愤懑，赶紧先发制人，“我就偷了你几件首饰和几瓶药，都那么久了，你们还在恨我啊！”

“你？你！”杜缨娘更加愤怒，冲他走过去。

“我把药和荷包还给你就是了！”时三眺从怀里拿出杜缨娘留在废弃棚的药瓶和荷包，放在柜台上。

杜缨娘戛然止步，柜台上的药瓶和荷包让她傻了眼。时三眺的这一招真是要命。

“你偷！我让你偷！”杜缨娘抓起药瓶一翻手，药瓶飞出去，直打他手部的少阴穴。

时三眺没有防到杜缨娘这一招，想避已经来不及了。

“哎哟！”时三眺被药瓶打中少阴穴，站在那里一动也不动。

“如飞哥帮我看一下，我去跟爸说表哥来了。”杜缨娘请岳如飞招呼柜台的客人，自己得抢在岳如飞前面，跟父亲说说这个突然冒出来又不得不认的表哥。

把脉的老先生正是杜缨娘的父亲，岳如飞的师叔杜半闲。

“三眺，你现在知道错了吗?”杜半闲过来，用手拢了拢时三眺的肩膀，穴道已经解开。满脸惊恐的时三眺一愣，连忙双膝下跪，一副哭腔：“舅舅，孩儿知错了，再也不敢不听您的话了!”

“如飞，我早年在奉节为缨娘认过一个干娘，这孩子是她干娘的亲侄子，他爹妈死得早，我也照得少，漂在外面游手好闲学坏了，就没去管他，所以也没有跟你们提起过，现在找上我来了，你看?”

岳如飞见此情形，脸上掠过一丝尴尬，忙说：“既然是师叔早年在奉节的亲戚，自然也是我岳如飞的亲戚，他乡团圆，是天大的喜事啊!”他上前为时三眺拍去了衣服上的草根，转身给两位士兵各塞了两块银元，“两位兄弟回去给军爷说，这是我家亲戚，改天再登门拜谢!”

时三眺被岳如飞当做缨娘的表哥留在三襄药铺做伙计，连他自己都怀疑是不是在做梦。

“你——时三眺给我听着，少做青天白日梦!”吃晚饭的时候，杜缨娘趁杜半闲进屋找酒的机会，用筷子点着时三眺的饭碗，一脸严肃地说：“别以为抓住了我的软肋，就当我是菜板上的肉——任你宰。过几天我会给师兄说清楚为啥救你，让你给我走开，省得天天在我面前晃!”

“表妹休要生气，我是为了报答你的救命之恩才留下来的，你把我赶走了，我的大恩怎么报？谁巴心巴肝帮你呀?”时三眺一副嬉皮笑脸的样子。

杜缨娘最恨的就是这种死皮赖脸、偷鸡摸狗的人。她激动得一摔筷子，“谁要你报恩了？谁稀罕你帮了！早知道你是这样的小人，我才不会受人之托去救你了!”

时三眺也放下筷子，一正脸色说道：“你也听好——我叫时三眺，是个光明磊落一腔热血的读书人，我去你师兄府上不是干偷鸡摸狗的坏事，是他在干着偷鸡摸狗的大坏事!”

“你胡说！我师兄……”杜缨娘正要问个究竟，见父亲杜半闲取了酒进来，只好坐下来，气鼓鼓地吃饭。

时三眺在三襄药铺当伙计很用心。

打杂的下人讲究眼快腿勤听使唤，他天生具备这样的资质。总是乐哈哈地应承药铺任何人的使唤，乖巧得让药铺里的伙计们毫无挑剔。

杜半闲很是喜欢他，不时召唤：“三眺子，给舅上点茶水来！”

杜缨娘却还是横看竖看他都不顺眼。

杜半闲把时三眺当作干外甥，但心里有个疙瘩未解开。

杜缨娘跟他讲，那晚，有人在她的卧房外用飞镖传书，说有人受伤中毒，在阳城外的废弃棚里，请她赶紧去解毒救人。她去了之后才发现，中毒人是伤在师兄岳如飞的暗器下。

看来，传书人对他们父女以及岳如飞都极为了解，知道岳如飞的毒镖只有杜半闲能解，也知道杜缨娘一定会去救人。

他心里也很纳闷，既没有三襄堂的人声张，也没听岳如飞说起过，甚至连杜缨娘也没有透露半点风声。更让他不敢小看的是，时三眺能躲过岳如飞的暗器，武功绝不在岳如飞之下。

还有，那天时三眺跟杜缨娘争执，他说岳如飞在干着偷鸡摸狗的大坏事。这让杜半闲回忆起岳如飞最近的行为的确很诡异。

岳如飞近段时间很少来药铺，他在三襄商行忙着筹备洋布行，专门经营上海的印花洋布。几天前，谭师长特地在师部摆了一桌酒，为他引荐从上海来的商人。

岳如飞担心阳城是否适合经营印花洋布。商人分析说，“从地理位置上看，阳城邻豫，向东通汉，向南有易，易汉水路相接，阳易汉三城由此形成金三角，把布行设在阳城，既具超强集散力，又有金三角的循环辐射力。”

这位商人饶有意味地反问岳如飞：“岳老板在阳城做得如此顺手，难道不是倚重这些吗?”此人承诺，先供货后付款，岳如飞当场举杯成交。

杜缨娘平常住在三襄药铺，因为对时三眺心存芥蒂，有时候就回到三襄商行住。她回到商铺没见到岳如飞，心里空落落的，忍不住想问管账师爷，但又觉得不方便，也不敢揣测。

时三眺也没有闲着。他白天快快乐乐做伙计。晚上则陪着杜半闲整理当天的医案，偶尔天真地问一些头痛肚胀的问题。杜半闲会乘着兴致给他背诵几段中药汤头歌。深夜，时三眺借伙计们鼾声大睡不着，穿上夜行衣从偏房溜了出去……

三襄商行原是本地头号商贾余成仲的三十年基业，几年前才易主岳如飞。

“余成仲天生一个生意脑壳，怎么一夜之间就败给了岳掌柜呢?”

伙计房黑灯瞎火，躺在地铺上的伙计在议论。

“咱们岳掌柜三下五除二把鸿远商号变成了三襄商行，依我说，岳掌柜心够黑的，三襄恐怕无人能及……”

“睡了，快睡了！岳掌柜这几天都是深更半夜才回来，要听到你们在嚼舌根子，准得撕烂你们的嘴!”躺在边上的老伙计说出这番话，打了个呵欠，翻身睡去。

时三眺吸取了上次的教训，要摸岳如飞的底，不必直接盯着他本人，这些伙计长年累月地跟他在一起，下人惦记东家的事，比他本人还记得清楚。

时三眺正要回去的时候，商行后院的侧门“吱呀”一声开了。进来一个人，看他从容自如的样子，准是岳如飞回来了。时三眺没有去惊扰他，猫身贴在屋脊上。等岳如飞进了屋，这才闪身离去。

次日下午，缨娘正在给病人配药，时三眺钻了个空靠近她，轻声说:“表妹，我下午有点事要出去，能不能让暴牙叔替我顶一下?”

缨娘回头瞅了他一眼，鼻孔里有气无力地“嗯”了一声。时三眺已习惯了她对自己的漠然，知道她已应允了，解下胸前的围裙和手上的两只袖套，拍拍身上的灰尘，出去了。

时三眺又潜进三襄商号，找了一处可以清楚监视岳如飞进出三襄堂的制高点，猫在那里守株待兔，只等候岳如飞出门，就能掌握到他的行踪。

岳如飞却一反常态，整个下午都没有离开商行的办公室，直到傍晚才出来，直接回到后院的卧室。时三眺看着他进去，屋里随即亮起灯，由暗而明，窗户上清晰映出他靠在倚窗的长摊椅上。

一个时辰过去了，他就那么靠卧在长摊椅上睡着了。

岳如飞没有动静，杜缨娘却回到了三襄堂东侧的卧房，时三眺看得清楚，她一直没有关上卧房的门。心想这丫头胆儿够大的，回到卧室都没有关门的习惯。

正在嘀咕，缨娘出来站在门口左右张望了几下，又进了屋，如此反复几次。时三眺才明白，她在等人上门，说不定是在等岳如飞。

时三眺再看看西侧岳如飞的卧室，灯仍然亮着，长摊椅的影子一动不动，估计岳如飞已进入了梦乡。

他怎么忘了去跟杜缨娘打招呼？难道他不喜欢这门亲事？可岳如飞平常对缨娘的那副眼神，不像是不喜欢。

时三眺前不久陪杜半闲在药铺小酌时，杜半闲端着酒杯，有些微醉但很惬意地对他讲过，几十年前，他和师兄还是娃娃的时候，就互相许下了承诺，如果将来都有了孩子，要是一对鸳鸯就结为夫妻，否则，就要他们结成兄弟或姊妹。

看样子，岳如飞没打算出去了，时三眺回到了药铺。

第二天，时三眺又向杜缨娘告假，出了药铺，向西绕了一圈才来到三襄堂，依旧趴在制高点观察。

岳如飞进屋在长摊椅上靠了一会儿，就起身灭了灯。时三眺等了半个时辰，施展绝顶轻功来到他卧房的屋脊上，揭瓦挪开一条口子，借着月光，从缝隙里看到他躺在床上睡了。

按岳如飞那天在谭师长家与上海商人的约定，他在近几天不应该悄无声息。

本来，岳如飞开洋布行是光明正大的事，对外隐秘情有可原，因为洋布行还在筹备中，过早张扬可能会引来不必要的麻烦。但对内没有必要这样神神秘秘，毕竟洋布行开起来，根本就不是他岳如飞一个人就能干得了的事，还需要商行的伙计去打理。

可岳如飞从一开始就鬼祟行事，什么事都掖着藏着，让人捉摸不透。要不是岳如飞一反常态，时三眺不会心生疑窦。现在，岳如飞的行为越来越让时三眺感到神秘了，洋布行的背后肯定还有其他交易。

时三眺一起床就闷闷不乐。岳如飞为什么停止了昼伏夜出呢？难道他发现自己在跟踪他？

上午，岳如飞来到药铺，跟时三眺打过招呼，走近缨娘身边，说："你有空让你表哥出去溜溜腿脚，别把他圈在药铺圈傻了！"缨娘看了时三眺一眼，没好气地说："就得把他圈着，你心好，把他放出去，不晓得又要惹出啥乱子来！"

时三眺很感激缨娘，没有把他连续几天出去溜达的事供出来，对缨娘投去感激的眼神，恰好与杜缨娘的眼神相接。时三眺发现，缨娘的眼神里藏着话。

“岳如飞的卧室有问题！”时三眺看到缨娘的眼睛盯着药铺通往后院的通道，脑子里突然蹦出这样的念头。

岳如飞走后，时三眺迫不及待地又向缨娘告假。从来没拿正眼看过他的缨娘，竟然把眼睛搁在他脸上审视了好一阵，让时三眺有些紧张，语无伦次：“我……我那样事没办好……”

“啥子事？几天都没办好！”缨娘淡然反问，转过身去整理药柜上的标签。“是偷鸡摸狗，还是打家劫舍？”

“你?!”时三眺一听此话，怒火蹿了上来。正要发作，杜半闲在那边叫他过去。

杜半闲叫他过去，是要他给城北、城南几个老病号去送药。

“管你是偷是抢，那是你自己的事，记得莫把小命玩丢了！”时三眺出门时，缨娘丢在他身后的这番话，像是默许他出去，又像是叮嘱。时三眺心头掠过一丝莫名的感动。

时三眺出门转过街角，叫上一辆黄包车，直叫车夫“有好快跑好快！”

拉车的见他一副小伙计模样，没把他当回事。脚下仍慢悠悠地小跑着，时三眺抓出两块银元扔上天去，银元从车夫的头上落下来，正好掉进他的上衣袋里。

车夫大惊，“莫不是撞到财神了？”赶紧加大脚力，一股风地跑起来。不一会儿，时三眺把药送到了两个老病号家。

傍晚时分，潜伏在高处的时三眺看着岳如飞回到自己的房间，窗户上又映出岳如飞躺在靠椅上的身影。时三眺嘴角浮出一丝冷笑，悄悄潜入到岳如飞的房间。

房子里很整洁，不像是一个年轻男人的卧室。古色古香的家具在灯光下泛红。

狡猾的岳如飞果然不在房间里，距窗户丈余的地方摆放着一张川东地区盛行的竹木结构的凉椅，一床大红的被子搁在凉椅上，还放了一顶礼帽。这就是映在窗子上的人影。

时三眺找了半个时辰也没有找到房子里的机关，所有该动的都动了，就是没有发现装了机关的痕迹。但他肯定，这里面一定设有机关，并且是在最让人想不到的地方。

时三眺走到椅子跟前，心中一喜："龟儿子，就这玩意没动过了！"一把揭开被子，没得机关，又双手端起椅子，也没有带出任何动静。

"怪了！岳如飞不可能从地缝里钻出去。"时三眺索性一屁股坐到了椅子上。

他摸了一把额头上的汗水，又细细地环顾了一下四周，还是没有发现意外。

一股风吹了进来，昏暗的灯光摇摇晃晃，放在一张矮凳上的油灯差点灭去。

时三眺盯着那盏灯端详了好一阵，总觉得那盏灯怪怪的，似乎在傻笑。时三眺向半丈开外的油灯翘起嘴猛吹一口气，它晃了晃又直起身来。灯芯散光，索性嗞嗞有声地笑了起来。时三眺恼了，又是猛吹，它竟然更加有劲地笑起来。如此几次，这灯像是跟时三眺斗法，就是不熄，就是要傻笑。

时三眺一下子从靠椅上跳了起来，凑近油灯猛吹，灯终于灭了。

就在灯光熄灭的瞬间，他身后的椅子处，忽然传出声响。接着搁油灯的小凳子也呼地长高起来。

时三眺借着射进窗的月光，隐约看到这一连环的变化，心里甚是窃喜，"终于找到机关了！"

时三眺点燃灯架上的油灯。这才发现原来的凉椅已换了方向，搁椅子的地方多出一张古典茶桌来。时三眺记得，这张茶桌是放在墙壁两张大木椅之间的，现在跑到了放凉椅的地方，还露出一个洞穴来。

正当时三眺有些好奇的时候，放油灯的凳子竟然慢慢地矮落下去。那张古典茶桌和换了方向的长摊靠椅也徐徐自动，回到原来的地方。油灯降落下去，长摊椅的影子也冉冉上升，最终映到了窗户上。

"好灵光的岳如飞！"时三眺陡然对岳如飞有了几分敬意，他自己怎么也想不出这么精妙绝伦的暗道机关。

时三眺从那个洞里钻了进去，走过一段窄窄的通道，眼前便倏然开阔起来。再走一阵，又进入一段窄窄的通道，不远处有一个洞口。时三眺出了洞一看，心中大惊，怎么又回到了岳如飞的卧室?!

他想再回洞里时，眼睛扫到了窗户上面的副窗。突然发现外面伸出一根树枝来。先前在岳如飞的卧室，他曾通过副窗观察外面，那里没有这样一根树枝。他镇定了一下，这里肯定不是岳如飞在三襄商行的卧室。

他的判断是正确的。时三眺出了卧室门，外面不是院子，而是一个大富人家的后花园。

时三眺小心环顾了一下四周，没有发现异动。看到那棵树枝伸到了窗户的大古树，便一纵身飞了上去，仔细地观察周围的地形。

时三眺发现，这里不是一般的大户人家。一般的大户人家，不会在高地设置瞭望台，而这里有三个。一般大户人家的家丁到了夜深人静的时候，也会睡在房间里，而这里的家丁都像军人一样，标标直直地站立在要道门口，警惕异常。

时三眺施展轻功在屋顶上疾走，院子里的家丁和瞭望台上的夜哨没有半点觉察。

院子东侧，戒备森严，进出三道门。每道门边都有提刀捉枪的家丁，如临大敌一样地警戒。时三眺断定，这里面一定有名堂。

时三眺三跳两蹿进了院子，使出独门兵器铁抓手，“呼”地锁住了一个家丁的咽喉，将他拉到通道的转角处。

“这是啥地方?”蒙面的时三眺圆瞪着双眼问家丁，“有些啥子人!”

家丁惊恐不语，努力去看卡住自己咽喉的铁手。时三眺收起铁抓手，用手抓紧家丁的喉咙，“快说！不然卡死你!”

家丁一脸狰狞，支支吾吾不敢说。时三眺手上一使劲，那家丁便翻出白眼来。

“我的……不懂!”那家丁终于说出一句话来。

时三眺从来没有见过说汉话的外国人，也就想不到这个家丁是个日本人。家丁用双手试图扳开时三眺卡住他咽喉的手，但这只手比那只铁手还硬。

他用手指了指时三眺身后，又指指自己的鼻子，示意自己可以带他去。

家丁带着时三眺进了一间小屋，在一侧墙壁处打开暗门，进门穿过一条两三丈长的通道，便向左右分道。在一侧成坡度的墙壁上有个拳头大的洞孔，从孔里向下窥视，脚下是一处宽不见边的大厅。看来自己正在大厅的顶部，这里的机关设置十分复杂，须得小心应对才是。

时三眺点了家丁的晕厥穴，把他扔在通道里。自己小心地摸索着前行。每过三五步，墙壁上都有这样一个小孔。时三眺数了数，一共是二十四个。

他顺着通道摸索了一圈，一步一步寻找可能藏有机关的痕迹。

大厅里突然传来叽里哇啦的说话声，时三眺贴近洞孔向下一瞧，大吃一惊："哎呀！她怎么会在这里？"她不是别人，正是三襄药铺的杜缨娘。

时三眺使劲将眼睛贴紧洞孔，见杜缨娘被四五个家丁捆得结结实实，扔在大厅的地上。

突然，杜缨娘调整好姿势，腾地一下跃起身来，稳稳当当地坐在了一张木椅上。凭她这一跃，足以证明缨娘的功夫非凡了得，但不知她怎么会被这伙人生擒了。

时三眺正在纳闷。大厅里走出一个西装革履的人来。这人正是鼓动岳如飞开洋布行的上海商人。

他走到缨娘面前，弯下腰去，轻声说道："杜小姐，我们现在是跟岳老板谈生意，你都听到了？看到了？"

"我啥子都没听到，没看到！"缨娘抬起她那双凤眼，盯着上海商人的眼睛，平静地说："我就奇了怪了，你们在谈啥子见不得人的生意？非要躲进这种不见天不见地的地方谈！"

"哈哈哈！岳老板没有给杜小姐说过吗？我们谈的是布生意，在易城开洋布行啊！"上海商人脸色一沉，说："岳老板在什么地方谈生意，杜小姐都会跟踪吗！"

"他是掌柜，做啥生意，在啥子地方谈，我都管不着！只是他跟你做生意太鬼鬼祟祟了，我有些好奇而已。"

上海商人见缨娘一副满不在乎的样子，一时半刻拿她没办法。沉吟了一阵，换了口气，问："杜小姐，你愿意跟我们合作吗？"

"跟你们合作？合作啥呀？我不明白。"杜缨娘一副不屑一顾的神情。

"只要你把今天看到的和听到的不说出去，我们可以不追究。"上海商人转过身去，"岳老板是我们尊贵的合作伙伴，看在他的面子上，我们才可以做出这样的让步。"

"我们没有合作与不合作的关系，但我可以告诉你，从现在起，我不会跟他岳如飞合作了！"

"哼？杜小姐的意思？"

"我做我的人，光明正大的人，不会跟着他学着做鬼，你听明白了吗？"

"做人？不做鬼？"

"是的，你要真是上海商人，岳如飞就不会这样做鬼了！你还要我说得更明白些吗?!”

“不，不，不！杜小姐不用强调了，我的明白!”上海商人回头向缨娘投去意味深长的一眼，说：“请杜小姐把话装在自己心里，别人才会安全，小心高墙有耳，走漏了风声!”

时三眺正在为上海商人最后的这句话纳闷，通道里突然传来“哗啦哗啦”的声响。

时三眺回头一看，身后的墙壁上闪出几个方孔。“不好!”时三眺下意识里一把抓起躺在地上的家丁一挡。“噗噗!”两声响，家丁的身体冒出两个箭头来。时三眺一个毛驴打滚，躲在了方孔下面。

时三眺以为躲开了弓箭的有效射程，不料身体失重，随着垮落的地板，落向一张地网。好一个天衣无缝的张网以待！

时三眺凭借自己手中的铁抓手，手拉脚蹬，戛然止住下坠之势。那块下落的地板被他一蹬，垂直下落，与急速向上收拢的地网裹在一起。时三眺借势向一侧弹射过去，稳稳落在了大厅。好险！杜缨娘可能遭到同样的一幕，才被地网裹住。

就在时三眺落在地上的那一瞬，站在缨娘身边的商人猛地转身，跃向一边，拔出枪来。时三眺向右一闪，将一枚铁蒺藜打了出去，正中商人的手腕，枪掉在了地上。

但是，枪还是响了。

旁边的家丁向时三眺开了枪，一枪击中他的右腿。

时三眺忘了中弹，就地一滚冲向缨娘，一把将她搂入怀中，迅速滚到一根柱子后面。

子弹在大厅里乱飞，压得时三眺使劲把缨娘挟在腋下，裹在网中的缨娘乱抓乱蹬，大叫放开她。

受伤的上海商人从地上拣起枪，指挥家丁从两侧包抄过去，命令家丁：“给我乱枪打死!”

时三眺从打在柱子上的子弹感觉到家丁的疯狂，赶紧松开腋下的缨娘，闭目听听两侧乱蹿的子弹。突然伸手入怀，然后张扬双臂，飞出两团星光，向家丁四射开去。

这惊心动魄的一幕被趴在地上的缨娘看得清清楚楚。还有一个人也被惊得目瞪口呆，当他回过神来，时三眺已经用匕首挑断裹住缨娘的网索。

两人从柱子后面闪了出来，吓得上海商人一屁股瘫坐在大厅的沙发上。

上海商人瘫坐下去的时候，其实是触动藏在沙发里的机关。右侧的墙壁“哐啷”一声洞开，现出一道门，一群身着黑衣白领，头扎白巾，足登木屐的人冒了出来。他们不认得这身装束就是标准的日本武士。

“岳如飞!?”缨娘一声惊呼，怔在那里瞠目结舌：“你？你怎么装神弄鬼?”

时三眺也认出了头扎白头巾的岳如飞，那双麻木的眼睛在“红太阳”白头巾的映衬下显得格外阴森。

岳如飞麻木无情地走出来，在离时三眺两丈开外的地方停下，一言不发。

缨娘想跑过去问个究竟，被时三眺一把拉住，“别着急！看看他们的动静!”时三眺盯着岳如飞身后的那道石门，小声对缨娘说：“要脱身，只能从那里冲出去!”

“你们都是我大日本最忠诚神勇的武士，天皇陛下正等着你们建立不朽功勋!”

沙发上的上海商人一跃而起，对着这一群麻木无情的武士发出指令，“打倒你们面前的敌人！他们就是天皇陛下的敌人！扫除这些障碍，没有人敢阻碍你们成为大日本帝国最神武的英雄!”

杜缨娘转眼看看时三眺，她对商人歇斯底里的嘶叫也是莫名其妙。但从商人的话语判断，他是个日本人。可岳如飞明明是大师伯的长子，怎么成了东洋人的武士，难道他着了魔，已经被商人控制?

时三眺心里也很纳闷，一边观察着动静，一边思考着怎么靠近那道石门。

这些武士听到商人的嘶叫，都面无表情，步履机械地向两边散开。

岳如飞站在队伍的最前面，“呼”地扒掉上衣，露出一身浑圆结实的肌肉，只是，他的腰际比别人多了一圈暗器袋，插在袋外的飞刀发出蓝森森的光。时三眺心中有数，自己当初中的就是这种喂了毒的飞刀。

一场恶战无法避免，时三眺还没有来得及跟杜缨娘商议，岳如飞已饿虎出林，凶猛地向他扑来。几乎就在同时，几个武士扑向缨娘。

“缨娘小心!”时三眺一声惊呼。岳如飞扑来的气势根本不容他分神，出手就是一招黑虎掏心。

时三眺以太极“伏虎式”化解了岳如飞行似疾风的来势，又以“弯弓射虎”逼迫岳如飞收起“撩阴脚”，哪知岳如飞不避不让，宁愿失去这条腿也不撤招。

岳如飞的“飞虎拳法”失传已久，拳路大方，招式迅猛，招招都透着一股先发制人的气势。

时三眺从未遇到过这种视死如归的打法，连用太极“反身撇锤”和“转身蹬腿”，都无法破解他的凌厉拳势。照这样打下去，他肯定捡不了便宜。

杜缨娘也陷入险象环生的境地，三个日本武士分别以东洋柔术和相扑摔法向她逼近，才二十出头的杜缨娘对这种异域武功本来就不了解，自己惯用的散花掌根本克制不住对手，很快失去还手之力，被凶悍的日本武士逼得手忙脚乱。

岳如飞占了上风恃强更进，连环使出开门腿、蹁端脚、窝心脚、挂耳脚、尖弹脚，以挑和撩之术拿其上盘，吞和吐之法侵其中盘，端和弹之力攻其下盘。瞬间侵入时三眺的六大主穴。

“飞虎拳法”的招式均具擒拿和散手之术，刚柔相济却以刚为主，整个拳法攻为先锋，击中有拿，拿中有击。可岳如飞欲拿不拿、要击不击的攻势，让时三眺无法摸清他的意图，只得使出“巫山老祖履云步”躲避。

时三眺被岳如飞的攻势逼得有些窒息，缨娘那边又传来“嗨”的一声暴喝，时三眺心头一紧，回头看到一个日本武士把缨娘举过头顶，暴喝着扔了出去。

时三眺回头的这一刻，岳如飞瞅准时机，一招尖弹脚踢中他的右腿，他踉踉跄跄滚到石门边，被落下来的缨娘砸了个正着。

岳如飞的脸上仍无半点怜悯之情，两把飞刀已趁缨娘砸中时三眺的时候，一左一右平行飞了出来。

时三眺听到暗器的破空声，情急中使出“铁抓手”，但只打落左路的飞刀，另一把飞刀打中缨娘的后背。

时三眺的“铁抓手”，直取岳如飞。

对付杜缨娘的几个日本武士同时扑了过来。

岳如飞对时三眺的“铁抓手”来不及避让，只听见“砰”的一声闷响，“铁抓手”击中他的右肩甲，岳如飞倒地。

日本武士见岳如飞倒地，惊愣在那里，成了三尊欲扑不前的雕塑。

其实，三名武士不是因为岳如飞倒地吓呆了，而是被杜缨娘顺手从时三眺的暗器袋里抓出的一把铁蒺藜击中。

时三眺来不及为缨娘绝妙的功夫叫好，瞅准身后敞开的石门无人把守，一手掷出“铁抓手”，一手搂起缨娘，使出履云步，飞快消失在石门口……

第六章

往事如梦　身负重伤陷囹圄

睡梦中的时三跳突然睁开眼睛，直直的眼珠子，久久没有转动。

屋里一片漆黑，静得没有一点杂音，只有缨娘匀均柔和的呼吸声。时三跳静静地呼吸着久违了的气息，慢慢地品味气息中的女人味，任由她的气流在自己的颈脖上抚摸。如痴如醉了好一阵，这才慢慢转过头来，打望了一眼枕在自己胳膊弯里的女人。尽管连缨娘的轮廓都看不见，但他能想象到臂弯中女人的娇嫩与祥和。

时三跳对杜缨娘的身世知道得也不多，听她零星说过一些事。

缨娘从记事起就没有见过自己的娘，也不知道自己应该还有娘。记事的第一印象里，只有一间石壁石顶石地石门的石屋，屋子建在悬崖峭壁上，门对一道好高好高的石壁，脚下是一条涛声不绝的江，第一次向下望去头晕目眩，夜里无数次掉下去，好久好久落不到底，吓得她直叫“爹爹”！醒来才知又是一场梦。

石门外没有路，只有一道贴着石壁顺着向上爬或者倒着向下退的石梯，爹爹经常挎着小背篼，拉着她的小手，攀岩越涧，挖些树根采些野花回来，搭在石头上晾干。

后来她长大了一点，爹爹才告诉她，我们住在风箱峡里，门口这条江叫长江，对面和脚下两道上入云下接水的石壁，就是一门锁巴蜀的夔门。门边那道梯叫孟良梯，杨家将的忠良都是从这架石梯上去得到安息的，住的石屋就是传说中诸葛孔明藏兵书宝剑的地方。

缨娘曾好奇地问爹爹："你教我读的书是不是孔明的兵书，教我练的剑是不是诸葛的剑法?"

爹拍着她的小脑袋说："傻闺女，爹爹可不敢贪诸葛孔明的神物宝藏，你学的武功是爹爹家传的峨眉剑法，你背的书目是药王妙应真人的千金要方。"

爹爹特别叮嘱缨娘说："如果爹爹今后照顾不到你了，就去找你的大师伯岳长贵……"

1933年初春，爹爹考虑到缨娘已经长到13岁了，再将她困在石窟里可能误了终身，于是离开风箱峡搬到了白帝城附近的集镇上。

杜缨娘的人生由此发生了巨大变化。在易城做桐油买卖的师伯岳长贵，从重庆组织了一批桐油，走长江到了风箱峡的大溪口，被桃花山悍匪刘响马洗劫。土匪追杀随船保护货物的师兄岳如飞，被送药路过此地的杜缨娘救回诗城。

岳如飞在缨娘家养好伤回到易城，父亲从他的伤口上发现蛛丝马迹，遂带着岳如飞西上三峡，在诗城找到销声匿迹几十年的师弟杜半闲，力邀师弟杜半闲去易城在药房坐诊。

缨娘到了易城，师伯有意让她与岳如飞订亲。缨娘自小在峡谷长大，刚出高峡到平原见世面，加上岳如飞仪表堂堂，说话处事都有一定的风度，分寸拿捏尤其适度。杜半闲默认了这门亲事。

订亲不久的岳如飞到阳城收购了三襄商铺，只有两年时间就做成了商行，于是把易城的杜半闲父女请到阳城开药铺，让缨娘做掌柜。

时三眺把缨娘从阳城救出来，一路紧赶到荆沙，在那里为她解毒疗伤。

暗器上的毒只有缨娘自己可解，可她已经昏迷了一天一夜。时三眺情急之中找出缨娘曾经救他时留下的那个药瓶，小心翼翼地刮出一些残存的粉末，琢磨了一天一夜，毛起胆子配了解药给缨娘服下。

两个时辰过去了，不仅没有一点解毒的迹象，伤口反而由紫变黑，连嘴唇和眼眶都成了胴灰色。

时三眺急得团团转，拍着脑袋回忆在三襄药铺为杜半闲整理医案时的方子，试图从中寻找到与解毒有关的印痕。

他对着自己的脑袋一拳砸下去。这一拳竟然砸出了主意："把缨娘弄醒不就有救了吗？大傻瓜！"

杜半闲曾告诉过他一个醒酒汤的方子，时三眺也没有细想管不管用，亲手熬好给杜缨娘灌下去。半个时辰后，缨娘果然醒来，刚说了解毒药方又昏迷过去。

杜缨娘的毒解了，她与时三眺的疙瘩也由此松解，杜缨娘也把当初救他的一些细枝末节说了出来。

杜缨娘承认是自己为他治的伤，但不是她发现的，她是接到飞刀传书，让她去一个废弃棚救人。

杜缨娘没有告诉时三眺，飞刀传书的是谭应洪手下的武术教官田秀武。他随行去了岳如飞那里，但没有进门，一个人在院子闲溜达。

谭师长大概被时三眺吓昏了头，战战兢兢出来，由几个卫兵护着走了。田秀武在后院听到异响，赶过来时正好撞见时三眺晕倒，将他救到了废弃棚。田秀武注意岳如飞很久了，知道岳家上下每个人的底细。因此回来飞刀传书让缨娘去救人。

杜缨娘此时对岳如飞的仇恨日渐膨胀，她要赶回阳城，搞清楚岳如飞为什么变得如此让人可怕，这样毫无人性地对待自己，她要讨回这一镖的公道。

时三眺安排的眼线回来报称，岳如飞对外声称杜缨娘与时三眺私奔失踪，杜半闲气出大病，已回易城修养。三襄药铺被迫关闭，但新开的洋布行由他自己亲手打理，一切都很正常。

时三眺劝杜缨娘暂时不要回阳城。根据当天的情形，岳如飞一定与日本商人有勾结，干着不可告人的勾当，经过咱们这一次搅局，定会加大防范，回去报仇很可能陷入早就设置好的圈套。不如冷处理一段时间，再找机会回去把事情查清楚。

杜缨娘接受了时三眺的建议，随他一起来到孝感，在大凤城创办讲武堂，暂时栖身这里。

时三眺办的讲武堂，明地里是讲武授艺，结识天下英雄豪杰，暗里却是招兵买马，组建蓄谋已久的绿林武装。

杜缨娘默默地看着讲武堂里的时三眺，他正激情地给大家讲兵法。自己也弄不明白，为什么要接受时三眺的劝告留下来，在这里等待时机，报仇雪恨。

近一年的经历和变故实在太大了，让她感觉到一种恐惧，正一步步向她袭来。这些人和事里，岳如飞和时三眺是两个最重要的角色。她不能不一件件地翻出来进行甄别，想从中找到答案。

时三眺第一次出现在三襄药铺，她就怀疑他的企图不善。他用那种不可理喻的方式进了警备司令部的大牢，逼迫自己去救他。

岳如飞怎么会那样轻易地中计，将时三眺从大牢里救出来，又轻易地将他留在药铺。

时三眺死皮赖脸留在药铺，口称是向自己报恩，傻子都知道这是一个借口。他白天在药铺当伙计，晚上去岳如飞的商行蛰伏，这更让她坚信时三眺不是什么善类。

阳城人都知道她是岳如飞的未婚妻，没有人敢打她的主意，只有他装作什么都不知道，看她的眼神总有那么一点点邪光。而岳如飞不是没有觉察，却也视而不见，装作什么都不知道。二人都装傻卖乖，究竟是啥居心？

她本来是跟踪时三眺，却意外撞入岳如飞的暗道。在那间地下室看见岳如飞正与上海商人秘谈，像狗一样点头哈腰，口口声声愿为大日本帝国赴汤蹈火，尽心效忠。他是什么时候跟日本人勾搭上的，又要为日本效啥忠？

她在大厅顶部看到这一幕，忍不住骂岳如飞不是人，不料脚下一沉，落入了圈套。当时三眺也来到地下室，岳如飞又像僵尸一样地出现，与几个武士对付自己和时三眺，并且用毒镖对自己痛下杀手。他怎么一瞬间变成了恶魔一样的岳如飞，温文尔雅的岳如飞哪去了？

她现在知道了时三眺是土匪，而且是上过学堂身怀绝技并被官府悬赏五千大洋要人头的四方寨总架杆。看他年轻有为，前途无量，为啥误入歧途？

她越来越乐意跟时三眺等人为伍，是因为他最近对前来加盟的江湖人士，都以“抗日救国”作为理想和目标。她不懂什么主义，但她能与他们一起痛恨贪官污吏，怜悯百姓。

她已经认定，时三眺和这一帮绿林好汉不是那种杀人越货的土匪，他的小痞子形象渐渐高大起来，开始在她心里占据着越来越重的位置。

杜缨娘想到这里，脸上一阵发热，心慌意乱起来，赶紧“呸！呸！”两

声，起身去为他们端茶递水……

时三眺把讲武堂与四方寨完全分离，互不来往。讲武堂只结识江湖上的朋友，为那些因江湖恩怨的武林好汉提供避难栖身之地。

杜缨娘开始只帮忙料理点内务后勤之类的小事，久而久之，投靠讲武堂的江湖人士多了，就从后台走上前台，结识了许多功夫了得的会家子。

讲武堂开始步入正轨，杜缨娘已经能够打理讲武堂的日常事务，时三眺便把多数精力放在四方寨，让她完全在陌生和独立的环境里快速成熟起来。一年多时间，她不仅结识了众多绿林好汉，而且武功精进不少，今非昔比。

武汉保卫战打得满地流火的时候，时三眺带着讲武堂的江湖好汉在鬼子的屁股上狠狠地捅了几刀，杀了上百个鬼子，在大凤山脚下宣誓打鬼子。

这天晚上，杜缨娘把终身交给了时三眺。

"不好！"就在时三眺还沉浸在回味之中的时候，隐约感到屋外有异动。他下意识地看看胳膊里的缨娘，她睡得很香。

突然，屋外枪声大作，子弹如豆似地从窗户钻了进来。说时迟那时快，时三眺一只手搂着缨娘，一只手抄起床头的枪，裹着被子一个驴打滚，从床上落到了地下。

就在他把缨娘扔进床底的时候，他感觉到自己的后背和屁股上受到两拳重击，顿觉眼前星星闪烁，整个身子飘飘悠悠滑向无尽的星河……

枪声稀稀疏疏停了下来。时三眺住的房间被一群人撞开，杜缨娘把时三眺搂在怀里一动不动，她也没管冲进来的是敌是友，就那样无动于衷地盯着怀里的时三眺。

"总架杆！"撞进来的人大呼小叫："狗日的，我们遭人摸了夜螺蛳！"

一大群提着枪舞着刀的兄弟冲了进来，看着眼前的情景都傻了眼。

武子峰也冲了进来，眼前的情景让他的脑子一下子空白。

"嗨！总架杆还活着，快！快——"过去跟时三眺在军队当过通信兵的小石头摸了摸他的项上动脉，惊呼："快叫医官包扎！"

众人一阵骚动，小石头嘴里激动得直唤"医官！医生！"，撒腿往门外跑，被武子峰一把抓住，“嚷么家伙？这里又不是部队，哪来的医官！”

武子峰跑上前将时三眺搂在怀里，“快！嫂子快给总架杆止血！”

杜缨娘这才回过神来，慌乱地从怀里摸出药瓶，抖抖索索地倒出一些药粉来。先是撕开时三眺的前胸，没有发现伤口。接着又撕开后背，两个拇指大的弹口正不断地往外涌血，杜缨娘连掌带药拍上去，企图堵住伤口流血，但很快被渗开，血从她的手指缝里流出来。

弟兄们都把自己随身携带的止血散搜了出来，这药其实都是杜缨娘用中草药制成的，让他们带在身上，以防万一。但这种药是冷兵器时代的产物，对刀箭之类的小创伤有很好的解毒止血功效，但对热兵器创伤作用不大。

杜缨娘发现时三眺的后背上还有两颗深陷的弹头，她虽然随父行医多年，开处方治个头痛感冒自然没问题，甚至一般的刀剑伤也不在话下，但对需要外科手术的枪弹创伤闻所未闻。

总不能眼睁睁地看着时三眺的血水流尽，杜缨娘情急之下点了时三眺的几处大穴，希望封住主血脉。还真起了作用，血少了许多。

“三架杆，我有个主意您看行不行？”小石头冲到武子峰跟前献计。“赶快让几个弟兄去城防团，抓个军医来给总架杆动手术！”

武子峰眼睛一亮，顾不了去想这个主意行还是不行，放下时三眺就要带兄弟出门。宴大彪一下子横在前面，“三架杆留下来照顾总架杆，我带兄弟们去抓来就是。”宴大彪嘴里说着，已拉了几个弟兄，还特别叫上小石头。

宴大彪带着兄弟们走后，武子峰让剩下来的弟兄在外面警戒，自己留在时三眺身边盯着他的伤口，连眼睛也不敢眨一下，嘴里直催：“大彪兄弟，你可得利索点！快去快回啊……”

杜缨娘继续倒出一瓶又一瓶的止血粉堵在弹眼上，不一会儿又被渗出的血冲散。

杜缨娘的眼泪如线串的珠子往下掉，武子峰看在眼里。他知道，这个女人虽然一直没有哭，也没有开口说一句伤心的话，其实心里已经承担了巨大的悲痛。武子峰递给杜缨娘一张丝手绢。

杜缨娘接过手绢没有揩眼泪，又倒了一瓶止血粉，用手绢堵在弹眼上。

时三眺一直紧闭着双眼，气若游丝，脸色渐渐泛白。武子峰终于沉不住气，一个劲地在房间里走动。

大约过了一个时辰，武子峰见外面还没有动静，急得他直跺脚，大骂宴大彪是“粪球！笨蛋！”提起枪冲到门口，大呼：“獐子！蚂蚱——”

守在门外叫獐子和蚂蚱的两个兄弟冲到武子峰面前，“跟我去——”

武子峰本来要说“去保安团抓军医”，可是话还没说完，城门外骤然响起密密麻麻的枪声。

武子峰提着枪朝枪声方向急扑过去。獐子和蚂蚱紧跟在后面，但他们哪里有时三眺教给武子峰的轻功，才追出几步，已经不见了武子峰的身影。

“三架杆！是三架杆吗？”小石头看见扑过来的武子峰喜出望外，老远就喊：“我们抓到了军医，狗日的冷子追上来了！”

武子峰靠近扛人的兄弟，说了声：“你们快回去，我顶住！”

宴大彪和几个兄弟边打边退，武子峰上前，一边开枪一边冲宴大彪说：“跟我撤！”

武子峰在心里骂宴大彪是傻子，这样对付保安团的追兵不是引狼入室么？他亮出身子双枪齐发，对追兵一阵猛打，然后向右侧撤退。

宴大彪不明白他的意思，紧随其后，边撤边还击，直到把追兵引出距杜缨娘他们两里地的曹家坳。

小石头扶着扛军医的兄弟撒腿快跑，回到了杜缨娘他们的藏身地。他解开袋子放出军医，从自己背着的大包袱里取出手术器皿和药品，拿起驳壳枪顶着医生的脊背，“快！动手术，要是总架杆有个三长两短，老子敲碎你的脑袋！”

武子峰把追兵引到曹家坳停了下来，他吩咐宴大彪和兄弟们占好有利地形，扭到追兵短火相接。

“三架杆，这是鸟意思？你带我们往这边撤，又在这个鬼地方让我们停下来，不是明摆着让冷子包饺子？”宴大彪再也憋闷不住，发起牢骚。

武子峰正忙着对付左侧的一股火力，顾不上给宴大彪作解释。

“奶奶的，要是白天，老子一个一个敲破你们的沙罐！”宴大彪嘴里嚷嚷着，猫在一垛土坳后面，左一点射，右一连发，把两股追兵压在那里进不了半步。

胶着的枪声僵持了约一刻钟，武子峰这边的枪声渐渐稀疏下来。宴大彪猫在土坳后大声喊：“三架杆，我没子弹了！”

“抓活的，他们没子弹了！”追兵之中有人叫喊着：“弟兄们，抓一个土匪赏两块大洋！”

武子峰这才过来跟宴大彪说话，“还有多少兄弟？”

“一个没少，加上你总共八个！”

“请这帮龟孙子吃一顿涮青子！”

“兄弟们好好招呼！”

獐子和蚂蚱从背上取下刀来，伸出舌头在刀尖上舔了舔，跟着纵身跳出掩体。这是他们患下的老毛病，总觉得用大刀片子砍人比用枪子儿崩人痛快，他们管刀叫“青子”，“涮青子”就是用对手的热血涮他们手中的刀片子。

“好汉！真好汉！”从保安团抓来的青年军医从时三眺背部找到第二颗子弹时，按捺不住激动，甚至忘记了背后有小石头一直顶在脊梁上的枪，把杜缨娘拉近，“你看看，再进去一两毫米，弹头就要穿透背板钻心了！”

杜缨娘看到两根骨头夹着一颗黑黑的弹头，没有看到心脏，不解地望了军医一眼。

“他的两根肋骨竟然夹住了子弹的尾巴！第一颗子弹也是这个样子，我以为是巧合，现在看来，子弹接触到他的身体时，他的肉体本能地进行了抵抗，紧紧地咬住子弹，没有钻进心脏。奇迹，真是奇迹！”军医一边说一边用手术钳费力地将弹头拔出来。

“狗日的，你害得总架杆吃大亏！”小石头突然咆哮着跳将起来，吓得青年军医一屁股跌倒在地。小石头朝着丢在地上的子弹头砰砰就是两枪。

青年军医爬起来冲小石头就是一巴掌，“混蛋！谁让你在这里开枪，你不想让他活命了？”

小石头冲过来要还手打军医。

“站住！他还没有脱离危险”，青年军医小声喝住了小石头：“你不要妨碍我救人！”

杜缨娘横了小石头一眼，小声命令他，“到门口把着！”

小石头不知道武子峰把追兵引到了曹家坳，更不知道那里正在发生着一场激烈的肉搏。

“嗨呀——”獐子声起刀落，一个保安团士兵的脑袋又搬了家，明朗的

月光下冲起褐黑色的血柱。

一个追兵急红了眼，端起刺刀朝着背对他的獐子直刺过去。

“獐子，后边！”蚂蚱惊呼，獐子毕竟也是久走江湖的老把式，听蚂蚱这一叫，知道背后有人偷袭，顺势收刀护胸，一个坐佛转身，大刀片子正好将背后偷袭的刺刀荡开。

獐子想一刀削掉这个士兵的脑袋，却不料对手也是个硬扎角色。刺刀虽然被大刀荡开了，但拳脚却难以施展。獐子的中盘和下盘露出破绽，正好给对方一个抽刀回挑的机会。

果然，对手瞅准空当，就地抽身，枪托下沉，刺刀上扬，一式挑中带剐的动作斜刺过来，獐子绝望地闭上了眼睛。

就在这时，武子峰一刀飞来，结果了士兵性命，把獐子从死亡线上救了回来。

武子峰赶回院子时，军医正为杜缨娘验完血，见武子峰进来，抢过他的左手就要取血样。武子峰不明白他要做什么，反手将他制住。军医痛得嗷嗷大叫：“快松手！再不给他输血，就没得救了！”

军医顾不得疼痛，取了武子峰的血样，放在试管里鼓捣，神情十分凝重。“B 型——又是 B 型！”

他冲到武子峰跟前问：“你们还有没有兄弟？”

武子峰点头：“还有两个在后面没回来。”

“快！赶快去叫他们回来，兴许还有一线希望！”

军医的焦急样，让在场的人都没有拿他当外人，小石头顶在他脊梁骨上的枪早收了起来。

武子峰跑出半里地，终于在半道上将宴大彪截住，武子峰来不及跟他们说啥，像老鹰逮小鸡一样，一手抓了宴大彪，一手逮了獐子，挟在腋下，脚下施展履云步，眨眼工夫就把他俩扔到屋里，这才跟他们解释，“快看看你们的血，跟总架杆合不合得来！”

青年军医先取獐子的血样，装进试管，让杜缨娘拿着，又急不可待地抽了宴大彪的血，留在吸管里备检。

好不容易挨过一锅烟的工夫，军医从试管里取出血样涂在试纸上，狠狠地骂道：“奶奶的，就看你是不是救命草了！”脏话从这个奶油小生的嘴里冒出来。

杜缨娘一直默不做声地看着他忙活。

屋子里所有的人都屏息等待，眼睛一眨不眨地盯着军医将宴大彪的血样放进试管里。

武子峰抓住宴大彪的手，一点一点攒紧，痛得宴大彪直咬牙，不敢叫出声来。

杜缨娘更是紧张，跪在门板搭成的手术台边，双手合十，嘴里不停地念叨着："求您保佑，大慈大悲、救苦救难的观音菩萨……"

所有的人都把希望寄托在宴大彪的血样上，但愿他的血能和时三眺合上。

"你个狗日的！又合不上。"军医破口大骂，一扬手将试管砸在地上，玻璃渣溅了一地。

砰！砰！屋外响起了枪声。"三架杆，有情况"！宴大彪跳将起来，提起枪往门口跑去。

外面有人在喊话："里面的土匪听着，你们被包围了，我们戚营长让你们赶快把枪从窗口扔出来。如果放潘军医出来，我们还有得商量，不然叫你们死无全尸！"

"王八羔子！"小石头呼地一下跃起身来，拿起枪顶着军医的脑袋，狠狠地敲打着，"你救不了总架杆，休想回去。老子先杀了你，再跟外面那帮狗娘养的拼了！"

军医一反先前的温和，伸手捏住小石头手里的枪管，昂头伸脖，就像一只伺敌决斗的公鸡。他一字一句地对小石头说："听着，不是我救不活他，是你们找不到合适的血，有种你出去抓几个合血型的兵来！"

"好主意"！一直跪在时三眺旁边求神拜佛的杜缨娘腾地站起身来，对武子峰说道："你好好看着三眺！"话音刚落，便破窗而出。

外面跟着响起"哎哟哎哟"的惨叫声，接着有人大叫："快趴下，有马蜂！"

哪里是马蜂！分明是杜缨娘撒出的芙蓉金针。

武子峰凭着外面传来的惨叫声判定，保安团这帮龟孙子准没好果子吃。

"你们给我听着，这个当官的现在就在我手上，都老老实实按我说的做！"杜缨娘在说："让你的弟兄们把枪扔下，过来几个去屋子里，我保证不要你们的命"！

抓在杜缨娘手里的正是孔都城保安团一营营长戚安山，他没弄明白自己是怎么落到这个女人手里的。当时，只感觉手上和脸上被马蜂蜇了一下，便晕晕乎乎地成了人质。

“好说、好说，只要放过我这班兄弟，姑奶奶怎么吩咐都成！”戚营长当即命令，“都放下枪，一切听女英雄调遣。”

杜缨娘让戚营长叫了几个兵上前，月光里看不清人长的胖瘦，只挑了几个块头大的，让他们候着，等屋子里叫他们时再一个一个地进去。

第一个士兵进了屋，随即传来一声尖叫。戚营长吓得缩头屈腿，整个身子缩小了一圈。一副哭腔：“姑奶奶，求你千万放过我的兄弟啊！”

“就向他们借一点血，不会要了他们的命！”杜缨娘指着那几个候着的士兵说：“你们哪个进去了要叫唤，我就让医生剁了你们的爪子！”

前面四个兵进去验了血回来了。第五个士兵进去后，过了好一阵还不见出来，杜缨娘正有些着急时，小石头在门口叫喊：“嫂子，这个合上了！”

这时，月亮已经西下，东方开始露白。戚营长一直被杜缨娘扭着。他明白了，里面有人受了重伤，正在输血抢救。难怪这帮人摸进保安团啥都不抢，专门劫持军医。

戚营长见此情形，心里暗暗地嘀咕：“这回算是亏大了，自己带兵来抓人，反而送上门来献血，回去如何交代，往后又怎么在弟兄们面前混？”戚营长想到这里，忍不住跺了跺脚。

小石头从屋里出来，在杜缨娘耳边低语了几句。

杜缨娘松了一口气，对戚营长说：“我们要走了，还得让你们吃点苦，到时自然会有人来放你们走。”

“是要咋的？”戚营长不知道杜缨娘会让他们吃啥苦头，连连哀求：“你们只管放心地走，我们不追你们便是。”

“我是为你着想，现在吃点小苦头，回去免得遭大罪。”杜缨娘把小石头叫过来，小声嘱咐他如何收场。

小石头将戚营长绑在歪脖子树上，给他背上绑了几颗手榴弹。喝令当兵的背对戚营长围成一个圈，并用绳子从背后将他们串起来，再把手榴弹的引线系在他们的手上。

小石头的这一招“排排果”，吓得戚营长大眼反光，不停地喊叫：“兄弟，手下留情……”。

“你们都给老子稳起，只要哪个龟孙子稍稍动一点，就一起见阎王！”

小石头十分得意这份杰作。心里说：“嫂子整人的手段真是了得！”

杜缨娘回到屋子里，时三眺已经醒来，灯光下能看到他脸上有了血色。

军医把两个血袋封好，递给杜缨娘，说：“他已经度过危险期。听说你懂中医，我没有拔掉他静脉血管上的针头，到时把输血管插进血袋就行了。”

军医还教给她一些护理常识。“有些器械我就不带走了，你们或许用得上。我劝你们早点离开这地方，保安团长见戚营长久不回去，会亲自带人来抓我回去的，他可是不好惹的角色，你们人少恐怕很难对付！”

“你不能回去”！杜缨娘斩钉截铁地说：“你只能跟我们走”！

“为什么？”

“我们需要你！”

“你们是谁？”

“甭管我们是谁。”

“共产党的游击队？国军的特勤兵？还是山上的土匪？”军医不卑不亢，毫不示弱。

“你想我们是谁？”

“是谁都跟我没关系，我只想回汉口的医院去救死扶伤！”

杜缨娘野性毕露，“我们就是土匪，你愿意不愿意都得跟我们走！”

“小石头，这个人交给你了！”杜缨娘果断地下了命令。

武子峰头一次见杜缨娘使性子，心中一喜，看来总架杆调教有方。他为小石头紧了一道弦：“他的影子要从嫂子眼前消失了，你的脑袋就得在我的眼前消失！”

“三架杆只管放一百二十个心！他的影子要是缺了指头大一点点，你就挖我心窝子肉给他补上！”小石头取出一根绳子，一头拴住军医的腰，一头拴在自己腰上。

武子峰招呼兄弟们抬着时三眺迅速转移。由于时三眺的伤口在背上，只得用门板做了一副担架，让时三眺扑在担架上。

他们出了院子向西疾行了几里地，天开亮口，已经隐约可见几十丈开外的树木。武子峰吩咐宴大彪注意找一个隐蔽点的地方歇歇脚，让军医为总架杆输上一袋血。

时三眺慢慢睁开眼，刚开口跟杜缨娘说话，就被军医阻止了。杜缨娘莫名其妙，以为是军医对她刚才的武断有意报复，质问："你啥意思，凭啥不让我跟我男人说话！"

"凭啥？凭他身上的伤！"军医的语气不像先前那样温和，"他是扑在担架上的，一说话就得用力昂头，一用力就可能引起伤口出血！你不是学过中医吗？这样简单的道理你都不懂？"

杜缨娘被他的这番话呛得无言以对。只好自寻台阶下，转过身去和武子峰商量下面的路怎么走。

武子峰认为，总架杆伤得不轻，当下要尽快离开这里，找到比较安全的地方养好伤后再回四方寨。

武子峰像是在自言自语地问自己。"是什么人要偷袭总架杆？是直接针对总架杆还是无意间撞上了？如果是直奔总架杆而来，问题就严重了，对方竟然准确知道总架杆住在哪间屋子里！"

他抬眼看了看沉默不语的杜缨娘，赶紧回到正题。"眼下我们得罪了保安团，这城是不能进了，得赶快甩掉他们的追击，往前几十里地有个县城，我们先到那里去为总架杆养伤。"

"我认为你们应该进城！"伪军医不知什么时候到了他们身后，插话说："最危险的地方才是最安全的地方，灯下黑的道理你们难道不懂？再说他被你们抬上几十里地，一路颠簸会引起他的伤势恶化，一旦恶化了，你们手里又没有药，荒山野地上哪去弄药？"

"你龟孙子说了句人话！不过，回去要是再撞上这帮二鬼子，危险可就大了！"一直没有吭声的宴大彪也说话了。

"你狗日的是不是想逃？使心眼下套套吧！"小石头急了："不行不行！不能听这狗日的胡诌，才出狼窝又入虎穴，不是没痒痒找痒痒抠吗？"

"我看行！"杜缨娘瞥了军医一眼，走到武子峰面前，"养伤要紧，才赶了一段路，三眺已经受罪不轻，我们进城不住客栈，就在保安团附近找个地方租住下来。他们未必想得到我们就在他的眼皮子底下，就是找到了，我们也未必怕他们！"

"这……"武子峰一时语塞，下不了决心。

"进……进城"！时三眺听到他们争执不下，艰难地发了话。

戚营长和十多名士兵被小石头困在歪脖子树下大约一个时辰，二营长马三魁带兵赶来将他们救下。他狼狈地赶回城里，向副团长朱子刚报告了遭遇的经过。

朱子刚拿着两根芙蓉针陷入了沉思。使芙蓉针的人，一定是个内力极高的江湖好手，不可能是戚营长说的那样，一个二十出头的黄毛丫头，能在眨眼间打出几十根芙蓉针，况且是在晚上，还专打枪手的虎口穴，认穴之准，内力之深，不是一朝一夕练得成的。

他早年在江湖上行走闯荡，靠的就是三支百步穿杨的袖箭，才能在孔都一带称王称霸。但他从未遇到过这等对手。当年他师傅教他暗器时说过，暗器中最不好练的就是芙蓉针，伤人容易打穴难，要练到一针打一穴的地步，多则几十年，少则也要十年八年。

朱子刚不相信是女人所为。可戚营长坚持说当时在现场只有这个女人。他还指天发誓说，自己是按团副的指令飞一样地赶到那个院子，用卷地毯的方式包围那间房屋。之前没有发现任何人，中途也没有被任何人发现。

"那就是遇到鬼了!"朱子刚一抖手腕，两根芙蓉针夹着"嗞嗞"声飞了出去，一根没入墙柱，一根穿透屏风的木板，但两根芙蓉针分开了一尺远的距离。

"团座咋知道我们被困了?"戚营长忍不住问。他最恨的不是那女人逮住了他，最恨的是那个叫小石头的人用下三烂的手段困住了他们。所以要印证一下，那个女人曾经说过"会有人来救的"，看她是不是说话算话。

朱子刚沉吟了一下告诉他，说是有个农民拿着一张写着"随我救人"的草纸到团部邀功请赏，这才派二营长带兵去营救。

戚营长赶紧打躬作揖感谢团副的救命之恩，对那女人说话算话心存感激。

朱子刚也跟戚营长打了埋伏，不是因为农民来报信，而是他又接到神秘上级的命令，要抓的那个人又脱逃朝西边跑了。他一边派二营长带了几个兵去救戚营长，一边派三营长带领一个连的兵力抄近路去追那个人。实际上，朱子刚也不知道要抓的人就是大闹日军集中营的时三眺，只听说他偷了价值连城的珠宝，是政界、军界都想得到的江洋大盗。

时三眺说要进城养伤，武子峰不再持反对意见。他把宴大彪叫到一边，

叮嘱他多长个心眼，自己在前面探路，一旦发现情况，就用“鸳鸯笑”告急。

他们抬着总架杆小心翼翼地进城。

第七章

连环追杀　壮志未酬身先死

入夜，孔都城夜色深沉。

武子峰在距保安团不到五百米的刘记棺材铺租到了三间房，随行的弟兄们翻墙的翻墙，钻洞的钻洞，陆陆续续进了棺材铺。只有时三眺和军医是装在棺材里，由木匠伙计送进棺材铺。

离保安团越近的地方，居民越少。很少有人开店做生意，稀少的店铺都关了门，几百米的街面冷冷清清。

"刘记棺材铺"的老板之所以敢把铺子开在这里，就因为它是棺材铺，阴气重，保安团的官兵都忌讳上这里来。

"不管你们是谁，住在我这里，只管放心大胆睡觉！"棺材铺的刘老板神采飞扬地说："皇军……不……小日本！也只在孔都城沦陷那天进来过。一进来，就吓得屁滚尿流地跑了。小鬼子天不怕地不怕，见了钟馗和无常还是怕得要死！"

武子峰又多给了刘老板十个银元，拧着他的耳朵说："我们先住着，该加钱的时候不会少半个子儿，你得替我多长只眼！"

宴大彪很郁闷。武子峰规定白天晚上都不能出去，他想跟武子峰讨个商量，一副嬉皮笑脸的样子说："弟兄们躺在那里吃了睡，睡了吃，还不把人憋闷死。能不能有点松动，隔一两个时辰放个把弟兄出去喝口风？"

"你就忍忍吧，总架杆治伤要紧！"武子峰不等宴大彪说完就断了他的念想。他知道宴大彪好那一口，都有好几个月未沾女人腥了，又动了恻隐之心，小声跟他说：“回了四方寨，我请你那相好的来寨子伺候你十天半个月，也让你白天晚上不出屋，看你憋闷不？”

“嘿嘿！那不是搂着一坨嫩皮细肉嘛，哪来憋闷？”宴大彪此时完全没有了打斗场上的粗鲁，甚至有点儿油腔滑调，跟武子峰耍黏乎，“你就闭上一只眼，让我出去消消火，半个时辰？就半个时辰！”

武子峰狠狠地瞪了他一眼，张开了嘴，却没有说出话来，摇摇头出去了。宴大彪明白，武子峰已经网开一面了。看把他乐的，冲自己打了两耳光。

武子峰把时三眺和杜缨娘安顿在棺材铺后院最南边的一间屋子，伪军医在隔壁与自己住，便于他随时过去察看时三眺的伤势。宴大彪与獐子和蚂蚱几个弟兄住在铺头，此处可守三面来犯，凭一人一枪也可以顶上一阵子。

武子峰安排好岗哨，又察看了一遍周边的地形。

吃了晚饭，杜缨娘让伪军医为时三眺换药。伪军医打开时三眺的伤口，脸色一沉，用镊子在伤口边缘一压，顿时冒出脓水来。伪军医松了口气：“还好，只是表皮创伤感染，得赶紧弄点阿莫西林消炎。”

武子峰知道阿莫西林一类的消炎药，不仅在沦陷区是禁药，就是在国统区也属于看得紧的稀有药品，现在要弄到这类药，除非又去保安团抢药。可是，再去抢药恐怕没有抢军医那么顺利了。

“你能不能确定保安团有这种药？”杜缨娘焦急地问。“孔都城找得到，但保安团没有这种药，要有，昨天也就带过来了。”

“哪里有？”

“鬼子的宪兵队应该有，我们保安团平常使用，只要向长官申请，他就安排人去宪兵队拿药。”

“宪兵队的药库在哪？”武子峰问。

伪军医摇头说他没有去取过药。想了想又告诉武子峰，他曾听到一个取药回来的医生埋怨过，去宪兵队长官部取药，小鬼子连裤衩儿都要脱下来看个清楚。他若有所悟地说：“我估计，这类药不会放在库房里，八成是存放在长官部。”

“三架杆守着三眺，我去拿药！”

武子峰向前跨出一步，抢下杜缨娘手中的家伙。轻声说：“你不能离开，我去就行，照顾好总架杆！”

武子峰走时一再叮嘱宴大彪的弟兄们多留点神。他有点后悔放宴大彪出去喝花酒。

武子峰走后，军医让杜缨娘烧了盐开水，配合他把时三眺的伤口部位洗一下，以减缓伤口感染。

杜缨娘学着军医的样子，用棉球棒蘸盐水，将伤口外沿的血痂一点一滴洗去。忙得满头大汗。

“有情况！”小石头急匆匆地闯进来，“嫂子！我们被二鬼子包围了，你看咋办？”

杜缨娘一愣，把棉球棒交给军医，提了驳壳枪随小石头冲到前面那间房子。

“嫂子快看，外面黑压压的二鬼子，你说咋打？我们听嫂子的！”

蚂蚱已将随身携带的“欢喜果”掏出来，摆放在地上。“欢喜果”是小石头自制的手雷，爆炸力没有美式地瓜强，但它爆炸时会发出嘻嘻呵呵的声音，铅片之中夹杂着油星，着物即燃，溅到人的皮肤上巴到烫，杀伤力非同小可。这是小石头跟着时三眺打鬼子时，捡回来一个美式哑手雷，鼓捣了将近一个月，弄出来的杀手锏。时三眺为此教他“鸳鸯笑”的暗器功夫，算是最原始的科技进步奖。

“先喂一阵欢喜果，把他们堵在铺外，我带总架杆撤，你们随后跟上！”杜缨娘胸有成竹，举枪击毙挎短枪的伪军官。

小石头把“欢喜果”扔进兵多的地方，一边扔一边喊：“一帮龟孙子，爷爷让你欢喜一阵子！”

杜缨娘见对方大乱，忙转身回去转移时三眺。

屋里的情景让她傻了眼，伪军医让人绑着，嘴里塞了白布，一群头戴钢盔，身穿黑背心，手端狙击枪的蒙面士兵立在那里，正等着她落网。

杜缨娘本能地抬枪，“突突突！”过来两梭子，打得她身边的门框直飞木屑。

“乖乖的不动！”蒙面士兵往两边一闪，露出他们身后的时三眺。他毫无知觉地熟睡在炕头上。

“知道你有一手漂亮的暗器功夫，但是你再快也快不过皇军特种兵的子弹！只要乖乖的不动，我们还可以合作！”从蒙面士兵身后走出一个保安团的军官，他说话阴阳怪气，但从他说话的口音和气力判断，也是练家子。

保安团军官上下打量她几眼，突然一抬手，三只袖箭飞出，直冲杜缨娘面门射来。

杜缨娘侧身躲过三支袖箭，箭头没入她身后的门板里。她心中大惊：“此人内力了得！”

“好身法！有资格跟我到保安团谈谈条件。”军官一挥手，冲出两个蒙面士兵，抓住杜缨娘的胳膊，死死地绑住她的左右手。

獐子和蚂蚱一边骂着粗话，一边狠狠地扔“欢喜果”。几个弟兄一阵猛打，把保安团的士兵牢牢压住，趴在地上不敢扬头。

小石头以为杜缨娘带着总架杆撤出了棺材铺，赶紧扔出几颗“欢喜果”，大叫一声：“兄弟们，撤！”

武子峰刚刚潜入城东的宪兵队营地，“欢喜果”的爆炸声告诉他，棺材铺出了事。随即，宪兵团的警报疯叫起来，营房里的鬼子蜂拥而出。“糟糕！”武子峰折身撤出宪兵队，直扑孔都城南。

孔都城坐南朝北，倚山而建，三面城墙与南山相接。入住棺材铺之前，武子峰给弟兄们交代过，一旦发生情况，就从城南撤出直插南山。那里没有公路，鬼子的摩托车上不去。

小石头带着兄弟们按照武子峰预先的安排，迅速撤出棺材铺，向城南逃去。

武子峰从宪兵队出来，使出“履云步”直奔南山，很快就到了山腰的倒拐子坡，在入口处打出一对“鸳鸯笑”。

不一会儿，山上传来“鸳鸯笑”的回应。武子峰侧耳细听，“鸳鸯笑”劲头不足，笑声不畅，判定是小石头发出的。他心头一沉，施展“履云步”向山头追去。

小石头听到“鸳鸯笑”，以为是杜缨娘带着总架杆到了南山，赶紧往山上跑去。他没有武子峰那样的功力，辨别不出是谁发出的“鸳鸯笑”。上到山腰，见是武子峰，不是总架杆，差点哭出声来。

獐子和蚂蚱等几个兄弟也相继赶来会合，都说没有找到总架杆留下的标记。

杜缨娘既没有留下标记，也没有用“鸳鸯笑”回应，武子峰断定他们遇到了麻烦，恶狠狠地冲大伙下了命令："下山！就是把孔都城剥层皮，也得给我把总架杆找到！"

下山途中，他们遇到了正急着上山的宴大彪。武子峰没等他走近，扬手给了他一块土疙瘩，打在他的右膝盖上，宴大彪"哎哟"一声扑倒在地。

"格老子……"宴大彪爬起来正要骂人，武子峰飞身上前，一把将他拧起来，气得不知如何骂他，扬手给了他一巴掌。

宴大彪自知理亏，捂住脸未敢还手，忙问："总架杆在哪？他们咋样了！"

獐子和蚂蚱是宴大彪直接管理的兄弟，见他这副狼狈不堪的样子，也是气愤。小石头闪身过去，懒得理他，只管下山。

天已大亮，武子峰一行赶回棺材铺查看动静。这条街本来就萧条，经过昨晚的折腾，连仅有的几家铺面都紧闭店门。棺材铺虽然敞开大门，但那是小石头他们昨晚离去时的样子，店铺老板和伙计都不知去向。

他们分头潜伏在棺材铺附近观察周围的动向，没有发现可疑行人。武子峰当即与宴大彪分工，由宴大彪和几个兄弟继续监视动静，自己和小石头去保安团踩盘子，回来商议如何营救总架杆。

宴大彪有些担心，人家没有将他们一网打尽，现在赶去救人，正好钻进笼子里。一旦暴露，不仅打草惊蛇，反而会威胁时三眺的安危。

小石头坚持要去，边走边说："总架杆落在这帮王八龟孙子手里才是危险，小鬼子的老虎窝都闯了，还怕保安团的老鼠窝？"

武子峰让小石头扮成担担客来到保安团附近，寻找机会混进去。

保安团异常地平静。营门口的两个哨兵斜挎长枪，无精打采地走来走去，堑壕后面的两名机枪手也打着盹。

武子峰心里犯疑，这种情形多为外紧内松的假象，他提醒小石头小心有诈，进去只管卖货，只需要看看司令部门口有没有加岗加哨，操场上有多少二鬼子活动就行了。

小石头瞅准一群兵从营区往外走，挑着担担迎上去，趁机进了营区。

大约半个时辰，小石头挑着空货担出了营区。他向武子峰报告说，里面比外面还要松，司令部门口一个岗哨都没有，团长在操场上跟很多兵争一个"皮瓜"，抢得汗滚尿流的。小石头问道："二鬼子说他们团长就好那口，那叫啥？啥球？"

“篮球！”武子峰大惑不解，难道总架杆不是保安团抓走的？不是他们又是谁呢？

“肯定是二鬼子捣鬼！我再进去把旮旮角角都给他翻一遍。”小石头说着又要进去，被武子峰按住。

“总架杆如果落入二鬼子之手，暂时不会有太大危险，他身边有医生，还有嫂子可以照顾他。”武子峰决定先回棺材铺与宴大彪会面后再行计议。

杜缨娘被鬼子蒙上眼罩推上了机动车，经过一阵颠簸，车停了下来。她又被人挟持着走了一段路，然后走进了一间房屋。有人为她揭下了眼罩，还没等她看清是谁，这人出去就把门锁上了。

昏暗的灯光下，杜缨娘看到时三眺和伪军医都在。这是一间颇为温馨的房间，房间的结构和摆设与当年在阳城地下室发现岳如飞跟鬼子勾结的环境颇为相似。

时三眺还处于昏迷中，她急忙问伪军医能不能想办法让时三眺醒来。戴着手铐的伪军医过来看了看，摇摇头说：“麻药期还没有过，但病人很虚弱，得想办法给病人输血用药，不然会有危险。”

房门紧关着，杜缨娘一边喊来人，一边用戴着手铐的双手擂门，根本没有人理会。

杜缨娘又急又气，双臂紧贴双肋，腰臀下沉，丹田聚气，一声猛喝，手铐上的铁链“咔嚓”一声绷断。脱缰的杜缨娘一阵手舞足蹈，把那扇木门砸了个稀烂。

可木门外面还有一道铁门，无论杜缨娘怎么敲打都纹丝不动，也没有人理会。

伪军医走过来把瘫软在地上的杜缨娘扶起，让她坐在时三眺的担架边。看着昏睡不醒的时三眺，无助和恐惧袭上杜缨娘的心头，她再也忍不住，扑在时三眺的枕头边“呜呜”地哭起来。

杜缨娘哭着哭着，突然感觉到时三眺的头动了一下。她撑起身来，看见时三眺正翘动嘴唇，舔着嘴角的泪水。

时三眺吃力地睁大眼睛看着她，张了一下嘴想说话，最终没有气力说出来。他坚毅的眼神在杜缨娘的胸前停顿了一下，很快又滑落下去，无奈地合上了双眼。

“医生，快看看三眺咋的啦?”急傻了的杜缨娘一把拽住伪军医，拖到担架前，催他看看时三眺。

伪军医把手伸到时三眺耳根下的颈动脉处，慌叫：“快！快来人！病人休克了，快救人……”

门“哐啷”一声打开了，一群端着枪的鬼子冲进来，“哐啷”一声又将门关上。从鬼子兵里走出两个穿着白大褂的人来，对时三眺进行急救。

两名鬼子军医忙活了一阵，终于直起腰来，转身向后“嗨!”了一声。杜缨娘这才注意到，还有个鬼子军官站在鬼子兵中，他向鬼子军医扬扬手，吐出两个字：“下去!”

杜缨娘见此情形，脑子一热，把手伸向腰间，暗器袋是空的。顺手从地上拾起一块木屑，把木屑当暗器射向鬼子军官。

杜缨娘打出去的那一刻就后悔了，自己和三眺都被鬼子关在这个比铁笼子还坚固的屋子里，就算把眼前的鬼子灭了，也难得逃出去。她下意识地离开时三眺的担架，企图把鬼子的子弹往边上引。

“你的，不动!”鬼子军官声到刀到，锃亮的军刀架在她的脖子上，冷冷地说：“暗器伤人，大大的不光明!”

杜缨娘暗暗吃惊。鬼子军官拔刀、接暗器，均在瞬间完成。

“有话好好说!”伪军医见此情形，不知从哪儿来的胆量，冲上来插在二者之间，充当和事老，连声说：“杜小姐冷静！太君，误会……都是误会!”

杜缨娘愤怒地盯着鬼子军官，一副英勇无畏的神情。鬼子军官盯着杜缨娘不吭声，慢慢地收起了军刀。

鬼子军官的眼神勾起杜缨娘的记忆。她不由自主地移开眼睛，盯了一下鬼子军官拿刀的手，那双白手套……她似乎想起了什么，又什么都没有想起来，眨了眨眼，转身回到时三眺的担架边。

“他们的，留下!”鬼子军官指着时三眺和抓来的军医对鬼子兵说，又指了指杜缨娘，“她的带走!”

“敢!”杜缨娘横在时三眺的担架前，“你敢把我带走，我现在就跟他同归于尽!”杜缨娘说着，左右两手各持一块木屑，一块对着自己，一块对准时三眺的心窝。

小鬼子叫着嚷着拉起枪栓，齐刷刷地对准杜缨娘。

“八嘎!”鬼子军官示意他们把枪放下，向杜缨娘靠近两步，说：“哟西，统统地带走!”

鬼子兵给杜缨娘戴了脚镣，抬起时三眺，走出了那间牢实的小屋。

鬼子将他们押上一辆封闭的军用囚车。一名鬼子军官安排了两名军医护理时三眺，两名鬼子兵负责警戒，自己也钻进了车厢。他坐在杜缨娘斜对面，两眼盯着杜缨娘，虽然没有说话，但那眼神分明告诉她：“有我在，你得老老实实!”一辆军用卡车载着十多名鬼子在前面开路，囚车保持一定距离跟在后面。

车厢里开了一盏很小的车载灯，十分昏暗，颠颠簸簸中相互看不清彼此的面孔。

鬼子军官双手撑着军刀，直挺挺地坐在那里，任囚车颠簸，他的身子始终保持如初的姿势，不像两名鬼子兵那样摇摇晃晃。

杜缨娘坐在车厢的右侧，被两个鬼子兵一人牵一只手夹在中间。本来，以她的内力，要挣脱两名鬼子的纠缠也不是难事。但鬼子靠得太近，扭得很紧，无法发力。

鬼子军官闭着眼睛像一块石头矗立在对面，对杜缨娘无动于衷。

杜缨娘突然冲鬼子军官大叫：“我跑不了，叫你的两个畜生离我远点!”

鬼子军官微睁眼睛，从喉咙里挤出两个字：“八嘎!”

“嗨!”两名鬼子兵立即松开杜缨娘，向两边挪出了半尺距离。

杜缨娘抖顺了头发，抬眼看看担架上的时三眺。两名鬼子军医不时用听诊器听脉。从鬼子军官的神态看，时三眺暂时没有什么危险。

“你要带我们去哪里?”杜缨娘冲着鬼子军官问。

鬼子军官没有做声，仍然直挺挺地坐在那里。杜缨娘的两只眼睛不依不饶，死死地盯着他。

囚车摇晃得越来越凶，鬼子兵不得不腾出一只手抓住车厢里的铁栅栏。一直挺立不动的鬼子军官也在剧烈的颠簸中晃动了几下身体，杜缨娘借着昏暗的灯光看到他的额头上渗出了汗粒。

“我的大日本皇军宪兵队，送你的去阳城!”鬼子军官终于说话了。杜缨娘没有再问，索性像他那样闭上眼睛，进入一种无我无他的状态。

杜缨娘在心里寻找昨晚的破绽。

武子峰向来办事谨慎，住进棺材铺后，他翻墙上房看了几遍。她还不放心，又亲自查看了一遍，基本没有疏漏。

鬼子究竟从哪里钻进了棺材铺？是谁告了密，难道是棺材铺的老板？不会是他，连武子峰都不知道，棺材铺的刘老板正是时三眺最隐秘的三大堂主之一。他不像其他几个驻外堂主那样，人在某一个地方，却在山寨里有自己的位子，由武子峰与他们联系，专为山里筹集粮草和财物，或做一方眼线。安排刘老板在离山寨一百多里外的孔都城开棺材铺，有非同寻常的意义。

前晚，时三眺将这些告诉她时，她还埋怨，干嘛要说这些不吉不利的。他说这些都是大事，万一遭到不测就可能带进棺材里。

杜缨娘想了好一阵也没有想明白，昨晚到底是哪里出了问题。

“轰”地一声巨响，囚车突然刹住。坐在最后一排的伪军医被惯性弹了起来，飞过鬼子兵的头顶，撞在车顶上，又重重地落在摆放担架的位置。好在担架上的时三眺被簸出了担架外，不然，准会压在他身上。杜缨娘扑过去，试图护住时三眺，两名鬼子兵企图拦住她，被她左右两拳打飞。奇怪的是，端坐在那里的鬼子军官仍然纹丝不动。

囚车一刹住就断了气，车外跟着就响起枪声，不时打在车厢上。杜缨娘以为是武子峰到了，深吸一口气，随时准备接应。就在她把时三眺托在手臂上时，囚车后门打开了，门口的一名鬼子端起枪，还来不及开枪就中弹倒下。

鬼子军官仍旧闭目端坐，一声不吭。

囚车里的鬼子严阵以待，鬼子重新将杜缨娘挟持住，两名鬼子军医猫下身去挡住了时三眺。

车外的枪声时密时稀。杜缨娘以为是武子峰他们占据了有利地形，她又琢磨着如何在车厢里策应武子峰。

杜缨娘向伪军医递了个眼色，提醒他注意保护好自己。毕竟是他救了时三眺，还需要他为时三眺疗伤。

杜缨娘使出小擒拿，双肘一拉一张击中两名挟持她的鬼子。伪军医乘机从鬼子手中夺下枪，手指迅即搭在枪机上。

“好快的手法！”杜缨娘心中一惊，“他还有这一手绝活。”

伪军医手中的枪响了，击中门口的鬼子兵。

枪声突然停了，杜缨娘傻了眼，但见一道白光划过，伪军医的脖子立即现出一道血痕，倒下去时身首搬家。鬼子军官的军刀终于发威了。

"畜生!"杜缨娘被眼前的一幕激怒了。她不顾一切地扑向鬼子军官。就在这时，鬼子军官的军刀和刀鞘各自飞向守在门口的两名鬼子，他一只手接住杜缨娘的泰山压顶，另一只手拧住一名鬼子军医的脑袋，用力一扭，鬼子军医断了气，另一名鬼子军医吓得不敢动弹。

杜缨娘被突然发生的变故弄懵了，她根本没有想到鬼子军官会杀掉自己的部下。

"缨娘，快带上他们走!"凭空冒出这样一句话来，让杜缨娘一怔。她透过车尾的门，没看见武子峰的身影。车厢里除了鬼子军官和鬼子军医，就只有自己和时三眺是活口。估计这话是从鬼子军官嘴里蹦出来的，正要证实，鬼子军官一把推开她，钻出了囚车。

杜缨娘也跟着下车，鬼子军官见她跟来，不等落地，反手一招"仙人画饼"，斩断了她手上的镣铐。如此干净利落的剑法，杜缨娘大为吃惊。

"你究竟是谁?"杜缨娘戴着脚镣站在鬼子军官的背后厉声问道。

鬼子军官慢慢转过身来，摘下头上的帽子，两眼直视杜缨娘。停顿了一下说："这里只剩一个日本人了，你可以把他带走，为他疗伤。"

"岳如飞?"杜缨娘惊呼声中已经一跃而起，戴着脚镣的双脚张到能张开的程度，整个身体朝岳如飞直射而去。这架势分明是在拼命。

岳如飞没有想到杜缨娘会不顾生死。这一招看似简单，要躲容易，出招置对方于死地更容易，但若躲避和出招都会让杜缨娘陈尸在地。她分明吃准了他的心态，要看岳如飞到底想不想要她的命。

岳如飞正要出言阻止，杜缨娘的双脚已经接近他的面门。他双臂一举，挡住了脚镣锁喉，双臂一张，顺势仰倒下去，用自己的身体接住了落地的杜缨娘，接着就地一滚，化解了剪刀腿的纠缠。紧接着一个鹞子翻身，向一边弹出去。翻身中，他手中的军刀砍断了杜缨娘腿上的铁镣。

"听我说完了再打!"岳如飞跳出一丈开外，捡起地上伪军医的头颅扔到她面前，说："你们上当了，刚死的保安团军医不是我手下，是小鬼子。刚才救你们的人，都是我在江湖上的兄弟!"

杜缨娘放眼一看，的确不见武子峰，也没有一个四方寨的兄弟，围在外面的人都身穿布衣，腰扎练功带。

“狗汉奸！不稀罕你假惺惺，我今天要为大师伯清理门户！”杜缨娘当然不相信岳如飞说的这些鬼话。

岳如飞转身冲进囚车里，杜缨娘跟着冲过去想拦住他，嘴里骂道：“有种跟我打，敢动三眺，决不饶你！”

杜缨娘刚冲到囚车门口，一片绿光冲她面门扑来，她没有侧身躲避，只用两根手指就轻松夹住。

岳如飞打过来的不是暗器，只是一个绿皮封面的小本子。杜缨娘打开一看，是鬼子的军官证，再看看地上那颗头颅，岳如飞杀死的伪军医果真是个鬼子军官。

“他是日本宪兵队长小泽一郎，我这个保安团长是他们临时安排的。时总架杆手里的东西已经被他拿到，他是要送你们去阳城邀功。”

岳如飞说着话，又从囚车里钻出来，看了杜缨娘一眼，一闪身跃入路边的庄稼地里，只听到他在说：“你们在日本人那里已经没有用处了，用完那个日本军医就把他杀了……”

杜缨娘追了两步，便停了下来。

听岳如飞这话，他就是那个一直没有露面的保安团长。那个宪兵队长为何乔装成伪军医，等着宴大彪去把他当军医抓来给时三眺治伤。岳如飞刚才还说，时三眺手里的东西已被他拿到，是什么东西重要得让鬼子几百里追杀。鬼子追杀他们，伪军也在追杀他们，可他们都是明伙执杖的追杀。应该还有一伙暗追的人，他们虽然只露了一回头，但他们的行事手段远比鬼子高明。

她断定那晚前来偷袭的不是宪兵队长带人干的，不是他又会是谁，岳如飞为什么要救他们。刚才那些人撤退的身法，肯定是武林中人。可这些人善于用枪，没有使用过暗器……

车厢里传来一声惨叫，接着从里面飞出一团白里透红的东西。

“糟糕！中了岳如飞的调虎离山计。”杜缨娘折身向囚车跑去，定眼看那颗飞出来的脑袋，就是那个鬼子军医。

“三眺！你要干啥?”她估计是时三眺醒来将鬼子军医杀了。正要钻进囚车，背后一股劲风袭来。

杜缨娘不只是使用暗器的高手，听音辨器也是一流。凭呼呼而来的风声，她断定是用强弩发射的“五寸蛇”。这种箭又叫双头蛇，只有五寸长，箭头如蛇头，嘴里吐着红红的信子。信子上有倒钩，都浸了蛇毒，人中箭后在三步之内身亡。箭身如蛇身，两头细中间粗，装在弩枪上发射，速度快且准确度高。关键是不得阻挡，一遇阻挡，五寸蛇箭身就会立断数截，恰如用刀破下蛇头，蛇头会顺着刀柄蹦起来咬人，“五寸蛇”的箭身从中一断，就会变成两个蛇头，分左右直袭挡箭者的两侧。

过去江湖上没有这种“五寸蛇”，不知道是谁在什么时候发明的。据说是日本鬼子占领东三省后，有一次受到抗联的袭击才出现的，使用者还留下布条，上面写着“打鬼子就用五寸蛇”。这是前来投靠时三眺的东北虎刘冲跟杜缨娘切磋暗器时讲的，她后来根据东北虎的描述做了一套，威力极大。因为使用者要平端强弩向对手发射，所以它也算不上暗器。

“五寸蛇”直扑杜缨娘，她想转身已经来不及了。不能躲，也不能挡，情形万分危急。她不得不打出藏在身上唯一的救命鸳鸯。杜缨娘在研究“五寸蛇”时，就发现自己的独门暗器“鸳鸯笑”与之有异曲同工之妙。“鸳鸯笑”成对发出去，它们可以在空中相互追寻发出笑声，如果单只发出去，它扑向目标时不像其他暗器直击其身，而是缠缠绵绵以柔克刚。果然，杜缨娘的这只鸳鸯笑刚从手里飞出去，迎头就跟“五寸蛇”缠绵上了，“五寸蛇”在与“鸳鸯笑”亲昵时，准度发生了偏离，从她的肩头擦过。

车厢里又是一声惨叫，接着一个人影飞出来，往岳如飞刚才消失的庄稼里一钻就不见了。

杜缨娘不顾一切飞身钻进车厢。担架上没有时三眺，她抓起一具着军装的尸体，看也不看扔了出去，又抓起一具扔了出去。

她一连抓起三具尸体扔出了车厢，这才发现身着对襟布衣的时三眺。

“三眺！你……”杜缨娘扑上去一把将他搂起，下意识地将自己的脸贴上，却贴了个空，松臂看时，竟然不见了那张熟悉的脸。

杜缨娘“啊！”地一声将无头的时三眺丢下，双眼瞪得暴圆，张开两手，像盲人一样抖抖索索在身边摸索，嘴里哆嗦着：“你在哪！三眺，在哪啊？”

“三眺！你在哪啊——”

杜缨娘一声撕心裂肺的嘶叫，划破荒野，惊飞野鸟，力透远山……

第八章

兴师问罪　血流地下交通站

四方寨的树林子，乱草丛生，晨光吐蕊。

野风劲吹，烟火摇曳。半部正在燃烧的《时氏家训》冒着烟，发出狂乱的怒吼。

时三眺躺在枕木垒就的大炕上，安详地笑着，他像往日一样，睡着了都是一副笑模样，笑够了还咧开嘴叽里咕噜说两句。但他今天这副模样分明是皮笑肉不笑，笑开的嘴始终没有合拢，也听不见他叽里咕噜的梦呓。因为这不是时三眺，他的头颅是宴大彪从川东老家找来的黄杨木，由小石头亲手雕刻出这副模样，装在时三眺的身子上。

古筝《十面埋伏》响起来。《时氏家训》燃烧起来的火种引燃了枕木大炕。杜缨娘努力地伸长手去抓火焰中的时三眺，终于悲愤过度，扑通倒在桂莲的怀里。

巫师跳动的影像和眼前的《时氏家训》在武子峰脑子里交替闪现。一张调皮的笑脸缓缓移进武子峰的视线，阻断了他的思维。

一阵忧伤的民歌钻进林子——

三十出门四十归
无须出门有须回
子在堂前不认父
妻在房中问是谁

……

为时三眺驾鹤西去送行的时刻，终于轰然而来。

马天云让“包米包”（土匪对新四军的称谓）周子书转过身来，面对着自己。他发出这个命令时很粗暴，要看着他帽子上的那两颗纽扣如何落地，说是想让总架杆时三眺在九泉之下看看纽扣，分清黑白好为自己复仇。

武子峰心里清楚，他心中的仇恨正如洪似涛地膨胀。

马天云从宴大彪手里抢过大刀片，双手紧握，扬过肩头，一步一步挪向周子书。他的面色前所未有地僵硬，就像一个背负千斤重物的行者，正在爬着山，一步一步挪向目的地。

“不劳好汉动手，请各位当家的让我自己来!”这是周子书被押到四方寨祭旗下第一次开口说话，“让我用鬼子的刀自裁，只当是小鬼子杀死了我!”

周子书放眼四周，群情激奋，胸脯一挺，说出一番豪言壮语：“新四军是杀鬼子的，我不能死在中国人的刀下。我奉上级的命令除掉时三眺，自然有充分的证据证明时三眺出卖新四军投靠了日本人。我们手枪队的职责就是锄奸，杀了时三眺这样的汉奸，是为国为民除了一害……”

马天云听他说到这里，气得暴跳如雷。大叫：“不许你污蔑总架杆的清白，我要亲手将你千刀万剐为总架杆淬火（报仇）!”

马天云一声狂啸，僵硬的脸变得扭曲，两丈有余的距离只有两步就跃到了周子书跟前，高悬的大刀倾力直下。

这个自称是新四军手枪队的周子书毫无惧色，索性伸直了头，等待马天云的军刀落下来。

“等等!”马天云砍下来的大刀被武子峰伸剑截住，“二哥且慢，听他说完了再动手。”

“没啥好听的，老子现在就剁了他!”马天云一摆肘，掀开武子峰的剑，扬起大刀又砍。

武子峰情急之下剑走偏锋，一招“天王托塔”，硬生生地将马天云的“力劈华山”接住，马天云的大刀“哐啷”一声从中折断，手中的半截大刀脱手飞出去，握刀的虎口被震裂。

"老三，你?"马天云暴睁双眼盯着武子峰，"你要是饶了他，我死也不答应!"

武子峰伸板着脸问周子书："你们有啥证据证明总架杆投靠了日本人?"

伸头等砍的周子书转过头来，看了一眼武子峰，又转过头去目视着枕木大炕，镇定自若地说："当然有证据，那是我党的机密，我不会告诉你的。"

"有证据就摆出来，别拿机密当借口!"周子书的回答令武子峰十分不快。

"我们处置汉奸从来都是实事求是，不会冤枉好人!"周子书也不示弱，又转过头来盯着武子峰。

周子书白了一眼武子峰，又看了一眼马天云，神情颇为自得，冲枕木大炕上的时三眺说："你们说他不是汉奸，怎么会把重要的军事机密交给日本人？让小鬼子的军医当宝贝一样的伺候着，还随宪兵队长小泽一郎和汉奸岳如飞一同去阳城领赏？如果不是游击队在半路上截住，他现在早已坐在阳城皇协军团长的座椅上了!"

"胡说!"苏醒过来的杜缨娘听见这话，气得热血封喉，顺手从小石头的腰际拔出一把匕首，飞向周子书，"这就是你们杀人的证据!"

匕首没入周子书的胸口。武子峰眉头掠过一丝遗憾。

马天云横了武子峰一眼，气呼呼地从宴大彪的手里夺过大刀，砍下周子书的头，扔到祭台上……

太阳挂上了树梢，山风吹进了树林。四方寨的寨门外飘来忽高忽低忽停忽顿的山歌——

太阳一出万丈高，
照得姐儿浑身俏。
想得小哥巴门站，
梦见和妹成对双。

天造地设前身配，
万事东风都具备，

小哥哥呀，

你还嘬么什嘴

……

小石头提着两把匣子枪冲出树林，四周瞅瞅不见唱歌郎，气急败坏地举起枪朝天一阵狂射。机头趴下了，山歌断了弦，两把匣子枪也没有了子弹。小石头仍不解恨，还举着空枪不停地扣扳机。

突！突！突！机枪吼起来。

砰！砰！砰！长枪短枪叫起来。

林子里的兄弟举起手中的家伙，将悲愤射向天空。

“老三、老四，安排兄弟去通知九堂十八铺的弟兄回棚子，找包米包淬火！”

马天云这么一说，在场的人跟着吼起来：“找包米包淬火！淬火——”

马天云是四方寨的二架杆，时三晀一去，他的话比时三晀活着的时候还有煽动性，连杜缨娘也没有半点迟疑。

午后不久，马天云派出去踩盘子的几路弟兄相继回寨。有一兄弟报告，大凤山附近没有发现新四军的部队，但在大凤山以南的官阳镇发现了一个干货店，只有掌柜的两口子和一名伙计，像是新四军的线棚子（交通站）。

“管他是三个还是两个，只要能为总架杆报仇，杀了再说！”马天云边说边抓起案几上的枪，“都跟我走，找包米包淬火去！”

“我去！”杜缨娘从结义堂冲了出来，“不劳二架杆和兄弟们兴师动众，我一个人去足够了！”

“嫂嫂身子正虚着，为总架杆报仇是弟兄们敬孝道的事，就让我带几个兄弟去做了？”马天云看看武子峰，希望他出面劝一下杜缨娘。

“不行，我是总架杆的女人，你们的嫂子，为他报仇是我分内的事，这是第一次找新四军报仇，我得亲力亲为才配做三晀的女人！”

武子峰见她把话说得如此之绝，不好出面阻拦，向马天云丢了个眼色，说：“就让嫂子去吧，这样她会好受些。”

马天云叫来神炮筒马兴安，对他千叮咛万嘱咐，“嫂嫂去砸窑子，你给老子灵醒点（机灵），小心伺候嫂嫂，她要少了半根须子（毫毛），老子要你的梁子（脑袋）！”

杜缨娘随马兴安一路直奔官阳镇。一路上，马兴安喜不自禁地炫耀，马天云是他堂叔，上山立棚子都有十几年了，堂叔是天慧星下凡，灵通上界可与天神称兄道弟，在玉皇大帝面前也算是一等宠臣。堂叔可是了得，精通阴阳八卦、奇门遁甲，人的前世今生甚至来世，贫贱富贵都在他的五指十六个节点之中，你今天是该早起，明天是该晚归，后天会遇到啥子劫数，有何方贵人暗中相助，都一掐一个准。

人怕出名猪怕壮，天慧星下凡的堂叔名震大凤城方圆几百里，官府怕他拜相入侯抢了先，就设计陷害他入了大狱。堂叔早说过有此一劫，也必须要经历这一劫才能修成正果。

堂叔虽然身在大狱，官府的大牢岂能困得住他，堂叔的魂魄早已出窍，去了小凤山给杀虎寨覃大当家做扳舵先生，杀虎寨几次下山砸窑子，都是堂叔托梦给他，授生门而出，避死门不入，用神仙计谋帮覃大当家杀了大凤城的狗官。覃大当家劫大牢救出堂叔，上山做了覃大当家的二爷。

那年冬天，堂叔早算出他要有一劫，还是死劫，可是覃大当家的这次就是不听堂叔的劝，硬是不让堂叔为他请神消灾，自己带着一帮兄弟出棚子砸窑子，还没走出小凤山的雷公崖，就莫名其妙地掉下去摔死了。

杜缨娘一心只想着复仇，根本没有心思听马兴安喋喋不休地吹嘘马天云。她早已听时三眺提起过此人。

马天云生在大户人家，早年读过几年私塾，自幼好惹是生非，不服私塾先生的管教，先是装狗装猫吓唬先生，后来看吓唬不倒，干脆使计将先生整伤致残。马天云从此便在大凤城游手好闲，偷鸡摸狗，大恶不犯，小恶不断，却出人意料地跟一个瞎子算命先生投缘，颇得算命先生赏识，收其为徒，授以八卦能通天地理，六爻搜透鬼神惊的神技。

马天云设计害死杀虎寨覃大当家之后，手下兄弟便视他为神，更为倚重，很快就忘了覃大当家。曾怀疑马天云陷害覃大当家的人，也不愿再去深究，反而觉得马天云才是杀虎寨的真龙天子。

时三眺曾向杜缨娘说过，收服马天云并让他代替武子峰坐上二架杆交椅是有良苦用心的。自己当年带着四方寨的几十号弟兄东征西讨，合棚子壮大自己的势力，打到杀虎寨的时候，他发现杀虎寨的弟兄对马天云忠贞不渝，最重要的一个原因就是他头上有顶“天慧星”的桂冠，他通晓神力战无不胜的神话，也在四方寨的弟兄中广为流传。

时三眺不相信这套，但手下弟兄却对他十分畏惧，连宴大彪这样的莽汉都有惧色，整整一天堵在杀虎寨的门口，没人敢往里面冲。时三眺就夜闯杀虎寨，马天云竟然躺在卧房抽大烟，对外面的重兵围困不焦不急。他吃定了时三眺手下兄弟不敢贸然杀将进来。

时三眺以武力将马天云制服，并当着他的面做起了巫师神汉。马天云看得是满头大汗，时三眺的神功完全不在他之下。马天云至今不知道，这套神功是时三眺小时候在义父田成的棚子里跟军师学的。马天云一下子瘫软在太师椅上，他向时三眺提出，只要让他做二架杆，愿将自己的大棚子合到时三眺的小棚子里。

第二天早上，马天云召集手下所有兄弟，声称时三眺就是他寻访多年的真命天子，打开寨门以道上最隆重的礼仪恭迎时三眺率众进寨。之后，周边若干小棚子不战而降，纷纷前来合棚子。

马兴安一路吹着，很快就到了官阳镇郊外。按眼线留下的记号，找到那家干货店，在屋后的壕沟里潜伏下来观察动静。

大约半个时辰，干货店两男子出来接货，估计是干货店的掌柜和伙计。杜缨娘一见两人，伸手掏出了枪。

马兴安将杜缨娘手里的枪压住，“嫂子别急，还有个女的没现身，肯定也是新四军，一起斩草除根！”

杜缨娘依了马兴安，继续趴在那里观察。

又等了一会儿，眼看太阳往西边落去。杜缨娘心里憋火，“不等了，先绑了两个再说！”

“嫂子你看，对面有情况！”马兴安压低嗓子叫起来。杜缨娘看到自己的右侧面，有两三个便衣小心翼翼地向干货店摸过来，身后还趴着几个脑袋。她潜伏的地势稍高，又是在壕沟里趴着，下面的人不易发现。杜缨娘看清了，那是鬼子的军帽。

三个便衣已经摸到干货店侧房的墙头，杜缨娘突然站了起来，嚷嚷道：“不行！这两个人是我要了的！”举枪对着三个便衣就打。

三个便衣在毫无知觉的情况下遭到袭击，何况又是杜缨娘，枪响人倒，没有悬念。

趴在几十米外的鬼子很快反应过来，掉过机枪“突突突”地一阵扫射。干货店后屋脊上突然开了个天窗，伸出一根挂了布条的竹竿来。杜缨娘懒得理会鬼子的机枪，冲着那根竹竿就是一枪，布条应声而飞，竹竿赶紧缩了回去。

鬼子见杜缨娘这边毫无还击之意，似乎明白了对手要跟自己抢人，从地上爬起来一队鬼子，直扑干货店。

杜缨娘被鬼子的机枪压住了，刚冒出头来又被打落下去。马兴安趴在那里，双手抱着脑袋，根本没有还手之机。杜缨娘照他屁股拍了一巴掌，"看你这点出息，才多大点阵仗就吓得尿裤裆，你去那边，只管朝鬼子乱开枪，把机枪吸引住了，我收拾他们!"

马兴安在离杜缨娘几丈开外的地方，将两支匣子枪举过头顶，朝着鬼子乱放枪，鬼子的机枪立即咬住了他，打得他周围的泥土乱飞。

干货店的掌柜和伙计从店铺里冲了出来，又被鬼子的机枪压了回去。鬼子的小队长举起军刀大叫："八嘎！要活的!"鬼子很快对干货店形成了半包围，掌柜和伙计打光了子弹，鬼子兵一步一步地向他们逼近。

封锁杜缨娘的机枪也停了下来。鬼子向干货店靠拢，掌柜和伙计背对着背，一副视死如归的气概。

掌柜模样的中年男子扔下手中的枪，用手弹弹身上的灰尘。

鬼子小队长见他如此规矩，直起身来向他们走过去："哟西，乖乖的，大日本皇军不伤害你们。"

"哟西，我的不会再让你在中国横行!"掌柜学着鬼子的腔调表态，他突然扒开长衫，露出绑在怀里的一排手榴弹。"八嘎！趴下——"鬼子小队长一边叫着一边往后退。"小鬼子去死吧！滚回小日本去……"掌柜一边叫骂着，一边拉弦。

"你不能死!"

一道亮光闪过，掌柜手上的拉环与弹弦被暗器切断。杜缨娘站在房顶上大叫："你是我的，不能死!"

鬼子小队长被眼前的突然变故惊傻了眼。他扬起军刀，正要喊话，一片柳叶镖突然从他的喉间划过，血从脖子上喷射而出。

鬼子兵乱成一团，举起枪朝房顶上一阵乱射。

杜缨娘使出时三眺在阳城集中营嬉戏鬼子的身法，一招"神女驾云下巫山"，从干货店的屋顶上飞身而下，手中的匣子枪像吐豆似的射向鬼子，地上的鬼子接连中弹。

不幸的事情发生了。干货店的掌柜和伙计在一片混乱中中弹。杜缨娘扑上去抓起掌柜的衣领，焦急地质问：“谁让你死的？我正要找你们算账，你怎么能死！”

掌柜出乎意料地睁开了眼睛，无神地盯着杜缨娘，有气无力地问“你是……谁？为什么……要杀……又救……我们？”

“你们杀了我男人，不能找你算账吗？”

“你……男人是……是谁？”

“四方寨总架杆，要跟你们合棚子打鬼子的时三眺！”“时总架杆……到底……咋死的……我们也在调查，有有些……眉目了，可能是……里应外……”掌柜断断续续说到这里，再也提不起气来，耷拉下脑袋，断气了。

杜缨娘正要继续追问，砰！她的后背遭到重重一击，不由自主地栽倒下去。栽倒之际，她意识到自己遭人打了黑枪，两片柳叶镖顺着子弹打来的方向飞了出去。

她没有听到惨叫声，倒是觉得自己的灵魂在瞿塘峡上空飞了起来。越飞越高，身下的大江成了五颜六色的彩河……

马天云接到线报，在孤子岭以南发现一支新四军的小分队，大约四十多号人，正在孤子岭砍树搭棚，看样子是打算在孤子岭长住下来。

“二哥，我看别急着打新四军，嫂子出去至今没有回来，是不是出了岔子？”武子峰对急着找新四军复仇有顾虑。他劝马天云等杜缨娘回来，把事情弄扎实了再报仇也不晚。

马天云对武子峰的顾虑不以为然，“你是动了哪门子菩萨心肠？人是你在现场逮着的，害死总架杆是他们自己人红口白牙招的，还有啥子没有弄扎实的。”

“总架杆在世的时候，还准备跟他们合棚打鬼子，他们为啥要怀疑总架杆是汉奸呢？不管咋说，我总觉着这事有点蹊跷。这个人自称是新四军，光听他一面之辞，就找他们复仇，万一不是……”

“别拿你那套小九九说三道四了！你今天当着众弟兄的面，是怕了就明说，你不打算给总架杆报仇，我为他报！”

“二哥说话嘴上积点阴德！”武子峰一巴掌拍在聚义堂的八仙桌上，指头点得桌面咚咚响。“总架杆跟我是穿开裆裤的生死兄弟，他的仇就是我武子峰的家仇，我不报谁报！我不赞成这样莽撞，是遵照总架杆生前的意愿，为弟兄们的生死和四方寨的存亡负责。如果不是新四军所为，我们硬拿着鸡蛋往石头上碰，到时如何收场！二哥，你敢跟弟兄们拍胸脯担这个责吗？”

“我敢！今天我就在兄弟们面前把这个担接了！”马天云把一只脚搭在八仙桌上，撒开五指把自己的胸脯拍得山响，“这个仇我找新四军报定了！我马天云就是粉身碎骨也要为总架杆报仇，我拿头上的二斤半担保，总架杆就是新四军害死的，错不了！”

“对！找包米包报仇！”站在他身后的几个弟兄随声附和，有个兄弟干脆跳上八仙桌，扯起嗓子说：“管他是新四军还是旧五军，我们就找他给总架杆报仇！”

武子峰见这阵仗，心里咯噔一下。忍不住去看马天云的脸色，恰好与马天云瞟过来的眼神相撞。马天云的眼睛像被马蜂蜇了一下，缩了回去。

“你格老子想爬到我头上屙屎啊！”马天云像是找不到出气的地方，伸手将八仙桌上的兄弟扯下来，扔出门外。

武子峰沉默不语。马天云刚才骂兄弟也是话中有话，眼里暗藏杀机。

马天云重重地“哼！”一声，拿起那把从国军手里抢来的勃克宁插进腰里，抖抖披在身上脏得结壳的军呢大衣，扭头走出了聚义堂。

武子峰看着他离去的背影和一群提着匣子枪摇摇摆摆跟着出去的兄弟，好像想起点什么，但又想不起来……

战火燃烧，夕阳如血。崔松静静地看着一群武夫舞枪弄棍！

“队长，你又站在这里发啥愣啊？”

崔松站在孤子岭制高点上，思绪被打断，心里颇有一些遗憾，轻轻地叹了一口气，转过身来说：“旺财，你说这孤子岭跟巫山十二峰比，哪个秀哪个俊？”

“依我说……队长，我可照实说，你别骂我哟。”

“你说，当然要照实说。”

“依我说，这就是个穷山恶水出刁民的地方，哪能跟我们巫山十二峰比哟，连十三峰都没法比。”

“你说啥子？刁民？格老子你哪个这样糟蹋孤子岭的乡亲哟！”

“我不是糟践乡亲，我是说这里的土匪！”

“土匪？多数土匪也是受苦受难的穷苦人，逼民为匪的事哪里没有？老子都差点拉杆子上山呢！”

“反正我觉得孤子岭的土匪不是啥好玩意儿！”

“孤子岭的土匪唧个了？没给你肉吃，不给你酒喝，你就说他们是刁民了？”

“可我们巫山的土匪还有些规矩，知道我们是好人，不会在背后捅刀子！”

“咦？你刚才说巫山十三峰，哪里来的哟？老子唧个不晓得还有个十三峰呢？”

“十三峰就在我家门前的牛屎河坝，有一堆礁石像牛屎样的码在江边，我给它取镇江牛石峰，比起云峰和望霞峰，名字差点，气色还是水灵灵的，这个鬼地方唧个跟它比哟！”

“你格老子乱嚼舌根子，看老子不撕烂你的嘴！”

“是你让我说的，说好不骂的，又骂我……”旺财嘟噜着出去了。

通讯员拿着一份电文急匆匆地闯进来，崔松赶紧直起身来，恢复如前。

崔松接过电文瞟了一眼，拔腿就往他的临时指挥所跑。边跑边说：“有情况！通知刘旺财班长，集合部队原地待命，不许与当地任何武装发生摩擦！”

“如遇强攻，转移到小凤山等我！”

崔松边下命令边往山外走，很快消失在乱石丛中……

官阳镇涂河庄姜家大院。

窗外的那个老榆树，光着身子在寒风中摇曳，与灰色的天空构成一幅悲壮的图画。

杜缨娘慢慢地睁开眼睛，感觉浑身轻飘飘的，脑子沉甸甸的，好像倒着身子在空中飘荡。

“你醒了？”一个女人的声音钻进杜缨娘的耳朵“谢天谢地，终于醒了，都三个日头了。”

杜缨娘转动着眼睛，想看清眼前说话的女人。

“莫动，莫动，你的身子虚着呢！”

“我在哪儿啊?”

“在我家里，我家只有我娘，没外人。”

“我受伤了?伤在哪……”

“你让蚊子叮了两口，伤在后面的，找先生处理过了，莫得事了。”女人轻声细语，让杜缨娘很感动。但她还是没能睁大眼睛看清楚女人的模样。只听见她说：“娘，她醒了，你来喂点红糖水，我去庄上大婶家，弄点鱼回来给她补身子……”

女人的娘端着红糖水进来了。杜缨娘虽然没看清大娘长什么样子，但听得到她用勺子在碗里拌水的声音。大娘把糖水舀起来，放在嘴边吹了吹，然后喂到她嘴里。

“这是哪个天杀的下毒手，闺女遭大罪了!”大娘喂了几勺红糖水后，便开始说话了。她的声音充满着怨愤，“鬼子作孽，天杀的汉奸跟着作孽，穷人的苦啥时候是个头啊!”

“闺女安心在我家养身子，好了就跟我纺线织布。将来找个好人家，莫像我家秀兰在外面漂。”

杜缨娘知道了那个女人叫秀兰，感动的热泪从耳根滑落下来。

秀兰去大婶家要了一条鱼，天色已晚。她没有直接回家，去了涂家庄的涂家祠堂。

“秀兰同志，请介绍一下你那里的情况。”已在涂家祠堂等了好一阵的崔松，见秀兰进来，急不可待地说。

“这里的情况，上级让你处理!”秀兰说：“四方寨的总架杆被害了，他盗取的阳城鬼子春季清乡计划可能被鬼子夺回!”

崔松迫不及待地问秀兰：“是谁有能耐暗算他?”

“究竟是谁暗算了他，我们还没有查出来”，秀兰说：“我倒是从四方寨听到一些风声，说是我们新四军派人杀的!”

“啥?我们杀了时三眺!”崔松气得提大了嗓门说：“我正等着他回来收编呢，我们是新四军，不是国民党的军统!”

“据说他们抓住了一名锄奸队的同志，他承认时三眺是他杀的。这个同志已经被他们杀了。”

“锄奸队的同志，查一查不就知道了吗?”

"查了，没有派人去杀时三眺。"秀兰沉默了一会儿，说："可锄奸队又说，确实有几名同志失去了联系。但这不能说明是他们去杀的时三眺。"

"这不就对了？"崔松一拍大腿，"既然锄奸队没有派人去锄时三眺的奸，那他就不是我们杀的！"

"可四方寨的人认定是新四军暗算了时三眺。他们已经对我们开始报复了！这正是我要汇报的第二个紧急情况。"秀兰说到这里，陷入极度的悲痛之中："老赵和栓子都牺牲了，时三眺的压寨夫人亲自下山来了。"

"千手观音？"崔松说，"她杀鬼子可不含糊啊！"

"根据当时的情形分析，老赵是鬼子杀害的。我赶到时她已经把鬼子全灭了，她问老赵的那些话我全听到了，证明她是去找我们报仇的。"

秀兰接着说："可奇怪的是，千手观音被冷枪打中了，随她去的一个手下却是被她的暗器打死的。我看到四周没有埋伏，才赶上去把她救了，现在正在我娘那里养伤。"

崔松没有出声。穆秀兰和老赵都是新四军特勤大队的骨干，团部在官阳镇建立交通站，让老赵和秀兰假扮掌柜和老板娘开干货店，栓子扮伙计，主要任务是配合他收编时三眺。

虽然是假扮夫妻，可两人在生活中相敬如宾。看得出来秀兰对老赵也动了儿女之情。这次来官阳镇之前，团部首长曾拉下秀兰的军帽逗她，等完成任务回来，要请大伙喝喜酒。

"团部还从其他渠道获得一个情报，鬼子抢回去的清乡计划被时三眺动了手脚，鬼子已经派人赶去四方寨。"秀兰特别强调"团部对这个情况非常重视，让我们一定想法核实。如果鬼子抢的是一份假清乡计划，那对我们就太重要了。鬼子之所以堵截时三眺，是因为即将开展春季清乡的计划，想调整已来不及了。"

"不用去证实了，我深信鬼子抢到的是一份假情报。"崔松对自己的判断充满信心，"我太了解时三眺了，他行事十分谨慎，是个不见兔子绝不撒鹰的主。"

秀兰提醒崔松不要凭经验来判断这件事，这可是事关大凤和小凤城几十万老百姓生死的清乡计划。若是鬼子使的障眼法，后果就不堪设想。

"我打算放弃争夺这份清乡计划，主动出击扰乱鬼子的阵脚，迫使鬼子不敢轻举妄动！"崔松说。

“你那几十个人怎么出击，再给你些人马也未必能扰乱鬼子的阵脚。”秀兰有些质疑，但她又说不服他。

团部首长说过，崔松这家伙，再重的担子压在他肩上都喊轻松，他就是运气好，从来没有把担子拌泼了。

“不要很多人，只要千手观音一个人！”崔松说：“凭她那身本事，够鬼子难受的。”

穆秀兰请示崔松，“是不是向她解释，时三眺不是新四军杀的。”

崔松说：“你越解释越说不清楚。你得想办法跟着她上四方寨，一定不要暴露你的身份。”

崔松还向秀兰问起这一带国民党驻军的动静。秀兰说：“你不问我还差点忘了，国民党也在打收编时三眺的主意，不知怎么回事，这几天反倒没有动静了。”

崔松若有所思，点点头说：“这对我们实施计划更有利了。”

“你有啥主意？”秀兰一头雾水。

“天机不可泄露，等着看好戏吧！”崔松拿起供台上的一个苹果，再次叮嘱秀兰：“你跟上千手观音后，一定忘了自己的身份，巴心巴肝地做她的贴身侍卫。”

秀兰看着崔松离开了祠堂，这才提起鱼往家赶……

第九章

匪寨哗变　马天云引鬼入山

四方寨聚义堂，一场火拼一触即发。

九堂十八铺的首领只来了三堂六铺，多数都称有事脱不开身，拒绝来四方寨推选新的总架杆。

马天云站在时三眺坐的那把交椅前，面色铁青，愤怒中带有几分阴气，“我算是看明白了，总架杆在世的时候，有谁敢违反他的鸳鸯令，说是子时到，绝不敢丑时踏进聚义堂的门!”

马天云来回走了几步，把匣子枪往八仙桌上一拍：“总架杆遭到新四军暗算，你们不思报仇，都忙着自己拉杆立棚子。我马天云过去也是人强马壮，一方响当当的大当家，玉皇大帝差我跟上时总架杆，因为他是真龙。刚才上香问神，你们都听清楚了的，总架杆出了意外，是掌管生死簿的判官打瞌睡，把勾魂朱笔掉在了生死簿上……”

“好在四方寨后继有主，就在四方寨里，单凭你我凡夫俗子的眼睛能看出谁是真龙来吗？不能，只有上刀山下油锅走一遭。”马天云又拿起枪重重地拍下去。

“如何上刀山下油锅？”有人问马天云。

“这个刀山就是孤子山，那口油锅就是新四军。谁带上弟兄在孤子山拿到的人头最多，谁就是四方寨的总架杆！这也是玉皇大帝的旨意，对哪个都公平……”马天云扫视众人，特别在武子峰的脸上停顿了一眼，“可是，有些当家的就是心里有鬼，不给总架杆报仇，算计着自己那点小九九。”

武子峰没有反应，铁青着脸，听马天云说话。

马天云见无人搭腔，继续往下说：“刚才太白金星还提醒我，四方寨有鬼，只等上刀山下油锅这一遭回来，他就要现原形！今天，我当着时总架杆的在天之灵下个死帖，刀山一定要上，油锅一定要趟，孤子山上的人头一定要拿回来！”

“简直是鬼话连篇，蛊惑人心！”武子峰跳将起来，直冲马天云，被宴大彪一把抓住。

武子峰挣扎着，指着马天云说道：“你是拿兄弟的命去为你铺路！”

“武子峰！我刚才的话你可是听明白了？你不明白，在座的兄弟都明白了，总架杆是咋个遭暗算的？兄弟们有啥想法，你心里应该清楚！”

马天云异常的稳重，站在那里一字一句对武子峰说：“当年你跟总架杆一起读书，一起拉杆子，是一起从刀尖上走过来的兄弟，一起共生死这么多年，总架杆罢了你的二架杆，你可以记我的仇，总架杆的仇你也能记？我现在不愿去猜总架杆究竟是谁害死的，真要是那样的话，别说是兄弟们不答应，总架杆的在天之灵也饶不了你！”

“你血口喷人！老子今天灭了你……”武子峰疯了一样地摆脱宴大彪的抓扭，从怀里拔出枪来。

“放下枪！”三堂六铺的首领齐声大吼，齐刷刷地把枪对准武子峰。聚义堂两边的四个侧门冲出几十个清一色的匣子枪手，把武子峰围了个水泄不通。

“三架杆！我给你跪下了——”宴大彪堂堂七尺大汉，扑通一声跪倒在武子峰面前，“三哥，总架杆遭暗算你我是有责任，可我们绝对没有害总架杆之心啊！明摆着有人要陷我们不义，你现在不冷静，正中奸人之计，我们不清不白地死了不要紧，背着冤屈没脸见总架杆啊！”

武子峰看着宴大彪跪在地上的样子，看着几十条黑洞洞的枪口，无奈地闭上眼睛，手里的枪掉在了地上。

“二架杆哪——”众人正将武子峰五花大绑的时候，马兴安闯了进来。“嫂子……不！那个娘们儿果然跟姓岳的有奸情啊，总架杆肯定是遭奸夫淫妇暗算的！”

马兴安此言一出，举座皆惊。

马天云迎上前去将他扶住，“不要急，慢慢说，把看到的一五一十说出

来，让弟兄们听个明白！”

“那娘们儿跟我一起出了山，不走命门，非要走另外一条道，我问她为啥不走二架杆招呼的路，她说偏不信这个邪，还拿枪指着我，如果不跟她闯一闯这个死门，立马让我见阎王。我哪敢违抗啊，只好跟着她往死门里钻……”

马兴安的这番话，武子峰和宴大彪也相信。依杜缨娘的性子，她不会听信马天云的那一套鬼话。

马兴安仰起脖子喝了马天云给他的压惊酒，继续讲遭遇。“我们到了官阳镇外，兄弟们留下来的标记也找不到，我说让我围着官阳镇找一下弟兄们留下的记号，一定能找到干货店，她一听就对我发火，让我留下，自己一个人去找。”

“你咋知道她跟姓岳的黏乎上的？”马天云迫不及待地想知道这一点。

宴大彪一声怒吼，挣脱扭住他的弟兄，要扑上前去跟胡说八道的马兴安拼命。

又扑上几个兄弟将宴大彪按住。

马天云让马兴安站到自己身边来，放心大胆跟弟兄们讲。

“我看那娘们儿有意避开我，等她前脚走，我后脚就跟上去了。”马兴安说到这里便来劲了，“她早就知道那家干货店，一到就直接往里钻，我在外面等了半个时辰才见她和一个男的出来，我以为是干货店的掌柜。哪知他们走了一段路，娘们儿就说，师兄借刀杀人真是高明，让武子峰杀了时三跳，却把赃栽到新四军头上。下一步我把四方寨的弟兄全部送给你了，可不能过河拆桥啊！”

马兴安说到这里又要了一碗酒。聚义堂的人都目瞪口呆，面面相觑。有人操枪，有人怒不可遏地骂起来：“臭婆娘！骚婆娘！害死了总架杆，还想把四方寨的弟兄卖了，我们这就去把她绑回来，乱枪打死，五马分尸！”

马兴安此时神气十足，示意大家静一静，听他讲最精彩的。

“我当时也被她的话吓傻了，但想到这个娘们儿如此狠毒，要害我四方寨几百号弟兄，我当然不答应！决心先除了这娘们儿！”

“咋的，你是不是把她做了？”马天云听到这里也是激动不已，从椅子上跳起来，扑到马兴安面前追问。

马兴安抓住马天云的手，兴奋得连连点头，“嗯！嗯……我叔……我的叔啊！真是上天有眼！上天都帮你，帮四方寨的弟兄，那娘们……那娘们真让我一枪给灭了！”

马兴安此言一出，聚义堂的空气突然凝固，天和地都在一瞬间哑然失声。

武子峰瞠目结舌，众人像扭着一座雕塑，一动不动。

宴大彪张大嘴巴吸进了聚义堂所有的空气，一声竭尽性命的嘶吼没有吐出来，昏厥过去。

众人回过神来面面相觑，不敢相信马兴安能将她灭了，还能从她手下全身而退，逃命回寨。他们已经零零碎碎听说了，这个号称千手观音的女人比总架杆时三眺还像魔鬼。

“你的伤是咋整的?”有人提出疑问。

马兴安也回过神来，见大家对自己灭了杜缨娘产生质疑，一边脱衣一边说：“为几百弟兄的生死，就算豁出命去也值得！那娘们儿也真是了得，我刚扣了枪，她就向我打出两把飞刀，打在我的胸脯……”

“她打中你了还有活命?”众人更不相信他的话了，还没有人能够从千手观音的镖下捡回一条命的。

马兴安脱下外衣，露出一件牛皮做的背心，左胸处两条刀口还往外渗着血。

“全仗叔的保佑，我来四方寨前，叔就帮我问卦了，说是命中有飞刀夺命一劫，从那时起我就在里面穿了一件牛皮做的软甲。这娘们儿的飞刀真是了得，老远都把我的牛皮软甲射穿了……”

砰！马天云掏出勃克宁鸣了一枪。大吼一声：“太白金星跟我说了，玉皇大帝已派二郎神携哮天犬下凡，帮四方寨捉拿妖精，安子灭了臭婆娘也是上天的安排，没有啥子可大惊小怪的！”

聚义堂的人不敢再生言语，翘起大拇指向马兴安道喜。

马天云见众人恢复平静，这才宣布，“先把他们关起来，等拿下孤子岭，找到臭婆娘的尸首，就为时总架杆祭七！”

四方寨一触即发的火拼总算没有闹起来。

武子峰被拖出聚义堂的时候，突然醒来，看到马天云的眼珠子异常放亮，他感觉到那个眼神里有一个蓄谋已久的阴谋，这个阴谋正在一步一步地走向大白。他为自己刚才的莽撞和往日的失察深深地自责。马天云的圈套分明早已张开，而自己竟然毫无觉察，还硬着头皮往里钻。

马天云盯了武子峰一眼，又是四目相撞。他发现武子峰的眼神里没有早先的愤怒和迷茫，倒是平静了许多。马天云的心尖剧烈地摆动了两下，他暗暗地给自己打气："成王败寇，他已经晚了！"

马天云目送着武子峰被押出聚义堂的背影，端起马兴安没有喝完的半碗酒，向在场的弟兄行酒令："干了！上孤子岭……"

杜缨娘在涂河庄穆秀兰家里养伤已有半月。她很奇怪，自己与时三眺受伤的部位差不多，可伤情比起时三眺要轻许多，半个月就能够下床行走了。

她好奇地问穆秀兰："姐姐，你给我买的啥子药呀，好得这么快?"

她俩已经认了干姐妹，穆秀兰只比杜缨娘大一岁，按下川东的习惯，杜缨娘管穆秀兰的娘叫干妈。看着俩闺女无话不说，秀兰娘喜得合不拢嘴。

"人家有祖传几代的秘方，我哪知道啊。"穆秀兰当然不能告诉她，为杜缨娘治疗的是新四军团部派来的军医，她只得撒谎搪塞，"咋个了? 妹子想学医啊。"

"我家也是几代行医，我从小跟爹帮人治病疗伤，爹最拿手的就是接骨通经。"杜缨娘还是心存疑惑，忍不住问穆秀兰："我看过他给我用的药，起作用的不是草药，是西药。"

糟糕！忘了她是出自武医世家身怀绝技的千手观音。秀兰意识到自己说漏了嘴，以杜缨娘的聪明，马上就会怀疑到她曾经介绍的家景，接着就会怀疑到她的身份。忙附在她耳朵上悄悄说："妹子，姐给你说实话，千万别让娘知道，不然她非骂死我！"

"姐，你是我的救命恩人，我一定不会卖了你。"杜缨娘像小孩那样跟穆秀兰拉了钩。

秀兰装作害羞的样儿，脑子里飞快地构思，绘声绘色地跟杜缨娘讲起了自己的传奇故事。

"姐从小贪玩好耍，像个假小子，几年前遇上了一个河南的戏班子，见他们演戏好看，就跟娘说是去少林寺拜师学艺，实际上是跟着他们走江湖唱大戏，这就是我娘一直骂我几年不着家的秘密。"

"我跟戏班子闯江湖两年多，那个苦啊贱啊别说了，我吃不住就偷偷溜回家了。可在家里，今天等明天，明天望后天，憋闷了两个多月，实在憋不住了，又偷偷地溜出去了。”

“打算去武汉转一圈，姐这好玩的命就是运气好啊，又让我遇到更好玩的啦。妹子你猜我遇到啥了？遇到两个流匪！他们要抢我上山做压寨夫人。俩小毛贼哪里知道啊，我可是跟着戏班子的师傅练过两年多的武生，嘴上手上的功夫都比小毛贼强多了，三下两下子就把他们解决了！”

“你把他们杀了？”杜缨娘听得津津有味。她听过时三眺的故事，想不到只比自己大一岁的秀兰姐还有这样离奇的经历。

“我哪敢杀人啊，是我把他们制服了，顺便做了他们的大当家！”穆秀兰跟真的似的陶醉在自豪与满足之中，却又做出一副失落的样子，撅起小嘴嘟囔道：“我还是上了他俩的当，早知道棚子里就他们两人，我才不去给他们做大当家的，省得我一天为俩小毛贼吃饭穿衣瞎操心，还不如去武汉见见大世面。”

“你丢下他们跑了？”杜缨娘完全融入了秀兰的奇遇之中，暂时忘了夫仇己恨，享受着偎依在姐姐怀里听故事的幸福。

“姐怎是那种势利之人啊，我想既然做了他们的大当家，就得带他们混出个模样来。我给他俩订了规矩，咱是穷人出身就不许打穷人的主意，咱人少就不做大买卖，咱是女人当家就不许欺男霸女。嗨！这三条还真管用，砸小富的窑子风不紧，不打穷人的主意就有穷人帮咱避灾救难，不欺男霸女就有个仁义匪的好名声。不到半年，咱的棚子也有了二三十号人枪……”

“姐还在山上做大当家的？”杜缨娘忍不住插话。

“妹子别打岔，听姐把这段讲完。”秀兰拿出了自己在红军文艺队一边编剧一边排戏的本事，不容杜缨娘打断她编故事。

“去年官军剿匪，就冲着我们这个小棚子来的。我也是后来才知道的，我们曾经砸的一户小窑家里出了大官，都在国军里当团长了。回来听说家里遭了劫，查出是我们做的，就指使官军来把我们剿了。那王八蛋团长，此仇不报誓不为人！”

“剿成啥样了？”杜缨娘急了，摇着秀兰的腿问。

“三十多号人，只逃出我一个。”秀兰悲痛地拉下眼睛。

“姐是咋逃出来的？”杜缨娘手心里为秀兰捏了一把汗。

“姐是被国军的一个医生救的。”

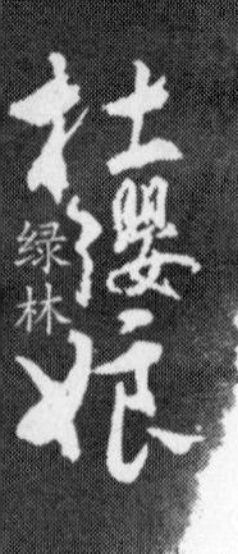

"国军的医生为啥要救姐？"

"他是个读书人，又一直对这个团长不满。"

"那是咋救的？"

"他发现我还有一口气，就找了一个姐姐的尸体混过去了，把我藏在草垛里，然后偷偷上山把我救了。我跟妹子一样，命硬，阎王不敢收啊……"

穆秀兰一口气回答了杜缨娘的这些提问，自己手心也捏了一把汗。她借上茅房之机缓了缓神，看故事有没有漏洞，终于吐出一口气，对自己说："谢天谢地，要不是对这里的匪情熟悉，有这些人和事，今天怎么收得了场啊！"

"姐说的这个军医就是为我疗伤的先生吧？"杜缨娘也从穆秀兰的遭遇中醒过神来，问了她最关心的问题。

秀兰一愣，用指头在杜缨娘的额头上戳了一下，说："妹子就是个精灵鬼，都让你猜着了！"

"我想姐姐讲了这么久，一直没告诉给我治伤的先生，我猜肯定是他了。"杜缨娘瞅了秀兰一眼。

秀兰看杜缨娘的眼里有些波诡云谲的痕迹，解开领扣露出右肩，"妹子你看，姐这里的伤疤比你的还大！"

杜缨娘扑在了穆秀兰的怀里。

穆秀兰让杜缨娘上床躺一会儿，自己去帮娘为她做好吃的。帮娘做饭是借口，她得赶紧去找娘作些交代，以免杜缨娘问起来，娘不知道肯定穿帮。

"姐姐，我还有话说！"杜缨娘叫住秀兰，欲说又罢。

穆秀兰见她有话想说又不说的样子，心里极为紧张，难道她发现了什么破绽？表面笑眯眯地问："妹子有话说呀，还怕姐的嘴巴不紧？"

"不是的，姐，我要是匪婆子，干妈会不会不认我做女儿了？"杜缨娘非常认真地向她提出这个问题。

穆秀兰没有想到她会有这样的担心，一时不知道怎么回答。脑子里飞快地问自己，怎么回答她好呢？

"我早知道妹子不是守着闺房做针线活的人，我在死人堆里救出你时，你手里有枪，腰里插镖藏针。不过，我回来对娘说了，妹子是跟人在官阳镇卖艺，遭恶少欺负受伤的。不知妹子在哪个棚子拉杆子？"

“四方寨，我男人时三眺就是四方寨的总架杆。”

“啊呀！妹子真是四方寨的压寨夫人？”穆秀兰一声惊呼，“你就是几个月前在阳城双枪白马闯敌营，千手飞镖杀鬼子的千手观音啊！”

杜缨娘见穆秀兰惊得那个样子，露出一个微笑，说：“那时救三眺心切，就闯进去了，没想到鬼子人多枪多，两把匣子枪顾不过来，用暗器反倒快，都是鬼子逼的。”

“妹妹自己不觉得咋的，可长了老百姓的志气，你千手观音的大名在阳城已经传神了，都说妹子是天女下凡观音转世，有人悄悄地给你和时总架杆立了神像，早晚上香呢！”

“姐姐说笑了，阳城离这一二百里，你是唧个知道的？”穆秀兰提到阳城的事，杜缨娘的悲伤之情溢出眼眶。

“我戏班子的师傅刚从阳城那边过来，我看到他们在排千手观音飞刀救夫的戏，我在戏班子里混了两年，从来没听说过这一出，师傅就给我讲了你的这些事，他们不敢在戏里说你杀的是鬼子，就编成了古戏，可明眼人一看就能猜出戏里的胡人是鬼子……”穆秀兰只管兴奋赞叹，没有注意到杜缨娘的表情变化。

“可是三眺却让新四军暗杀了！”杜缨娘伤心地哭泣。

“啥子！新四军把时总架杆杀了？他们为啥要杀打鬼子的英雄！”秀兰声色俱惊，上前扶起杜缨娘，追问新四军暗杀时三眺的原因。

“他们说三眺是投靠鬼子的汉奸，新四军锄奸队来杀的。”杜缨娘愤怒地说道：“有三眺这样恨鬼子的汉奸吗？他要做汉奸，会在鬼子的大牢里遭那么多的罪吗？还用得着兄弟们拼死救他？”

“四方寨可是远近闻名的仁义匪，威震四周各县，自古没有老百姓拥戴土匪的，可大凤山的乡亲谁没有帮过四方寨，我们谁不敬他是英雄，地头蛇都怕他三分，谁要说时总架杆投靠日本人当汉奸，我穆秀兰第一个不相信！”穆秀兰愤愤不平。“妹子，你弄清楚没？杀手是不是新四军的人，可我听说新四军也是专打鬼子的，他们中间有很多人都是早年的红军，听娘说红军对穷人可好了。”

杜缨娘已经从心里认同了穆秀兰这个姐姐，说话不再遮遮掩掩。她说自己知道新四军是一支好队伍，三眺在的时候最钦佩的人也是新四军，特别是那个崔连长，还配合崔连长打过几仗，跟他们很合得来。

崔连长只知道配合他们打仗的几十个弟兄很能打，却不晓得那几十个弟兄根本就不是四方寨里的土匪，都是仰慕时三眺的武林好汉，是来跟他拜把子举大事的。时三眺没让他们上四方寨，而是让他们跟我一起在寨子外面，这事连四方寨的二架杆马天云都不知道。

崔连长提出合棚打鬼子，时三眺当时没有答应，主要是想到四方寨的兄弟多，杀人越货的，坑蒙拐骗的，啥人都有。三眺说不能把这些人弄到新四军里，那样会坏了他的名声，也玷污了新四军。

几个月前，三眺说要跟新四军合棚子了，这样大的事总得有件像样的见面礼。时三眺是个别出心裁的人，他认为只有从鬼子那里弄来的东西，才是最像样的见面礼。

像样的见面礼是弄到了，可也把自己弄进了鬼子的大牢。弟兄们拼死将时三眺从鬼子集中营救出来，谁知道鬼子使奸计，在半路上把见面礼抢回去了。没想到崔连长的上方就那么不相信三眺的人品，明明是鬼子把他往阳城送的，却硬说三眺投靠了鬼子。

“妹子怎么知道新四军上方不相信时总架杆?”秀兰好奇地问。

“抓到一个杀三眺的人，他承认说是新四军锄奸队的，说新四军上方知道三眺投靠了日本人，才派他们来杀他的。”

“妹子，我听着怎么有点糊涂了，按说新四军的上方不在孔都城，他们那么快就知道时总架杆投靠日本人了？就算有那铁丝上跑、云里边钻的电话电台啥的，也没那么快派人啊。”

“鬼子押送犯人的队伍我见过，那是啥阵仗？几十号人怕是近不了身的。他们几个人咋就得手了呢?”穆秀兰一副百思不得其解的样子，她真的很困惑，谁有那么大能量将囚车劫了。

“受伤这件事，我也犯迷糊了。我找新四军的地下党报仇，鬼子是哪个知道的？鬼子都被我杀了，又是谁在我背后打黑枪？这些天我都在想，杀三眺的这两个人要真是新四军，他们怎么知道得这样快，时间选得那么准，行事的时机也太巧了。”杜缨娘还是没有透露出岳如飞这个人，她始终认为岳如飞与自己是扯不清理还乱的私怨，甚至也没有向武子峰透露岳如飞在囚车上的那一幕。

“妹子，你不是说时总架杆很钦佩新四军的那个崔连长吗？找他一问不就全明白了?”

“我是想过找他，过去都是三眺单独跟他见面，连一起去的武子峰也只在外面把风，从来没有跟崔连长见过面。我一时半会没法找得到他。”

“妹子把找人的事交给我，我去找新四军的部队，找到了新四军还怕找不到一个崔连长吗?”

穆秀兰自告奋勇的样子，杜缨娘心中很是感激。自己这次负伤也是因祸得福，让她得了个热心的好姐姐，认了干妈，享受到从来没有享受过的母爱。她轻轻地舒了一口气，说:“办法倒是好办法，可是你怎么找得到新四军呢?”

穆秀兰做出一副轻松状，把嘴贴在杜缨娘的耳边说:“姐姐自有姐姐的独门暗器，给你治伤的军医，他总该打听得到新四军的大部队在哪吧?”

“对啊!”杜缨娘茅塞顿开，一只手将穆秀兰搂住，轻轻地说:“姐姐对妹妹的好，我一辈子都报答不完……”

崔松离开涂河庄，马不停蹄地往孤子岭赶。他估计小分队将受到四方寨的报复，得赶紧找到他们撤出孤子岭。

从穆秀兰通报的情况分析，自己收编四方寨已不是主要任务，而得到那份清乡计划的意义更大。它可以弄清鬼子的意图，无论是真的还是假的，都有价值。

但现在不宜去抢那份清乡计划，只要一抢就会落入鬼子的陷阱，不抢反而让鬼子捉摸不透。这样，我们在心理战上就会变被动为主动。

他在涂河庄对秀兰说，只需要杜缨娘一个人，绝不是吹大话。就是要让杜缨娘闹出大动静，吸引鬼子的注意力，好腾出手来摧毁鬼子的清乡计划。

崔松赶到孤子岭的大垭口，迎面扑来的晚风夹杂着浓浓的血腥味。他撒开“猎狗跑”，冲进山洞里的指挥所。

现场让他傻了眼，满地横尸，鲜血涂地无缝插足。他扒下缠在头上的汗巾，狠狠地攒了又攒，一拳击在石壁上，狂吼一声:“土匪!混蛋土匪——”

他掩埋了战友的尸体，按约定去了小凤山。

涂河庄的傍晚一天一色，今天的色调似乎是为杜缨娘的心境设计的。

她站在窗口，看着枝梢交错的老榆树，晚霞把树干映衬得分外清晰。她仿佛理出了一些头绪。

“妹子!”穆秀兰从外面进来，兴奋地把她拉到屋中，“妹子，我找到崔连长了!”

“姐姐找到谁了?”杜缨娘以为自己听错了，抓着秀兰的双肩使劲地摇，“姐姐找到崔连长了！他在哪儿?”

穆秀兰看了看窗外，又把门关好，这才向杜缨娘讲起自己寻访崔连长的经过。末了才说：“妹子，崔连长就在大凤山的孤子岭，离四方寨不是很远。听中央军的眼线说，二架杆不久前带领人马砸了崔连长的棚子，打死了好多新四军。”

杜缨娘感到奇怪，崔连长怎么会在孤子岭？一个连少说也有几十人马，藏在孤子岭怎么就没有点风声。自己当初出山找新四军的地下交通站报仇本来就欠考虑，马天云领着四方寨的弟兄去砸他的棚子，就更不该了。

“妹子，有个情况我不知道当讲不当讲?”

“姐姐还有啥情况，只管讲!”

“我是在官阳镇上一家茶馆里听几个喝茶的人闲摆听到的，不一定准。他们说四方寨为了选总架杆，以杀多少新四军来定总架杆人选，三架杆不同意，就被二架杆关起来了。还说……还说……”穆秀兰突然打住不往下说了。

“还说啥了？姐姐倒是快说啊!”杜缨娘见穆秀兰欲言又止的样子，急得直推他。

“妹子，我说了你别生气啊，这样对你伤口不好，其实这话打死我都不相信!”

“姐姐快说嘛，我不会生气的。”

穆秀兰看了看杜缨娘，终于鼓足勇气说出来，“他们说四方寨的总架杆是你跟你的情人设计，指使三架杆害死的……”

“啥？我害死的三眺!”杜缨娘一掌将穆秀兰推出去撞在衣柜上，还追上来抓住她的衣襟，大声喝问：“这是哪个乱嚼舌头？快带我去把他舌头割下来!”

穆秀兰吓得一脸铁青，带着哭腔说：“妹子说好不生气的，又生气了，伤口疼不疼?”

杜缨娘看着吓坏了的穆秀兰还在关心自己的伤口，心里颇是感动和自责，忙松开她的衣襟，轻轻抚摸着秀兰的后背，心疼地说："妹子把姐姐弄痛了吧？你看我，就是沉不住气。"

穆秀兰这才缓过神来，把杜缨娘拉到床沿上坐下，"姐姐肯定不相信这些鬼话，只是我觉得四方寨有鬼，这些话肯定是从山上传出来的，说得有鼻子有眼。对了，他们还说妹子带着一个兄弟下山砸窑子，偷偷跟情人约会，被他发现了，你就用暗器杀人灭口。"

"我杀人灭口？"杜缨娘这时不激动了，凝神想了想，自言自语地说："是这样啊，我明白了！"

"妹子明白啥了？"穆秀兰不解地问。

"姐姐别管了，我得赶快回四方寨，有人要反水！"杜缨娘一边说一边起身去收拾自己的包袱，还随口问穆秀兰："姐姐，你敢不敢陪我回四方寨？"

"我敢！陪妹子上哪我都不怕，你的伤也离不开我的。"

穆秀兰借口送缨娘妹子回老家，秀兰娘虽然是一阵挽留，但还是准许了穆秀兰送杜缨娘回去，千叮咛万嘱咐一定要照顾好妹妹的伤。

杜缨娘走出门，扑通跪在秀兰娘膝下，含泪向干妈叩了三个响头。三个女人在泪飞语塞中挥手告别……

四方寨的聚义堂正在进行着一幕庄严肃穆的祭祀大典。

二架杆马天云将在这场祭祀结束后，正式坐上时三眺坐过的交椅，成为四方寨的新任总架杆。

三架杆武子峰和宴大彪将在这场祭祀结束后头悬祭杆，成为活祭时三眺的祭品。

原本打算找到杜缨娘的尸体，一同祭祀时三眺的英灵，可派了几路兄弟出去都没有找到，不得不由木匠兄弟雕出了一个木头木身的杜缨娘，将在祭祀大典中一同被斩头示众。

祭祀大典的现场被笼罩在浓浓的香烟之中。多数人的眼睛半闭半睁，耷拉着脑袋。

马天云请了一个巫师来主持祭祀大典。如果是别人坐上总架杆的交椅，今天主持祭祀大典的人应该是他。

马天云曾经享受过被人顶礼膜拜的滋味，那是在杀虎寨。但杀虎寨的祭祀大典不能跟今天四方寨相提并论，那只是百多号人的小寨，四方寨今天到场的至少有五百多号人，是威震武林名扬匪帮的大寨。从今天开始，马某人坐拥山寨主宰几百人枪，再也不用舞剑画符主持祭祀了。

马天云按巫师的法典站在一尊需要三人合抱的香炉旁。看着眼前的一切，心中的快感无以言表。

巫师拿了神幡，握了司刀，念着咒语，围着一炉熊熊燃烧的香火绕行。

他越走越疾，头上的神幡飘了起来，手里的司刀挑着一缕一缕的香烟形成了长长的飘带，随着巫师的疾走，一圈一圈地将香炉裹在其中，越裹越厚，最后不见了香炉。

巫师挑着灰白的幕布在祭祀广场奔跑。转眼间，那长长的幕布把那三人合抱的香炉裹成了百人合围的大香炉。隐约可见马天云端坐在香火中央，从那里传出他那阴沉聒耳的演说：

“在下马天云，就请列位将就喝黄汤（水酒）、捧莲花（杯盏），拈溜溜（肉片）、造粉子（吃便饭），我老烟是识相的。抬头有玉帝皇天，埋头有土地老倌，在下给列位丢个拐子（敬礼），烧香点烛，朝贡进茶，图个兄弟们举住（支持）！”

马天云的就职演说简单低调，迎来在场兄弟齐声应和：“举住总架杆！举住总架杆——”

巫师没有放慢脚下的疾走，接过助手递过来的一坛酒，举过头顶，仰脖张嘴，倾坛吞下。然后对准大香炉中的马天云喷射而去。顿时，冲天大火轰轰烈烈，倾刻将缠绕在大香炉边上的幕布焚烧一尽。

马天云像天神下凡般矗立在神坛下面的将军椅上。他端起一碗酒，噌地站起来，向着坛下的兄弟大声训话：

“哥儿一杆子张耳闭嘴，你我前有缘后有故，落在一窝草边（哨棚），现时我等要过灰沟（翻山越岭），进广圈（大城市），莫比一般生毛子（乡巴佬）。哥儿一杆子子千万要整住（听招呼），摆摆渡、过了河（进城当了官），要给老烟（我）留粉壳壳（面子），二天再莫打门神（越墙打门），再莫牵票子（绑票拉肥），再莫漂窑子（烧房子），再莫拿梁子（砍人头），谁若醒二活三（乱搞不听招呼），我老烟认得圆的认不得扁的（对事不对人），老子不毛你是虾的（不杀你不算人）！”

坛下兄弟开始骚动，都张大了嘴。他们听得懂黑话，却搞不清楚总架杆这番训话的意思。

“马总架杆！你说不拿梁子莫牵票子，叫兄弟咋活啊？你是要带兄弟摆渡过河，进城接受官府招安？还是脱了裤子夹尿布，降了东洋的小鬼子？”

“总架杆是要带兄弟们摆渡过河抱东洋娘们，天天开洋荤啊——哈哈哈！”马兴安从一旁站出替马天云作了答复。

狂笑声恶骂声顿时响成一片，坝子里的队伍开始骚乱，那些不想进城抱日本女人的兄弟，背了枪往坝子外面跑去。

砰砰砰！马天云手里的枪声震住了那些正向外跑的兄弟。“都给老子听着！谁要醒二活三的，老烟现在就毛你！”

跑出去的兄弟吓得当场就扔下了枪，又回到祭坛下面。

这时候，就在马天云身后，一队戴鬼子军帽的人正架起几挺机枪，趴在聚义堂挡墙上虎视眈眈，场子两边和进寨山门都钻出了端着三八大盖的鬼子。

四方寨的空气骤然凝固。几百弟兄完全被鬼子控制在祭祀场动弹不得。

香炉里的烟火出奇地自灭，主持祭祀的巫师像木头人一样呆立在神坛之下，一动也不动……

第十章 狼子野心　鬼子血洗四方寨

四方寨的空气足足凝固了一锅烟的时间。

马天云举起的枪一直没有放下，暴睁双目虎视手下兄弟。

一名鬼子中佐从马天云身后走出来，把他的军刀往面前一杵，居高临下傲视一圈，示意身后的鬼子军官让马天云喊话。

“兄、兄弟们，皇军是来跟我们共荣的！皇军说了，要让兄弟们过上有酒有肉有女人的好日子！”马天云语无伦次，头上开始冒汗，干咳两声，又扯起嗓门喊：“皇军说了，一人发一把王、王八盒子，一天一斤烧酒，一斤肥肉……有福不享，那、那是对不住爹、爹娘，是跟皇军享、享福作大爷，还是跟皇军作、作对做枪下鬼，兄弟们……”

“八嘎！”中佐再也耐不住性子，提起手中的军刀，横在马天云的脖子上，“不投降的，他的、你们的，统统地死掉！”

城墙上的鬼子给机枪喂上了子弹，场下的鬼子拉响了枪栓。

“兄、兄弟们！跟皇军合、合棚子，有享不尽的荣华富贵，是几世修来的福分。生死就在一念间，我们都接受皇军招安，哪个不听招呼，就跟他一样的下场！”马天云一枪打死最先跑出去的兄弟。

枪响人叫，下面一阵骚动。绝大部分土匪放下了手中的刀枪。

“哟西！”中佐露出一丝不易觉察的阴笑，对身边的鬼子军官说：“不怕死的，统统地死！”

“嗨！统统地死！”那鬼子军官高高举起拳头，停留在空中，突然变拳为掌，狠狠地向下劈去。

机关枪顿时狂啸起来，拥挤在祭祀场上的土匪像浪头，你推我，我压你，一排排倒下。

两名鬼子将马天云紧紧扭住，中佐的军刀压在他的脖子上。

有人想捡枪反抗，但一切都是徒劳的，鬼子的机枪就像吐火星子，溅到即亡。

枪声终于停了，山寨刹那间成了人间地狱，阴森恐怖。马天云被眼前的一切吓昏了。

鬼子中佐慢悠悠地走过去，仔细地观察马天云耷拉着的脑袋，抬手扇了他一巴掌。

马天云被这一巴掌打醒了。刚想扬起头来，鬼子中佐又反手抽了他一巴掌。

马天云看到面前皮笑肉不笑的中佐，慌忙大喊一声“嗨!”本想立正，却怎么也挺不直那两条弯曲的腿。

“你的，胆小鬼的!”鬼子中佐把压在他脖子上的刀用力压了压，说：“他们的不怕死，统统死啦死啦的!”

“太君！你的不讲义气!”马天云突然扬起脖子说，“我的兄弟已经归顺了皇军，你还要杀他们。”

“哟西！你的胆小，对皇军忠心耿耿，我们的不杀你!”中佐突然收回军刀，露出一脸温和的笑容，用手拍了拍马天云的胸脯，说：“好好地为大东亚共荣效忠，大日本皇军不会亏待你!”

马天云听了鬼子中佐这番话，没有吭声。索性闭上眼睛，仰起头作无赖状。

鬼子中佐看着他这副耍无赖的样子，沉默了好一阵才说：“马总架杆，不！大日本皇协军的马团长，把反日分子交给我的。”

马天云将头仰起，活像一只山羊，抖了抖山羊须，精神振作起来，“你把我的兄弟杀了，还封我个团长，手下无兵的光杆司令顶个屁用，就是封个马旅长，老子也不干!”

“马团长转过头去看看，你的忠心耿耿的兄弟，我一个没杀，皇军帮你杀的是那些不听从马团长命令，仇视大日本帝国的反日分子!”

马天云转身过去，眼前一亮，马兴安还在，三堂六铺的堂主掌柜还在，足足还有一百多兄弟活着。看到这些人还在，他有一种相拥而泣的冲动。

马天云尽量克制住自己的感情。他转过头去看了一眼鬼子中佐，故作镇静地收起自己的枪，做出一副不屑的样子，淡淡地说："就这几个兄弟，连几只老山羊都围不住。老子没法当你这个团长！"

两名鬼子军官见他一副贪婪不厌的样子，霍地拔出军刀，被中佐制止。

中佐拍了拍手，一位皇协军中校军官从百十号兄弟的背后钻了出来。

"马团长，这是孔都城皇协军朱副团长，今后，你们要精诚团结，尽忠竭力为大日本皇军办事！"

"报告马团长，保安团副团长朱子刚和弟兄们已经在孔都城仰望你多时了。今后保安团一千多人枪唯马团长示命！"朱子刚很有一副军人气概，倒显得马天云匪气十足。

马天云慢慢上前，用手拈起他的肩章和领章，翻来覆去地看，自言自语："老子的跟这个一样？"其实，他在问鬼子中佐，自己是不是也只有两颗星。他一度对日军和国军的军衔星级特别有兴趣。

中佐没有回答他，挥手让一名鬼子兵双手托着一套皇协军军官服，送到马天云跟前。

马天云伸出两个指头弹了弹军服上的领章，露出阴阴的笑。他看清了，领章上有三颗星，是上校团长。

"好！"马天云脱去他那件脏得发亮的军呢大衣，扯起鬼子兵送过来的军官服穿上，一边穿一边说："老子就跟你小日本合一回棚子！不过，我得去城里坐上团长的太师椅，才能把肥票交给你！"

一名鬼子军官看不惯马天云得寸进尺，大声呵斥道："你的不交，皇军现在就消灭你们！"

"行啊！你消灭我，你现在就消灭我！"马天云像一只斗急了的公鸡，硬起脖子扬起头，撒开两臂冲到鬼子军官面前，手指四方寨聚义堂，歇斯底里大叫："老子有肉吃有酒喝有女人睡，这把太师椅也管几百人枪，老子要带上这些弟兄，把你们要的人和东西交给国军，至少是把旅长的椅子。是你们背信弃义跟老子翻脸，又杀人又缴枪，还不让老子坐在椅子上顺口气？这买卖老子不跟你小日本做了！"

"你坐不成了！"凭空传来一声暴喝："马天云！拿命来——"

他以为是鬼子威胁他，不屑地问："谁？谁敢要拿我的命！"可马上反应过来，不对！没有女鬼子上山，这声音好像……啊！是她？马天云一想到是她，心就蹿到嗓眼上，结结实实打了一个冷战。

脑子闪出她的同时，人已就地一滚，跳出一丈开外，手里拔出了枪。

暴喝声也让另一个人吓破了胆，就是马兴安。他从官阳镇回来，指天画地向马天云发过毒誓，"那娘们绝对见了阎王，叔什么时候在阳间看到她的人影，我立马就到阴间去做鬼！"现在他不仅听到了杜缨娘的暴喝，还看到她从天而降，千手飞镖，场子上的鬼子顷刻之间倒下一片。他也倒了下去。

暴喝声还让一个人既惊心动魄，又喜出望外。暴喝声在他耳边响起的一刹那，竟然有些激动失措。要是过去，他手中的军刀出鞘，定将那暴喝之人穿个大窟窿。这个人就是鬼子中佐西大条胖。

杜缨娘如俯冲猎食的老鹰，头下脚上从城墙上冲下来，人未落地，已用铁蒺藜将马天云手中的枪击落。人一落地，就横在西大条胖的面前。都是眨眼间的事，她的动作快得让西大条胖心疼，心疼鬼子兵白白浪费了端着的枪。

"是你？"杜缨娘也是一惊。她没有想到，西大条胖会从阳城来到大凤，并且直奔四方寨而来。如此看来，马天云早与鬼子有了勾结，说不定与时三眺的被俘，鬼子一路上的堵截，以及随后发生的很多事情都有关。

西大条胖盯着杜缨娘，淡淡地说："用你们中国人的话说，山不转路转，我们又在这里见面了。"

杜缨娘的脸上没有了上次的平静，而是声色俱厉，"我们之间不是冤家，已经是血海深仇，今天没有路让你转出去了！"

"你是我尊敬的对手，大日本武士只用刀来进行对手之间的对话！"西大条胖没有去看城墙上那些机枪手，他深信杜缨娘在落地之前已经全部将他们消灭。

马天云的两只手臂都被杜缨娘的暗器击伤，本来吓得不敢动弹，见西大条胖与杜缨娘相视而立，竟然毫无惧色。二人的对话已经说明他们是老对手，他眼珠子一转，向西大条胖靠过来。

"太君，这娘们把你要的东西和人都劫了，我没办法向你交出来……"

"八嘎！"西大条胖看也不看马天云一眼，手里的军刀呼啸出鞘，一招

"晚风摆柳"，那脱刀而去的刀鞘不偏不倚插进马天云的大腿。

杜缨娘大吼一声，猛蹿出去，左手伸出，已勾住西大条胖手腕，夹手去夺军刀，右手剑挑出一招"长虹贯日"，使足全力向他后心刺去。西大条胖身子急偏，避开了剑，却没有避开她随后欺近的掌。这掌直击西大条胖的左肩，只听"啪"地一声，肩背中掌。杜缨娘右手上的剑随之跟了上去。

西大条胖大惊，没想到几个月不见，杜缨娘的剑法又精进不少。眼看那一剑直奔他胸腹而来，想避已是不及。

"哐"的一声，杜缨娘手中直刺的剑势被一股强大的力量荡开，向一边斜刺出去。但她的剑身还是穿过了西大条胖的军衣。

杜缨娘急忙抽身回去，击中她剑的是一支短枪。这一击不是别人，正是一旁不动声色的朱子刚。

朱子刚在她左掌击中西大条胖时不及相救，这时见她右手出剑跟进，身快剑更快，估计西大条胖无法躲过，情急之下将手中的王八盒子当暗器打出去，尽管杜缨娘的身法快，还是击中了她手上的剑。

"先收拾你这败类！"杜缨娘大怒，欺身而上，一剑"春云乍展"向朱子刚挺剑刺出。

朱子刚手里没有了枪，也没有带刀剑之类的冷兵器。眼看杜缨娘向他冲来，已经感觉到剑气怵人，情急万分，只好用上救命暗器"绵里针"，向杜缨娘发出两粒指头大小的白珠子。

杜缨娘会使用几十种暗器，当然识得"绵里针"的厉害，那珠子不像其他暗器有力道和速度，相反不紧不慢飞向对方，目的就是要你接或是挡，只要碰着，珠子就会爆炸，飞出无数带毒的细小钢针。要躲这种暗器也不行，发射暗器的人先就估算好了双方的距离，通过手上的力道来掌握绵球自爆的时间，对方不接不挡，却躲避不了它致命的自爆。

朱子刚打出"绵里针"就后退几步。杜缨娘是暗器高手中的高手，小小两粒"绵里针"根本伤不到她。只见她低剑一挑，一件黑乎乎的东西迎头上去，一口吞下"绵里针"，只听见两声闷响，"绵里针"爆炸了，杜缨娘安然无恙。

朱子刚趁杜缨娘对付"绵里针"的时候，也躲开了杜缨娘这一剑。

马天云看得清楚，杜缨娘对付朱子刚暗器的克星，正是巫师装神签用的铁筒子，被杜缨娘用来罩住了"绵里针"。

朱子刚躲过了第一剑，但杜缨娘跟着喂出第二剑“平沙落雁”，情势更加危急。

西大条胖本来可以出刀解危，但他没有动，朱子刚也是中原武林一流高手，他要看看高手之间的生死搏斗，更想了解杜缨娘的精妙剑术。

虽然已经是热兵器疯狂的时代，甚至有了主宰战争局面的生化武器。西大条胖却认为，冷兵器与中国武术一样，其博大精深与变化莫测都渗透了道义精神，任何尖端的热兵器技术都无法替代战士对冷兵器精神的依赖。

自从登上战争之船为天皇陛下效忠，有日本忍术与武士道精神相伴，令他可以目空一切，感觉这个世界没有不可战胜的对手，没有不能征服的敌人。但中国武术与冷兵器精神似乎不是相伴那么简单，他越来越对中国武术乃至中国人的精神信仰感到不可捉摸。他的中国师傅游乾坤曾告诉他，中原武术的一招一式都藏着“儒道法墨”的道义，不去研究这些道义，就无法弄懂中原武术，要想征服对手，称霸中原武林，必须先征服对手所信仰的道义精神。西大条胖心中感叹，中原武林真是一个复杂的江湖，绝不像我们称作的“支那猪”那样幼稚。

“轰”地一声炸响，惊得西大条胖从恍恍惚惚的思绪中回过神来。“中佐快走！”一个人影从一团黑烟中飞将过来，一伸胳膊挟上西大条胖就跑。

“八嘎——”西大条胖从来没有受过如此大的污辱，被人在战场上像挟小鸡一样救走，飞一样地出了四方寨，没入树林中。

朱子刚已被杜缨娘一剑刺中，就在这个时候，天上突然飞来一团冒着烟的东西，不像手榴弹，紧接着传来秀兰的尖叫：“妹子小心！”

杜缨娘本能地趴下，爆炸声响，浓烟四散，将她笼罩在烟雾中。她急忙一个“流星赶云”跳出烟雾圈，却见西大条胖被一个人挟着没入林子。

杜缨娘追出两步停了下来，她怕中了调虎离山之计，迅速转身回到祭祀场。朱子刚趁乱逃走，马天云伤重没跑出去几步就跌倒在地，十几名死党围了过来，举着枪挡在他前面。

杜缨娘光着两手，一步一步向马天云靠近。

“你站住！”马兴安突然从地上爬起来，举枪对准杜缨娘，“你害死了时总架杆，今天又想杀马总架杆，你再往前走，我要为时总架杆清理门户！”

杜缨娘看也不看他手里抖抖索索的枪，只管一步一步往前走，两道蛾眉向眉心那颗美人痣靠拢。

“再过来，老子的枪真要走火了！”马兴安歇斯底里，紧张得就要跳起来。“兄弟们，就是脑壳开花，也不能让她碰总架杆一根汗毛！”

杜缨娘继续朝前走，表情平静得就是一个温柔矜持的乡下女子。

砰！马兴安的枪真走火了，枪响枪落，他瘫坐在地，双手抱头护颈，缩成一团。

子弹与杜缨娘擦肩而过。她嘲讽地对马兴安说：“走火了？你在我背后打黑枪的胆子哪去了？”

“你这个骚婆娘！是你跟那个奸夫设计害了时总架杆，兄弟们，他们在官阳镇幽会，设计害马总架杆和四方寨的兄弟。”马兴安大骂杜缨娘。“对了！今天来的这些鬼子就是骚娘们儿的毒计啊，逼起总架杆接受鬼子招安。兄弟们要是不从，他们就找到了借口杀我们。”

马兴安自恃有叔在，有上百剑拔弓张的兄弟在，索性大了胆子极尽离间之言，他现在已经豁出去了。“马总架杆为了保全四方寨的兄弟，只好假装接受招安，但很多兄弟还是遭这个骚娘算计了。马总架杆，你碍时总架杆的面子不好说，我豁出命说出来，是不想让几百兄弟的命债都记在你头上。你说，我说的都是实情吗？”

“实情是……不是！”马天云气息虚弱，由几名兄弟搀扶着，十分痛苦地站起来，声音颤抖地说：“我没罩住弟兄们，对不住死去的上百弟兄，不配做总架杆。嫂……嫂夫人，我们不能为争把椅子害了四方寨的兄弟，这个家还是交给你跟三弟……”

杜缨娘只管向前走，对马兴安和马天云的一番话没有任何反应。她走到马天云跟前时，举枪保护马天云的几个亲信下了最后通牒，“敢动总架杆，我们跟你拼了！”

杜缨娘一步一步逼近马天云，突然转身向祭坛走去，众人莫名其妙，马天云和马兴安张大了嘴。

杜缨娘在祭坛前站定，环顾四周，没有做声，将倒在地上的祭旗扶起来，插在祭坛边的旗柱上，又从地上拾起一把香，用衣袖擦去香上的血迹，三根一炷点燃，然后双膝跪地，行完三拜九叩的大礼。

众人面色惊恐，不知道接下来她会做出什么事。守护马天云的十几名弟兄，都把手中的枪口对准了她。

杜缨娘只管在祭坛上忙活。似乎一切就绪，杜缨娘这才把手伸进怀里，掏出一团白色的东西，提在手里迎风一展，是一张旗帜大小的绢布。

杜缨娘神情庄重肃穆，扫视众人一眼，朗声说道："请二哥马天云和四方寨的弟兄上前来，接时大当家的遗命！"

所有在场的人似乎都没有听清她的话，没有任何响应。

"四方寨众弟兄，在神坛前面听时大当家的遗命！"杜缨娘的声音像先前一样平静。

人们听清了她的话。

"三弟武子峰恭候总架杆遗命！"

"兄弟宴大彪接总架杆遗命！"

"兄弟小石头听时总架杆差遣！"

马天云睁大了眼睛，对武子峰和宴大彪的出现十分震惊，他们被关押在十分隐秘的地方，竟然安然无恙地钻了出来。

马天云毕竟是久历匪帮的老油子，应付场面上的智慧还是有的。他当即推开搀扶他的兄弟，带着西大条胖插在他腿上的刀鞘，一瘸一拐地奔向祭坛。

众匪一起奔向祭坛。

杜缨娘念起了时三眺的遗命。

"国家本来战乱不断，又遭外邦践踏，日本鬼子视我猪狗不如，任意欺凌杀戮。如今我陷鬼子之手，估计难逃一劫，如遇不测，由二弟天云继任总架杆，拙妻杜缨娘、三弟武子峰和四方寨全体兄弟须尽力辅佐新总架杆，天云应以兄弟生存为念，内事多问子峰，外事可依缨娘……"

遗书最后还特别说明，自己过去一手掌控在山外的财产，已跟杜缨娘作了交代，希望她管好用好这些财物。

杜缨娘念完遗书，将绢布递交马天云。小声哽咽道："这是三眺在遇害前写下的，并嘱咐我，一旦他遇害，就在祭祀时公布。以马总架杆今天的作为，我本不想把它公开，可为了三眺的在天之灵，四方寨上千兄弟的生死，我今天把它公开了。只要你马总架杆按三眺的遗命去做，我杜缨娘看在时大当家的份上，不计你们的善恶……"

马天云听得一头是汗。

武子峰也听得一头是汗。

宴大彪听得直冒怒火。

小石头腾地站起身来，夺过一把枪，指着马天云骂道："嫂子可以饶你，老子不……"

杜缨娘拔起祭案上的一支香，当做袖箭打中小石头的曲池穴，枪落人僵。

马天云没有理会小石头的狂妄。他思忖着，这份遗书真是杜缨娘对付自己的杀手锏，不仅让自己打落牙齿往下咽，更是令在场兄弟感激涕零。确实起到了恩威并重的效果。

"把那个狗东西给我绑起来!"马天云举起遗书，战战兢兢放在祭案上，突然指着跪在地上的马兴安，"拖出去砍了!"

马天云的亲信愣在那里，满脸惊疑，不知所措。

马天云见众人不动，武子峰和宴大彪都用一双喷火的眼睛看着自己。他一咬牙，伸手拔掉大腿上的刀鞘，顺手掷出去，马兴安倒地毙命。

整个四方寨都被马天云的飞鞘吓破了胆。天色凝固了，山风凝固了，地上的黑血也凝固了。就连寨门口的屎壳郎也躲在屎丸下不敢妄动。

一支山歌飞进了四方寨——

小小蜜蜂嘴儿尖，
轻轻飞到妹身边，
不声不响螫一口，
红起疤疤一大片，
又疼又痒又新鲜。

妹儿今年一十六，
黑的头发白的肉，
黑的头发像缎子，
嫩的肉来像白糖，
小郎恨不掐点尝。

小哥今年一十九，
文武双全往外走，

惹得妹儿到垭口，
越想越爱心越酸，
恨不用口把他含。
……

屎壳郎随着歌声苏醒过来。祭坛上的祭旗有了摆动。山寨渐渐恢复了知觉。

悠扬的山歌没完没了，使劲地往四方寨里钻——

天上星多月不明，
地下坑多路不平，
塘里鱼多闹浑水，
妹儿郎多闹花心，
吵得长江水也浑。
……

悠远的山歌声中，马天云按时三眺的遗命完成了继任大典。

杜缨娘坐上了二架杆的交椅。

武子峰面无表情地随杜缨娘入座，用袖子拭去椅子上的血迹，无声地坐下。

宴大彪看了看磨得发亮的第四把交椅，用手摸摸自己的屁股，几次试图把屁股搁上去，放上去又滑了下来。武子峰伸手将他按在椅子上。

杜缨娘作为四方寨的扳舵师爷，宣布山规。“为报屠寨之仇，从今往后专砸鬼子的窑子……”

堂外的天色渐渐地暗下来，马天云坐在头把交椅上，脸绷得很紧，眉头锁成长长的“川”字。他的脸色渐渐地白起来，腿上的伤还在流血。他注意着兄弟们对山规的表情。

杜缨娘宣读完山规没有坐下，她在等总架杆最后盖棺。但马天云没有吱声，眼睛直勾勾地盯着门边两名护法兄弟。

“总架杆？”杜缨娘小声叫他，“请总架杆……”

马天云仍旧一脸痛苦，没说话，连眼睛都没有眨一下。

宴大彪见他那副失魂落魄的样子，狠狠瞪了他几眼。见他还是不理不睬，气愤地一巴掌拍在桌子上。

聚义堂的八仙桌剧烈颤抖，马天云一头栽倒在交椅下……

刚刚平静的四方寨，又乱了起来。几个亲信忙把马天云送回卧室，叫了寨子里的郎中为他疗伤。

杜缨娘让武子峰叫上宴大彪与小石头，一起去看望马天云。

宴大彪却要与小石头去寨子外面把风，杜缨娘知道他恨马天云，借故推辞。

杜缨娘只好叫上武子峰一同前往马天云的卧房。她心头的疙瘩一个个挂着，脚步慢了下来。

马天云为了坐上总架杆的位子，先是想借新四军之手除掉自己，所以派马兴安随行做向导。如果新四军不能除掉自己，就让他寻找机会暗算自己。然后，马天云在四方寨设计除掉武子峰和宴大彪等人。杜缨娘在穆秀兰家养伤时只是这样揣测。今天看到的一切，证实了自己的判断。

武子峰向她讲述了马天云在四方寨的所作所为。她淡淡地一笑，说："大凤山方圆几百里有几十个棚子，闹内讧搞火拼争大哥的事不稀奇，他想做四方寨的大当家，就起了这个贼心。"

杜缨娘嘴上说得轻松，但心里升起了疑云。

马天云不只是这么简单，鬼子来四方寨招安是假，跟马天云交易是真。他敢跟鬼子周旋，身后必定有靠山。鬼子背信弃义残杀四方寨兄弟，马天云事前应该有所察觉，甚至可能是同谋。

他所有的表演都无法掩盖他的阴谋。看得出来，马天云并不在乎四方寨死了多少兄弟。他的交易可能涉及第三方。如果不是杜缨娘突然出现，打乱了他的阵脚，结局不会是现在这个样子。

杜缨娘的脚步越走越慢，心里的疙瘩越解越多。

西大条胖企图用刀鞘射杀马天云，来遮掩他们之间的交易。但这种罩眼法骗不了杜缨娘，她很小的时候就跟夔峡的猴子斗智斗勇，罩眼法见得多了。

两只猴子拦路抢劫她手上的玉米棒子，先在她面前斗殴，一只猴子将另一方致伤，得胜的悍猴对她猛攻，吸引她的注意力，就在她全身心地对付悍猴的时候，受伤的猴子突然从背后出手，夺去了玉米棒。

杜缨娘吃过猴子的亏，对鬼子的罩眼法特别敏感，西大条胖的刀鞘里没有军刀，却有阴谋。于是，她将计就计，用时三眺的遗命留下马天云和跟他一起哗变的兄弟。

武子峰见杜缨娘想着心思，一路跟在后面不吭声。已经到了马天云的卧室外，他才干咳两声提醒她到了。

穆秀兰看见杜缨娘和武子峰进了马天云的卧室，悄悄出了四方寨。

“你要查清马天云是啥时候跟鬼子扯上的。”

“好，我去查。”穆秀兰说。

“鬼子向马天云要谁？除了要人还要了啥子？”

“我估计除了要杜缨娘和武子峰外，还要那份计划。”穆秀兰说。

“那份计划在谁手里？”

“在杜缨娘和武子峰手里。上山的鬼子是西大条胖。”穆秀兰说。

“马天云接受了招安，鬼子为啥又杀了他们？”

“说明鬼子是假招安，真实目的是要消灭四方寨。”穆秀兰说。

“为啥又留下一部分人不杀？”

“可能是没有得到人和物，留下来安抚马天云的。”穆秀兰说。

“杜缨娘为啥突然改变主意，不杀马天云，反而做了他的扳舵师爷？”

“她是用自己作诱饵，让马天云来咬钩。”穆秀兰说。

“她在怀疑时三眺的死与马天云有关？”

“她怀疑马天云跟新四军一起暗害了时三眺。”穆秀兰说。

“你说啥？她怀疑新四军……”

“我也怀疑新四军有……”

“啥子？你也有疯子的想法……”

“不是你，但也有牵连！”穆秀兰说。

“你是啥子居心？竟然怀疑我！”

“今天我随她回四方寨，你的人半路上出来缠着我们。”穆秀兰气愤地说。

“我的人？”

“是的，你下面的一个排长，他不认识我，但我认识他。他就是跟时三眺一起打过鬼子的王克勇！”穆秀兰说话的声音有些发抖。

“王克勇?”

“你在涂河庄曾说过，要想法让杜缨娘扰乱鬼子计划，我开始以为是你施计，但看到四方寨发生的一切，我在心里骂了你千百遍！我们被你的人纠缠了整整一个时辰，如果我们早到半个时辰，四方寨的上百兄弟就不会死在鬼子的机枪下!”穆秀兰越说越激动。

“……”

“不管你是施计，还是失误，我都会把这件事报告给上级的!”穆秀兰指着他说。

“糟糕！要出大事!”崔松突然将穆秀兰推出了山洞。“你赶快回四方寨，要快!”

“咋了?”穆秀兰不解。

“见了王克勇，帮我绑了他!”崔松边说边往外冲，“我在暗中策应你们……”

崔松一溜烟地消失在茫茫的林海里。

夫仇己恨　缨娘怒斩马天云

子夜，阴森中的四方寨还在流血。

山风怒嚎，杜缨娘仿佛听到兄弟们的魂灵在密林里哭诉。

她躺在时三眺的卧房里，睁着眼睛等待着，等待一个结果。

她相信，今晚等待结果的不止她一个人。还有马天云和西大条胖，这两个人最需要有个结果。除此之外，还有人需要得到结果，那就是想收编时三眺的新四军。还会有谁需要结果？杜缨娘翻来覆去拾理一张张复杂的脸。

她的脑子从没有这样思考复杂的问题。但她今天得去想想，即或抠破头皮也得理出个头绪。因为，百十具尸骨还没有入土，淌血的魂灵还在四方寨等着她给出一个答案。

杜缨娘得先等到这个结果。

崔松一路奔跑着赶回小分队的潜伏地。刚刚进入外围，树林中就伸出几条黑洞洞的枪口。

“谁？口令！”

崔松没有管他，只管加快脚步往里闯。

哗啦啦！子弹上膛的声音。

“口令！”三个端枪的潜伏哨齐刷刷地跳出来，成三角队形将他围住。

“锦毛鼠！”崔松还是没有放慢脚步。大吼一声：“叫王排长！”

"队长，你违犯纪律了！"

崔松突然掏出枪顶着哨兵的脑袋，"叫王排长，要是耽搁了大事，我枪毙你！"

哨兵见事不妙，转身冲向山洞里的指挥所。崔松跟着跑去。

通讯员向他报告："王排长听说四方寨有鬼子活动，带了两个人走了。"

"紧急集合！"崔松未等他说完，便下达命令："都给我跟上！"

崔松带着特别小分队呼啸出林。

一排长王克勇此时正带着班长刘旺财和战士傅大江潜伏在四方寨的千丈崖。

王排长小声地说，千丈崖是四方寨的天然屏障，时三眺将四方寨划为三大防区七条要塞，并为每个防区和要塞制定了攻守方案，唯独千丈崖没有纳入其中。

"那是为啥？"傅大江忍不住问。

"因为那儿根本上不去！"刘班长进过军事培训班，他替排长回答了这个问题。

"时大当家的真厉害啊！"大江一声惊叹，又猫下腰凑在刘班长耳边小声问："班长，你觉得是队长厉害还是时大当家的厉害？"

大江问出这样的问题，让刘班长不知如何回答是好，转过脸来瞪了他一眼，没有回答。

"给老子闭嘴！那个大汉奸能跟咱队长比吗？"王排长非常愤怒地骂道。

"谁是汉奸？排长，你说时大当家的是汉奸？他恨鬼子恨得打生吃，跟咱们一起打鬼子，取鬼子头像摘南瓜，咋会是汉奸？"

王排长恼怒地蹬了大江一脚，"你给老子闭嘴！他跟咱们一起打鬼子是别有用心……"

"有情况！"刘班长小声报告："排长快看，好像有人往千丈崖上爬。"

月光洒在千丈崖的石壁上，映出几个蚂蚁一样的人影，慢慢地向上爬。

"排长，你不是说千丈崖只能下不能上吗？"大江忍不住又向王排长发问。

刘班长也有些疑惑。

王排长刚才说了，千丈崖上只有节节下崖的退路。第一个下来的人要在崖顶拴上几十米长的护绳，凭着护绳下到一个可以站立的节点，再拴上一根护绳，如此一节一节地下到崖底。怎么会有人往上爬呢？

刘班长也忍不住问王排长，“不像是四方寨的人，会不会是鬼子？”

“不是鬼子！”王排长回答得很干脆。

“往上爬的是鬼呀？”大江莫名其妙地嘀咕了一句，然后提高了声音说：“对！就是鬼，四方寨一定出了内鬼！”

“内鬼？”刘班长搡了大江一句，“马兴安都让杜缨娘杀了，又哪来的内鬼？”

“内鬼说不定就是杜缨娘，别忘了他是大汉奸的压寨夫人！”王排长不假思索地跟上一句：“上级还没有解除对她投靠鬼子的怀疑。”

“千手观音也是汉奸？”大江很不满，“说她是汉奸，打死我也不信！”

“你的思想觉悟都让江湖习气腐蚀了，丧失了革命战士的立场，刘班长回去好好帮助他提高一下！”王排长回头教训了大江几句，命令刘班长靠近崖底侦察，搞清楚爬上去的是啥子人。

刘班长领命钻进了树林。

王排长爬到大江身边，小声说：“你在这里死死盯紧，数清楚上去了多少人，我回去向队长报告。”

“排长放心，爬上去的是公是母，我都能把他盯出来！”大江领命，眼睛死死地盯着千丈崖，专心数着往上爬的蚂蚁。

王排长从身后捡起一块石头，稍稍地移到大江的头顶，一咬牙砸了下去。

一条黑影悄无声息地钻进树林。

刘班长已经潜伏在崖底。他拿着一块指头大小的纸片看了又看，月光太暗，看不出一点名堂。他又拿到鼻子下面嗅了嗅，有股味道，但想不起在哪儿闻到过。他把纸片小心翼翼地揣进衣袋里，又趴在地上继续搜索，试图再找出点蛛丝马迹，证明爬上千丈崖的是些什么人。

林子里传来猫头鹰的叫声。刘班长侧耳细听，跟着作出回应，那边又响起要求靠近的暗号。

刘班长确信是王排长，才从地上爬起来，蹲在一块大石头后面等他。

王排长摸到崖底跟刘班长会合，向他问情况。刘班长很迷茫，这帮龟孙子做事干净利落，没有留下任何痕迹，绝不像四方寨的土匪。

说起痕迹，刘班长想起那块纸片，摸出来递给王排长。

王排长看了看纸片，不屑地说："一片纸也值得你大惊小怪的？能不能找点值价的东西！"

"排长你闻一闻，好像有啥味道，肯定是刚才这帮龟孙子留下的，荒山野地里哪来这样的纸片，就是在咱们团部也没有见到过。"

刘班长突然打住，嘴里喃喃而语："团部……团部？"

刘班长从王排长手里抢过纸片，又使劲嗅了几下，突然兴奋地说："排长你闻闻，这股味道跟团部卫生队的阿莫西林有点靠谱。"

王排长接过纸片没有嗅它，顺手扔了，说："你脑子有毛病？荒山野地咋跟团部扯上谱了呢！走，跟我回去向队长报告。"

刘班长蹲在那里若有所思，突然摸到崖根，把脸贴在崖壁上，用鼻子一寸一寸地嗅着。"排长，我知道那是啥了，是止血贴，只有鬼子的特种兵才用这玩意儿。"

王排长一惊，问："爬上千丈崖的是鬼子特种兵？"

"排长快过来！"刘班长小声喊。

王排长知道他一定又有重大发现。这家伙是团部首长的心肝宝贝，一张鼻子比鬼子的军犬都灵。去年团部搞比武，让几十名战士怀揣六十块木块，分头藏在方圆十里内。他凭着一张鼻子和战士身上的气味，仅用了一天一夜全部搜寻出来。

这次崔队长成立特别小分队，专门点名要他。王排长一想到这些就恼火，看着趴在崖壁上的刘班长，暗暗地骂了一句："不就长着一张狗鼻子，值得心肝宝贝样的护着吗？老子今天就把你灭了……"

"肯定是鬼子特种兵！"刘班长又报告他的发现，"这家伙肯定让石牙子划伤了，才用止血贴。还有，小鬼子的大头鞋在崖壁上留下了擦痕。"

"你肯定是鬼子？"王排长突然出现在刘班长的背后。

"肯定！我敢拿脑袋担……"

刘班长觉得不对，转过头来看着王排长。月光下虽然看不清楚他的面部表情，但他感觉到排长的问话有股酸味，诧异地反问一句："排长不相信我？"

刘班长索性转过身来，差点与王排长的脸撞个正着。刘班长突然问：

"排长，大江呢？大江出啥事了？"

王排长下意识地瞟了瞟自己的衣襟，没有作答。

"大江是不是负伤了？"刘班长有点急了。

糟糕！他闻到了大江的血腥味。王排长心里有点慌，但马上又恢复了平静。

他一边把刘班长推向崖壁，一边说："你再核实一下是不是鬼子的鞋印，他没事，让树杈子挂了点花，我让他在原地警戒！"

刘班长转过身去，又趴在崖壁上去嗅大头鞋留下的胶痕。就在他潜心去嗅的时候，王排长突然拔出匕首，朝刘班长猛刺过去。

刘班长也是行武之人，就在匕首快要刺中后背的时候，他一个壁虎翻身，左手扣住了王排长手腕的神门穴，右手顺势给了他重重一击。

刘班长缠着王排长打了几个滚，落在低洼处。

王排长被他打昏，没有了反抗力。

"大江?"刘班长意识到傅大江出了事，迅速扛起王排长撤出崖底。

鬼子爬上了千丈崖。

西大条胖对特种兵小分队攀爬千丈崖的表现颇为满意。他仰头眺望远天的月亮，心里默默地祈祷，感谢天照大神赐我神勇无比的大日本武士，只有勇士才敢徒手攀爬千丈崖。

西大条胖带领特种兵小分队出击四方寨之前，对派遣军司令部将他从作战部队调任特高科机关长颇为不解。他不在乎远东战区总部赐予他中国战区第一勇士的称号，但他十分在乎拥有千军万马，指挥大日本帝国的铁蹄挺进中原。

现在，不能用飞机大炮去摧毁中国军队，也不能用军刀去劈杀中国军人，却以偷鸡摸狗的方式，跟一帮咧着黄板牙的土匪藏猫猫，真是浪费了大日本帝国的武功。

如果不是"八臂神偷"时三眺在四方寨藏有太多的神秘，如果没有"千手观音"杜缨娘与自己有过两战两败的刀剑之搏，西大条胖相信自己会直接面呈冈村司令官，允许他带领作战大队，直接攻击中原最王牌的中国军队。

西大条胖示意小分队从正面推进，两翼侧应，三人一组呈长三角队形移动前行。

四方寨是西大条胖今晚的主要歼击目标。杜缨娘是这盘棋上最重要最棘手的对手，虽然已经将她牵制入局，但棋逢对手，最终的定局尚不明朗，每走一步，都有意想不到的变数。

那个马天云算不上这盘棋上的棋子，最多只能算落在棋盘上的一只大苍蝇。

西大条胖捏紧了手中的军刀，一股杀气哽在咽喉。他要把四方寨和杜缨娘统统地消灭。

马天云躺在鸦片床上吞云吐雾。寨子里的郎中将他腿上的窟窿作了简易包扎，前来探望的杜缨娘发现处理不当，亲手拆开，重新包好。

杜缨娘走后，马天云又抽了几锅大烟。腿上的伤痛麻木了，他向留下来的武子峰认错，不时地自扇耳光。

武子峰大概还在记恨先前发生的事，不屑一顾，任其自己扇自己。站在门外的亲信实在看不下去，冒险进来拉住马天云的手。

马天云趁机斜视武子峰，他还是一副目不斜视的样子。他索性一怒，拿枪打伤了亲信。武子峰这才站起身来劝住了马天云。

两人坐下来，尴尬相对，彼此心知肚明，都在斗法。

“哥哥让三当家的受苦了，如若不记仇，就先回去歇着吧。”

马天云一边说着，一边给武子峰递来一锅大烟，观察着武子峰的表情。

“总架杆不要再提陈谷子烂芝麻的事了，你也是被鬼子逼的。总架杆若还当我是兄弟，就让我再陪一阵，以尽袍泽之情。”

武子峰不抽大烟，把烟锅接过来，擦燃火石点上，喂到马天云嘴里。

马天云心里说，你执意留下来，不就是想探我心思摸我底牌吗？不怕你号称“武诸葛”，再能掐会算也料不到我正一撮土一块石地给你们挖坑造墓。

现在，你甭想走了，最好不要提出走。你走出这个门，就是自寻死期，连爷爷给你选的葬身之地也享受不到。你再等等吧。

快了，就等那山崩地裂的一刻，你和那娘们儿就成了梁山伯跟祝英台了。算你有造化，时三眺都没有这份艳福，让一个掐哪哪都出水的女人陪着上天入地，就算做个冤死鬼都风流快活。

武子峰相信杜缨娘的判断。今晚的四方寨一定神鬼齐聚，会有一个大白天下的结果。现在，就等着各路鬼神往四方寨画符添印。回去是等，在这里也是等，不如就跟你马天云玩上一把。

武子峰想到这里，起身从马天云的床下取出两坛酒，一坛放在马天云的鸦片柜上，一坛抱在自己怀里。他掀开酒坛的纸封，痛饮起来。

一坛酒下肚，武子峰从怀里取出那支跟随他多年的笛子，晃晃悠悠地吹了起来。

悠悠扬扬的笛声从马天云的卧房里飘出窗外，又钻进了树林。

杜缨娘不知道是谁在吹，只觉得笛声是那么亲切动人。就像她随爹爹从夔门峡搬到奉节诗城的当晚，永安宫里传出来的笛声也是如此一般悦耳。

当时她还不知道有笛子这种乐器，爹爹告诉她，在细竹筒上挖些孔，用竹膜蒙住一孔，横在嘴边就能发出这样的声音。那是她人生第一次听到音乐，直到现在，她对笛声最敏感，认定笛声是世界上最动听的声音。

杜缨娘不知道这只笛子是时三眺送给武子峰的。当年时三眺来到武子峰家寄居，与武子峰一起到武汉求学。他是时三眺唯一的朋友，时三眺想买一件礼物寄情，选来选去给他买了这支笛子，从此一直跟随武子峰。自从拉杆子当了土匪，就再也没有取出来吹过，连时三眺都把它忘了。武子峰今天把它拿出来，吹响这只笛子，仿佛是要告诉时三眺的在天之灵，我永远是你巴心巴肝的朋友。

轰隆隆的爆炸声打断了笛声。躺在鸦片床上的马天云突然跃起，神色慌张地问："哪来的爆炸声？"

无人回应，武子峰仍然沉浸于吹笛子之中。

外面的侍卫慌慌张张冲进来，向马天云报告："鬼子从崖后打上来了！"

马天云眼睛一怔，随即冲着武子峰大叫："三当家的，快去救嫂子——"

"不好！嫂子？"武子峰从座椅上一跃而起，破窗而去。

武子峰出了马天云的房间，使出巫山老祖履云步，接连几个"踏山追云"，直扑时三眺的卧房。

时三眺的屋子没有点灯，周围也没有异动。武子峰心里急了，她出了屋子？还是继续在房里静等？子弹都飞到眉心了，再等就是等死了！想到这儿，他再也沉不住气，一招“脚踢三岳”，破窗进入时三眺的屋子。

屋子里一片漆黑，没有任何动静，忙问：“嫂子，你在里面吗?”

屋子里没有人回话。武子峰心快提到了嗓眼上，再也顾不了那么多，便冲进卧室，直奔时三眺的大床。

借着窗口钻进来的月光，看到杜缨娘躺在时三眺的床上，她不惊不乍，睁大了眼睛看着他。

武子峰松了一口气，颇是不满，摸出火石点亮了床头的油灯，焦急地问：“马天云有动静了，还等啥?”

“等!”杜缨娘从牙缝里挤出一个字，仍旧那样躺着，懒得理他。

“嫂子究竟要卖啥子药？再等，不如用两个肩膀把脑袋抬着送给马天云!”武子峰从来没有这样跟杜缨娘说过话，是她一副玩世不恭的样子激怒了他。

爆炸声又是一连串响起。

武子峰大为恼火，恼得从椅子上跳起来。这一跳似有千钧之力，震得满屋子“哐当哐当”地响。

屋子四周同时落下四张铁栅栏。武子峰眼疾手快，从腰里取出铁抓手，使足全力砸向屋顶，企图破顶而出。

“没用的!”杜缨娘在他抛出铁抓手的时候，又平静地挤出了三个字。

果然没用，武子峰的铁抓手刚抛向屋顶，一张铁栅栏从顶而降，重重地盖住了铁笼子。武子峰没法破顶而出。

“你省省力气，等着迎接马天云吧。”杜缨娘躺在床上翻了个身，自在地睡觉。

“哈哈哈!”屋子里突然响起震耳欲聋的狂笑。

“千手观音就是千手观音!”那人又是两声狂笑，“古有常山赵子龙，千军之中取上将人头，今有诗城杜缨娘，千军之中梦周公。这般气度只怕也要成为千古美传啊!”

杜缨娘没出声，也没翻身，任他赞美。一声一声的话传来，就如一刀一刀地剜她的心。

“千手观音，不！我的师妹，你该起床了。”

这人竟是岳如飞，怪不得听着声音那么熟。武子峰惊得急火攻心，身子未动，扣在手里的暗器朝着岳如飞说话的方向疾射出去。

岳如飞早有防备，只管声音洪亮地说着他的话。眼看两颗铁蒺子疾如流星，直取他的双目，他一抖手中的扇子，扇叶正好挡住飞来的铁蒺子。

“武三架杆，你也好好坐着吧，听我把压寨夫人一直想不明白的事跟她说明白了，再比划不迟。”

“好！这话我爱听。”杜缨娘掀开被子，腾地翻身下床，两眼盯着岳如飞，等着他接着往下说。

岳如飞张望四周，突然大声说：“进来吧，听我讲千手观音的故事。”

马天云坐在总架杆的太师椅上，被几个兄弟抬了进来。

朱子刚吊着受伤的手臂，一拐一拐地走到岳如飞身边站定。

“师妹，不……压寨夫人，哦……应该叫千手观音！”岳如飞掌心里摆着三颗手枪子弹，抖抖索索地玩弄着。杜缨娘从来没有见过他这样酸溜溜地说话。

她盯着他，不言语。

“你想不明白又想弄明白的，是两件事吧？”岳如飞左手抓起三颗子弹又倒入右手掌心。“让我猜猜是哪两件事吧，猜对了，你答应我三个条件，猜错了，我答应你三个条件。”

杜缨娘看他究竟如何表演，没有插话搭理他。

岳如飞伸出两根指头捡起一颗子弹：“说第一件事，应该是我们之间的私事。”

“岳团长慢着！”马天云急忙插话：“这娘们儿狡赖得很，不找个保人作证，岳团长就是猜对了，她也会耍赖不认的。”

“闭上你的烟锅嘴！”岳如飞板起面孔，打断马天云的话说：“我的师妹我清楚，在场的都号称男人，可跟我小师妹比起来，没有一个够爷们。”

岳如飞清清嗓子，不紧不慢地往下说：“师妹肯定一直在想，我为啥要在鬼子的地窖里扮鬼子，打伤你们……”岳如飞注视着杜缨娘，看她的表情。这事正是她心坎上的大事。

“你说为啥？”

果然是杜缨娘最想知道的事，否则，她不会急着追问。

“是为了国民革命的大事！”岳如飞挺了挺胸，转动眼珠斜视左右，说道：“我今天就向在场的各位宣布，在下岳如飞，生是党国的军人，死是党国的忠良，不是他娘的小日本的走狗！”

岳如飞一番慷慨激昂的话，着实让在场的人惊讶，挎着伤臂站在一旁的朱子刚下意识地伸手去摸腰上的枪。

岳如飞见状，指间的一颗手枪子弹“嗖”地飞了出去，不倚不偏击中朱子刚正要摸枪的右臂。朱子刚“哎哟！”一声跳将起来。

马天云倒吸一口凉气，心中暗暗惊叹岳如飞的弹指功夫。

“我说话的时候不喜欢有人插科打诨！”岳如飞看也没有看朱子刚一眼，加重了语气说：“在场各位可能不清楚，眼前这位名震江湖的千手观音，也就是时三眺总架杆的压寨夫人，就是我曾经的未婚妻，她的亲爹就是我的师叔。”

“我奉上司指令跟鬼子周旋，当上日伪的保安团长，背上汉奸走狗的恶名。我舍弃家业，把苦心经营的万贯家产拱手送给小鬼子；我抛弃爱情，将指腹为婚的情人打伤，赶出阳城；我背弃孝义，将爱我如子的师叔出卖，仙逝在鬼子的大牢里。这一切的一切，足以把我打进十八层地狱，永世不得重生……”

火把闪耀，发出噼里啪啦的狂啸，岳如飞的眼眶里泛起一轮一轮的波光。“我相信，此刻你们都在心里骂我岳某人是欺师灭视背祖忘宗的小人，骂得好，不骂才不是人！可你们终究只是一介草莽，不懂得什么是革命，不知道革命需要付出代价，要革命就要有杀身成仁的牺牲！”

岳如飞叉开双腿，双臂横在身后，表现出一副正规军军官特有的气质，犀利的目光扫过每个人的脸。

杜缨娘的脸上无风无雨。

马天云的脸上波诡云谲。

朱子刚的脸色在火光中飘摇。

武子峰一言不发，仰起那张不温不火的脸，像是在听一场演讲。

一张张表情迥异的脸，让岳如飞感觉到，接下来的局面有一种不可预见的担心。他又挺了挺胸，精神为之一振，更加慷慨激昂地说道：“为了党国之重任而卧薪尝胆，民族之存亡而舍身成仁，抗日之大计而忍辱负重，即使肝脑涂地马革裹尸，也在所不惜！”

“岳团长对党国的一片忠心，真是感天动地泣鬼神的英雄壮举！”门外突然响起洪亮的声音。

岳如飞被门外的声音震住了，但很快镇定下来，大声地回应了一句："在下不敢以英雄自居，忠于党国是在下的本分。阁下是何方英雄，请现身出来，让在下一睹阁下风采！"

"承蒙岳团长看得起！在下本是无名之辈，此来就是拜会岳团长。"一名新四军应声而出，边说话边向岳如飞走去。

"你？"杜缨娘认得，他就是崔松崔连长。

岳如飞仍然没有转身。他心里长长地舒了一口气，来人不是他最担心出现的人。但可以肯定，此人也非等闲之辈。

崔松身后跟着几名新四军士兵，押着一名五花大绑的新四军进来。

武子峰和马天云都识得此人，他就是新四军的一名排长，崔松手下一名得力干将。但对他如此狼狈的样子，脸上都掠过一丝惊异。

杜缨娘也认出了他，正是昨天缠着自己和穆秀兰的人。要不是他缠着，四方寨的弟兄兴许就不会惨遭杀戮。

她正要发作，崔松冲她投来请求的目光，说："杜二当家的稍安毋躁，等在下拜会了岳团长，再向你禀明一切！"

崔松说这话的时候，人已走到岳如飞面前。四目相对，彼此紧盯对方不放。

崔松先收起咄咄逼人的眼神，转过身来面对众人，说："岳团长刚才这一番表白真是感人肺腑，但在下认为，你只开了个好头，没收一个好尾，何不把整件事从头到尾地摆出来，让在场的弟兄真正领会阁下的良苦用心？"

岳如飞一如先前那样威武，站在崔松的身后岿然不动。他没有理会崔松的质疑，而是心平气和地反问道："阁下是新四军的什么人？"

"我是新四军什么人对岳团长说明事件真相有影响吗？"崔松转过身来反问。

"我只想提醒阁下，你应该懂得国共合作联合抗日的大局，希望表明身份，否则我会向战区司令长官禀报！"

"岳团长吓唬谁呢？你直接向蒋委员长告我好了！"崔松有一些激动，说话又是咄咄逼人，"你告我不该揭穿你，一边扯着党国的大旗，一边披着鬼子的虎皮，左右逢源，赚足了银元。"

"看阁下的样子，是存心来这里跟国军搞摩擦，破坏抗日的吧？"岳如飞恼怒之色溢于言表。

“岳团长既有国军当爹，又有鬼子作娘，此时的四方寨，里有国军的人，外有鬼子的枪，整得就跟个铁桶似的，我哪敢惹是生非！”崔松边说边围着铁笼的栅栏向杜缨娘靠近。

“一派胡言！”岳如飞终于按捺不住，大吼一声，捏在中指与拇指之间的子弹应声弹了出去。

岳如飞的弹指暗器真是了得，一般人根本看不见他手上有异动。子弹悄无声息地飞向崔松。

啪！岳如飞弹出去的子弹在半路上被一声枪响击落。刘旺财神情自若地收起了枪。

岳如飞身后的士兵“呼啦啦”地操起了枪，齐刷刷地对准了王排长身边的刘旺财。

崔松继续沿着铁栅栏向杜缨娘靠近，他似乎对刚才的险情一无所知，现场恐怕没有几个人知道岳如飞用如此手段下黑手。但这一切被杜缨娘看得清清楚楚，对王排长身边挥枪击落岳如飞暗器的快枪手十分惊异。

“你也算武林高手，用如此下三烂的手段暗算人，配做岳家后人吗?”杜缨娘终于开口谴责岳如飞的卑劣行径。

崔松展开绷紧的脸，向杜缨娘投去感激的目光。语气骤然急转，平和地说道：“杜二当家最想弄明白的两件事，岳团长只说出了一件，后面一件事就由在下替岳团长代劳吧。”

岳如飞嗤之以鼻，表面上看去若无其事，其实心里已是波澜澎湃。一个新四军的战士竟然轻而易举地击落了他从未失手的弹指暗器，并且用的是快枪。看来，围着铁栅栏转的人更是来者不善。

杜缨娘刚才的话更让岳如飞恼羞成怒，深深地戳伤了他的心，分明是拿他的家私隐秘作要挟。从他的曾祖父开始，江湖中已经没有人追究他们的家族背景。

岳如飞迅速转动眼睛看看左右的反应，看样子在场的人对杜缨娘的最后那句话没有上心。赶紧岔开了话说：“废话少说，就听你说说再一件事！”

“第二件事当然与时总架杆遭害有关！”崔松开门见山，一语道中最敏感的话题。在场的人都捏紧了手中的家伙。

“我是要说这件事。”岳如飞坦然应答。

“可岳团长打算如何说呢？敢说时总架杆遇害与你无关吗？”崔松两眼死死地盯着他。

杜缨娘看着岳如飞，她想从他脸上的反应找出破绽。

岳如飞确实很惊讶，忙问：“你有什么证据证明时三眺是我暗算的？”

“的确不是岳团长亲手杀害了时总架杆。”崔松边说边弯下腰去在地上搜索，捡了一把石子木块草根拿在手里。众人不知道他葫芦里卖啥子药，都耐着性子等他说话。

崔松亮出一颗石子，放在地上，说：“这颗石子走漏了时总架杆的行踪，致使他受到追杀。”

他又亮出一块木块，也放在地上，“木板从石子那里得到时总架杆的行踪，马上带人袭击时总架杆并将他打伤，受到杜二当家的顽强反击，迅速撤离。”

崔松取出一根草举起来亮一亮，又取出一颗钉子，一并放在地上，“木块行动的同时将时总架杆的行踪透露给正在组织围追堵截的草，但草对木块的忠诚产生了怀疑，没有妄动。恰在这时冒出了另有所图的钉子，他跟草达成了交易，得知时总架杆的行踪，立即派人前去围堵时总架杆，但晚了一步。草跟着使出一计，派人打入时总架杆身边，伺机从他身上取走草的东西。草的人终于得手。木块知道后很气愤，终于找到机会杀了草的人，抢走草的东西，故意放了时总架杆。”

“大家注意，木块放时总架杆的目的是有其他意图，至于是什么意图，还不得而知。”崔松站起来从身上拔下一颗扣子，准确地丢在钉子旁边，说：“扣子跟钉子早就有一笔交易，于是，扣子带着他的心腹跟在送时总架杆去阳城的路上，伺机杀害了时总架杆。”

众人被他一会石子一会扣子弄得如坠五里云雾。

“到底是谁杀了时三眺？你就直说！”岳如飞忍不住催崔松。

“岳团长不用着急，你本来就是整个事件的参与者，又是带兵打仗的，不会看不懂沙盘上演兵布阵吧？”崔松仰起头来看了岳如飞一眼，继续摆弄着草跟木块。“木块没想到草的人抢到东西就迅速掉包，把真的送到了草的手上。草也没有想到，他得到的东西也被时总架杆掉了包。草与木块都得知他们抢到的东西是假的，几乎是同时判定，真的已经被时总架杆交给了杜二当家的。于是，草与木块都设法来到四方寨，企图联合钉子从杜二当家的手里抢走真的。”

崔松说到这里站起来，看着地上的石子、木块发呆。

“完了？”马天云忍不住问。

崔松抬头看了一眼马天云，说：“钉子为了达到自己的目的，游离于木块、扣子和草之间，目的只有一个，就是借三方之手除掉杜二当家的。让我想不明白的是，木块本来与草是一丘之貉，为什么要说服钉子在今晚设计截杀草。而草本来已经对那件东西没有兴趣了，又为什么还要跟木块联手将杜二当家的困在这里。”

崔松看着岳如飞，问：“岳团长能告诉我吗？”

岳如飞迎着崔松的目光，眼里颇为不屑，说：“你先把草啊扣的说明是谁了，我就告诉你。”

“好！一言为定。”崔松长舒一口气，提高了声音说：“木块是你岳团长，草就是日军机关长西大条胖中佐。钉子现在如愿以偿，坐上了四方寨新任总架杆的宝座……”

“还有最重要的两个人物是谁呢？”岳如飞两眼如炬，追问崔松。

崔松脸色沉重起来。弯腰下去从地上捡起扣子，捏在手里沉吟良久，终于还是说了：“我带兵失察，对时总架杆遇害负有不可推卸的责任。这个杀害时总架杆的扣子，就是马天云打入我新四军的内奸，今天已给杜二当家的带来了，任凭你怎么处置。”

众人哗然，一起把目光投向五花大绑的王排长。

“二当家的，别听他血口喷人，时总架杆就是新四军暗算的！”马天云激动得想从椅子上跳起来。

杜缨娘愤怒的眼神，从王排长的身上又移到了马天云的脸上。

崔松又弯下身去，从地上捡起钉子，慢慢地走近铁栅栏里的杜缨娘，欲言又止，把钉子和扣子递给杜缨娘。

“岳团长，在下代你讲的没有错吧？”崔松转过身来问。

岳如飞扬起头，目不转睛地看着屋顶，半晌不出声。

崔松转过身来面对杜缨娘说：“杜二当家的，整个事件的来龙去脉就是这样的，岳团长没有异议，你怎么处置我都没有话说了。”

杜缨娘看着手里的钉子和扣子，眼中的泪水如潮水般涌了出来。“三跳，你都听到了吧？你总说对别人要光明磊落，肝胆相照，可人家不这样待你！”

王排长脸上的汗珠如豆滚落，突然摆脱看管他的刘旺财和傅大江，冲向马天云，大叫：“马大当家的，救救我！救——”

杜缨娘突然一扬手，钉子和扣子都飞了出去。

王排长发出一声惨叫，扣子没入他的眉心，砰然倒地。

几乎就在王排长惨叫的同时，那枚钉子也插进了马天云的眉心。他哼都没哼一声就断气了。

杜缨娘突然问道。“崔连长，你能告诉我石子是谁吗？”

崔松低着头没有说话。

“你告诉我，这个石子是谁？”杜缨娘追问。

崔松心事重重，不知从何说起，看着杜缨娘急切想知道的样子，几次欲言又止。他站在原地，欲左不行，欲右作罢，脚下挪来挪去地耗着，连岳如飞的眼睛也被他的举动牵着，左右晃动。

自打几路人进了这间屋子，还没有静过，现在静得让人担心。崔松突然攥紧了右拳，使劲砸向自己的左掌，说：“杜二当家的听我说，他不是故意走漏时总架杆的行踪，更没有料到事情会发展到这种地步，他现在连肠子都悔青了。”

“你怎么知道他没有暗算三眺的意思？难道这人……”杜缨娘死盯着崔松，分明是问：“这人就是你？”

“精彩！大大的精彩！”门外响起喝彩声，夹杂的掌声让在场的人都惊出一身冷汗，不约而同地把眼睛投向那扇大门。

岳如飞最担心的人终于出现了……

第十二章 死里逃生　落草做个好土匪

“我的，知道你们的想知道什么，我的说说？”一只翻毛大头鞋伸进门槛，跟着进来一个日军中佐军官。

杜缨娘认得，这人是西大条胖。身后跟着拥进一群德式武装的特种兵。单是个个端着捷克式冲锋枪的架势，顿时把满屋子的气氛推到一触即发的境地。

“中佐阁下，在下不辱您的使命，抓获千手观音，在此恭候您多时了！”岳如飞一改那副不可一世的神气，赶紧迎了上去。

“哟西，你的功劳大大的有！”西大条胖嘴里叫好，但一进门就把眼睛投向铁笼里的杜缨娘和武子峰。

他看惯了被他征服的嘴脸，对岳如飞的卑躬迎奉不屑一顾。

西大条胖径直走向铁笼。

他在栅栏外面站定，厚唇紧闭，屏息不语。

“岳桑，谁让你这样对待杜小姐的！”西大条胖对岳如飞大声责备，“千手观音，我的最尊敬的朋友，赶紧地拆了！”

西大条胖走近杜缨娘，问道：“你的跟我好好谈谈？我的放你出来。”

“你的放我出来，不怕我的跟你拼命？”杜缨娘以戏谑调侃的语气回应。

“我的不怕，你的女中豪杰，是大日本皇军尊重的千手观音！”西大条胖显得真挚诚恳。

杜缨娘从床上站起来，走到栅栏边，跟西大条胖说：“你先回答我几个问题。”

“你的请讲！”

“岳如飞到底是哪家的团长？”

“岳桑是大日本皇军最忠诚的军人！”西大条胖说着，侧身斜视了一眼岳如飞，“有人告他为中国间谍机关做事，我的不信！”

岳如飞听西大条胖这样说，脸色陡变，忙上前辩解。几个手端捷克式冲锋枪的特种兵往他面前一横，凶神恶煞地将他拦住。

杜缨娘回到床边坐下，“你刚才说，知道我想知道的，你说说我想知道什么？”

“你的想知道大日本皇军为什么只找你不杀你。”

西大条胖傲慢的眼神滑过在场每个人的脸，大声地说：“千手观音是冈村司令官最仰慕的女中豪杰，特派我与你共商建立大东亚共荣圈。他们想在千丈崖阻止我与杜小姐晤面，企图歼灭我和我的特种兵，他们的良心大大的坏了，所有的阴谋被我摧毁。”

“没想到我一个弱女子如此受你的司令看得起，是不是该向你烧高香了？”坐在床边的杜缨娘俏皮地说：“可我一个乡野女子，守着灶台锅边转圈子还算过得去，要是进了你们的皇宫炮台，守着啥子天皇啊司令的，天皇皇地皇皇地悠圈子，我肯定昏！”

杜缨娘的话，俏皮中带着尖酸刻薄，竟惹得各路人马哄堂大笑，连岳如飞也差点笑了。

西大条胖受到了羞辱，脸皮在篝火的映衬下抽搐。那些荷枪实弹的特种兵，见长官恼羞成怒的样子，都拉栓上了膛。

西大条胖忍住了，没有发作。

“可惜这些都不是我想知道的！”杜缨娘从枕下取出一个布包塞进怀里，对着西大条胖说：“真有胆量打开笼子，我出去跟你谈！”

西大条胖转身看了一眼精神抖擞的特种兵，命令岳如飞将笼子打开。

“中佐阁下，是不是谈了再打开？”岳如飞有些迟疑。

西大条胖“哼”了一声，门外立即拥入十几名特种兵，本来不宽的屋子，顿时显得有点拥挤。

杜缨娘心里明白，西大条胖让这么多兵进来，是在警告她，别跟他玩命。

岳如飞走到大衣柜旁边，熟练地按动了打开铁笼的机关。

崔松先前的分析没有错，岳如飞早与马天云有勾结，并且对时三眺的房间做了手脚。

杜缨娘很吃惊，这样大的改动，自己住了好几天，竟然没有一点察觉。她也很纳闷，岳如飞如此精明，西大条胖是怎么找到了岳如飞吃里爬外的破绽。

看来，今天在场的每一方，都不是蝇类鼠辈。

机关一响，罩住杜缨娘和武子峰的铁笼，上天的上天，入地的入地，时三眺的屋子恢复如初。

杜缨娘为马天云和岳如飞的良苦用心感慨，真是机关算尽。

她站在原地，问西大条胖："你先告诉我，我爹是怎么死的，是不是岳如飞出卖的?"

杜缨娘突然提出这个问题，岳如飞猛然一惊。

西大条胖似乎早有准备，不慌不忙地从衣袋里摸出一封信来递给杜缨娘。大了声音说："令尊杜半闲先生正在我府上享受天年，他老人家让我接杜小姐前去与他团聚……"

西大条胖的举止令在场的人瞠目结舌，杜缨娘简直不敢相信自己的耳朵。

"胡说！我爹明明被岳如飞出卖，已遭毒手，怎么可能让你来接我?"

"杜小姐息怒，你先看看信再说。"

杜缨娘把信拿在手里，转身问武子峰："三眺和你都告诉我，爹是被鬼子害死的，到底是怎么回事?"

"杜老先生的确是被鬼子杀害了!"一直没有吭声的武子峰肯定地说："我跟时总架杆赶去营救时，亲耳听到一名鬼子证实的。"

"他们都在骗你!"岳如飞从上衣袋里取出一页纸，"师叔好好的，他的确在中佐府上，前不久我还请师叔开了方子。"

杜缨娘接过岳如飞递过来的方子，的确是爹的笔迹。

岳如飞拆开那封信，取出来抖动几下，向大家展示说："我先替师妹念两句，你再鉴别信的真伪。"

杜缨娘没说话，点头认可。

"吾女缨娘，闻三眺不幸，爹甚为悲痛，欲与汝晤面，以慰残年……"

岳如飞只念到这里，将信交给了杜缨娘。

杜缨娘将信的内容读完，然后仔细地鉴别每个字，又与岳如飞的方子对照，的确是爹的笔迹。

杜缨娘木然了。

“杜老先生确实已经被鬼子杀害了！”崔松上前，递给杜缨娘一张旧报纸，“当年杜老先生遇害的全部经过都在这里！”

报纸足足用了半个版面记述“药王惨案”的详细经过。

药圣孙思邈的传人杜半闲因汉奸出卖，被日军特务机关捕获，鬼子为了得到杜半闲藏有绝世医著《药王秘笈》，想尽办法折磨杜半闲皆告失败。日军最后采纳汉奸的建议，将杜半闲手臂和小腿上的皮肤一块一块剥下来，迫使杜半闲自己配方医治。杜半闲深知鬼子逼他交出《药王秘笈》，毅然弃医，最终一块一块感染腐烂，得败血症而亡。

杜缨娘还没读完报纸，顿感头晕目眩。她努力地撑着，不让自己倒下去。

“信是假的！”武子峰突然大叫：“字迹是模仿的！”

“你的胡说！”西大条胖厉声呵斥。

武子峰把信和处方平摊在手里，让杜缨娘看，“总架杆曾经跟我说过，杜老先生处方落款都留有记号。”

岳如飞很吃惊：“记号？我怎么没有听师叔说起过？”

“他在签名时都会在‘杜’字前留下一点墨迹，这一点墨迹很小很小，表面上看是蘸墨过多，不小心溅落到纸上的，其实是杜老先生有意留下提防别人仿冒。”

“你的想象力大大地丰富！”西大条胖要武子峰拿出佐证。

杜缨娘从怀里拿出那个白布包，小心打开。

西大条胖和岳如飞睁大眼睛盯着杜缨娘打开布包，他们看到了那本《药王秘笈》和时三眺的《时氏家谱》。

岳如飞心中大喜，自己当初的判断完全正确，师叔把《药王秘笈》密传给了时三眺。

西大条胖心中的石头落了地，找到《药王秘笈》是冈村亲自布置给他的任务。但他本人最感兴趣的不是《药王秘笈》，而是那本《时氏家谱》。

岳如飞曾对他说过，时三眺的《时氏家谱》说是家谱，实际是一本采集武林百家之长的武功秘笈，为防止武功外传和被盗，用了《时氏家谱》作幌子。

西大条胖是东洋武士，又是武痴，曾经与时三眺和杜缨娘交手，自然对此求之如渴。

杜缨娘从里面取出两张发黄的处方，凑到火把前细细鉴别，果真如武子峰所说，这封信的落款没有那一点细小的墨迹。

她迅速收起布包揣进怀里，指着岳如飞和西大条胖叫道："我们的恩怨今天一定要有个了断！"

岳如飞见杜缨娘生了杀机，看了看身边荷枪实弹的日军特种兵，冷冷地说道："师妹也不舀一瓢水照照日头，现在是啥时候，你要动手无异于以卵击石，只要你把《药王秘笈》交出来，我向中佐求个人情，放了你，还可以舒舒服服地当山大王。"

"你的退下！"西大条胖掀开岳如飞，上前一步说："我的希望杜小姐放弃个人恩怨，以大东亚共荣为重。我会请求天皇陛下下诏书，为令尊颁发大东亚共荣特别勋章。"

"闭嘴！"杜缨娘一声怒吼，顺手从床头掰下一截木栏，抡在手中抖出剑花。木栏顿时化作木屑，四处飞溅，只听见"啊呀啊呀"的惨叫，屋里的鬼子特种兵纷纷丢下枪，倒在地上打滚。

"天女散花！"岳如飞惊呼一声，使出幻影如来掌，反击飞向自己的木屑。

西大条胖却是出奇的冷静，立在那里一动不动，任凭身后鬼哭狼嚎。

木屑飞尽，杜缨娘抖出的剑花戛然停止。

她手中的木栏，眨眼之间变成明晃晃的剑，两手一掰，分出两把短剑。

魔术般的变化镇住了所有在场的人。原来，时三眺用的这张床，就是失传已久的"藏剑榻"。它是明朝朱棣皇帝在南京称王时，安放于各处行宫的护法机关，其威力胜过三五十名大内高手。

杜缨娘扔给岳如飞和西大条胖各一把剑，对其他的人说："所有无关的人都出去！我要跟真鬼子假鬼子一并清算！"

砰！砰！一名保安团的士兵应声倒地。子弹没有打中杜缨娘，却射中了一名小鬼子。没有人看到是谁开枪打死了保安团的士兵。

"小人!"刘旺财把枪收起来，骂了一声，跟着崔松出了屋子。

西大条胖猛地转身号叫："八嘎！统统的出去——"

屋子里一阵骚动，鬼子小队长从地上爬起来，想对西大条胖说话，却被他撵了出去。

武子峰站在原地没动，西大条胖调转枪口对准了他，恶狠狠地命令他："你的出去!"

"总架杆的仇就是我的仇，我先代总架杆跟姓岳的作个了断!"武子峰说话间已从床头抽出一把长剑，冲向岳如飞。

"下去！这是我跟他俩的事，你不得插手!"杜缨娘声到人到，手中的双剑已挡住了武子峰。

"嘿嘿！想不到两位惺惺相惜，一个怜香惜玉，一个……"岳如飞一边说着风凉话，一边拔出藏在腰中的软剑，偷刺过去。

这招"龙嬉浅水"与西大条胖在阳城与杜缨娘对剑时的"武士摆柳"极为相似，身随剑飞，剑随身翻，身剑一体在空中旋出几环剑影。

眼看那剑直袭杜缨娘后背，武子峰想喊已来不及了。他一把抱住杜缨娘，企图用力转身，以自己的后背挡住岳如飞这一剑。

"糟糕!"武子峰在用力扭转杜缨娘的时候，感觉自己脚下踏空，不仅未能扭动杜缨娘，而且向后仰倒下去。

杜缨娘打倒武子峰的同时，猛地向前扑倒。岳如飞看出，杜缨娘是在故伎重演。

岳如飞听西大条胖讲过当时比剑的细节，她就是用这种身法来对付西条大胖的，不仅避过了西大条胖的剑势，还用藏在腰部的暗器将他划伤。

杜缨娘犯了轻敌的大忌。她对付的不只是西大条胖，还要对付岳如飞。况且，当时与西大条胖是面对面过招，那时的后仰倒，不仅能看准西大条胖用招变招，还能舞拳动脚应招还招。而现在是前扑倒，或许可以侥幸躲过岳如飞的突袭，但扑倒之时无法看到岳如飞会不会突然变招。

岳如飞见她故伎重演，一声冷笑，"你太小瞧我岳家剑了!"

岳如飞果然变招，手腕先沉后扬，剑身贴着杜缨娘的后背剁下去。他突然倒立身体，长剑由剁变刺。凭着剑尖与后背只有几寸的距离，任你身法再灵巧，也难避开这一剑。

西大条胖看傻了眼，没有想到岳如飞还有这等功夫，三招两式就将千手观音逼得手忙脚乱，险象环生。

这个让帝国士兵闻之色变的千手观音，就要被一个支那猪除去。他突然觉得可惜，如果不是那两件宝贝，他更愿意让这个女人活着。

“妹子快走！这里埋了炸药！”一个女人的叫声吵醒了西大条胖。叫得他倒吸冷气，难道那一瞬间出了意外。

西大条胖揉了揉眼睛，隐约地看到一个青衣女子，拉起杜缨娘就跑。

“八嘎！”气急败坏的西大条胖操起手中的无鞘军刀，使出“武士摆柳”直刺过来。

“嗨——呀！”西大条胖的打法与岳如飞像极了，连喝叫声都那么像。

可他忽略了地上的武子峰，他铁头着地，双脚向天，一招“倒剪残柳”，截住飞过的西大条胖。

轰隆隆！武子峰扬起的剪刀腿在一片爆炸声中消失。杜缨娘像是被人从后面重重一击，踉跄向前扑去……

一连串的爆炸掀翻了四方寨，团团火光把整座山峰照得通明，这是四方寨最后的光景，好几代悍匪经营了百年的基业从此消失。

当年，天地会香主肖光礼为躲避清府剿杀，带着几十个天地会弟兄逃到这里落草为匪。肖香主取四方之名合天地之意，用十多年时间搭建起一座具有文山武气的山寨。此后，山寨经历了无数次意外变故，但从来没有像今天这样一毁俱毁。

西大条胖意外地突破马天云与岳如飞精心设计的陷阱，从千丈崖到四方寨时三眺的房间，沿途设有一百零八道机关，布满了暗器。如果没有超常的江湖经验和军事智慧，根本不可能避开这些三步一设四步一防的机关暗器，顺利进入四方寨。江湖上曾对这些机关暗器有句说法，一人可敌，两人难避，三人必毙。何况是几十名荷枪实弹的日军士兵，可见西大条胖是一个带兵治军的悍将。

西大条胖怎么也没有想到，穆秀兰带着三十多个武林高手突然冒出来，无声无息地解决掉围在外面的几十个特种兵，如果没有参加过军事战术训练，仅凭高强的武功是做不到这一点的。

崔松也有非常多的意想不到。

“你从哪里请来这些武林高手？你怎么知道四方寨埋了炸药？是谁点燃了炸药？”崔松在寨外与穆秀兰接头时，一下子提出了这个疑问。

“这些人都是时总架杆秘密集结的武林高手，相约一起杀鬼子的江湖朋友。”穆秀兰对崔松的疑问一一作答。

“他们从未上过四方寨，是千手观音通知来的，我下山做的接应。时三眺早就在四方寨到处埋了炸药，用于防范山寨遭到毁灭性攻击时同归于尽。”

“我也没弄明白是谁点燃了引线。当初千手观音给我讲这个秘密时交代过，只要看到屋子西角有根圆圈形的火线燃烧，就表示点燃了炸药，当火线燃成一圈时，所有的爆点都会爆炸。”

崔松听得额头发热。

“我得赶紧去守护千手观音了。”穆秀兰刚走几步又停下来，回头对崔松说：“建议你暂时不要考虑收编千手观音，她对我们误会很深！”

崔松看着穆秀兰消失的背影，心中莫名生发感慨。又是个意外，意外的结局不是摧毁了整座山寨，而是在千手观音的心坎上竖起了一堵厚厚的高墙。

穆秀兰穿过一片树林，赶上了西撤的杜缨娘。

她还处于昏迷状态，“抓钱手”钱书宝给她拿了脉，微笑着说：“缨娘的伤不碍事，爆炸的气体就好比那个东洋胖子在她背后掀了一掌，比起猴孙子的游龙八卦掌，功力还差好大一截。”

穆秀兰见钱书宝开着玩笑，长长地舒了一口气。可见杜缨娘的伤势不太重。

“龟儿抓钱手三句话不离本行，啥事都要比比行市论个斤两，管他西洋瘦子东洋胖子，都没法跟我孙大壮的巴掌比，我的手上只沾乌龟王八蛋的血，从来没有错杀一个无辜的人。”

“都啥时候了？还打嘴仗磨牙巴！”人称“勾魂鬼”的刘冲打断孙大壮的话。他善使一对改造过的短戟，平时大伙都笑他，父母给他取这个名字，准是盼他学豹子头林冲，可大伙又纳闷，当初教他练把式，为何不学枪而要选短戟，还把双戟改成个不伦不类的样子，就像乡下人破柴割谷用的镰刀。

刘冲性子温，反应有些迟钝，平时做事像被勾了魂似的，一时半刻不知所云，但跟人打斗过招，手中的两把弯刀出奇的快，三招两式就能割下对手的人头来。时三眺第一次带他去打鬼子，他左一戟横砍，右一戟回拉，戟戟见血，一口气割下好几个鬼子的头。

人称“小吴用”的吴红金撇下旱烟杆，干咳两声，发话了：“时总架杆遭了难，四方寨没了，也没有投成新四军，可我们不能树倒猢狲散，成了一群没有主心骨的乌合之众，咋办呢？我就认这么个理，按我们当初跟时当家的叩头拜把子盟下的血誓，把这条命转交给杜当家的，各位是啥想法？”

“不用吴大哥动重锤敲响鼓，就依你说的，把头上的两斤半转交给杜当家的，兄弟对人对事历来只讲忠心耿耿，谁要有个三心二意生出个花花肠子，我胡二锤手里的锤子不认他的两斤半搁在谁家肩膀上！”

胡二锤跟崔松是川东老乡，说话做事都要把忠心耿耿四个字放在前面。他当初在川东开武馆，听得时三眺的一些传说，卖了武馆和家当，一个人挎着满口袋苞谷粑，走了七天七夜才找到时三眺，见面就把剩下的半口袋苞谷粑和一袋子钱交给他，说：“别人都说交人要交命，我胡二锤交人交心交张嘴，心子和嘴巴从此归时总架杆管了！”弄得时三眺感动不已。

“杜当家的受了重伤才好，身子骨虚，又遭此一劫，一时半会儿肯定好不了，我们得找个安身立脚之地，一边给她养伤，一边想个长远之计……”穆秀兰为这帮血性汉子的江湖情义感动。

“抓钱手”钱书宝提议说：“我们回讲武堂去，那里有时当家的基业，人头地角的又熟，回去好好休整三五个月就能东山再起。”

吴红金一时找不到更好的办法，点点头表示认同。众人抬起杜缨娘，踏着晨曦向大凤进发。

穆秀兰对回讲武堂提出了不同意见。经此一役，岳如飞死了，但西大条胖生死难料，况且时三眺的几样宝贝还在杜缨娘手里，鬼子绞尽脑汁弄出这么大动静，就是想得到这些东西，很难保证鬼子不继续追杀杜缨娘。当下，大凤周边几个小镇已经成为鬼子的沦陷区，这么大一群人浩浩荡荡回大凤，等于暴露鬼子正在寻找的目标。唯有化整为零，分散潜回蛰伏起来。但这些人中有的闯荡江湖多年，有的聚众为匪数代，自由散漫惯了，分散潜伏未必能够做得苦行僧。

穆秀兰放慢了脚步，让队伍在前面走。她心里盘算着，除了上四方寨营救杜缨娘的三十多名武林高手，从四方寨逃出来的兄弟还有五六十人。如果另立山头，也能立起一个具有相当实力的山寨，今后为崔松收编，仍是一支不可低估的抗日队伍。但这群出身名门正派的武林好汉未必愿意落草为寇，没有时三眺的江湖威望，绝对不可能将这群武林高手与绿林悍匪捏成一团。

太阳挂上树梢，抚摸着每个人的脸。

杜缨娘突然伸手抓住穆秀兰的手。她醒了，是被太阳抚摸醒的。

她示意穆秀兰让队伍停下来。

听说杜缨娘醒了，宴大彪和小石头哭着奔到杜缨娘担架前，双膝跪下，泣不成声。杜缨娘吃力地用手抹去小石头脸上的泥巴，像母亲哄孩子，“小石头莫哭，快闭嘴了，有我在谁也不敢欺负！”

小吴用和抓钱手来到杜缨娘的担架前。杜缨娘眼里泛起泪波，跟大家打招呼，问：“我们是要去哪儿？叫子峰过来，我问问他……”

都没有吭声，也没有人动。杜缨娘陡然明白了，但她还是要问：“子峰出了啥事？”

小吴用走了过来，声音沉重地说：“杜当家的自己保重，武当家的自有天佑，他会逃过此劫的！”

杜缨娘突然伸手擦去眼眶里淌出来的泪水，露出一丝笑容，轻快地说：“他是小诸葛嘛，小劫小灾难不住他的，我相信他会赶上来。”

众人都知道她是装出来的。杜缨娘在他们眼里，就是一个简单率真的空灵女子。

杜缨娘经过阳光的沐浴，气色好了许多，她从担架上坐了起来，示意穆秀兰扶她去方便。

“秀兰姐，我们不能回大凤！”原来，杜缨娘是要跟穆秀兰商量去路。

“不回讲武堂，我们能去哪？”

“回去只有送死，我不能违背三眺生前的意愿，把他辛辛苦苦拉扯起来的队伍带丢了！”

“妹子是想投中央军还是新四军？”

杜缨娘没有直接回答。她牵着穆秀兰的手说："秀兰姐，现在只有你是我能交心说话的人了。你看，就几个月时间，发生这么多的变故，几乎都要斩尽杀绝了，你知道是为啥子？"

"为啥？"

"都是三眺心志太强，要投队伍打鬼子"。

穆秀兰没说话，平静地听杜缨娘往下说。

"三眺是在土匪窝里长大的，后来翻千山渡万水到汉口读洋学堂，又参加队伍当兵，他这样做只有一个心思，做个人人都仰慕的正道英雄。当年上四方寨拉杆子，就是为自己拉队伍作准备。"

"不知新四军用啥法子把他迷住了，他一门心思要跟他们一起打鬼子。以前我对中央军和新四军的名声晓得一些，赞成他投新四军，哪知道羊肉没吃成还惹得一身骚，招来杀身之祸。"

穆秀兰问："那我们投哪？带这么多人干啥子呢？"

"我们谁也不投，自己拉队伍打小鬼子！"杜缨娘态度很坚决。

穆秀兰提出一个问题，"可凭我们这点人枪，前不挨村后不着店，没得半点依靠，恐怕……"

"不怕，我就不信，缺了老丈人就娶不成新媳妇了，我有办法立足！"

"妹子有啥办法？"

"跟好人学好人，跟端公跳大神！"

穆秀兰不明白杜缨娘有啥主意，不好再问。只说："都说打鬼子是吃兵粮拿军饷的男人的事，妹子冒着身家性命不要，跟鬼子拼命，图个啥？"

"不图啥，就为三眺的一个心愿。"

"妹子决定的事，姐姐一点不含糊，我听你的！"

杜缨娘回到担架上躺下，看众人都在，又从担架上坐起来，向宴大彪和小石头招手，让他俩把担架抬起，好跟大家说话。

"各位英雄好汉，三眺不守信用，遭此劫难扔下大伙自己走了，我在这里代他向大家伙赔不是！"杜缨娘说着，向众人深深鞠了一躬。

她接着往下说："天下没有不散的宴席，四方寨没了，讲武堂也散了，我杜缨娘一个女人，无德无才，无缘与各位英雄称兄道弟，无能像三眺那样为大家伙担待着，打不平，抱不义，刀里来火里去地杀鬼子……"

"杜当家的，你这是啥子话呢？时当家的一世英雄，重情重义，待我们如亲兄弟。国难当头，父母姐妹遭外族欺辱，是他把我们召集在一起，练武打仗杀鬼子，不仅让我们这一身把式有了用处，还为我们争得几分荣光，受人敬仰。”

“我前半辈子活了三十年，只有人怕我，没得人敬我，就跟他一起杀了几回鬼子，亲眼看到有人向我竖起大指拇，称我一声胡英雄。他走了我们就树倒猢狲散，各奔东西，回家抱婆娘生娃娃，还配做时当家的兄弟吗？做人都不配！”

胡二锤平常说话大嘴大咧的，今天这番话说得在情在理，令在场的人不停地点头。

杜缨娘从怀里摸出一个本子，翻看了一阵才说：“这是他去阳城之前交给我的遗命，一再嘱咐我，如果哪天遭到不测，就按这上面说的待见好各位兄弟好汉。我也是刚才看了才知道，这上面记着各位兄弟好汉当年仗义疏财的事情，也记着各位的辛苦和功劳，要我将这钱财分给大伙儿，作为他对各位英雄好汉的报答。”

“他也说了，各位都是出自名门正派的英雄好汉，都有一身好功夫，几世好名声，如果他走了，不能拉着各位英雄好汉上山立棚子当土匪，要我劝大家伙去找明主良家，投军从戎报效国家，为武林一脉争光添彩。”

胡二锤听到这里就急了，大声嚷嚷道：“就算时大当家说的也不行！我当初把心子和嘴巴交给他时就说好的，生要他养我，死要他埋我，如今时当家的先走了，你是她的结发老婆，养我埋我的事就该你担当。我不管别个啷个样，也不管你是讨米要饭，还是打家劫财，我都跟着你一条道走到黑！”

胡二锤今天可是风光了。先是抢了“抓钱手”钱书宝最爱出头说话的头彩，接着又抢了“勾魂鬼”刘冲最爱耍横使性子的倔骡子脾气，“猴孙子”孙大壮和“小吴用”吴红金都让出自己最有发言权的席位，让胡二锤说个够。

胡二锤边说话，边脱身上的对襟服。这套服装是时三眺特别为他们做的，也是他们与山上土匪最明显的区别。他脱下对襟服，穿上土匪装。叉着两臂在原地转圈的时候，已有十几个武林好汉都脱下了对襟服，揪住身边的土匪弟兄，强行扒下他们的衣服穿在身上。

穆秀兰从来没有见过这样的场面，看着看着，差点笑出声来。

杜缨娘有点急了，“不是我杜缨娘不敢担当，也不是我不愿意跟各位英雄好汉重续这份情义，实在是三眺有临终遗命，我不能违他的意愿，耽误各位的名声和前程……”

“杜当家的听我一言！”吴红金终于站起身来发话了，“时大当家的苦心，我等当以生死报答，我相信在场的没有人出二心。二锤兄弟刚才的说法和做法，都是我等要说的应做的。时当家的不让我们上山立棚子当匪，是不愿意我们这些练把式的背上土匪的名声，辱没祖宗，玷污师门。我说句心里话，大凡名门正派的练武把式，的确没有几个愿意欺师灭祖，走上这条人皆唾弃的黑道。”

吴红金说到这里，看了一下众人，特别在那些四方寨兄弟的脸上停顿了一下，接着往下说：“跟着杜当家的未必就一定要做土匪。时当家的把我们聚在讲武堂，练的是带兵打仗，准备投靠新四军，目的都是打鬼子。我看，杜当家何不领着大家伙，去完成时当家的遗愿。拉上四方寨的兄弟上山，不当土匪了，只拉队伍杀鬼子，如果有人说我们是土匪，那也是从古到今的好土匪，我们不当打家劫舍祸害穷人的土匪，我们做当年进京打八国联军的大刀会好汉！”

“对！我们做大刀会好汉！”

“拉队伍杀鬼子！”

“当个好土匪！”

……

杜缨娘看着眼前群情激昂的兄弟，发出震荡山谷的吼叫，热血在她血管里奔涌，一股丹田之气流遍她的全身。

她的眼眶湿润了。头顶的树叶泛出了泪珠，滴答滴答落下来……

第十三章

重出江湖　樱桃山遇桃花劫

鹞子岭峰推峰，林掩林，翠绿如瀑。

杜缨娘带着几十名兄弟好汉，悄无声息地在鹞子岭安营扎寨。

新寨藏在深山老林，离易城有两天的脚程。杜缨娘选鹞子岭安营扎寨，可算远离乱世，目的是想通过休整恢复元气。

穆秀兰跟着杜缨娘来到鹞子岭，住在杜缨娘的房间里，形影不离，成了她的忠实跟班。

宴大彪和小石头一上鹞子岭就变了个人样，不像在四方寨，整天叽叽喳喳，大碗的喝酒，大块地吃肉，没事时找几个兄弟赌上几把，凭手气混个痛快。现在成了足不出户的闲人。

小石头躺在通铺的这头，跷起二郎腿，大脚丫跟二脚趾打架。“快看快看！老三老四就是光棍命，热脸贴不到老大的冷屁股。”

宴大彪闭上眼睛想睡觉，一直睡不进味，本来想找小石头说话，又找不出话头来跟他说，见他一副闲得无聊的德性，更懒得理他。突然听到小石头说起老三老四的，一下子欠起身来，“你说啥子？啥老三老四跟老大的屁股？”

小石头突然又不说了，宴大彪瞪大了眼睛盯着他，等他回个话。

小石头哑巴了，死个舅子也不吭声，专心地挑起脚趾头搞摩擦。

宴大彪急得一把捏住小石头的臭脚丫，催他快说。可小石头出奇地冷静，心死了样地闭上眼睛。宴大彪火冒三丈，手上加劲，想迫使小石头说话，但小石头宁可痛得脸膛变形，也不吭一声。

宴大彪只好松手，重重地把自己扔在通铺上。

“猴孙子”孙大壮正与“勾魂手”刘冲斗酒，“抓钱手”钱书宝举着一把算盘为他们记账。孙大壮一直嚷着钱书宝记了糊涂账“刚才这碗至少也有四两，你为啥只拨三颗珠子上去呢？”

“格老子，你那碗有四两？老子这碗就有半斤！”刘冲一饮而尽，把酒碗翻过给孙大壮看，“你看看，老子这碗的腰杆儿比你的粗一圈！”

“岂止粗一圈，我看粗两圈都还多！”钱书宝故意凑上前瞄了一眼，伸出两个指头小心地在拨弄着算盘，嘴里念叨着：“四上一去五进一，还是只给他算四两，猴孙子，没有亏你吧？”

“抓钱大哥，猴哥平常对你不赖，啷个要黑起屁眼儿整他哟？”胡二锤在一旁实在看不过去了，站出来为孙大壮打抱不平，抢过刘冲手里的土碗，举到钱书宝面前，“你好好看看嘛，这个碗肚皮上长的是肥肉，比猴哥的碗至少厚三层！”

猴孙子听胡二锤这样一说，像是醒了水，抓起碗砸在地上。然后，捡起一块碗渣翻来覆去地看，突然发疯似的扑向刘冲，嘴里骂道：“格老子勾魂鬼不要脸，敢跟老子玩阴的，看我……”

孙大壮正要扬起碗渣往刘冲扎下去，被人从后面紧紧地拉住。

“松手！看老子不弄死他！”猴孙子一边骂着，一边使足气力想挣脱，都没有成功。回过头来一看，是“小吴用”吴红金抓住了他的手。

孙大壮想捞回点面子，又使劲犟了几犟，吴红金抓住他的那只手纹丝不动，好一阵才说：“疯够了没？没疯够就跟我出趟山，让你疯个够！”

听说要出山，众人都扔掉手里的家伙，朝吴红金围过来。

“出山？”

“去哪？”

“搞么子去？”

真像一群圈在牢笼里的饿狼，突然嗅到圈子外面的羊腥味，都迫不及待地要冲出牢笼。

“都用丝毛草把嘴巴扎紧了，不然都别想出这门！”吴红金审视每个人的脸，提高了嗓门说：“都给我记好，一会儿出寨门，碰到杜当家的都要说，身上长虱子了，想去神农溪钻两个水猛子!”

众人见他这副神情，一定是有啥子大事要做。过去时当家的要带他们出去打鬼子，小吴用就是这个样子发号施令。

孙大壮不嚷嚷了，钱书宝也收起了算盘，刘冲取出藏在柜中的暗器袋绑在腿上腰上，胡二锤跳上通铺将悬在枕头上方的铁锤取了下来。吴红金对着胡二锤的脑门狠狠拍了一巴掌，“你硬是傻到家了，你见过谁挂着铁锤下河钻水猛子的?”

胡二锤还想争辩，吴红金说：“要不，你就在家里守着两个锤子?”

胡二锤赶紧跳上通铺将两个大铁锤挂回原处。

从四方寨逃出来的兄弟，只有二十多个跟着杜缨娘上了鹞子岭，其余的走到半道提出想回家，杜缨娘明白，这些提出回家的人，其实都进了别的棚子，他们不是怕她罩不住棚子，凭她对付鬼子的一式半招，除了时总架杆，二架杆马天云和三架杆武子峰都差了好远，但在棚子里混的都信老祖宗的说法，女人当家家不顺。还有一个更重要的理由，跟着一个女人混不自在。以前跟着时三眺，虽然不能明目张胆吃喝嫖赌，但随时说说粗话，打打嘴巴牙祭，寻求点精神安慰还是自由的。杜缨娘对提出来想回家的人都不挽留，发了路费让他们自由选择。

上了鹞子岭的都是找不到出路的庄稼把式，宴大彪称他们是不打家不劫舍靠凑人头混饭吃，把枪当烧火棍使的角色，劝杜缨娘让他们散了，但她还是把他们带上了鹞子岭。

上鹞子岭的第二天，杜缨娘为二十多个兄弟布置了任务，就在鹞子岭做庄稼把式，开荒种地。种出的瓜瓜菜菜若够寨子里的人吃，她就按江湖好汉的标准给他们发饷。这主意是时三眺曾经对她讲起八路军和新四军，队伍拉出去能行军打仗，回到营地能种地收粮。杜缨娘也想在四方寨实施这样的寨政。

小吴用带着几个弟兄出了鹞子岭。

胡二锤一直追问吴红金要带他们去哪儿，可他就是闭嘴不言。胡二锤的倔犟劲上来了，一屁股坐在地上，说：“你是带我们去打鬼子，还是带我们去砸场子?”

钱书宝扑哧一笑，“你看你，连行话行规都没弄清白，我们不是去砸场子，是砸窑子。对吧？小吴用。”

吴红金横了钱书宝一眼。回头看看坐在地上的胡二锤，还是没说话，从荷包里取出老烟锅，自己卷起了旱烟。

“不对啊！若是去干时当家的老本行，砸窑子得向西走，那边才有大户，若是要去杀鬼子松松筋骨，得向东才是。”猴孙子又装出一副老板腔，话中有话：“我们现在是向南行的，过了这山就是那山了。”

“咦？那山不是说也有一伙土匪吗？”刘冲接了猴孙子的话茬，跟着他的思路往下想。“小吴用，你葫芦里卖啥药啊，莫不是真要带我们去踢棚子吧？”

吴红金巴嗒巴嗒地抽了几口烟，看着他们猴急猴急的样子，磕去老烟锅里的烟锅巴，这才漫不经心地说：“你说我该带你们出山做啥？”

“当然是带我们打鬼子啊，难道真要带我们当土匪不成？”坐在高处的胡二锤抢过话去，将了吴红金一军。

吴红金仰头大笑。大家都不明白他为啥这样笑，等他往下说。

“胡二锤啊胡二锤，算你傻一世明一时，我小吴用这辈子不可能去干那些偷鸡摸狗的事，也不会把各位好汉往邪路上引。杜当家的带咱们上鹞子山，也不是打家劫舍……”

“快说，究竟要搞啥子？”刘冲见吴红金卖关子，更急。

“当然是去提几颗人头回来，为时当家的祭双百！”

“谁的头？”

“除了鬼子，你提过谁的头？”吴红金瞪了猴孙子一眼，“凭咱们几个，能提几颗头回来？我们得准备点援兵！”

“是要上猫子岭搬那帮土匪？”

“就是！”吴红金见到了这个份上，该跟大家挑明了，说：“我打听清楚了，猫子岭的那帮土匪头头，其实是吴佩孚的一个营长，带了一队残兵败将上山落草，他们打仗肯定比咱们有能耐，去请他作后援。”

“人家凭啥听你摆布？”

“山人自有妙计！”吴红金又是一副孔明架势，摸了摸光溜溜的下巴，拿旱烟杆当孔明扇晃了几晃。

胡二锤一撅屁股爬起来，嘀咕一句：“磨磨叽叽放啥废屁，去猫子岭！”

易山有三梁七沟八坡十二岭，猫子岭与鹞子岭之间还有一座獾子岭，要从鹞子岭下青毛坡，过了牛娃子沟再上白马梁，翻过獾子岭才能与猫子岭遥遥相望。

吴红金带着胡二锤一行人爬坡翻岭，当跳的则跳，能跃的就跃，使足十成脚力，用三个多时辰才翻过獾子岭，好不容易看到猫子岭，日头又落山了。

钱书宝突然尖叫一声："哎呀！亏了，亏大了！"

"又叫唤啥子？爹遭抢了还是娘遭人偷了！"猴孙子还在为斗酒的事生闷气，没好气地骂了一句。

"猪，都是猪脑壳！"

"啷个猪了？哪个是猪脑壳！"

"猫子岭在西边，要杀鬼子得往东边走"，钱书宝拿出小算盘吧嗒吧嗒唱着算着，"往西五十里……五去五进一，单边就要三四个时辰，又折回来从鸡冠岭出去……四去六进一，我们陪小吴用栽进去十几个时辰，不光是亏了时辰，还多磨了几层鞋底。为搬几个兵痞子值吗？依我说，都节省点力气，让猴孙子陪小吴用去，我们在这里等。"

钱书宝的账算得有几分道理，你看看我，我瞅瞅你，默不吭声。

孙大壮翻了翻眼珠子不同意了，抽出独门兵器"见风长"冲钱书宝张扬，"你是不是又要鬼把戏算计我，小心我掏了你的黑心烂肠子。"

"你放马过来，看谁掏谁，不信你试试?"钱书宝也亮出了自己的独门兵器"万贯鞭"。

两人手中的独门兵器都怪模怪样。孙大壮的兵器别在腰上像一支笛子，一上手就变成了五尺长的铁棍，颇有《西游记》里的定海神针"金箍棒"之风，绝妙之处不只是见风就长，而且在跟对手打斗之中随时可长可短，稍不留神又变成了双节棍或三节棍，这些变化都藏在那只笛子的孔孔中。

钱书宝的"万贯鞭"是运用了"金算盘"的原理，在软鞭上动了手脚，一根丈余长的细筋绳子，串了九十九枚铜钱，绳子的一端有个红樱头，另一端则装了铜钱，跟对手打斗时，红樱头一直握在自己手里，舞动绳子当鞭使，这种悖离常规的使用方法，总让对手莫名其妙，始终用心防备对方手里的红樱头，但防得了红樱头却防不了串在绳子上的铜钱，冷不丁就飞出一枚铜钱来，对手中招了还猜不出哪里飞来的暗器。

独门兵器是杜缨娘与时三眺共同的智慧。时三眺是个兵器天才，他根据每个人使用兵器的习惯，对他们的兵器进行了改装。

杜缨娘是使用暗器的奇才，配合时三眺将一些暗器机关的元素融入其中。通过改造后的兵器让武林好汉们人人都有了独门兵器，用起来得心应手，收起来小巧精致，便于携带。

他们对时三眺和杜缨娘的智慧佩服得五体投地，小吴用曾当着众好汉的面感恩戴德，说了一句让大家颇为费解的话："时当家的和嫂夫人让我们至少多活了好些年!"

吴红金止住了孙大壮与钱书宝的对峙，说："书宝说的有道理，但只说对了一半，关键是我们都去了，亮了我们的底牌，不方便讨价还价。"

孙大壮还是跟上吴红金，连夜赶往猫子岭。

猫子岭不像老猎人传说的那样神秘。小吴用和猴孙子赶到青龙寨已是子夜。

猴孙子趴在寨门外的石阶下左盯右盯，四周没有半根人毛，小心翼翼地丢了两块石头，也没有动静。他确认没有埋伏才向小吴用打了个手势。

两人小心翼翼地摸向寨门，刚上完最后一级石阶，门"吱呀呀"地开了。

灯火通明的寨子，人枪挺拔，夹道而立，煞是威风。

一个三十来岁的军人正叉开双腿，威风八面地等着他们。

猴孙子哆嗦了一下，身不由己地停下脚步，刚好藏在小吴用的身后。

吴红金顺便用旱烟杆敲打了一下身后的猴孙子，小声说："胆子大点，雄起!"

"何方英雄，既然到了青龙寨的门口，就请进来亮亮招子，不管是来踢棚子的，还是省亲投缘的，樊司令都管一碗酒喝!"军人左前方的唱盘官朗声说道。

吴红金颇感意外，想不到一窝盘踞猫子岭的匪兵还有如此整齐的队形，别说是落草数载的匪兵，就是城里的保安团和地方军，也没有这般精神的军姿，想必这个樊司令也是带兵治军的行家。更让他吃惊的是这唱盘官的声音，一听就是内力深厚的武林同道，匪兵里面还有这等高手，足以说明那带兵之人也是练家子。

吴红金抱拳还了江湖礼，运气于丹田，凝神于百会，开口说话了，“在下是从孔都来，去易城省亲，道上遇到坐山神仙盛情相邀，多喝了几杯，误了些许时辰，在下省亲心切，连夜赶路，不想误闯风水宝地，这里先赔不是!”

“好说好说，英雄大驾光临野寨草棚，是小寨荣幸。”

唱盘官脸上掠过一丝佩服的神情，抱拳回礼，“英雄请!”

吴红金侧身向孙大壮递了一个镇定的眼色。二人刚一进门，持枪的匪兵立即操枪上肩，他们一进夹道，两侧的匪兵一手按枪托，一手接枪身，架出一个“人”字。

一步一个“人”字架在头上，吴红金面不改色，脚步泰然。孙大壮捏紧了手中的“见风长”，跟着吴红金走出了五六十人的枪林。

“在下吴红金拜见司令!”吴红金一出枪林就向那正装军人抱拳行礼。

“在下樊鸿远，一介军人武夫，草莽之地有幸大驾，阁下的胆识和风采令在下佩服!”樊司令果然也是内家高手，短短几句话，已让孙大壮耳膜发聩。

“请!”樊鸿远转身进了大厅。

吴红金从怀里掏出两把驳壳枪，唱盘官使了个眼色，周围随之响起了咔嚓咔嚓的枪机声。吴红金赶紧一脸歉意，“这两家伙是路上的坐山神仙送的，带枪入厅唯恐对司令不恭，请兄弟先替我收着。”

“吴大侠客气!”唱盘官一怔，随即脸色展开，笑呵呵地接过两支枪交给身边的侍从。吴红金趁机瞟了几眼周围的环境，跟着进了大厅。

大厅里已经摆好了酒菜，樊鸿远端坐在八仙桌的上席，等着吴红金和孙大壮入席。

唱盘官安排吴红金和孙大壮坐在樊鸿远的左膀右臂，自己坐了下席。坐定后，这才发话：“范老爷子说得好，有朋自远方来，不亦乐乎。今二位大侠眷顾青龙寨，来者即是朋友。青龙寨的规矩，先喝酒再叙情，喝下这坛酒，永远是朋友!”

唱盘官的话音刚落，四个荷枪实弹的侍从各抱一坛酒出来，齐刷刷地摆在四人面前。

“我?”猴孙子看着吴红金面有难色。

吴红金忙站起身来，双手抱拳，说：“司令，在下有个不情之请，不知

当讲不当讲?”

樊鸿远见他站起来，以为他要推三阻四，心中颇是不悦，不屑地看了一眼孙大壮，又耷拉下眼皮，小声细气地说：“请讲就是。”

“我这远侄生在川东深山老林，头一次出远门。不怕司令笑话，他人长三十几，喝的酒倒在一起，还不够一坛。”

“那要咋的?我们司令的规矩，一向是先喝酒后叙话，喝够一坛酒，才能做朋友，吴大侠是不想跟青龙寨做朋友?”唱盘官替樊鸿远发作。

“您别误会，请恕在下说话不利落!”吴红金忙赔不是，“我是向司令多讨一坛酒，让我这位远侄喝一回痛快!”

“啊?”猴孙子咧开大嘴，眼珠子都要弹了出来。他这副模样，真让樊鸿远捉摸不透，说他是笑，眼里充满了惊恐；说他是哭，咧开的尖嘴猴腮分明又是喜出望外。

吴红金起身走到孙大壮身后，伸手拍拍他的肩膀，像是长辈对晚辈的关爱，却又是一副不快的样子。“看你这点出息，我向司令多讨了一坛酒，就把你乐成这个样子，放心大胆地喝，司令有的是酒，不够我再厚起脸皮向司令讨!”

樊鸿远噌地站起来，一拍桌子，大声说道：“痛快!放之四海皆为酒，本司令今天就陪二位喝个山不倒地，酒不下席!”

“拿酒来!”孙大壮突然来了激情，站起来跟着樊鸿远拍了桌子。接过吴红金从对面递过来的酒坛，双手举坛，仰脖迎酒。

一坛米酒半炷香，原本是青龙寨订下的规矩，不想被孙大壮当做山泉一口气倒进了肚子。惊得唱盘官目瞪口呆，樊鸿远忘了坐下，直愣愣地看着细流如注，却无半滴溢漏溅落。

坛底朝天，酒已尽，可孙大壮仍旧悬坛许久，好一阵不见酒滴落下，这才放下坛子。

樊鸿远回过神来，直呼：“痛快!痛快!”

孙大壮傻笑着看看樊鸿远和唱盘官，又抓起自己面前的酒坛，仰起脖子就要喝下。

“慢!”唱盘官突然伸手夺过孙大壮举起的酒坛。“小兄弟真是海量，我方大新敬重兄弟的爽快，换酒识英雄，请兄弟喝我这坛酒!”

咚!孙大壮重重地把自己那坛酒放在桌子上，一屁股坐在板凳上，气呼呼地不吭声了。

吴红金看出了唱盘官方大新的用意，他怀疑孙大壮先前喝的那坛酒有问题。所以才用“换酒识英雄”的酒令映射自己的疑虑，以自己的酒换来孙大壮的酒。既可检验他面前的酒是不是有问题，又可看出孙大壮还有没有胆量喝自己的酒，看来此人不只是个军人，还是颇多心计的老江湖。

方大新见孙大壮这副模样，疑虑更甚，心中暗暗断定，这个尖嘴猴腮的人肯定对酒动了手脚。

孙大壮不敢跟方大新换酒喝。虽然他好酒，却不胜酒力，在鹞子岭跟“勾魂手”斗酒，完全是闹酒取乐，尽管用尽赖招，也是十斗九输。今天敢放胆逞英雄，那是一路上听吴红金嘱咐，只管照他说的去做，保证不会让他吃亏。敢举起这坛酒，也是因为吴红金在他背后拍过肩膀，他相信“智多星”小吴用会有办法保他不醉。况且，刚才喝下的那坛酒经过了小吴用的手，果真好喝。

樊鸿远原本很有兴致，有意陪孙大壮再喝一坛酒，从方大新的话里听出疑虑，又见孙大壮这副模样，也觉得那酒有问题，心中暗暗寻思，今晚这二人恐怕不是软角儿，一定要弄清二人的真性子。

“小兄弟的酒量和爽快的确让人佩服，合本司令的性子，来！小兄弟若不嫌疑，跟本司令平分了这坛酒！”樊鸿远说着就抓起自己面前这坛酒，往孙大壮先前喝空了的坛子倒了一半，将剩下的半坛子酒递给孙大壮。

孙大壮还是低头不吭声，一副生闷气的样子。

“还不快谢司令！”吴红金气得站了起来，“你这不争气的东西，司令是什么人，能跟你平分一坛酒，那是你几世修来的福分，快向司令赔罪！”

“一坛子酒算个屌，我就是不服别人冤枉！”孙大壮也不抬头，坐在那里嚷嚷：“舅，你硬要我喝，我喝就是，我喝了就走，懒得跟这些人……”

“说你是毛驴子拉不上架，你还真是毛驴子，我的脸让你丢尽了，快喝了这坛酒，向司令和方大哥赔不是！”吴红金抓起方大新面前那坛酒，重重地放在孙大壮面前，然后接过樊鸿远手里的坛子，“司令莫见怪，这犟驴子平时就是这个没心没眼的犟脾气，我赔半坛酒的不是！”

吴红金一扬脖子，咕噜咕噜将半坛酒倒下去。

孙大壮气呼呼地站起来，端起方大新的那坛子酒就喝。

“哪能让孙少侠喝气酒，是我方大新得罪了小兄弟，我喝了这坛酒给二

位赔不是！”

方大新抢过孙大壮的酒坛子，咕噜咕噜往下咽，那阵势也算豪迈。

三人把酒坛子放下，面面相觑，有些尴尬。

“多谢司令的美酒盛情，如若不弃，在下愿随司令山不倒地，酒不下席！”吴红金先说话打破僵局。

“好！就为吴大侠这份耿直！”樊鸿远借梯下楼，回到从前的豪放。

“拿酒——来！”方大新招呼侍从拿酒的样子，已见微醉……

樱桃岭是易山十二岭的最后一个岭，下岭往东几十里是一片丘陵，与丘陵相接的平原地带，有鬼子的驻军。

樱桃岭每到这个季节，总会泛起粉红的风波。

单听樱桃岭的名字，对文人来说，能唤起一些遐想，但对吴红金等人只有味觉的冲动。

胡二锤一上樱桃树，手和嘴都没有停过。他脱了褂子当包袱，大把大把地往里塞樱桃。

他摘够了樱桃，跳下来对孙大壮说：“猴哥，你在猫子岭逞足了英雄，算是给咱们长了脸，这包樱桃算小弟敬你的，要是不够，我再去摘！”

孙大壮正躺在樱桃树下，跷起二郎腿，享受着英雄的待遇。对胡二锤的樱桃打心眼里没瞧得起。

胡二锤见猴孙子不领情，没好气地问道：“猴哥，我猜你喝的是水不是酒！”

孙大壮一蹬腿从石板上跳起来，拿起胡二锤的包袱扔了出去，说：“放你的狐狗屁，猴哥我跟谁赌气都行，就是不跟酒爷赌气，他娘的啥子狗屁樊司令，就是个老财，最后那一坛根本就不满，要不是怕误了借兵的事，我非让他补起不可！”

“我只想问吴大哥，你到底使啥法子让猴孙子充了一回大英雄？他能喝几两猫尿，我心里最清楚！”刘冲也不服气，孙大壮真要喝了三坛酒，他这张脸简直没地方搁。

吴红金只管裹着他的旱烟，对他们的吵闹充耳不闻。

钱书宝捡起猴孙子扔掉的樱桃，在衣袖上擦了擦，塞进嘴里，边嚼边说：“简直就是几头猪，我们管吴大哥叫小吴用，他在江湖上的大名是百变毒手，凭他下毒解毒的功夫，只要指甲缝缝里掉丁点儿渣渣，保证那酒比水都淡了。”

吴红金一怔，冲钱书宝投去会心的笑。没有想到，其中的玄机真让钱书宝破了，有些无奈地站起身来，说：“少打嘴仗了，往下就等各位真刀真枪露一手！”

“嘿嘿！让我说中了不是？”钱书宝颇是得意，冲胡二锤推了一掌，“吴大哥的话你还没听明白？”

胡二锤摸着后脑勺，更加稀里糊涂了。

砰！孙大壮“哎哟”一声翻身落下坎去，其他人赶紧趴下。

吴红金在趴下的同时打出一枚金钱镖，远处也传来“哎哟！”一声叫唤。

钱书宝和刘冲不约而同地扑过去，从一棵樱桃树后面揪出个人来。

他们将人押到吴红金面前，孙大壮从坎下爬起来，一瘸一拐地走过来，扬起“见风长”就要打，被吴红金伸出旱烟杆挡住。

吴红金细看此人，他的手腕中了金钱镖，痛得咧开一嘴大黄牙。看他一身装束，像是本地的农民。

胡二锤拿过一杆火药枪扔在地上，正是这杆枪打伤了孙大壮的大腿。

吴红金开始问他的话，可他把脸扭到一边不吭声。

钱书宝突然一招小擒拿扣住他的手腕，从他身上搜出了一袋铁沙子，还有一些火药，捡起地上的枪，将火药和铁沙子装上，顶着他的裤裆，恶狠狠地说：“不说话？废了你！”

钱书宝的损招果真管用，这人忙用手捂住下身，直叫手下留情，说他还没有娶媳妇。

他说自己是在山上狩猎的，看着有个影子在晃动，就把孙大壮当獾子打了。

刘冲一下子跳出来，怒气喷得长发乱飞。说他是在哄三两岁的小孩，这里的猎户谁用火药枪打猎，就是有火药枪，也舍不得用一管子火药换一只獾子。再说了，樱桃林里好几个人，有站着的，坐着的，还有在树上摘樱桃的，为何不当獾子打，唯独把躺在石坂上的孙大壮当獾子。

这人支支吾吾没法解释，在他们的轮番追讨下说了实话。

他说自己小名叫章狗儿，本来是易山一个棚子里混饭吃的，前不久刚从棚子里偷偷跑回来，求着哄着妹妹跟邻家换了门亲事。可就在一个多月前，来了十几个穿短衫扎腰带的人，随村长挨家挨户通知，说是双龙镇又遇天旱，是因为龙王三太子又到了纳妾的年份，凡是家有没出阁的女丁都得去龙洞湾“备选”。

双龙镇离樱桃村有三十里，但与樱桃村很有缘分。因为每隔三五年，镇上都会遇到一次旱。不知从什么时候起，镇上每遇旱情，都会派人来樱桃山邀几个没出阁的女子，去镇东的龙洞湾“备选”，说是祈求风调雨顺。

樱桃岭自古出美女，说是能荡起龙洞湾春水沸腾。名曰“备选”，实际上是让当地的财主公子选人，把自己眼热的留下来做小妾。“备选”成了双龙镇的一大招牌，对樱桃岭的姑娘具有很大的诱惑力，能够“备选”留在镇上做富人家的小妾，比起在樱桃村做穷家汉子的苦命媳妇，姑娘们视为福气。长相不太好的女子明知自己不可能“备选”，也算借机出去见见世面，顺便碰碰运气。

章狗儿的妹妹随村上几个姑娘去“备选”。都过了一个多月，一个都没有回来。

樱桃岭慌了，历次“备选”，都有姑娘回来。这一次去了好几个，不可能全部被人选中，那些长相不好的女子家人更是担心。章狗儿在棚子里混了几年，算是见过世面的男人，自告奋勇地去镇上寻找。

章狗儿到了镇上才知道，今年没有大旱，但来了很多鬼子兵。他在镇上打听“备选”女子的下落，人家一听直甩头，用手掩住半边脸，像避瘟神一样，慌忙地走开了。

他又到龙洞湾附近访了十多天，没打听到一点音信。恰巧在回来的路上，撞见一些穿短衫扎腰带的乡丁正押着几名女子赶路，他悄悄地跟在后面，直到看见那些女子被送进了鬼子大营。

章狗儿很纳闷，抓那么多姑娘，没有送到龙洞湾“备选”，而是直接送进了鬼子的大营。心想自己的妹妹可能也送到了鬼子的大营里。他在离鬼子大营很远的地方徘徊了一阵，最终没敢靠近，只好回到樱桃岭。今天正要去后岭报信，见一群穿短衫扎腰带的人，以为又是进山抓姑娘的乡丁，气愤不过才打了冷枪。

“双龙镇有鬼子?”钱书宝没带算盘，用易经算术在四根指关节上移来按去算账，兴奋地说："真是好运气，省了百八十里路程，就去双龙镇收拾鬼子!"

吴红金点头表示同意，嘴角露出一丝神秘的笑，说："还为大哥省了二十块大洋呢!"当即给樊鸿远写了字条，让刘冲送到约定地点。给了章狗儿两块大洋作报酬，让他带路去双龙镇。

第十四章 声东击西　张家祠堂救美女

蓝悠悠的天，清凌凌的水，双龙镇出人意料的秀美。

如果没有听说鬼子在小镇上，搅了钱书宝的兴致，他会把这里与世外桃源的老家作比。他的家乡也在川东一个叫龙溪镇的地方，非常巧合，都有一个龙字，都有一条澈底可见卵石的小溪。

鬼子刚来双龙镇不久，看样子人数不多，还没有来得及修营房工事，部队驻扎在镇东头的张家大祠堂，门口设了岗亭，只架了铁丝网作障碍物。双龙镇离通公路的地方还有十几里路，又是邻近大山区的丘陵地带，一下子不可能运太多的鬼子来。

吴红金站在小镇背后的一座丘陵上，指点着不远的张家大祠堂，并作出这样的判断，令在场的人十分服气。猴孙子开玩笑说："吴大哥都快赶上时当家了。"

胡二锤没搞明白猴孙子这话的意思，伸长了脖子盯着他。猴孙子正得意自己拍马屁有长进，掰正了胡二锤的长脖子，提高嗓门说："你没见吴大哥说的都跟时当家的一样在理吗？都是带兵打仗的计谋，你搞不懂，只管照吴大哥说的做！"

"我看未必都在理！"杜缨娘的声音突然在他们背后响起，吓得他捧着脑袋找地缝钻。

吴红金也非常吃惊，转过身来正好撞在杜缨娘的凤眼上，慌忙低下了头，结结巴巴地说："杜……当家的，我们是……"

“现在不说别的，只说山下有多少鬼子兵！”杜缨娘径直向前走了几步，指着张家祠堂说：“张家祠堂有岗亭，刚才进进出出好几个鬼子兵，有的拿勺子，有的抱柴火，分明就是鬼子的灶火兵，有这么多的鬼子做饭，得供多少鬼子吃饭？”

吴红金愣了眼，连穆秀兰从大石头背后走出来也没注意。好一阵才回过神来，自言自语地说，“我怎么没想到这一出呢？”

“你再往张家祠堂背后几个院子看，那里没有鬼子进出，也没见一个住家老百姓的影子……”

“不见住家人咋了？”猴孙子抓了抓头，不明白杜缨娘的意思。

“只有一种可能，这些院子让鬼子占了。”

吴红金使劲地点头，那神情很清楚，杜缨娘的判断非常有可能。

“还有，你再看我们侧面的那片林子。看！又飞出了一群雀子……”

“鬼子进林子打鸟儿去了？”胡二锤更是搞不懂，那些鸟雀跟鬼子有啥关系。

“雀子从东头飞出来，又落在西头的林子，从东往西，不时有雀子成群成群地飞出来。”

“小鬼子吃多了，没事撵雀子耍？”钱书宝也没想明白。

“鬼子在搜山，可能是找人啥的。”吴红金替杜缨娘回答。

杜缨娘转过身来，对大家说：“不敢肯定鬼子在林子里做啥，但对我们是个好机会！”

“我们在林子里弄死小鬼子！”刘冲明白了杜缨娘的意思。“可鬼子钻进了林子，有树挡着，有草遮着，凭我们几个人，能摘几个肉腩瓜？”

孙大壮来劲了，拍了拍刘冲的后脑勺。“硬是个不开窍的猪脑壳，等他们回来吃饭的时候打埋伏啊！”

杜缨娘没有立即作答，而是把眼睛投向吴红金，眼神颇是神秘，直盯得吴红金不知所措。“吴军师不是替我花去了一百块大洋吗？不会让人黑吃了吧！”

吴红金更是一惊，自己花100块大洋10杆枪，雇樊鸿远的五十个匪兵做接应，杜缨娘从何得知。

“五十个人，对付十来个小鬼子可能行，要是鬼子多了就抵挡不住了。”

“这五十个人有大用！”杜缨娘对吴红金借兵发自内心的赞赏。“樊鸿远的属下，既是匪又是兵，在平原上打过正规仗，又在山林子里钻了好几年，正好对付这些进了林子就头晕的鬼子。三眺说过，小鬼子跟中央军在平原上对阵，就像一群饿狼对一群山羊，如果在山林子里跟新四军撞上了，就要调换过来说了。”

“对！听杜当家的，就在林子里整！”吴红金下了决心，招手让刘冲过来，“你快去跟樊司令的人说，趁小鬼子还没出来吃饭，马上去对面那片林子打他个措手不及。”

刘冲领命，兴致勃勃地就要跑去报信，被杜缨娘叫住，“回来！带两根金条去，就说打好了，我还有重赏！”

穆秀兰悄悄向杜缨娘举了一下大拇指，跟上杜缨娘直扑对面的林子。

杜缨娘带着吴红金等人只用了一锅烟的工夫就到了对面的林子，找了一处上有陡坡有悬坎的半墩子大道，躲在大树后面。她估计不出半个时辰，鬼子就会钻到这里来。

刘冲带着一名大胡子过来，他穿着一身早年的地方军阀制服，自我介绍说是樊司令麾下的三营长，“只要当家的喊打，我这几十个兄弟有一个退半步的，我就用手里的快枪敲他的命根子。”

刘冲见他当着杜缨娘的面说话无遮掩，忙在他屁股上拍了一巴掌。

杜缨娘不计较，让穆秀兰拿出 30 块大洋，先给弟兄们吃颗定心丸。

大胡子营长替兄弟们感激杜缨娘的慷慨，指天戳地发誓说：“一块大洋一颗鬼子头，少了一个就敲自己的沙罐作抵！”

杜缨娘淡淡地一笑，随手从暗器袋里取出一把柳叶镖，一并放在匪兵营长手里。“我不会排兵布阵，你按你的规矩招呼兄弟们打，我们上前把鬼子引过来。”

杜缨娘话没说完，脚下已使出“履云步”，眨眼间过了陡坡，消失在树林中。

大胡子营长半晌没有反应过来，刘冲又在他屁股上拍了一巴掌，他才缓过神来问刘冲，“这是……你们当家的？”

“是啊，让你的兄弟狠劲地打，哪个敢偷闲，小心柳叶镖不认他！”刘冲本来不想拿话吓他，但看他刚才那副油腔滑调的样子，还是要敲敲边鼓，“不怕吓死你，她就是我们大当家的，小鬼子听了尿裤裆的千手观音！”

“千手观音？哎呀妈呀！樊司令咋不早……早说呢？”大胡子营长吓得

结结巴巴，两条腿不听使唤地直打颤。

刘冲见他吓成这个样子，忍不住扑哧一笑，说："早说咋了？你还敢不来，我们当家的只杀鬼子，又不滥杀无辜，看把你吓的。"

"我才听人说起千手观音，说她脾气怪得很，专挑当兵的杀了显摆本事……"

"胡说！你要再敢对杜当家的胡说八道，小心我剐了你的嘴！"刘冲真来气了，杜缨娘算他的半个师傅，当年投奔时三眺，他的三脚猫功夫在江湖上根本不入流，是杜缨娘天天找他切磋武功才大有进步，后来用杜缨娘改装的兵器取鬼子的人头，才在讲武堂获得了"勾魂手"的雅号。

刘冲眼睛一横，对大胡子营长吼道："取人钱财，与人消灾，还不叫你的弟兄过来杀鬼子！"

大胡子营长转身冲林子后边一招手，几十个着新四军军服的人冒了出来。刘冲睁大了眼睛，"你咋拉人家新四军的大旗显摆？"

大胡子忙作解释，这是他来双龙镇之前，樊司令亲口送给他的锦囊妙计，借新四军的这身衣服吓吓鬼子，咱们也好省点力捡些便宜。

刘冲听了很气愤，"你们想玩出工不出力的假打？一会活结了，见不到鬼子的脑袋，小心我手里的家伙不答应！"

大胡子营长冲几十个匪兵大声说道："弟兄们都听好了，今天这活是为千手观音干的，有千手观音给我们撑着，准不吃亏，活干得漂亮，有的是大洋，要干不好，哼！都把脑壳摘下来送给刘英雄当尿壶使！"说完，把刚才的五十块大洋倒在地上，临阵重赏。

几十个匪兵刚按大胡子营长的指令各就各位，林子那边就响起了枪声。

吴红金从林子里冒出来，边发暗器边往刘冲这边退。

胡二锤手里没枪，怀里兜着一抱石头，跑两步转回身去扔两块，嘴里还嚷嚷着："我叫你跑！叫你跑！"完全回到了放羊娃的少年时代。那时候，他就是这样惩罚跑单帮的山羊。

鬼子也从林子里冒了出来，一边叽里哇啦地叫着，一边开枪追打。孙大壮吃了豹子胆，扬起手里的"见风长"，边退边舞，像要狮子的公阿母阿，面对追来的鬼子，左一招呼，右一指点，玩得兴起时，后退的步法还弄出十分夸张的猫步，一扭一拐酷似东北女人扭秧歌，一副玩命如儿戏的样子，鬼子气得嗥嗥狂叫。

杜缨娘和钱书宝没有现身。鬼子追到半墩子大道上时，所有的人都不见了，空旷地一片肃静。鬼子进了大胡子营长的埋伏圈。

“打狗日的小鬼子!”大胡子一声令下，林子里的匪兵噼里啪啦开了枪。

“趴下，埋伏的有!”一名鬼子军曹赶紧命令停止追击，就地趴下。他明白了，这几个稀奇古怪的土农民是诱饵，那些让人又气又笑的举动是装出来的，凭他周围的着弹点，藏在林子里的不是一般的支那人。难道有一支受过陆军正规训练的支那部队打他们的伏击?

鬼子军曹大声嘀咕了几句，趴在地上的鬼子就地一滚，各自散开，找到有利地形，与林子里的伏兵形成单兵对峙。

樊鸿远的匪兵没有跟鬼子真枪实弹的干过，但他是个真正受过战术训练的军人。做这笔买卖之前，樊鸿远跟大胡子营长分析过各地军阀派系的战术特点。特别用自己最近得到的战术情报告诫大胡子，鬼子最擅长将大队分成小队组合推进，铁三角组合队形最机动灵活，相当适合在村庄巷道对付中国人的偷袭。

大胡子营长很纳闷，鬼子现在的战术队形根本不是樊司令比划过的队形。这种散兵对峙的打法是早年红军游击队的拿手戏，听说新四军也用这种队形对付小鬼子，没想到小鬼子也用起了这种打法。但这种战术最重要的是武器装备不适合小鬼子，三八大盖那么长，活动起来极为不便，而游击队使用的是短了一截的汉阳造，或者自制的短枪，腾跳躲逃活动自如。

“兄弟们走起!对眼单挑!”大胡子营长搞不明白小鬼子耍啥花招，情急之下，使出了猫子岭的杀手锏。

一个匪兵冲到最前面的那棵树下，双手抱树，双脚蹬干，比猫还利索，眨眼间爬上了树腰，小鬼子的子弹密密麻麻对着爬树的匪兵招呼，无奈树干太粗，鬼子只打得着树，打不中人。

匪兵很快上了树顶，突然脱手从树上跳下来，空中端枪，凌空射击，屈腿落地，一个就地十八翻，眨眼就消失了。

又一个匪兵从另一棵树上跳下来，居高临下，一枪打中那个惊愣着脑袋的军曹。

小鬼子军曹一死，趴在地下的鬼子狂叫着站起来，叽里哇啦扑向大胡子营长藏身的树林。

 “乱枪收拾!”大胡子营长见小鬼子站起身来，正中下怀，兴奋得大叫，手中的两支驳壳枪对着压过来的鬼子一通乱打。

鬼子倒下一大半，剩下的鬼子转身撤退，想逃回林子。

杜缨娘和穆秀兰从林子里钻了出来，两人四枪堵截退回来的鬼子。两名鬼子中枪倒下，嗷嗷叫着滚下悬坎。最后一名鬼子扑通跪在地上，举枪投降。

大胡子营长从林子里冲出来，一枪击毙跪在地上的鬼子。

"你……"冲上来的穆秀兰正要呵斥，杜缨娘跟了上来，只好埋怨道："当家的还有话要问，你干啥要打死他？"

"只差这个满五贯，为啥不留给我？"钱书宝跑过来插话。

匪兵都是第一次打鬼子，见这么多的鬼子倒在自己的枪下，很是兴奋，纷纷去抢鬼子的枪和子弹。

钱书宝提着鬼子的头来到杜缨娘面前，想吓唬吓唬穆秀兰。杜缨娘伸手阻止了钱书宝，呵斥他不要在这个时候胡闹。

"当家的，咱们订条规矩，以后不许割鬼子的人头行不？"穆秀兰趁机向杜缨娘进言。

钱书宝听到穆秀兰说这种话，火气上来了："以前时当家的让咱们割鬼子的头好报数，你凭啥就不让咱割了？"

杜缨娘眼色一紧，一字一顿地说："入土为安，死者为大，你没听古话都这么说吗？今天就订下这条规矩，不许割死鬼子的头！"

"可这些鬼子是来祸害我们的，他们可不遵守咱们老祖宗的古训！"钱书宝不服气。

吴红金见钱书宝扛着一根木头，死走巷子不回头，将他拉到一边说："过去两军交战，不斩来使，时当家的也说过新四军不杀俘虏。秀兰妹子说得对，割了鬼子的头提着，连猫子岭的兄弟见了都怕，落个凶神恶煞的恶名声不值……"

吴红金转过身来，拿出一小袋大洋，对四散开去的匪兵大声叫道："猫子岭的弟兄们，今儿都干得漂亮，弄死了三十多个小鬼子，当家的说了，再给弟兄们加一块钱买酒喝！"

匪兵们三三两两地聚拢来，接了吴红金手里的大洋准备去分。大胡子营长突然恶狠狠地骂道："都他娘的把爪子缩回去，良心叫熊瞎子吃了，想靠打小鬼子打成个老财主？老子告诉你们，今儿不是舍命求财来的，是来尽本分的，跟千手观音打鬼子，那是你我的福分！”

杜缨娘没有理睬他们闹腾，默默地查看地上的小鬼子尸体。这些鬼子兵都在二十岁左右，都是清一色的三八大盖，再没有其他装备。只有那名军曹配备了一只望远镜和一个水壶。

穆秀兰看着满脸疑云的杜缨娘，若有所悟地问了一句：“小鬼子都是新兵？”

杜缨娘点点头，只顾想着她的疑虑。

大胡子营长召集弟兄清点完人数，突然仰天哈哈大笑，直叫：“痛快！痛快……”

孙大壮对他这副得意忘形的样子看不惯，狠狠地瞪了他一眼，嘴里嘀咕：“笑个鸟！捡了咱们的便宜，也不值得你仰掉了后脑勺吧？一群拉大旗作虎皮的兵混混，早晓得鬼子这样不经打，才不白花那么多大洋……”

吴红金止住喋喋不休的孙大壮。

大胡子营长笑够了，这才上气不接下气地说：“莫事莫事，孙老弟说得对，我们是捡了大便宜，一个兄弟没废，还干掉了几十个小鬼子，不枉吃过兵饷！”

“本来是想假打赚我们的小酒喝吧？要不为啥借人家新四军的装束唬鬼子！”孙大壮厉嘴不饶人。

“啥都叫老弟猜中啦，像今儿真刀真枪的对打，咱过去真没干过。”大胡子营长不生气，反而认真地说：“樊司令的仗从来都是借力打力，绝不让自己吃亏。就说今天干鬼子，司令看准了小鬼子最怕八路和新四军，要是在这里看见了，肯定会慌起来，咱就趁浑水摸鱼，捞几个鬼子的人头就圆了这笔买卖！”

“好计！”杜缨娘突然冒出话来，“借人家的名义，既吓唬鬼子，又少了后遗症，一举几得的事。”

“司令不光打新四军的招牌，要找地主老财征点军饷就借中央军的牌子，要发露天小财就借……”大胡子营长突然不说了。

“借谁？”孙大壮见他突然不说了，急着问。

“当然是借咱们大当家的招牌！”穆秀兰在一旁替大胡子说了。

大胡子营长有些尴尬，想作解释，被杜缨娘打住，“你家樊司令这招，不管是叫偷梁换柱，还是叫借船过河，都是耍赖的高招。”

大胡子营长听她这么一说，更加不自在。

“赖招有赖招的用场，我们也借来用一用！”杜缨娘说。

吴红金沉吟了一刻，却说：“其实算不上赖招，以樊司令的处境，前无挡箭盾牌，后无靠山可靠，独立孤行的，被逼无奈才走下策，恰恰成了上上策……”

山炮打断了吴红金的话，两发炮弹落在他们身后的陡坡上。

胡二锤跑来报告，不知道从哪里冒出来的小鬼子，堵在山下，汉奸翻译喊话了，如果不下山投降，就用大炮把整座山炸平。

胡二锤的话还没有说完，又有几发炮弹落在悬坎下。

刘冲不屑，捡起几支三八大盖往肩上一挎，说：“当我们是吓大的，从后面撤出去！”

钱书宝一把抓住他，对杜缨娘说：“鬼子用的是山炮，这边那边的旮旮角角都够得着，腿脚再快也没有鬼子的炮弹快，是不是……”

“你想生软蛋当汉奸？”孙大壮急了，提起见风长就扑过去，“我先解决了你！”

吴红金一把拦住孙大壮，试探着问杜缨娘，“我先出去跟鬼子讨讨价钱？”

杜缨娘一时想不出更好的办法，决定采取这个缓兵之计试一试，说：“你出去人家不相信，我带几个人出去，价钱讲不好，我脱得了身。”

“当家的，你一个人去，小鬼子也不会相信，干脆只留下吴军师张罗，我们几个跟你出去。”穆秀兰不放心杜缨娘的安全，坚持要陪她一起出去见鬼子。

杜缨娘同意了穆秀兰的提议，对吴红金嘀咕了几句，让钱书宝等人换上新四军的衣服，自己和秀兰也换上衣服，提了汉阳造直奔下山。

山下果然有许多趴在地上的鬼子，一字排开，将整座山丘围了起来，还有一排炮阵架在鬼子的身后。

“什么人的干活？”站在炮阵前的鬼子军官远远地挥刀质问。

头戴鬼子帽的翻译见他们只顾往前走，气汹汹地上前几步说：“皇军问，你们是什么人，为什么要冒充新四军，你们敢跟皇军对着干，后果很严重，谁是领头的，赶紧向皇军认错，不然将你们炸成灰……”

“你去告诉小鬼子，俺们是新四军的特遣分队，就是来打鬼子的，凭啥说咱们冒充新四军，这是我们队长夏三虎，你问问小鬼子，看他吃没吃过我们队长的花生米。”穆秀兰一口气编了个谎，让杜缨娘很诧异。

“可得编圆啊，别弄穿帮了！”杜缨娘小声提醒穆秀兰。

“放心，我有数。”穆秀兰小声回答，学着男腔扯起一嗓子：“俺是那个下山虎——”

翻译听到这一嗓子，慌慌张张跑了回去。

“夏三虎？八嘎！”鬼子军官一惊，捏紧了指挥刀，呼地收刀回来架在翻译的脖子上，“你的撒谎！夏的在山东，已经被我们消灭！”

翻译吓得一膝跪在地上，连连解释：“川滕少佐阁下，夏山虎的游击队是被皇军消灭了，可没找到夏山虎本人的尸体。”

川滕少佐用力按了按翻译肩上的指挥刀，不许他再说下去，示意他回去，“问问他们的，什么的条件？”

翻译回头望了一眼，一脸惧色地向川滕点头领命，极不情愿地抬起双膝，起身向杜缨娘走去。

川滕见他慢腾腾的样子，举起王八盒子朝他脚下射击，吓得翻译跳起脚，踉踉跄跄向杜缨娘跑去。

“你们谁是夏三虎？皇军少佐请他去谈判。”处境已经如此，翻译抱着豁出去的心态，壮起胆子激一激面前的新四军，“你们敢不敢跟皇军谈判？”

“我跟你去！”穆秀兰往前一站，要代杜缨娘前去跟鬼子谈判。

“你？”翻译上下打量了一番穆秀兰，摇摇头说：“你的不够格，川滕少佐只跟夏三虎谈。”

穆秀兰本来对汉奸就恶心，听到他一嘴鬼子腔，更是怒不可遏，抬手就扇了他一巴掌。

趴在地上的鬼子举起了枪。杜缨娘拉住穆秀兰，示意她不要冲动，挺身往翻译面前一横，说道：“我是夏三虎，鬼子想咋谈？”

杜缨娘小声跟钱书宝交代了两句，带上穆秀兰去见炮阵前的川滕少佐。

“你的不是，我的见过夏三虎！”川滕少佐还没有等她们走近，就扬起指挥刀大叫：“欺骗皇军，良心大大的坏！”

一队鬼子冲过来，端枪对准她们。川滕见两人没有半点敢反抗的迹象，放下军刀杵在地上，双腿叉开一个大大的八字，气势汹汹地盯着她俩，咬牙切齿地吐出几个字："八嘎！请西川君的干活。"

川滕少佐的话音刚落，一团黑影从天而降，咚地落在川滕少佐前方。

"哟西！西川君，你的神勇无比，我的命令你，为天皇陛下消灭支那猪！"

落在川滕面前的是一条白黄相间的军犬。

川滕仰天狂笑，他习惯在惨叫声中发泄自己的狂笑。每一次狂笑结束，西川都会叨着中国人的心脏，兴奋无比地立在他面前摇头晃脑。

他的笑声戛然而止。竖起耳朵，闭上眼睛，一如既往的姿态。他在等待惨叫声。

惨叫声始终没有叫起来。他睁开眼睛，没有他熟悉的血淋淋的心脏。西川傻愣愣地看着两个新四军，没有向前，也没有退后，还保持着刚落地的姿势。

西川傻了，傻得褪去了凶悍，没有了大日本帝国军犬的神勇。

"八嘎——"西川的状态激怒了川滕，他扬起带鞘的军刀向西川劈下去。

穆秀兰大喝一声，顺手从围住她的鬼子手里夺过一支三八大盖，冲上前去架住川滕砍下去的军刀。她不是要救凶残的军犬，而是不能这样便宜它。

"你不是叫我们来谈判的吗？为啥又放狗来害我们？"穆秀兰愤怒地喝问。

川滕懵了，这个单薄得像女人一样瘦的新四军，是怎么出了士兵的包围圈的。

川滕毕竟久经沙场，只见他双臂前置，一粘一缠将穆秀兰手里的三八大盖掀到一边，刀鞘斜滑，军刀出鞘，顺势剁将下去。

狗头落地，腥血飞溅。他砍下去的军刀没有半点犹豫，一个猛虎转身，抽刀横扫穆秀兰，可军刀刚刚转过身来，就不由自主地脱手。

川滕的军刀飞上半空，又在空中调头落下来，重重地插在地上。

川滕傻了，傻得失去了记忆。

汉奸翻译赶紧上前，凑到川滕耳边献计，"少佐阁下英明，放他们进去谈判，然后米西米西？"

川滕的脑子一片混乱，刚才的变故真让人莫名其妙。翻译的提醒倒让他冷静下来，他收好军刀，冲杜缨娘说道："哟西！请夏三虎的谈判。"

杜缨娘向穆秀兰丢了个眼神，示意她放心随川滕进去谈判。

川滕刚转过身，西面突然枪声大作。他赶紧举起望远镜向西瞭望。不对，东边也有枪声，并且明显比西边猛烈。

"八嘎——夏三虎的，东边的开炮！"川滕顿时杀气腾腾，完全忽略了身后还有两个土八路，他冲身后的炮阵做了个向东开炮的手势。

不对，吴红金他们明明在西边，怎么可能跑到东边来接应呢？杜缨娘也心生意外。

杜缨娘来不及细想，伸手将两柳叶镖打向旗兵。

但为时已晚，旗兵已通过旗语发出炮击东边的指令，鬼子的小钢炮像吐琵琶籽一样，密密麻麻落在东边的山脚下。

穆秀兰赶紧向杜缨娘提议，趁鬼子慌乱冲出去，直插鬼子的营地张家祠堂救那些姑娘。

杜缨娘正有此意。她刚才下山时就向吴红金交代过，等她与穆秀兰接近鬼子炮阵，吴红金就带着大胡子营长从西边下山，吸引鬼子的注意力，她趁机绕到炮阵后面收拾炮兵，鬼子发现炮阵受到攻击，一定会折身回来救炮阵，那就给鬼子来个猫戏老鼠，不时追上去用爪子按一下老鼠的尾巴。但一定要掌握好跟鬼子的距离和节奏，他调过头来你就退，一调过头去你就追上去猛叮两口，她就会趁机直插张家大祠堂，端了鬼子的老窝。

现在鬼子炮轰的方位不是西边，鬼子的注意力完全被东边吸引，对吴红金他们构不成威胁，她决定提前插进张家大祠堂，先闹他个人仰马翻。

张家祠堂门口只有两名持枪的鬼子，左侧有一碉楼，只有一挺重机枪和两名机枪手。小鬼子显然是老兵，听到镇外枪声大作，随后炮声轰鸣，神经立即绷得很紧，凭战地经验推测，如果没有大股敌人，不会使用炮击。

杜缨娘刚刚从祠堂前冒出来，碉楼上的重机枪就"突突"起来，子弹在她前面乱蹦。杜缨娘使出小时在夔峡练成的"倒走夔门"，脚尖着地，连连后退，瞬间退后两三丈。

鬼子的机枪步步紧逼，幸好几丈开外有座小土丘，杜缨娘侧身七翻八腾，暂时躲在土丘下，密密麻麻的子弹压得她抬不起头。

几十丈外的穆秀兰为杜缨娘急得手心冒汗，鬼子的重机枪盯着小土丘打，不给杜缨娘半点喘息的机会，眼看小土丘被疯狂的子弹啃去一层，要不了几分钟，小土丘将被重机枪夷为平地。

穆秀兰打光了两匣子弹，连重机枪的痒痒都没挠到一下，鬼子压根就不理她。穆秀兰跺了跺脚，决定冲出去吸引鬼子的机枪，给杜缨娘制造撤退的机会。

穆秀兰脱下身上的新四军军装，亮出耀眼的红肚兜，这样出去对鬼子的吸引力会更大些。就在她转身要冲出去的时候，突然看见田里有一头弃耕的黄牛，耕牛的主人已被枪声吓跑，黄牛受枪声惊吓本想逃跑，无奈有犁头挂着，一时逃脱不了。

穆秀兰冲近黄牛，将衣服的两只袖子套在黄牛角上，耷拉下来的衣身正好蒙住黄牛的头。她用尽全力揪过黄牛，让它头对张家祠堂，挥刀割断犁绳，将刀狠狠地插进牛屁股里。

黄牛嗥叫着疯狂地冲向张家大祠堂。鬼子的机枪瞬间停顿，就在这一瞬间，杜缨娘抬起了头，隐约见到一庞然大物从右侧冲向前去。

黄牛一路狂奔，吸引了鬼子的注意力。这是个好机会，杜缨娘向鬼子逼近了二三十丈。

鬼子的机枪对着疯跑的黄牛狂扫。

黄牛中枪的那一瞬，碉楼上的机枪也突然哑口。杜缨娘击毙了祠堂门口的两名鬼子，碉楼上的副机枪手正要接着扫射，被杜缨娘另一只手里发出的“鸳鸯笑”取了性命。

远处的穆秀兰见杜缨娘从地上腾身跃起来，心里忍不住责怪她：“不要命了，还用暗器!”

穆秀兰根本不知道“鸳鸯笑”的厉害，它是所有暗器中速度最快、距离最远的杀手锏，没有深厚的内力，休想随心所欲地使用。

杜缨娘打进张家祠堂，轻而易举地解决了几名鬼子的阻击。她藏在被鬼子改成指挥室的祠堂正房等待了好一阵，确信没有了鬼子，才走了出来。

院子里的情景让她傻了眼。到处是鬼子挖的沟沟壕壕，有些地方垒起一堵堵石墙，有些地方悬空拉扯着铁丝网，还有些地方码起了石山陡坡。

张家大祠堂在川鄂一带非常有名气，连闻名山西百年的乔家大院也未必敢与张家祠堂比大，有人曾用“一个乔家不及张家一角”来显摆张家祠堂的宏大规模，但这偌大的院子已被鬼子糟蹋得面目全非。

杜缨娘正为横七竖八的木桩不解时，穆秀兰已领了一群衣着褴褛的女子出来。她们正是那些被乡丁骗到龙溪“备选”的女子，一个个不成人样的面色告诉杜缨娘，她们已经成了传说中的鬼子慰安妇。

“快撤！”杜缨娘小声命令穆秀兰，拔腿向院外冲去。

穆秀兰叫住杜缨娘，向她报告说，另一间屋子里关着一个快死的男人，是不是一起带走。

“啥子男人？”杜缨娘有点不耐烦地问。

“我也不知道，可能是……是抓进来的老乡吧？”穆秀兰支支吾吾地说。

杜缨娘沉默了。老实说，她来张家祠堂大闹鬼子的后院，除了解恨，就是调虎离山，为吴红金他们撤出山林制造机会，对穆秀兰救这些姑娘颇有不悦，带着一群人不像人鬼不像鬼的女子撤退，岂不是给自己找麻烦。

穆秀兰见杜缨娘有些迟疑，指了指面前的壕沟和乱七八糟的石壁树桩，说：“当家的是不是想把这些搞明白？带上那个男的或许有用。”

杜缨娘听她这么一说，沉默的表情松弛了一些，但没有说话，自己去几间房子扔了几颗鬼子的手雷。

穆秀兰叫上几个姑娘，进去将那个快死了的男人抬出来，让姑娘们扛了一些武器弹药，赶紧撤离张家祠堂。

炮声停止的时候，杜缨娘他们已经出了双龙镇。

吴红金与大胡子营长先期回到樱桃岭，等待与杜缨娘会合。

大胡子营长很兴奋，冲勤务兵大叫：“快给老子摆起，犒劳犒劳老子，头回整得如此痛快！”

吴红金问大胡子：“左营长想吃啥子？”

“他这阵子比吃了小石头的欢喜果还痛快！”钱书宝一副艳羡无奈的腔调说：“一枪换一块大洋，他是遇到了我们这样的猪大头，只放了103枪，打死17个小鬼子，取了咱们120块大洋，啥子小本买卖有如此大的红利？”

大胡子营长听了这话，收住嬉笑，一脸尴尬，想反驳却一时找不到有力的话语回击，憋得他满脸通红。

“那不是……营长不是赚了钱才高兴的，你冤枉我们营长了。”勤务兵从吴红金背后钻出来，冲钱书宝纠正道。“还不是头一回打千刀剐的小鬼子嘛……”

大胡子营长非常感激勤务兵替他说了心里话，一把拉过勤务兵搂在怀里，说："还是小东西懂左明银的心事，我没白疼你！"

大胡子营长左明银将钱袋子往钱书宝面前一扔，慷慨激昂地说："我左明银是个军人，当兵打仗是军人的本分，何况打的是小鬼子！今儿弟兄们高兴，跟着各位英雄亮了一回脸，这些大洋一块没有动，弟兄们都说了，打鬼子不收钱！"

钱书宝哑口无言。

左明银看看大家没话说，提高了声音冲自己的弟兄们说："今后只要是打鬼子，弟兄们豁出命去都不收钱！"

"营长，我藏了酒在胳肢窝里！"勤务兵从腋下取出一个小酒瓶，用袖子擦了擦瓶子上的汗渍，兴奋地递给大胡子营长。

一只小酒瓶在几十个男人手里传递，一股浓烈的酒香顿时在樱桃岭弥漫。

吴红金剑眉纵情，潇潇洒洒地淌下英雄泪。

钱书宝双手抱拳，面向几十个男人说道："左营长，我抓钱手是个心胸狭窄的小人，现向各位兄弟赔罪！"

"哟！钱大哥也有向人赔罪的时候啊？"杜缨娘突然从树林中钻出来，吓得钱书宝一个鹞子翻身，从地上跃起。

左明银一见杜缨娘现身，话也不及说，踉踉跄跄上去跪拜在地，一腔豪迈之情流泻出来。"杜当家的，不才初闻你千手观音大名，以为是民间讹传，昨晚在双龙镇初次谋面，未表敬慕之意。请饶恕在下狗眼看人低，不识真英雄。如不嫌弃，我和众兄弟愿意投在杜当家的旗下，赴汤蹈火，誓死追随！"

黑白对杀　鬼子演绎游戏战

一群姑娘上了鹞子岭。杜缨娘本来不同意带她们上山。

穆秀兰劝道："你总不能把她们救出来又丢在半道上喂狼吧？"

杜缨娘确实有些为难。不带她们上山，还不如不救。她只好依了穆秀兰，把那些姑娘带上山。

小石头认了一个妹妹三个姐姐，嘴上叫得甜甜的。他心满意足回到炕上，跷着二郎腿，摆弄着自己的脚趾。

杜缨娘站在窗前想心思，看着穆秀兰带着一群姑娘洗衣晾被，心里更充满了对鬼子的恨。

要不是那些禽畜不如的鬼子，这些女子怎么也不会跟自己上山。尽管现在的鹞子岭不是四方寨，来这里的人都是打鬼子的好汉，但不知情的人仍把他们看做是土匪。

"当家的！当家的在不在？"宴大彪匆匆忙忙闯进来，一脸不快，"那都是些啥人啊？"

杜缨娘有些不悦，冷冰冰地反问道："啥是啥人？"

"就是那群女娃子，整天哭皮丧脸的，像是前世欠了她们债样的！"宴大彪一条腿踏在板凳上，"老子们辛辛苦苦地供她们吃住，连个笑脸都舍不得丢一个，真她娘的实心眼！"

"你冤枉人家！"小石头冲了进来，指着宴大彪说："让人家姐姐给你挠痒痒，你欺负人！"

“都出去!”杜缨娘一声怒喝，吓得小石头捧着脑袋，傻傻地站在那里。谁也没有见过她如此大的脾气。

“当家的，小鬼子上山了!”刘冲在门外喊。

“哪来的小鬼子?”杜缨娘有些吃惊，提起桌子上的枪，“他们在哪儿?”

“小鬼子就在山上!”孙大壮气呼呼地进来，指着穆秀兰说：“她救上山的男人就是鬼子。”

跟在后面的胡二锤提着锤子，嚷嚷着向门外冲去，“我去把小鬼子砸了!”

“这个人不能杀!”穆秀兰堵在门口，正好跟胡二锤撞了个满怀，她一掌将胡二锤推后好几尺。“这个人留下大有用处!”

“闭嘴，都是你惹的事!”杜缨娘气不打一处来，第一次冲穆秀兰发火。“你不救那些人，不带那些人来，鸹子岭怎么会乌烟瘴气?”

杜缨娘从来没有冲穆秀兰说过重话。今天说话不光声音大，好像每句话都用辣椒水泡过的。

穆秀兰很委屈，豆大的泪珠子直往下流。她用袖子揩了揩泪水，哽咽着说：“当家的，你知道兵书上有知己知彼的说法吗？你知道两军交战，一个活舌抵千军的说法吗?”

“少跟我讲兵法军法的，二锤，你现在就去把小鬼子的脑袋砸了!”杜缨娘正在气头上，说话更冲。

“谁敢伤他!”穆秀兰伸开两臂堵住大门。

一直没说话的吴红金十分吃惊，没想到穆秀兰竟然如此倔犟。

嗖！嗖！杜缨娘手中的两颗石子飞了出去，不偏不倚打中了穆秀兰的双膝，她双腿一软跪在门槛上。

穆秀兰挣扎着站起来，又堵住了大门。

杜缨娘不曾想到，唯命是从的穆秀兰竟然会跟自己较劲，怒火蹿上脑子，举枪朝穆秀兰开了两枪，枪子儿打在她两手撑住门栅的指头边。

“当家的，不要这样!”吴红金突然出手夺下杜缨娘手中的枪。

这一招空手入白刃的功夫，让杜缨娘感到吃惊，她和吴红金相处了几年，从来没有见他露过这样的功夫。

吴红金夺下杜缨娘的枪，心平气和地说：“当家的，秀兰妹子说的不是没有道理，你就让她把话说完了再作定夺。”

杜缨娘一直对吴红金十分敬重，听他这么一说，也不好再发火，收了枪转过身去生闷气。

穆秀兰抹了抹眼泪，一瘸一拐地走到杜缨娘跟前。

“当家的，你在张家祠堂看到了，鬼子在院子里砌坎子不是为了蹭痒痒，也不是吃饱了撑的，他们是在训练爬山攀岩，训练小鬼子钻林子翻院墙的功夫。这些训练就是冲着山上来的……”

“凭啥说是冲咱们来的？就算是冲咱们来的，你还要把鬼子救上山？”胡二锤搞不懂，这与押鬼子上山有啥联系。

杜缨娘听这么一说，顿时幡然大悟，紧紧搂住穆秀兰，小声在她耳边说：“错怪姐姐了！”

杜缨娘当场宣布，暂时把小鬼子关起来，待她亲自审问后再作处理。同时，从今天起她要教这群女子的武功，穆秀兰作她们的领头，负责为山上打探情报。

她叫过吴红金，请他做鹞子岭的二当家，由他全权指挥好汉队打鬼子。

杜缨娘又走到钱书宝面前，突然从他怀里抓过铁算盘，凝视了一会儿，说：“从现在起，凡我鹞子岭的弟兄，你得管他们吃管他们穿，还要管他们的饷。哪位兄弟多杀一个鬼子，你就多发两块大洋，都得给我算好记牢，如有半点不公，我拿你是问！”

钱书宝一听急了，“我又不会生粮变钱，拿啥管吃管穿？当家的就是要了我的命，我也干不了。”

杜缨娘见他一副畏难的样子，从来没有要过横的眼睛突然瞪大，钱书宝知趣地退到后面不吱声了。

她招呼宴大彪和小石头过来，让他把小鬼子抬到聚义堂，她要亲自为他治伤。

鹞子岭又开起了香堂，回到四方寨的旧制。但比起四方寨的分工更加明确，吴红金负责指挥旗下好汉杀鬼子，钱书宝领着一帮庄稼把式种地收粮填补山寨，宴大彪则干起老本行，带上四方寨的弟兄专干打富劫商的买卖，为鹞子岭筹集粮饷。

杜缨娘亲手为鬼子疗伤，不到半月就能够下地走路了。

那天，从未说过话的小鬼子突然开了口。他走到看管他的小石头面前，双脚立正，“嗨”地行了一个礼，说起熟练的汉话：“请石头君带我去见见你们的医生。”

“医生？哪来的医生？你找医生干啥，想跑了是不是，我警告你，要动这个歪脑子，老子毙了你！”小石头没好气地冲他教训起来。

“我的不逃跑，我的要感谢为我治伤的女医生！”小鬼子提高了声音：“请石头君方便，带我去见女医生，大大的感谢！”

小石头明白了小鬼子的意思，哈哈大笑起来，弄得鬼子有点莫名其妙，一个劲地向小石头弯腰行礼。

小石头收起了笑容，神秘地对他说：“格老子狗眼看人低，她不是啥医生，是老子的大当家！”

小石头见小鬼子没啥反应，上前拉了一下他的领子，加重了语气说：“她是我们鹞子岭的玉皇大帝，你们小日本的天皇陛下！”

“她是你们的皇帝？怎么又是我们的天皇？”鬼子惊讶地问。

宴大彪听到小鬼子一会叽里哇啦，一会又说中国话，气冲冲地闯进来，不问青红皂白，将枪顶在小鬼子的额头上。

小石头赶紧把宴大彪的枪头压下去，吵道：“想搞么事？他是想见大当家的。”

宴大彪收起了枪，一字一句地对小鬼子说：“我们大当家的才不稀罕做你那黑心烂肠的天皇，她就是飞镖杀鬼子，你们花十万大洋买她行踪的千手观音！”

“千手观音?!”小鬼子吓得面如白蜡。他在军营里听说过“千手观音”的神功，没想到为他治伤的竟然是她。

宴大彪接着说：“是当家的仁慈，不杀你还要救你，以我的，早就要了你的小命！”

小鬼子惊恐的脸色渐渐消失，变成一脸惊讶，他鼓足勇气靠近小石头，双手抱拳，行了一个江湖礼，一副央求的语气：“请石头大侠行个方便，带我去见千手观音，我的非常想见大当家的！”

小鬼子见了杜缨娘，眉头紧锁，双眼放电，陡现日本武士的刚毅孤傲之气。

杜缨娘最不能容忍这种不可一世的鬼子气。他不仅不谢恩，反而以挑战的架势来面对她。还真让弟兄们说准了，救小鬼子等于养了一头白眼狼。

杜缨娘决定给小鬼子一点颜色看看。她扬起蛾眉，命令道：“盘脚腿杆冬瓜头，你小鬼子神气个啥？让他晓得一点鹞子岭的规矩！”

小石头伸手按住小鬼子的头，厉声说道：“见了当家的，眼珠子耷起点！”

“见了大当家的，身子也得矮半截！”宴大彪上来朝小鬼子的膝弯就是一脚，小鬼子腿一软跪了下去。

“我的不是土匪，你的规矩没用！”鬼子倔犟地昂起头，挣扎着站起来，愤怒地说：“我的不跟你们的武斗，千手观音的敢不敢跟我文斗？”

杜缨娘听说要跟自己比划，陡然来了兴致，示意小石头住手，问道：“怎么个比法？我奉陪！”

“用大日本的国术，敢吗？”小鬼子又扬起了头。

“小日本的国术就是杀人，你想在鹞子岭比杀人？”小石头使劲按了按鬼子扬起的头颅。

“我的跟你比围棋！”小鬼子不服气，倔犟地向上扬头。“大日本国粹博大精深，是世界上最文明的战争，智慧的厮杀，你敢不敢？”

正在杜缨娘无言以对时，小吴用拍着大烟杆慢悠悠地走了进来，接上话说：“黑白子啥时候成了你小日本的国粹？围棋的前世叫黑白子，跟着咱们老祖宗风流几千年了，唐朝时才传入小倭国，想不想听黑白子的前世？”

吴红金的出现，为杜缨娘解了围。在场的人都没想到小吴用还懂围棋，晓得鬼子的国术就是我们老祖宗的玩意儿。

小鬼子听吴红金这么一说，侧身向吴红金行了抱拳礼，说：“请先生指教！”

吴红金找了把椅子坐下，不慌不忙地装了一锅烟，用火石点燃，慢悠悠地抽了几口，清了清嗓子才说：“我就给你讲讲黑白子的身世，你替小日本认祖归宗！”

“黑白子究竟生在何朝哪代，公说公的猴年，婆说婆的马月，没有人说得清白。据我所知，黑白子还有很多别名，一个别名就是老祖宗的一种传教，也就是你们小鬼子说的智慧。”吴红金完全放下了一个绿林好汉的架子，举着烟杆指天点地，全然一个说书先生的样子。

“古时候老祖宗对招拆招都站在木桩上，容易失足伤人，后来就想出一个法子，选出一块地，画界定限，摆成大擂台，也就是你们现在的棋盘。十字相交的地方站人对招，双方分黑白二色，在擂台上散布，泾渭分明。”

吴红金伸出烟杆在地上画了几画，继续说：“咱们老祖宗讲道，把擂台分为黑道白道，定出道上的规矩，不管是黑道还是白道，都要遵守。黑白双方各有一武师指挥对招拆招，他必须做到心中有数，即便是分出胜负，胜败两方也要从擂台上消失，站过人的位置不再站人。”

吴红金突然吐了一口痰，在地上砸了一个小坑，不紧不慢地往下说：“后来这种对招拆招打擂台成为民间游戏，擂台换成了棋盘，分黑子白子代替穿黑戴白的人。再后来这种游戏又被老祖宗写到孙子兵法上，成为行军打仗演兵布阵的阵法。唐朝一个和尚将这种游戏传到倭国，被小日本改名换姓，把黑白子游戏叫成了围棋。”

在场的人听得眉飞色舞，小吴用越讲越起劲，连小鬼子也频频点头。

杜缨娘对吴红金投去几许赞赏的目光。

“小吴用，你不是说黑白子还有很多混名吗?”宴大彪来了兴致。

“对！都说出来，让小鬼子长点见识。”小石头跟着推波助澜。

吴红金又装了一锅烟，拿出火石递给小鬼子，说：“给我点上，再说点我们老祖宗的智慧。”

小鬼子迟疑了一下，接过火石和火镰，怎么擦也擦不燃。

小石头将火石抢过来，嘴里念道：“你看爷爷我是怎么擦的。”他边说边擦燃了火纸，一边给吴红金点烟，一边奚落小鬼子。

吴红金猛吸了一口，回到刚才的座位上，又拖起长长的声音：“话说黑白子的别名，古人有诗曰：木野狐登玉楸枰，乌鹭黑白竞输赢。烂柯岁月刀兵见，方圆世界洞皆凝。河洛千条待整治，吴图万里需修容。何必手谈国家事，忘忧坐隐到天明。”

宴大彪听懵了，直嚷嚷：“别他妈的咬文嚼字，干脆竹筒倒豆子，一起滚出来嘛!”

吴红金白了他一眼，卖起了关子。

“你们见过一黑一白鹭鸶吗?那叫乌鹭。古人下黑白子，一局完了的时候，远观棋盘，就像一群鹭鸶在棋盘上飞舞。所以黑白子也称乌鹭。你们谁看过聊斋的?我猜没有看过，书里的狐狸精一个比一个媚惑人。这一颗一颗的黑白子就像那一个一个的狐狸精，把人迷得连自己是站着还是坐着都不知道。老祖宗便说：嗜之率皆失业，其媚惑人如狐也。所以给黑白子起了个很风骚的名，叫木野狐。”

“一称楸枰。古时的棋盘多用楸木做的，质坚而轻，纹理细密，着子时有敲金戛玉之声。一称方圆。围棋棋盘为方，棋子为圆，正合了老祖宗天圆地方之说。有称河洛的。古时有个叫陆九渊的曾把局谱悬挂起来，凝神定视，苦思冥想，终于悟出棋局全然是一幅河图洛书。老祖宗的奇书《周易》都说了：河出图，洛出书，圣人则之。所以，黑白子宗源周易是有根据的。还有称吴图的。三国的时候，吴国人最爱黑白子，国中名手严子卿与马绥明，双双被时人推为棋圣，说的就是最早的棋谱记录始于吴国。有诗云：别后竹窗风雪夜，一灯明暗复吴图。”

吴红金看了一眼众人，本来是想问大家，还需要继续往下讲吗？见大家没得反应，只得深吸两口烟，继续往下讲：“有称忘忧。摆上黑白子，物我两忘，心脾俱净，尘世纷扰顿时缥缈无迹。有称坐隐。晋代名士王坦之说，纹枰对坐，恰如与尘世相隔，以此便成真隐。还有称手谈的，晋代的支遁和尚说得好，拈子在手，何须太多言语，以此足当清谈……”

吴红金一口气把黑白子的别名倒了出来，听得宴大彪头上直冒汗，小石头张大嘴巴合不拢。

杜缨娘暗暗为吴红金叫了一声“好！”过去只听时三眺说过此人有过人的谋略，所以管他叫小吴用，从来没有想到吴红金还有如此高深的学问。

小鬼子不可一世的头慢慢地低下来。自己引以为豪的国术竟然被中国人叫做黑白子。难道真如他所说，大日本帝国的国术源自中国？

小鬼子的脸上现出一副难以说清的神情。

“来，我陪你杀一盘如何？”吴红金突然指着小鬼子叫阵。

“你的，跟我下围棋？”小鬼子有些迟疑。

“是的，就用我们老祖宗的黑白子跟你们的小日本国术手谈几句！”吴红金不温不火。

小鬼子踌躇了片刻，终于鼓足勇气点头，抱拳向杜缨娘和吴红金行礼，说：“我的，可以坐下跟你对弈吗？”

杜缨娘看了吴红金一眼，说：“我们这里没有黑白子，就按老祖宗的法子办。”

“什么的老……老法子？”小鬼子不解地问。

"当家的好主意!"吴红金眼睛一亮。"对，让小鬼子领教一下我们老祖宗的智慧，看看小日本偷学的国术学到家没有。"

小鬼子不明白，他们究竟用什么法子跟他下围棋，难道是他刚才讲的那些古老的方法?

吴红金一边安排小石头去找柴灰，一边让宴大彪去集合队伍，还让钱书宝准备些黑布白布。

小鬼子见他这样安排，已经明白他们要采取什么方法跟自己比。他自认为用大日本国术打败中国人的黑白子，是自己经历异域战争的唯一幸事。

小鬼子跟着吴红金走了出去。

杜缨娘跟着他们来到寨子外的周公演易塘。

上鹞子岭那天，吴红金陪杜缨娘走到这里，突然大声惊叹，这是鹞子岭最好的风水宝地，四面环山，东西有门，退守自如，最适宜在这里排兵布阵。

杜缨娘当时没有在意吴红金的这一番感叹，只是说，要是让人打到这里来了，鹞子岭就跟四方寨一样，等于被人抄了老家，风水宝地就成了你我的坟墓。

他们后来才知道，这个地方就是当年周公成就《易经》的演易塘。

吴红金用小石头指点众山丘，分界定限，算是为这场复古的擂台比武画好了棋盘。

他让宴大彪把队伍分成两伙人，一伙人在头上扎上白布条，另一伙人扎上黑布条。然后向小鬼子招招手，请他执白入席。

"嗨!"鬼子向吴红金行礼感激，他没想到这个土得掉渣的武师也懂得日本国术的礼数，让他执白算是给对手最大的尊敬。

吴红金和鬼子各执黑白子站在一方，杜缨娘站在最高的山丘上观摩。

吴红金宣布了游戏的规则。只有棋盘和棋子，不夹杂任何人为因素，黑子对白子，全在两个棋手之间比拼。

小鬼子似懂非懂，点头认可。

"三打二胜定输赢!"吴红金豪情干云，一挥手让鬼子先行。

刹那间，山丘上人来人往，黑白交替，很快形成一团一团的阵营。

杜缨娘看了一阵没看出奥妙来。一旁观摩的弟兄更是不知所云，也没

发现其中的乐趣。

“小日本都是疯子，分明就是细娃儿玩老鹰抓小鸡的把戏，咋成了他们的国术，难怪要到咱们这里来闹腾。”

边上观摩的兄弟不屑小孩子玩的游戏，大多扫兴离去。

三局结束，小鬼子走到吴红金面前，“嗨！”了一声，埋头认输。

吴红金取出烟袋，拈起一撮烟末按进烟锅，说：“你们小日本岛小野心大，学得咱们老祖宗的一点皮毛，就大大咧咧叫国术，要是按咱们老祖宗的规矩，岂不成了神术！”

吴红金的话让小鬼子羞得难以自容。

“敢不敢用我们的规矩对两局？”杜缨娘激将小鬼子。

吴红金讲黑白子来历时，她听出了一些门道，再看吴红金与鬼子演绎的几局日本围棋，更悟出了一些道理，总感觉这里面与双龙镇张家大祠堂的那些沟沟坎坎有一定的关联。

“如果你敢，就跟你定上生死局，你赢了就大大方方从鹞子岭走人。”她又补上一句。

吴红金明白杜缨娘的心思，赶紧用挑衅的目光盯着小鬼子。

宴大彪和小石头也在一旁大声附和。小鬼子那副德性太可恶了，如果不是当家的有交代，他们早就要了鬼子的小命。今天机会来了，他们乘机推波助澜。

“龟儿子两斤半的脑袋比不上二当家的一根头发丝重，哪能跟她比！”胡连勇扑了过来，比划着手里的二锤对鬼子叫道：“如果二当家的输了，胡二锤的两只臂膀送给你当烧火棍！”

小鬼子的脸色红一阵白一阵，终于摆出一副豁出去的样子，说：“田俊雄的以武会友，奉陪的到底！”

小鬼子终于说出他的名字。在这之前，无论怎么问，他都不说。有一次，宴大彪用烧酒将小鬼子灌醉，也没有套出小鬼子的名字。

“好！你还是执白为守，我执黑为攻，除了比你我布阵遣将的棋艺，还要比对招拆招的实力，你敢吗？”

吴红金详详细细把规则讲解了一遍，直到小田俊雄点头明白。

“我的同意按你们祖先的规矩比武，但有条件，你不同意，我的不比！”小田俊雄向杜缨娘行了一礼说：“你的千手观音，我的和很多一起来中国的日本兵，都听说过你的大名，都很怕你，也尊敬你的。但是，这样比武不公平，我的要公平的比！”

杜缨娘没想到这个叫小田俊雄的鬼子会跟自己提条件，不屑地说：“你担心啥不公平？我告诉你，在这里跟你说话的都是江湖上说一不二的英雄好汉，不像你们小鬼子欺软凌弱，我们秤砣对盘心，绝对公平！”

小石头扯过一根白布条系在头上，冲到小鬼子面前说：“我小石头给你当白子，对招拆招，你只管使唤，要是我留有半点余力，我把脑袋割下来给你当夜壶！”

“我也给你当白子，可我要说明白了，给你当白子是要让你知道我刘冲的能耐，你要是瞎指挥，毁了我一世英名，我下来跟你没完！”

“猴子都给你当白子了，算上我胡二锤一个，我要说的猴子都替说了。”

“有正当买卖做，哪个少得了我抓钱手呢？江湖人讲的是光明磊落，你用十分招数，我尽十二分功力，抓钱手要是踩假水，就跟你们小鬼子一样不得好死！”

小田俊雄虽然没有完全听懂他们的话，但见他们把白布条系在头上，精神抖擞地站到他的阵营里，颇感意外。他又说了：“我还有两个请求，一是对他们训练两小时，二是要改地形和规则！”

“训练？你要啷个训练？”吴红金不解，“他们个个都是鹞子岭的好手，在江湖上都有响当当的名号，还用得着你训练？”

“他们现在都是我的战士，一切行动听我指挥，我的必须训练！”小鬼子态度很坚决。

杜缨娘向吴红金使了个眼神，吴红金做出一副大度状，说：“好！你的只管训练，他们的在对局中都听你的指挥，哪个不从，我的一定不饶。”

小田俊雄抱拳致谢，向小石头等人下达集结口令，毫不客气地将他们带走。

吴红金傻傻地看着他们离去的背影，过了好一阵才回过神来，冲他们大声喊话：“当家的说了，谁不听小鬼子的使唤，将来都别想跟当家的杀鬼子！”

杜缨娘仍然站在山丘上，看着眼前的棋阵一动不动，没有说一句话。过了一阵才走到吴红金面前，严肃地说：“按小鬼子画的棋盘挖沟沟，尽全力跟小鬼子拆上三局！”

过了一个时辰，小鬼子带着小石头等人从寨子里走了出来，吴红金发现他们一个个心事重重，像着了魔似的愣头愣脑，不时蹲下身子在地上打滚。武林好手简直成了一群打滚的驴。

对局异常紧张，鹞子岭的兄弟都为吴红金扯起嗓子鼓劲，怎么也不能让鹞子岭输给小鬼子。

小田俊雄还是执白先行，他知道这种对局不是通常意义上的对弈，而是中国武术与日本国术的搏击。

时下这场战争，他虽然心存反战情绪，但从几场亲身经历的战役中，他已感受到中国兵法与武术的结合，对日本圣战所研习的现代战术是致命的克星，尤其是这一群身怀绝技的绿林好汉，日军的冷兵器对他们无可奈何。

他提出创新擂台结构，像挖筑阵地工事那样在棋盘上挖出十九道棋道，还要构建掩体和堑壕，按武术与棋道的规则制定擂台规矩。

“石桑——”小田俊雄冲到擂台左侧，向竖九与横三棋道的交叉点丢上一坨用菜叶包的东西，大叫一声：“你的移动跃进，蛰伏不动！”

小石头愣了一下，没反应过来。鬼子小田俊雄又大声重复了一遍，小石头慌慌张张跑到棋盘边，不知所措。

“跃进！移动跃进——”小田俊雄气急败坏地吼叫着，见小石头还不按他口令行动，索性抬腿一脚将他踹进了棋盘。

小田俊雄的一脚立即引起鹞子岭弟兄的愤怒，“狗日的小鬼子敢踢小石头，老子割了你的二斤半！”

杜缨娘抬手止住弟兄们的激动，她要看看鬼子究竟要啥子花招。

小石头跌入棋盘，忽左忽右地跳跃着，摇动的屁股像鸭子摆尾。只见他收起摇晃的屁股，屈左脚于右腿下，右手提股，以左手、左膝、左脚的力量将身体撑起，迈出右脚，跃起前进，跨过一条壕沟。

小石头过了堑壕之后，突然改变姿势，屈左腿于腹下，以左手、右膝和左小腿的外侧支撑身体，迈出右脚，发力猛奔。只见一团白影在眼前一晃，咚地一声没入壕沟不见了。

轮到吴红金出子了。他点了一位系黑布带的弟兄出列，吩咐道：“你到坤位，不忙出招，等我号令就行了！”

小田俊雄不管众人怎么闹嚷，他只管下棋。

"刘桑直身前进!"

"宴桑屈身前进!"

"胡桑侧卧滚进!"

"钱桑低姿匍匐……"

众多武林高手随着他的口令一一进入棋盘。

双方按照围棋之道布局。

吴红金的这个排局出自小日本古谱"玄览"一书。全局每一个设置,都有妙处,算度深远。全局有六处倒脱靴,妙味各不一样,由浅入深。含有相互关连的有三处,各处也不尽相同。全局白子受黑子掣肘有 83 子之多,最后却只做得一眼。

他的布局显然是用小鬼子之道,打击小日本之气。他胸有成竹地端坐在阵前,就像一位指挥作战的将军。

外行看热闹,内行看门道。杜缨娘看出吴红金的黑子张扬着绿林气质,个个身手敏捷,均摆出太极拳式,只等吴红金一声令下。

吴红金完成排局,放眼瞄了一下小田俊雄,见他对自己的布局莫表一衷,心里便有了定数。就凭这个布局,小鬼子已输了一半。

吴红金向杜缨娘递了个眼神。

"白子出招,黑子拆招,黑白对杀!"杜缨娘宣布双方开始近距离的对杀。

小田俊雄听到杜缨娘的口令,冷静地注视着自己的棋局。

小石头一直猫在壕沟里没动,听到杜缨娘宣布"对杀",有点激动,跃跃欲试,不料被飞来的一块石头击中后脑。他转过头去,正好看见小田俊雄示意他趴下不动。

吴红金的黑子个个都站在壕埂上,全神贯注地摆着太极式,等着脚下趴着或伏着的白子出招进攻。

他们都跟吴红金练过太极八卦,深得以静制动的心法,跟对手比耐力是他们的优势。

吴红金放眼全局,静待其变,只等小田俊雄的口令跑到喉咙那地方,他也来得及发出拆招的口令,一举化解白子的攻杀。

杜缨娘屏息静观。太极生两仪,两仪化四极。吴红金用太极来对付白

方，是一招有攻有谋的布局。

按今天的对杀规则，小石头等人只有一招制胜的机会，一击不中，就算失败，而太极八卦讲求以不变应万变，只要不顾左右，随意而动，借力发力，即或习武之人刚出门道，也能够轻松应付一流高手的一招半式。

小鬼子只知道中国武术有套路，却不知习武之人更讲心术谋略。杜缨娘的太极拳法比吴红金要高出许多，从目前的布局判断，吴红金心术谋略要高过小田俊雄许多。

杜缨娘本想用此番比拼来摸摸鬼子的底细，看看鬼子在张家大祠堂设置的沟沟坎坎，究竟是要耍啥子把戏，现在看来有些失望了。

杜缨娘有些按捺不住，竟在关键时刻走神了。

“刘桑直身前进！”

“宴桑屈身前进！”

“胡桑侧卧滚进！”

“钱桑低姿匍匐……”

小鬼子小田俊雄突然发疯似的重复着先前的口令，吸引了所有在场人的目光。

就在这时，小田俊雄突然向棋阵扔出一坨一坨的菜包，这些菜包或在半道自行打开，或砸中壕埂上一动不动的黑子，现场顿时弥漫出灰蒙蒙的烟雾。

吴红金大怒，小鬼子太不讲规则了。按照规矩，执棋的武师只发令不出招。

杜缨娘隐隐约约看到，烟雾中的小石头重复着先前令人捧腹的动作，他不向他头顶上的黑子出招，而是转身朝他身后几丈开外的黑子偷袭。

那个扮黑子的弟兄全神贯注地等待着脚下的白子出招，隐约看见白子弃他而去，似是自行认输。正要收式出局，却被身后的小石击中，就地跌倒。

所有白子偷袭成功，吴红金的黑子全部溃败。

杜缨娘长长地吐了一口粗气。心中暗叹：“小鬼子就是鬼！”

一场与小田俊雄文比武斗的对杀散去……

第十六章 揭秘遗物　夫君原是鼓上蚤

穆秀兰执行完任务回到鹞子岭。

杜缨娘让吴红金召集几个带头大哥，听穆秀兰讲山外的情况。

单凭这一点，山上弟兄越来越服气，过去在四方寨和讲武堂，没有排上座次的兄弟，都没有机会跟当家的坐在一张桌上议事。

穆秀兰讲过一个诸葛亮会的故事。当年诸葛孔明初出茅屋助刘皇叔，经常召集带兵打仗的小头目坐在一起议事，这些小头目很是感动，却又不解，问诸葛亮，军师上知天文下知地理，如何还与士卒相谋？诸葛亮笑答："三个臭皮匠顶个诸葛亮！"

杜缨娘因此受启发，鹞子岭从此有了诸葛亮会。

穆秀兰开始通报她在山外搜集的情况。

鹞子岭周围有十余股土匪，都不成气候，只有猫子岭的樊鸿远还有点势力，手下的一百多号兵匪大多是他的旧部，大胡子营长左明银是他的左膀右臂。

不知咋的，他跟吴红金在双龙镇打完鬼子回来，反而受到樊鸿远的冷落，降成了只管二十多号弟兄的排长。

左明银的手下说，他的脑袋瓜子就是个榆木疙瘩，连樊司令的心脉都没有摸到，假打都不会，帮人家跟小鬼子真枪实弹地干，尽管没有伤到弟兄，却从此跟小鬼子结下梁子，说不准哪天让小鬼子知道实情，上山把猫子岭给灭了。樊司令念旧情开大恩，把他从营长降成排长。

大家骂起樊鸿远不仁不义。穆秀兰打断大家的骂声，说起另一个重要情况。

西大条胖没有死，并且出现在双龙镇。今年春上，鬼子一个特种兵大队驻扎在高家镇。

鬼子的一个特种兵中队在高家镇十里外的双龙镇训练，遭到新四军的偷袭。鬼子遭到偷袭后，新换了大队长，这个人就是西大条胖。

上次在林子里偷袭的鬼子兵，正是这个大队的特种兵中队，张家祠堂就是训练基地。

穆秀兰的情报着实让吴红金吃惊，骂道："狗日的西大条胖命大，阎王爷都不收他，老天无眼，助纣为虐啊!"

杜缨娘倒有些莫名的冲动。这些天，她就是想找鬼子打。为了打鬼子，她才派穆秀兰带着女子情报队出去打探情况。西大条胖的出现让她找到了打击的目标。

"冤有头债有主，总算有了报仇雪恨的主!"杜缨娘对吴红金说："军师，你不是找不到鬼子下手吗?"

"当家的是说……西大条胖的特种兵?"吴红金若有所悟。

"就是他，咱们往后就扭到这个活冤家死缠烂打!"杜缨娘秀手一挥，零零碎碎的星光朝着穆秀兰弄回来的地图疾射，恰好钉在有鬼子驻扎的村庄。

天刚黑下来，鹞子岭便一头钻进了雾霭之中。

杜缨娘带着穆秀兰悄悄出了鹞子岭。

穆秀兰对杜缨娘坚持要去双龙镇十分不解，小声嘟囔着："妹子难道不相信姊妹们的眼睛?"

杜缨娘告诉穆秀兰，不是不相信姐妹们，是她们带回来的情况太重要了，她得去双龙镇会一会西大条胖。

"妹子要会不死冤家西大条胖?"穆秀兰感到惊讶。她不同意杜缨娘去会他。"过去他像蚊子一样盯着我们，刚刚摆脱他的纠缠，送上门去不是自投罗网吗?"

"你以为我们不现身，西大条胖就会当我们不存在?上次我们在双龙镇闹出那么大动静，他肯定已经发现了我们的行踪。”

杜缨娘还说，她去双龙镇的另一个目的，是要印证小田俊雄的一些事情。

“那个鬼子怎么了？”穆秀兰刚回鹞子岭，对吴红金与小田俊雄斗棋的事一无所知，更不明白杜缨娘为何对那个受伤的鬼子如此重视。

杜缨娘说：“你带回来的小鬼子自称小田俊雄，这个人有两刷子……”

穆秀兰问：“小鬼子有啥不得了？”

杜缨娘将吴红金与小鬼子斗棋的情况，一五一十地告诉了穆秀兰，惊得她一脸灿烂。

引起杜缨娘重视的不是比武过程，而是结束后的细节和小田俊雄留下的几句话。

当时，吴红金输得一塌糊涂，他冲到小田俊雄跟前就要大打出手，被杜缨娘拦住。小田俊雄只管收捡自己的道具，就当吴红金不存在。

小田俊雄不紧不慢地说：“黑白对杀就是打仗，就像现在皇军跟中国人打仗一样。战争是残酷的，拼命的，不像中国武术，花招大大的，规矩多多的。真正的战争是阴谋家的天堂，没有诚实，不讲规矩，打败对手才是战争的最终目的！我想说一句，大日本皇军跟你们中国人打的是一场战争，不是玩黑白子的游戏……”

小鬼子撂下几句话，径直往他的住处走去。

小田俊雄的话触动了杜缨娘，她带着小石头向小鬼子追去。

“你知道他第一句话跟我说了啥子吗？”杜缨娘讲到这里，冷不丁地问穆秀兰。

穆秀兰摇摇头。

“他竟然问我为啥要当土匪，千手观音应该是新四军！”杜缨娘回头盯着穆秀兰，自己也是一脸的疑惑，“真是有意思，小鬼子竟然对新四军那么有好感。”

穆秀兰怔了一阵才说：“他为啥要这样说呢？说不准是当过新四军的俘虏。”

“俘虏？新四军真有那么大能耐？连小鬼子都能赤化！”杜缨娘的眼神更加复杂起来，“你知道他后面还说了一句啥话？”

“啥子话？”穆秀兰一副急切的神情。

“小鬼子的话连我都觉得像梦话！”杜缨娘盯住穆秀兰的眼睛说：“他说你就是新四军，不然不会把他从张家祠堂救出来！”

“我是新四军！”穆秀兰一惊，很快镇定下来。反问杜缨娘：“妹子看我像新四军吗？”

杜缨娘没有回答，只是用眼睛盯着她。

“我跑江湖的时候，听一些师兄弟讲过红军的事，都说红军是一支为老百姓办事的队伍。”

穆秀兰避开杜缨娘的眼神，转过身去说：“我当时真想投奔红军，可是没缘分。后来又听说新四军就是红军的队伍，可我现在跟了妹子，这辈子都不会出你的闺房，进他的洞房。妹子是不是也怀疑我是新四军？”

“我怎么会怀疑妹子呢！是新四军我还求之不得呢！”

杜缨娘认真地说：“红军为老百姓打富济贫的事我也听说过，新四军打鬼子我也是亲眼所见，要不是三眺这个事闹的，兴许我真的就成新四军了。三眺要投新四军，他一定是看准了新四军的好，我相信三眺的眼光，只可惜我们跟新四军有些误会……”

“妹子不要想多了，新四军是老百姓的队伍，是打鬼子的队伍。我们也打鬼子，只要打鬼子，就是好样的！”穆秀兰的话正好顺了杜缨娘此刻的心情。

“我一直在想一个问题，这个小田俊雄上咱们鹞子岭，有没有其他目的，我必须查清楚，好对山上的弟兄有个交代，也好消除弟兄们对妹子不必要的误会。”

杜缨娘继续讲当时的情形。

小田俊雄问杜缨娘为何不是新四军，而是土匪。

杜缨娘冲鬼子嫣然一笑，反问道：“你见过我这样的土匪吗？”

小田俊雄万万没想到，这个杀鬼子不眨眼的女人竟笑得如此清纯甜美。他有些失态，左手不停地揉自己的右手。

易城的说书先生把“千手观音”传唱成骑白马使双枪百镖齐发的江湖女侠，小鬼子则把她视为舞大刀取脑袋杀人不眨眼的女杀手。他怎么也想不到“千手观音”会笑得如此轻松，那小酒窝像是盛满了清酒，飘香入鼻，沁心即醉。

小田俊雄感觉自己走了神，慌乱回过神来答道：“你的不是土匪，是好汉，是江湖女侠!”

“你也不像我们要杀的那种鬼子，我就不能是你没有见过的土匪吗?”杜缨娘又是轻松地一笑说。

气氛回归平和，渐渐进入杜缨娘的问题圈。

小田俊雄的原名叫小田龟雄，曾祖父曾是清朝官吏，为避奸臣迫害，借出访日本之机留在了岛国，娶小田家族的女子为妻。

小田龟雄在读高中时，已是日本的围棋新秀，经常与专业四段棋手对弈，赢多输少。正当他立志做一名专业国手的时候，战争把他卷进了军校。经过一年的集训，被留在日本士官学校任特种兵战术课教员。

两年前，小田龟雄的父亲得知儿子不得不去中国参战，心中十分悲愤。儿子身上还流着中国人的血，本应回去认祖归宗，却要携枪带炮去与中国骨肉相残，田家一脉将成为大逆不道的罪人，却又无力反抗帝国上下的疯狂。为了告诫儿子随时不要忘记自己是个中国人，按田家的宗谱为他取名田俊雄。

军校教员被派到中国战场，大部分分到各师团作教官，小田龟雄被派到了坂垣师团作战术参谋。

半年前，坂垣师团总部遭到新四军特别小分队的偷袭，小田龟雄被当做舌头俘获。

小田龟雄被俘后，被送往新四军总部，受到十分人道的待遇。

他开始也不买账，认为新四军优待俘虏是在搞攻心离间的战术，以此瓦解大日本皇军的强悍攻势。

他一进入中国华中战场，就对战争软环境进行过研究。新四军以赤化政策为主要手段的软实力，曾是打击支那政府军最强有力的攻势。所以，他在特种兵战术课科目安排上特别增加了一个教学环节，如何对付敌人的宣传攻心战。

小田龟雄在新四军总部待了三个月。每当亲眼看见瘦骨嶙峋的中国人拿起大刀长矛与大日本勇士殊死搏杀，那种视死如归的精神，都震撼着他的灵魂，自己血液里的那份沉淀，越来越沉重。

他那颗孤傲的头颅慢慢地耷拉下来。

小田龟雄与几名日军官发表了不加入反战联盟，强烈要求回国的申明。

新四军尊重他们的意愿并派人送他们回国，不料半途被日军特高科截回坂垣部队。

小田龟雄经过特高科审查之后，又被派到特种兵大队作了战术教员，但随时都受到特高科的监视。

他实在受不了这种待遇，将监视他的勤务人员击毙。特高科将他逮捕并进行毒打，关在地下室等候处置。正在这个时候，被穆秀兰发现并劫上鹞子岭。

小田龟雄说，他是被两个女人的精神感化了自己的灵魂。一个是让日军胆战心惊的千手观音，一个就是救自己上山的穆秀兰。但他说不清两个女人身上究竟有一种什么样的精神。

杜缨娘听小田俊雄介绍了自己的经历，颇为同情，劝他暂时不要回国。否则，不仅自身难保，还会危及到家人的性命，不如暂时留在鹞子岭，做她的围棋师父。

小田俊雄有些犹豫，没有说话。杜缨娘请来吴红金，把二人推到太师椅上坐定，说要拜他们为师父。

吴红金和小田俊雄感到有些突然，欲作推辞，被杜缨娘按住二人膝盖，起身不得，推辞不了。

吴红金跟随杜缨娘多年，料定有她的用意，否则不会放下架子拜他和小田俊雄为师。他从案几上端过酒，一碗递给小田俊雄，一碗端到自己嘴边，一饮而尽。

小田俊雄傻愣愣地看着吴红金，突然有一股豪情涌动全身，他端起酒仰脖吞下。

杜缨娘果然有想法。她行完大礼说："我既不想单学吴先生的黑白子，也不想单学田先生的国术，我想请二位师父按黑白对杀的阵势演练出一套阵法来。田先生是军校教头，战法自然高出吴先生许多，如能把老祖宗的心法跟日本的国术一掺和，一定能练出独门阵法来，鹞子岭有二位师父在，有阵法作盾牌，就不怕别人把我们吞并了，更不担心小鬼子悄悄摸摸上山来捣乱……"

杜缨娘边走边讲收复小田俊雄的经过。穆秀兰跟她一起激动，竟忘了插话。

穆秀兰不说话，杜缨娘反倒奇怪，她转身拉了一把穆秀兰，上下打量了一番，说："姐姐真是为鹞子岭立了大功，要不是你舍了性命护着小鬼子，我早就把他毙了，鹞子岭就得不到黑白阵法！"

杜缨娘把演练出来的阵法称作"黑白阵法"。小田俊雄曾纠正说，他与吴红金演练的不是一套阵法，而是将日本陆军特种兵训练科目与中国传统武术相融合，运用围棋规则，把太极八卦的演绎原理与特种兵单兵突破技术综合，编串成团队配合单兵照应的作战战术。

杜缨娘不懂小田俊雄的这套军事理论，只知道这套阵法很实用。

"黑白阵法"彻底改变了小田俊雄在鹞子岭的地位，人们不再叫他"鬼子"，而称他为老田，还时不时地调侃他，学小鬼子跺脚立正，吼一声："小田教头——嗨！"

宴大彪和小石头过去负责监管小田俊雄，现在却成了他的得意门生。

小石头将"欢喜果"改造成"落水响"，怂恿小田俊雄悄悄溜下山，用"落水响"炸鱼，回来跟"抓钱手"钱书宝换烧酒，吃烤鱼。

宴大彪趁着酒兴，跑到杜缨娘那里调侃说："过去皇帝身边都有两个丞相，鹞子岭也该有两个军师，小吴用是左军师，小田教头就该是右军师了！"

杜缨娘还当真了，当晚就召集鹞子岭弟兄开香堂，请小田俊雄担任鹞子岭的战术总教头，领衔右军师。

为了印证"黑白阵法"的神奇，杜缨娘决定举行"黑白阵法"实战演习。吴红金仍然执黑防守，小田俊雄执白攻击，双方演习人员还是上一次对杀的原班人马。

鹞子岭的两大军师开始了战术对决。宴大彪临阵在小田俊雄耳边说："小田教头，老宴这回再给你捞点面子！"

小石头配合宴大彪的单兵突破，令守方吴红金左右为难。眼看坤道就要被突破，乾位又受到刘冲的正面威胁。就在这时，又从斜侧面钻出个胡二锤，一举拿下刘冲的攻击目标。

吴红金刚刚弄明白刘冲的佯攻意图，却不料刘冲折身取代宴大彪成为主攻坤道的角色，攻击距离比宴大彪整整缩短了一半。

胡二锤突然放弃进攻乾位，从刘冲的左侧给予配合。

吴红金的守方出现明显破绽，这才恍然大悟：小田俊雄让刘冲和胡二锤佯攻乾位，其实是声东击西，小石头配合宴大彪取坤道也是障眼法，真正担任主攻的是刘冲，目的就是直取坤道。

吴红金赶紧调整坤道防线，集中力量堵截刘冲。刘冲受到十倍于自己力量的堵截，左冲右突，难以快速推进，攻守双方成胶着状态。

吴红金也不是一盏省油的灯。他想，你小田俊雄能够声东击西，我吴红金也能顺手牵羊。兵无常势，战无定法，胜王败寇。老祖宗早将这些话写进了兵法，你小田俊雄不是说战争不讲规矩吗？这回老吴也跟你玩一把出尔反尔。

黑方压在坤道堵截的所有人马突然作鸟兽散，扔下上蹿下跳的刘冲。

杜缨娘一时不明白吴红金的用意，以为是黑方的兄弟怯战，不听吴红金的指挥，大为光火。她冲演习阵营喊话："都看着吴军师手里的旗子，快拦住猴孙子，不要乱动！"

黑方根本不听杜缨娘的号令，只管朝着白方的后方阵营散去。

吴红金舞动着手里的黑旗，反守为攻，直取白方附近的几个据点。

黑方从守势变为攻势，局势顿时发生了逆转，吴红金绷紧的脸开始舒展起来。难怪兵书上说：战以胜为主，胜以气为先，两军对垒，主要是赢在气势上。

黑方放弃与刘冲的纠缠，直取白方据点，刘冲成了孤家寡人，通往坤道的阵地显得有些冷清。

阵地又是出人意料，刘冲突然折身回到白方纵三横十道的位置，脱了上衣在那里歇凉。

小石头与宴大彪的任务，是从黑方纵深向中盘坤道攻击。可是，现在坤道成了一条空道，刘冲已撤回到白盘。他们不再佯攻，果断接替刘冲继续攻取坤道。

杜缨娘从目前的情况猜测，吴红金判定他们主攻的目标就是坤道。

吴红金此时心里仍有疑虑，刘冲撤回白方是不是小田俊雄的阴谋？他是不是在白方后院等我上钩？如果是这样，那黑方不是成了铡刀前面仰脖子的王八，送上去挨宰。

吴红金正在犹豫不决的时候，小石头与宴大彪炫耀起了武力。他们横冲直撞，眨眼间扫清了坤道上本来不多的几个守兵，一杆杆白旗插在黑方坤道沿途的据点上。

“快撤！撤回来护盘……”吴红金狠命地舞动着旗号，歇斯底里地叫着黑子从白盘上往回撤。

然而，他醒晚了一步，冲在最前面的黑子刚刚跃过横七竖八道，早已埋伏在这里的胡二锤和钱书宝用雨点般的柴灰包予以袭击，打了黑方一个措手不及。令中招者睁不开眼，不得不退出阵地。

剩下的黑子赶紧择道撤回。这时，坤道和乾位都被白子占领，唯一可走的只有纵三横十道，哪知刚刚走到道口，便遭到刘冲的伏击，雨点般的柴灰包迎面打来，所有黑子灰飞烟灭。

吴红金领黑的二十多个“老江湖”在演习中全部出局，小田俊雄的十五颗白子一颗未损，大获全胜。

“小田俊雄的阵法虽然厉害，但是，如果没有小石头和刘冲他们的一身武功，他的那些战术就根本达不到这样的效果！”走在前面的杜缨娘转身向穆秀兰发出感叹。

穆秀兰听她讲得绘声绘色，也是惊叹不已，为自己未能一睹场面连连惋惜。但她沉默了一阵又说：“小田俊雄不只是吸取了黑白子棋法和鬼子的小组战术，好多战法都跟咱们老祖宗的象棋很近乎，我有位下象棋的师傅说过，中国历代将帅的阵法兵法都藏在象棋里，小田俊雄的打法，我怎么想怎么都觉得在下象棋。”

“象棋？黑白阵法怎么会跟象棋扯上关系？”

杜缨娘翘起食指在空中比划着，忽然明白过来，一声惊呼：“对呀！他当时横竖都只选十五个弟兄上阵，吴军师很有想法，还以为是蔑视他，我好说歹说让他选二十五个，可他硬说人多了，棋盘小了施展不开。我说呢，象棋就只有一个帅十五个子嘛！”

穆秀兰好奇地问：“妹子会下象棋？”

“以前不会，现在会一点。”杜缨娘随口说道：“还是这个小田俊雄从吴军师那里学会了又教给我的。”

“这个小田俊雄真不简单！”穆秀兰由衷地佩服。

杜缨娘继续讲小田俊雄在山上的变化。

自从那天拜师之后，小田俊雄时常到杜缨娘的住处向她请教中国武术。他说中国武术最神奇的不是气功，也不是暗器，而是飞檐走壁的轻功，这

是挑战人的极限。

小田俊雄说起他对中国武术的看法，“中国武术有许多花架子，但花架子也蕴含了强大的攻击力。这个被中国人称为功力的东西，就是中国武术的核心价值。在这种击术中，身法是最重要的因素，身法连着步法，又是武术最基础的基础。”

杜缨娘打断小田俊雄的话，“我不晓得啥叫人的极限，反正练轻功是天天练的事，不怕栽跟头就能练成。你别尽说好听的了，有啥就直说。”

小田俊雄微微一笑，不说话了。

这一笑让杜缨娘感到奇怪。小田俊雄上山这么久，从来以冷酷自信的面目示人，今天怎么笑了？而且还笑得有点自然，给人以好感。

小田俊雄希望她能教他一些步法，以便融入单兵动作中。

杜缨娘感到小田俊雄不仅绝顶聪明，一点即通，而且活学活用。难怪他布阵诡秘，变化多端。于是，爽快答应教他“巫山老祖覆云步”。

穆秀兰明白了杜缨娘为何急着去会西大条胖。小田俊雄曾是特种兵大队的教头，现在去见识一下这些特种兵特到什么程度，就能掂量出小田俊雄究竟为鬼子花了多少心血。

翌日清晨，杜缨娘和穆秀兰赶到双龙镇。二人女扮男装，扮成做皮货生意的商客住进客栈，准备等到天黑，到张家大祠堂去会一会西大条胖。

二人安顿下来，坐在床沿上整理随身携带的包裹。

穆秀兰放好行李后对杜缨娘说，这里是沦陷区，日军间谍常在镇上活动，她得按行内的规矩，装作伙计到镇上的皮货店探探风，不然会引起客栈的怀疑。

杜缨娘让她赶紧出去做做样子，顺便去祠堂外围察看一下动静，以便晚上行动。

穆秀兰梳理了一下嘴上的小胡子，请杜缨娘打量一番，没有发现破绽，才出了客栈。

双龙镇处于杏城与易城之间的南岸，对岸再向北二百多里就是有名的阳城。城镇规模与繁华程度不亚于杏城。

穆秀兰从镇西向镇东，一个货栈一个铺子地往下走，不时跟店铺掌柜讨价还价，生意做得跟真正的皮货商人无异。

她进了一家皮货铺，伙计让她在大堂坐着等一等，把几块皮货样品拿进了后院。不一会儿，伙计出来向她招手说：“我家掌柜说了，你的皮货不是出自一个林子，我们只要巴巫黑林和神农架桃子岭的货，你进去给掌柜报个样！”

穆秀兰颇为不快地嘀咕道：“你家掌柜算个识货的主，可架子也太大了，他就不能出厅堂来挑货吗？”

“我家掌柜做了十几年的皮货，没有一张是在大堂里挑的，你到底是报还是不报！”

穆秀兰无奈地跟着伙计进了后院。

“秀兰同志，你辛苦了！”穆秀兰进了后院的一间偏房，走出一个穿长衫戴瓜皮帽的掌柜，握着她的手说：“你只有五分钟时间，请拣最紧要的说。”

“千手观音说，这次来双龙镇是查小田俊雄的底细，我估计她是想伺机刺杀西大条胖。”穆秀兰一边喝着水一边说。

“她不能见西大条胖，你回去阻止她，组织上派人配合你！”掌柜的让穆秀兰坐下，当即指示：“要密切关注小田俊雄，弄清他为何愿意留在鹞子岭。千手观音为何不杀他，反而留他当军师？”

穆秀兰一惊：“我正要汇报这件事，组织上早就知道了？千手观音对小田俊雄的特种兵战术着了迷。据我观察，她是想跟小田俊雄学习带兵打仗，铁了心要打鬼子！”

“这说明千手观音开始走向成熟，你得处处留心，尽最大努力帮助她，把她引向革命的正道，上次崔松同志在双龙镇出手吸引鬼子，有没有引起她的反应？”

“没有，她以为是新四军凑巧跟鬼子遭遇上了。”

“还有什么新情况？”

穆秀兰想了想，站起来说：“千手观音迷上了兵法，还迷上了象棋。她还学着正规军的模式约束鹞子岭的弟兄，匪气没有四方寨那么重。请组织上指示我下一步的工作。”

掌柜的小声告诉她，纵队司令部从内线接到情报，西大条胖已经秘密布网搜寻千手观音和小田俊雄，千万不要让她干自投罗网的傻事，组织上配合你阻止杜缨娘会西大条胖。出了双龙镇，不要原路返回鹞子岭，最好绕过龙溪镇沿江而下，再从乡下折回鹞子岭。山上的事不用她担心，崔松就在那一带活动。

掌柜的送穆秀兰出门，穆秀兰摆弄着手里的皮货，尖酸刻薄地说："我没见过你这样作掌柜的，照你这样做生意，这铺子定会关门喝西北风!"

掌柜的气得脸红脖子粗，一个劲地把她往外掀，嘴里说话更难听，"你这个乡巴佬，我做了十几年皮货生意，从没见过你这样难缠的……"

穆秀兰回到客栈。

杜缨娘开了门，又重新回到床沿坐下。她捧着一本牛皮纸封面的册子，忧伤地盯着窗外。

"妹子怎么了?"穆秀兰关切地问道："又想时当家的了?人去不能复生，好好保重自己，给时当家的报仇。"

杜缨娘转过身来看着穆秀兰，好一阵才说："姐姐，你说我是不是傻呀?根本就不配作三眺的女人!"

"妹子何必自责呢?"穆秀兰被搞懵了，眼前的杜缨娘，一点也找不到千手观音的影子。杜缨娘身上洋溢着双重性格，静下来柔情似水，动起来侠肝义胆。

"姐姐你知道三眺究竟是啥人吗?"

"啥人?这还用我猜吗，四方寨大当家的，专打鬼子的好汉，跟妹子一样让鬼子闻风丧胆，是说书先生传唱江南江北的大英雄啊!"

"以前我也是这么认为，他就是个上了洋学堂的江湖好汉，专打鬼子的仁义匪，可实际上……"杜缨娘突然趴在穆秀兰肩头号啕大哭，像是受了极大的委屈。

"时当家的怎么了?他不是大英雄?"穆秀兰不知如何安慰她是好，摇晃着杜缨娘的肩，用手拍着她的后背。

杜缨娘放声哭诉："我跟他闯荡江湖这么多年，连自家男人的根根底底都不知道，你说我配作她的女人吗?"

穆秀兰不明白她说些什么，把她从怀里掀开，问道："妹子把话说清楚，时当家的究竟咋了?你究竟咋了?"

"知道鼓上蚤时迁吗?水泊梁山一百单八将的大英雄，敢反朝廷的大强盗，三眺就是这个鼓上蚤的嫡系后代!"

时三眺是神偷时迁的后代？穆秀兰心中一惊，杜缨娘的话把她搞得更加糊涂了。

穆秀兰选择沉默，听她倾诉，任她发泄。

“我还以为他就是一个乱世穷学生，当初投军想出人头地，可投错了人，跟错了班，迫不得已才上山当土匪。我一直弄不明白他为啥子不安安心心当土匪，还要去办讲武堂，悄悄招兵买马拉队伍。”

“棚子大了，人枪几百，打鬼子打出了名声，中央军派人上门招安，给钱给大洋，让他当独立团长，他把人家骂得狗血淋头。我骂他是傻子，子峰也劝他再思量，可他就是犟着性子一条道走到底！”

“我现在总算明白了，他祖祖辈辈都是朝廷的眼中钉肉中刺，跟朝廷势不两立，你说他命里该不该当土匪？该不该跟中央军唱黑脸？中央军给他团长都不干，非要跟新四军合棚子打鬼子！就因为新四军是打鬼子的队伍，是为穷苦人闹翻身的好汉，能跟这些人在一口锅里吃饭，当然就跟中央军尿不到一壶。”

“为了给新四军弄张图，愿意身陷牢狱，为了把图交到新四军手里，宁可丢了性命，临终还捎信给我，一定要把队伍交给新四军。”

“捎信给你？把队伍交给新四军？”穆秀兰从来没有听她说过这件事。

“他遇害前将这个藏锦玉壶用弹指功交给了我！”杜缨娘把一个指头大的鼻烟壶递给穆秀兰，“我当初就是不明白，命都丧在人家手里，还要把尸首送给人家当大粪！”

穆秀兰接过鼻烟壶，拿在窗边对着阳光照了照，什么也没有，翻来覆去地瞧，壶里空空的。

杜缨娘从穆秀兰手里接过鼻烟壶，捏在手心稍稍用力，滚出黄豆大一粒锦囊，小心展开一看，果然有针刺的字：“合崔，切！”

“没有三眺的临终锦囊，我会轻易放过崔松吗？”杜缨娘说完这句话，又重重地补充一句：“我倒要看看，戏唱三更天，谁是人，谁装鬼……”

“不好！”站在窗户边的穆秀兰突然转身帮杜缨娘收捡床上的东西，“鬼子的宪兵冲客栈来了！”

杜缨娘不惊不慌，冷冷地对穆秀兰说：“几个鬼子，姐姐不必如此慌张。”

“糟糕！刚才被你一哭就把大事搁下了！”穆秀兰赶紧向杜缨娘报告。凌晨进镇的入口突然增加了许多二鬼子，从镇上去张家大祠堂的出口完全是鬼子的宪兵把守，张家祠堂外围的壕沟和掩体都装满了鬼子，还架起了机枪和小钢炮，鬼子如临大敌。

穆秀兰还没有报告完，房门“哐啷”一声被人撞开，鬼子宪兵蜂拥而入，举枪对准杜缨娘和穆秀兰。

杜缨娘嘴角露出冷笑，将手里的包袱提起，侧身将包袱挎在肩上的一刹那，向穆秀兰使了一个眼色。

穆秀兰赶紧示意她不要动手，并向门外瞟了一眼。杜缨娘看到，门外挤满了荷枪实弹的宪兵。

一名敞胸露怀的二鬼子钻出来，举着王八盒子，一步一晃地走上前来，亮出公鸭似的嗓子说道：“皇军接到报告，这里有八路，乖乖地跟我们去宪兵队，不要妄想反抗，我的枪子儿从来不认红黑！”

穆秀兰嘴角一撇，“我们是做皮货生意的买卖人，老总还没有睡醒吧，睁大眼睛看看，我像八路还是像九路？”

“咦？这小爷说话声音嫩嫩的，说话咋如此老到？”二鬼子走近穆秀兰，上下打量着她，慢慢走了一圈，突然用枪头挑落她头上的瓜皮帽，穆秀兰的满头青丝飞瀑直下。

“我说怎么没有皮骚味，一股子女人味，原来是个假骡子，我敢打赌，你不是八路，也不是九路，是一个货真价实的四路，带走！”

杜缨娘最恨二鬼子这副腔调，手里早已扣了几枚铁蒺藜。穆秀兰的小瓜帽向她飞来，伸手接下，怔了一怔，忍住未发。

杜缨娘趁宪兵押着她们上车的时候，迅速取出小瓜帽里的纸团，看到“枪响往东上船”几个字。

鬼子押着她们回宪兵队，杜缨娘闭着眼睛养神。稀稀疏疏的红柳枝不时拂肩而过。

砰！砰！颠簸的卡车随着枪响失去控制。

“当家的跳车！”穆秀兰的话音未落，杜缨娘已经揪住一根柳树枝，同时伸出一只脚让穆秀兰抓住。卡车继续摇摇晃晃往前冲，留在柳枝上的杜缨娘和穆秀兰凌空飞舞。

跟在卡车后面的宪兵听到枪响，就地趴下寻找目标。柳枝上的杜缨娘把手伸进了暗器袋，被穆秀兰叫住："别用暗器，暴露目标！"

穆秀兰松开杜缨娘的脚，几个空翻落地。

失控的卡车撞上一棵大柳树，树断车翻，"轰"地一声爆炸起火。

杜缨娘猛地一拉，凭借柳枝的弹力，人如轻燕没入柳林，眨眼不见了。

杜缨娘刚刚落地，穆秀兰拉上她直奔江边。

杜缨娘心里非常感激，敞胸露怀的二鬼子究竟是哪一路好汉，如此仗义。但他如何得知我们的行踪？

身后的枪声终于停了下来，鬼子却跟着追上来了。

杜缨娘已经看到江边停着一条渔船，再回头一看，鬼子离她们已经不足百丈。

杜缨娘索性站着不动了。她从长衫里取出暗器袋，系在长衫外面，做出拼命一搏的架势。

"当家的，我们不能跟鬼子硬拼，更不能喂鬼子土花生！"穆秀兰赶紧阻止，并拉上杜缨娘继续往江边撤。

"为啥不能用暗器？只有土花生吃起爽口！"杜缨娘还是想跟鬼子宪兵痛痛快快地干一场。"我也可以用枪，这家伙用起越来越顺手了，说不准比土花生还脆！"

"现在鬼子到处寻你，只要你现身，使一根芙蓉金针，鬼子就知道是你千手观音，你一暴露，鹞子岭百多号人都无处藏身。"穆秀兰边跑边劝她。

杜缨娘极不情愿地冲向江边那条船。

船没有抛锚，一个中年男人左一篙右一杆地往上撑，水流不算慢，船身一直在那里徘徊，没有前行半点。

杜缨娘一个"溜云履波"步，鞋底擦着水面，人如天马行空，轻盈落在距江边两三丈开外的打鱼船上。

穆秀兰赶紧跃入江中，双臂撑在船头上，使劲一推，船身顺着江流斜冲出去。

渔夫被这突如其来的两个人吓得魂飞魄散，赶紧趴在船板上直喊："英雄饶命……"

渔船失去惯性，只冲出去几丈便不再向江心驶去，顺着江水往下流，穆秀兰举起一只木桨胡乱拍打江水，渔船在江面上打转。

岸上的宪兵顺着渔船流向紧追不舍，扬言抓活的。

客栈里的那个二鬼子扯起嗓子喊话："船老大！快把船划回来，皇军重重的有赏！"

杜缨娘一把抓起男人的手，瞧瞧他的手掌，又摸摸他的手臂，说："我从小就跟在艄公屁股后面转，没见过艄公的手掌和肘子长得细皮嫩肉的，看你刚才撑船的样子，根本不是把舵的艄公。算了，你替我向岸上的人捎句话，谢了！"

男人见自己的身份被她认出，忙从船板上站起来，向杜缨娘一抱拳，"我只接了备船的活，没收捎话的钱，你还是自己跟他道谢吧，告辞！"说完，一头扎进江里不见了。

杜缨娘摇起桨橹，迅速调正船头，顺着江水疾驶而去……

第十七章

逼人为师　缨娘着迷品三国

渔船顺江而下，出了易城地界。暮色渐起，江上风清，反倒添了几分惬意。

杜缨娘双臂摇桨，船在江面上划出长长的鱼尾纹。

穆秀兰盯着杜缨娘，她划船的身姿也是那么的飒爽。

“姐姐，那个二鬼子是我们的人？”杜缨娘突然回过头来问：“奇怪，鬼子为啥直接上门来了？”

“哪个二鬼子？”穆秀兰颇为惊讶，反问：“二鬼子会是我们的人？”

穆秀兰的确不知道二鬼子是谁。只有一点是清楚的，能够顺利逃出双龙镇，那些在柳林打宪兵阻击的人肯定是组织上的安排。

她不清楚安排的细节。宪兵来客栈抓人的时候，她也怀疑过，才示意杜缨娘不可妄动。可二鬼子的德性让她又不敢相信。之后在柳林的遭遇战，以及宪兵疯狂追杀，完全排除了宪兵是自己人，组织上不可能把戏演得如此过火。

杜缨娘见穆秀兰一脸茫然，拿出那张字条，“这东西肯定是二鬼子放进你帽子时发的，他借物传物的暗器手法非常不简单，江湖上能够接发暗器于无形的人不多。如果他不露这一手功夫，我当场就会宰了他！”

“妹子是为这张字条才不去张家祠堂了？你相信二鬼子是我们的人？”穆秀兰曾经多次暗示过杜缨娘，自古江湖多险恶，战争比江湖更加充满了阴谋，不能让江湖义气蒙蔽了对阴谋的判断。

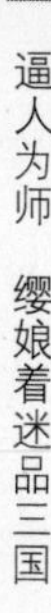

“回去！”杜缨娘松开双桨，猛搬舵艄，渔船立即调头逆行。

“回哪？鹞子岭？”

“张家祠堂！”

“我们刚摆脱宪兵，回张家祠堂等于自投罗网！”

“那些宪兵不是西大条胖的特种兵！”杜缨娘的态度很坚决，“就算是的，我们现在回去正好杀他的回马枪！”

穆秀兰拗不过杜缨娘，只好拿起竹篙在船头帮她撑船。

回到双龙镇已是次日子夜，镇上出奇的静。

她们计划从镇东入口，穿过一条僻静狭窄的巷道，只走几十米就到了出口。从那里去张家祠堂外的柳家堡，路近沟多，方便隐蔽。

她们摸到镇东的入口时，突然发现鬼子设在附近的岗哨不在了。

“鬼子撤了岗哨，是不是有埋伏？”穆秀兰小声问杜缨娘。

“我也觉得不对劲，静得连狗都不叫一声！”

杜缨娘张起耳朵听了一阵，说：“我估计这里连住家的都没有，平常也是这样？”

“昨天我来踩窑子还有二鬼子把守，鸡飞狗跑的，怎么会没有人？”

穆秀兰突然伸手拉起杜缨娘，“快走，有埋伏！”

穆秀兰没有拉走杜缨娘，反倒被她拽着飞檐走壁，上房入院。

眨眼间穿过了巷子，仍然不见岗哨。

杜缨娘拉着穆秀兰小心翼翼地摸到柳家堡。

她们借着夜色对百丈开外的张家祠堂仔细观察。那里也没有动静，就连碉楼上的探照灯也没晃动一下。

“鬼子昨天还在加岗放哨的，今晚咋一点动静也没有呢？”穆秀兰擦了一把额头的汗，说：“妹子，不要闯张家祠堂了，眼下的情形鬼得很，说不定西大条胖正牵着口袋等我们往里钻呢！”

“我也觉得有些鬼，鬼的不是镇上没有人，鬼的是张家祠堂真有鬼！”

杜缨娘指着张家祠堂说：“你看，有条土狗跑出来了，后面跟着个鬼子。不过，那是二鬼子装鬼！”

探照灯照着的木桥上，有条夹着尾巴的狗在上面嗅来嗅去。一个戴着头盔的鬼子跑上桥，狗吓跑了，鬼子脱下一只鞋向狗跑的方向扔过去。

"你咋知道是二鬼子装的?"

"你在哪儿见过穿懒汉布鞋的鬼子?你看他脱鞋打狗的姿势,标准的庄稼把式,小田俊雄教弟兄们学鬼子投手榴弹的姿势都比这好看多了。"

杜缨娘非常相信自己的判断,拍了一下穆秀兰,说:"真是鬼子站哨,探照灯不会像睁着眼睛睡死了的狗,眨都不眨一下。还有,鬼子的大狼狗哪用得着跑出来找吃的?我们走近一点,逗一逗就知道了。"

她们向前靠近了百来米,穆秀兰隐约地看到张家祠堂门前的壕沟里有鬼子趴着。

"果然有伏兵,妹子不要引火烧身,赶紧撤吧?"

"有好戏不看是傻子,你看我逗他们狗咬狗!"杜缨娘说着摸出一对"鸳鸯笑",朝张家祠堂打过去。

探照灯照着的桥面上,那条黑白相间的大花狗又跑回来,对着张家祠堂的上空一阵狂吠。

穆秀兰大惑不解,转过头来问杜缨娘是怎么回事。

杜缨娘告诉她,荒地野狗为啥喜欢追着双双飞舞的蝴蝶又叫又咬,因为狗天生听得懂蝴蝶说话,狗听到蝴蝶笑它,就追着蝴蝶评理。"鸳鸯笑"主要用于两人联络,练这种暗器一个人不行,两个人心灵不通也不行,唯独狗天生对"鸳鸯笑"的笑声感应得到。

大花狗跑着跳着在桥上狂吠。

"花花回来,快回来!"有人压低嗓子叫唤着。

大花狗根本不理睬召唤,只管仰头向天狂叫,两只前爪伸向空中乱抓,似乎要与空中的幽灵拼个你死我活。

两个人影从黑暗中冲到桥上,想抓住大花狗,岂料那狗迎头扑向黑影,两只前爪搭上其中一个人的肩,一阵乱咬,夜幕中立刻传来撕心裂肺的惨叫。

后面的人影戛然止步,迈出的脚想收也收不回来,像被人施了法术钉在桥板上。

地上的人痛得乱滚乱翻。大花狗撇下他,又猛地把后面那人扑倒在地,他头上的钢盔立即发出"叮叮哐哐"声,滚出老远。

"花花莫咬!自己人——"几个黑影冲上桥去解救二人。

"快走!"杜缨娘说话间已经闪出老远,穆秀兰跟着她向张家祠堂摸过去。

穆秀兰和杜缨娘绕过风火墙来到祠堂的正屋。这是他们上次撤退时经过的路线，她几次踩点，都不见鬼子防范。

她们顺利得出乎意料，张家祠堂几乎空无一人。原来被鬼子占用的房间都敞开着，屋里已经没有任何摆设。

“鬼子在跟咱们玩空城计？”穆秀兰有点莫名其妙，小声问杜缨娘。

杜缨娘细细听了听动静，似乎觉察到什么，赶紧跑到祠堂大院。

夜色下的张家祠堂一片狼藉，上次看到的那些沟沟壕壕，掩体堡垒，全部遭到破坏。

“小鬼子遭偷袭了？谁干的？”

杜缨娘陷入沉思。

突然，一阵“嗤嗤”声惊动了杜缨娘，她一把抓住穆秀兰左臂，脚下施展“平步青云”，像黑暗中的两个幽灵轻飘飘的升腾而起，稳稳地落在背后一丈多高的风火墙上。

“嗤嗤”声中，火团呼呼拉拉地燃了起来，几十盏大锅灯一盏接一盏，眨眼间连成哪吒的风火轮，把张家祠堂围在其中。

穆秀兰睁眼一看，祠堂四周已经围满了荷枪实弹的二鬼子。

眼前情势疑似瓮中捉鳖，大功告成。她们钻进了圈套。

杜缨娘装作视而不见，伸手为穆秀兰弹去身上的灰尘，突然在她肩头发现一个口子，甚为惋惜地说：“多好的新郎服，挂出一个洞，看你家婆娘饶得了你！”

穆秀兰还没有反应过来，杜缨娘又往她手里塞了几颗“欢喜果”，小声地叮嘱：“我先给他们喂几颗，你趁乱绕到外围挠痒痒，我在里面耍猴子。”

“装，你就给我装吧！当我不知道你们是何方小妖，今天就是孙猴子，也别指望从我如来佛的手掌心里跑脱！”

祠堂大门口冒出个五大三粗的人，背后跟着几个举着捷克和九二式的二鬼子。他手里端一挺歪把子，大声嚷道：“西条中佐果然料事如神，料定你们今天会送上门来领死，快说哪个是千手观音？自己认了，我会让你死得好看些，不然就把你俩突突成筛子眼！”

“妹子，他在诓我们，千万别使暗器！”穆秀兰小声提醒。在折回双龙镇的路上，她就提醒过杜缨娘，不到万不得已的时候，别暴露自己的身份。

“哈哈！两头笨驴，我知道谁是千手观音了。说话的小子，你到一边歇着，中佐只让我在这里等千手观音，我只要她的命。老子今天放你一条生路，改天来给老子提夜壶！”

说话的二鬼子咔嚓两声响，把歪把子机枪上了膛。

“千手观音给老子听好了，皇军怕你，老子不怕，你那点三脚猫的功夫，我遮天如来还不放在眼里！”

“遮天如来黄载海？”杜缨娘听说过这号人物，一对混元霹雳掌称霸江湖，少有敌手。当年时三眺曾与此人交手，时三眺打光了身上所有的暗器，都被他悉数收在乾坤袋里，想不到他投靠小日本当了二鬼子。

杜缨娘推了一把穆秀兰，“兄弟，那位啥子如来大爷要你走，这里跟你没啥关系了，往后遇到真正的千手观音，一定帮哥儿捎个口信，我今天代她跟二鬼子拼了！”

穆秀兰借势跳下风火墙，向祠堂大院外面走去，说：“兄弟我今天出去，一定去大凤找千手观音，帮你把话带到。”

穆秀兰是想告诉遮天如来，自己知道真正的千手观音在哪里，让遮天如来有所顾忌，放她出张家祠堂。

遮天如来黄载海突然扔下手中的歪把子，舒展几下发达的双臂，冲杜缨娘说道：“凭你刚才施展的轻功，十之八九是中佐要取的人头，是千手观音也好，不是也罢，项上人头我要定了，遮天如来从来不发慈悲！”

杜缨娘拍拍单薄的长衫，正了正头上的瓜皮帽，一副初生牛犊不怕虎的样子，还以厉嘴：“我这个二斤半是父母赐给爷吃饭的行头，你有本事就来取，不然我得帮父母保管好，留着孝敬二老！”

“好一张油嘴，我看你是不上西天不掉魂！今天让你在爷的手心里跳几跳，看你能蹦多高！”

遮天如来有些生气，一脚踢开地上的歪把子，转身冲后面的人喊话：“弟兄们给我作个见证，遮天如来不跟她玩快枪，就凭这双手，三招之内把中佐要的东西取下来！”

“好大的口气！小爷我虽然不及千手观音有来头，可也是闯了几年江湖的武把式，就算栽在你手里，临死也要弹几弹！”杜缨娘佯装愤怒，以杀身成仁来捍卫自己的尊严。

“好！爷爷今天好人做到底，送佛送上西，先让你两招，只做一招买卖，第三招取你人头回去交差。”遮天如来只管说话，根本不拿正眼看她。

“三招之内拿不下小爷呢？”

“遮天如来从来不讲办不到的条件！”

“万事皆有万一，你不要把话说绝了。”

“爷爷行走江湖几十年，你去江湖上打听打听……”遮天如来不耐烦地摆了摆手，“算了算了，你也没有机会打听了，老子把话撂在这儿，三招取不了人头，你想咋的就咋的，在场的人头都是你的！”

“说话算话？”

“从来都是一言九鼎！”遮天如来狂妄至极。

他哪里知道，眼前的千手观音已经不是西大条胖讲过的千手观音。她正在设套把他往里牵，直到把他引到无法动弹的死胡同里。

遮天如来却没有看出半点破绽，准确地说是西大条胖把他牵进了死胡同，他给他介绍的千手观音是艺高胆大，意气用事，恪守江湖规矩的江湖女魔头。

“我就信你一回，但我还有个条件！”

“快拣要紧的说！”遮天如来急不可耐，“临死之人都是一个德性，总提这条件那条件的，横竖躲不过一个死，何必多费口舌来捱命？”

“借你的暗器用一用！”

“借暗器？”遮天如来一愣，“你自己的呢？”

杜缨娘撩起长衫向他展示了自己的胸腹和两腋，空空如也。

遮天如来有点迟疑，但还是取下了自己的乾坤袋，将袋子里的七宝八贝倒了出来，示意二鬼子送给杜缨娘。对身后的二鬼子说道：“都把家伙撂下，老子要单挑！”

二鬼子脱下自己的衣服，包了一包暗器给杜缨娘送过去。他不敢靠近，扔在墙脚下就往回跑。

杜缨娘跳下风火墙，从地上捡起包裹，取出飞刀快镖之类的暗器，拿在手里掂了掂。

遮天如来一手提乾坤袋，一手撩开掌，做好接招准备。

杜缨娘瞧瞧暗器，又看看遮天如来，说了一声“等等！”

“又等啥？”遮天如来被她气炸了肺。

“我没有用过别人的暗器，先试两镖成不？”

遮天如来气得直跺脚，暴跳如雷，“难道你还要屙完屎了才死?”

杜缨娘不理他，只管拿起两支飞镖在手里掂来掂去，那副认真的样子，让送暗器的二鬼子松了一口气。看样子她不像是千手观音。

遮天如来尽力克制自己，耐心看着她在那里玩着飞镖。

就在遮天如来放松警惕的时候，杜缨娘突然单臂一扬，镖影疾飞，手中的飞镖飞向三丈之外，“咚”地一声插入椽角的檩木。

“真是千手观音?”送暗器的二鬼子惊叫起来。他慌忙去捡地上的枪，被遮天如来一脚踹飞。

两点白影又从杜缨娘的手中飞出，齐刷刷地朝遮天如来飞去。此时，遮天如来正在教训地上的二鬼子，对背后疾射而来的飞镖全然不知。

眼看飞镖就要直取遮天如来，却见他手里的乾坤袋猛地荡向身后，张口将两只飞镖喝了进去。

遮天如来冷笑一声，转身直逼杜缨娘：“你敢使下三烂?”

“不算不算！我在试镖。”杜缨娘一副傻样，俏皮地提醒他：“你得留神了，这回要算数！”

遮天如来收起火辣辣的眼神，不再摆出接镖的架势，手里的乾坤袋随意地晃荡着。

杜缨娘取出五支镖捏在手里，故意亮给遮天如来，“好汉够意思，你让了我两招，我也不贪心，一招发五镖，多了算我输！”

“前两招想发多少就发多少，最好把娘胎里的力气都使上！”遮天如来底气十足地说，“第三招就没有你的机会了！”

杜缨娘摆出发镖的架势，两只大脚不停地平整地面的泥坷，直到踩出一块平地才站定。

遮天如来看着杜缨娘紧张的样子，脸上露出一丝阴笑。他轻蔑地闭上眼睛，等待发镖。

“一镖穿心！”

“二镖封喉！”

“三镖挖眼！”

“四镖……”杜缨娘加快旋转，顿了顿，重重吐出“断根！”二字。

遮天如来随她叫着发镖，心里问自己，此人真的不是中佐要的人？传说中的千手观音能够数镖齐发，镖镖有奇道，而此人镖路平常，飞镖破空声柔弱，证明武功尚浅。高手发暗器是以瞬间内力将暗器抖出去，而此人发镖像放牛娃甩飞石，对武林高手不具任何杀伤力。

四支飞镖先后向遮天如来飞来。他心里感叹，这人虽然武功平平，但为人还算诚实，四支飞镖都如他所说的部位打来，都被他轻而易举收入乾坤袋。他正等着他打出第五镖。

“五——镖——”杜缨娘长长地拖着字音，就是不说出暗器要射的部位。

突然，“归西！”二字干脆利落。

声落镖出，一道闪电直刺遮天如来。

遮天如来大惊。但他心里大喜，千手观音终于现形了。

遮天如来就是遮天如来，只见他一扬乾坤袋，就将那道几乎近身的闪电轻松地收复。

“好功夫！”二鬼子中的会家子忍不住喝彩。

就在遮天如来得意之时，突然有四只飞镖飞来，支支打在千手观音喊出来的部位。

遮天如来驾鹤西去。他临死也不知道，那四只镖又是从哪里飞出来将他打中的。他太小看千手观音了。

杜缨娘收拾了遮天如来，吓傻了在场的二鬼子。

她顺手抓过一名二鬼子，追问西大条胖的去向。二鬼子说西大条胖早在两天前就带着特种兵大队往西去了，究竟去了哪里，他也不知道。

他说西大条胖训练的特种兵是专门对付新四军的，新四军都是山里打游击出身，对付他们只有以毒攻毒，平常训练都按新四军爬坡上坎钻树林那一套训练特种兵。

杜缨娘见二鬼子满手老茧，相信他是个庄稼人，就给了他两块袁大头放他走了。

穆秀兰对杜缨娘说，弄不好西大条胖带着特种兵蛰伏在山里，正寻找新四军游击队，我们得赶紧回到鹞子岭。

杜缨娘跟着穆秀兰穿过双龙镇，在河边找到藏在芦苇丛里的渔筏子，顺江直下龙溪镇。

一路上，穆秀兰几次欲言又止，但还是忍不住问杜缨娘，为啥不按武林规矩解决遮天如来。

"因为他是遮天如来，我不是千手观音！"杜缨娘拿出一只柳叶镖，扬手打中一尾跃出河面的鱼。同时，扬手向江面开了几枪。顿时，几尾游在水面的鱼翻了白。

"江胡用拳脚比实力，战场以谋略定输赢，飞刀再快也快不过子弹，还是快枪好使。"

穆秀兰感到杜缨娘越来越老练成熟了，甚至有了一种善谋狡猾的气质。想到这里，双臂加力，渔筏子艘地向前驶去……

一艘从龙溪驶来的货船在孔都码头靠岸，一对夫妻下了船。这对夫妻正是杜缨娘和穆秀兰。

穆秀兰身穿中山装，头戴绅士帽。杜缨娘身穿长旗袍，手挎小提包。她挽着他从容地上了岸。

穆秀兰以伪政府易城特派员的身份，住进了孔都客栈。

昨天夜里，船廊上一个有派头的人引起了穆秀兰的注意。她找准机会潜入他住的单人舱，以抗日锄奸队的名义对他进行了审问。

那人果真是汪伪的特派员，穆秀兰一镖结束了他的性命，并从他随身携带的公文包里，发现了他与太太的合影。杜缨娘和穆秀兰便以他们夫妻二人的名义出现在人群里。

孔都被日本人占领。尽管小鬼子防守很严，但暗杀小鬼子和汪伪政府官员的事件时有发生。因此，日伪间谍也无处不在，穆秀兰让杜缨娘最好足不出户，天大的事也要等到晚上换了装束再出去。

杜缨娘在房间里走来走去，终于忍不住把穆秀兰叫过来，拿出一只生铁铸花镖和一张字条，说："你先出去选个地方，定个见面时间，然后按这个地址把镖书发出去。"

穆秀兰不愿接镖。

"这是三眺一个人的秘密，他直到临死才告诉我，这个秘密关乎四方寨……不！关乎鹞子岭能不能跟小鬼子拼命的资本！"

杜缨娘凝重地看着穆秀兰，一字一句地说："姐姐，我把你当成亲姊妹，相信你胜过相信我自己，你明白吗？"

穆秀兰见她如此认真严肃，转身从行李箱里扯出一堆易容道具，将杜缨娘按在椅子上，一边为她卸装，一边说："只能一个人知道的事，任何时候都不能让第二个人知道，何况是时当家的遗命！"

说话间，穆秀兰已经把杜缨娘装扮成特派员太太，接着又将自己化装成特派员。

杜缨娘挽着穆秀兰甜甜蜜蜜走出客房。穆秀兰不时伸手刮她的鼻子，挑逗一下缠绵相依的杜缨娘。

出了客栈大厅，她们上了一辆人力车去伪政府大院。过了几条巷道，穆秀兰让车夫停下来，对杜缨娘说，"你去姨家玩玩麻将，我在书艺馆听戏等你。"

杜缨娘点点头，大声说："好多年不见姨了，她要在家，我就多玩一会，不在家我回来陪你听戏。"

穆秀兰看着杜缨娘消失在巷道，摇了摇头，心里为车夫叹息。"千手观音"是暗器行家，身上多别一颗针，落下半颗芝麻都无法逃过她的眼睛，这个腰里别着快枪的车夫恐怕小命不保。由此看来，小鬼子在孔都的眼线无处不在。

车夫拉着杜缨娘过了巷道，在一户豪宅大院停下，杜缨娘多给了他两个铜板，让他帮忙把礼物提进去，然后在大门口等着拉她回去。

车夫欣然应允，提着礼包跟在后面，正仰头张望，眉心钻进一丝凉意，便倒地见阎王爷去了。

穆秀兰向前走了几百米，这才回身去了伪政府大院。

书艺馆没有过去热闹。过去一间厢房就有十几张桌子，满座能容纳上百人，现在稀稀拉拉地坐着几桌人。

穆秀兰找了一处空位坐下，听台上的先生唱戏。

那人双目紧闭，脚打梆子，手拉坠胡。嘴里唱道——

说长安，道长安
前面流水后长山
前边流水出王位
后边长山出神仙
有心这样落下去

失了仙体难归天
他才摇身只一变
变了一个算卦的仙
……

穆秀兰参加新四军前，在唱戏班子跑龙套，对豫鄂一带的河南坠子十分熟悉。这先生唱的正是河南坠子《罗成算卦》。她听得兴起时，张口接了上去——

罗成说，我生在戊午年戊午月
戊午天干午时间
我算你七岁文来八岁武
九岁上兵法武艺都学全
十岁北平探过父
十一岁你领兵在燕山
十二岁你夜打过登州府
一杆枪战杨林兵万千
十三岁你在山东放响马
恁弟兄聚义在济南
十四岁你胶州打过擂
十五岁你扬州夺状元
十六岁你把孟州破
你招下王金娥来还有胡金婵
我算你十七岁那一年上
十七岁你大战过欧牙山
十八岁你归了顺
你保着唐王五年整
……

唱书先生见有人接茬，便停下专心拉坠胡打梆子，为接茬的人伴奏。穆秀兰完全入戏。杜缨娘进了书艺馆，悄悄在她身边坐下，没有引起她警觉。

杜缨娘突然站起来鼓掌叫好，打断了穆秀兰的兴致，她赶紧打住唱腔，欠身起来向周围的听客致歉，一脸尴尬地说：“瞎唱，瞎唱的，扰了各位雅兴！”

“一点不比说书先生唱的差！”杜缨娘从来没有这般兴致，竟然鼓动听客要求她再唱几曲。

兴许是听惯了说书先生的老腔调，今天换了新鲜腔，在场的听客纷纷站起来鼓掌，还说：“听这位先生唱不打瞌睡，再唱几段给大家伙醒醒神？”

“等一等！”唱书先生突然放下坠胡大喝一声，从书桌后面站起来，跌跌撞撞走到台边。

“我郭瞎子喉咙冒烟嘴巴起泡，嗓眼子都起了老茧子，陪了你们大半年，今儿怎么就把大家伙伺候得打起瞌睡了？”

唱书先生侧身朝着穆秀兰坐的方向，说道：“这位小兄弟是想抢郭瞎子的饭碗吧？行啊！有啥子绝活都拿出来晒一晒，让郭瞎子睁开眼睛瞧一瞧，看看你究竟是何方高人。”

郭瞎子的一番话把穆秀兰呛得脸色骤变，一阵泛红，又一阵返白，尴尬得想找条地缝钻进去，一双可怜的眼睛看着杜缨娘，那样子是想请她帮自己找个台阶下。

“我相公今儿心情好才进你的说书馆，吊吊嗓子唱唱票，这是看得起你！”杜缨娘反呛道：“有本事就比划两曲，看你今后有没有脸面在这里混饭吃！”

“好啊！郭瞎子今儿就在阴沟里放筏子，自矮三分，跟下三流的角色比划比划，我就不信阴沟里真会翻船！”郭瞎子一跺脚，又回到说书桌。

穆秀兰不知道杜缨娘的葫芦里要卖啥子药。

“只管扯起嗓门吼，看看谁的喉咙里能撑船！”杜缨娘拍打着穆秀兰的肩膀，为她打气。

“那位小兄弟，你看是比嗓门还是比书艺？”郭瞎子把镇纸令往桌上一拍，朗声说道：“吹拉弹唱说无不入书艺，书艺这一行，有评书、唱书、说书、鼓书、琴书之类，唱有唱道，说有说法，你就挑一行吧！”

“老前辈休要生怒，刚才我的本意不是要冒犯先生，只因我对河南坠子太过熟悉，加上受前辈的声色之染，晚辈一时兴起才接了茬，绝无争风出头之意，以晚辈的道行修为，更不敢与先生比划书艺，还请先生为大家伙献上十八般书艺，也让晚辈长长见识。”穆秀兰这番话让郭瞎子的激动情绪大为缓和。

“小兄弟是想考我郭瞎子的道行吧？我就给你说两句评书，请小兄弟评评郭瞎子的道行究竟走到哪条道上了。”

郭瞎子拢了拢山羊胡子，清了清嗓子，开始说书了：“蜀人陈寿十年说书写三国，为我们说书人置下了取不尽用不绝的金饭碗，我就给大家伙评说一段三国志如何？”

台下听客大都鼓掌支持，也有人提出异议，反对郭瞎子又说燕人张飞横刀立马长坂坡，赵子龙护少主和马谡失街亭之类的老故事早就听腻了。但凡入道说书这一行，这些故事都是入门课。

“天下分三国，三国分天下。我不说陈寿的正史，也不说罗贯中的野史，我要三分说奸，七分道谋。各位听客听好就是——”

郭瞎子手里的惊堂木拍在桌子上，震得杜缨娘两耳发聩。

“这是一个英雄辈出的三国，是一段扑朔迷离的历史，是一张张大智大奸的脸谱，还是一场场阴谋诡计的博弈。有多少正史佐证，野史传说，戏子诵唱，小说演义，留下个千古风流的三国，是非真假众说纷纭，成败得失疑窦丛生。各位听客，且听我郭瞎子说一说三国，随我品一品风流千古的脸谱！”

穆秀兰露出惊异的神情，她听过很多说书人说三国，还从来没有一个是这样说开场白的。

“说三国，先得说三国里的那些个人物！”郭瞎子端起紫砂壶啜了一口茶，继续说道：“曹孟德曹操当是三国第一人。孟德是个啥人物？有说他是奸雄，有叫他是奸臣，有称他为奸贼，浙人罗贯中在三国演义中把他称为酷虐奸诈的国贼。孟德其人究竟是奸是雄还是贼？至今没有人敢为他盖棺定论！”

“曹孟德确实是三国里面活得最不容易的一个人，他曾说过一句‘宁我负人，毋人负我’的话，结果让曹孟德做了千年小人，背了一千年的骂名，直到现在还遭人骂！”

郭瞎子用衣袖揩了一把瞎眼，接着说：“孟德就是孟德，他要是常人老百姓，就不会做出那么多不可思议的事。三国里的许攸与他有换命之恩，却被他说杀就杀了；为袁绍起草榜文的陈琳，骂他孟德祖宗三代，却拜他为司空军谋。”

郭瞎子旁征博引，说得是唾沫横飞。

“孟德真乃大奸雄也！古人说过：惟大英雄能本色，是真名士自风流！郭瞎子是这么看曹孟德的奸雄之气的，他聪明绝顶，又愚不可及；奸诈奸猾，又坦率真诚；豁达大度，又疑神疑鬼；宽宏大量，又心胸狭窄。可说是大家风范，小人嘴脸；英雄气派，儿女情怀；阎王脾气，菩萨心肠……好几张嘴脸都长在他身上！”

穆秀兰听得热血沸腾，心中暗暗惊叹，郭瞎子真是一个绝世无双的说书人。

在杜缨娘的心中，曹操是鬼不是人。她小时候长在夔峡，爹爹讲的大花脸曹操，是个凶神恶煞的坏人。所以，她不安分的时候，爹爹就用大花脸曹操吓唬她，说再不听话，曹操就来了。没想到郭瞎子说的曹操这么厉害，突然对他敬佩起来。

“各位看官，暂时按下曹孟德不说，再说三国里面的第二号英雄人物！”

郭瞎子突然话锋一转，“猜猜我要说谁？是皇叔刘玄德？不是。是蜀国军师诸葛孔明？他不算英雄。是黑脸关公？燕人张飞？常山赵子龙？都不是！那是谁呢？”

郭瞎子突然举起惊堂木，指着正在纳闷的穆秀兰，“这位小兄弟，你说是谁？”

穆秀兰摇摇头，答不上来。

郭瞎子举起惊堂木重重地拍在书桌上，随即大喝一声：“他——就是东吴大都督周郎！”

台下发出一阵欷歔声，有人反问：“你说是‘既生瑜，何生亮’的周瑜？谁不知道周郎妙计安天下，赔了夫人又折兵，都被诸葛亮活活气死了，怎配做三国的二号英雄？”

“对，正是长壮有姿貌，吴中皆呼为周郎的周公瑾！”郭瞎子为自己抛出的悬念引起人们质疑而得意。“列为看官休要急，且随东坡回赤壁，怀古公瑾当年志，小乔初嫁……”

“慢！停下——”杜缨娘突然打断郭瞎子的话说：“先生说大花脸曹操这一段很好听，小女子想请先生再说说！”

郭瞎子一怔，又从哪里冒出个扰客，一点规矩也没有。

他正要发作，杜缨娘又发话了："先生不必多虑，我就是想听先生把曹操的英雄气说完道全，不必半溜子里杀出个周郎。"

"听太太的意思，是在指教我郭瞎子说三国?"郭瞎子回应道。

"指教说不上，但曹操的事说完没说完，还听得出来!"杜缨娘话里有话。

"我早说过了，书艺这一行，你有你的道行，我有我的说法，郭瞎子就是这样说三国，爱听不听，悉听尊便!"郭瞎子生气了。

"道有道路，德有德性，你说得不顺耳，就得重说!"杜缨娘反驳道。

"郭瞎子要不顺你耳又如何!"

"你……"

杜缨娘正要发作，书艺馆的大门突然涌进一群鬼子兵来，举枪对准了在场的人。

"统统的不许动!"一名佩刀小队长径直向说书台走去。

郭瞎子在说书桌前，一动不敢动。

穆秀兰把手伸向杜缨娘的后腰，看似保护受惊的太太，实则是让右手靠近杜缨娘挎在左臂上的手提包，那里面放得有家伙。

杜缨娘扭扭身子，把穆秀兰的手荡开。眼下几个小鬼子，她才没有把他们放在眼里，暗示穆秀兰不必紧张。

鬼子小队长从杜缨娘身边走到说书台上。"大日本皇军不许你的说三国，你的怎么不听?"

郭瞎子没有回答。

"你的鼓动良民的不满，良心坏了坏了的!"鬼子小队长夺过郭瞎子手里的惊堂木，重重地拍在书桌上，"带走！统统的带走!"

鬼子兵押着郭瞎子走下说书台，用枪逼着在场的听客出了书艺馆。

杜缨娘和穆秀兰都被鬼子押上了车，她小声对穆秀兰说"我要郭瞎子!"

穆秀兰明白杜缨娘要在半道上找机会脱身，但不明白她为何还要带走郭瞎子。

杜缨娘故意靠近郭瞎子站着，不时地瞟他一眼，他还是那副得理不饶人的样子……

车在闹市中行进。突然，一个行人横街而过，鬼子司机猛地刹车，车骤然停了下来。杜缨娘看准机会，迅速打出几枚柳叶镖，瞬间要了鬼子司机和车上鬼子的性命。

杜缨娘和穆秀兰带着郭瞎子跳下车，眨眼消失得无影无踪。

第十八章

初试兵法　关门打鬼放火烧

新四军独立团驻地，团部首长正召集连以上干部，总结这一次挫败日军清乡行动的得失。

会议结束时，团长让崔松留下来，汇报鹞子岭的情况。

团长语重心长地对崔松说："不要小看鹞子岭的作用，你肩上的担子不比我这个团长轻，我没有人没有枪给你，只能靠你自己白手起家，组织广大抗日力量，积极配合即将打响的易城会战。我给你下个硬任务，你必须尽一切努力把这支抗日武装争取过来！"

同一天，国民党战区司令部也在召开秘密会议，针对日军华东派遣军的"螳螂计划"，正式启动"黄雀行动"。

据战区司令部掌握的情报，华东派遣军正针对新四军实施"螳螂计划"，究竟是个什么样的计划，具体内容不详。但有一点可以肯定，日军的行动与企图突破长江三峡防线有关。

战区司令部委任田秀武为特勤处上校处长，具体负责此次"黄雀行动"。

战区司令在办公室向田秀武面谕："此次委任意义重大，你等身系攘外与安内之重任，当以'两防一整'为要务，即：严防日军西上，内防共党扩张，收编土匪武装。"

"卑职时刻牢记委员长训令，党国利益高于一切！"田秀武掷地有声。他要一如既往地证明对党国的忠诚。正因为这一点，他在一年之内连升

两级。

杜缨娘挟着郭瞎子出了孔都城，绕道西陵沱过江。惊魂未定的郭瞎子向她和穆秀兰打躬作揖，提出告辞。

“走？你以为说走就走得了吗？”杜缨娘从树林里换装出来，丢出这句话，吓得郭瞎子直打哆嗦。

郭瞎子陡然警觉起来。“二位英雄将郭瞎子从虎口狼嘴里救出来，理应重金酬谢，可我现在身无分文，天大地小，总有来日，请恩人留下地址名号，他日定将酬谢送到！”

穆秀兰笑着说：“前辈说哪里话，我们救你并无半点图财之意，我们当家的仰慕你的书艺，才出手相救的。”

“当家的？”郭瞎子一愣，脱口而出：“你们是土匪！”

“你猜对了，我们就是土匪！”杜缨娘听到“土匪”二字，心中颇为不悦，索性理直气壮地承认自己是土匪，还重重地补上一句“我们就是专跟小鬼子过不去的土匪！”

“你们杀小鬼子？”郭瞎子连连摇头，“杀小鬼子的都是英雄，你们肯定不是土匪！”

“老前辈见多识广，没见过老远跑到孔都城听说书的土匪吧？”穆秀兰天真地问道，自己忍不住笑了。

“就是没见过！土匪咋会听郭瞎子说三国呢？”郭瞎子悻悻而笑。

杜缨娘也笑了，马上又正色道：“你不耿直，说三国也短斤缺两，大花脸曹操的事没说完，就赶着去说啥周瑜了，我救你出来，就是要听你足秤足量说三国。现在跟我上鹞子岭，说完三国再送你下山，我付你报酬！”

郭瞎子急了。“啥？跟你上山说三国？我行走书场几十年，从来没有遇到过如此荒唐的事！”

郭瞎子非常严肃地向二人申明，虽然说书人处于下九流的地位，但从来都是行走在城里，去乡下说书，不饿死也会被冷落死。说书不是做长工，单为一个人说上三五几个月，也不符合说书行的规矩。郭瞎子虽然是个艺人，也算满腹经纶的文化人，在江湖上多少有点颜面，不是谁想听就为他说的。

郭瞎子摆出一副士可杀不可辱的样子。

杜缨娘向穆秀兰做了个带走的手势，拾起包袱在前面走了。

穆秀兰看出了郭瞎子的心思。她没有动粗，而是轻声细语地说："当家的请前辈上山说说英雄谱，是想为鹞子岭的百十号兄弟长长打鬼子的志气，你瞧，这是多大的颜面。"

郭瞎子不做声。穆秀兰又凑到他耳边说："前辈已经在小鬼子那里挂了号，别说孔都城回不去了，只要有鬼子的地方，你都立不住脚，不上山又能上哪儿去？"

穆秀兰的话打动了郭瞎子，他长叹一声，把手中的竹竿伸向了穆秀兰。

穆秀兰牵着郭瞎子，两个时辰才走了十多里。照这样走下去，两天都回不了鹞子岭。穆秀兰埋怨杜缨娘弄个包袱自找苦吃。

杜缨娘让穆秀兰好好照顾郭瞎子，自己去找担架请人抬着他走。

不一会儿，杜缨娘就把人和担架找来了，"你在上面躺好了，我跟在后面，听你说曹操！"

郭瞎子躺在担架上很不习惯，几次想从担架上爬起来，都被杜缨娘按了下去。

"有啥好稀奇的，你说你的书，我赶我的路，两下都不耽搁。"她又摸出两块银元扔给俩轿夫，"抬轿子听说书，挣钱不累，真是几辈子修来的福分，还不快走！"

郭瞎子从来没有如此受人抬举，心生愧意，再扭扭捏捏下去就不够意思了。他理了理头绪，打算接着书艺馆里的故事往下讲。

"我爹给我讲过大花脸曹操喜欢耍奸使诈，你就说说他的奸！"杜缨娘点了题。

"蜀人陈寿曾说孟德其能'该韩白之奇策'，后人却说孟德是大奸雄，善使阴谋诡计，实则他'才武绝人，博览群书，特好兵法'，为谋略大家，他起于乱世，经略中原，雄踞北国，谋略智慧并不比诸葛孔明和周郎公瑾等人差。郭瞎子就说他排兵布阵，行军打仗……"

穆秀兰终于明白了杜缨娘的用意，她请郭瞎子上山说书是假，让他讲兵法是真。

杜缨娘又给两个轿夫加了一块银元，他们更来劲了，抬着郭瞎子，快步如飞。

郭瞎子躺在担架上，感觉思路不连贯，干脆坐了起来。这一坐，就好像回到了说书馆，故事直往外涌。

“曹孟德逐鹿青州获取精甲三十万，再挟天子以令诸侯，最后三国归晋平天下，无不印证了孟德的雄才大略。诸位听客且听好，我这就说孟德借刀献董卓的来龙去脉……”

“话说当年孟德追随董卓进洛阳，其实只有三千兵马，董卓怕镇不住，向孟德请计，孟德让他将这三千人每天晚上便装出城，第二天再大张旗鼓整队进城，一连四五天，天天如此，结果人人都以为他有千军万马。孟德由此博得董卓器重，封为骁骑都尉。”

“孟德其实对董卓暴吏甚为憎恨，本欲除之。他向司徒王允借七星宝刀刺杀董卓，被识破，情急之下假装献刀，又假装试马，终骑马出城逃走，回乡起兵讨伐董卓，得到天下英雄及各路诸侯响应，之后成就千古大业。曹孟德献计献刀，最终成功诛伐董卓之计，可谓‘备周则意怠，常见则不疑，阴在阳之内，不在阳之对。’这就是三十六计第一计——瞒天过海！”

不知不觉中，他们已经走进了十二岭中的崖鹊岭。担架上的郭瞎子越讲越起劲。他一手抓着担架，一手举着惊堂木，不时舞在半空中，说得兴起时，习惯性地拍下去，正好拍在自己的大腿上，痛得他“哎哟哟”地直叫。

抬着郭瞎子的两个轿夫听得入神，只顾赶路，未顾脚下，连走在悬崖边也没察觉。突然脚下一虚，担架陡然倾斜，眼看郭瞎子就要落崖，吓得两轿夫尖叫起来。

尖叫声惊醒了如痴如醉的杜缨娘。见郭瞎子斜出担架坠崖，如老鹰猎食，一个俯冲，伸手抓住了他的腿。又一个乌龙摆尾，借势揪住岩上的树枝，接着使出“履云步”，整个人如鹤冲天腾空而起，把郭瞎子稳稳地托放在树杈上。

郭瞎子无恙，穆秀兰一颗悬在了嗓子眼上的心才落地。她赶紧拆了担架上的绳子，将郭瞎子拉了上来。

两个轿夫不住地感叹：“先生真是命大啊，要不是女英雄舍命救你，恐怕已经摔成柿子饼了！”

郭瞎子刚从鬼门关回来，意识还没有完全清醒。听了两个轿夫讲完经过，很是感激，冲杜缨娘一抱拳，“郭瞎子有眼无珠，两次踏进阎王殿，承蒙当家的舍身相救，再造命身，大恩大德无以回报，当家的爱听郭瞎子说书，郭瞎子虽无八斗之才，却也读过五车圣书，如不嫌弃，我愿终生追随！”

杜缨娘高兴地说：“那就请先生上鹞子岭摆书场，为兄弟们说三国讲兵法！从今往后，您就是我的兵书先生！”

杜缨娘重新绑好担架让轿夫抬着郭瞎子上路。一边自我埋怨：“都是我的错，要不是硬让先生躺着说书，也不会让先生受到这等惊吓。”

郭瞎子快步走到杜缨娘身边，说道：“当家的，我自己能走！”

“你不是瞎子？”穆秀兰大吃一惊：“原来是装瞎子，连我都骗了！快说，到底有何居心？”

杜缨娘制止了穆秀兰，轻言细语地说：“先生装瞎一定有先生的苦衷，不到万不得已，哪个愿意这样做？”

郭瞎子睁开双眼，一副羞愧难当的神情，“我的确是有不得已的苦衷，但我不该来骗当家的。都是我自作自受，如果不是我装瞎，哪会害己又害人，还差点害了当家的！”

两轿夫冲到郭瞎子面前。“你早不说装瞎，晚不说装瞎，偏偏这会来说自己装瞎子，我们的工钱你来补？”

杜缨娘把担架扔下了悬崖：“你们回去就是，上鹞子岭的工钱我照样给你们。”

翻过樱桃岭，下了青石坡，过了牛娃子沟，前面就是猫子岭。

走猫子岭是回鹞子岭最近的路，猫子岭是樊鸿远的地盘。杜缨娘看看郭瞎子走得那样艰辛，决定直插猫子岭回鹞子岭。

穆秀兰不时拿话刺激郭瞎子，说他长着眼睛装瞎子，青天白日说瞎话，只有装聋扮哑骗吃骗喝的，哪有装瞎子骗轿子坐的。

郭瞎子自觉理亏，忍气吞声不与她计较。

杜缨娘只管听郭瞎子说三国。突然想起时三眺，就请他说说梁山好汉鼓上蚤的事。

说起梁山好汉鼓上蚤，郭瞎子陡来兴致，“不说鼓上蚤火烧翠云楼，也不说他如何偷鸡报晓，我要替他鸣不平！”

“鼓上蚤是当年江湖闻名的梁山好汉，可他的排行却不靠前，正数一百零七，倒数才是第二！他是宋江最不赏识的好汉，实乃梁山之不幸。”

郭瞎子为鼓上蚤时迁喊起了冤枉。

“梁山一百零八好汉，大多没啥江湖名望，也没有多少真本领。时迁却不然，四海闻名，本领独特，绝对不是凑数的英雄。在抵抗双鞭呼延灼的攻打时，用盗甲之法引得金枪手徐宁上山入伙，又学得破解连环马的钩镰枪法，立下赫赫战功。”

“鼓上蚤被排斥的根本，因他曾是宋江向晁盖夺权的棋子，宋江夺权成功，为掩饰自己的不良心术，便让时迁坐了倒数第二的交椅。”

杜缨娘没读过水浒传，不知梁山诸多事情，但听郭瞎子说起鼓上蚤的遭遇，陡然有种如同身受的感觉。崩塌的四方寨似乎承袭了许多梁山的影子，这大概就是时三眺一心想择正道投明主的心路历程。

“有情况！”杜缨娘示警，随即闪到大树后面，手里已扣了七种暗器。

穆秀兰惊问：“当家的，出了啥事？”

杜缨娘拉过穆秀兰，指着五十米开外的右前方，悄悄地说：“你瞧，那两拨人一拨逃，一拨追，为啥都是走走停停？”

郭瞎子靠近杜缨娘，小声问：“是土匪吗？哪个山头的？我从来没有遇到过土匪，怎么一上山就见到……”

郭瞎子见穆秀兰直扔白眼，赶紧打住，不再吭声。

杜缨娘朝郭瞎子扑哧一笑，“先生不把我们当土匪了？”

“你们哪是土匪？你们是打鬼子的英雄好汉！”郭瞎子突然很有精神，“打鬼子好！郭瞎子就冲这点也要跟当家的上梁山。”

“鹞子岭不是梁山，我也不做宋江！”

就在他们小声说话的时候，林子里闪出几个人影，一闪又不见了。

郭瞎子害怕起来。

杜缨娘发出“鸳鸯笑”，对穆秀兰说：“是小石头他们到了，快招呼他们过来。”

果然是小石头和宴大彪，他们衣衫褴褛的样儿把穆秀兰吓了一跳。

“这是咋回事？”穆秀兰焦急地问：“是不是跟猫子岭过火了？”

小石头摇摇头，抢过穆秀兰的水壶猛喝两口，才上气不接下气地说：“狗日的樊鸿远投靠了小鬼子，我们遭小鬼子端了！”

“吴军师和田军师呢？”杜缨娘急了，喋喋不休地问：“快说！兄弟们咋样了？”

“他们还好，幸好都蹲在坝坝里吃饭，鬼子的炮弹都掉在伙房里，没伤着！”

杜缨娘总算放心了，赶紧问小石头，他们现在在哪里。

“都逃出来了，吴先生带着我们去猫子岭，打算向樊鸿远搬兵找小鬼子报仇，哪知道钻进了人家事先设好的笼子！”

宴大彪抢过话头，气冲冲地说：“狗日的樊鸿远早跟小鬼子串通好了，正等着我们送上门去，刚刚进寨门就被关门当狗打了，要不是我跟小石头……”

“快说！这时候还有啥见不得人的！”穆秀兰急得推了宴大彪一掌。

“我跟小石头走在后面，见寨子外有几颗野桃子红了，就上去摘。”

小石头一副大难不死的样子。“我们吃了桃子才往樊鸿远的寨子里走，路上遇到两个抽大烟的，你猜他们说啥？”

“说啥？”穆秀兰问。

“啥子千手观音哟，都是些落水狗，司令关门打狗，这招够绝！”

宴大彪抢过话去说：“我们听到这话不对劲，用暗器打死了一个，另一个吓破了胆，才说出樊鸿远早就拿了小鬼子的大洋，设好圈套等我们好几天了。”

杜缨娘气得将手中的七种暗器撒向几丈开外的大树。她让郭瞎子就此藏身，等救出吴红金他们再到这里会合。

郭瞎子坚持要跟他们去猫子岭。说了几十年的书，还没有亲身经历过真正的腥风血雨。

穆秀兰也赞成他去，理由很简单，她怕他趁机跑了，到时上哪找人给当家的说书。

杜缨娘答应了郭瞎子的请求，嘱咐宴大彪保护好说书先生。

杜缨娘一边听小石头讲小鬼子袭击鹞子岭的经过，一边让他带路靠近猫子岭。

小石头说，鬼子先对山寨的伙房和住房打了一阵榴弹炮，跟着冒出手持冲锋枪的鬼子。他们是单兵出击，看准了目标就打，个个训练有素，动作相当敏捷，很快冲破吴军师设在外围的防线。

就在这时枪声大乱，不知道是谁在鬼子的背后打冷枪，个个神枪手，枪枪点砂锅，吓得鬼子趴在石缝旮旯不敢动，弟兄们才乘机跳出了鬼子的包围圈。那帮人咬得很紧，鬼子没法腾出人来追，吴军师才带着弟兄逃往猫子岭。

小石头带着他们绕到猫子岭山寨后门。

从这里观察猫子岭一目了然。寨子四门紧闭，围墙上布满了匪兵，小部分对外防守，大部分对内瞄准，三挺机枪都对准了寨子南侧的一块空坝，那里站满了鹞子岭的弟兄。

吴红金和钱书宝没有在空坝上，田俊雄夹在其间。从樊鸿远的架势看，鬼子还没有追到猫子岭。

杜缨娘向空中打出一对“鸳鸯笑”，告诉吴红金，她就在附近。

猫子岭的聚义堂，吴红金抱着双臂坐在八仙桌边，“抓钱手”钱书宝、“猴孙子”孙大壮、“胡二锤”胡连勇和“勾魂手”刘冲都坐在他身边。

桌子上方悬挂着一只竹篮，樊鸿远的副官方大新说过，那里面装着一篮子熟透了的“土地瓜”，只要一碰就开花，一开花的后果就不用说了。

方大新把玩着一支勃朗宁手枪，大胡子营长左明银跟在他身后。方大新端详着手里的枪，自言自语地说：“留得青山在，不怕没柴烧，大家干的是一路货的买卖，难道还要我唱‘此路是我开，此树是我栽，留下买路钱，一起买酒喝’的盘子？”

“此路怎么个买法？”吴红金初见方大新，感觉他身上有一股江湖豪气，颇感投缘，现在却荡然无存。他淡淡一笑，反问方大新：“请方副官出个价！”

“你我同吃一碗饭，用得着讨价还价？两条路一口价！”

“尽管开价，我们掂量有利可图，自会考虑成交。”

“一条路是跟我们樊司令下山升官发财；另一条就是留下银两，为你的兄弟争取一条生路。山不转路转，将来冤家路窄遇到了，也是条后路。”

“跟樊司令下山当然好，请问去哪个衙门升官？走哪家码头发财？”吴红金爽朗一笑，拍拍“抓钱手”钱书宝的包袱，又拍拍自己的腰包，说：“鹞子岭的家当都在这里，方副官是想拿去给兄弟们发饷，还是下山娶姨太太？”

“这年头除了皇军能给咱们官做，有钱让咱们拿饷，去哪一家能升官发财啊?”方大新抬起手背搓了搓鼻子，不屑地说：“让你们留下那些钱，是为你的几十个弟兄找个活着离开的理由。”

“恭喜方副官下山为小鬼子舔屁股了”，吴红金回头瞟了一眼众兄弟，说：“你们愿意跟他去吃香喝辣的吗?”

“抓钱手身上有几十斤袁大头，谁要愿意为我舔屁股，这些钱都归他!”

“哪个龟孙子想当汉奸，勾魂手现在就摘了他的二斤半!”

方大新大怒，举起手中的勃朗宁手枪，指着楼下歇斯底里地叫道：“两条路任你们选一条，第三条路只有一个字：死!”

现场气氛异常紧张，二楼伸出十几条枪来，对准他们头上的竹篮子。

“都好说，好好说，我们开的是价，你们还的是钱，大家和气才生财!”大胡子营长左明银突然从方大新身后走出来，摊开双手示意双方冷静，又转身在方大新耳边嘀咕了两句，冲吴红金说道：“方副官完全是一颗菩萨心，都闹僵了，等司令跟皇军回来，只怕你们留下再多的买路钱也走不了!”

吴红金见大胡子营长向他说这番话时扯了扯眼皮，话里是说樊鸿远不在猫子岭，方大新想黑了他们身上的钱财。要是把这些钱都给方大新了，他未必会放过大家。

正在这时，吴红金听到了“鸳鸯笑”，当家的就在寨子外面，心中大喜，得想个法子出这个屋子，配合当家的收拾方大新。

“好吧，我们选第二条路!”吴红金举手向方大新示意和解，“但我有个条件，方副官答应了，这笔生意才能成交!”

“啥条件？我做得主的都答应你!”

“我们留下钱财，外面的兄弟是不是可以走人?”

“那是当然，方某一言，驷马难追!”

“好，我先给你一半，你放了我兄弟，再给另一半。”

方大新没有立即答应，来回走动一阵，把大胡子营长左明银叫到跟前，耳语了一阵，说：“你先给一半，我也只能放一半，走的人不得带走家伙!”

吴红金想了想，无奈地说：“我们是你摆在菜板上的肉，想咋剁就咋剁。不过我还有个条件，我得让兄弟跟着你的人出去，回来证实我的人确实走了，才能给你钱。”

左明银向方大新点了点头，“我带他的人出去，要是想跑，老子赏他花

生米米!”

吴红金掏出一只钱袋，扔给楼上的左明银，说：“这些钱是我上次找贵寨借兵时吃的黑钱，帮我带去还给你的兄弟，请你告诉外面的弟兄，吴某如果出得去，定会重重补偿!”

左明银指着吴红金大骂不地道，让人带了刘冲出去。

约莫过了半个时辰，几个匪兵绑着刘冲回到聚义堂，左明银一进来就向方大新叫嚷：“他想跑，我让兄弟们把他绑了，这笔买卖咱不做了，他们想要赖!”

“想赖？老子先让他吃地瓜!”尚麻子大怒，掏出勃朗宁对准吴红金头上的“土地瓜”。

刘冲挣脱匪兵的抓扭，愤怒地说：“是你狗日的左胡子想要赖不放人!骗了军师的钱发给你的弟兄，却不放我们的兄弟!”

钱书宝一听就冒火，冲吴红金叫道：“不跟他们磨嘴皮子了，咱们就是带着银元见阎王，这帮龟孙子也休想得到!”

方大新手一抖，勃朗宁响了，但没有打中地瓜篮子。

钱书宝取出绑在身上的两只钱袋子，呼啦啦地倒在桌子上，白花花的银元煞是抢眼。他哆嗦地说：“咱们带着这么多的银元上路，是不是太奢侈了？百把个兄弟平分，每人足有二两，过奈河桥也用不了这么多啊!”

胡二锤摸出一沓纸来递给吴红金，“当家的给我老娘做寿的五十两银票也在身上，要是同归于尽，是不是太可惜了？”

吴红金接过胡二锤手里的银票放在桌上，眼睛盯着孙大壮，厉声说：“把你们掖着藏着的都拿出来，让我看看你们过去吃了多少黑，方副官要是放我们一马，出去跟当家的说了，看怎么收拾你们!”

孙大壮摸索出一包银元倒在桌子上，方大新在楼上盯了几眼，足有四五十块。

只听孙大壮说：“我只带了银元出来，那些银票还藏在鹞子岭，也没多少，打算带回老家买贾财主老宅子的。”

钱书宝顿时火冒三丈，大声质问：“还不多？贾财主的老宅子谁人不晓得，九九八十一间上房，少说也值千八百两银子!”

二楼上的方大新简直傻了眼，桌子上堆放的银元和银票像座小金山。他伸出舌头舔了舔干涸的嘴唇，举起的勃朗宁手枪耷拉下去。

吴红金突然飞身上桌，伸手将篮子抱在怀里，朗声说道："方副官，只要你放了我的兄弟，这些钱都归你和猫子岭的兄弟！"

方大新一惊，赶紧转身压住身后的匪兵，"不许开枪！有话好说！"

他满脸堆笑地往楼下走，嘴里不停地说："好说好说，吴军师也不是第一回跟方某打交道，啥事都好商量！"

"你站在那儿别动，等我把话说完！"吴红金手里多了两枚铁蒺藜，指着篮子里的"土地瓜"说："我们虽然只打了一回交道，但我知道方副官的为人，黑吃黑的本事比我吴某人还精，我知道你拿了这些钱，不会大大方方分给猫子岭的兄弟，所以我要先拿出大半分给你手下弟兄，剩下的小半属于你！"

方大新不等吴红金把话说完，双手摆个不停，"那不行！我是猫子岭的副官，我当然该得大头！"

大胡子营长左明银听了这话，转身把抱着冲锋枪的几个匪兵招呼到跟前嘀咕了几声。

"你不答应，我们就没法谈！"吴红金把怀里的土地瓜搂得更紧了。

"给手下兄弟分多少，那是我的事，你休想做本副官的主！"方大新嘴里说着，又从怀里摸出了驳壳枪。

砰！方大新打了个冷战，举在半空的枪突然脱手。

大胡子左明银大声叫道："弟兄们，方副官想黑吃黑，岂能让他独吞，去拿走属于各自的那一份！"

藏在楼上的匪兵立即现身出来，丢下手中的枪，饿狼似的奔下楼。

吴红金趁机松开怀里的"土地瓜"，随钱书宝和胡二锤等人跃出几丈开外。

左明银端起机枪，对准下楼的匪兵就是一梭子。

杜缨娘带着穆秀兰和郭瞎子冲进了聚义堂，手中的柳叶镖宛若流星飞向匪兵。

"左营长，快带我们去外面收拾……"抓钱手说着就要冲出门。

"不用去了，外面的弟兄都让左营长打发了！"刘冲叫住钱书宝笑哈哈地说："他们可能还没有分清军师给的那袋子银元！"

左明银丢下机枪走下楼来，吴红金跑上去紧紧搂着他，一句话也说不出来。

吴红金以钱为诱饵，巧使“露财免灾”之计救了几十名兄弟，郭瞎子听了连声感叹：“周瑜装醉勾引蒋干偷书的‘离间计’也不过如此！”

多数人不知周瑜、蒋干为何人，惊异地问：“他们也会小吴用的露财免灾之计？”

郭瞎子哈哈大笑，趁兴说起三国里“蒋干中计”。

鹞子岭的兄弟和刚刚投奔鹞子岭的匪兵都凑到一起，暂时忘了伤痛和陌生，郭瞎子说得唾沫横飞，直听得小石头和胡二锤拍起巴掌叫好。

郭瞎子讲到“火烧赤壁”的最后时刻，故意卖了一个关子，“欲知后事，且为郭瞎子添了茶水再说！”

杜缨娘将吴红金和小田俊雄拉到一边，小声布置了一番。

吴红金叫来大胡子左明银，拿出一袋银元给他，让他找两个铁杆兄弟，带上这些钱去鹞子岭找樊鸿远。用这些钱作诱饵，把樊鸿远钓回来，最好把鬼子请进寨子。

左明银按吴红金的交代把藏在地窖里的腊猪油搜出来，放在大锅里化油，又将樊鸿远藏在卧室里的几桶擦枪油也搬了出来，一并兑在油锅里熬。

左明银派出去的兄弟在半道上遇到了樊鸿远。他正领着几十个匪兵和二十几个鬼子浩浩荡荡地往猫子岭赶。

“八嘎！”几名小鬼子将他俩围住。

樊鸿远一看是自己手下的一名排长，忙向鬼子小队长禀明身份。

二人哭爹喊娘地扑倒在他面前，“司令啊！可找着您了，再不回去，方副官都要把鹞子岭的肥票卖完了。”

“鹞子岭的人？千手观音真逃到了猫子岭！”樊鸿远不希望听到的消息终于听到了，急得直跺脚，冲他俩吼道：“快说！猫子岭咋了？逮住千手观音没有？”

“千手观音没有来，只逮住了她的军师和十几个兄弟！”

“真逮住了小吴用？”樊鸿远哈哈大笑，忙点头哈腰向鬼子小队长报告：“太君！大大的喜事，千手观音的军师，猫子岭逮住的！”

鬼子一听到“千手观音”四个字，杀气顿起，命令樊鸿远：“你的快快的带路，千手观音死啦死啦的！”

小鬼子以为抓住了杜缨娘，樊鸿远马上解释说："逮住了她的军师，不怕逮不到千手观音，我保证她会钻进太君的套子。"

排长装出一副着急的样子，冲樊鸿远挤眉弄眼，小声说："司令别急，有情况向您报告!"

樊鸿远把耳朵凑过去，排长向他耳语："方副官按十块大洋一个人，快把鹞子岭的肥票卖完了!"

"啥?"樊鸿远正要发作，却看到鬼子中队长杀气腾腾地盯着他，只好把话吞了回去。

排长将一口袋银元递给樊鸿远，向他报告说，方副官收了钱准备放人，左营长和几个兄弟见他敢黑吃司令，拼死出面阻止，总算把他绑了。鹞子岭的人现在还关在地窖里，左营长让属下带着钱来找司令，赶快回去处置，怕时间长了，千手观音带人找上猫子岭，剩下的兄弟顶不住。

樊鸿远拍拍排长的肩膀，感激地说，"好兄弟！回去本司令重重地赏你!"

他看了看自己的手下，长长地叹了口气。自己七十多个兄弟和皇军一个小队，本是去鹞子岭清剿千手观音，哪想到半路杀出新四军，牵着他和鬼子在山里转来转去，被打得只剩下二十多号人。

排长带着他们火速赶回猫子岭。

樊鸿远赶回猫子岭，已是垂暮时分。远远望去，他的老巢正亮着火把，鬼子小队长举手止住队伍前进。

樊鸿远凑上前问："太君，有问题吗?"

"埋伏的小心!"鬼子举起望远镜张望。

樊鸿远隐约地看到，寨子每十步有一只火把，城墙上站满了挂枪的匪兵。他起了疑心，命令排长向里喊话。

寨子里的左营长答话了，听说樊司令回来了，马上高呼："弟兄们，司令回寨啦，快打开寨门接司令!"

樊鸿远突然对寨子里的左明银说道："你把鹞子岭的小吴用绑出来让本司令瞧瞧!"

"真是老狐狸!"排长在心里骂道。

寨子里的左明银回答："遵命！我把他给司令绑出来。"

左明银押着五花大绑的吴红金从寨门里走了出来，一路对吴红金又骂

又踢。

左明银押着吴红金走近樊鸿远，正要张口邀功，樊鸿远抬手就是一枪，左明银哎哟一声："司令……"

樊鸿远喝道："想骗本司令上当，老子毙了你！"

左明银痛得蹲在地上，抱着左腿大叫："司令冤枉啊！属下对司令忠心耿耿，天地可鉴，是方副官想吃司令的黑……"

绑着的吴红金突然仰头大笑，冲左明银吐了一口唾沫，说："狗日的，老子灭不了你，自有人灭你！哈哈哈……"

随后的匪兵吓得魂飞魄散。

"弟兄们忠心耿耿，舍命为司令保住猫子岭，司令要我们死，弟兄们不敢不死，但求司令让弟兄们亲眼看见千手观音死了，我们才死得瞑目！也让这个狗屁军师看看，千手观音如何成为司令和皇军的刀下之鬼。"

左明银的这番话，一是为了稳住樊鸿远，二是向兄弟们暗示，樊鸿远并没有发现他们投靠千手观音。

樊鸿远被左明银的忠诚所感动，赶紧上前将他扶起来，撕下衣襟为左明银包扎，嘴里说："都是那婆娘逼的，望胡子老弟理解本司令的难处。"

"小心行得万年船，司令的用心我懂。"左明银佯装感动，拍拍受伤的左腿，"要不，司令的枪子怎会只从我的腿肚子穿过呢？"

樊鸿远指着寨子里忽明忽暗的火把问："这是咋回事？不怕暴露目标吗？"

"司令留在寨子的兄弟跟方副官拼得差不多了，怕千手观音来劫寨，胡子就想了个疑兵之计，用柴火做成茅草人，夹在兄弟们中间虚张声势，撑到司令回来就好啦！"

樊鸿远激动地点点头，一挥手，"回寨，活捉千手观音！"

鬼子小队长随樊鸿远走到聚义堂门口，突然叫住樊鸿远，指着码在聚义堂四周墙壁的茅草人，说道："什么的干活？统统的撤掉！"

樊鸿远命令左明银："快！听太君的命令，统统地撤！"

鬼子小队长抬头看了看碉楼，他的鬼子兵已经架好机枪，瞄准了聚义堂门前的院坝，他这才命令樊鸿远把千手观音的人带出来。

鬼子的举动，杜缨娘看得真真切切。

吴红金拿起手里的“水枪”，左看右看，越看越服杜缨娘，真想不到这个川东来的娇小女子，脑子里装了如此多的鬼点子。

这把“水枪”看起来简单得不能再简单，取一节竹筒，两边留节，从中一分为二，用纳鞋底的锥子在有节的地方钻几眼细细的孔，然后取一节木棍，在棍头一端绑上些布条，放在水里泡一泡，插进竹筒就成了。

左营长熬的那些腊猪油，现在都汲进了“水枪”里，只等一声令下，弟兄们就会将竹筒里的腊猪油喷出去。当家的说，这是川东的娃儿玩水仗游戏用的，想不到现在用来打鬼子。只是得赶紧把仗打响，不然等竹筒里的油凉了，就喷不出去。

吴红金哪里知道，鬼子用的喷火枪与他们做的喷水枪是同一个原理。

穆秀兰在左，杜缨娘靠右，小石头藏北，宴大彪站南，他们各自握着“欢喜果”，随着杜缨娘手势，一齐向鬼子扔去。

哈哈哈哈哈！小石头发明的“欢喜果”发出一连串的笑声。吴红金一声令下，手握“水枪”的弟兄，使足吃奶的力气，向着“欢喜果”的落点喷射出去。

大火顿时熊熊燃烧，满身着火的鬼子扔下手中的枪，扑在地上满地打滚，碉楼上的鬼子还没来得及扣动枪机，就变成了火球，嗷嗷叫着从碉楼上跳下来。

鬼子小队长被烧得满地打滚，樊鸿远帮他扒掉军装，试图从寨子的大门突围，却不料火势已封住了寨门。那些被看做疑兵的茅草人，个个都变成了满腔怒火的火人。

樊鸿远和鬼子小队长被火海渐渐地吞没……

第十九章 虎穴龙潭　鬼子上当桃花宴

易城沦陷后，鬼子接连发起清乡行动，汉奸特务肆意横行，城里城外弥漫着恐怖气息，老百姓的恐惧越来越强烈。

城南和城北是鬼子控制最严的地方，城南是阳易铁路的唯一入口，为易城新兴的旱码头；城北是繁荣了上百年的水码头，但最近来往船只愈渐稀疏。

日本鬼子占领易城后，这两个码头成了最血腥的地方，凡是被小鬼子抓获的抗日分子，都将在这里身首示众。鬼子采取了最惨无人道的方式，城南悬身，城北挂头，一悬一挂，几十颗人头和尸体在日晒雨淋中腐烂，以此打击易城的反日抗战精神。

端午这天，易城人一觉醒来，就被一个晴天霹雳惊得目瞪口呆。挂在城北的十几颗人头突然不见了，一颗烧焦了的女人头高高地挂在城墙上。人头一侧，挂着刀剑镖之类的冷兵器，城墙下方贴了一张海大海大的布告，老远可见布告上的人像就是千手观音杜缨娘。

汉奸赵二苟敲着响锣大呼大叫："皇军清剿鹞子岭大获全胜，匪首千手观音就地伏法，皇军有令，谁敢对抗大东亚共荣，千手观音就是下场！"

抗日女匪"千手观音"死了的悲痛，顿时在易城弥漫。

易城的太阳刚露了个脸，就躲进了厚厚的黑云之中。雷鸣电闪，天地共愤，突然而至的暴雨一直下了两天两夜，城里的老百姓都关门插户，不敢出来。

第三天上午，有人发现城北的墙头上挂着汉奸赵二苟的人头，刀剑镖换成了他的鼻子眼睛耳朵。城南被鬼子扒光了衣服写着“千手观音”的尸体不见了，换成了三具穿着鬼子军装的无头尸。那张布告换成了一张血书：以血还血，誓杀倭寇！

驻扎在易城南郊的日军第 8 旅团司令部，旅团长吉本贞一少将正召集所属各联队大佐级军事会议。团濑谷启大佐刚刚从阳城赶到，他向吉本贞一行完礼，对他身边挂中佐军衔的青年军官斜觑了两眼。

吉本贞一少将看出几位大佐对眼前的青年中佐充满蔑视，但这位青年中佐一脸沉静，冷峻孤傲。

他把青年军官叫到几位大佐面前，说：“这是大日本帝国第一勇士，天皇陛下亲点到华中战场的西大条胖中佐。他将作为大日本皇军实施西进战略的先锋，对中国抗日武装实施专项打击，而且已经取得了实际效果。我相信，有条胖中佐的专项打击，我们运筹半年的易城战役将取得空前辉煌！他今天破格出席会议，将对易城战役前的专项打击作最后部署。”

西大条胖独自走到地图前，用冷峻的眼神扫了几位大佐一眼，开始介绍专项打击方案。

按西大条胖对专项打击的解读，华中日军将于秋末冬初进行易城战役，明春挥师西进中国的陪都重庆，进而向西推进，完成与大西南日军的战略会师，实现占领整个中国的目的。但西进战略毫无进展，主要因为活动在华北的八路军和华中的新四军的强力牵制。同时，还不时遭到地方抗日武装的袭扰。西大条胖集训的特种兵大队，其主要任务就是针对新四军和地方抗日武装进行专项打击，为易城大会战和西进战略扫清羁绊。

西大条胖离开双龙镇特种兵训练基地前，摸清和掌握了四方寨残匪千手观音盘踞在鹞子岭的一切情况。

他布下连环计，派出一支特种兵小分队对鹞子岭实施突袭，最终将千手观音消灭在猫子岭，同时铲除了占山为王的樊鸿远兵匪团伙。虽然特种兵小分队几乎全军覆灭，但千手观音的人头挂在易城，足以告慰圣战勇士的英魂，彰显大日本皇军誓死效忠天皇，构建大东亚共荣圈的坚强决心和实力。

“我荣幸地告诉各位，条胖中佐已经将易城一带最为凶悍的匪首千手观音歼灭，为大日本皇军除去了一只烦恼的苍蝇!”吉本贞一拍了拍西大条胖的肩说：“天皇陛下亲笔下诏，颁发大东亚圣战第一勇士勋章，天照大神的子孙当以条胖中佐为楷模，为大东亚共荣建功立业!”

“将军阁下，请允许我向你提出一个请求，赋予我拥有第 8 旅团机动部队的指挥权!”

西大条胖此言一出，几位大佐面面相觑，十分吃惊。如果不是旅团长吉本贞一少将在场，他少不了被抽耳光。

吉本贞一没想到西大条胖会提这样的要求，在大日本皇军中，军衔等级森严，下级绝对不可能逾过上级，他应该懂得这一条规矩。

“将军阁下，我的请求完全是为大日本帝国西进战略考虑。时下西进受制，大战在即，战略意图总是不能如期实现。我认为，主要原因是我们的对手发生了错位，大日本皇军暂时的对手不只是支那政府的国军，而是共产党领导的八路军、新四军和游击队，以及跟着走的绿林武装。那些游击队和绿林武装，化整为零，藏于老百姓中，日伏夜出，神出鬼没，运用灵活机动的游击战术，对大日本皇军进行骚扰。若抽出一部分机动部队把他们消灭了，我们就能集中力量实施西进计划。最好的办法就是按支那人的说法，以其人之道还治其人之身。我特种兵大队几百名勇士百炼成钢，个个都是对付这些穷棒子武装的一把尖刀!”

西条大胖完全忘记了自己的身份，根本没把几位大佐放在眼里，一副刚毅孤傲的语气，“我将把特种兵大队划分为若干小分队，配备到诸位大佐的部队。由我统一指挥，采取与他们一样聚散无常的游击策略，整零配合，紧密互动，机动地对他们实施打击！确保我易城战役和西进的胜利!”

“好！条胖中佐不愧为我大日本帝国第一勇士，为了大东亚共荣，大日本皇军没有汉界楚河之分!”旅团长吉本贞一终于忍住了莫名的冲动，皮笑肉不笑地说出了这番话。

吉本贞一扫了几位大佐一眼，说道：“为了大日本帝国的利益，现在我宣布，条胖中佐代我行使第 8 旅团的军事行动协调权。我将向冈村宁次司令官请示，请授予条胖中佐在易城战役的特别指挥权!”

西大条胖带着一腔热血离开了吉本贞一的司令部，踌躇满志地回到特种兵驻地。他立即将特种兵大队分成四个小分队，三个配备到旅团各联队，一个由他亲自指挥。

西大条胖临行前对他们说："你们是大日本皇军最优秀的指挥官，你们将作为大日本皇军最神勇的武士在东亚战场创造世界军事史上的奇迹！"

他站在易城的作战沙盘边，端详一阵，又比划一阵，突然双臂一振，手里的中式飞刀、日式手雷、歪把子、狙击枪、膏药旗、红箭头等器具一应飞出，直扑易城地区的崇山峻岭，眨眼工夫将易城沙盘夷为平地。

他猛一转身，冷冷地对传令兵说："请他们进来！"

刘亦寿领着两名受伤的鬼子军官进来。

西大条胖走到两名鬼子军官的面前，脸上露出少有的悦色，"恭喜小田君，通过多方验证，你亲手消灭了千手观音，立了大功。司令本部已晋升你为特种兵大队少佐参谋，协助我消灭易城地区的新四军游击队和反日武装！"

这两名鬼子军官，一名是被穆秀兰救上鹞子岭的小田俊雄，一名是带队突袭猫子岭的特种兵小队长。

西大条胖走到小队长跟前，说："你讲一讲小田君的奇迹！"

鬼子小队长眉飞色舞地讲开了。

那天我被大火烧得赤条条地逃到寨子门口，想随樊鸿远寻找出口均遭失败，我索性扔下樊鸿远往茅坑方向逃去。当我逃到附近时，大腿和后背被人重重一击，眼前一黑栽倒下去。

醒来时，四周一片漆黑，还闻到了尿臊味，才知道趴着的地方是匪兵平时撒尿的地方。我的脸正好贴着尿湿的地方，加上坑地作用，才幸免被烟雾窒息而死。但我的右大腿和右肩胛都中了枪，右边的身体几乎不能动，几次想爬出坑地都没有成功。

就在这时，我听到游走的喘气声。最初以为是野兽在搜寻猎物，因为这一带常有黑熊出没。我赶紧屏住呼吸，静听由远及近的动静。我从喘气的节奏分析，气息是刻意压抑的，走动的声音带有技术性，分明受过军事训练，断定它不是野兽，也不是寨子里的匪兵。于是，我憋足气力打了一声口哨，紧接着，对方用同样的口哨作了回应。那是我们特种兵紧急情况下的联络暗号。

我隐约看清面前的人，发现他并不是自己带来的特种兵队员，立即作出一副拼命的架势。此人忙用日语说自己就是中佐阁下派到鹞子岭执行任务的小田俊雄，并且说出一个令人惊喜的消息，千手观音已经被他消灭了。

小田俊雄替我包扎好伤口，我们互相搀扶着来到一处垮塌的地方，他指着废墟堆说“千手观音”就在下面，说完就倒了下去。我这才发现小田俊雄受了重伤，伤口还在流血。

天蒙蒙亮，小田俊雄终于醒来。我找了急救包，为他作枪伤处理。还算幸运，我们中枪的地方都不是致命部位。

天亮后，我和小田俊雄用手一点一点地扒开废墟，果然从里面刨出两具烧得面目全非的女人尸体，她们身旁有大量的暗器。我们相拥而泣，千手观音的确死了。

最能证实千手观音身份的是已故匪首时三眺留给她的遗物，一本被千手观音随身携带的中国武术秘笈。

我与小田俊雄好不容易将两具女尸运抵易城，但却遭到中佐阁下的怀疑。

小田俊雄向中佐阁下陈述了消灭千手观音的经过。他随千手观音的军师吴红金一起逃到猫子岭，开始被樊鸿远的副官关押在一处空旷的院坝里，后来樊鸿远的大胡子营长进来给了他一张纸条，要求他口头传话：“一会出去时见机行事!”

一直等到天黑下来，大胡子营长又进来在他耳边传达了吴红金的指令：“一会儿只管向欢喜果爆炸的地方靠近!”

他们出去时，门口的匪兵发给他们每人一只油腻的竹筒，就是被吴红金称作水枪的东西，并一再嘱咐兄弟们，朝“欢喜果”炸开的地方使劲喷。

小田俊雄拿着“水枪”随大胡子营长向前冲，刚接近匪寨的聚义堂，就见聚义堂的烽火墙外趴着千手观音和她的随从穆秀兰，不停地向聚义堂里扔着土制的“欢喜果”。几名大日本特种兵身体着火，“水枪”里喷出的液体助长火势，聚义堂立即陷入熊熊大火之中。

情势万分危急，小田俊雄趁大胡子营长指挥匪兵时的疏忽，夺过他手里提着的轻机枪，对准风火墙上的千手观音一阵乱扫，亲眼看见千手观音中弹从风火墙上栽倒下来。就在这时，自己中弹，后面的情形便一无所知了……

小田俊雄陈述的经过实在太简单，简单得令西大条胖难以置信。西大条胖听他陈述了十多次，虽然有文字上的差异，但具体细节无懈可击。

事实上，小田俊雄虚晃了几枪，有意放跑了杜缨娘。

千手观音的尸体运抵易城时，尸体已经高度腐烂，难以验明真伪。虽然见她使用过这类暗器，但不能证明是她的。她随身携带的武术秘笈，尽管是西大条胖梦寐以求的东西，但一时难辨真假。所有物证都不能佐证她就是千手观音。

有一件东西让西大条胖开始相信她就是千手观音。就在西大条胖扒去她身上所有衣物的时候，他意外发现一个胶卷，这个胶卷就是时三眺偷走的“清乡计划”微型胶片。他开始怀疑眼前的尸体就是千手观音。

小田俊雄被送进战地医院急救。

为了摧毁千手观音在支那人心目中的种种神话，西大条胖找来一名中国女人，残忍地复制出千手观音刚被消灭不久的尸首模型，将头悬在城北，尸体挂在城南。

千手观音的人头被人换成汉奸人头的当天早上，下了两天两夜的大雨奇迹般地停了。易城的宪兵立即封锁出入城区的主要交通要道，汉奸特务全城搜捕劫尸人。

与此同时，新四军独立团首长也得到了这一消息，指示特侦科电告崔松，请他尽快查清事实真相，密切关注鹞子岭幸存人员的动向，必要时尽一切努力给予帮助。

崔松接到电令后，待在山洞里左思右想。他不相信千手观音会在猫子岭被兵匪樊鸿远和日军特种兵加害。

那天得到鬼子突袭鹞子岭的情报后，他带领特别分队强行军一百多里，快到鹞子岭时，正赶上鬼子攻入寨子，当即让刘旺财与三名狙击手对鬼子进行远距离点射。

鬼子突然遭到冷枪的精确打击，赶紧趴在原地不动，寻找打冷枪的位置。

崔松一边指挥部队抢占有利地形，一面带领一部分战士直扑寨子，试图通过强攻为寨子里的人创造突围的机会。

崔松看见吴红金等人冲出了寨子，迅速抢占寨子外的大垭口，阻击追杀吴红金的鬼子。

鬼子对崔松实施了三面包抄，企图将他们逼到死角歼灭。但鬼子小队长忽略了眼前的对手，崔松最擅长游击穿插战术。他立即调攻为守，变守为动，指挥战士单兵穿插，构成交叉运动的火力点，从不同方向对鬼子实施火力压制。

眼看鬼子将他们逼向绝境，崔松瞅准鬼子的破绽，命令傅大江带两名机枪手绕到鬼子的背后，借着围墙与土丘形成的掩体，对着鬼子身后一阵猛打。这一招立即对鬼子形成了反钳制。

这时，寨子的围墙后面突然冲出一群端枪的女子，她们以娴熟的战术动作，迅速抢占左右两道剪刀梁。

鬼子侧翼突遭袭击，立即陷入三面受敌的局面，赶紧调整攻击目标。这样一来，鬼子完全暴露在崔松的正面攻击之中。

不到半个时辰，鬼子就被崔松率领的新四军和鹞子岭的女子突击队歼灭。

崔松万万没有想到，樊鸿远会带着另一支鬼子小分队，去猫子岭等待吴红金等人自投罗网，更没想到千手观音也会追到猫子岭。

崔松将女子突击队带回龙潭湾山洞临时指挥所后，立即带上特别分队的战士出去接应吴红金。临走时留下两名轻伤员疗伤，说是请她们帮忙照顾，实际上是想看住她们。

崔松没有接应到吴红金，带着傅大江和刘旺财赶回龙潭湾时惊呆了，两名轻伤员被五花大绑在山洞里的石柱上。姑娘们怕他俩饿着，在他们面前各悬了半只褪了骨头的烤野兔，想吃就伸长脖子，刚刚够得着；怕他俩口渴，用翠竹做成吸管，一头接山泉，一头绑在他们肩上，扭头就能吸两口。姑娘们已经走了一天，去了哪里，两名伤员也不知道。

姑娘们去了双龙镇，想在那里找到杜缨娘和穆秀兰，向她们报告鹞子岭遭到鬼子袭击的消息。

双龙镇已失去了喧闹，一片寂静。原来驻扎在这里的鬼子全部撤走，张家祠堂只剩下残垣断壁。

女子突击队队长罗蔓带着姑娘们寻找杜缨娘。

罗蔓是杜缨娘从双龙镇带回来的大家闺秀，能识字断文，武功精进最快，不仅暗器功夫了得，还能双枪连击，百步穿钱，姐妹们暗地里叫她小观音。她发出指令："跟着蛛丝寻蚊子，找到西大条胖的踪迹就能找到当家的。"

姑娘们在张家祠堂发现了"欢喜果"爆炸的痕迹，说明当家的来过此地，还与人交过火。

罗蔓正在练飞刀，出去打探消息的田桂莲跌跌撞撞地冲进来，告诉她一个不幸的消息："当家的被害了！"

仿佛一声惊雷，把姑娘们炸得目瞪口呆。

"跟上！去易城报仇！"罗蔓说这句话时已经冲出去老远。

罗蔓等人到达易城城门外，一眼就看到城墙上悬挂着当家的头，旁边还有她的暗器袋。姑娘们确信当家的被害了。

她们冒着倾盆大雨，盗走千手观音的遗体，用草药处理后藏在地窖里。然后决定去找西大条胖，为当家的报仇。

月头的子夜黑得很沉，鬼子的辎重仓库比平常多加了几盏探照灯。巡逻的鬼子分成两组，相对而行，每隔十分钟碰一次面。

姑娘们上鹞子岭已有半年，个个经过武功和战术强化训练，若与一流高手单打独斗，的确还差一筹，但要协同作战，其杀伤力不低于一流武林高手。

罗蔓决定与赵玉花各带几个姐妹，趁鬼子碰头的时候，从东西两侧潜入辎重部队营地，留下小铃铛和翠竹在外围接应。

小铃铛和翠竹趴在洼地里听周围的动静，"翠姐，蔓子姐她们进去半个时辰了，还没有动静，不会有事吧？"

翠竹捏了一把小铃铛，明显感到她手心里有汗，说："里面没有动静就没有出事，你放心，蔓子和玉花都是心细的硬扎角色，不会有事的。"

翠竹正安慰小铃铛，一声枪响打断了她的话，接着响起炸豆似的枪声。

这场祸事是赵玉花她们自己惹出来的。

赵玉花带着姐妹们从东侧潜入营区后，鬼使神差地摸到了鬼子的宿舍外，有个妹子突然揪住赵玉花，吓得张口结舌。一个起夜的鬼子发现了她，并叽里哇啦叫起来。

鬼子的叫唤顿时刺激了赵玉花一直绷紧的弦，她手起镖飞，一镖要了鬼子的命，可慌乱中又扣动了手中的扳机。

鬼子的机枪顿时将赵玉花她们压在死角动弹不得。

罗蔓果断地向西侧碉楼上的鬼子开枪，故意暴露自己，试图让赵玉花那边减轻压力。

守辎重仓库的鬼子毕竟不是陆军作战部队，很少遭遇实战。他们打了一阵，见对手是一群女人，大喜过头，“停止射击！多多的花姑娘，抓活的！”

西大条胖被枪声惊醒，作战参谋进来向他报告说，有一股游击武装来仓库劫粮，跟守库中队交上了火。

“游击队劫粮？”西大条胖马上产生一种直觉，游击队打劫不会到守备森严的辎重仓库，因为劫到物资运不出去。按游击队的惯例，从来只对押运辎重物资的部队实施半道伏击，抢到物资就潜走山林。

“哟西！鸥子岭的土匪！”西大条胖抓起军刀，集合特种兵小分队，直奔辎重仓库。

鬼子的机枪停了，赵玉花还是不敢贸然从死角里冲出来。罗蔓带着姐妹们向她靠拢，想把鬼子吸引过来，但鬼子没有上当。

“蔓姐，我们撤吧，再不走，会跟玉花姐一起让鬼子包饺子吃了！”姐妹们都劝罗蔓赶紧撤出仓库。

“不能丢下玉花她们让鬼子糟蹋！”罗蔓坚持不撤。

罗蔓抱着死也要死在一块的决心向东边压过去，一手打枪，一手打暗器，腾翻躲闪，毫无畏惧，简直就是第二个大闹阳城的千手观音。

鬼子当中果然有人大叫：“千手观音！统统的打……”

西大条胖带着小分队刚刚出了营房，一声炸响把他脚下的石阶抖了几抖，南边立刻升起一团红红的蘑菇云，照亮了整个辎重仓库。

西大条胖被炸得两耳发聩。鸥子岭的残余不可能实施如此大的爆破行动，一定是大股的游击队。他果断地扬起指挥刀向南一指：“消灭游击队！”

守库的鬼子跟着特种兵小分队扑向蘑菇云。

阻击罗蔓的火力明显减弱，被围困的赵玉芳看到鬼子撤出包围，对罗蔓在西边弄出大动静心存感激。

西大条胖带着小分队赶到南面，仓库的围墙被炸开了一道大缺口，隐约可见缺口外面躺着几具士兵尸体。

他让探照灯射向缺口，将周围仔细搜索一遍，令几名特种兵组成作战小组，以常规队形交替推进，迅速占领最佳射击位置。

几名特种兵迅速推进，西面的枪声停了下来。

“八嘎！”西大条胖突然在黑暗中大骂一声，命令士兵打开探照灯，并向正在抢占地形的特种兵大叫：“统统的撤！”

已经晚了，伴随着一连串的爆炸声，缺口周围的几名特种兵飞上了天。

西大条胖看着几名士兵的尸体，冲自己骂道：“八嘎！游击队的狡猾，我的失职！”

守库中队长递上几支柳叶镖，“游击队的不是，统统的千手观音！”

正在这时，一名通讯兵跑步送来旅团长吉本贞一的急电。

西大条胖看完电文，命令特种兵小分队，“刚刚接到吉本将军通电，第8旅团各联队都受到不明武装骚扰。看来，骚扰我们的不是土匪，肯定是易城山区打游击的新四军崔松所部，我们必须尽快将他们消灭！”

辎重仓库的鬼子经过一夜折腾，显得异常紧张。刚刚接手易城城防司令的刘亦寿将一半的伪军抽调出城，加强了对辎重仓库的警戒。

罗蔓和赵玉花从鬼子的辎重仓库成功突围，在约定地点会合后，带着众姐妹撤出了易城。

“蔓子姐，你是咋整的？要不是你弄出大动静，鬼子就把姐妹们包饺子了！”她摸摸胸口，心还在咚咚乱跳。

她们上鹞子岭大半年，还是第一次跟鬼子正面交火。比起下山摸哨过卡，使暗器打冷枪的那一套，真够刺激了。

罗蔓没有搭理赵玉花，只管带着姐妹们向山里撤退。

跟着罗蔓从西边进去的黄宗英非常吃惊，追上前去拽住赵玉花的袖子问：“刚才那几响不是花姐整的？我还以为你们炸了鬼子大营呢！”

“你没整，她也没整，我看就是小鬼子往自己屁股里塞炸弹——想上天啦！嘻嘻……”小铃铛只有十七岁，说话总是嘻嘻哈哈的。

小铃铛的天真劲把大家逗乐了，姑娘们开始叽叽喳喳起来。

“有尾巴！”翠竹向罗蔓报告，离她们身后两里地，有鬼子兵追来。

“有多少鬼子？”罗蔓问。

翠竹说：“天刚蒙蒙亮，没看清，好像有几个‘屁屁黄’跟过来。”

罗蔓招呼姐妹们跟上，加快脚步赶快走。她想，过了这段丘陵，前面就是湖泊，进了芦苇荡，对付几个二鬼子，比捏死几只蚂蚱都容易。

翠竹的估计错了，罗蔓的判断也错了，追击她们的不是几个普通的鬼子，而是西大条胖的特种兵小分队。

西大条胖对游击队骚扰各部的情况进行了分析，迅速作出“分纵合围”的追剿部署。派出一个中队从左翼出击，追剿骚扰辎重仓库的游击队，派出两个小队从右翼截断东路游击队的退路，派出机动中队挡住游击队向北部纵深逃窜，自己则从正面推进。

西大条胖的分纵合围战术，不仅能将几股游击队控制于网中，还能将他们赶进一个自以为是天然屏障的芦苇荡中，当包围圈形成之后，他的各路特种兵小分队就可以发挥单兵作战的优势，对自己紧盯的目标实施打击，这就是中国人常说的关门打狗。

罗蔓带着姐妹们快速行进，很快来到燕尾湖边的芦苇荡。晨风抚摸浩浩荡荡的芦苇，苇浪摇曳，媚力妖娆。此时的景色，让姑娘们为之一振。

赵玉花站在制高点上观察了一阵，见没有鬼子追来，松了一口气。她向罗蔓提议，留下翠竹在这里警戒，其他姐妹都进芦苇荡休息，如有鬼子追上来，正好在芦苇荡里设伏，打小鬼子一记迎头棒。

罗蔓接受了赵玉花的提议。她记得穆秀兰讲过，小鬼子最怕咱关东的树林子和华北的芦苇荡，原因就是被八路军和新四军的游击战打怕了，小股的鬼子只要钻进树林子和芦苇荡，就难得活着出去。

如何才能将小鬼子引进芦苇荡呢？罗蔓犯难了。她解开衣领扣，透透凉风，顿感浑身清爽。

“有了！”罗蔓计上心头，喜上眉梢。

她将十八个姐妹分成三个组，成梯队潜入芦苇荡。自己带领第一组在芦苇荡边摆下桃花宴，负责将鬼子诱进芦苇荡。赵玉花带着第二组从她的右手进入芦苇荡，在离她百十丈的地方潜伏不动。第三组则在第二组左前方一百丈外做好伏击鬼子的准备。

罗蔓特别嘱咐两组姐妹，不见她带着鬼子从两组之间穿过去，绝对不能开枪。

两组姐妹按她的布置进了芦苇荡，罗蔓带着四个姑娘在一洼清水凼边停下。

罗蔓一边宽衣解带，一边若无其事地说："疯跑了几天，一身臭得像屁巴虫，趁小鬼子没来，洗个澡精神精神！"

众姐妹一脸惊愕，对她的怪异举动甚为惊讶。十八姐妹中年龄最大的常恩梅干脆跟她翻脸了，怒气冲冲地说："小鬼子的火都烧到屁股了，还有心思开玩笑！"

"小鬼子放火烧我们屁股了？"罗蔓先是一愣，接着又说："好啊！洗个澡正好灭了小鬼子的跟屁火！"

她突然伸手将常恩梅推入水凼，三下两下扒去自己的衣裤，穿着花肚兜内衣，跳进水里戏嬉常恩梅。姑娘们见她像个疯子，都捧着个脸往边上跑了。

"站住！"罗蔓一声厉喝，把姑娘们镇住了。她一本正经地说："都跑了，我俩咋摆桃花宴？"

姑娘们面面相觑，不知道罗蔓摆的"桃花宴"是啥花招。

罗蔓让她们都过来，和盘托出自己的"桃花计"。常恩梅抹去一脸的水，大叫："好计！咋不早说呢？省得我生你的气。"

姑娘们纷纷脱去外衣，穿着贴胸的肚兜和紧身的短裤，扑通扑通地跳进水凼里。

一声"鸳鸯笑"止住了姑娘们的嬉闹。罗蔓回过头去，百十丈外果然冒出一条狗和几个鬼子。

罗蔓忙招呼姐妹们沉住气，尽管嬉戏，等小鬼子靠近了再跑。

姑娘们打起了水仗。水中不时飞起水串，扑向媚眼的红肚兜，就像盛开的红桃花。沉睡的芦苇荡，终于被姑娘们放肆的嬉闹声吵醒。

"哟西！花姑娘——"鬼子一边号叫，一边扔枪，饿狼似地扑向桃花盛开的芦苇荡。

鬼子如狼似虎地扑来，已经能够看见他们的馋涎从嘴角流下来。姑娘们迅速搂起衣物钻进了芦苇荡。

罗蔓又钻出芦苇荡，佯装捡起丢掉的衣服，故意暴露行踪。

鬼子不知有诈。眼看就要追上时，罗蔓突然一扬手，打出十几根芙蓉金针。

她打芙蓉金针的功夫绝不在一流高手之下。杜缨娘在鹞子岭教姑娘们练暗器时，常将她们带到林子里，找奔跑中的飞禽走兽作靶子，练习速度和认穴功夫。罗蔓曾经用一根芙蓉金针要了野羊的命，连杜缨娘都夸她盯准了野羊的死穴。

小鬼子不知狼狗中针猝死，仍然疯狂地扑过来。鬼子的眼里，只有一团红红的肚兜燃烧。

罗蔓转身钻进了芦苇荡。

“花姑娘的不跑——”鬼子大叫着朝罗蔓开了一枪。

“慢点跑，小鬼子舍不得打中我们！”罗蔓招呼姐妹们沉住气，一定要将鬼子引到芦苇荡深处，穿过赵玉花的潜伏地，才能折身开枪。

几名鬼子边脱边追，眼看就要追到，索性扔掉武器，张开双臂猛扑上来。

罗蔓脚踏履云步，一个“流云出峡”，轻飘飘地闪开，三名鬼子扑了个狗啃屎，叽里哇啦地叫嚷着，爬起来又追。

罗蔓始终把握着节奏，故意让小鬼子伸手可及，急不可耐地扑上来时，又如空中飘絮，从缝隙中飘走了，急得小鬼子喘着粗气，嗷嗷怪叫。

如此耍了好几个回合，把小鬼子逗进了赵玉花的设伏地。

罗蔓边跳边观察后面的小鬼子，发现跟上来的不多。后面的鬼子不进芦苇场，伏击就没法打。但又不能跟眼下的鬼子纠缠太久，无奈之下只好飞针将小鬼子干掉。

“蔓姐别出来呀！后面好多鬼子……”芦苇荡外传来翠竹的叫声。

话没说完，就被枪声打断。

“外面的鬼子没有跟进来！”常恩梅拉住罗蔓，急切地问：“蔓姐，翠竹是不是被小鬼子逮住了？”

鬼子为何没有上当跟进来，她不知道。到底来了多少鬼子，她也来不及细想。她预感到，若不赶紧撤离，就可能被小鬼子包饺子。当务之急，是要迅速穿过这片芦苇，从燕尾剪涉水到湖对面，跳出包围圈。

“快！通知玉花撤出伏击，在燕尾剪会合！”罗蔓穿上衣服，拉起两个姐妹就冲燕尾剪奔去。

赵玉花趴在那里，心里直犯嘀咕：“小鬼子过去好长时间了，蔓子咋还没动静？”正要起身观察，却听到翠竹的叫声被枪声打断，紧接着就听到

“鸳鸯笑”发出的撤退信号。她忙招呼姐妹撤出伏击圈。

一切都晚了，鬼子特种兵小分队已经钻进芦苇荡。她们完全暴露在鬼子的目标之下，小铃铛刚撒腿跑去，就被鬼子一枪命中眉心，哼都没有哼一声倒下去。

常恩梅还没有明白过来，也随着一声闷响倒了下去。

“趴下！有冷枪——”赵玉花想来一个后仰倒着地，但被茂密的芦苇挡住倒不下去，斜躺在芦苇秆上滚了四五圈，鬼子的子弹紧追不舍。

她滚动的瞬间，已看见两个鬼子，一个猫身运动，一个双膝下蹲，边运动边向她开枪。这正是田俊雄教过她们的单兵动作。

赵玉花赶紧加快翻滚，想找机会还击。只见她一手发镖，一手开枪，两名鬼子避开了飞镖，却没有躲过子弹，当即毙命。

赵玉花带着姐妹们滚出了鬼子的视线，几十个鬼子特种兵在芦苇荡里分散运动，寻找消失的目标。

罗蔓刚刚撤到燕子剪，赵玉花就跟着赶到与她会合。

“快下水过湖往燕子翅撤退!”罗蔓正衔上一根苇管，带着姐妹们泅水过湖。

突然一团火球从天而降，咚地一声落在她身边的芦苇丛，立即引燃周围的芦苇。紧跟着一支羽箭从湖对岸射过来，准确地插在她脚边。

箭上附了一封信，赵玉花取下来念道：“两岸都有鬼子，放火阻挡，潜水往东撤!”

芦苇荡顿时冒出十几处火点，罗蔓觉得还不够，又扎了十几只芦苇火把，一边顺着湖边向东跑，一边抛向芦苇荡深处。此时正刮西北风，火借风势，芦苇迅速燃烧起来。

罗蔓扔完火把刚下水，陡见湖对岸的芦苇荡也燃起熊熊大火。她心里犯疑，对面放火的是谁，为什么要给自己报信呢?

她正在纳闷，突然看见对岸的芦苇荡里钻出一溜鬼子跳进湖里。她赶紧衔上芦苇管潜入水中。

罗蔓用衣服裹好一团泥巴，抱着它在湖底游走了好一阵子，估计快到燕嘴口了，突然一阵剧烈地震荡，差点把她从水底掀出来。

罗蔓猫在水底不动，憋了好一阵才冒出头来。燕尾剪被灰蒙蒙的烟雾笼罩着，看不清那边的情形，也没有枪声传来。

鬼子是不是撤退了？如果撤了，刚才的震动又是怎么回事？她来不及细想，赶紧上岸穿好衣服，按飞箭传书的指点，去集结地会合。

罗蔓在会合地蛰伏了半个时辰，也不见赵玉花和姐妹们的影子。她观察了一阵周围的地形，离这里不远处，好像有一些弹坑，还不时有沙沙的落土声。她联想到在湖里的震动，估计就是由这里的激战引起的。

罗蔓顿感不妙，急忙跑到泥石垮塌的地方仔细搜寻。

燕嘴口高地只是散发着浓浓的火药味，却没有一星半滴血迹，罗蔓十分不解，是谁把战场打扫得如此干净。

罗蔓正要离去，仿佛感到脚下在动，她好奇地弯下腰看，突然从地下伸出一只手来，吓得她一连退出好几步。再定眼看时，那只泥手不动了。

罗蔓急忙上前刨去泥土，露出一着军装的小鬼子。她手里的柳叶镖正要朝他项上划去，又突然停了下来。

罗蔓将小鬼子从泥土里刨出来，找来一点水给他喝。小鬼子慢慢地睁开了眼睛，散乱的瞳孔先是一愣一愣地晃动，最后竟然放出光彩，嘴里喃喃地叫着："花、花花的……"。

罗蔓"啪"地给了鬼子一耳光。

"畜生！半截命都埋进了土里，还想祸害中国人！"罗蔓气不打一处来，又踢了小鬼子两脚，追问鬼子为啥埋在土里。

鬼子好像没有听懂她的话，直愣愣地看着她，吃力地摇头。

罗蔓又比划了好一阵，鬼子还是叽里哇啦地嚷嚷着，只好拔出枪来抵着小鬼子的脑袋，"八路干的？还是花姑娘干的？"

小鬼子吓得魂飞魄散，赶紧说是八路干的，还指着垮塌了半壁山体的缺口做了个轰炸的手势。

罗蔓明白了，她潜水东撤的时候，有人在这里跟鬼子干了一场恶仗，使用了在易城辎重仓库的爆破战术，用炸垮的泥石掩埋了小鬼子。这样看来，伏击鬼子的人真是新四军，极有可能就是崔松的特别小分队，赵玉花和姐妹们可能跟崔队长一起突围出去了。

罗蔓一刀抹喉将小鬼子解决了。

她在燕嘴口等到天黑，仍没等来姐妹们，这才趁着夜色摸向深山……

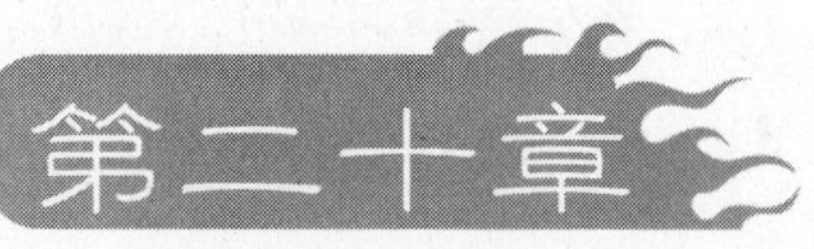

第二十章

东游西击　三易其身出奇兵

崔松刚刚回到独立团驻地，团部就派人叫他过去。

“何参谋猜猜看，政委今儿会拿啥犒劳我，是大红枣，还是红烧肉?”崔松那个兴奋劲，简直就像回来打劫的。

“美得你，还是小心点吧!”何参谋一脸严肃，小声提醒他，“团长和政委今天啥也没准备，有的就是两张黑脸!”

“咋了?出啥事了，怪不得催我催得这么急，难道是让我回来领任务的?”

崔松到了团部，没喊报告就直接推门进去，却被团长骂了出来，他只好在门口整了整装，大声叫了报告才进去。

“你是有了山头当大王了?还是脑子掉到江里了?有没有组织纪律性?讲不讲大局观念?还听不听指挥?”团长劈头盖脸给他一阵凶。

崔松从来没有见过团长发这么大的火，也没听到过他说这样重的话，呛得他不知所云。

政委也是黑着一张脸，两眼若剑，死死地盯着崔松。

崔松像个犯错的孩子，恭恭敬敬地站地那里，左手搓右手，不敢吭声。

“团长……政委，我究竟做错啥事了?要我的脑袋，也得给个说法，要不脑袋掉了，身子死得更不清白了……”

政委和团长还是不搭腔。

“是不是千手观音的事?”崔松小心试探，“要是这事，我正要向首长汇报，请示下一步如何工作……”

“你还用得着请示？”团长转过身来，指头差点戳到了他的眼窝子，“你都是崔大王了，还记得请示的规矩？”

“团长——”崔松突然一抖双袖，小声嘟哝着，“我究竟错在哪儿啦，听人家把话说完不好吗？”

背对崔松的政委身体微动。崔松断定，他一定是想笑。

“好！就听你把千手观音的事说清楚——”政委终于转过身来，一脸严肃地冲他说。

“千手观音没有死，她在猫子岭来了个金蝉脱壳，暂时转移了鬼子的视线。我的特别小分队一直在暗中策应她，多次帮他们突围，已经搅得易城的鬼子不得安宁……”

“就是你搅得鬼子不得安宁，才打乱了我们对鬼子实施打击的全盘计划！”团长打断了他的话，“我们精心准备的战略对抗都泡了汤！你这叫顾全大局吗？”

崔松松了一口气，心里已经明白是咋回事。胸有成竹地走到地图前，比划着说：“我想提醒团长同志，新四军的优势是什么？是以人民战争为坚强后盾的游击战术！国民党跟小鬼子的几次会战暴露了什么？是他们没有本钱也没有战斗力跟小鬼子打阵地战！现在鬼子最急的是什么？就是我们没有集中在一块跟他们对攻！”

“哟！你是来给我和团长上战略课吧？”政委走上前来敲了敲他的脑袋，示意他注意说话的分寸。“我们现在是在全国统一抗战的大形势下，分战区总体部署，联合抗战，我们是要发挥自己的优势，但也要从大局出发……”

崔松打断政委的话，拉上团长在地图前站定。压低了声音说：“团长、政委，我说句有私心的话，我们总不能跟国民党军队一样犯战略错误，连连打败仗吧？再说我们也没有他们那样大的家当去败啊！”

“崔松同志，抗战是全国全民族的一盘大棋，不分你我，不徇私心，你的这种思想应该好好检讨！”政委立刻严肃地对他提出批评。

“好，我检讨我的私心是不对，但我还得从公心从大局说两句！”崔松指着地图说：“鬼子现在的战略意图很简单，他们精心筹备了几个月的易城战役为何迟迟不打，其根本原因就是我们化整为零，让他们找不到大规模的对手，想打打不了，想突破三峡防线进攻重庆，又被我们紧紧咬住了尾巴，拖住了进攻态势。他们这才改变战术，暂时把兵力分散，用游击战术跟我们打游击。如果没有游击队跟鬼子拼游击了，鬼子还不转身安安心心打会战了？千手观音恰恰起到了跟鬼子打游击的作用，她们也是一支能够拖住鬼子的武装力量！”

政委听完崔松的话，若有所思，点点头说：“你小子的话也不是没有一点道理。”

“我还有个想法，只是……”崔松突然打住不说了。

“有屁就放！少跟我遮遮掩掩的。”团长又骂开了。

“好，你让我说的，我说错了不许骂我！”崔松把头伸在两个首长之间，神秘兮兮地说：“鬼子和老蒋对我们隐蔽战线的同志从来没有放松过，我想……”

政委马上打断他的话，“你小子不用把话说明了，我们早就估计到你有这个小九九！”

“你说完了？”团长转过身来，脸上的黑云全消，拿起桌上的铅笔，“也不能放你的敞马，由着你的性子东一锤子西一棒，我得给你划个圈圈，只需要你把鬼子的第 8 旅团给我牢牢拖住，不让他回到原来的战略位置就行了！”

政委拍了拍崔松的肩，接过团长的话说：“这是给你准备的一大块红烧肉，够你海吃海喝好一阵子！不过，你得好好盘算，千万不要让鬼子回过神来不跟你玩游击了，如果让他们抽出精力转过身去参加易城会战，那麻烦可就大了！”

“啥麻烦？”

“小心你的脑袋！”

崔松临走时，政委特别叮嘱他，千手观音是绿林武装投身抗日的代表，我们一定要将她争取到新四军的队伍里来。政委又敲了敲他的脑袋，意味深长地说：“你这颗脑袋是从长征路上扛过来的，得用你的脑袋去影响她的思想！”

仲秋之后，易城变得秋雨绵绵，连动物都无精打采地蜷缩在角落里，不愿出去觅食。这种天气，既让人感到压抑，却也让人获得短暂的安宁。

鬼子经过几次大的清乡行动后，逐渐把部队向易城郊区收缩，形成

“丁”字形的战略部署，用第11旅团摆成“一横”，表面上与据守在西陵峡口的国民党S军形成对峙，实际上这“一横”的下面还有“一竖”，整整连缀着鬼子的第八旅团和五个联队。“一竖”的作用不仅仅对“一横”的第11旅团形成强大的支撑力，还将“丁”尾部的新四军的几个团和国民党的两个师牢牢地钉在离西陵峡口远远的地方，谁都不敢妄动。不管是从左翼推进，还是用右翼策应，只要向前一动，鬼子都能灵活机动地摆动“丁”尾，围歼来犯之敌。这种“丁”字形的战略部署被华东派遣军司令长官称为“克敌神钉”。

西大条胖踞守在“丁”尾部，充当着钉尖作用。

这种阵法并不是小鬼子发明的，在兵书上称为“三三”阵，是根据阴阳八卦演绎而来的。这种阵法最忌从两边进攻，也不能成堆扎坨地用兵，更不能猛打猛冲，冲得越快就陷得越深，钉尖的杀伤力就越大。当年诸葛亮破司马懿的“丁”字阵，只用了九九八十一名神箭手，分三队向横竖部的中间部位发射火箭，结果将“丁”字阵形从中烧断，使之无法形成支撑。

杜缨娘向郭瞎子投去钦佩的目光。他不仅三国说得精彩，还能把时下鬼子用兵布阵与三国案例结合起来说兵法，对她启发很大。她给郭瞎子倒了一杯茶，算是对他说三国讲兵法的感激。

猫子岭一役，郭瞎子献计，杜缨娘巧施诈尸计，一个金蝉脱壳，暂时避过了鬼子的注意力。

离开猫子岭后，杜缨娘只带上郭瞎子和穆秀兰下山，潜回杏城一带，找到时三眺安插在中央军的几名旧部，让他们秘密策动中央军里的弟兄开小差，到她的队伍里来拿高饷打鬼子，仅仅三天，就有好几十名中央军投到她的旗下，后来在鬼子辎重仓库和燕尾湖实施的爆破行动，就是从中央军过来的两个工兵干的。

穆秀兰担心拉起这么多人的队伍，武器和饷银是个大问题。杜缨娘告诉她，自己上次在孔都秘密会见的亲戚，就是当年负责为四方寨筹集军火的汉虎堂堂主，她从他那里获得足够的武器和银钱。时三眺在四方寨拉杆子，从来不抢劫百姓和商贾的财物细软，山寨的粮饷都依靠山下的十八铺供给。其实，仅凭十八铺的经营收入，远远不能保障四方寨的消费，汉虎堂则将筹集的粮草贱卖给十八铺，再供给四方寨。

穆秀兰没有多问汉虎堂堂主是谁，即或问了，杜缨娘也不会告诉她。

除了时三眺，没有人知道他的真实身份，就连武子峰也不知道有个汉虎堂，更不知道大部分军火和粮饷是借十八铺供给四方寨的。时三眺直到临终才将这个绝密告诉杜缨娘。

杜缨娘上猫子岭解救吴红金等人之前，通过大胡子营长捎去锦囊妙计。战斗一结束，大胡子营长就立即带上鹞子岭的弟兄突围出去，藏在易城郊外，之后一直带着弟兄们游离于杜缨娘左右策应。

罗蔓带领的突击队被新四军救走后，杜缨娘没有立即与她们取得联系，而是暗中关注她们的动向，得知她们要去易城为自己复仇，便将计就计，让穆秀兰和吴红金各带两队人马化装成新四军，同一个晚上在鬼子的四个旅团驻地实施骚扰行动，暗中配合罗蔓炸掉了鬼子的辎重仓库，又将鬼子吸引到燕尾湖，往芦苇荡里放了一把火，烧得西大条胖的特种兵损失近半。

杜缨娘让郭瞎子把穆秀兰叫来，商量下一步骚扰鬼子的计划。

郭瞎子用一堆石子排成"丁"字阵，杜缨娘的眼睛眨也不眨地看着他在地上调兵遣将，演绎此阵。

"丁"字阵变化莫测，杜缨娘看完兴奋不已，"我们就学诸葛亮，破小鬼子的丁字阵!"

"不过，鬼子不是司马懿，不会骑马搭箭等着我们去破阵。"穆秀兰分析说："我们肯定不能用火箭，得有其他招子把小鬼子的丁字阵形打乱!"

杜缨娘拿了一套中央军的衣服，一边穿一边问："像不像中校团长?"

"中央军可没有如此英俊的团长!"穆秀兰朝她的领章弹了一指头，"中央军的衣服穿在当家的身上，英俊有余，奶油小生气更浓，不像新四军的粗布军装，让当家的尽显英雄大气!"

"前两次是借新四军的名把鬼子牵起到处跑，今天借中央军的名，不一定能将鬼子牵得走，需要考虑新的战术。"郭瞎子表现出疑虑。

"小鬼子还会在意谁的名字来头?遇到新四军就追，见到中央军就打?"

"大不相同!小鬼子眼里的中央军不堪一击，小鬼子对付比自己斗志弱的中央军，是不屑费力劳神的。他们对付中央军先是哄，后是骗，最后采取阵地战集中歼灭。"

"可我们人少，不可能像中央军那样挖战壕设掩体，跟鬼子打阵地战，也没有办法把中央军赶到鬼子阵前，让他们跟鬼子阵对阵地干啊!"

"当然不能跟小鬼子打阵地战，但我们可以借中央军的名摆个假阵，逗起鬼子摆阵，让他们瞎忙活，把鬼子惹火了，就会去找中央军算账，我们再在半路上收拾小鬼子！”

“这一招就是叫花子打狗，不叫惹起叫，不跳逗起跳，叫够跳累了才下手打！”郭瞎子把自己的“打狗战法”详细说了一遍，杜缨娘和穆秀兰都点头表示可行。

一百多名兄弟化整为零，身着便装赶到秀水镇外的上湾村与杜缨娘会合。这里距鬼子第8旅团山畸大队驻地不到三公里，向北十公里驻扎着中央军A师的一个守备团。

子夜刚过，杜缨娘带上全副武装的中央军在上湾沙坪集结，让石义仁全权负责选择主攻阵地。

石义仁投靠过来之前在A师当作战参谋，对守备团承担的攻防任务了如指掌，按照杜缨娘“真选假打”的指令，在选择好主攻阵地之后，又选了几处凹凸地形作为侧动和佯攻阵地。

杜缨娘听完他对几个阵地的综合评估，当场夸他说：“中央军真抠门，早该把我这身中校服让给你穿了！”

石义仁选好地形后，便开始指挥兄弟们在主攻阵地挖战壕码掩体。杜缨娘叫住大家先别急，得从鬼子最近的佯攻阵地开始挖壕沟。

一百多名身着中央军军装的兄弟一字排开，不到两个时辰就挖好了佯攻阵地的工事，垒起了两道掩体。

杜缨娘让石义仁抽出十几个弟兄到主攻阵地挖工事，同时让雇请来的几十个村民，每人手执四只火把，一起点燃，分成几簇在几个阵地间跑来跑去。

火把燃起来了，远远看去，星星点点渐渐燎原，继而连点成线，纵横交错地流动，将沙坪织成一片火海。

隐隐约约的亮光中，成百上千的中央军在忙着修工事，恰如三国里的张飞在长坂坡飞驰战马布疑兵。

杜缨娘看着眼前的壮观场景，脑海里浮现出猛张飞横刀立马站在当阳桥上，朝着汹汹而来的曹操一声猛喝。她不由得笑了，也想大喝一声，但她不能叫，她穿的是将要跟鬼子打阵地战的中央军守备团中校团长的衣服。

与此同时，穆秀兰带领伪装的山畸大队，也在A师守备团驻地前忙活开了。几乎就在杜缨娘燃起火把的同时，穆秀兰也让随行的村民提起几盏汽油灯，点燃几簇火把，在阵地上奔来跑去。

两片火光遥遥相接，顿时将整个沙坪照得通亮。

A师守备团长张祖荣正搂着三姨太睡觉，不料被破门而入的勤务兵惊醒，他潜意识里抓起枪，要不是勤务兵哭叫着“小鬼子打过来了！”他已经击毙了这个不懂规矩的勤务兵。

张祖荣抓起军服跌跌撞撞跑出营房，爬上瞭望楼一看，眼下火光一片，隐隐约约中可见鬼子穿来梭去。那阵仗像是山畸大队全线压了过来。

“狗日的小鬼子不讲信用，说好井水不犯河水，现在又偷袭老子！”张祖荣提了一把掉下去的睡裤，回头大叫：“弟兄们！各就各位给我顶住——”

一营长提着枪跑下去，带着衣冠不整的中央军冲出了营区，陆陆续续地进入了防守工事。

火光处，“呜——呜——”声撕破夜空。

张祖荣根本没有留意，以为是鬼子吹响了冲锋号，迎着揪心裂肺的呜叫，发出了“给老子往死里打！”的命令。

火光突然落地熄灭。刚刚发狂的机枪声戛然停止，瞬间恢复静夜。

警报声也随张祖荣屏住了呼吸。

“妈的，真是见鬼了！”瞭望楼下传来一声埋怨，提醒了张祖荣。他愣头愣脑地伸出半个身子观察了一阵，黑漆漆的夜色中不见半点异动。

一营长跑上瞭望楼，哆哆嗦嗦地向他报告：“团长！还打不打？前面啥也没有了！”

张祖荣没作正面回答，只是骂了一句：“小鬼子搞啥名堂，准是发夜疯了？”

虚惊一场的张祖荣见鬼子那边再也没有动静，学委员长骂了一句“娘希皮！”，招呼两营长收兵，明天去问问小鬼子是咋回事。

山畸大队这边可没有守备团紧张。山畸只是起床坐在作战室里，情报参谋进来报告，支那军守备团在一中队驻地前几百米挖工事。

山畸冷笑着走到作战地图前瞄了一眼，只说了一句：“警报的，吓唬吓唬支那军的回去！”

第二天上午，张祖荣带着团副出了驻地，先去昨晚小鬼子折腾的地方，详细查看挖得七零八落的半拉子工事，不屑地说了一句：“小鬼子搞演习，单从挖工事的水平来看，山畸大队都是些新兵蛋子！”

张祖荣本来是要带他们去山畸大队问问情况的，现在突然改变主意不去了，他相信跟小鬼子的城下盟约，互相对峙都快半年了，相安无事。

山畸听完中队长的汇报，立即赶到了昨晚支那军折腾的地方。

距一中队大约六百米的工事，阵地结构初步成形，看敌人选择的阵地位置和工事摆放，确有打阵地战的意图。山畸心中一惊，支那军一旦拿下一中队的战略位置，不仅对整个山畸大队形成吞噬之势，还对师团的西进战略构成威胁。

山畸走进阵地，看着这些工事和掩体的修筑质量，忍不住竖起大拇指：“哟西！大大的好！”

鬼子中队长在现场找到了几只丢弃的火把，愤怒地跑到山畸面前，“支那军大大的可恶！”

山畸拿在手里端详了很久，从这只火把判断，支那军想跟大日本皇军打阵地战，不会选择离皇军这么近的地方作阵地，更不会打着火把来修工事，真想打昨晚就打了，也不会被几声警报吓跑。

“支那军的虚张声势，捣乱的不理他！”山畸转身出了工事，挥师回大队部。

此时，杜缨娘与百多号兄弟化装成了农民，正分散在地里干活，鬼子和中央军的一切动静都在她的眼皮底下。

郭瞎子分析说：“小鬼子能到工事里查看，说明他在意咱们修的工事了，拿着火把走了，证明他不相信中央军会跟他真枪真刀地打阵地战。第一回合，咱们欲擒故纵的目的达到了。”

穆秀兰回来报告说，守备团的团长也去查看了阵地，跟着就回到了驻地。据她分析，中央军虽然相信我们给他制造的演习假象，但从他们反应来看，似乎什么事也没有发生过，防守布置也没有任何变化。

“中央军会不会与小鬼子达成了啥子默契？”

“听说守备团的团长是出了名的软骨头，极有可能暗中做了汉奸！”

杜缨娘下了决心，今晚还得搧阴风点鬼火，给小鬼子扔块硬骨头。

入夜，杜缨娘又带着她的“中央军”进入阵地。

山畸大队显然有了防范。一中队的岗楼上多了几盏探照灯，不时地划过昨晚折腾的阵地。

杜缨娘向石义仁交代，一定要见缝插针地抢修工事，抢修速度要比昨晚更快，不得弄出声响，一旦被鬼子发现就赶紧撤。

许多兄弟不知道杜缨娘为啥要这样折腾，既然是打鬼子，就痛痛快快地跟鬼子干，何必藏头藏尾，煞费苦心地跟鬼子捉迷藏。

石义仁踢了一脚说怪话的兄弟，小声骂了他一句："我们过去为啥总吃小鬼子的败仗？就像你现在长着一颗猪脑子，不晓得用脑子杀鬼子！"

郭瞎子一直在想，杜缨娘究竟要给小鬼子一块什么样的硬骨头，如果小鬼子硬是不相信中央军会来跟他们打阵地战，这里的工事算是白修了。瞎折腾不说，反而会引起小鬼子的警觉，"丁"字阵的软肋就在这里，一旦醒悟过来，自然会增兵加强防守，等于帮了小鬼子一把。

郭瞎子终于忍不住问杜缨娘，"下一步如何折腾小鬼子？"

杜缨娘说没啥打算，小鬼子与守备团之间有种心照不宣的暧昧关系，调动小鬼子去守备团兴师问罪有点难，如果小鬼子猫在驻地不出来，就没有机会把他的"丁"字腰折断。

如何折腾才能激起小鬼子的愤怒？杜缨娘突然问郭瞎子："狗儿叫得最凶的是啥时候？"

郭瞎子愣了一下才说："一是不断地举起棍子装出要打它，再就是扔给它一块骨头，又把这块骨头抢走了，它会跳起来跟你拼命。"

杜缨娘点点头，默默地在阵地上转了一圈，突然站在掩体上大叫停下，让大家点上手里的火把，像昨晚那样顺着战壕跑圈圈，直到把小鬼子引出来。

火把燃烧起来，小鬼子将探照灯齐刷刷地照到阵地上。可就是没有别的动静。

石义仁带着十几个兄弟在阵地前沿，装模作样地挖着工事，嘴里不停地催促大家："都使把劲，想法把鬼子逗出来！"

"挖工事就是为了把鬼子逗出来？"

"咋不早说呢？两枪把探照灯打瞎了，小鬼子不出来才怪！"

杜缨娘颇受启发，叫来郭瞎子和石义仁，让他们作好为鬼子引路的准备，等一中队的鬼子出来后，打一枪就跑，要掌握好撤退的节奏，直到把鬼子引到守备团的门口，然后再抄到鬼子后面，将小鬼子全部消灭，这样，山畸才会调动大队人马找守备团算账。

石义仁叫来一位名叫二愣子的兄弟，一把推到杜缨娘面前说："他在A师号称第一枪，鬼子都晓得他的大名，让他打两百米外的鬼眼睛，就不会打鬼鼻子！"

杜缨娘借着亮光打量着信心十足的二愣子，要过两支三八大盖，用挑战的口气说："一起出枪，你打鬼鼻子，我打鬼眼睛！"

二愣子见当家的要跟自己比枪法，傻愣劲一下子蹿了上来，不服气地说："你先打眼睛，我再打鼻子，我打着了，你教我使暗器！"

杜缨娘爽快地答应，"行，还请你当我的射击师傅！"

二愣子接过三八大盖，拿在手里掂了掂，把标尺扳起来，从胸前扯下一颗纽扣，用一根线穿起，做成一只眼罩戴在右眼上。又举起大拇指瞄了瞄探照灯，轻松地说："保证打他的鼻梁子，打歪了算我输！"

石义仁小声地对杜缨娘说，这是二愣子自己发明的绝招，啥枪到了他手里，准确度和杀伤力都会提高。比如戴上纽扣，最适合在夜间聚焦，拔高标尺就可以解决两百米以外的远距离瞄准。今天这个射程最少也有三百米，二愣子敢拍起胸脯夸下海口，肯定又有长进了。

杜缨娘站在原地，托枪瞄准，斜眼看了一下二愣子，他也是立姿射击姿势，正托枪等待。

砰！杜缨娘枪响灯灭。只停顿了两三秒，石义仁嘴里的"好！"字还没有叫出口，第二枪又响了，鬼子的探照灯又灭了。眨眼间，七盏探照灯全部熄灭。

"你开枪啊！还愣个啥呀？"石义仁上前踢了二愣子一脚，冲他叫喊着："牛皮吹破了吧？给老子丢人现眼……"

杜缨娘扔下枪，一把扯开石义仁，双手抱拳，冲二愣子朗声说道："愣子师傅真是神枪！杜缨娘输得心服口服！"

石义仁愣在那里不知所措，心里生疑，二愣子的枪响都没响一声，咋成了神枪呢？

杜缨娘又惊又喜。世上真有这样的快枪手吗？自己瞄准探照灯扣动扳机，却听见探照灯旁边的小鬼子哼了一声就栽倒下去。杜缨娘当时一惊，所以迟钝了两三秒才扣第二枪。从第二枪开始，杜缨娘不再等二愣子，而是一枪比一枪快，一枪比一枪刁，射击目标也不再按着顺序，随意寻找目标射击。哪知二愣子几乎与自己同时扣动扳机，枪声重叠，一般人根本听不出来有连发枪响。更让她吃惊的是，凭着自己听音辨物的功夫，完全可以断定，七盏探照灯边上的七名鬼子都被他击中。

一枪抵千军！杜缨娘兴奋地解下身上的暗器袋，亲手系在二愣子身上，像个孩子似地说："愣子师傅不许赖哟，下来一定教我枪法！"

"最后一个没打中鬼鼻子，我见他帮那小鬼子掌灯，顺便把他解决了。"二愣子颇有遗憾，但又安慰自己说："没打中鼻子，也没浪费子弹！解决一个就少了一个鬼子！"

二愣子正遗憾，对面的鬼子随着响起的警报蜂拥而出。

"快在前面给小鬼子带路！"杜缨娘大喜。小鬼子终于出了营地，疯狂地向阵地上扑来，鬼子身后的小钢炮不分青红皂白地打过来，都落在他们修好的工事上。

杜缨娘让石义仁在几处战壕上插了几束火把，给小鬼子指明目标，还让兄弟们边打边叫，向守备团方向撤去。

鬼子很快占领了阵地，但没有跟着追过来。杜缨娘带着二愣子折身杀回去，两支三八大盖，你一枪我一枪地交相呼应，把鬼子中队长打得"八嘎八嘎"地怪叫，扬起指挥刀直指逃跑的中央军："支那军死啦死啦的！统统的追——"

杜缨娘冲二愣子一努嘴："打掉他的指挥刀！"

"好呢！"二愣一枪将鬼子中队长扬起的指挥刀从中打断，接着骂了一句："看你龟儿子叫唤！"

杜缨娘向石义仁下了命令："喊杀声一定要盖过枪炮声，鬼子不生气，就不会跟着咱们撵了。"

石义仁跑到队伍前面下了一道命令："少打枪，多喊话！跟我一起骂鬼子：小日本，狗日的，老子送你回老家——"

"小日本，狗日的，老子送你回老家——"

杜缨娘也跟着弟兄们一起吼叫，装扮中央军打火把的农民也都跟着吼叫起来。

吼叫声一起爆发出来，果真盖住了小鬼子的枪炮声。

"阻击小鬼子！保卫守备团——"战场上突然响起了穆秀兰的领喊声。

杜缨娘听到穆秀兰的叫喊声大喜，说明鬼子已经追到守备团的驻防外围，穆秀兰化装的山畸大队已经将守备团逗出来，阻击背信弃义的鬼子兵。

枪声顿时大作，两片火力交织在一起，形成疯狂的对攻。

此时不走，更待何时？杜缨娘带着弟兄们钻出阵地，抄右路迂回，对沙坪的鬼子中队实施背后一击。

“打狗阵法”渐入佳境……

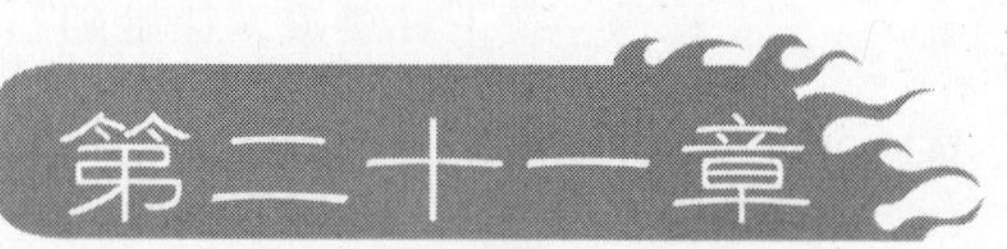

第二十一章

借手点穴　巧妙动摇丁字阵

“打狗阵”节外生枝，杜缨娘陷入危境。虽然想到山畸大队会增援鬼子中队，但没想到来得这样快。

原计划在半个时辰内全歼鬼子中队，然后去石滚槽伏击增援的山畸大队。

杜缨娘还没将鬼子中队歼灭，山畸已经过了石滚槽。

守备团受到鬼子中队挑衅，团长非常窝火，见有兄弟部队跟小鬼子干起来，心里一冲动，命令部队投入战斗，好好教训一下小鬼子，让他们信守承诺，不要欺人太甚。

守备团的弟兄碍于团长跟小鬼子有城下盟约，对小鬼子的挑衅一直忍气吞声，现在听到团长喊打，肚子里的屈憋一股脑儿喷射出来。战斗打得异常激烈。

杜缨娘带着队伍退出阵地，朱一鸣看清了意图。他站在碉楼上对部下喊道：“兄弟们加把火，掩护兄弟部队煎小鬼子的夹馅饼！”

眼看兄弟部队绕到鬼子后边，山畸大队突然冒了出来。团长慌了神，“山畸来了！撤！快撤回来！”

鬼子兵迅速对守备团形成破竹之势。

守备团撤进防守工事后，不再抵抗。团长让参谋长拿上话筒大声喊话：“皇军息怒，是场误会！误会——”

小鬼子不予理睬，一个劲地猛打，很快攻破了守备团的防守工事。

守备团长带着残部向东逃窜。

杜缨娘决定咬住鬼子中队，不让他有机会与山畸形成夹击之势。

杜缨娘发出“鸳鸯笑”，告诉吴红金从西侧攻击山畸，迫使山畸放慢追击速度，以减轻她背后的压力。

穆秀兰替下杜缨娘，让她随石义仁追击前面的鬼子中队，自己则带了二愣子和几个机枪手，迎击正面杀过来的山畸。她特别提醒杜缨娘，千万不要用暗器杀鬼子，以免暴露身份。

郭瞎子急匆匆地跑过来说：“这样跟小鬼子硬碰硬，不是以卵击石吗？如果牵制小鬼子，我倒有个办法！”

“快说！”二愣子平时看不惯说书先生慢条斯理的样子，碍于情面不好发作，此时万分紧急，冲他吼道：“有啥好计都使出来，别磨磨唧唧的！”

“用过几次的，现在还有用！”

“火烧山畸？”杜缨娘若有所悟。

“对！火攻山畸。”

“咋个攻法？”二愣子不明白。

“现在石滚槽正吹着西北风，也是山畸的迎头风，何不借石滚槽的草烧起一堵火墙，让他过不来，过来了也出不去。山畸不是孙猴子，偷不来牛魔王的芭蕉扇！”郭瞎子又摆出一副说书人的样子。

“不能放火！”穆秀兰突然抢过二愣子手里的火把，阻止放火。“石滚槽还有好几户人家，火烧起来，老百姓的庄稼和房屋全完了！”

“这个我倒是没有想到！”郭瞎子迟疑起来。

杜缨娘也犹豫起来。眼下放火阻挡山畸的确是一条好计，不仅迫使他放慢追击速度，还可以借火势打乱正在形成的包围圈，自己趁乱突围出去。她果断下了命令：“不放火了！回去跟鬼子拼了！”

郭瞎子拉住穆秀兰催促道，“快劝一劝当家的，不能硬拼！”

“当家的，快放火烧小鬼子吧！”一个手举火把的老农跑来请求杜缨娘，“几间烂房子换好汉的命值得，何况还是烧小鬼子呢？”

石义仁一边将他拉开，一边纠正说：“老乡，我们是中央军，不是山上的好汉！”

“呸！中央军才不会跟鬼子拼命，他们掀房揭瓦的事干得少吗？遇到小鬼子，逃命都来不及，还管老百姓的破房子？”老汉指点着石义仁的军装说道："昨天看到这身屁屁黄，真以为你们是中央军，后来说请我们打火把逗鬼子，我猜你们就是打小鬼子的英雄好汉！"

穆秀兰向老汉解释说："我们当家的有规定，打鬼子也不能祸害老百姓！"

"打鬼子就是救苦救难的活菩萨，老汉这条命若是能为英雄好汉去死，我舍得！"

又有几个老乡围了过来，老汉拿出火把递给他们，催促他们赶快去点火。

石滚槽劲吹西北风，星星之火开始燎原。

杜缨娘看着弯腰驼背的老汉，眼眶有些动容。她悄悄转过身去抹了抹眼泪，催促大家追击前面的鬼子中队，趁机寻找跳出去的空隙。

受石滚槽的地势制约，火势没有想象的那样疯狂。点燃的十几处火点没有形成火墙，而是随着风向窜出几条细细的火龙，顺槽狂奔，汇聚成一条大火龙扑向迎面而来的山畸部队。石滚槽两边没有大火，窜出去的火龙突然调过头来，蜷曲在低畦处悠悠缠绵。

山畸部队轻松避过火龙，兵分两路向杜缨娘撤退的方向追来。

右翼突然响起激烈的枪声，有一股中央军扑向山畸。

"调头回去，伏击山畸！"杜缨娘命令大家停止追击鬼子中队，就地迎击山畸。

石义仁急得直跺脚，大呼："当家的！你是要舍狼打虎吗？"

"当家的自有她的考虑，你想想，是屁股后面跟一只狼可怕，还是跟一只老虎让你恼火？"穆秀兰有些激动地说："狭路相逢勇者胜，智者大胜！"

郭瞎子若有所悟，连连惊叹："当家的真有大智慧，等后面的狼转身上来，说不定已经把山畸这只恶老虎解决了！当家的总有让人想不到的牌……"

郭瞎子跟在穆秀兰后面，心生不少感慨，自己熟读历史，通晓兵法，对成百上千场战役的阴谋诡道都熟知一二，不少兵家剑走偏锋，不按常理出牌，但没有一个兵家像她这样完全没有规律地出牌，连对手都拿她当疯子。

郭瞎子正在感叹，杜缨娘又命令所有人脱去中央军的服装，戴上小鬼子的帽子，跟左面插过来的中央军打遭遇战，但是枪口朝天，不可伤人。

兄弟们这才明白，为什么要大家将新四军、中央军和小鬼子的军装全穿上，最外面才穿夜行服。当时都不明白当家的用意。

这样的假打，山畸看不出来吗？还是有人怀疑。石义仁吼了起来：“当家的自有妙计，快跟中央军打起来！”

枪声顿时大作，子弹在中央军的头顶乱飞。

“插过来的中央军是吴军师他们？”穆秀兰小声问杜缨娘。

杜缨娘“嗯”了一声，对穆秀兰说：“暂时蒙一下山畸，等他上来，你就带着队伍假装追击他们，一定要跟山畸保持一定距离，等我控制了山畸就赶快突围！”

“你想控制山畸？”

“对，斩龙先斩首！”杜缨娘一边应道，一边叫上二愣子，眨眼消失得无踪无影……

天渐渐放亮，鬼子熬过了黑夜的恐惧。军情参谋向山畸报告说，跟皇军负隅顽抗的是一小股中央军，还有一股中央军化装成大日本皇军，混进了队伍里。现在围剿支那军的部队比较分散，一时无法确定谁是假皇军。

骑在枣红马上的山畸，气得他的小胡子直跳。他上当了，被这股小小的支那军牵着鼻子转了一宿。山畸使劲地拍了拍马屁股，冲到队伍前面。

“支那军的可恶，统统地消灭！”山畸发出一阵咆哮。

子弹嗖嗖地追着郭瞎子的脚后跟，打得他翻了几个滚，趴在土坷垃里不敢动弹。他骂道：“山畸小儿，袁大秃子也没有你大方，打炮就像扔红薯，这些枪子儿都是大水冲来的？”

穆秀兰听到郭瞎子的骂声，翘起头来盯着他，说：“我没有猜错吧？你不是说书人！”

郭瞎子埋下了头，嘀咕着说：“那是年轻时候的事了，若不是当家的想听我说书，我才不愿闻到这股子弹味……”

一发炮弹落下，打断了郭瞎子讨袁护国的回忆。

“狗日的山畸，老子也是小鬼子了，你还不放过？”郭瞎子骂完了小鬼子，又回头冲穆秀兰喊道：“赶快跟吴军师他们会合，集中兵力，寻机突围！”

“不能突围了，赶紧撇下吴军师，撤到山畸的眼皮底下去！”

穆秀兰的话让郭瞎子惊出声来，“当家的是疯子，你也打疯了？赶紧趁小鬼子没有反应过来，冲到口袋边上，撕开一个口子钻出去！”

“山畸还活着，证明当家的没有得手，我们得靠近山畸，接应当家的！”

郭瞎子没有反对，他对杜缨娘的安危更是揪心，如果杜缨娘有什么不测，损失就大了。

穆秀兰从身上取出弩弓，撕下内衣袖子，咬破手指写了“不要暴露，寻机突围！”的字条绑在箭上，射向对面的吴红金。

山畸打了一阵炮后，突然命令部队停止攻击，收缩包围圈。

穆秀兰带着兄弟们且打且退，在吴红金的配合下，渐渐退到了山畸的右前沿，隐约听得到山畸的叫嚣声。

穆秀兰非常着急。当家的早就应该靠近山畸了，即或找不到机会消灭山畸，也该返回来跟她会合。山畸还在指挥战斗，证明她没有得手。得迅速靠近山畸才能弄清杜缨娘的情况。

趁着吴红金的一阵猛打，穆秀兰带着手下的“鬼子”佯装溃退，一下退到山畸的前沿。

穆秀兰正中山畸的招，他通过无线电命令部队停止攻击，就是想在这一瞬间找到化装成皇军的内鬼。看着这支溃退下来的“皇军”，他得意了，“活捉支那猪！”

山畸的包围圈越来越小，鬼子一个紧挨一个，密密麻麻。

吴红金等人扮成的中央军也没有跳出包围……

两小时前，新四军易城军分区得到消息，特别小分队崔松部陷入日军包围，驻扎在沙坪口一带的新四军新一团不知去向，负责策应的独立团也失去联系。国民党沙坪守备团遭到日军攻击，弃防而去，中央军H师在老鹰口一带集结。

参谋长向司令员和政委汇报了突然发生的情况。

电讯参谋递上一份电报，参谋长看过电文立即向二位首长汇报，鬼子的三个大队正向沙坪口一带运动。

司令员拍着墙上的作战图，不解地问政委：“这是发的哪门子疯？近期没有打大仗的迹象啊！”

“沙坪的守备团受到日军攻击，又有三个大队向沙坪运动，这说明鬼子对那里有行动。可崔松为何在那里被包围，他就那么几个人，值得鬼子调动大部队吗？”政委的分析一针见血，“关键是我们的两个团都在这个时候失去了联系，难道是……要救崔松也得向军分区请示才对！”

“最重要的一点，中央军的A师为何要在老鹰口集结？他们要去哪里？想干什么？”司令员问了这些问题，突然向参谋长说道：“命令军分区一、三、四大队和沙坪口县大队做好战斗准备！”

穆秀兰被山畸部队逼上了石滚槽左侧的大白岩高地。吴红金等人也上了大白岩。

“穆姑娘，我们现在该怎么办？”胡二锤和刘冲走过来问她，“当家的是不是遭到不测？”

“乌鸦嘴，当家的是什么人，千手观音！鬼子再能也拿她没办法……”小石头和宴大彪形影不离，两人一起瞪了胡二锤一眼。

郭瞎子和吴红金都没有吭声。

“大白岩真是好地方啊！”郭瞎子突然发出感叹。吴红金斜了他一眼，郭瞎子看在眼里，继续说：“怪不得当家的要选这样一个地方点鬼子的死穴，千手观音当真是兵家天才啊！”

“你说啥风凉话？”吴红金听出他的话里似有埋怨杜缨娘的味道，很想搡他两句，但还是压住了火气，缓和地说：“当家的武功高没说的，一心打鬼子也是没说的，所以兄弟们才服她信她，跟着她毫无怨言，我们不能要求她啥子都高明，一眼就看透八百里三千年吧？”

“吴军师休怒，我是真心佩服当家的高明之处，把我们逼上兵家必争之地！”

“插翅难飞的绝境何以成了兵家必争之地？”

“军师睁大了眼睛看看这地方！”郭瞎子张开双臂，一副老谋深算的样子，“不上来不知道，上来了吓一跳！兵家必争之地并不在于一夫当关万夫莫开，而是在于战略位置，此地的要害就在于进可攻退可守，牵一而百发，牢牢控制着沙坪口鬼子的丁字阵，想牵牵得出来，想钉钉得住它！”

“你这话有点意思，说说你的高见。”吴红金也是兵法迷，听郭瞎子这么一说，陡然来了兴致。

“前两天我才给当家的说到孙子兵法的地形篇，想不到她运用得如此精妙！”

“孙子兵法？孙子咋说的！”

“孙子曰：地形有通者、有挂者、有支者、有隘者、有险者、有远者。我可以往，彼可以来，曰通。通形者，先居高阳……”

“哎呀，先生又是一副说书样，尽是之乎也者！”钱书宝不知啥时候已经坐在一旁，静静地听二人说兵法，突然打断郭瞎子的话，要他说白文。

“孙子说：地形有通的、有挂的、有支的、有隘的、有险的、有远的六种形式。我军可以往，敌军可以来的地形叫做通；在这种地形作战，应先占领高地，利粮道，这样就十分有利。可以前进，难以后退的地形叫做挂。在挂地形上作战，敌人无备，我军突然攻击，就可获胜利；若敌人有所准备，出击又不能取胜，加之难以返回，就很不利了。我出击条件不利，敌人出兵也不利，这种地形叫支。在支形地域上，敌人即使以小利诱我，亦不能出击，而应首先率军撤退，待敌人出击一半时而反攻，可获胜利。在两山间有狭窄通谷的隘形地区作战，如果我先占领，一定要在隘口布兵待敌；若敌人先占据隘口，陈兵据守，就不要去打；如果敌人只占据了隘口的一部分，并未布兵阵全部封锁，则可以进攻。在险形地域上作战，如果我先占据险地，一定选择高阳之处来等待敌人；如果敌人先占险地，就率军离去，不要仰攻敌人。在远形地区作战，双方地势均同，不宜挑战，勉强求战就不利。”

小石头和宴大彪也听得津津有味。

“凡兵有走者、有驰者……”郭瞎子发现自己又说得文绉绉的了，忙换成了白话：“军事上有走、弛、陷、崩、乱、北六种情况，这六种情况，不是天时地形的灾害，实是主将的过失。凡是地势均同而以一击十的，必然败逃，这叫做走兵。士卒强悍，军官懦弱，指挥松弛，叫做弛兵。军官强悍，士卒懦弱的，战斗力必差，叫做陷兵。部将怨怒，不服从指挥，遇敌忿然擅自交战，主将又不了解他们的能力而加以捧制，必然崩散，叫做崩兵。将领无能，不能严格约束部队，教导训练没有明确的理论、方法，官兵关系紧张混乱，陈兵布阵杂乱无章，叫乱兵。将领不能判断敌情，用少量军队抵抗敌军主力，以弱击强，行阵又无精锐的前锋，叫做北兵。这六种情况都是取败的道理。”

穆秀兰拿出自己的水袋递给郭瞎子。

郭瞎子仰头喝了两口，继续说兵书上的道理：“孙子说了，地形是用兵的辅助条件。判断敌情，制定取胜方略，考察地形的远近、险易，这些是主将必须履行的职责。知道这些因素而指挥作战的人必胜，不懂得这些而指挥作战的人必败。所以从战争的道理上看，必然会胜利，就是说委员长下令不战，主将一定要战也可以；如果按战争实况的发展，无胜利条件，虽委员长说一定要打，也可以不打。总之，进攻敌人不求虚名，撤退防守不避罪名，保护黎民百姓，有利于国家，才是兵家之根本。”

“杀鬼子用得着如此辛苦地背书啊？猴孙子才不找这个辛苦，凭我手里的见风长也是杀鬼子！”孙大壮没听懂，说了句风凉话走开了。

郭瞎子白了孙大壮一眼，趁着兴致继续往下说：“知道我方的士卒可以进攻，而不知敌方不可以攻击，胜利的可能仅为一半；知道敌方可以进攻，而不知我方士卒不可以进攻，胜利的可能只有一半；知道敌方可以进攻，知道我方士卒可以进攻，但不知道地形不利于作战的，有一半胜利的可能。所以知道用兵的人，他的行动准而果断，他的举措随机应变，变化无穷。因此，了解对方又知道自己，胜利就会不断；通晓天时地利，胜利就会无穷无尽。”

吴红金听到这里，站起来向郭瞎子一抱拳，深深地作了个长揖。虔诚地说：“先生深谙兵法，当力辅当家的，吾枉为军师，先生才是真正的军师！”

郭瞎子忙站起来还礼，说：“不敢！不敢！说书人多读了一字半文，岂敢以师尊自恃？吴军师快快收起褒奖！”

吴红金又寒暄了两句，突然想起了一个问题，问郭瞎子：“先生何以说当家的把我们逼上绝境却是用兵之精妙呢？”

“郭瞎子也是刚刚上了大白岩才明白，当家的想方设法把山畸调出来，把咱们逼上大白岩，不仅让我们百十号人缠住了山畸的一个大队，更重要的是有可能调出更多的鬼子。如果我猜得不错，山畸大队的包围圈以外还有好几层张网以待！”

“还有更大的包围圈？”

“不止一层，可能还有好几层！”

“我们这点人值得鬼子里三层外三层地包围吗？”

“这点人当然用不着，区区一个山畸大队足矣！”郭瞎子站起来指了指远方的晨雾，颇为自信地说：“那些烟雾里一定有一层鬼子围着新四军，更远的地方还有更多的鬼子围着趁火打劫的中央军！”

“先生的话有点玄吧？”石义仁一直没有说话，听到这里忍不住问：“明明知道这里面是个圈套，谁还会傻乎乎地往里钻？”

“这就是当家的高明之处，她故意把鬼子的死穴透露给几方，他们都冲着这个死穴而来，不钻才怪，不围更怪！”

“天哪，小小大白岩竟有如此大的卖相？”

“这就是战略天才的诡道！从古至今，真正的兵家是用战略牵制敌人，战役打击敌人，战术消灭敌人。可我们当家的反其道而行之，把干饭稀饭蒸饭烩成一锅煮，自己就做那添柴加火的小媳妇！”

“结果会咋样？会不会是三败俱伤！”吴红金陷入了思索。

“结果只有一个，鬼子的丁字阵被打乱了！最大的输家是鬼子！”此时的郭瞎子真可谓大白岩上最意气风发的人，挥手向群山，“我们现在站在大白岩上，主宰着谁可以上来，谁不能上来！”

穆秀兰兴奋得带头鼓掌，掌声虽然单调脆弱，但也引起了大白岩的共鸣，那些从没有鼓掌习惯的绿林好汉，不由自主地跟着拍起了巴巴掌……

沙坪口的情势正如郭瞎子所说，千头万绪，一团乱麻。

中央军A师在老鹰口集结后迅速向沙坪口移动。

带兵师长正是当年跟岳如飞做生意的谭庆洪，跟在他身边的情报处长就是当年的侍卫田秀武。谭庆洪对军部将情报处长放在自己身边的用意心知肚明，实际是对他安了只眼睛。

田秀武跟谭庆洪同坐一辆吉普车，但他还是像过去一样，坐在前排的副驾驶位置上，以示对曾经的主子一种尊敬。可他现在跟谭庆洪说话的语气较从前大不一样了。“师长，据我的情报，日军抽调三个大队去沙坪口，并不是围剿新四军的两个团，也不是去捉几个捣蛋的小毛贼，而是要抢占大白岩，为易城会战切断中央军进退路作准备。”

“秀武老弟，你我兄弟好几年，想不想听我说点实话？”谭庆洪坐在后面，说话虽然客气，但田秀武能猜得到他的心态。

田秀武平视前方，谦虚地说：“师长的教诲属下一直铭记在心，我来就是要听师长训示的！”

“我不这么看，区区一个大白岩不值得我们兴师动众，它的战略位置也没有传说中的那么重要。”谭庆洪打开了话匣子，“大白岩不过是个岩堡堡，向西贯穿的大白山脉只有野人出没，小鬼子才不会去那里搞共荣。”

“师长的想法是，大白岩没那么重要，可能是小鬼子的圈套？”

“我看是这么回事，小鬼子正找不到机会收拾我师，这回倒好，放出个战略高地作诱饵，骗我们上钩。”谭庆洪越说越激动，“我谭庆洪在这块地盘上摸爬了好几年，那个旮旯该屙啥子屎，闭着眼睛也能数落出道道来。可他们待在作战室小题大做，硬说小鬼子是为切断我部进退路，为易城会战作准备！”

田秀武应和着谭庆洪的牢骚，听他继续往下说。

“人家小鬼子在沙坪口摆了个丁字阵，我们和新四军都按上去，东南西三方牵制了我们好几个军，陪人家看白水湖里的水鸭子，实际上小鬼子早已明修栈道，暗度陈仓了！”谭庆洪说到激动时，起身拍拍田秀武的肩膀，拉长了音调说：“我敢提着脑袋跟上峰打赌，丁字阵里剩下的鬼子总计不足一个旅团了。”

“师长凭什么敢拿脑袋打赌？”

“就凭小鬼子向沙坪口增兵的三个大队！”谭庆洪非常自信地判断，“如果丁字阵里有足够的部队，哪里抽不出几个大队来抢占大白岩，还需要从易城前线调兵吗？再说，抢占大白岩用得着三个大队吗？屁股大块岩坎，挤得下一个大队就不错了！”

田秀武没有做声，默默地听着。

一阵炮声打断了谭庆洪的高谈阔论，警卫排冲上来紧紧地将吉普车围住。

“报告师座，我们已进入沙坪口外围阵地，前方三十里，日军正在跟新四军独立团作战！”

“就地待命，没有我的命令，不许开拔！”

“师长是要坐山观虎斗？”

“哈哈哈！坐收渔利难道不是更省事吗？”

“如果新四军抢先占领了大白岩呢？”

“可能吗？就是我们肯让，小鬼子不一定肯呢！”

“如果出现意外，师长不怕上峰治我们一个贻误战机的罪名吗？”

“老子脚底板都磨起了血泡，前面敌情不清，部队就地待命也是为了捕捉战机，将在外军命有所不受，哪个敢说我贻误战机！”

谭庆洪有些生气了。他斜视了田秀武一眼，向参谋长招手说：“传我命令，各团以营为单位保持作战队形，工兵营立即抢修工事，作好战斗准备……”

一发炮弹落下，三个警卫飞身上前将谭庆洪压趴在地。

“报告！”参谋慌慌张张地跑过来：“共军两个团被日军分层包围，但共军似乎有意牵制日军，现正向大白岩方向移动。我部左侧二十里，有日军大部队推进，目前还不明白他们的意图……”

“行了！行了……老子知道小鬼子的意图，就等我往套套里钻。”谭庆洪掀开身边的卫士，又向参谋长发布了一道命令：“命令部队后撤五里，避开与日军遭遇！一旦日军与共军两败俱伤，咱们再行动。”

“别忙！”田秀武叫住参谋长，走到谭庆洪面前，小声问道：“师座，鬼子正在向大白岩增兵，看样子是势在必得，我们后撤妥不妥？万一上峰追查下来，师座可是不好说。”

“师座是不是再考虑考虑，如果现在抄到围歼共军的小鬼子后面，打他个措手不及，不仅共军可以解围，还可以抢到进入大白岩的先机。”

谭庆洪火冒八丈，瞪了参谋长一眼，大发雷霆：“老子是这里的最高长官，直接对委员长和党国负责，你敢不执行老子的命令？”

田秀武很是尴尬，他明白谭庆洪的一瞪一吼都是冲他发的。想到自己的一番苦心反倒成了驴肺，一股莫名的怒火翻腾起来。正要发作的时候，却被谭庆洪的背影给挡住了。

田秀武想起临来之前，战区司令亲自打电话给他下密令，如果他有畏敌情绪，不按战区命令抢占大白岩，以贻误战机就地枪决。田秀武当时就明白了，上峰早已对谭庆洪消极待战不满，这次让自己随行督战，是要找到处决他的借口。

“师座，临来之前司令长官交待过，A师的目标就是抢占大白岩！”参谋长干脆把上峰的意思挑明了。

“姘妇丢了娃儿，野老公不心疼！老子苦心经营了十几年，他司令长官凭啥硬要老子往小鬼子嘴里送？”谭庆洪从腰里拔出手枪，指着参谋长的脑袋，恶狠狠地吼道：“敢违抗命令，老子现在就毙了你！”

“师座！参谋长说的没有错，您是不是再考虑……”一旁报告情况的参谋上前劝和。

砰！谭庆洪一摆手，参谋应声倒地，脑浆飞溅。

“师座——”参谋长想再劝。

“住嘴！不然老子毙了你！”谭庆洪又拿枪顶住了参谋长的脑袋，狂叫：“快传命令，后退五里！”

田秀武紧咬牙关，神情严肃地盯着谭庆洪手里的枪，一动也不动。

砰！参谋长应声倒地。

砰！砰！砰！又响起了一连串的枪声。

谭庆洪砰然倒地。

“参谋长——”几个参谋扑过去。

田秀武也扑了上去。

“起来吧，死的不是你！”田秀武上前一把将参谋长提起扔上吉普车，对作战参谋发布命令：“传参谋长命令，部队向大白岩方向强行军，务必抢在新四军前面占领大白岩！”

田秀武带着A师扑向大白岩，进了鬼子的第三层包围圈……

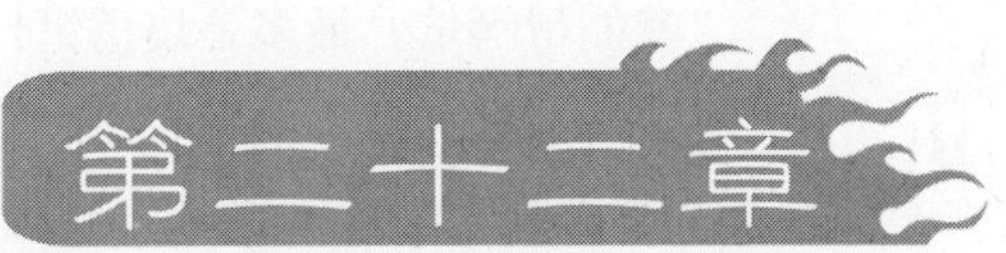

第二十二章 借炮杀寇　镖送少佐上西天

杜缨娘跳出了山畸大队的包围，在石滚槽以南的万家坳见到了崔松。

“队长，他们已经上了大白岩，我们还帮不帮千手观音……”傅大江跑过来，没有注意到身穿新四军军装的杜缨娘就在旁边。

“什么他们我们的？都是打鬼子，谁帮谁？”崔松打断了傅大江的话，向他丢了个眼色，问道：“山畸咋样了，是不是坐在大白岩下准备熬鹰了？”

傅大江顺着崔松的眼神看到了杜缨娘，不好意思地说：“观音娘娘……不是……你穿军装真好看！比咱队长俊多了，嘿嘿！”

杜缨娘听他这一说，“扑哧”笑出了声。

傅大江像做错了事的孩子，脚板搓着脚背，站在那里不知所措。

“小屁孩儿说啥呀！天一句地一句的，去！有事我叫你。”崔松也是满脸尴尬。

杜缨娘咬紧嘴唇不笑了，转过身去向枪里压子弹。

崔松主动打破尴尬，“当家的，从目前情势看，我们的第一步引蛇出洞算是成功了，不光引出了山畸，还有几条大蛇都出了洞。下一步，你看如何分而歼之？”

“西大条胖从三个旅团挑了三个大队直奔沙坪口，来的目的本来不是抢占大白岩，要不是在石滚槽遭到伏击，山畸不会发现你们和中央军的意图！”

“真正帮大忙的人是你，这个大阴谋也是你千手观音一手制造的！”

这一场引蛇出洞借兵打援之计，是她跟崔松秘密会晤时，早已定下的。

由于杜缨娘刚从中央军策反过来的人鱼龙混杂，所以没有透露自己的真正意图。两人击掌为誓，此计除了他们两人知道，各自不得让第二人知道。因此，杜缨娘的铁杆军师穆秀兰也被蒙在鼓里。

“我能帮啥忙？最多是块诱饵！”杜缨娘的谦虚把握得很有分寸。

“如果不是你说，大白岩是制约鬼子西进的要塞，过去被鬼子忽略，我也不会想到利用鬼子的软肋作诱饵。”崔松笑了笑，“抢占大白岩本来只是你哄鬼子和中央军的噱头，它的实际作用并不那么重要！”

杜缨娘不明白崔松说的意思。

“大白岩战略位置的重要性是相对日军的军事意图和中央军的防守部署而言的，日军利用丁字阵形来实现他在易城的战略攻势，中央军则把易城会战和长江防守阵地摆在西三角一带，大白岩才变成他们争夺的焦点。”

崔松完全不像一个正在战场厮杀的战士，而是像一位战略分析家，对杜缨娘阐述自己的观点。

“由于日军对丁字阵过于自信，加之军事地图标注上的遗漏，忽略了这个位置，而中央军虽然看到了这一点，但由于心存侥幸，估计日军一时半刻不会反应过来，所以只派了一个守备团在大白岩防守。”

“我们暴露了鬼子的软肋，西大条胖带了重兵抢占，会不会对易城守防的中央军不利？”

“我们现在敲山震虎，就是要逼迫鬼子在战略意图上出现摇摆，对自己的丁字阵失去信心，把易城一带的兵力向大白岩转移，减轻易城的压力。”

“鬼子调整了战略，中央军不是一样要调整防守吗？”

“防守部署本来就应该调整，对付日军丁字阵的西三角防守部署，只需切去一只角，扩展两条线，变成五角防守阵形，大白岩就失去了战略意义。”崔松笑笑说：“咱们这一闹，小鬼子正好按这个思路上当！”

“人家中央军会听你崔队长的调遣？”

“中央军不会听咱的招呼，可他听小鬼子的调遣！”

“鬼子占了大白岩，逼着中央军改变目前的防守部署！”崔松也很自信，“只要调整防守，就会顺着我的思路歪打正着！”

“你这么肯定？你想得到，中央军也想得到，小鬼子就想不到了？”

“我们才是孙子的后人！他们或许学了些三十六计的皮毛，却不知道兵法实际上有三十七计!”

“三十七计?”提到兵法，杜缨娘就特别有精神。“从来没有听说过，你吹牛!”

崔松看她流露出川妹子的泼辣劲，嘿嘿地笑了。他捡起一块卵石抛出去，“第三十七计，歪打正着!”

“崔命神! 崔松——”随着一阵粗犷的呼叫，从草垛后面冒出个手提双枪满脸挂黑抹白的人来。

“大头鬼? 付大贵——”崔松迎上去，朝来人的胸前擂了一拳，“咋样? 送给你的厚礼够你海喝一壶的吧?”

来人还了他一拳，冲他肆无忌惮地骂道:“老子出生入死赶来救你，你倒在这里捂虫虫办家家……”

崔松忙伸手捂住了他的嘴，拉到杜缨娘面前，介绍说:“当家的，这是我的过命兄弟付大贵，一块从草地过来的，你别见怪，他这嘴从来没有遮掩!”

“老子的嘴咋了? 说老子嘴臭? 你给老子闻闻，刚喝了两口大烧的!”说完撅嘴往崔松脸上凑。

“别闹了，我给你介绍个大英雄!”崔松一把将付大贵按住，一本正经地向他介绍说:“这就是名震江湖令小鬼子闻风丧胆的千手观音……”

“千手观音!?”付大贵连忙打住嬉闹，扯了扯身上的衣服，声音洪亮地说:“新一团团长付大贵，久仰千手观音威名，今日得见，真是三、三生……”

“不光是三生有幸!”崔松知道他说不全下文，便替他说了。“你还欠着杜当家的一个大人情。”

“鹞子岭的杜缨娘，崔队长言过其实了，在下不是啥英雄。”杜缨娘向付大贵作了自我介绍，不解地问崔松，“我与新四军的团长素未谋面，怎会欠我人情呢?”

付大贵懵懵懂懂地站在那里，也不知崔松所说的人情是咋欠的。

“就是今天这场仗，付团长驻防在沙坪口东头，整天盯着鬼子吃喝屙撒，却一直没得仗打，连小打小闹都很少。要不是杜当家的设计将鬼子引出来，有你小子的大肉吃?”

“还是你小子了解我老付。”付大贵转身向杜缨娘抱拳说道:“这个人情大到天上去了，我代表新一团全体指战员感谢杜当家的！”

崔松赶紧掰开付大贵的拳头，要他听听身后的炮声。“先别急着谢！杜当家的帮你把大鬼小鬼都请来了，怎么打发他们回老家全看你的了！”

付大贵扬手给了崔松一拳，爽快地说：“你老崔说了算！既然提着脑袋出来，就得提几个脑袋回去，不然司令员还不把咱撕成八瓣。”

“这就是你的事了！”崔松蹲在地上，捡了几块石头摆在那里，招呼付大贵过来合计。

崔松手里的石块在地上穿梭，他对目前的形势分析得很透彻。

“新一团本来是为解我老崔之围出的兵，不想进来之后就被小鬼子的前沿部队包了饺子。”

付大贵忙作纠正，“新一团不是为哪个出的兵，是要跟小鬼子抢占战略高地，你这封信还装在我的衣袋里，是我回去跟司令员交代的理由。不是我不报告，而是报话机被鬼子炸坏了。”

“付团长当然有理由，可你又把我们独立团也拉来，刚刚接近阵地就被小鬼子的第二道包围圈黏上了，这又作何解释？”

“你小子吃了胡萝卜还爽脆，老子的通信兵还挂着吊臂！”付大贵听出是在教训他，火气上来了，“我拉独立团过来，就是希望他在鬼子的屁股上蜇一下，配合我里应外合，撕开一个口子突围，把你个白眼狼拽出去！”

杜缨娘见他们争得面红耳赤，收起枪往外走，“崔队长和付团长好好叙旧吧，我得去会会山畸了！”

崔松忙按住付大贵，叫住杜缨娘说正事。

“现在的形势对我们是个机会，也是一连串的难题！”

崔松又拿起石块比划起来。

“新一团死死挡住西大条胖的第一大队，就给我们腾出了时间和空间，尽快吃掉山畸！问题是我们怎么突围出去与独立团会合，放小鬼子去大白岩。小鬼子上了大白岩，弟兄们又如何下来？”

“趁你们吃山畸的时候，我把小鬼子往独立团现在的位置引，你们一旦吃掉山畸，小鬼子一定会扔下我们去抢占大白岩。”付大贵接过崔松手里的石块比划，“你们趁机回到我现在的位置突围，我也趁机跟独立团会合，集中优势兵力打突围战！”

杜缨娘没有说话，叫上二愣子提枪就走。

付大贵莫明其妙，冲杜缨娘离去的背影大声说道：“当家的，你得通知大白岩的兄弟下来……”

杜缨娘没有回应他，直奔山畸而去。

崔松拍拍付大贵的肩，像是解释又像是安慰他说：“她就是这脾气，没脾气就不叫千手观音了。”

付大贵还想说两句气话，崔松握紧了他的手说：“老伙计放心，她有办法通知兄弟们下来，你顶住了西大条胖，我们就能敲掉山畸！”

崔松叫上刘旺财和付大江，朝着杜缨娘走的方向追去……

山畸追到大白岩下，穆秀兰已带着兄弟们上了大白岩。

山畸让部队停下来，通过报话机向西大条胖请示下一步行动。

“八嘎！几个支那兵都不能消灭，是大日本皇军的耻辱！”西大条胖暴跳如雷，令山畸就地等待支援。

西大条胖派出两支特种兵小分队，从左右两翼分别上大白岩。他交代说：“不要的惊动山畸，悄悄的上去消灭支那军！”

杜缨娘带着二愣子和几个兄弟，换上鬼子的军装，从鬼子的尸体上抓了几把鲜血抹在脸上和衣服上，扮成死里逃生的伤兵，向山畸待命的地方跟过去。

“当家的，这样能行吗？我们几个都不会说鬼子话，恐怕要露馅的。”二愣子的担心恰恰是杜缨娘担心的。

杜缨娘让大家停下，两个人一组，找个地方隐蔽起来。她让二愣子找到最佳射击位置，实施远距离斩首行动。

二愣子小声问杜缨娘，“当家的，咱们不认识山畸，如何斩首啊？”

杜缨娘说：“你盯紧那匹枣红马，有枣红马在就找得到山畸。”

“快看！有中央军从咱们右边绕过去了！”

杜缨娘顺着二愣子示意的方向看过去，隐隐约约看到几个人向大白岩方向跑去。

她有些奇怪，大白岩的所有路口都被山畸扎紧了，这个时候怎么会有中央军往山畸的网上撞，难道是崔松化装成的中央军，想从侧翼偷袭山畸？

“我看像鬼子化装的中央军，凭那战术动作，中央军没几个会的！”二愣子说。他把用纽扣做成的眼罩递给杜缨娘。

杜缨娘接过来戴在右眼上，二愣子忙教她使用方法。

“是鬼子的特种兵，中央军的腰杆不会那么鼓！”杜缨娘看清楚了，小鬼子虽然都穿着中央军的服装，但手里的装备都是德式 K98 冲锋枪。

“小鬼子想偷袭大白岩！”杜缨娘扯下眼罩，对二愣子说：“千万要沉住气，只要山崎上了枣红马，你就动手！”

“当家的，你肯定山崎龟儿子会骑枣红马？”

“肯定，他一打仗准骑枣红马！”杜缨娘说完，一溜烟不见了。

二愣子蛰伏在草垛下，汗水一个劲地往下滴。

要命的等待，山崎的部队就是不乱。

杜缨娘瞅准机会混进鬼子的伤兵里。一个鬼子伤兵正想喊叫，杜缨娘伸手点了他的哑门穴，小鬼子张着嘴没有叫出来。

杜缨娘在他耳边嘀咕了几句，小鬼子连连点头表示同意，用眼神示意她替他解开哑穴。

“千手观音？你的支那人的英雄！我的崇拜。”小鬼子反过来扶起杜缨娘，说起了中国话。“但你杀人的太多，大大的残忍！”

“你们杀了我们多少中国人！”杜缨娘气不打一处来，“我只要你们鬼子的命，你们杀中国人，轻则用枪挑拿刀剁，重则挖心剥皮抽筋点天灯……”

杜缨娘愤怒的声音惊动了走在前面的伤兵，他们回过头来吃惊地看着她，一名小鬼子走回来审视了几眼，突然举起三八大盖，大叫：“支那猪的！奸细……”

柳叶镖封住了小鬼子的叫声，其他伤兵急拉枪栓，只拉到一半就定格在那里不动了。

“你的魔鬼！”小鬼子撇开杜缨娘就跑，被她扣住手腕处的经渠穴，顿时动弹不得，瘫在地上。

小鬼子背包里落出来的一张照片，她捡起来一看，眼前的伤兵穿着青年装站在十几个朝气蓬勃的青年中。她过去曾见小田俊雄捧着同样一张照片落泪。

小鬼子见她拿起照片在看，马上激动起来，使足全身力气伸出了手，想把它抢回去。

杜缨娘见小鬼子被她点了穴，还能伸出手来要照片，这让她十分震惊和感动。她小心地抹去照片上泥土，还给他说："只要按我说的做，我不杀你！"

小鬼子支支吾吾地答应了，她才为他解穴，取出枪伤药为他敷上，喂了一粒自制的跌打丸。

杜缨娘挽着小鬼子扮作两名相互搀扶的伤兵，艰难地向山畸部队靠近。

山畸被西大条胖骂了后，十分憋气。他左等右等西大条胖支援，就是不见特种兵的影子，再也按捺不住，向部队下达了进攻的命令。

山畸正向他的枣红马走去，突然"砰"地一声枪响，吓得他又缩了回去。

山畸立即卧倒，翘起脑袋小心翼翼地分辨不明枪声。

"报告少佐，有一股支那军从右侧向大白岩逃窜！"

山畸就地将指挥刀指向右测，命令道："快追——"

一直趴在地上的山畸部队，像蝗虫一样扑腾起来，立即向右侧的中央军扑了过去。

"报告少佐，我们的左侧也发现有支那军！"

"二中队出击，不许一个支那人上大白岩！"

山畸命令士兵去牵枣红马，他要亲自带兵去攻打左侧的支那军。

杜缨娘也没弄清楚刚才的枪声来自哪里。说好了不见山畸骑上枣红马不开枪，难道是二愣子移动了狙击位置？

杜缨娘正在纳闷，有两个鬼子走近了枣红马。

"糟糕！"杜缨娘差点叫出声来，那两个鬼子都是大兵服装。二愣子离得远，根本看不清谁是着佐官服的山畸，千万别把他们当山畸打了。

杜缨娘提起伤兵趁乱窜到离山畸不到一百米的地方，眼睁睁地看着两名鬼子靠近了枣红马，一名鬼子解开缰绳牵住了马，另一名小个子鬼子爬上了马背。

"千万别开枪啊！"杜缨娘把心吊在了嗓子眼上。情急之下，她打出了"鸳鸯笑"。刚出手又后悔了，因为二愣子根本不懂"鸳鸯笑"，不起任何作用。

杜缨娘担心的事终于发生了。突然一声枪响，小个鬼子从马背上滚了下来。

牵马的鬼子撒腿就跑。边跑边向山畸报告："狙击手的有！"

山崎凭经验判定，狙击手就在附近，说不定已经混进队伍里。

杜缨娘看到山崎转身退到一群鬼子兵中。看来，二愣子射杀山崎的计划要落空。山崎不死，部队就乱不了，凭崔松和自己的百十号人，难以迅速消灭山崎大队。

杜缨娘借着伤兵作掩护，将藏在内衣里的暗器袋整理好，又为驳壳枪压好子弹。

她已经想好了一步险棋，挑起山崎部队与化装成中央军的西大条胖特种兵接火，借手拖住西大条胖。

杜缨娘拉了一具鬼子的尸体替伤兵作掩体，说："你就在这里不要动，等我回来！"

伤兵眼里充满感激之情，像是看透了杜缨娘的心思，劝她说："你的现在不要杀山崎！支那军的很顽强，山崎的不是对手……"

杜缨娘眼睛一亮。伤兵不知道对面的中央军就是西大条胖的特种兵，但他的意思很明确，让对面的部队消耗山崎的有生力量。

伤兵的提醒还给了她启发。挑起山崎部队与西大条胖的特种兵接火，借山崎之手拖住特种兵，将山崎除掉。但山崎的鬼子兵不是特种兵的对手，而且明显看出特种兵不还击山崎部队，躲躲闪闪，努力摆脱他的纠缠。

"你说我该怎么做?"杜缨娘问伤兵。

"跟山崎的一起攻击支那军！"伤兵说："我配合你的攻击！"

杜缨娘点点头。她脱下外套露出日军上尉的军服，说："我不会鬼子话，遇上小鬼子，你就说我是西条大佐的特种兵小队长。"

伤兵点点头，与杜缨娘一起混进了山崎的混合炮阵阵地。

伤兵来到一名中尉身边，叽里哇啦说了一阵日语，鬼子中尉立即向杜缨娘立正敬礼。

伤兵回过头来，示意她看看炮阵，看看前方的特种兵，转过身去向中尉说了一通日语。

"嗨！"鬼子中尉挥动着手里的小旗子，大声嚷嚷了几句。炮兵立即调整炮位，副炮手为每架小钢炮摆上了炮弹。

杜缨娘退到掩体里，伤兵对她说："我的告诉他，你的是西大条胖派来的督战参谋，要求他集中所有的炮弹，对准支那军潜伏的位置开炮。"

一阵猛烈的炮击，大白岩脚下腾起一团一团的烟雾。

杜缨娘指着前方攻击特种兵的山畸部队问道："他们离我们多远?"

"三百米!"

杜缨娘又问："怎么打旗语?"

伤兵比划着："小钢炮的这样!"

"快，随我去指挥!"杜缨娘拉起伤兵就走。

中尉倒在了指挥位置，炮手停止了送弹。

杜缨娘快速走到指挥位上，捡起上尉手里的指挥旗，学着伤兵刚才比划的旗语，快速地挥舞着。

一个日本军曹叫嚷着扑向指挥位，企图冲上去抢夺杜缨娘手里的旗帜。

"八嘎!"伤兵冲上去扇了军曹两耳光，"支那军攻进了我们的阵地，上尉有令，一定要把它夺回来!"

几十门小钢炮，一会儿射向大白岩，一会儿又疯狂地射向山畸大队。

被打昏了的鬼子终于醒悟过来，炮弹是专对着他们打来的。

回过神来的山畸从几百米外扑了上来。

炮阵向大白岩开炮的时候，山畸还高兴了一下子，连连称赞炮兵打得好。当炮弹打在自己头上的时候，他才意识到炮阵已被敌人控制。

炮阵解决了周围所有的鬼子。

炮阵上的鬼子齐刷刷地站在炮位上，等待着指挥位上的下一步指令。

就在这时，杜缨娘挥枪点射炮位旁的炮弹箱，引起一串爆炸。炮阵霎间变成一片火海，有几个炮兵刚想反击，都被杜缨娘的暗器打中。

山畸的炮阵在爆炸声中夷为灰烬。

伤兵转过身来，只见杜缨娘拉出一串长长的身影，眨眼之间出去了几十米。

山畸发现了她，小鬼子举枪向她射击。

只见她一个鹞子腾空，手中双枪连发，几个鬼子兵中弹倒地。就在她落地的瞬间，顺势滚入掩体，接着打出柳叶镖，阵前连倒十几名鬼子。

山畸惊呼："千手观音来了!"

杜缨娘一个"就地成佛"，盘腿落地。枪声戛然而止。

山畸和他的鬼子兵吓得浑身发抖，竟然忘了扣枪，只是猫着腰一个劲地往前冲。

杜缨娘探出头，又打出一串柳叶镖，镖镖刺中鬼子的要害。山畸身后

的鬼子兵全部毙命。

山畸想转过身去看看倒下去的士兵，好像有一根长长的铁钉，从头顶一直插到脚底，令他动弹不得。他想扬起手中的军刀，但手怎么也抬不起来。他生命的游丝愈来愈弱，渐渐地离开身体，飘散开去，越过山丘，越过森林，越过大白岩……

他俯瞰着大地，突然伸手想抓住土地，可是抓不住，反而离土地越去越远。他看到了自己，那个双手撑在军刀上，神武地站在大地上的自己，头上插着一支被支那人称作柳叶镖的冷兵器，真的是她终结了“圣战之神”的大志？

他似乎左手抓住了闪电，右手抓住了雷击，疯狂地向身边的千手观音砸下去。可那个站在地上的自己，颤抖了两下，砰然倒地……

山畸倒下的时候，伤兵感觉到一股热血如潮涌起，从伤口喷涌而出。他也倒下去了……

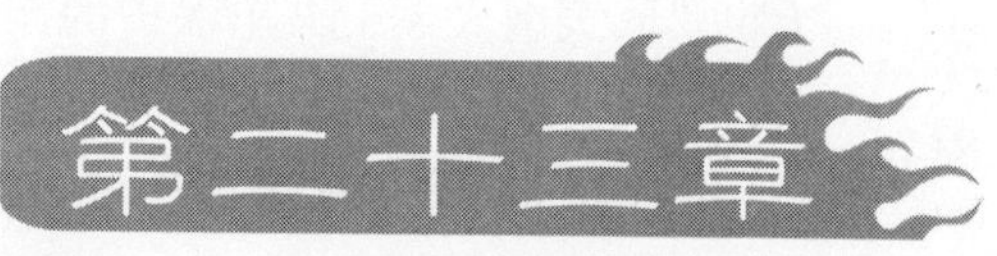

第二十三章

卖枪换粮　一枪威震神农架

杜缨娘消灭山畸后直接上了大白岩，打算趁西大条胖没有上来之前，带领队伍向神农架方向转移。

“神农架？那可是红毛野人住的地方！”孙大壮吸了口凉气，“我听说神农架的野人，比日行一千夜行八百的戴宗还跑得快，抓起熊瞎子比李元霸两臂分尸还利索。我师傅说过，十个好汉敌不过一个红毛野人。”

胡二锤嘴巴一瘪，嘟噜道：“我也听奶奶讲过，红毛野人的毛是红得发黑，眼蓝得发亮，两个拳头比我的锤子还大还硬！”

钱书宝把杜缨娘拉到一边说：“野人倒不可怕，怕只怕兄弟们放开肚皮吃，一座山要不了几天就能装进肚皮里。几百号兄弟长期窝在林子里，粮食是个大问题！”

“野人都能活，我们还怕饿死在林子里？”杜缨娘不屑地说：“我从小长在深山老林，靠山吃山，见水喝水，整天跟老虎猴子打交道，现在不是活得好好的？”

众人无言，吴红金上前俯耳说道，“我们在半道上截了一个洋人和俩洋学生，是不是一起带上？”

“洋人？你把他们抢来干啥？”杜缨娘非常吃惊。

吴红金解释说，当时派小石头和宴大彪去探路，发现一队中央军护着洋人和洋学生走镖，为了跟中央军要点枪和子弹，就顺手牵来了。

小石头对他们进行搜身时，洋人的内裤里竟然藏了一本书，经过拷问洋学生，才知道他是一个美国的啥专家。他不懂专家是何物，但见一群中央军荷枪实弹地走镖，肯定是些不简单的人。这才没有拿去换子弹，直接带上大白岩了。

杜缨娘曾听穆秀兰说过，蒋委员长过去靠美国人援助剿共，现在打鬼子也要问美国人。中央军保护的洋人，一定跟打仗有关。便说道："带上吧，有空听听他说洋书。"

"当家的，有一事我总是想不明白，请你给我们点点水！"穆秀兰对杜缨娘要将队伍拉到神农架的林子里非常不理解，似有一根鱼刺鲠在喉咙里，不吐不舒服，终于忍耐不住问："山畸死了，上千的鬼子让我们牵着鼻子当猴耍了，按说我们该找个空空钻出去，干吗还要往深山老林里钻?"

"关键是我们猫进林子里做野人，比在鹞子岭做山大王还无聊，只怕兄弟们不愿意躲着鬼子数日头！"吴红金明显不赞成退进神农架。

杜缨娘见穆秀兰与吴红金对她的做法不理解，不得不把整个行动的初衷和一系列"大刀夹小刀、小环钻大环"之计说了出来。

"俗话说：搅浑了水才好摸鱼。当家的是要把一河水搅成一河粥，直接把鱼呛死，呛不死的只有蹦出来找清水活命。"郭瞎子在一旁力挺杜缨娘的"逼鱼跳河"之计。

吴红金听完，连称"妙计！妙计！"

杜缨娘带着队伍向大白岩以东的猿都坪进发，准备在那里扎寨安营。

"古木参天，百兽割踞。猿都坪应该是原始森林的大都市。"郭瞎子看着眼前的森森之景突发感叹。

"当家的，咱们撤进了神农架，应该让崔松知道为好，以免引起误会。"穆秀兰怕崔松失去了与自己的联系。

杜缨娘心里明白，这次能够脱险，如果没有新四军和游击队出手，定会腹背受敌，甚至全部覆灭。

杜缨娘决定派人告知崔松，但西大条胖已把下大白岩的路堵死了。

穆秀兰请出一位蓬头垢面的老人。杜缨娘十分惊讶，没想到在这深山老林里还有人烟。

老人不知道自己姓甚名谁，过去的东家管他叫老猫子。

"老猫子?"

“对，东家说猫有九条命，就叫我老猫子！”

他告诉杜缨娘，这里还不是神农架的原始森林，去猿都坪还要走好几天。

向北走几个时辰有个村庄叫仁善庄。这里原本没有村庄的，沙坪口的一位大地主为了逃避白莲教，携家带口逃到那里隐居，以自己的名字取名为仁善庄。后来，外面连遭战火，逃往这里的人逐年增多，现在已有几百户，就成了一个村子。

大家来了就不愿出去，除了东家每月派一两拨人弄点布匹和官盐，用以维持村庄里的生计，再没有人出去过。大伙都乐意过着没有土匪和军爷骚扰的生活。

直到最近十余年里，外面的消息不断传进来，少东家不得不思考村子的生存问题，买来了枪支，请来了教头，在村口建了两座碉楼。

“看样子，你们少东家是个有眼光的大善人！”杜缨娘听后说。

老人点点头，又摇摇头。继续往下说，说出了一个惊心动魄的故事。

此去三十里，有一个大天坑，老百姓每遇天灾病痛，会向天坑里投活猪活羊祛灾祈福。

有一年闹大旱，老百姓没有收成交不起租，地主派家丁去催，家丁收不到粮，就将三家佃户的男丁绑了。半路上，管家老爷嫌麻烦，就命家丁将他们掀下了大天坑。

两个月后，一名男子赶着一群羊，从石滚槽北侧的猿渡河回到了村里，用那些羊抵了两年的租子。

少东家把男丁留下来做了长工。但男丁慑于黑心管家的势力，便逃到袁都坪做了天当被地当床的野人。

“这个大难不死的人就是你！”杜缨娘突然问道。

老人愣住了，他望着穆秀兰手里的枪，半晌才说：“女英雄要从天坑里出去，我愿意给你们带带路。”

“你知道我们是干啥的?”

“不知道，这位女英雄昨天把我从虎口里救出来，今天别说是让我带个路，就是让我再跳一回天坑也愿意。”

杜缨娘在沙坪口见过穆秀兰做老百姓工作的本事，但能否说动这个“野人”，心里还有顾虑。她关切地对穆秀兰说：“能不能不去冒这个险?”

“一定要去冒这个险，如果这条路走通了，我们就有希望了。”穆秀兰的态度非常坚决。

杜缨娘也很清楚，这条道对几百号兄弟来说有多么重要。

穆秀兰带着石义仁和二愣子随“野人”下了天坑。

穆秀兰见到崔松的时候，特别小分队正愁如何突破西大条胖的封锁，为潜入神农架原始森林的杜缨娘补充枪支弹药。

“我说这个千手观音啊，就是改不了个人英雄主义的毛病，一意孤行对她有啥好处，硬把自己逼入绝境，就显得英雄了？”

崔松为杜缨娘在大白岩的临时变卦不满，两个指头敲得桌面咚咚直响，“她怎么就不懂呢，打鬼子首先要保存实力，再考虑扩大实力啊！”

穆秀兰等他发完火，笑着说：“我看崔队长对我们当家的关心多于批评嘛！”

崔松忙辩白道：“啥乱七八糟的？我是为打小鬼子和那些兄弟的安危着想！”

穆秀兰笑着说：“我的崔队长，咱们当家的在大白岩让我给你带句话！”

“啥话？”

“当家的是这样说的：你去告诉崔队长，他不是我们当家的，杜缨娘想左脚走东就走东，右脚向西就向西，不受他支使！”

“这……唉！”崔松像是受了打击，说不出话来。

“话说回来，我们当家的临时改变主意也是正确的。”

穆秀兰将杜缨娘的想法告诉崔松。杜缨娘进了山，自然会把西大条胖牵扯进来，如果没有一个让他牵心挂肠的人扭到烦，很快就会明白大白岩对他并不重要。西大条胖是个自负又好斗的人，只有让他屡斗屡败的千手观音，才对他有莫大的吸引力，即或在西大条胖身边再布一个师的中央军守着，他都有说撤就撤到易城去的理由。只有牢牢地吸住西大条胖，才能减轻日军对易城的压力，有效地策应新四军打击日军。西大条胖走了，先前的引蛇出洞计划就白忙活了。

崔松听了穆秀兰的这番话，不由得发出感慨说：“真想不到，千手观音想得这样深，看得如此透！”

“我们当家的脑子不是一般的好使，崔队长现在总该相信了吧？”穆秀兰颇为得意。

崔松一时找不到更好的话来打击穆秀兰的得意劲，立刻板起面孔说道："少给我一口一个我们当家的，别忘了自己的身份！"

"她就是咱当家的咋了？戏文里的阴谋诡计进了咱们当家的脑子里，都让她拿来打鬼子了！"

穆秀兰一副任性的样子，白了他一眼，更加得意了。"还告诉你一个秘密，现在我们当家的早听一段《三国》，午读半篇《水浒》，夜里听郭瞎子说孙子兵法，有空还叫我陪她下两盘兵法棋！"

"兵法棋？"崔松第一次听说。

"就是把将帅兵仕、刀枪弓箭、沟壑壕堑、江河城池都写在木块上，各摆各的阵，藏着掖着跟对手打暗战。"

穆秀兰讲得眉飞色舞，欠起身来问："要不要我教你？好要得很哟！"

崔松一下子从凳子上跳将起来，一副猴急猴急的样子，急不可耐地问："这么重要的情况咋不汇报？快说，千手观音还有哪些好玩的招！"

穆秀兰卖起了关子，转身就逃，"咱当家的高招多了，就不告诉你！"

崔松无奈地摇摇头，莫名其妙地笑了……

大白岩下的西大条胖却笑不起来，他的"一点黑"小胡子蹙成了一颗硬邦邦的小黑豆。

杜缨娘巧借山畸之力炮轰西大条胖的特种兵，接着又飞刀射杀了山畸，两次借刀杀人均很成功。山畸大队全军覆灭，八个特种兵小分队损失过半。

西大条胖带领三个联队包围新四军两个团，中央军一个师，意欲瓮中捉鳖，然后抢占大白岩战略要塞，为推进西进战略拉开口子。他想创造奇迹，再次在大东亚圣战中获得至高无上的荣誉。

事情的结局，恰恰相反。他不仅没有创造奇迹，反而促使新四军与中央军联手，吃掉了他的一个大队。崔松带领特勤大队从左翼出击，半路劫杀山畸一个中队。大白岩虽然抢到了，可他明显地感到，这是对手有意让给他的一个炭丸。

他刚占领大白岩，华中派遣军司令部便下令，让他将剩下的部队就地改编为司令部直属大队，牵制和阻击中国军队。

现在的形势更加复杂，应当说是他自己绑住了手脚。中央军 A 师在他的右翼，新四军的两个团在他的左翼，就像伸出两只强有力的手，死死拉住他的双臂。特别是共产党领导的武工队，时不时地叮他一口，不挠则痒，一挠更痒。

还有那个死而复生的千手观音，这个疯狂得比时三眺更可怕的女人，仅凭她那一伙人，就消灭了他几百精兵悍将。

眼前让他头痛的是，千手观音带着她的武装，钻进了离大白岩不远的神农架原始森林。那是阻止日军西进的天然屏障。

西大条胖盯着被自己攒得啪啪作响的右拳，怒声吼道："八嘎！清剿千手观音——"随即化掌为刀，狠劈下去，八仙桌立即失去一角。

原始森林的夜，并没有那么寂静。夜里出来觅食的野兽，不时把树林搅得沙沙声响。

杜缨娘带着孙大壮和刘冲乘着夜色潜进了仁善大宅。

"谁?!"被惊醒了的主人喝问，随即响起一阵穿衣拉被的摸索声。

一个披着长衫掌着油灯的男人出了寝房。

他就是老猫子说的少东家。杜缨娘颇为失望，这是一个不折不扣的糟老头子，光膀子无肌肉，像浪荡的松树皮。

少东家举着油灯摸索到杜缨娘跟前，才看清正堂中间站着一个女子，吓得他"啊"地一声丢下手里的油灯。

杜缨娘的大脚稳稳地接住了油灯，接着，那油灯又鬼掌灯似地升起来，稳稳地搁在八仙桌上。

少东家见状，吓得转身就跑。刚跑出两步，就一头撞在杜缨娘的手臂上。

他惊恐万状地直起头问："何方英雄，是打家还是劫……"

"当然不是劫色!"杜缨娘答话的同时，伸手将寝房门口的女人扯了出来。

"英雄好身手!"少东家竟然镇定下来，鼓起勇气夸赞盗贼身手。

刚才真是让他开了眼界。七姨太离她足有一丈多远，只见她伸手，不见她动身，小妾就落到了她手中。

他当然不知道杜缨娘的"巫山老祖履云步"是独步天下的轻功。

杜缨娘坐在正堂的太师椅上，说夜闯仁善庄只为一件事，就是为老猫子讨个公道。

少东家听到“老猫子”三个字先是一震，接着低下头去默不做声。看样子，他自知理亏。

杜缨娘不慌不忙地把他的小妾拉到面前，为她捋顺了蓬乱的头发，轻声地问：“妹子多大了？”

“我……”小妾吓得浑身发抖，战战兢兢地说：“十九。”

少东家哭丧着脸未吭声。

“姐姐，求你别害我们少东家……”小妾趴在地上不停地向杜缨娘叩头，“我家还有三年，就把欠少东家的租子还清了！”

杜缨娘一听，掏出两支驳壳枪“啪！”地拍在茶几上，厉声说道：“欠了你租子，你就霸占人家女儿？”

少东家见杜缨娘掏枪，吓得打了个哆嗦，解释道：“不是我要霸占她，是她爹送来的，我都这把年纪了……”

“姐姐，是我自愿伺候少东家的！求姐姐别害少东家。”

杜缨娘白了一眼地上的小妾，骂了声：“贱骨头！”

少东家哆嗦着抹了一把额头上的汗，趁机瞟了一眼茶几上的驳壳枪。

正是他梦寐以求的小机关枪。教头向他讲起过这种枪的厉害，还给他看过图，他做梦都想拥有这样一把枪。他曾让教头带着豹皮虎骨出山去换，至今也没换到。今天看到了真家伙，还真开了眼界。

杜缨娘看他盯着自己的枪，颇是疑惑不解，“想啥子呢？你看上它了？”

“不、不不！”少东家忙作推辞状，“不敢！老夫从不夺人之爱。”

“你不夺人之爱？”杜缨娘听他这样说，气就不打一处来，拿枪顶着他的鼻子，“连人家十几岁的黄花闺女都夺了，还说不夺人之爱！”

少东家瘪嘴拉眼地盯着枪，不敢动弹。

“姐姐，少东家做梦都想着这枪。”小妾替少东家说出了心里话。

“英雄，那老猫子……他的死我有错，我愿……给他立牌位，烧七七四十九天高香！”

少东家说着说着又把眼睛盯在枪上，小心翼翼问道：“英雄能不能借……借我好好看几眼？”

杜缨娘没想到他会提这样的要求，顺手把枪递给了他。

“老猫子的事暂时可以饶你，我来还想请你办点事。”

"好好好！英雄请说……"少东家贪婪地摸着枪，顺口应承。

"找你借点粮食……"

"啊！粮食?"少东家一愣，瞪着大眼脱口而出："你当真是土匪?"

"借粮的就是土匪?"杜缨娘越来越不愿意管她叫土匪，又提高了声音纠正，"我的兄弟打鬼子要粮吃!"

"鬼？啥鬼!"少东家似乎未听懂，一边看枪，一边漫不经心地问："是冤死鬼，还是饿死鬼?"

牛嘴不对马面的对话，让杜缨娘更加生气。她夺过枪顶着少东家的头说："都是些恶鬼，烧你家房子，糟蹋你婆娘，杀人不眨眼的日本鬼子!"

"我只听说阴间有这样的鬼，还没听说人间有这么恶的鬼!"少东家还是漫不经心地说，"要抢粮食用不着编鬼话吓唬人!"

杜缨娘听他这么一说，让她想起郭瞎子说书中讲的"蜀人不知有晋魏"的话，难道他真不知道山外有鬼子?

"你去哪打鬼都没我的事，但我可以跟你做笔买卖!"少东家突然站了起来。

"啥买卖?"

"三十担粮食换这俩家伙，干不干?"

杜缨娘她早已看出他的心思，佯装惊讶，故意问了一句："你要这玩意儿干啥用?"

"甭管作啥用，换还是不换?"少东家往寝房门口走了走，又折回来，手指点着枪把说："你要不拿它换，甭想白拿粮食，我也有几十条人枪，都是拿东西换回来的!"

杜缨娘忍不住笑了，那架势还真像是在跟她做买卖。她也站起来，把枪塞给少东家，"本姑娘没有做过枪生意，今儿破例跟你开个张。这两家伙是真正的德国造大匣子，跟了我几年，三十担太少了!"

"你要多少?"

杜缨娘举起右手不动。

"五十担?"少东家有些犯难，却又显得无奈，晃了一晃右手说，"罢了罢了！千金买个新鲜。"

"成交!"杜缨娘爽快地站起来，边往外走边说："不过，一颗子弹加一担粮食!"

少东家正抓过枪，听她这样一说，又怔在那里，好一阵没有反应过来。

“一共九十三担粮食，明儿我兄弟来取……”杜缨娘说这话时，人已出了仁善宅。

五更时分，杜缨娘突然听到“鸳鸯笑”的声音。她一骨碌坐起，顺手去摸枕下的枪，却掏了个空，这才想起枪已换了粮食。

小石头从五里外发出“鸳鸯笑”，是想告诉杜缨娘，有一小股鬼子正由大白岩向仁善庄方向奔去。

“鬼子应该冲着咱们来，为啥去仁善庄？”前来议事的吴红金发出疑问。

郭瞎子分析，西大条胖一定是在寻找咱们的行踪。

吴红金提出，趁鬼子还没有找到自己，赶紧往林子深处转。只要进了老林子，要找到咱们，那就难了。

郭瞎子反对说：“我们上大白岩，就是为了牵制西大条胖，让他看得到摸不着，如果撤进老林子，有违来这里的本意。”

“你的意思是，我们在这里跟小鬼子躲猫猫？”

“对！我们就是要在他眼皮底下晃，让他不得安宁！”

郭瞎子突然想起了天坑，“老猫子指给咱们的生路千万不能暴露，得换个地方跟鬼子藏猫猫！”

“小鬼子直接去了仁善庄，说明目的很明确，西大条胖是要断咱们的活路！”杜缨娘将上半夜去仁善庄向少东家借粮的事讲了，估计鬼子是要去仁善庄抢粮食。

杜缨娘当即让吴红金带部分弟兄，北撤20里。钱书宝带部分人去仁善庄，把她换的粮食运走。自己则带上十几个枪法好的弟兄，去伏击往这里赶的鬼子。

小石头和宴大彪按杜缨娘的安排，在离大白岩十里地的断魂崖盯住鬼子的动静。

果然一小股鬼子正向仁善庄方向开去，这些小鬼子没有带重武器，只背了些三八大盖。

小石头拍打着屁股上的泥土，对宴大彪说：“彪哥，咱俩到前面去给他狗日的下个套！”

两人钻进断魂崖的崖洞，取出一挺歪把子，10支三八大盖，40枚手

榴弹。

“闲时备下急时用，我藏的这些武器派上用场了吧？”小石头为自己私藏军火找到了理由。

上大白岩后，听说当家的要在这里跟鬼子周旋，就瞒过管后勤的“抓钱手”，把缴获的一些枪支弹药，悄悄地藏进了崖洞里。

小石头和宴大彪在去仁善庄的必经之路设下套子。

大约过了一个小时，这群鬼子步入了宴大彪的视线。两人迅速进入了各自的位置。

宴大彪趴在一堵自然形成的土坎掩体上，身后是一片茂密的灌木林，10 支三八大盖摆在不同的射点上，10 个射击点正好形成夹角。

小石头把歪把子机枪架在离宴大彪一百多米远的地方，机枪位两边是野竹林，后面是一片开阔地，他把这里设置成第二道关卡。第三道关卡设在大树顶上，他藏在树上能把几道防线尽收眼底，各种机关都链接在这颗大树上。

鬼子懒懒散散地向前走着。一道道坡坎，把这些鬼子累得上气不接下气，不停地摇动着手里的帽子。

宴大彪一直在为自己的第一枪寻找带肩章的鬼子。他曾在一次战斗中，当着兄弟们的面说，想做彪哥枪下第一鬼，肩膀上也得是个带章的。可今天让他犯了难，许多小鬼子都脱了上衣，就是找不到戴肩章的。

一个小鬼子要屙尿，不得已将上衣披到肩上。宴大彪眼睛一亮，那不是肩章吗？还是个军曹，“奶奶的，老子让你站到奈河桥上尿尿去！”他笑眯眯地扣动了扳机。

这一枪打懵了小鬼子，反应过来的小鬼子呈三角队形，迅速地向宴大彪扑来。

枪声乱成一片。

宴大彪像猫一样快速地运动着，一会儿翻滚，一会儿跳跃，从这个射击点到另一个射击点，在不同的射击点打击敌人。

鬼子哪里想到，从不同方向打来的子弹，只是宴大彪一人所为，他打一枪就换一个地方，让十个射击点形成密集火力。宴大彪打掉了带章的鬼子，又一枪一个鬼子兵，枪枪打中小鬼子的脑袋。

小石头先前叮嘱他，如果鬼子摆出铁三角队形攻击，最好的办法就是

"打点削角"。一枪只打一个组，打完这枪打那组，去掉一角，就打乱了铁三角的阵法。

"打点削角"是杜缨娘刚刚教给他的。这时候派上用场，果真把小鬼子削懵了。他们在战场上从没遇到过这样没有战术规则的打法，既不像防守也不像进攻。

鬼子指挥官命令所有的鬼子原地趴下，不要妄动。

宴大彪是行武之人，懂得"敌动我动，敌不动我不动"的要领，就在他猜想鬼子下一步出啥招的时候，小石头发来"撤!"的信号。

趴在大树上的小石头看得一清二楚，他估计鬼子对弱小的火力产生了怀疑，便向宴大彪发出信号，在第二关打击鬼子。

宴大彪忽隐忽现地调整位置，与右前方的歪把子机枪形成呼应。

小石头在布阵的时候就讲过战术要领。一定要从左向右移动，想法把鬼子吸引到歪把子的火力范围，因为那挺歪把子是绑在一棵大树脚上，没有人操作，完全靠他布下的机关控制，火力范围和打击灵活性相对较低。但这挺歪把子具有非常大的杀伤力，即或它完全暴露在鬼子的视线之下，小鬼子一旦跟歪把子较劲，就会吃大亏。

鬼子经不住宴大彪的挑逗，又叫嚣着扑上来。宴大彪按照枪支摆放的路线边打边撤，把鬼子引到了歪把子的火力圈。

"打呀！小崽子打瞌睡去了?"宴大彪见小石头还没动静，急得大叫起来。

小石头在寻找最佳时机拉动手里的机关。他担心歪把子在没有人操作的情况下，会耍小脾气。

宴大彪见小石头迟迟不动手，便故意放慢奔跑速度，边打边骂，吸引鬼子追过来。

"哎哟!"宴大彪感觉右大腿被人猛击一棍，一个踉跄栽倒下去。他趴在地上拼命地叫喊："快拿炮筒子突突小鬼子!"

大树脚边的歪把子机枪终于开火了。它刚咆哮了一阵，就被鬼子的手雷炸哑了。

鬼子占领了机枪位，绑在树上的歪把子机枪歪头斜脑地躺在那里，旁边还搭了一件衣服，显然是用作伪装的。气得鬼子小队长嗷嗷乱叫。

哈！哈！哈……

一阵狂笑声自天而降，自远而近，在林子里钻，往树缝里挤，忽而飘飘悠悠，时而追追赶赶。

阴冷潮湿的树林顿时阴森恐怖。

笑声停了。鬼子小队长仰头张望，天上地下什么也没有。突然，几点白影在左前方的树缝里一闪不见了，躺在前方的支那人瞬间没有了踪影。

鬼子小队长挥舞着军刀，歇斯底里地狂叫："快追——"

鬼子追出林子，进了空旷地。小石头长舒一口气，刚才要不是下去救彪哥，一定会让更多的小鬼子回家见姥姥。

小石头手里的强弩瞄准了左边那片竹林，只等鬼子进入"欢喜圈"，让小鬼子好好地吃一顿"欢喜果"。

嗖！一支弩箭离弦疾飞，直射竹林里的青藤，被拉弯身体的竹子突然失去青藤的羁绊，呼地弹出几颗黑乎乎的东西，直飞空旷地。

小石头手里的强弩又指向了右边的竹林，跟着也飞出黑乎乎的东西。

黑乎乎的东西飞进了空旷地，落地开花。

鬼子小队长吓得一头扎进两具尸体里。他每次遭到手榴弹袭击，都靠这种方法避险逃生。

今天这一套不管用了。刚才，从右边竹林里飞出的是手榴弹，而左边飞来的是小石头自制的"欢喜果"。

这两种炸弹的杀伤力范围不同，手榴弹向上，欢喜果向下；手榴弹靠弹片杀人，欢喜果则以燃烧为主。欢喜果的引爆原理接近手雷，通过竹子弹出来时没办法触动引爆装置，只能靠手榴弹的爆炸引爆"欢喜果"。将这两种武器混用，不仅解决了引爆难题，还让鬼子的战术避险失灵，无处遁身。

着火的鬼子号叫着在空旷地上奔跑。炸伤的鬼子被烧得在地上打滚，鬼子小队长也被"欢喜果"烧着了屁股，痛得从地上跳起来，像无头苍蝇到处乱撞。

大树上的小石头看着眼下鬼子的狼狈样，把最后一支弩箭射向竹林，顿时飞出十几颗手榴弹，奔跑中的鬼子又在轰轰声中倒下去一大片……

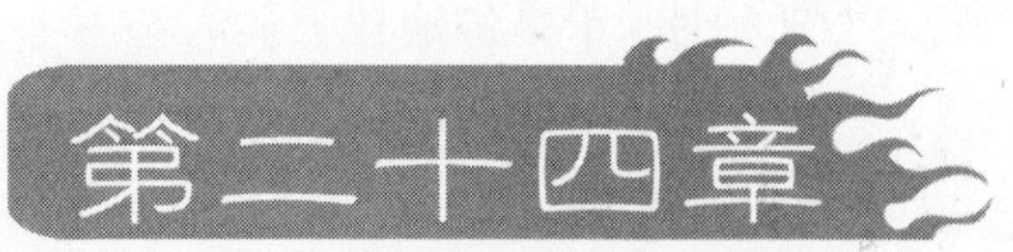

第二十四章

错用教头　少东家追悔莫及

仁善庄在燃烧，浓浓烈烟裹着血腥和仇恨愤怒升空。

少东家一家老小被鬼子押在仁善宅门外大院坝的乡亲台，这是他父辈建起来对佃户们训话的地方。

他执掌家政后，花了几百担粮食，将乡亲台进行了整修和扩建。除了训话、训练家丁，每年都要在这里举行隆重的亲善大会。少东家会在唢呐和长号声中，为仁人善士戴红花，颁发猪肉盐巴布匹之类的奖品，还要为特别仁善的佃户减租减劳。

神圣的乡亲台今天变了样，它不能再像过去那样发出仁善之音，号召积仁善之德，行仁善之举。几百个佃户被鬼子像牲口一样圈着，眼睁睁地看着他们惨遭屠刀宰割。

血溅圣地，衣冠禽兽们正在肆意蹂躏，他不能庇护，也不能反抗，只能听任劫难越演越烈。

这场劫难本来不会发生，但还是发生了。

罪魁祸首正是那个腰扎练功带的教头，是他带着鬼子包围了仁善庄。现在，他戴着鬼子帽，提着驳壳枪，点头哈腰地向鬼子谄媚，一副为虎作伥的嘴脸。

少东家知道自己犯下了不可饶恕的罪过。

那晚，跟他拿枪换粮的女土匪一走，他敲开家丁教头朱子刚的寝室，交给他一支驳壳枪，让他去跟踪入室下谏的女土匪。

朱子刚当即向杜缨娘消失的方向跟去。

少东家逍遥自在地坐在正堂，玩弄着驳壳枪，等候他的消息。

少东家完全相信朱子刚的能力。

当年他在大白岩遇到昏死的朱子刚，从大腿的剑伤判断，他一定是江湖人士，于是将他救了。

朱子刚醒来后，要求留在仁善庄。少东家担心他有仇家寻来，会让仁善庄受牵连。

朱子刚告诉他，自己是带队伍剿匪受的伤，不是行走江湖的人。他随即拔出短枪，扯下一颗纽扣，一手将纽扣当暗器射进门板，一手飞枪将木板里的纽扣击碎。

凭他显露的功夫，少东家将他留下来当了教头。他哪里知道，朱子刚手里的枪就是鬼子的王八盒子，更不知道朱子刚的真实背景。

过了个把小时，朱子刚回来告诉少东家，他跟踪女土匪到了猿都坪，那里有好几百土匪扎寨。他抓了一个土匪舌头问过，他们是被日军打败后躲进神农架的。

少东家忙问："日军？哪里来的日军？"

朱子刚说他也不知道，挑拨地说："卧榻之侧岂容他人酣睡，您这仁善庄旁边围着一窝土匪，上百年的清静恐怕……"

这话正戳到少东家的心坎上，他欠身问道："有什么办法保得住清静？"

朱子刚皱着眉说："听说这帮土匪凶悍得很，凭咱们几十号家丁恐怕不是人家的对手。"

"教头岂可长他人志气？你一身好功夫……"少东家盯着朱子刚的眼睛，想看到他的想法。"教头为仁善庄呕心沥血，这仁善宅的家业就如你的家业，若能清除匪患……"

"少东家如我再生父母，你这样说让朱子刚无地自容，为了少东家，为了仁善庄，我就是粉身碎骨也在所不辞！"

朱子刚连忙向少东家倾表忠心，试探道："少东家在意不在意外人帮援？"

少东家略一思忖，狠了狠心说："只要能帮我仁善庄清除匪患，我愿拿半个宅子给你分享……"

朱子刚连夜赶往大白岩。

当天下午，朱子刚带着一支队伍开进了仁善庄。他向少东家介绍说，这就是追剿土匪的大日本皇军。

少东家一脸仁善，一口一个“皇军辛苦了，皇军辛苦了!”他把带队军官迎进了仁善宅。

他做梦也没想到，这就是女土匪所说的鬼子，这个一脸冷酷刚毅的军官，就是教头朱子刚的老主子西大条胖。

一场由朱子刚用阴谋编织成的劫难，在仁善宅上演。

鬼子一进仁善庄就开始扎口子占地形。朱子刚领着西大条胖和两名鬼子军官在仁善庄的正堂里跟少东家谈条件。

少东家把女土匪夜闯仁善庄借粮的事讲了一遍，还拿出了驳壳枪来证实。

西大条胖接过枪看了看，然后，对鬼子军官低语了几句。两名军官立即挺胸点头，“嗨!”地一声，转身出去了。

少东家从来没见过这样的阵仗，心里纳闷，怎么这些兵说话叽里哇啦的，一句也听不懂。

西大条胖不拿正眼看他，手提军刀出了堂屋。朱子刚在前面引路，又是弯腰又是赔笑，让跟在后面的少东家很不是滋味，小声叹气道：“嗐，都是该死的土匪闹的!”

少东家随西大条胖在院子里转了一圈，便吩咐家人摆席上菜，请大日本皇军吃饱喝足了，好去猿都坪打土匪。

“哼——”西大条胖抬手止住，朱子刚忙对少东家说：“太君从不在中国人家里吃饭，他说让你把粮库告诉他，好在那里设计捉土匪!”

“太君?”少东家脸色陡变，难道他们是白莲教的，老父就是为避白莲教追杀才迁徙到这里的。不对，他怎么不在中国人家里吃饭？难道他不是中国人，外国也有白莲教?

西大条胖仿佛觉察到少东家脸色的变化，眼里露出杀气。

少东家的眼神正好与他眼里的凶光相遇，少东家顿感来者不善，忙对朱子刚说：“教头知道咱们的粮库，你带太君看看便是。”

“太君要看的不是宅子后面的粮库，是……”朱子刚故意引而不说，想看看少东家的反应。

“就这么个粮库，你在这里有段时间了，又不是不知道!”朱子刚的表现引起了少东家的警觉，难道此人真是白眼狼，早已盯上了老祖宗建造的地库。

他不相信朱子刚发现了地库，父亲在咽气时才将进地库的机关交给他，自己从没有把这个秘密透露给任何人。

“仁善庄可能没有第三个人知道你有个装金藏银的仓库，但并不保证没有第二个人知道，您说呢?”

朱子刚诡异的点拨道。

少东家听这么一说，脑袋像被锤子敲了一下，肚子里的肠子都悔青了。

“老爷！老爷——鬼子！他们是鬼子!”屋外的号叫撕心裂肺，惊动了站在屋里的西大条胖。一个人颈喷鲜血，跌跌撞撞地闯进来，只叫了一声“鬼子——”便栽倒在地。

进来的人叫冯三宝，他是为了躲小鬼子，去年才携着妻女进仁善庄的。

“千刀万剐的小鬼子，少东家作主啊!”屋外响起女人的哭叫声，是冯三宝的老婆。

少东家想拦住这个女人，但已经晚了，西大条胖的飞刀鞘抢在前面飞向女人，从前胸插进，后胸飞出。

突如其来的暴行，让少东家傻眼了。他跌跌撞撞地蹿到门口，门外的场景更让他瞠目结舌。

一个穿着裤衩的鬼子兵，正追着冯三宝的女儿朝这边奔来。他毫不犹豫地举起驳壳枪，对准鬼子兵开了枪。接着，眼前一黑，身子瘫软倒地。

少东家醒来时，已被绑在乡亲台上。

乡亲台周围站满了鬼子，他们用枪指着老少乡亲。同台被绑的还有一个耷拉着脑袋的男人，看样子快落气了。

“少东家，你就说出来吧，太君已经帮你把土匪灭了!”朱子刚指着台下的防火池劝他说。

池子里装满了血肉模糊的尸体，几名持枪的鬼子正押着家丁往里倒石灰。

朱子刚威胁说："你可不要再惹太君生气，让本教头左右为难……"

少东家"呸！"地一声，将一泡口痰吐到朱子刚的脸上。

"老东西找死！"朱子刚发火了。

西大条胖赶紧喝住，又在朱子刚耳边咬了几句。

朱子刚学着少东家平时对乡亲们说话的样子，大声说道："乡亲们，最近从大白岩来了一群土匪，找少东家要粮食，太君为保大伙的平安，围歼了这股土匪……"

"放屁！他们是鬼子……禽兽不如的鬼子！"少东家想起冯三宝和他婆娘临死称他们为鬼子，打断朱子刚的话，破口大骂起来，"我真是瞎了眼，救出你这个白眼狼，帮鬼子祸害乡亲！"

朱子刚忙将少东家的嘴塞住，伸长了脖子对乡亲们说："少东家跟土匪勾结，还对太君不满！今天太君说了，为了大东亚共荣，只要乡亲们把他支援土匪的地库说出来，大日本皇军保证不杀……"

少东家终于明白了，大日本皇军就是父辈说过的东瀛倭寇。狗日的鬼子，多少年前入伙八国联军抢我圆明园的宝物，今天又来我仁善庄杀人放火。他后悔得直跺脚，那个借粮打鬼子的女土匪，打的就是东瀛倭寇。

"莫听教头瞎说！他们是侵略咱们的小日本鬼子！"人群中突然有人吼了起来。

少东家抬头一看，吼叫的不是别人，恰是平时两脚踢不出个屁来的丁光棍。他是跟冯三宝一起逃到这里来的外乡人。

"砰！"西大条胖身边的鬼子军官对准丁光棍就是一枪。他吹了吹冒烟的枪口，又抵住少东家的脑门，"你的不说，也死啦死啦的！"

两个日军冲上台来，对少东家身边耷拉着脑袋的男人泼了一盆水。

那男人睁开眼，破口骂开了："西大条胖！老子今天栽在你手里，要杀要剐随你，老子20年后又是一条好汉，老子还要杀小鬼子！"

"哟西！扒皮的！"

"来！日你小胖子的娘，老子要眨一下眼睛，江湖上就没有抓钱手这号人！"

西大条胖挥了一下手，一个穿白大褂的鬼子上来，从盘子里取出指头宽的手术刀，向钱书宝"嗨！"地一声行了个礼。

他将手术刀咬在嘴里，舀起一瓢水泼在钱书宝的胸膛上。

钱书宝暴睁双眼一眨不眨，死死盯着鬼子嘴里的手术刀。

鬼子毫不迟疑地取下刀，开始在钱书宝胸前剥皮。

钱书宝还是暴睁双眼，上齿咬紧下唇，一动不动。

白大褂挡住了乡亲们的视线，可乡亲们仍然紧张地盯着台上的白大褂，等待一个可能很恐怖的结果。他们已经目睹了禽兽不如的鬼子做人体标本那一幕，那些被朱子刚称为土匪的人，都被鬼子五花大绑扔进池子里，倒进石灰，活生生地呛死。

许多人都闭上了眼睛，掩面等待。

少东家没有看见鬼子做人体标本这一幕，但他看见了鬼子正一刀一刀地将钱书宝的皮剥下来。

“你们这些畜生——”少东家吼着昏了过去。

“嗨——呀——”钱书宝声嘶力竭的叫声又把少东家震醒，他看见鬼子双手捏紧剥开的人皮，用尽全力往下一撕，肚兜大的一块胸皮被他活生生地扒下来。

钱书宝仍然暴睁双眼咬紧下唇，盯着穿白大褂的鬼子。

鬼子提着人皮走到西大条胖跟前，双手奉上自己的杰作。西大条胖一招手，台下嗖地冲上来一只大狼狗，张嘴衔走钱书宝的肉皮。

目睹鬼子暴行，台下的村民骚动起来。

小鬼子的三八大盖上了刺刀，对准骚动的村民。在刺刀的威逼下，村民越挤越拢。

钱书宝暴睁双眼，一动不动。朱子刚走上前去探了探他的鼻息，向西大条胖报告：“他死了！”

西大条胖无动于衷，鼻孔动了动，没有吭出声来。嘴角露出一丝冷笑，突然扭头盯着少东家，一动不动地盯着他。

少东家瘦削的老脸皱成一团，暴睁双眼盯着西大条胖，也一动不动。

四目相峙，静得能听见钱书宝胸前的滴血砸在土地上的声音。

西大条胖打起了女人的主意。

他意外的发现，森林里的女人是那样的纯美，似乎没有一丝瑕疵。这是多么好的慰安品呐！他动心了。

西大条胖狂笑着，突然像一只发飙的饿狼，冲下台去。只见脚下狂奔，军刀狂舞，女人们的衣服在刀光剑影之中，全都变成了一片片纷飞的布绒，洒落了一地。

地上挤着一堆赤身裸体瑟瑟发抖的女人。

乡亲台下的男人早就吓破了胆，一个个都瘫软在地上，双臂捧着脑袋往地下钻，翘起的屁股不停地颤抖。台上台下，一片片赤裸裸的大腿小脚在挣扎，一阵阵哭爹喊娘的尖叫撕心裂肺，野兽的粗喘之气淹没了仁善庄。

少东家瞪大了眼睛，张口结舌，无神地盯着对面的森林。

有几个血性男人发疯似地扑向小鬼子拼命，都惨死在小鬼子的刺刀下。

西大条胖相信，今天的这一切，躲藏在森林里某一个角落的那个女人，绝不会置之不管。

“大佐有令，将所有的女人用绳子串起来，牵到庄园外面去，迎候千手观音大驾光临！”朱子刚明白，西大条胖是要拿这些女人作盾牌。

朱子刚站在台上，扫视着台下的男人，停顿了好一阵才狠下心来叫道：“剩下的男人，统统的……”

一声呼啸而来的枪声打断了他的嘶喊。

少东家在这一瞬间看到，朱子刚的后脑勺嘣出一颗子弹，拖着长长的红丝带。

少东家略一迟疑，随即仰天狂啸：“姓朱的畜生！作恶多端，老天也要灭你——”

朱子刚中弹，西大条胖却没有惊慌，他甚至连看都没看他一眼，手中军刀出鞘。

他双手握刀，亦刀亦剑，亮出“游龙刀剑术”起手式，突然刀柄急转，挽出一朵鲜红的剑花，砍剁刺削挑全在这朵剑花里。

西大条胖的军刀高高指向天空，突然空中变招，沾血的刀尖凶狠地刺向大地。

“来吧！千手观音——”

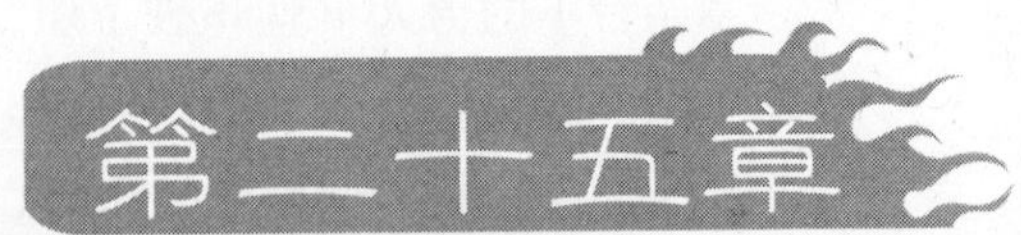

第二十五章 身陷绝境 恩怨情仇何时了

杜缨娘听到翠竹槽方向传来的枪声，料定是小石头和宴大彪跟鬼子干上了。

她带着兄弟们赶往翠竹槽，半路上遇到小石头背着宴大彪往回撤。

杜缨娘忙察看宴大彪的伤情，都是贯穿伤，没有伤及筋骨。

小石头颇为得意地讲述了战斗经过，杜缨娘恶狠狠地瞪了他一眼："小疯子！鬼子不听你调遣咋办？小命还要不要？"但她对小石头的战术很好奇，几分怜爱地说："往后少要小聪明！"

鬼子丢下几十具尸体向大白岩逃去，杜缨娘带着兄弟们向吴红金撤退的地方会合。

刚爬上黄桷崖，杜缨娘就听到"鸳鸯笑"的声音。是仁善庄方向传来的求救信号。她心中一惊，钱书宝出事了！

杜缨娘带着小石头和十几个兄弟折身下了黄桷崖，火速赶往仁善庄。

"当家的快看——"最先爬上皂角岭的小石头指着山下惊叫："小鬼子又在杀人放火！"

杜缨娘冲上皂角岭，用小石头从鬼子那里抢来的望远镜一看，仁善庄后院冒着淡淡的余烟。好大一片宅子化为灰烬。

她借助望远镜，将院坝扫描了一遍。院坝里一片狼藉，到处散乱着撕碎的布条，横七竖八地躺着男女老幼的尸体。

杜缨娘倒吸一口凉气，狠狠地骂道："一群畜生！"

少东家被绑在院坝的台子上。他的左前方，有个戴汉奸帽的人正手舞足蹈地说着什么。这人好像在四方寨出现过，对！他就是孔都城的城防副团长朱子刚。

说时迟，那时快，杜缨娘抓过小石头手里的三八大盖，对准朱子刚就是一枪。

"跟我救人！"杜缨娘招呼小石头等人呼啸下山。

杜缨娘冲进了伏击圈，看到了那把不停挥舞的军刀，甚至还看到了那军刀上面的血迹。她握紧枪的虎口裂开了一条口子，渗出了和那军刀上一样鲜红的血。

一队衣衫零乱的女人摇摇荡荡地站在鬼子队伍的前面，最前面的两个女人，有一位竟是少东家的小妾。她双手被反绑着，整个人变得像一张白纸，与死了没有什么两样。

她很快就看出了西大条胖的用意，是拿她们当挡箭牌。每一个射击点，几乎都被这些女人的身体挡住了。

杜缨娘示意两个担任狙击任务的兄弟埋伏好，看清她的手势再开枪。

她顺着左侧的树林，只身向西边的水车碾子摸去。她想，只有占领了那个碾子，才能把鬼子吸过来，制造打击敌人的机会。

杜缨娘像猫一样，很快就潜到了那块石碾子后面。与押着老百姓的鬼子只有几百步距离。

鬼子押着人群严阵以待。杜缨娘突然从碾子旁跳出，一镖打入一个鬼子的心脏。

被押着的女人顿时尖叫起来。人群大乱，一些老百姓乘机摆脱鬼子兵的控制。

杜缨娘立即双枪点射，四五个鬼子倒了下去。

潜伏在另一侧的两名狙击手相继开枪，又有三四名鬼子被击毙。

女人的尖叫声很快被鬼子的枪托镇了下来。西大条胖向鬼子兵挥挥手，又拉来四五个女人挡在前面。

小石头瞄准一个鬼子兵的腿，一枪打碎了膝盖骨。

另外两个兄弟如法炮制，把一个瘦女人身后的鬼子也解决了。

西大条胖狂躁起来，他命令鬼子兵把所有的老百姓推到前面去，然后静静地等待千手观音来。

山下空气凝固了。

西大条胖一动不动地盯着地面，面部没有任何表情，一对招风耳突然有节奏地跳动几下，绷紧的脸舒展开来。他腾出杵在军刀上的手，取出王八盒子，指向天空有节奏的鸣枪。

"鬼子！鬼疯子——"

少东家不知道鬼子要干什么。但枪响的节拍，正是自己心跳的节奏。

潜伏在仁善庄西大门等待千手观音的特种兵，也搞不明白西大条胖为何向天鸣枪。难道他是为了吸引千手观音的注意力？

鬼子正在猜测时，西大条胖又扣动了扳机。

他放枪的含义只有他知道。前面的十三响，是他为时三眺放的。后面的二十七响是武士曲的二十七个音符，是他在武士曲的音乐声中获得大日本第一勇士勋章。他想以这样的方式展示自己的英武，表达对天皇的忠诚。他还想以这样的方式传递与千手观音决斗的信心。

"中佐阁下，千手观音进入了伏击圈！"一名鬼子军官向他报告。

"不许乱动，伏击的撤出！"西大条胖头也不抬地命令道。

"撤出伏击？不消灭他们？"

"不消灭千手观音的一个，要统统的消灭她的武装！"

"中佐阁下，现在的撤出，会影响整个伏击计划！"

"八嘎！执行命令！"

"嗨！"

鬼子军官向特种兵一挥手，命令他们撤出伏击圈，押着女人的鬼子就地不动。

杜缨娘明白，西大条胖已埋下伏兵，正等她钻进口袋。

西大条胖静候的地方，正是杜缨娘要救钱书宝的必经之路。

仁善庄的外围地形和仁善宅的位置，就像大筲箕里横了个小筲箕，箕口是进入仁善庄和仁善宅的必经之路。

当下，杜缨娘是从大筲箕的箕壁上冲下来，正好对着小箕口，西大条胖就守在这里。

小石头紧跟在后面，发现了后撤的特种兵，他想告诉当家的，但已经晚了，只好硬着头皮紧追不舍。

后面的兄弟一个跟一个地向仁善庄逼近。

杜缨娘使出“巫山老祖履云步”，飞身越过水碾子，直扑仁善宅外的筲箕口。

西大条胖像一尊木雕立在那里，目不离地。随着杜缨娘越来越近的脚步声，他那张冷峻孤傲的脸更加冷酷无情，仿佛已经跳出五界之外，就等一个千年之约。

西大条胖屏住呼吸，感应着杜缨娘的脚步。

尽管她有绝世轻功，但他仍明显地感到，她离自己越来越近，她那双大脚正一寸一寸地向他的心尖踩过来。

西大条胖的无名指不由自主地颤动了一下。他凭意念感知千手观音剑已出鞘，还是那招“指天发誓”。好你个千手观音，竟以当年的老招来羞辱我。那好！我就让你再尝尝“送佛上天”的滋味。

西大条胖上次跟杜缨娘过招时，就是用的“送佛上天”，眼看就要击中命门，杜缨娘突然抽剑身后，由右手执剑换成左手执剑，一招“指天发誓”险些让他失去右臂。

过后好几个月，他一有空就研究如何破解“指天发誓”的剑招。“送佛上天”恰是化解“指天发誓”的绝妙招数。

化招的这一刻来了。

他想凭自己的武功亲手把她打败，显示日本武士的武功，鼓舞日军的士气。

意到招到。只见他欺进半步，挥刀当头猛劈，却突然身子斜走，刀锋翻转，凭借回刀之力，向左向右一阵猛削。但这只是“送佛上天”的有形刀式，最要命的是藏在刀式之中的剑术，那刀式早已化作剑式，手腕连震带抖，藏在刀式之中的剑尖剧烈颤动，随着日本武士常用的忍术身法，他的整个人影和剑气不顾一切地刺向对方。这一剑实际藏匿了“游洋刀剑术”中最毒辣的后八式，把对方的上下左右，身前身后，包括上百会下涌泉，完全罩在自己的刀剑之下，即使挡得住刀力，但避不开剑气，只要中一剑，对手全身上下八大要害必然中招。

他把斟磨了几个月的“送佛上天”招式全用上了，也把全部的精神和斗志都融入了“送佛上天”，从出人意料之外的部位刺去。

西大条胖突然感到脚下软绵绵，身体软绵绵，手中软绵绵，具有千钧之力的送佛之剑也是软绵绵，所有招式完全没有遇到半点隔挡，似乎连空气的阻力也没有了，整个“送佛上天”如入无招无气无敌之境，空泛无力地在空中狂舞。

冥冥之中，千手观音已经从容而去。

原来，杜缨娘救人心切，无心恋战，已使出轻功，摆脱了西大条胖的纠缠。

杜缨娘径直向乡亲台奔去，离台还有两三丈远，一个“履云步”来到钱书宝面前。

见到钱书宝的惨状，杜缨娘突然转身冲着西大条胖咆哮而来，“你这个畜生！老娘今天要你百命抵一命！”

小石头正好赶到，听到当家的自称“老娘”，破口大骂西大条胖。他从来没见过当家的愤怒到如此失去理智，傻傻地站在那里不知所措。

“英雄，女英雄……”少东家吃力地呼唤杜缨娘。

杜缨娘正在气头上，对少东家的呼叫充耳不闻。

“都是我糊涂，是我害了乡亲……”少东家悔恨交加，痛哭流涕，“我现在就把鬼子想要的秘密告诉你，好打那个畜生！不然，我没脸见老祖宗！”

“鬼子想要的秘密？”杜缨娘一惊，回头问道：“他想要你啥秘密？”

就在此时，西大条胖举起了枪。

杜缨娘眼疾手快，抢先一步开了枪，一枪将西大条胖的手枪打飞。

与此同时，她手里的柳叶镖三路齐飞，分上下两路割断了套住少东家身上的绳索。

少东家凑在杜缨娘耳边，说出了仁善庄周家的百年秘密。说完使足全部气力站起来，凛然站定，冲西大条胖大声喊道：“小鬼子，你想要的秘密都告诉女英雄了，我在奈河桥上等着你！哈哈哈——”

少东家咬舌自尽了。

看看少东家咬舌自尽却人死不倒，再看看钱书宝皮之不存却气宇昂扬，这种被她视为顶天立地的江湖骨气，今天却有不一样的感慨，或许就是穆秀兰常常说的那种民族气节。

杜缨娘反而冷静下来，少东家最后说出来的秘密，让她不能不重新审视仇恨。

小石头和十几个弟兄都相继赶到，西大条胖依然没有阻挡，让他们与杜缨娘会合。

杜缨娘从西大条胖的举动感觉到一场阴谋开始上演。

西大条胖心里明白，今天这场杀戮，本来就是他在派遣军司令部对冈村宁次将军许下的一个承诺。这是一场铲除异类以绝后患的战役，将以热兵器开头，冷兵器决斗，最终以战役性胜利收场。

西大条胖心里有点沾沾自喜，战局正在按照既定的方向发展。他一改冷漠之气，主动扬手向杜缨娘打了个招呼，说："我们的好好谈谈，我建议按你们的江湖习惯解决我们的争端，你看如何？"

"我们谈判？谈啥！"杜缨娘愤怒回应："要我跟你这种禽兽谈判，你不配！"

"你的不谈，他们的命运都掌握在你手中。"西大条胖反手指着赤身裸体瑟瑟发抖的女人，说："大日本皇军需要大量的慰安妇，我的只好带走！"

杜缨娘指着西大条胖骂道："你就是个有娘养没爹教的禽兽，有我在，你休想再伤他们一根汗毛！"

"那要看千手观音的跟不跟我谈判，你的越来越懂战争，看看这里有没有机会侥幸脱逃？"西大条胖舒展开他的一点黑小胡子，得意地说："你的没有一条路可逃，我的无数枪口正瞄准这里。"

"闭嘴！"杜缨娘喝住他的话，反问道："你打算如何谈？"

"哟西！我的不相信千手观音如此愚蠢，坐下来谈总比杀人强。"

"无耻！一个以残杀无辜为乐的人，还有啥谈的？"杜缨娘继续说道："有多少中国人，被你们糟蹋杀害，是中国人都会恨你们！咒你们！杀你们！"

"哈哈哈！千手观音说话越来越像共产党了！"

"我比起他们差得太远了。"

小石头见西大条胖转移话题，环顾左右而言其他，小声提醒杜缨娘："他在耍花招拖延时间。"

杜缨娘早已看出他的用意，一边与西大条胖周旋，一边思索着如何收拾西大条胖，然后寻找少东家交给她的秘密。

少东家临终时交给她一支发簪，说进了那间卧房门，按左一右二左三走，右转再左四右五。但后面的话没听清楚。

"你是不是在等你的兄弟们赶来救你?"西大条胖转身看了一眼森林，说:"我料定，他们会乖乖的来……"

杜缨娘隐约听到枪声，但很快又静了下来。她估计是吴红金遭遇了外围的鬼子。她了解吴军师武功高强，行事谨慎，又有郭瞎子作参谋，心里比较踏实。

他们果然来了，吴红金走在前面，刘冲跟在后面，胡二锤和孙大壮紧跟其后，所有兄弟排着队向这边走来。

从队形和神态看，杜缨娘感到有种不祥之兆，他们似乎受制于人。

"当家的快看，吴军师他们来了!"小石头先是惊醒，随即感到不妙，"鬼子有埋伏，军师他们怎么会大摇大摆地过来呢?"

队伍的最后跟着两名牵着绳子的鬼子。小石头马上举枪瞄准西大条胖。

"让你的兄弟安静点，枪的会走火，一走火，他们的全完!"西大条胖做了一个爆炸手势，颇是洋洋得意。

杜缨娘让小石头放下枪，小声提醒:"要稳得起!"

西大条胖做了个手势。吴红金踉跄止步，远远地站在那里。

杜缨娘奇怪了，鬼子怎么会玩倒牵猴子，这种手法是她在夔峡跟野猴戏嬉时发明的。只需在每个猴子的背后挂一个玉米棒，将后面那个猴子脖子上的绳子接在前面那个猴子的玉米棒上，后面的猴子见前面有玉米棒，总想追到前面去抢。她只需要操纵好最后面那只猴子，所有的猴队都操纵在她手中。这种倒牵猴子的游戏曾被她当做笑话向时三眺炫耀过，对了，还有武子峰在场，"倒牵猴子"的名字都是武子峰帮她取的。

"武子峰?二当家的!"杜缨娘有种不祥之感袭上心来。

"当家的，我们上了二当家的当，全部兄弟被俘了!"吴红金向杜缨娘报告。

"二当家果然没死?"杜缨娘问话时盯着西大条胖，仿佛要从他脸上找到答案。

她去过两次四方寨，第一次是扒开瓦砾仔细搜寻西大条胖和武子峰的尸体，没有找到。第二次是听说西大条胖还活着，她又把那间房子的废墟翻了个底朝天，也没有找到武子峰的蛛丝马迹。她曾想过各种可能，但从没想过武子峰会成为西大条胖的帮凶。

杜缨娘极力控制住自己的情绪，她猜到弟兄们的背后都挂了鬼子的手榴弹，一旦冲动，弟兄们都会血肉横飞。

她将少东家留下的发簪交给小石头，然后稍作镇定地对西大条胖说："我们二当家的已经归顺了你，想必你这次兴师动众，不是来抓我一个杜缨娘，你的本意一定是想完全消灭我们。现在所有的兄弟都到齐了，我也成了如来佛手心里的孙悟空，你打算如何处置呢？"

杜缨娘说话的时候注意到，郭瞎子和石义仁都不在被俘的队伍里，现在受制的兄弟大多是从四方寨跟过来的。

武子峰是从半道上将接应钱书宝的弟兄骗进了鬼子的圈套。

"我的除掉你很容易，但我不想这样做，因为大日本皇军器重你的武艺！"西大条胖说："我想听听千手观音对建设大东亚共荣圈的高见。我的建议，你的响应？"

"好啊！反正事已如此，那就坐下来跟你嚼嚼舌根子。"

"哟西！千手观音的痛快，我的估计没错，武桑的错了。"

"咦，我倒想听听，武子峰怎么估计我的？"

"武桑的估计，千手观音会跟共产党一样，视死如归！"

"他如此看得起我，没有白在一口锅里舀几年饭吃。"

"我的不相信，千手观音与共产党的不同，他们的有信仰。我的清楚你不掺和政治，你跟大日本皇军作对，是为时大当家的复仇，现在时过境迁，仇恨的不应该再让我们势不两立……"

"我们就说现在，不翻陈谷子烂芝麻！"

"哟西，你的现在只要放下武器，就可以带着你的兄弟为大东亚共荣……"

"慢！"杜缨娘突然打断他的话，把手里的枪扔在地下，拍拍手说："我现在就放下武器，是不是可以走了？"

"当然不是这么简单，我的还有条件……"

"真是稀罕，你胜券在握，用得着跟弱方提条件？"杜缨娘又捡起地上的枪，“说说你的条件，我看能不能跟我的二当家分一杯羹!”

西大条胖招来一个小鬼子。他从身上掏出一封信，示意小鬼子送给杜缨娘。

杜缨娘撕开一看，是一份包装精美的请柬。

这是吉本贞一少将的亲笔邀请书，大意是要请易城地区所有地方武装的头目前往大白岩，商谈共建大东亚共荣圈事宜，如有不从者，将格杀勿论。

“我已经被包围了，这份帖子还有意义吗?”杜缨娘哈哈一笑，把请柬扔在地上。

“摆在你面前的只有两条路，一条路是与我们合作，继续反抗只有死路一条。不过，看在我对武林高手的敬仰上，我有个私人建议……”西大条胖说。

“啥子建议?”杜缨娘问道。

“让你的兄弟跟中国良民比武定生死”，西大条胖盯着杜缨娘一字一句:“我们之间比武断恩怨!”

“我奉陪!”杜缨娘拱手道。

西大条胖朝身边的随从使了个眼色，那随从会意地点点头，举手打了个手势，一群穿红着绿的中国人从林子里冒了出来。

这帮人中，有易城头号汉奸秦二春，伪军黎远洪，还有在四方寨跟随马天云闹内讧的两位堂主，他们见到杜缨娘，个个不自在。

杜缨娘真有些后悔，当年真不该放他们一马。

西大条胖让这些人在乡亲台下站好，自己则走上乡亲台训话。

“今天我的把各位请到这里，是想告诉你们，大日本皇军来中国，是要与你们一起建立大东亚共荣圈，可有些人就是要反抗。反抗是没有好下场的，仁善庄就是个……”

西大条胖的话没说完，就被吴红金的吼声打断了，“你们占我土地，杀我族人，还要找一块遮羞布遮羞，你那狗屁天皇简直就是一个魔鬼!”

西大条胖见吴红金辱骂天皇陛下，杀气毕露。他的手一抖，一道寒光“嗖!”地直扑吴红金。

“军师小心!”还没等小石头喊出口，杜缨娘手里的柳叶镖已疾飞出去，将西大条胖的暗器打偏。暗器没有击中吴红金，却击中了身后的刘冲。

刘冲摇晃了两下，眼看就要倒下去，顿时吓坏了在场的人。他若倒下去，所有兄弟背后的手榴弹将会连环炸响。

恰在这时，一个黑影从林子里蹿出，直扑刘冲。就在他斜倒下去的一瞬间，一根木棍突然飞来。

“武子峰!”杜缨娘脱口而出。杜缨娘从熟悉的身法判断，此人就是武子峰。

这根木棍，恰好撑住刘冲的身体。

果然是武子峰，他着一身伪军军服。对杜缨娘叫他的名字，他只是冷冷地看了一眼……

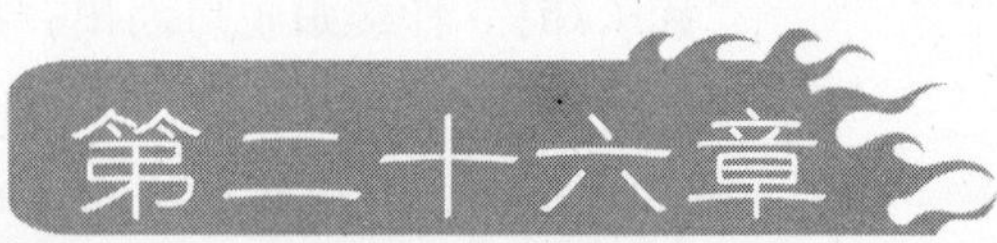

第二十六章

阵前比武　仁善庄绝处逢生

残阳如血。仁善庄的腥风血雨正在凝固，世外桃源变成了恐怖地狱。

武子峰的出现，让杜缨娘十分意外。

西大条胖和武子峰的武功，精进程度出乎她的意料。她心里盘算着脱身的机会。她明白，今天要除掉西大条胖已不现实，眼前最重要的是活下去，再伺机会。

小石头小声问杜缨娘："当家的，我们是不是跟小鬼子拼了？"

"不！我们先向西大条胖和二当家的讨教讨教武艺，长点见识再说后事！"杜缨娘故意大声回答，转身对西大条胖说："我接受你的建议，来吧！"

"哟西！"西大条胖兴奋起来。为打垮眼前这个女人在大日本皇军中的神话，他苦苦准备了两年，要的就是今天这样的局面，"我的愿意接受任何人的挑战！"

"不！他们没有资格跟阁下比武，我的生死就由阁下和武子峰了断吧！"杜缨娘使出激将法，她想咬住西大条胖，保护手下的兄弟。

"我的欣赏你的爽快，现在是日中亲善大东亚共荣的非常时期，大日本皇军忠于天皇陛下的旨意，今天不仅要跟你们武比，还要跟你们文比。"西大条胖爽快地接受了杜缨娘的建议。

他想通过比赛，彻底打垮支那人的抗日意志。他十分看重这次比赛，特意请来了日军文武高手。他们是，军中文豪华中驻屯军特务机关长松室孝狼、顾问松岛；军中武林高手樱井武士，以及所部中队长以上军官。

比武开始。

“唰！”一名日本军官抽出军刀，径直向小石头的头上舞来，寒风顿起，台下鸦雀无声。

“项庄舞剑，意在沛公！”吴红金大喝一声，孙大壮一招“金刚三大对”，扑将过来，照面就使出武当拳的攻式，逼得日本军官退了下去。

“看锤！”胡二锤一转身，抡起他的家传双锤，荡开两名日本军官偷袭孙大壮的军刀。随后挥动两只铁锤挡住伺机偷袭孙大壮的鬼子，从台子的这头舞向那头，左挡右砸，直舞得台下众人目瞪口呆，惊讶不已。要不是杜缨娘有招呼，恐怕已有鬼子军官作了锤下鬼。

孙大壮外号猴孙子，擅长使棍，一根“见风长”早已在鬼子当中传为孙猴子的金箍棒，但他今天没有使棍，而是以圆柔阴阳的武当拳，空手迎战三名飞舞军刀的鬼子军官。

他本来机智灵活，而武当拳又不尚拙力，讲究顺其自然，他的一招一式都以柔克刚，曲中求直，后发先至，接招拆招中应对自如。三名鬼子没有占到半点上风。

杜缨娘没有见过孙大壮以武当拳与人过招，先是颇为担心。但见他不躁不僵，时而静若山岳，动若江河，时而行如蛇，动如羽，一套武当拳的闪展腾挪如行云流水，挥洒自如。

三名鬼子突然改变打法，一个从左腾空跃起，双手握刀凌空劈下，招式与武当剑中的“力劈华山”同样地凶猛。

孙大壮沉肩坠肘，轻松避过了这一招。右边的鬼子见搭档没有得手，立即改双手握刀为单臂提剑，一招横扫千军向孙大壮力扫过去。此时，孙大壮还没有落地，但见利刀扫来，不得不在空中将胸腹收回三寸。

真险！刀尖擦着他的胸襟划过，衣服被划出一道口子。杜缨娘没想到孙大壮的武当拳法已入化境。

她从两岁起习武，爹爹杜半仙教她的第一套拳法便是武当拳，深谙“天人合一”的武当心法，孙大壮今天所用的武当拳法，已经从最初的“八门五手”演化到了炼精化气，炼气化神，炼神还虚，炼虚还道的境界。

西大条胖见几个拿刀的军官对付不了一个赤手空拳的孙大壮，喝止比武，不快地瞪了他们一眼。

鬼子副官带着几个士兵从宅子里抬出一张八仙桌，摆上酒坛和土碗。一个小鬼子拔出王八盒子，跑步走上乡亲台。

台下的日军官将倒满米酒的土碗放在头顶上，一个日本军官挨个挨个地把酒杯击碎。

杜缨娘让小石头跟西大条胖交涉，要他放出所有兄弟，由他任选十名兄弟做枪手，其余兄弟做活靶子，玩一出“雨中飞船”。

西大条胖没听明白，小石头告诉他，“这是咱们经常玩的一种游戏，你看了就知道，好玩极了。”

西大条胖来到被看押的兄弟面前，挑了十名身材矮小的兄弟做枪手。

“胖子阁下，你的看清楚，等一会他们手里的酒碗飞上天，没有遇到船就下雨，算输！下雨了，船底不沾雨，算输！船帮沾了雨，算输！船靠岸了没有船尾，算输！四输有一输也算输！你得盯紧了，小心他们的捣鬼……”小石头一边说规则，一边调侃西大条胖。

十名兄弟子弹上膛。

所有兄弟一齐将装满米酒的土碗扔向空中，几十只酒碗就像蒲公英一样在空中飘飞，滴酒未洒。

“起锚——”兄弟们大喝一声，一起弯腿抬脚，扒下左脚的鞋子。又一声“开船——”响起，鞋影飞溅，直追土碗。

鞋子擦碗而过，土碗翻覆，米酒倾泄，正好洒在鞋底上。

众人正在惊呼时，持枪的弟兄举起枪，“叭!”地击碎了正在翻滚下来的土碗，碗渣和着米酒，就像冰雹夹着小雨，漱漱落下。

鞋子继续上行，正好为枪手争取了装弹的时间。只见十位弟兄噼里啪啦地拉栓上膛，再举枪时，几十只鞋子正好翻身下落。这时候，枪手的眼睛似瞄非瞄，枪口随着鞋落的速度往下压，落到与枪平行时，他们扣动了扳机。

鞋子落地，众人张口结舌，忘记了喝彩。

西大条胖示意副官带着一群鬼子去拾鞋。

拾鞋的鬼子纷纷报告：“鞋底湿了的!”

西大条胖看到，每只鞋的后跟处均中了枪。这就是小石头所说的“船尾打屁”。

枪声惊飞远处的雀鸟。现场都还在心惊肉跳之中。

武子峰“嗖”地扑向西大条胖的骏马，闪电般追了出去。只见他单脚挂鞍，一个大鹏转身，冷面仰天，一手使枪，一手发镖，刚刚飞到半空的雀鸟一个一个扑腾落地。

西大条胖想为日军争回些颜面，十分期待地看着武子峰出手。

武子峰飞镖出袖，咚地钉在几丈外的树枝上。他又抓起坛子，用绳子在坛口上扎了提手。然后单手托坛，一掌将坛子击飞出去，不偏不倚地挂在飞镖上。

再一扬手，另一支镖穿进坛身，脚下使出履云步法中的“追云赶雾”，眨眼赶到酒坛下，一股酒泉自天而降，正好流进他口中，直到酒坛流尽最后一滴酒，他的喉结没有一丝滑动。

现场的鬼子鼓掌狂呼。

有几个日本军官交头接耳嘀咕了一阵，掌声立即弱了下来。

杜樱娘抓住这一点微妙的变化，朗声说道：“恭喜武子峰先生，贺喜二当家的，虽然成了日本狗，还没有忘记中国武功！”

杜缨娘的话让西大条胖很尴尬，不由自主地瞟了一眼观摩团，正好与机关长松室孝狼愤怒的眼神撞在一起。他是西大条胖此次邀请进山观摩的日军最高长官。

松室孝狼目睹这一切，大为惊讶，想不到支那土匪中竟然还有这等高手，真是龙种之帮不可小觑。他本来是受吉本贞一少将的派遣来这里看一出好戏，借机向支那人炫耀日本皇军的武力，万万没想到，西大条胖是如此的混蛋，不仅丝毫没有占先，反而留下班门弄斧的笑柄。不过，一群草莽充其量只是一介武夫，几个较为优秀的东亚病夫而已，别的方面未必也能独占鳌头。想到这里，他的脸色渐渐温和了一些。

他站起身来走到八仙桌前，随从立即上前摆好文房四宝。他傲然而立，极目远眺，一副仙骨道风的气度。

“老鬼子要干啥?”胡二锤忍不住问刚刚解除管制的吴红金。

“老鬼子是要跟咱们切磋书法。”

“啥叫书法?”

“就是写字!”

“惨了，郭瞎子又不在……”胡二锤急了，推了推吴红金，急切地说：“你也识字断文，要不上去抵挡一阵子?”

“只怕儿子比老子的功夫深！”吴红金既气恼又惭愧。

“咦？你啥时变成他老子了？”

“你不晓得，小日本的字是唐朝的老祖宗教他们的。”吴红金也是十分地着急，对胡二锤不停地问话颇不耐烦。“先看看老鬼子笔下功夫，万一蜀中无大将，老子也只有赶鸭子上架当先锋……”

在场的弟兄全都面露难色，不知如何是好。

顾问松岛也坦然自若走到八仙桌前，看来他也颇好中国的翰墨丹青。

只见松室孝狼手持狼毫，凝神运气。突然手舞足蹈，飘飘洒洒写出“武运长久”四个大字。

他写完之后没有立即揠笔息墨，而是一手持笔，一手伏案，死死地盯着自己的字，露出得意的笑容。

顾问松岛恭恭敬敬接过笔，双手合十，向松室孝狼行过一礼。他不慌不忙地铺纸蘸墨，伴随着鼻孔里发出的闷骚之声，笔下跳出“东亚共荣”。

“咋办？吴军师快上吧，总不能让小鬼子……不！不能让儿子占了老子的先啊！”胡二锤急得满手捏汗。

掌声再次雷鸣般响起，连西大条胖也举手鼓掌，刚才还是霜打冰冻的样子，这会儿一脸春暖花开。

两个老鬼子双手捧起自己的作品，向左向右展示。

“老夫不才，愿意献丑！”一个洪亮的声音从杜缨娘身后传来，众人看时，是个大约60多岁的老头，提着一根黄扬扁担健步走到八仙桌前。

老头在桌前站定，向杜缨娘一伸手，抱拳行了个大礼，面色颇为尴尬地说：“老夫万盛良，跟千手观音杜当家的是奉节老乡。老夫原本一介武夫，惹上官司逃至仁善庄，承蒙少东家看得起，做了他的大管家。”

“你是大管家？”杜缨娘一惊，抱起的拳头耷拉下来。

“是的，我就是害死老猫子的老管家。”老头倒是干脆，承认老猫子就是自己掀下天坑的。

他沉默了一刻又说：“加害老猫子虽然有不得已的苦衷，但那毕竟不是明人所为，欠下几条无辜的人命，我在这里向老猫子和死去的冤魂赔罪了，希望我的微力之举能安慰他们的在天之灵……”

杜缨娘刚想开口问他究竟有何苦衷，却被万盛良抬手打住，“石头已经掉进了井里，一会儿杜当家捞起来自然会明白个中原由……”

杜缨娘明白了他话里有话，复手抱拳，向万盛良还了一礼，朗声说道：“那就有劳大管家跟小鬼子打文仗吧！”

万盛良神情释然，以笑代谢。但见他从自己腰中取出两根牛皮粗绳，一根围在腰里，一根在扁担上系成一个绳套，将扁担从背后插在腰带上，然后将右手伸进牛皮绳套至腕关节处。

他不去案上取笔蘸墨，而是向翻译说明，要空手夺下松岛手中的笔。

翻译把他的要求向西大条胖作了说明，立即引起西大条胖的不满，“八嘎！不得无礼——”

万盛良根本不听他叫骂，已经欺身上前，施展空手入刃的功夫，紧紧抓住了松岛握笔的手。

樱井见状，一声怪叫扑上去，手中的军刀连砍带削，企图斩断那只紧紧抓住松岛握笔的手。但见万盛良脚下使出太极八卦步，左避右让，肩上的扁担不仅接住了樱井的刀，还将他逼得后退了好几步。

趁着樱井后退隙间，万盛良像耍猴一样牵着松岛到八仙桌的砚台前，饱蘸笔墨。他一边运笔，一边挥毫，肩上的黄杨扁担被压成了一张弓。

樱井再度扬刀冲上来，万盛良背对樱井后退两步，让黄杨扁担迎着军刀靠上去，嘴里吼道：“一边歇着去吧！”只听见噗地一声脆响，套住万盛良手腕的牛皮绳被砍断，拉成弓形的扁担突然以万钧之力反弹回去，正好打在樱井的手臂上，只听见一声惨叫，樱井刀飞臂折。

万盛良不去管他，只顾牵着松岛扑向八仙桌挥毫疾书。

西大条胖见状，忙拔出军刀扑将过来，杜缨娘一闪身，横在他面前，“阁下何必急呢？还没到你我了断的时候！”

西大条胖只好止步。万盛良的书法已就。道是“日上青松挂中空，本命不济陷华中；必恭中原未必恭，败军何必欲胜风。”每一个字力透九天，铮铮铿亮。

“好诗！”吴红金忍不住叫绝。

松室孝狼却看出了这是一首藏头又藏尾的诗，正是“日本必败，中华必胜。”

松室孝狼气得面青脖粗，一使眼色，从侧面走出一名水缸粗的鬼子，一把将万盛良抓起来悬在头顶。

万盛良人在空中，却从腰中解下牛皮绳，变戏法似地缠住了肥鬼子的双手，一转身挣脱他的抓举，稳稳地骑在他的头顶上，摸出烟袋含在嘴里。

“武桑！杀了——”西大条胖一声歇斯底里的吼叫。

砰！

西大条胖一怔，脑子里立即闪出不祥反应。

砰！砰！

“卧倒——”西大条胖狂叫着飞身扑向松室孝狼。

晚了，武子峰倒下了。

松室孝狼的眉心也中了弹。

坐在肥鬼子头上的万盛良一个侧翻跳下来时，那个肥鬼子傻傻地站在那里一动不动。他的胸口中弹了。

“快，跟我走！”万盛良拉了胡二锤朝宅子里奔去，后面跟着一群逃命的男人。

哈哈哈！杜鹦娘手里的“欢喜果”天女散花般飞向鬼子出没的地方，顿时腾起几团烟火。

吴红金与众弟兄趁机使出浑身解数逃向宅子。

西大条胖不知从哪里来的子弹，几次抬起头来，都被溅起的土坷垃压了下去。

太阳落山了，现场一片混乱。

潜伏在仁善庄的鬼子回过神来，立即组织火力向对面的林子里还击。

杜鹦娘和吴红金等人撤进了仁善宅。他们仔细听了听枪声，只觉子弹长啸，拖着长长的余音在山野间萦绕。

“二愣子的枪声！”杜鹦娘心中惊喜，但她也有些纳闷，凭穆秀兰她们几个人，不可能组织如此远距离的狙击。难道是他们与郭瞎子和石义仁会合了？

果然是穆秀兰和二愣子来了。穆秀兰通过“鸳鸯笑”告诉她，郭瞎子和石义仁正组织弟兄从左翼吸引鬼子。她有一个十几人的狙击小队，正盯着西大条胖的观摩团打。

杜鹦娘发出“鸳鸯笑”，提醒穆秀兰里应外合，撕开缺口突围，好在天坑会合。

杜鹦娘从乡亲台撤回仁善宅的时候，眼见躺在地上的武子峰双眼暴睁，眉角的滴血模糊了他的眼眶，但呆滞的目光中仍有一种死不瞑目的固执。

她突然动了恻隐之心，咬咬牙，让一个兄弟背上武子峰，带回了仁善宅。

武子峰出奇地醒了过来，突然一个仰卧起坐站了起来，伸手抹去了眼眶里的血渍。

“大当家的，我这是怎么了？”武子峰露出往日那种睿智神情，若无其事地问道。

众人又惊又恨，都不理他，弄得武子峰十分尴尬。

杜缨娘转身抹去眼角的泪花，回过头来盯着武子峰，努力压低声音，说道：“武少校刚从地狱回到阳间来，是替鬼子拉我们下地府的吧？”

武子峰听她说出这番夹枪带棍的话，甚觉莫名其妙，仿佛意识到哪点不对头，突然发现自己穿着皇协军的“屁屁黄”，肩上还扛着鬼子授衔的少校军衔，惊得张大嘴巴，不知所措。

咚！武子峰突然捂住额头倒地。

杜缨娘赶紧上前将他扶起，抱到一张床上施救。过了一阵，武子峰总算苏醒过来。

她站起身来望着窗户外，身子有些发抖。她的脑子里像塞了一团乱麻，自己也说不清楚为何要救已是汉奸的武子峰。

终于想明白了一点，她想知道武子峰是如何生还的，怎么就变成了小鬼子的一条狗。

“当家的，秘密找到了！”小石头跑过来，急不可耐地说：“地下粮库就在宅子下边……”

杜缨娘有些失望，反问道：“难道秘密就是地下粮库？”

“就是粮库！”小石头很肯定地说：“周老财真会守财，把粮食藏在地窖里，天天躺在粮堆上！”

杜缨娘决定亲自去看看地窖，她不相信少东家留给她的秘密只是一地窖粮食。

“用欢喜果把鬼子烧跳起来，只要他们一露头，就让二愣子打脑壳！”她把身上的“欢喜果”留给吴红金，让他配合穆秀兰打狙击。

枪声没有大作，渐渐稀零下来。

日军副官躲在石磨后面不敢露头。西大条胖用军刀挑着帽子伸出来试了试，跟着就被子弹穿了几个洞。他不得不躲到磨子旁边。

“八嘎，停止攻击!”西大条胖命令所有的特种兵就地待命。他想等到天黑让狙击手失去作用，再对退守到仁善庄的千手观音实施围歼。

吴红金猜出了西大条胖的用意，他是想等天黑下来，把宅子里所有的兄弟一锅煮。

吴红金扔出了欢喜果，鬼子的潜伏点亮起火光，一个个身影相继倒下去。

西大条胖对着报话机吼道：“再等等，不许还击！统统的隐蔽!”

欢喜果静静地燃烧。没有鬼子扑腾，也没有鬼子号叫。

西大条胖索性靠在石磨后面，闭上眼睛，静等黑夜的来临。

杜缨娘找到了这间地窖，满满的一窖玉米，离地足有半人高。

“这个装粮食的地窖，老东家和少东家守了多少年，还是没有守住秘……”

杜缨娘打断老管家的话，问他：“你来了这么多年，有没有动过地窖里的粮食?”

“我哪知道卧房下面还有粮库啊！是老东家临终前传给少东家的。”

“临终前才传?”

“这是老东家传下来的规矩，除了东家谁也不能在这间卧房过夜。”

“啥鸟规矩！还怕姨太太偷粮吃?”小石头在一边鸣不平。

“我也一直在想，从来没见过东家搬粮食进来，这地窖里哪来这么多的粮食?”老管家也有不平。

万盛良的疑问提醒了杜缨娘。她抓了一把粮食，用鼻子闻了闻，自言自语地说：“不对呀，这是今年的新苞谷。”

“还有地下粮库吗?”杜缨娘又问万盛良。

“我差点忘了，离这里不远处是我住的地方，那下面就是粮窑，东家说这是用来防土匪的救急粮！这个粮窑只有我知道。”

“谁往地窖里添粮?”

“平常找佃户收粮，都是让佃户直接把粮食送到我住处，我再将粮食转移进粮窖里。”万盛良说：“老猫子就是发现了这个秘密，所以才……”

“你没发现粮窖有啥异常？”

“咦？你不问我还想不起来，这粮窖永远都装不满，我起初怀疑有人动过手脚，可下粮窖一看，面上全是一层老鼠屎。”

“没发现有啥机关？”

“我早年也是江湖中人，曾找过，也没有发现啥机关。”

“粮食下面呢？”

“我来仁善宅之前都已经有了这个粮窖，每年都会往上加粮食。”

“你的住处有多高？”

“大概三到五丈高。”

杜缨娘问到这里，咚地跳进地窖，不停地用两根指头敲击着窖壁。

“这就对了！”杜缨娘似乎有些兴奋，指着一块砖壁对万盛良说：“你们东家就是从这里偷你房间粮食的！”

说话间，杜缨娘跳出地窖，直奔床头，将墙壁上的挂衣钩往上一撑，地窖里响起沙沙声。

万盛良张大嘴巴惊呼：“真是东家动的手脚！”

杜缨娘盯着满窖的粮食，陷入了茫然之中，“难道少东家的秘密真是这个？”

正在这时，胡二锤闯了进来，上气不接下气地报告说：“当家的，秀兰姐和二愣子他们冲进仁善庄来了！”

“啥？”杜缨娘一惊，“这不是正中西大条胖的诡计吗？”

“当家的休要抱怨！姐姐是赶来配合你们突围的！”穆秀兰说话时已经冲了进来，忍不住抱住了杜缨娘。

“我看看，都是些啥子样儿的神枪手！”杜缨娘一把推开穆秀兰，奔向她身后的十几名兄弟，兴奋地拍了拍两个人的肩膀，“我虽然没看到你们出枪，但我从你们打枪的声音听出来了，都跟我的二愣子师傅有一比！”

杜缨娘忘记了身处险境，也忘记了暂时没有解开的秘密，一会捏捏这个的臂，一会拍拍那个肩，不停地感叹：“我要是早认识你们这些宝贝疙瘩，西大条胖都死好几回了！”

“那可不！”小石头在一边高兴地附和。

“刚才我看见西大条胖都被你们吓得屁滚尿流的！”杜缨娘又是感叹又

是称赞道："你们都是少有的高手，都可以当我的师傅了……"

杜缨娘见过众人之后，一把将穆秀兰拉到一边。

"我知道妹子想问啥！"穆秀兰先入为主，先把杜缨娘心里的那层窗户纸捅破，小声说："他们都是崔队长专门从新四军里挑选出来的。他对当家的可是没说的，还把两名最优秀的兄弟派来了。"

杜缨娘又看了他俩一眼，正好与神枪手刘旺财和千里眼傅大江的目光撞在一起。她一脸严肃地说："我是不是应该这样理解，鹞子岭的兄弟现在就是新四军的人了？"

穆秀兰拉着她的手说："妹子，国难当头，是谁的人不重要，重要的是为谁做事！他们跟我一样，都是妹子的兄弟，都是为老百姓打鬼子的队伍，这才是新四军首长关心你的出发点！"

杜缨娘点点头，说："对，我们就是打鬼子的队伍，打鬼子不分你我！"

"妹子，我已经通知郭瞎子和石义仁，等天黑一阵后，就与当家的会合。"

"你怎么不听我的劝呢？"杜缨娘责怪起来，"说好在外面打配合，为啥非要往口袋里钻，难道郭瞎子也没有看出来吗？"

"不是我们非要往里钻，是我们本来就在口袋里！"穆秀兰告诉她："西大条胖玩石滚槽同样的诡计，他早已准备了几层口袋，我们现在只有钻到最里层来，才可能找到生路。"

"此话怎讲？"

"老猫子告诉了我一个秘密。"

"什么秘密，快说。"杜缨娘急切地问。

老猫子告诉穆秀兰，他掉进天坑后，在黑暗中寻找出路。就在奄奄一息的时候，竟然在一个岔洞里发现了鼠粮。俗话说：鼠数捱人粮，相距只一丈。于是，他顺着这个洞穴往上爬，竟然爬到了一个灯火通明的大厅里，那里绫罗绸缎金银首饰啥都有。

他一时找不到出去的路，干脆就生活在这里。到底生活了多久，他自己也不知道，反正胡子长了三寸多。

有一天，洞顶突然钻出个人来。最初以为是鬼，他被吓得钻进石缝里。

他看见这个人往柜子里放了东西后，又从原路返回。等那个人走了，他壮起胆子走过去。一阵乱摸，突然摸到了被木板盖住的洞口，但怎么都掀不开。于是，又在洞里等那人出现。

后来，这个人真的又出现了。他记下了来人一路摸索的机关。他打开这些机关爬到一个木桶里，仍然没有掀开上面的木桶盖子。但他发现了老鼠就是从木桶盖子的缝隙里偷的粮食。

"你猜老猫子看到的人是谁?"穆秀兰问杜缨娘。

"都啥时候了，你还有心思打埋伏?"杜缨娘摇摇头，催她快说。

"这个人就是少东家!"

"果然有名堂!"杜缨娘没等她说完，就直奔少东家的卧房。

杜缨娘冲进卧房，盯着挂衣钩好奇。她试探着向上一推，粮食来了。往左一搬，窑口伸出四根柱子，看样子是为了顶起压在上面的地板。再用力往右搬，柱子缩回去了，慢慢升起一个上尖下圆的大木桶来，这就是老猫子所说的大木桶。

杜缨娘双手捧住挂衣钩大圆座往右一拧，嗞嗞声倏然响起，那只大木桶竟然像荷苞吐蕊，木桶开出一朵花。

"秘密就在里边!"杜缨娘随即从花心跳进了木桶……

吴红金回到宅子前，不时地让弟兄们向周围扔石块，鬼子不动静，就是不上当。

鬼子像土遁了一样，没有踪影。

吴红金正寻思回宅子跟当家的会合，突然看到一个人影从左边林子里钻出来。他心中一喜，抓起一把小石子，准备当做暗器打过去。

"弯腰驼背，好像是说书先生!"孙大壮眼尖，一眼认出了郭瞎子。

吴红金也看清楚了，正是石义仁带来的那帮中央军兄弟。他向郭瞎子打去一颗石子，小声唤他们快过来。

西大条胖看着千手观音的两队残部进了宅子，事态正朝着他所预想的方向发展着。想到这里，一阵窃喜。

吴红金和郭瞎子会合后，便撤进宅子去找杜缨娘。

杜缨娘正好从木桶下面钻出来，她一脸兴奋。粮窑下面就是大天坑，周家的万贯财产都在洞中，还堆了不少刀枪火器。

杜樱娘一出来就问那个洋人在哪里，小石头说他交给了吴军师看着。

吴红金正好赶来，听小石头找他要洋人，赶紧拍着大腿说："我嫌他们跟着麻烦，就把他们放在山里了，深山老林，他们不敢跑的。"

"我把他们带来了！"石义仁听说要找洋人，赶紧领了三人跑过来，"听说人家是造军火的，我怕他们让老虎吃了可惜，就顺便带来了。"

"天无绝人之路，这仨宝贝今天可有大用场了！"杜缨娘拍着石义仁的肩膀说："算你一大功！"

杜缨娘当即给大家分任务。

穆秀兰从现在开始，组织仁善庄剩下的老百姓捎上天坑里的布匹粮食，由老猫子带路，从天坑的秘道向外转移。

小石头和宴大彪马上配合洋人在天坑里造军火。

吴军师、郭瞎子、石义仁和她自己各带一支人马，死死缠住西大条胖，在大炸弹没有造出来之前，既不能让他撤，也不能让他靠近大宅子。

"造炸弹？上哪找爆炸材料？"洋人忍不住问。

杜缨娘举着手里的发簪说，少东家临终时告诉她，一旦遇到不测，就用周家熬了四十年的土硝毁了仁善庄，这些土硝都藏在天坑里。

"西大条胖放我们进来，就是想把这里变成我们的坟墓，我们造出大炸弹要把天坑掀个底朝天，让那些十恶不赦的小鬼子遭到天谴！"

杜缨娘高举一本家谱，"我们谁出去了，都要告诉小鬼子，仁善宅的主人就是在镇江打沉鸦片船，大败英军，夺回皇室珍宝的林家军左先锋周远安……"

洋人叽叽咕咕说了一通，大家都听不懂。旁边的一名洋学生翻译说："巴特博士说，他是个科学家，不赞成用野蛮疯狂的方式去报复敌人，但他今天看到了，日本法西斯犯下了上帝都不能饶恕的罪恶，我不得不用这种方式为他们祈祷！"

杜缨娘轻轻地拍着洋人的肩膀，秀眼一眨，滚出一串泪来……

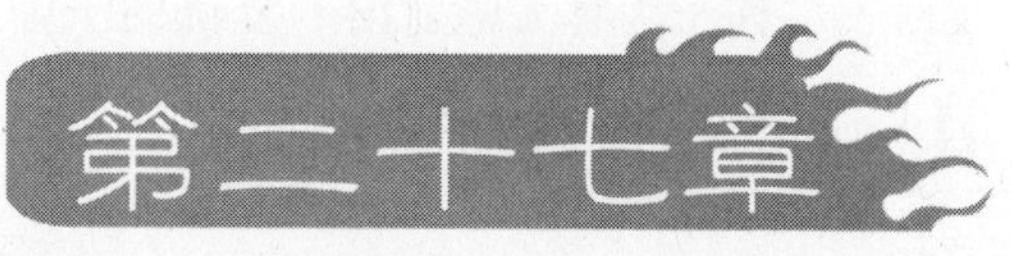

第二十七章

匿壮显弱　布疑云虎口逃生

仁善庄地动山摇的一声炸响，结束了一个世外桃源的美妙与苦难。紧紧围着仁善宅的鬼子大半个联队，一并埋葬在塌陷的溶洞中。

西大条胖幸免于难，是他的战马救了他。几千斤土硝在被巴特博士引爆前的一刻，他的战马异常狂躁，挣脱缰绳狂啸出庄，西大条胖跃上马背企图制服它的时候，仁善宅的巨响将他扔上了几丈高的山岩上。

半月后，杜缨娘带着队伍从大白岩山脉左侧的岩洞里钻了出来。这里，正是香溪上游的二郎山。

杜缨娘站在二郎山的巅峰上，俯瞰脚下的江水咆哮不羁，一泻千里，胸中似有一股洪流在澎湃。再眺望西上的天空，云涌云流，穿过巫峡，直抵夔门。

睹物思人，她想到了时三眺，也想到了武子峰。

"两个冤家！"杜缨娘忍不住骂出声来。

夫君时三眺，短暂一生，搏的是脱胎换骨，出人头地，为此舍生忘死。武子峰是他最坚定的追随者，命运却是另一种结局。

武子峰临终时才清醒，断断续续地说着临终时的感受。只觉得有一个人在自己脖子上拴了一根绳索，牵着他在血红血红的世界里搏杀，一片一片的血人倒在他的剑下。现在他似乎挣脱了这根绳索，跳进了清凌凌的江河里，洗涤身上的血污……

他没有说清自己是如何生还的，也没有说清自己何时成了汉奸。

杜缨娘自己解开了这个秘团。武子峰在四方寨的那场垮塌中，脑部受到撞击，得了脑外伤失忆症，是西大条胖将他救走，然后用药物控制了他。

武子峰在西大条胖的药物控制下干了多少坏事，杜缨娘来不及细究。二愣子为宴大彪射出了复仇的子弹，结束了他的汉奸的生涯，也结束了他的噩梦……

仁善庄一役，鬼子撤走了大白岩的驻军。

日军发现中国军队调整了防守策略，大白岩不再是阻隔中国军队的障碍。“丁字阵”反倒成了日军西进的累赘。于是，日军迅速向易城靠拢，加快了易城会战的部署。

西大条胖在仁善庄的惨败，让他丢掉了指挥权。日军放弃了对千手观音的幻想，决定将这股匪不匪军不军的力量消灭。他们调动福荣真平联队进行追剿。

西大条胖做了联队长福荣真平大佐的情报官。

杜缨娘获得新四军转来的情报后，决定不在二郎山扎营，继续利用小股部队的优势，骚扰鬼子，分散其注意力。

福荣真平改变了西大条胖的追剿战术，不再跟着杜缨娘的屁股后面追，而是命令西大条胖带领特种兵残部，将杜缨娘部的活动范围进行定位，然后按“防、堵、打、诱”的战术，钳制杜缨娘的运动空间。

杜缨娘得到情报，日军后援部队中，增田政吉三中队远离联队。

“吃了他！让福荣真平去跟西大条胖扯皮！”杜缨娘说。

吴红金不明白，“福荣真平怎么会去找西大条胖扯皮？”

穆秀兰告诉他：“这是当家的离间计，福荣真平下给西大条胖的任务是啥？关不住咱们，让他丢了一个中队，不找冈村告状才怪呢！”

郭瞎子若有所悟，“用间有五，有乡间，内间、反间、死间、生间。当家的这一间为何间？”

“管它何间，有用就行！”

郭瞎子叹了一声说：“五间俱起，莫知其道，是谓神纪，人君之宝也。”

杜缨娘摸到三中队宿营地，对鬼子的外围情况进行了侦察。

鬼子防守很严，虽然都是些工兵装备，但也配备了作战武器，只是战斗力没有作战部队那么强。

穆秀兰认为，不能跟鬼子正面硬拼，要发挥自己的优势打。

“那就先打看门狗！”郭瞎子说：“想办法把小鬼子的岗哨打掉。”

郭瞎子这么一说，倒是提醒了杜缨娘。她把傅大江叫过来，让他弄清鬼子岗哨的情况。

傅大江只用了几分钟时间侦查，向她报告：“现在室外有6个哨兵，门内12个卫兵，加上窗口的21个脑袋，一共有39个狙击目标。”

杜缨娘看了傅大江一眼，没有说话。她越来越喜欢这个跟自己一般大的新四军。

她是打心眼里佩服新四军。瞧人家，说话干净利落，打仗有勇有谋。她把狙击队交给了傅大江。

“全体注意！目标正前方，位置问刘旺财……兄弟，每人两颗脑袋，狙击时间：一口气！”傅大江叫顺了嘴，差点叫了刘旺财同志。

“还差一个，我自己找一个补上！”二愣子越来越喜欢跟新四军的兄弟相处，常常感叹自己早年投错了队伍，不然会多杀几个鬼子。

20名神枪手举起巴特博士为他们改装的狙击枪，各自对准狙击目标。这样成规模的狙击，对他们来说还是第一次。

“打！”傅大江发出狙击指令。随着枪响，鬼子纷纷应声倒下。还没等鬼子反应过来，狙击手已经撤出了战斗。

鬼子被打懵了，好一会儿才拉响警报。

石义仁带着一部分兄弟，佯攻鬼子的营地。打了一阵，便向杜缨娘这边撤了下来。

鬼子出动了一个小分队，紧跟石义仁追击。敌人上当了，被引进了伏击圈，傅大江指挥狙击手一阵点射，鬼子损伤过半。

剩下的鬼子见遇到神射手，立即找坑洼地隐蔽起来，傅大江的狙击队一时失去了作用。

杜缨娘打出了一枚“鸳鸯笑”，吴红金带领一队早已埋伏在洼地附近的武林高手冲出来，与鬼子展开白刃战。刀剑飞舞，鬼子的刺刀根本无力招架。武林高手乘机大展拳脚，打得鬼子鬼哭狼嚎。

杜缨娘现在的人马，虽然只有两百多人，但颇有战斗力。主要由新四军战士组成的狙击队，个个都是神枪手。不仅善打阻击战，运动战更是炉火纯青。剩下来的兄弟有一半是武林高手，他们会使三八大盖加刺刀，冷兵暗器更是得心应手。还有四方寨的老班底，上房揭瓦摸哨端岗楼是他们的拿手戏，令小鬼子防不胜防。

一锅烟的功夫，鬼子的小分队一个不剩。

鬼子中队开始了反扑。全部中队人马挥师出营，一路机枪扫射，气势汹汹。

鬼子的先头部队进了村子。

穆秀兰指挥乡亲点燃鞭炮，形成枪声激烈的样子。宴大彪带领的四方寨兄弟从侧面猛打，石义仁从另一侧面猛揍，很快形成夹击之势。不一会儿，鬼子的先头部队就被他们吃掉了。

后面赶来的鬼子不敢冒进，在村外停了下来，赶修工事掩体，企图在第二天清晨全歼杜缨娘。

夜幕降临的时候，杜缨娘让大家将几十具鬼子尸体搬到村子，放置在鬼子的正面战场，伪装成临战状态。

鬼子每隔半个时辰发射一次照明弹，对正面的村口进行侦察，发现他们仍然伏地举枪，防守严密。

他们做梦也没有想到，杜缨娘已在凌晨带领队伍往西运动。

围守村子的鬼子还是发现了她的行踪，机枪顿时叫嚣起来。

“就在这里撕口子!”杜缨娘做出突围的架势。

守在村口的鬼子听到西边的枪声，判定杜缨娘是声东击西，让大部队死守村口，不得放一个支那人出来。

枪声骤响一阵突然停了。鬼子确定她又是声东击西。

鬼子这一次又失算了。等到天亮时，这才发现杜缨娘早已远走高飞。鬼子走近才发现，伏地支枪的支那人都是被脱去了上装的日军尸体。

鬼子在现场发现印有新四军字样的臂章，开始怀疑这支部队不是当地游击队。

增田政吉迅速发报，将这一发现向福荣真平作了报告。福荣真平认为，这有可能是新四军向易城方向运动的主力。他命令增田政吉继续追击，并将派出部队予以策应。

鬼子中途不断与小股部队遭遇，发生零星枪战，凭着对枪声稀密的判断，鬼子中队长认为是小股游击队捣乱，不予理睬，继续向孔易一线追击。

福荣真平从多方证实，孔易线上的确有大股武装在运动。他当即命令沿线部队向这股武装靠拢。

其实，杜缨娘出了包围圈，并没有走多远，而是就地蛰伏下来。她让石义仁带着他的兄弟牵住鬼子沿孔易线运动，自己则尾随其后，准备在鬼子进入孔易线的丘陵地带，伺机给以夹击。

日军侦察机飞越孔易线侦察时，石义仁让弟兄们拉开距离，有旗子的展开旗子，无旗子的举着随身携带的各式军服，高高地摇晃着，故意让日军发现。他们专拣尘土多的道路走，故意激起尘土飞扬，形成灰蒙蒙的一线。

鬼子的侦察机经过时没有看清中间的空隙，把随后紧追的鬼子三中队和尾随其后的杜缨娘，全部当成了新四军部队。

为了诱使紧追不舍的鬼子中队进一步上当，行到岔路口时，石义仁让弟兄们用随身携带的焦炭画上箭头，写上“一营由此前进”，“三营由此北上”。

石义仁带着弟兄来到无名村庄。他吩咐会写字的，拿起焦炭号房子，见门就号“某连某排住此地”，在显眼的墙壁上还写上留言：“某某同志，速到前面找我，有要事”。

福荣真平听了追击部队的报告，确信这支部队就是新四军主力。易城会战司令部当即命令，各部队分头向孔易线合围，务必将新四军主力歼灭在孔易线上。

为了给杜缨娘创造有利的歼敌机会，石义仁有意疲惫日军。哪座山高就翻哪座，哪里道险就走哪里。这下可苦了行装笨重的小鬼子，他们早已精疲力竭。

就在疲惫不堪时，日军突然发现前面的部队消失了。

恰在这时，崔松率领特别小分队突然杀了出来，给了小鬼子一个措手不及。小鬼子想往后撤，正好碰到追上来的杜缨娘，又遭到迎头痛击。

消灭了鬼子三中队，崔松和杜缨娘迅速撤离孔易线。

福荣真平的援军赶到时，新四军主力已销声匿迹。当福荣真平得知一路都是千手观音捣鬼，为此大发雷霆，给了西大条胖一记耳光。

易城会战司令部，福荣真平和西大条胖吵得面红耳赤，都以对方判断

失误相互指责。吉本贞一在电话中大骂："混蛋！你们把大日本皇军的脸丢尽了，竟然让一个支那女人当猴耍了！"

郭瞎子操着川腔，为杜缨娘和兄弟们讲兵法，"孙子曰：善战者，致人而不致于人；善攻者，敌不知其所守；善守者，敌不知其所攻。当家的是战中有攻，攻中有守，皆得其善，其用兵之道实在是我等匪夷所思！"

杜缨娘部经过这一仗，添了不少人马，一些武林散手纷纷入伙。他们没有见过新四军，还以为杜缨娘的队伍就是新四军。

杜缨娘决定带着队伍，到摩天崖休整。

这次战斗，缴获了三十多匹战马，一百多条枪，二十多门小钢炮，还有十多只掷弹筒，弹药不计其数。队伍一下子扩张到四百多号人。

杜缨娘骑着白疯子，走在队伍的前面。

走出五十里路时，恰与正在搜寻他们的一股日军不期而遇。

带队的鬼子，正是在仁善庄幸免于难的日军上尉。杜缨娘的功夫，至今让他心惊胆战。

他看见杜缨娘只有十多名骑兵，以为又是诱兵之计，不敢贸然出击。

杜缨娘将计就计，既不继续前进，也不向后退缩。做出引诱的架势。

这一招真把小鬼子镇住了。他们也停在原地，不敢前进半步。

杜缨娘对弟兄们说："鬼子还没有摸清我的底细，如果驰马避开，鬼子必追，我们就会被鬼子吃掉。如果我们留在此地，鬼子会怀疑我们是诱饵，不敢出击。"于是，发出"鸳鸯笑"让其他几支队伍向右运动，自己则带领十几名弟兄前进一里地，一直行进到日军小钢炮的射程边停下。

一名弟兄焦虑地问她："鬼子那么多，而且很近，万一有事，我们怎么办?"

杜缨娘索性下了马，回答说："鬼子估计我们遇到他们会往回走，现在偏不走，看他啥子反应。"

这时，鬼子决定派出骑兵上来试探，几个骑兵刚刚出来，杜缨娘立即驰马迎上，飞刀骑射，杀死了几名日军骑兵，然后又回到原处解下马鞍，纵马而卧。

天快黑了，鬼子始终感到奇怪，不敢出击。

天完全黑下来，鬼子担心夜袭，主动后撤几里观察。

鬼子撤去的时候，杜缨娘立即让弟兄们在马蹄上裹布，趁隙插过去，平安绕过回撤日军，与吴红金和穆秀兰等部会合。

杜缨娘的队伍集结后，准备从右侧云盘岭上摩天崖。

小鬼子是不会放过杜缨娘的。撤走的鬼子紧随其后跟了过来。他们在云盘岭的路口大筑工事，准备在这里一举歼灭杜缨娘。

杜缨娘派出两名弟兄，带着拜帖和礼物上了摩天崖。

两名弟兄在云盘寨的大厅里刚刚坐定，里面转出一个人来，其中的一名兄弟认得，这人正是西大条胖的忠实走狗刘亦寿。

“你真是阴魂不散，走哪哪有你！”这名兄弟骂道。

“大当家的，你都看见了，一个小喽啰都如此嚣张，要是千手观音，那还了得。你要放她上了云盘岭，未必不敢谋你座下的老虎皮。”刘亦寿奸笑着，对坐在头把交椅上的匪首汤大麻子说：“大当家的识时务，真要让千手观音上来，她即或不抢你的位子，堵在云盘岭路口的皇军也会向山上开炮，寨子的兄弟不遭炸死也要遭堵死！”

“放肆！我的棚子里，容不得你冲壳子！”汤大麻子一把撕了拜帖，扬手扔在刚才骂刘亦寿的兄弟面前。

这名兄弟正要发作，被同去的另一位兄弟拉住。

刘亦寿哈哈大笑，又对汤大麻子说：“只要你不让她上来，我保证你从皇军那里得到用之不尽的枪支弹药和粮食，还有日本娘们儿……”

汤大麻子听了，不停地点头，

“贱骨头！”那位兄弟又骂上了。

“大胆！”汤大麻子从虎皮椅子上跳起来，“来人！把他们拉出去剐了，丢下云盘岭！”

汤大麻子果真把这两名兄弟杀了，从摩天崖扔了下去。

杜缨娘气得马上就要上山取汤大麻子的首级，但被穆秀兰劝住了。

郭瞎子也劝她说：“小不忍则乱大谋。”

“什么大谋小谋，杀了我的人，我连个屁也不放，还配做大当家的吗？你们不去，我去，老娘铁了心要独闯云盘岭。”

“你真一个人去了，才不配做大当家的！”刘旺财侦察回来，正要报告情况，见她这样激动，忍不住说道：“鬼子杀了多少中国人，该不该报仇？这几百个兄弟被小鬼子围着，要不要大谋？”

“住嘴！”杜缨娘没想到刘旺财竟如此大胆，跟自己较上劲了，“这里还轮不到你说话！”

刘旺财也被激怒了，一副寸步不让的样子，“我以前听说千手观音是有大智大勇的大当家，没想到连这点气度和眼界都没有！”

“你……”杜缨娘被噎住了。

这话像崔松说的。崔松曾说过，你带上武林兄弟舍生忘死打鬼子，早已不是为了个人恩怨。他还说过，家仇再大，都大不过国恨。

刘旺财的激将法还真起了作用，杜缨娘慢慢缓和下来。按着胸脯沉默起来。

穆秀兰突然发现，杜缨娘怀里藏着一本书。从书的颜色看，穆秀兰判定，是毛主席写的《论持久战》。这是她有意放在杜缨娘枕头下的。

“走！都跟我去看地形……”杜缨娘向穆秀兰招呼，说话时已在前面走了。

日军有一个中队的兵力堵在云盘岭路口。他们不知道杜缨娘到底有多少人，故不贸然进攻，只得等待福荣真平派兵增援。

杜缨娘心里明白，她目前的处境十分危险。下有鬼子堵截，上有匪首汤大麻子作对。

她几次派人上山，刚一露头，都被崖上的滚石逼回了偏岩里。

这天，杜缨娘带着巴特博士和他的两名洋学生去寻找狙击点，意外瞅见一股山泉，他们顺着这股山泉往下瞧，发现这股山泉正好流进鬼子驻扎的村落。鬼子兵和战马就靠这股水饮用。

“何不断水困住鬼子？”杜缨娘眼前一亮。但马上又犯难了，断下的水，又引向何处呢？

巴特博士根据岩石和地形分析，这一带是喀斯特地貌，不远处可能就有“漏斗”。

“对，把水引进‘漏斗’里，不就断了敌人的水源吗？”杜缨娘自言自语地说。她马上派小石头寻找“漏斗”。

小石头沿着峭壁走了不远，果真发现了一处岩缝。

杜缨娘吩咐兄弟们修筑土埂，截住山泉，把山泉引向“漏斗”里。

“断水计”确定之后，又冒出新的难题来。如果要将泉水引向“漏斗”，从高处开渠就要暴露，下有鬼子机枪，上有土匪滚石。如果从低处引水，中间有几十米绝壁，根本不可能开渠，唯一的办法就是在绝壁筑坝，把水位抬高，但筑坝是不现实的事，没有一两个月根本筑不起来，更何况下面不时有鬼子进攻。

杜缨娘突然想起在夔峡生活时的古栈道，爹爹曾对她说，那是巴人为了把大宁盐水引到城里，在悬崖绝壁上凿了无数方孔，钉上木桩，搁上树木凿成的木筒，盐水就引到了夔巫城。

杜缨娘决定在悬崖上架起引水栈道，但一时却找不到那么粗的树木做成木筒。石义仁手下一个兄弟向杜缨娘献计说：“俺是在黄河里泡大的，过黄河都使羊皮筏子……”

“对呀!”小石头忍不住击掌叫好，从腰里取出吴红金的酒囊，说：“这个就是牛皮做成的酒囊，把牛皮铺在渠槽里不就成了!”

“主意好是好，可上哪儿去找那么多的牛皮?”

小石头眼前一亮，“除非杀马……呸！呸！呸！马是咱们的命根子!”

杜缨娘还是下了命令，将缴获的全部战马枪杀，取皮做引水槽。

渠成水走，缨娘以逸待劳，守着水渠打找水的鬼子，伤了不少日军。

鬼子三四天没了水，士气一落千丈。他们几次上山抢水，都被杜缨娘打了回去。

杜缨娘叫来傅大江和石义仁，研究解决汤大麻子的战斗方案。先由吴红金带人攀上绝壁上的迎客松，然后再放下绳子将傅大江的狙击队拉上去；狙击手迅速控制几个射击点，吴红金等迅速潜入匪窝，实施突然袭击；杜缨娘带领罗蔓等人进入汤大麻子的住地将其控制。狙击手封锁正门，防止外面的土匪进入匪窝。

当晚下着小雨，伸手不见五指，各个小组各行其事。

杜缨娘带着几名武林高手，悄悄摸上了云盘岭。她发现哨位上的哨兵，大多是枪顶着帽子在站岗，见不着一个人影。

土匪就是土匪，在这个节骨眼上，他们还在行欢作乐。

此时，山上因日军送来的慰安妇太少，正引起匪首们争风吃醋。汤大麻子坐在聚义堂严肃地说："皇军只送来了几个日本娘们，你们八个当家的，先轮流着玩，半个时辰之后将这些娘们送到楼子里，让那些听话的兄弟也尝尝。兄弟们别嫌残茶剩饭。都是日本来的洋货，肯定比咱们逮的山鸡有味道!"

聚义堂顿时乱哄哄的，争着叫着谁才有资格尝鲜。许多匪兵早早地排在尝鲜楼外，焦急地等待，嘴里不停地骂娘。

杜缨娘临时调整了部署，让狙击手负责消灭慰劳室外的匪众，吴红金的一部分人收拾寨外的哨兵，一部分人负责半道劫下送慰安妇的匪兵，由罗蔓等人扮成慰安妇，进入各匪首的住处，伺机除掉匪首。

杜缨娘扮成慰安妇夹在两名慰安妇当中，顺利地进入了汤大麻子的房间，正在等待销魂的汤大麻子，哼着"十八摸"调子从床上跳起来，一边脱衣服一边扑过来。

杜缨娘夹着的柳叶镖只轻轻在他面前一晃，一股鲜血从汤大麻子脖子里喷出来，连他嘴里的"你是谁?"也没有吐完。

各小组进展顺利，很快拿下各自的目标，全歼了汤大麻子这股土匪。

第二十八章

颠覆兵法　三天三次伏一地

膏药旗在瑟瑟秋风中颤抖。鬼子在几场战役中都败得一塌糊涂，令日军十分沮丧。

杜缨娘带着队伍潜入到三峡地区。她们在那里休整补员，队伍迅速扩大到500余人。

杜缨娘的到来，与鄂西北游击队和江东游击队形成抗日“三剑客”。三支武装成了易城地区堵截日军西上的中坚力量。

穆秀兰按照党组织的指示，继续做好杜缨娘走上革命道路，加入新四军的工作。

队伍没有军饷补给，汉口方面负责筹集粮饷弹药的十八铺已无力保障他们的基本生存。负责粮草军需的穆秀兰一边带着队伍打劫日军辎重部队，一方面组织队伍自力更生开荒种地，并与江东地下组织联系，请他们发动当地群众巧妙支援杜缨娘的队伍。

几乎天天都有人投到杜缨娘的队伍，并且是带着口粮打鬼子。

一天，郭瞎子正为杜缨娘讲孙子的“地形篇”。小石头来报，易城会战后，福荣真平要西犯三峡。

杜缨娘意识到，鬼子犯三峡已经箭在弦上，得提前作好准备，抢在易城会战打响之前，她必须在三峡设一道防线。鬼子一旦突破中央军防线，她也得拼死堵住西上的鬼子。

“云盘岭一战，我们凭借山势狭隘，用两挺机枪堵住了一个中队的鬼子。西陵峡山缓江宽，条件不具备，但巫峡口谷深水激江窄，得去那里占据有利地势，以防鬼子打上三峡。”郭瞎子提议。

杜缨娘当机立断，请穆秀兰带领百十号兄弟去巫峡布防。她特别提醒说：“炮台和机枪口的位置，一定要选在飞机炸不到的地方！”

穆秀兰刚走，宴大彪来报，三桷坪的大财主刘大拿正向日占区运送一批粮食，与日军做保安交易。

“劫了他！绝不能让它落在鬼子手里。”杜缨娘决定亲自去劫这批粮食。

杜缨娘劫了粮食，刚走出几里地，被一支伪军挡住了去路。他们不由分说，就是一阵机枪扫射。

几个兄弟被伪军打死。

“放下粮食，出来投降！刘团长说了，只要把粮食放下，可以放你们一条生路，否则格杀勿论！”伪军喊完话，又是一阵扫射。

石义仁提醒杜缨娘，这个伪军的团长刘千韧可能是刘大拿的什么人，一定是运粮队向他报告粮食被抢，不然他不会这么快派兵来抢回粮食。

“败类！”杜缨娘边骂边下命令反击。

石义仁随杜缨娘一声令下，迅速抢占有利地形，作出分散推进的态势。如果刘千韧分散火力对攻，他的机枪就失去了威力。

刘千韧根本不上当，他已经看出对方人少，都是短枪，只要他保持高压阵形，用机枪压住对方的火力打，几个土匪就没冒头的机会。

“给我从两边往中间赶，硬逼个小毛贼退到洼地里，给我用手榴弹招呼！”刘千韧上过几天军校，对这样的小战斗还是很有一套打法。

“当家的，我们不能这样跟他耗下去了，咱们是短枪，火力够不上，子弹也剩得不多了，赶紧撤吧？”石义仁说。

“少废话，节省子弹，等狗汉奸靠近了再打！”

刘千韧稳打稳扎，始终不动，继续用机枪轮番射击。压得杜缨娘他们趴在那里一动不敢动。

驻地日军听到枪声，得知是千手观音与伪军发生枪战，认为这是歼灭千手观音的最佳时机，立即派出一个小队支援刘千韧，企图堵住杜缨娘右侧的退路。

崔松得知这一消息，亲率小分队化装成守备团的便衣队，迅速绕到日军背后，对鬼子一阵猛揍，为杜缨娘撤退撕开了口子。

杜缨娘命令石义仁带领弟兄们先撤，自己则就地蛰伏，等待刘千韧进入驳壳枪的射程。

刘千韧见对方扔下粮食跑了，摇摇摆摆地走上前来，用手枪顶了顶帽子，说："快给老子搬，统统运到皇军那里去。"

参谋长还有顾虑，小声说："这样恐怕不太妥吧？"

刘千韧将白手套一甩，训斥道："有么事不妥的？你就是个死脑筋，在一棵树上吊死，老子送个顺手人情，为你我留条后路……"

"路"字还没出口，突然一声枪响。杜缨娘打中了刘千韧的太阳穴。

小鬼子发现了杜缨娘，疯狂地围了过来。鬼子叽里哇啦狂叫："千手观音死啦死啦的！"

"冲过去！"崔松以为杜缨娘已经撤走，没想到她又陷入鬼子的重围，不得不指挥便衣队折身向鬼子杀过去。

四五个新四军牺牲了。杜缨娘在新四军便衣掩护下，趁机冲出了重围。

她认出了崔松。这让杜缨娘既感激又愧疚，她望着崔松久久地说不出话来。

杜缨娘不断地自责太冒失了，要不是崔松鼎力相助，今天这条小命就玩完了，是新四军又一次救了她。她越来越意识到，单靠自己鲁莽抗日，是打不走日本鬼子的，还必须像新四军这样的队伍才行。她想加入新四军的想法从来没有像今天这样强烈。

杜缨娘越来越喜欢新四军。他让傅大江接替小石头作了自己的眼线。

傅大江带回来一个重要情报，昨天在易城的交通要道，日军辎重部队遭到不明武装的袭击，鬼子死伤惨重。鬼子的运输线受到极大威胁，不得不派重兵护守。

傅大江汇报完后，自豪地补上一句，"当然，肯定是咱们新四军干的！"

"咱们也学学新四军。"杜缨娘大胆作出一个决定："明天就在这里伏击！"

郭瞎子提出了异议，"原地伏击恐怕不妥，鬼子遭了新四军伏击后，不会那么大意了，他们也许还会反伏击！"

杜缨娘却有另外的想法。按孙子兵法"战胜不复"的道理，第一次用

一种方法战胜了对手，第二次再用同一方法，对方就不会再上当了。但是运用兵法不能生搬硬套，现在的对手是鬼子，他们对中国古代兵法是熟悉的，也懂得“战胜不复”的道理。再加上日军骄横自傲，很容易认为新四军这次得了手，下一次就不敢使用同一种战术了。这次伏击胜算占多。

杜缨娘在原地布置了伏击圈。

果然不出杜缨娘所料，当日拂晓，日军辎重部队又开了过来。

辎重部队的鬼子，不知不觉地进入了伏击圈。他们绝对没有想到，刚过一天，就会在同一地点，有人用同样的方法袭击他们。

鬼子太猖狂了。一个鬼子竟哼起东洋小调，声音拉得长长的，像是没睡醒的人在哼瞌睡。他唱了一段，鬼子就哄一阵，他再哼一段，鬼子又哄一阵。

鬼子根本就没想到自己又进入了伏击圈，不知道大祸即将临头。

杜缨娘有意放过敌人的先头部队，只等辎重部队进入伏击圈。

听见鬼子又哼又哄，一个兄弟悄悄骂道：“婊子养的小鬼子，等会儿你就哼不出调哄不成腔了！”

鬼子的辎重部队又向前推进几百米。杜缨娘喊了一声“打！”顿时枪声大作。

密集的手榴弹炸得鬼子乱作一团，呼天嚎娘。

鬼子像稻草垛儿受到大风一刮，呼啦啦倒了一片。

杜缨娘招呼大家不要恋战，迅速撤出战斗。

战斗打响前，郭瞎子尿急，出去找地方小解。回来就听见杜缨娘喊撤了。看着小鬼子丢下的一片尸体，郭瞎子的眼睛瞪得大大的，骂了一句：“一群蠢猪！蠢到家了！”

撤出阵地后，杜缨娘对大家说：“鬼子急需补给，他们还会走这条线，我们还可以打一次伏击！”

刘旺财和二愣子都瞪大了眼睛，当家的是被胜利冲昏了头，还是让孙子兵法整傻了？小鬼子再傻，也傻不到再让你打第三次。

“用兵之要在于出其不意。说不定小鬼子真傻到被我们偷袭第三次。从心理上说，他们料定不会有第三次，谁要再用第三次，那就是既违背了常理，也违背了反常理，一定是傻子疯子才敢走这步险棋！”

杜缨娘向大家分析她的兵法之道。众人都不吭声了，不是同意她的观点，而是找不到反对的理由。

杜缨娘从来没有像现在这样兴奋过，“这样一来，鬼子就会更加坚信我们既然不当疯子，就会反常出招，这招一定是在第三条路上。鬼子如果判断出我们在第三条路上打设伏，一定会事先派部队去第三路设伏，以报前两伏之仇。”

不过，这次偷袭日本辎重部队，她想和新四军联合行动。设伏地点还在原处。

杜缨娘让傅大江赶快去新四军那里，报告她的想法。

傅大江向崔松转达了杜缨娘的想法，惊得他半天没有回过神来。他不得不向上级首长请示，没想到团长捎回话说：“就按千手观音的思路打！”

崔松迅速赶去与杜缨娘商议伏击方案。

他们商定，还在原地方设伏，但今天得先在前面设一道小伏击，收拾一阵鬼子。

果然不出杜缨娘所料，第三天清晨，鬼子的辎重部队出发了。不过，这次不是步兵押送，而是骑兵押送。

一个排的骑兵，小心翼翼地掩护着辎重部队前进。鬼子毕竟连续两天遭到伏击，自然有些心惊胆战。

鬼子渐渐走进了第一道伏击圈。崔松发现，只见鬼子人，没见辎重车。

原来，鬼子想利用骑兵吸引敌人的注意，辎重车出发后不久，就从另外的一条道开走了。

这一切，都被崔松和杜缨娘事先料到。崔松早已在前两次伏击地伏兵等候。

崔松见鬼子骑兵进入了伏击圈，立即喊打。刹那间，仇恨的枪弹一起向鬼子飞去。

崔松在这边加大火力猛打，实际是告诉杜缨娘，辎重车已向她那里开过来了。

鬼子的侦察兵报告，前面有新四军埋伏。鬼子的辎重车停了下来，鬼子下了车。

就在不远处，他们发现了趴在地上的新四军。鬼子军官立即组织射击。但是，打了一会儿，却不见趴在地上的新四军还击。

鬼子兵走拢一看，原来地上趴着的，都是着了新四军服装的稻草人。

鬼子大呼上当，杜缨娘带着弟兄们突然从四面八方冲出来，打得小鬼子想回到车上已经来不及了。

三伏三捷让小鬼子的运输线遭到重创，正等待棉衣过冬的日军雪上加霜。

日军官一直在安抚士兵说，棉衣已经上路了，最迟就在今晚或明晨送到。时间分分秒秒溜走，都过去了三天，连一点棉花花也没有。

据点里的鬼子开始守着炉火发呆，冻缩了的鬼子开始沉默，一片不安的空气笼罩着据点。

各种推测在军营里弥漫。车在半路抛了锚？或许路烂轮滑开不快？不过，根据现在的局势，最可能发生的是辎重部队遭到了新四军游击队堵截。

鬼子终于等不及，一个据点的少尉军官带着几名鬼子出去搜索。只回来了一个伤兵，带窟窿的衣服上还有大块大块凝结的乌血。

伤兵呻吟着报告，车队在黄雀岭二道河梁子被劫。顿时，据点里的鬼子狂叫着拿起武器和军刀发泄着。

“给我抢回来!”

“棉衣是我们的!”

鬼子乘着大卡车在一片狂叫声中冲向二道河梁子。

杜缨娘的队伍刚收捡完棉衣还没完全撤走，正在打扫战场。鬼子穷凶极恶地冲上来，二道梁子顿时枪声大作。

鬼子人多火力猛，坚持打下去肯定吃亏。刘旺财让杜缨娘带着主力撤回深山里，自己带了二愣子和机枪手朱小青出去，充当疑兵将鬼子引开。

刘旺财看看自己才三个人，却有几十个鬼子，在这里很容易被鬼子包饺子。他边打边观察地形，发现后边有个山口，马上组织两位兄弟且战且退，将鬼子吸引过去。

山口中间夹条小路，两边悬崖高耸，一挺机枪架上，真有一夫当关，万夫莫开之势。

鬼子拎着从火堆中刨扯出来的棉衣没法穿，心头之火往上涌，什么林地，什么包抄，全靠一边去，哪里有抢匪就往哪儿冲。

鬼子的脑子里只有棉衣和复仇，着魔一样地只管盯着他们逃跑的路线追。刘旺财的火力弱，复仇气盛的鬼子越追越勇。

“只能给他们一点小苦头，千万别把小鬼子吓回去了！”刘旺财特别提醒二愣子和朱小青，此时不是狙击手逞能的时候。

刘旺财已经进入了山口，叮嘱二愣子，“千万悠着点，一定要激起小鬼子的恋战情绪。”

山口外，鬼子又倒下了几个。对方的火力这么弱，还有伤亡，犹如火上浇油，鬼子恨不得一口把他们咬碎。

刘旺财也打出了苦恼，总这么打也不行，虽然地形对自己有利，可弹药坚持不了多久，还要想主意。

二愣子见鬼子在玩命，也开始动脑子了。他向刘旺财献计说：“从这过去就是老爷岭，要是把鬼子引到那里去就好办了。”

“啥好办法？”

“走进老爷岭，得有神仙引。当地人进去了，脑子笨的也别想走出来。”

老爷岭重峦叠嶂，草深林密。但他们早已把这里摸透了，比这里还要险峻的地方也困不住他们。

主意一定，刘旺财就给二愣子和朱小青下任务，分三路把敌人引到老爷岭嘴子去。“记住！每个人尽量多踏出些脚印，尽可能东放一枪，西打一炮，别让鬼子看出咱人少枪少。”

鬼子又一个冲锋拿下了山口，可一个人也没有。雪地上乱七八糟的三大串脚印。鬼子军官为士兵鼓劲，说明他们人少，不敢硬拼，只能分头逃跑。“追！”鬼子也分兵追击了。

这些抢匪真不好对付，时不时杀个回马枪。看着躺下的尸体，鬼子火冒三丈，光看自己人倒下，对方从哪打枪都没有弄清楚，真气人。

三股日军跟着脚印追，终于在老爷岭入口会合了。

刘旺财他们三人毫发不损，全退入了老爷岭。

不知天高地厚的小鬼子哪里知道，历次扫荡中，鬼子杀到老爷岭就回去了，从不敢涉足深入一步。可见这些鬼子今天是被复仇的火焰烧昏了头。

刘旺财三人在绝对有利的环境中，已经不安于仅仅吸引鬼子了。条件有利，就该多杀几个鬼子过过瘾，非要拉着这伙鬼子多转几圈不可。

时至隆冬，老爷岭已积下几寸厚的雪。雪面是光滑的，平缓的，柔和的，但下面有树根，有败叶，有石渣，有深坑，几乎没有什么好落脚的地方。

可是，鬼子仍然顽固地循着他们的足迹。长时间的追击，已经让鬼子没有太多的气力呼吸了。但他们坚信对手的处境也好不到哪去，自己的人还比他们多呢。

鬼子真多，与刘旺财他们比，是一比二十，但在黑黢黢的老爷岭中，百八十个人只不过是一截马尾巴。

此时已是深夜了。月光无力地淌下来，雪地亮得刺目，单调的亮光最容易让人困倦。巨木像鬼魅似的，无言地立在四周。倒是那些影子似的对手，总怕他们闷着，一会儿打一枪，一会儿又打一枪，更添原始森林的恐怖。

鬼子木然地走着，追击已经成了一种机械的运动。冻僵的脚尽力往前蹭，脑子空空如也。

敌人似乎不断得到增援，留下的脚印越来越零乱，鬼子恐怖得毛发竖立。很快，他们发现自己迷了路，正沿着走过的地方前进。显然，这消息比敌人得到增援好不到哪去。

去他的影子敌手吧，全部就地休息！此时，仿佛只有休息才能使内心忐忑的鬼子镇静下来。

几堆篝火总算点燃了，疲惫的鬼子一个个裹着衣服，费力地烤着冻僵的手脚，只有两三个鬼子在警卫。

鬼子当中有一个叫李五子的汉奸，算半个本地人。他一再向鬼子军官发誓："天亮后，我一定能带皇军撤退出去！"

隔墙有耳，就在附近的刘旺财举起狙击枪，这小子哼都没哼一声见了阎王。鬼子的活宝贝被杀了，本来已经被疲惫取代的火气又涌了上来，他们号叫着冲出去。但只冲出去几十步，背后的篝火突然熄灭，恐怖又涌上心口。

朱小青指着天空提醒刘旺财，月亮四周正越来越浓地积聚月晕。

暴风雪就要来了，他们迅速地撤出了老爷岭。

不久传来消息，鬼子兵进了老爷岭，冻死在老林子……

杜缨娘与鬼子斗智斗勇，神出鬼没的袭击已经让易城的鬼子居无宁日，特别是配合新四军频频打击易城外围防御的日军，打乱了鬼子的会战部署。

半夜，易城外防御的日军连遭新四军围困，已经疲惫不堪。本来处于临战状态，许多日本兵熬不住疲劳，抱着枪，靠在城头打起了盹儿。忽然，一阵爆响，数十条火舌撕碎了夜的宁静。

“支那军攻城了！”

“共军攻打西城了！”

城里的日军一片慌乱。

司令部内，日军指挥官急得转开了驴推磨，脑门直冒汗。命令作战参谋向潞城求援。

参谋攥着电话筒，拼命地向潞城喊话。

一大股日军从潞城出发了。

新四军攻打易城的消息传到杜缨娘的耳朵里，像喝了一碗提神汤。她正寻找战机配合新四军。

易城的枪炮声和嘶叫声不绝于耳。但作为战略要地的神头岭却悄无声息，显得异常平静。

杜缨娘心里十分纳闷儿，新四军为什么不在这里设一支伏兵，难道不怕从潞城赶来援救易城的鬼子。

杜缨娘再让人去侦察，一定要弄清楚新四军是否有围城打援的计划。

傅大江和小石头弄回来的情报证实，攻打易城的新四军的确只有三个团，另外四个团的兵力没有安排到易城，主力消失，不知去向。

从潞城到易城的日军援兵，只受到一小股游击队的骚扰。鬼子一动，就受到射击。鬼子一停，游击队又不见了。

新四军的主力哪去了？穆秀兰不在身边，杜缨娘得不到情报，她百思不得其解。

“我估计新四军的主力去了潞城，他们的真正意图不仅是打易城，主要是消灭潞城的鬼子！”刘旺财的提醒让杜缨娘茅塞顿开。

她马上集合队伍，向吴红金和石义仁下命令：“一队去神头岭设伏，决不能让鬼子过神头岭！二队跟我去西瓜村，迎战小鬼子！”

增援易城的日军，受到游击队的骚扰，更加确信新四军的主力部队就在易城附近，这股游击队是想拖延他们的增援速度。

日军增援部队不再恋战。向易城火速前进。

其实，骚扰日军增援部队的不是地方游击队，而是崔松率领的新四军特勤大队，他们是想延缓鬼子的进军速度，为打援的地方武装争取进入阵地的时间。他已派人给杜缨娘送信，让她火速赶到神头岭设伏。

杜缨娘刚到西瓜村，就接到了崔松送来的信。杜缨娘打开信一看，与她的判断不谋而合。她吩咐作好“欢迎”准备，自己则迅速去了神头岭。

过了西瓜村，翻过神头岭，就离易城不远了。

下午四点，鬼子来到西瓜村。西瓜村的百姓，在村长的组织下，挥动着小旗到村前欢迎，有的村民还端了茶水。

日军军官一边喝水，一边对这里的“共荣”工作大加称赞。

看着村民瞪大的眼睛，张大的嘴巴，羡慕地盯着日军手中的武器，日军军官心血来潮，让士兵把车上的家伙全亮出来，让老百姓看个够。

日军军官做梦也没有想到，竟然在这里碰到如此热烈的场面，还真激动了一阵子。他更难想到，这是对手施展的拖延时间战术。

大敌当前，日军不敢久留，稍事休息，又继续向前赶去。

日军前锋到达神头岭以北，后尾也过了西瓜村，增援部队全部进入伏击圈。

日本兵还没从西瓜村的陶醉中回过味来，埋伏在高地的县大队和杜缨娘部一起开火。

战斗激战了两个小时，鬼子仍没冲过神头岭。恰在这时，日军得到潞城遭到新四军攻击的消息，增援日军决定撤兵回潞城救急。

然而，当他们折回西瓜村时，刚才还是挥动太阳旗和端茶送水的老百姓，却都拿起了刀枪，给了他们迎头痛击。

日军指挥官这才明白，他们被捉弄了，指挥鬼子不讲战术不计生死地对攻。新四军两个团和县大队紧追其后，杜缨娘率部堵在村头。日军遭到前有堵兵后有追兵的夹击攻势，被包了饺子。

日军指挥官终于精神崩溃，跪在地上剖腹自杀。

易城外围的防御日军听说援军出发了，像打了吗啡针一样兴奋起来。他们拼死抵抗，加强火力猛打一阵，将新四军逼退。

负责防御作战的日军官正接到易城守军司令部的电话邀功，作战参谋跑进来告诉他一个不好的消息，援军在神头岭已被新四军地方部队和千手观音歼灭，更让他吃惊的是潞城失守，所有守城官兵被新四军全歼。

“八嘎！”日军官耷拉着脑袋，一动不动的愣在指挥桌前。

新四军的调虎离山，千手观音伏击打援，潞城遭到突袭失守，这一切都是他呼救呼出来的。自己的判断失误让大日本皇军失去了一座城，易城的防御一个大队全军覆灭。他不敢再往下想，像团烂泥似的瘫痪在椅子上，浑身发起抖来。

隔了一会儿，他从抽屉里取出一张照片，仔细地端详了一阵，缓缓地从腰间抽出王八盒子，对准自己的太阳穴，饮弹自尽。

神头岭大捷，让杜缨娘兴奋不已，但又百思不得其解。

新四军打仗那么精明，为什么不在神头岭派兵伏击？易城和潞城两地日军不算远，难道不怕两地日军互为策应，实施合围夹击？还有，新四军的县大队为何在那个时候出现？

就在杜缨娘有太多的问号需要解开时，崔松陪着新四军纵队政治部陈主任来到杜缨娘面前。

杜缨娘一阵热情迎接之后，还是很严肃地提出了自己的疑问。

陈主任笑哈哈地说，“你在我们新四军里，不光是千手观音的名气大，打仗用兵的名气更大啊，我们首长料定你会在神头岭出手。”

随行的参谋忍不住插话说：“首长为了侧应你们打伏击，特别派了崔团长带领侦察队，扮成游击队沿途骚扰鬼子!”

“崔队长升团长了？恭喜恭喜!”杜缨娘又冲崔松问道：“我在西瓜村发现你的人混杂在老百姓当中，为小鬼子端茶送水，这又是咋回事?”

陈主任替崔松回答说：“崔团长说你们要扮做老百姓欢迎日军，我们在这里的群众基础好，就派了部分战士混在老百姓当中。”

陈主任反问杜缨娘：“为啥要在西瓜村演这么一出戏？这一招够绝的，不仅拖延了鬼子增援的时间，还麻痹了鬼子的戒心。”

杜缨娘脸上泛出一抹红晕，不好意思地说：“我揣测你们用的是‘围魏打赵’的计策，打潞城才是主要目的。如果这股日军返回潞城与守城鬼子里应外合，内外夹击，你们新四军就得吃亏了。我们人少，硬拖不行，就用上了这招软磨，拖延鬼子援兵的时间。同时也是为了在这里二次设伏，不让退下来的鬼子返回潞城。”

陈主任听到这里，起身向杜缨娘行了一个军礼，十分真诚地说：“我代表新四军纵队全体指战员向你表示感谢，如果没有你在神头岭设伏，我们

围魏打赵的意图有可能实现得不那么顺利。”

这一声感谢反倒把杜缨娘弄得更不好意思了，手脚不知如何放才好。

新四军走了。杜缨娘试着抬起手来行了个军礼，但又觉得不太像。

她看着自己的手直发愣。

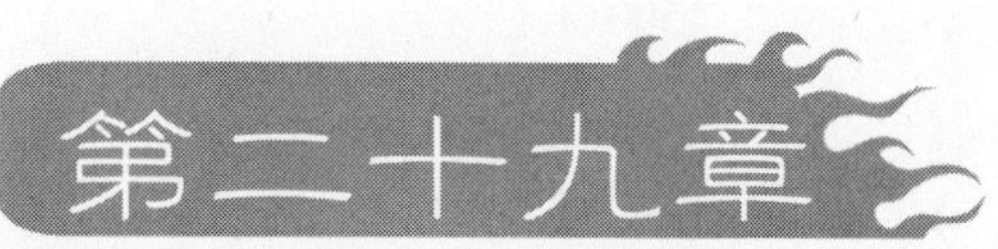

第二十九章

神女无恙　打鬼子回老家去

易城会战终于打响。

日军进攻西线，试图突破三峡天险。

三桷溪一带的形势严峻起来。

日军集结两个旅团，向防守三桷溪的中央军驻军发动猛烈攻击。

日机俯冲轰炸，三桷溪阵地一片硝烟。

战至黄昏，三桷溪防线被突破。鬼子以冲锋艇开路，舰艇随后，逆水而上。

杜缨娘的卡子设在巫峡两岸最狭窄的碚石谷。

三个月前，穆秀兰带领一百多名弟兄西上巫峡，与江东游击队会合，选择巫山神女峰下游段的碚石谷建起了十个炮台，二十多个机枪口。

就在易城会战刚刚打响的时候，杜缨娘部已经赶往碚石谷，与穆秀兰和江东游击队会合，隐蔽在碚石谷炮台工事和机枪口的岩洞里。

穆秀兰选择的碚石谷真叫绝，两岸绝壁，高耸入云，炮台和机枪口都设置在半崖上。

杜缨娘站在炮台边，探身看看脚下的长江，有些感慨地说："此地胜夔门，现在就要死守这道门了！"

江面无帆，只有激流险滩激起的白沫和阵阵涛声。

杜缨娘趴在这里已经整整一夜了，曾经隐隐约约的炮声没有了。她坚信，鬼子已经进入三峡。

中午时分，碚石谷下游的江面突然冒出黑点来，由远及近，渐渐的越来越多。

石义仁向他的炮兵一声吼："报方位！"

"1000 米！"

"500 米！"

"300 米！"

"180 米……"

看着挂着膏药旗的小艇，石守义怒火燃烧。随着他的一声"打！"所有仇恨都化作炮弹，一起向鬼子飞去。

江水开花，峡谷怒吼。小鬼子的冲锋艇本来正在滩头上，逆行艰难，突遭袭击，稍一停顿便调过头去，被江水冲下滩口，在回流之处直打转。

"停止炮击！"杜缨娘放下望远镜说："等鬼子往滩头上冲了再打，注意节省炮弹，若小鬼子上岸，就用机枪招呼！"

鬼子又往滩头上冲了两次，每次都只冲到滩口，便被天上掉下来的土炸弹逼得调头退了回去。鬼子不知道这是从什么地方打来的炮弹。

鬼子的小艇向江边靠，企图凭借斜峭的岩石作掩护，冲过这道鬼门关。

鬼子的企图早已在杜缨娘的意料之中。如雨的"欢喜果"从半崖上抛落下来，在江面上空炸出一片红红的火团。顿时，江对岸的岩石缝里吐出机枪的火舌，还没上岸的鬼子被打得趴在艇上不敢动。好些鬼子被手榴弹掀上了天，惨叫着落进江里。

杜缨娘不给敌人喘息之机，机枪、步枪、手榴弹、迫击炮在碚石谷响成一片，喊杀声响彻云霄，日军冲锋艇的一百多士兵被堵在峡谷中，进退两难。

鬼子苦苦支撑了一个时辰，最终全部被歼。

鬼子并没有因为先遣冲锋艇遇袭而停止上三峡。他们立即组织十余架日本战机飞抵巫峡上空，形成强大的空中优势。

炮弹像暴风骤雨般地倾泻在碚石谷，那些在这儿屹立了千万年的石头和风景葬身炮火里。

日机留下满目疮痍的巫峡刚飞走，十多艘舰艇就扬着巨大的引擎声开上来。

杜缨娘和二十多门大炮就等着这一时刻。她一秒一秒地数着时间，终于数到小鬼子的舰艇爬上滩口，那只悬了半个多时辰的手，像大刀一样横空劈下来。

随着她的手势，岩石上的炮弹呼啸而下。两艘日本军舰剧烈地摇晃了几下，被咆哮的江水冲得斜翻下去，很快被江水吞没。滩口下的日本军舰吓得立即调头，加大马力向下游撤退。

鬼子的军舰没有开远，就在江边小镇碚石集停了下来。

日军易城会战司令部早先接到冲锋艇在碚石谷遭到袭击的报告，估计是游击队骚扰，因此只派出飞机进行了地毯式轰炸，打算吓唬吓唬游击队，然后驱舰西上。现在有两艘军舰在那里被打沉，才把他们打醒了。一定有一支正规军隐藏在三峡。

日军立即向撤退的舰艇发出命令，退到碚石谷下游待命，待地面部队消灭了隐藏在三峡里的正规军，再集结西上。

驻守在大溪口的中央军也接到报告，鬼子的军舰在碚石谷被新四军游击队打退，还击沉了十余艘小艇，舰上的日军已退到碚石集待命。但东、南、北角都被新四军的游击队团团围住。

战区司令部命令，驻守在大溪口的中央军尽快赶到碚石集，全歼被困日军。

崔松率独立团经过强行军，准时赶到碚石集外围，采取以围代攻的战术与日军对峙。眼看围困日军一天多了，日军没有出集的打算。

新四军首长指示独立团，围歼部队要想办法把日军调出碚石集再打，绝对保证集镇里老百姓的安全。

日军似乎也发现新四军围而不攻的顾虑，于是把老百姓集结起来，分别押送到几个主要阵地要塞点。他们威胁新四军，如果不撤兵，就将这些老百姓杀掉！

杜缨娘也为新四军打出这样的窝囊仗十分恼火，忍不住冲进崔松的指挥部，劈头盖脸对他一顿数落。

崔松站了出来，指了指远处的小溪，说："老百姓就好像溪里的水，咱们就是那水里的鱼，没了水，鱼还活得了吗？"

杜缨娘无言以对，陷入了沉思。

"水？水……"杜缨娘嘴里念叨着水字，突然想起自己曾经用过断水

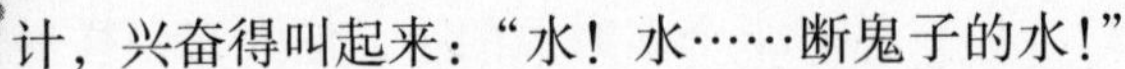

计，兴奋得叫起来：“水！水……断鬼子的水！”

整个碚石集都靠神女溪上游流下来的水生存。杜缨娘带领几十名兄弟去上游截断溪水，并派出所有的狙击手分散隐藏在碚石集通往长江边要道，防止岸上的鬼子到长江取水。

集里断了水，鬼子如热锅上的蚂蚁。他们开始到长江边抢水。但每次出来，都被打了回去。

鬼子想到了老百姓，他们把集里一家一家的老百姓弄来，将老人和孩子捆绑在一起，然后命令这个家庭里的主要劳动力出去抢水。

杜缨娘早料到鬼子可能会让老百姓出来运水，但没想到鬼子会如此狠毒。

杜缨娘决定乔装进集。她带上穆秀兰和傅大江几个人，摸到僻静的地方截住出来运水的老乡。穆秀兰给老乡做工作，一会部队将会偷梁换柱帮你们运水。

吴红金的好汉队相继替下运水的乡亲，挑着水混进了集镇里，临时做了那些家庭的壮劳力。

他们进了集镇，被鬼子带到了几处前沿阵地的集中点，这正中杜缨娘的下怀。

就在当晚，杜缨娘把集镇里的布防和兵力部署摸得一清二楚，并在有老百姓的部位做了暗记，嘱咐吴红金一定好好控制，千万别误伤了乡亲。

次日一早，杜缨娘又利用运水的老百姓将情报送给崔松。崔松回信，请杜缨娘务必保护好老百姓的安全，尽量想办法将老百姓转移到安全的地方，午后发起攻击。

杜缨娘用暗语将新四军的指示向吴红金作了传达，并决定采取“斩首行动”。她吩咐刘旺财和二愣子选好射击位，自己则带领小石头和胡二锤潜入日军作战室，伺机斩首。

一切安排妥当，杜缨娘开始了行动，吴红金等人也分别进入各自的位置。

杜缨娘和小石头顺利潜入鬼子的作战室，一步一步逼近日军指挥官。

她看见房间里摆着一个会发音的盒子，盒子里响着一个女人的声音。杜缨娘仔细听，怎么也听不懂。

就在这时，一位日军军官发疯似地从房子里跑出来，挥刀乱砍，嗥嗥怪叫。日军军官砍过之后，突然绝望地跪下去，拿出一块白布擦拭了几下，突然扬起刀向自己的腹部扎去。

杜缨娘见多了，这是日军武士剖腹自杀。

“小鬼子怎么无缘无故地剖腹自杀呢？难道他们自知不敌新四军，提前把自己了结了？”小石头不解地问。

他们继续向前摸进。真是奇怪，又遇到一个剖腹自杀的日本军官。再往前，更奇怪的事情发生了，竟然还有许多士兵把枪放在地上，耷拉着脑袋，一动不动。一个鬼子突然疯狂地跳将起来，举起手中的枪向空中扫射，另一位鬼子开枪将他击毙。

所有怪异的事情，居然没有一个日军军官出来阻止。

工事上准备迎战的鬼子扔下枪，发疯似地跑到空地上，脱下军装，解下腰带，一齐抛向空中，有的哭着，有的笑着，有的躺着，有的跪着，向东北方向不停地叩头。

一个日军少佐冲进工事，挥刀砍倒了两名士兵，又舞起带血的军刀直奔院子，院子里有上百老百姓被他当做人质。眼看那高高扬起的军刀就要砍下来。突然，日军少佐的后脑勺，被两根细细的钢针扎了进去。

杜缨娘打出了芙蓉金针。

她顺利地摸进了作战室。

作战室只有一名日军中佐背窗而坐，好半天一动不动，他前面已经有两名军官开枪自杀。

杜缨娘看着他的背影，好像很眼熟。

一张熟悉的脸突然在她眼前闪现，对！还有那把镶了日本天皇手谕的军刀。

杜缨娘脱口而出：“西大条胖！”

西大条胖没有转过头来。他迟疑了片刻，才缓缓地站起身来，向前走了几步，站在膏药旗下。

又是一阵沉默。

“你们胜利了，我们战败了！”

“啥？打都没打，你就认输了？”

“是我们战败了，我们认输了！”西大条胖突然转过身来，有气无力地说：“你听，我们天皇陛下在向你们道歉，我们天皇认输了……”

西大条胖突然转过身来，睁着一双无采的眼睛，似乎有许多话要对杜缨娘说。

杜缨娘坐在他的对面。她第一次与西大条胖面对面地坐着，坐得这么平静。她不知道自己为何还有耐心听他说话。

西大条胖给她讲起了轮回说。尽管杜缨娘没有听进去一句话，却还是耐着性子听他讲下去。

西大条胖讲完了。他说："我喜欢研究这门学问，却糊里糊涂地上了战场。现在，我从哪里来，又回到哪里去……"

杜缨娘看着他掏出了枪。

"砰"！西大条胖对着自己的脑袋扣响了枪。

杜缨娘看着他的鲜血溅到膏药旗上，鲜红鲜亮的，又渐渐地变黑了，黑漆漆的瘆人……

杜缨娘出了作战室，到处是一片欢呼声。

新四军已经打进了集里。

陈主任在崔松陪同下，来到杜缨娘面前，两眼欣慰地看着她，说："我受新四军首长委托在这里宣布，从现在起，正式接受你和你的队伍参加新四军，任命你为独立团四营营长，穆秀兰为教导员！"

杜缨娘怔了一怔，嘴唇颤动着，不知如何说话。还是那只曾经为她闯下"千手观音"名号的右手打破了尴尬，迅速举到眉角，行了一个标准的军礼……

小石头亮开嗓子唱了起来——

姐儿今年二十八，
脑壳上梳起黑疙瘩。
红头绳哪紧呢紧呢扎，
翠蓝花花二面插。
姐的那个儿脸蛋大，
身上呀穿件缎绸褂。
花呢的裤子绣花花，

脚阁里鞋儿穿白袜。
哥儿逗她说笑话，
哎呀我的个妈哟也。
直想上去一嘴巴，
又怕姐儿打掉当门牙……

2011年2月20日第五稿